당신의 마법사 입니다

·2·

당신의 마법사 입니다

· 2 ·

전은정
로맨스판타지소설

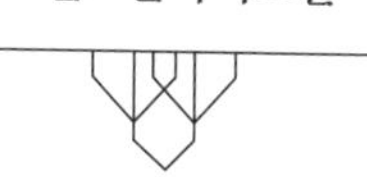

위즈덤하우스

목차

수도에서

"어서 오십시오, 후작님."

마차 문을 열자 제린다가 바로 앞에서 두 사람을 반겼다. 연락도 없이 돌아온 주인을 맞는 제린다의 모습이 너무나도 자연스러워서 매양 있는 일처럼 보였다.

"곧 식사 시간인데 준비하겠습니다."

"아니, 여독이 있어서 좀 쉬어야 할 것 같아. 식사는 천천히 준비해 줘."

"네, 그렇게 일러두겠습니다."

제린다는 정중하고 유능한 사람이었지만 타나릴은 그녀를 근원적으로 신뢰하지 않았다. 본가의 사람이기 때문이다. 타나릴은 침실로 돌아오자마자 리예에게 말했다.

"빨리 사람부터 구해야겠어. 제린다를 대신할 사람을 구한 후에 메릴리타와 피아드란을 부르기로 하지. 오늘 말해두면 며칠 내로 사람들이 올 테니 그중 마음에 드는 이로 채용해 봐."

메릴리타와 피아드란은 우선 피아드란의 어머니가 머무는 곳에 내려주고 온 참이었다. 나중에 알려지긴 할 테지만 제린다를 내보낸 후에 피아드란과 피아드란의 어머니, 유모, 메릴리타를 저택으로 불러들일 계획이었다.

리예가 조심스럽게 물었다.

"혹시 당신도 제린다가 불편한가요?"

꽤 의미심장한 말이었다. 타나릴은 모르는 척 답해주었다.

"내 사람은 아니니까. 당신도 당신 사람이 될 이를 옆에 둬야 편하지. 비서도 구한다면서?"

타나릴은 싱긋 웃었다. 리예는 눈치가 없는 듯하면서도 다른 사람과의 관계 면은 무척 잘 알아봤다. 자신을 두른 경계의 가시가 워낙 두터워서 그런 것일 수도 있었다.

"네, 레타가 조언해 주었어요."

"당신 사람이니까 당신이 직접 뽑는 게 좋을 거야. 적절한 사람들을 인선해서 보내줄게. 마음에 드는 이가 없으면 다시 부를 테니까 꼭 그 안에서 고를 필요는 없어."

"당신, 그럴 시간이 없잖아요."

"내가 다 알아서 할 건 아니야. 에르모가 먼저 사람을 알아본 후 내가 추슬러서 보낼게."

"네, 고마워요."

"고맙긴, 당연한걸."

"그, 에르모라는 분이요. 다리가 부러졌는데 그렇게 쉬지 않고 계속 일하는 건 무리가 아닐까요?"

"다른 놈 걱정은 안 해도 돼!"

"…어, 미안해요."

"아니 그게 아니라……."

그런 게 아니라는 건 알고 있다. 그런데도 괜히 울컥해서 반사적으로 날카로워졌다. 하지만 그 때문에 리예가 움찔하며 물러난 반 걸음에 느껴지는 거리감이 너무도 멀었다. 떨리는 리예의 눈을 보자 무슨 생각을 하는지 알 것 같았다.

'다른 이성과 불미스러운 관계로 혼인에 지장을 줄 시 양육권을 포기하고 즉시 이혼한다. 이는 쌍방 모두에 해당한다.'

리예가 그 생각을 더 깊이 하게 둘 순 없었다.

"그 일 중독자 녀석은 걱정하지 않아도 된다는 뜻이야. 안 그래도 좀 쉬라고 해보려 했는데 버림받은 것처럼 기절하려고 해서 할 수 없이 의원들만 잔뜩 붙여뒀어. 내 말은… 당신은 다른 놈 걱정은 할 필요가 없다고."

"…네."

"당신은 이런 날 걱정해야지."

타나릴은 목소리를 은밀히 낮추며 리예의 손을 잡아 저를 만지게 했다. 불룩 솟아오른 분신은 이미 바지의 모양을 거스르고 딱딱하게 부풀어 오른 제 형체를 마음껏 과시하고 있었다. 다행스럽게도 리예의 어깨에 잡혔던 긴장이 다른 쪽으로 흐르는 게 느껴졌다.

까닭 없이 예민했던 자신이 너무 바보 같았다. 하지만 지금 그런 티를 내는 거야 말로 바보 같은 짓이었다.

"우리, 욕실로 갈까?"

"…그래요."

방금 리예의 마음을 건드렸을까 봐 안절부절못하던 타나릴은 그녀가 순순히 따라주자 가슴을 쓸어내렸다.

'내 것.'

결과는 이미 못 박아두었다. 아이가 있는 한 그는 자신이 있었다. 그러나 리예의 끝은 그와 같아질 것 같지 않았다. 아이만이 아니라 점점 리예만을 온전히 갖고 싶은 욕심이 커졌다.

"키스해 줘."

키스해 달라고 조르면 귀가 쫑긋하며 빨개지는 모습이 좋았다. 능숙해진 손길에 리예의 옷은 금세 하나도 남지 않았다. 그녀가 스스로 옷을 벗는 모습도 퍽 즐기는 편이지만 지금은 마음이 급했다.

리예가 반쯤 벗겨진 웃옷을 허리에 걸친 채 그의 목을 감싸며 입술을 겹쳐왔다. 리예의 입술에 혀를 넣으며 부지런히 손을 움직여

나신으로 만든 타나릴이 또 제 옷은 대충 벗어버리고는 그녀를 들어 안고 욕실로 향했다. 욕조로 풍덩 빠지면서도 두 사람의 입술은 떨어지지 않았다.

"나를 이렇게 길들인 건 당신이야. 책임져야지."

부풀어 오른 분신을 리예의 다리 사이에 문지르며 속삭이자 그녀의 목덜미까지 발갛게 물들었다. 예민한 목덜미 안쪽을 핥는 머리 위로 신음이 새어 나왔다.

마음에 든다. 리예는 책임을 지라는 진짜 의미를 이해하지 못했을 테지만 이 순간만큼은 차라리 이게 나았다. 쓸데없이 리예의 경계를 높일 필요는 없었다. 천천히 조금씩, 자신이 리예에게 길들 듯 리예도 저에게 길들게 하면 된다.

뒤쫓느라 애가 타게 하면서도 자신감을 주는 것 또한 리예였다. 이렇게.

"타나릴, 아아, 타나릴……!"

흥분에 젖어들면 언제나 그렇듯 그의 이름을 외쳐 부르는 리예의 신음이 사랑스러웠다. 그의 손길에 젖은 리예의 안이 흠뻑 젖은 채 분신을 빨아 당겼다.

"흣, 으응……."

들뜬 신음을 삼키며 깊이 들어가자 리예가 그를 힘껏 조이며 다리를 감았다.

"리예……."

계속해서 서로의 이름이 터져 나왔다.

둘 다 참 개성 없는 교성을 뱉어내긴 마찬가지지만 이보다 더한 흥분을 속삭이기도 어려웠다. 제 이름에 반응하듯 리예가 허리를 틀며 그의 등에 손자국을 새겼다.

"조금만, 조금만 더··· 그래요, 그렇게. 아아!"

아마 이게 사랑을 나누며 제일 길게 말한 거라고 한다면 리예는 굳어버릴지도 모른다. 타나릴은 쓸데없는 말로 쾌락의 정점을 걷어차는 바보가 아니었다.

"이렇게, 응? 이렇게?"

분신을 거의 끝까지 밀어 넣으며 리예가 특히 더 느끼는 부분을 비비자 자지러지는 신음이 터졌다.

"아흐, 타나릴!"

쾌락이 밀려들었다. 철벅 철벅, 물살의 움직임도 애무를 더해서 두 사람이 격렬히 결합하고 있는 부위를 보듬어주었다.

"타나릴, 타나릴!"

리예의 외침이 절정에 다다르고 있었다. 타나릴이 힘을 더해 좀 더 빠르게 움직이자 리예가 긴 교성과 함께 늘어지기 시작했다.

"조금만, 조금만 더, 리예!"

"아으······."

타나릴은 기어이 리예를 녹초에 이르게 한 후에야 뜨겁게 파정했다. 아무리 마력을 둘러 독려해도 이번엔 진짜로 지쳐 버렸는지 리예는 그의 가슴에 고개를 파묻고 거칠게 숨만 몰아쉬었다.

따뜻한 리예의 안에서 벗어나고 싶지 않았다. 충만한 만족감에 이대로 잠이 들어도 좋을 것 같았다. 그리고 지금이 이야기를 하기 가장 적당한 때였다.

"우리 신혼여행은 어디로 갈까?"

"네?"

리예가 졸음 쫓긴 표정으로 눈을 동그랗게 떴다.

"일 끝나면 가기로 했었잖아. 방해꾼 없이 가야지. 동굴에서 나온 광석 분석만 끝나면 갔다 오자!"

그러나 기대와 달리 리예의 얼굴은 썩 어두워지고 말았다.

"그럴 필요 없어요. 괜찮아요."

다시 한번 벽이 느껴졌다. 그래, 이 정도쯤이야. 타나릴은 리예에 관한 한 인내심의 제왕이 될 수도 있을 것 같았다.

"나중에 생각나는 게 일한 것밖에 없을 텐데? 그러면 억울할지도 몰라. 그러니 제대로 가자고."

"타나릴, 충분해요. 나는 감사하기만 한걸요? 지금도… 나에겐 생각나는 게 많아요."

더는 원하지 않는다는 완곡한 표현이었다. 그새 리예는 또 한 발 도망쳐 버렸다.

여기서 확 당기면 끌려올까? 아니, 저 불안한 눈빛이 제발 그러지 말라고 애원하고 있었다.

당기면 끌려올 것이다. 하지만 믿지 못하고 끊임없이 의심할 것이다. 리예가 철석같이 믿고 있는 끝을 지금 해제해 버린다면 그녀는 평생 불안해하며 살지도 모른다.

조금 기다리겠다고 다짐한 지 하루는커녕 한 시간도 채 지나지 않았다. 그런데 또 보채는 제 마음을 깨닫고 타나릴은 한숨을 삼키며 물러났다.

"그럼 조금 미루는 걸로 할게. 당신이 원하는 곳이 있으면 그때 가기로 하지."

"…네."

절대 그럴 일이 없다는 듯한 대답이었지만 계속해서 주지시킨다면 언제고 답이 올 것이다. 보드라운 몸을 더 밀착시키며 타나릴은 그녀의 이마에 짧게 입을 맞췄다.

"이제 나가볼까? 우리 2차는 저녁 식사 후에 하는 게 좋겠어."

"2차요!"

타나릴은 검지로 질린 얼굴을 한 리예의 입술을 톡 두드리고는 당연한 주장을 했다.

"만 이틀 만에 맞는 우리 둘만의 밤이야. 내가 이 한 번으로 만족했을 것 같아?"

타나릴은 최대한 빨리 돌아올 작정이라 리예에게 다짐하며 욕조를 빠져나왔다.

주인이 아내의 허리를 안고 계단을 내려가는 모습에 고용인들이 조금 놀라긴 했지만 안주인이 눈치채기 전 각자 일을 하기 위해 돌아섰다.

• • •

"리예!"

레타가 나와 가볍게 포옹하며 반갑게 인사했다. 표정이 하나로 굳은 사람인 것 같은 제린다도 레타와 나를 보며 조금 놀란 것 같았다.

그 순간 나만 볼 수 있었던 레타의 의미심장한 미소에 나도 모르는 체 마주 웃었다. 레타는 다분히 의도적으로 나와의 친분을 과시한 것이다. 제린다가 돌아가면 알아서 이 장면을 퍼뜨려 줄 것이다.

"와줘서 고마워요, 레타!"

제린다의 눈썹이 한 번 더 꿈틀한 것 같았다. 하지만 제린다의 역할도 얼마 남지 않았다. 아마 레타가 오늘 돌아가고 나면 그녀가 보인 친분은 히그틀리에 같이 갔던 일까지 더해서 널리 퍼질 것이다.

"제일 처음 집에 초대해 준 사람이 나라서 고마워요. 타나릴이 혼자 살 때는 이 집에 올 일 자체가 없었다니까요? 하긴, 여기 산 것도 아니었죠. 노상 마법 공학부에서 먹고 자고……. 그 일 중독자가 결혼한다고 해서 기함했을 사람도 많았겠지만 휴가를 내고 신혼

여행을 갔다는 사실에 더 놀란 사람들도 많았을 거예요. 그런데 제 시간에 퇴근하기까지 해서 또 더 놀라게 하고 있다면서요?"

"하하……."

바로 어제 타나릴이 에르모에 대해 설명하던 말과 거의 다르지 않다. 설마, 그럴 리가. 그러나 내가 뭐라 반박하기도 전에 레타가 얄궂은 눈빛으로 낮게 속삭였다.

"도대체 비결이 뭐예요? 저 냉마왕이 한순간에 저렇게 변하다니 아직도 믿기지 않아요."

"레타……."

"호호, 자, 들어가요! 면접 시간이 다 되었지요? 몇 명이나 보기로 했어요? 면접이 끝나면 이 집 후원을 보여줘요. 발더가 이 집은 후원이 최고라고 했었거든요."

"그럴게요. 우선 차 한 잔 드릴까요?"

"그래요, 그게 좋겠어요."

"제린다, 따뜻한 허브 차로 부탁해요."

제린다가 나가자 레타가 바로 내 귓가에 작게 속삭였다.

"리예, 사람들을 조심해요. 특히 사용인들의 눈과 입을 조심해야 해요. 오늘, 아니 리예가 무슨 일을 하든 모든 말이 새어 나가는 곳이 바로 사용인들이거든요. 그러니 오늘 리예가 뽑을 사람은 정말 중요해요."

"네, 타나릴이 말해주었어요."

"어련히 알아서 잘하겠지만 그래도 내가 곁에 있는 게 조금은 도움이 될 거예요."

"레타, 그런 말씀 마세요. 조금이라니요. 오늘 와주신 것만 해도 나는 어떻게 은혜를 갚을지 아득한걸요?"

"은혜라니요? 리예, 그렇게 말하면 나 섭섭해요."

"…네?"

"내가 아직도 그렇게 멀어요? 내가 발더에게 큰소리쳐 놨단 말이에요. 나도 리예랑 둘보다 더 친한 친구가 되겠다고! 타나릴이랑 발더랑 둘이 얼마나 비밀이 많은지 알아요? 한때 둘이 사귄다는 소문이 돈 적도 있다니까요?"

"그럴 리가요!"

발더에게 이 아름다운 애인이 없다 해도 타나릴을 두고 그런 상상을 할 수 있을 리가 없다. 밤의 타나릴은 정말이지 야수가 따로 없었다. 그가 마력으로 날 잡아주는 게 느껴지는데도 매번 항상 먼저 지쳐 떨어지는 건 나였다.

아니, 그의 남성적 매력은 차치하고, 비행선 안에서 공중제비시키던 그 발더와 타나릴이?

못 믿겠다는 내 표정에 레타가 다시 강하게 피력했다.

"정말이에요! 둘이 노상 붙어 다니는 데다 타나릴은 여자도 없으니 꽤 신빙성이 있다는 소문까지 더해서 얼마나 우스웠게요."

"어머나!"

"어머나, 바로 그랬어요! 하하하!"

레타가 호탕하게 웃고 있을 때 제린다가 차를 들여왔다. 이번에도 제린다는 무표정을 가장했지만 나는 그녀의 눈썹이 유난히 떨리는 걸 볼 수 있었다.

이것도 재주라고 할 수 있을지 모르지만 나는 남의 시선이나 기분을 살피는 데 꽤 빨랐다.

엄마가 소리 지르기 직전 목소리를 낮춘다거나 아빠가 선물을 사준다며 나가자고 하면서 나를 끔찍하다는 눈으로 쳐다보는 걸 나는 매번 잘 알아챘다. 그럴 때마다 나는 숨고 피하기를 반복했다. 그렇게, 매질과 언제 버려질지 모를 두려움 속에서 중학생이 되기까지 버텼던 것 같다.

그래서인지 내게 적의를 지니거나 거짓 포장으로 다가오는 사람이 난 꽤 쉽게 구분되었다. 하지만 우습게도 호의는 구분하지 못했다. 내게 호의를 준 이가 영 없지는 않을 텐데, 내가 사람들을 구분하는 방법은 얼마나 오랫동안 적의가 없는지였다.

그런데 이상한 건 타나릴이 호텔에서 보여줬던 적대감이 내겐 너무나 가볍게 느껴졌다는 것이다. 오히려 지금 제린다가 내게 보이는 호기심과 경계가 더 날카롭게 느껴졌다.

"마님, 오전 시간에 약속한 사람들이 왔습니다."

오늘 면접에서 제린다를 대신할 하녀장과 내 비서 두 사람 다 보기로 했다.

앞서 볼 이들은 하녀장이었다. 사람을 뽑을 땐 원래는 비서가 조사하며 수발한다는데 어쩌면 비서를 먼저 봤어야 했을지도 모른다. 하지만 먼저 비서를 뽑았다 해도 당장 하녀장을 뽑는 데 도움을 주진 못했을 것이다. 동동거리며 마법이 부여된 부목을 대고 돌아다니던 에르모에게 다시 감사할 일이었다.

내 신호에 제린다가 하녀장 후보로 온 여인 세 명을 들여보냈다.

"차를 마시면서 면접을 보도록 하지요. 면접자들에게도 같은 차를 한 잔씩 내주겠어요?"

"…네, 다시 차를 올리겠습니다."

세 명의 하녀장 후보는 제린다가 나가는 동시에 내게 인사했다.

"후작 부인을 뵙습니다!"

"후작 부인을 뵙습니다."

"후작 부인을 뵙… 레아라니타 공주마마를 뵙습니다!"

첫 번째 여인의 목소리는 우렁찼고 두 번째 여인의 목소리는 조곤조곤했지만 좀 작았다. 마지막 세 번째 여인은 내게 인사하다 말고 레타에게 황급히 허리를 숙였다.

순간 레타의 이마가 살짝 찌푸려졌다. 레타의 신분이 나보다 훨씬 높은 건 사실이나 엄연히 이곳 주인은 나다. 내게 인사를 마치고 레타 공주에게 인사를 하거나 혹은 놀라서 그랬다 쳐도 내게 먼저 인사를 마쳐야 하지만 그 여인은 인사도 대충 끊고 레타 공주에게만 열중했다. 나는 심기가 불편해 보이는 레타에게 살짝 고개를 젓고는 말했다.

"다들 오시느라 고생하셨어요. 곧 차를 내올 테니 들면서 이야기해 보도록 해요. 우선 간단히 자기소개부터 해보시겠어요?"

세 여인이 테이블 너머의 자리에 조심스럽게 앉았다. 자연스러운 듯 보였으나 세 번째 여인과 첫 번째 여인이 먼저 자리에 앉은 후 두 번째 여인이 앉을 수 있었다. 그것만으로 서열이 보였다. 내 말이 끝나자마자 세 번째 여인이 먼저 입을 열었다.

"저는 델레로스 하티라고 합니다. 마흔 살이고, 아베르뉴 백작님 집안에서 11년간 일했습니다. 열네 살에 잔트 후작님 댁에서 하녀 일을 시작했고, 아베르뉴 백작님 댁에서는 노부인이 세상을 떠나시고 난 후 새로운 일자리를 찾게 되었습니다. 여기, 추천서가 있습니다."

델레로스가 내민 추천서는 눈치만큼 화려했다. 잔트 후작 말고도 다른 두 가문에서 일하고 나오면서 각각 추천서를 받은 데다 내용도 썩 좋은 걸 보면 일을 잘한 것 같았다. 하지만 그녀는 자기소개를 하는 중에도 내가 아닌 레타와 자주 눈을 마주치며 레타에게 잘 보이려 애쓰고 있었다.

"다음 분 말씀해 보세요."

"저는 슈사이 리트런이라고 합니다. 올해 서른일곱 살이며, 열다섯 살 때부터 20년 동안 히프노스 자작 댁에서 일했습니다. 새 마님이 들어오시면서 함께 데려온 이가 총괄을 맡게 되어 어쩔 수 없이 댁을 떠나게 되었습니다만 제 경력엔 자부심을 갖고 있습니다! 저는 수도의 웬만한 귀족가의 문장이나 이름을 거의 외고 있습니다. 소식을 전하거나 하는 일에 빠르게 대처할 수 있습니다. 저도 추천서가 있습니다."

슈샤이의 추천서도 썩 훌륭했다. 에르모가 어련히 알아서 보냈을까 싶게 모두 훌륭한 자격을 지니고 있었다. 앞의 두 사람의 소개에 조금 주눅이 들어 보이는 마지막 여인이 제 소개를 했다.

"저는 밀레이나 도이나라고 합니다. 나이는 서른다섯 살입니다. 3년 전 군인이었던 남편이 죽고 난 후 여러 귀족가의 연회에 음식을 하거나 가사 일을 도우러 다녔습니다. 저는 특별히 찜 요리와 보드라운 빵에 자신이 있고, 청소나 빨래 등에 자신이 있습니다. 예의범절이 부족하다시면 열심히 배워 더 몸에 익히도록 하겠습니다. 부인을 모시는 영광이 오기를 간절히 바랍니다!"

밀레이나가 소개를 마치자 앞서 자신을 피력한 두 여인의 입가에 여유로운 미소가 맺혔다. 자신들의 경쟁자가 되지 않을 거라 여기는 게 분명했다. 하지만 나는 누군가의 집에서 일했다는 경력보다 자신이 할 수 있는 일을 피력하는 밀레이나가 마음에 들었다. 나는 내색하지 않으려 애쓰며 질문을 이었다.

"세 분 모두 할 일은 알고 오신 걸로 알아요. 남편인 예그하라 후작님은 여태 댁에 많이 머물지 않아 집사가 없답니다. 앞으로 집사를 들일 때까지 당분간은 집사의 역할도 병행해 같이해 주셔야 할 거예요. 저택을 청소하고 단속하거나 하인들을 적재적소에 활용해야 할 것이고, 손님을 모시는 등 이 집을 잘 가꿔주실 분을 원해요. 물론 가장 중요한 것은 후작님과 나의 편리를 잘 봐주는 것이겠지요?"

"물론입니다, 후작 부인!"

"당연한 말씀이십니다, 후작 부인!"

"네, 후작 부인!"

짧은 대답에도 각자의 개성이 드러났다. 에르모가 보냈으니 자격에 관해서보다 나의 느낌이 중요할 터, 나는 가장 중요한 질문을 했다.

"그렇다면 여러분께 묻겠어요. 이 집에서 얼마나 일하고 싶은지 말씀해 주세요."

"주인이 두 번 말할 필요나 거슬리는 것이 없게 하는 것이 기본일 것입니다. …제 몸이 다하도록 충성을 다하겠습니다!"

"…마님께 저의 남은 생을 다 바칠 것입니다."

"저는… 마님께 믿음을 드리는 사람이 되겠습니다."

델레로스가 워낙 자신만만하고 당찬 터라 두 사람은 약간 밀리는 기색이었지만 각각 충성과 열정, 신용을 다짐했다.

"원하는 조건이 있나요? 그것도 말씀해 주세요."

두 사람은 당연하다는 듯 일하는 것 외엔 바라는 게 없다고 했다. 그런데 가장 약세로 보이는 밀레이나가 말했다.

"혹시, 아이들이 같이 살 수 있습니까?"

"아이들은 몇 살인가요?"

"열 살, 여덟 살, 남자아이와 여자아이 남매입니다. 물론 아이들 때문에 일에 지장이 있게 하진 않을 것입니다. 제가 일하는 시간엔 어머니가 아이들을 돌봐주십니다."

"들어와서 살아야 하는데 그거야 당연하지요. 그렇다면 부양가족이 세 명이군요."

"…네, 그렇습니다."

나는 최종 합격자에게 연락을 주기로 하고 세 사람을 보냈다.

우선 델레로스는 탈락이었다. 충성을 읊으면서도 나는 전혀 안중에도 없이 레타만 흘끔거리는 이를 내 사람으로 쓸 수는 없었다.

슈샤이는 여러모로 경력이 완벽했다. 귀족가의 이름이나 얼굴도 잘 모르는 나에게 가장 도움이 될 이가 바로 그녀일 것이다. 슈샤이도 자신이 최종 합격자가 될 거라 자신하는 얼굴이었다. 하지만 난 밀레이나가 원하는 바가 있다고 하는 말에 그녀가 피식 비웃는 걸 봤다.

밀레이나는 유일하게 부양가족이 있었고 경력도 부족했다. 그런데도 난 밀레이나에게 마음이 갔다. 요 며칠 겪은 게 많아서인지 나는 그녀가 무심코 보인 행동에 대해 따로 알아보고 싶은 게 생겼다. 나는 일단 세 여인을 다 보낸 후에 하인을 보내 밀레이나만 몰래 다시 불러오도록 했다.

밀레이나를 기다리는 사이 레타가 말했다.

"평범하게 고르자면 두 번째, 슈사이라는 사람이 좋겠지만 리예는 밀레이나가 마음에 드는군요?"

"네."

"왠지 그럴 것 같았어요."

레타는 그렇게만 말하고는 고개를 끄덕였다. 레타가 그런 사람은 안 될 거라고 할까 봐 조심스러웠던 나는 조금 안심하며 밀레이나를 다시 대면했다.

"마님……?"

약간은 얼떨떨하고 약간은 기대 어린 표정으로 나를 쳐다보는 밀레이나에게 나는 바로 물었다.

"밀레이나, 솔직히 답해줄 수 있나요? 밀레이나, 혹시 마녀인가요?"

"네?"

화들짝 놀라며 순식간에 퍼렇게 질리는 밀레이나를 보자니 답을 들은 듯했다. 금세 안색이 죽은 밀레이나가 고개를 푹 숙이며 답했다.

"어찌 아셨는지……. 네, 저는 마녀가 맞습니다. 하지만 본래 가진 능력도 미천한 데다 한 번도 주술로 장난을 친 적이 없습니다. 능력을 쓰는 곳이 있다면 청소와 음식을 할 때뿐이었습니다."

"그랬군요. 하지만 능력이 미천한 것 같진 않아요."

"네?"

"아까 내 배를 유심히 보고 있었지요? 알고 있었나요?"

순간 눈을 동그랗게 뜬 밀레이나가 입을 벌리다가 레타를 쳐다보았다. 레타 앞에서 내 임신에 관한 말을 해도 되느냐는 표정에 나는 고개를 끄덕였다.

"레아라니타 공주님도 아셔요. 그리고 만일 본인이 마녀라서 걱정하는 거라면 그럴 필요 없어요. 얼마 후 내 담당 의원이 저택으로 올 건데 그녀도 마녀거든요. 물론 저택에 누가 오고 가는지는 누구에게도 함부로 발설해선 안 돼요."

"그, 그거야 지당하신 말씀입니다! 마님, 축하드립니다!"

밀레이나는 절대 주인의 일에 대해 함부로 입을 놀리는 일은 없을 거라며 축하 인사도 잊지 않았다. 거기에 레타가 덧붙였다.

"비밀 엄수는 주인을 제외한 모두를 뜻해요. 그건 예그하라 공작님이나 공작 부인께도 마찬가지예요."

"네, 네!"

나는 긴장한 밀레이나에게 웃어 보였다.

"나도 이 댁이 처음이고 밀레이나도 처음이니 우리 서로 적응하는 과정이 필요할 거예요. 나는 사람들과의 화합을 중요하게 생각해요. 본래 있던 하녀와 하인들은 모두 예그하라 후작님이 직접 들이신 사람들이니 그들과 잘 상의해서 집안을 이끌어 나가길 바라요. 나를 위해 일할 수 있겠어요?"

"네, 네! 제게 기회를 주셔서 정말 감사합니다. 새로 시작하는 제 두 번째 인생을 마님께 걸고 충성을 다하겠습니다. 감사합니다, 감사합니다!"

그 말은 덜레로스와 슈사이의 말을 합친 것이었으나 그들보다 훨씬 진심으로 들렸다. 밀레이나는 오늘 당장 들어오겠다며 기쁘게 돌아섰다. 입주 전 며칠 정리할 시간을 주려 했던 내겐 더 좋은 소식이었다.

오전 면접이 그렇게 끝나고 레타와 식사를 하고 난 후 오후 면접을 보게 되었다. 그런데 이상하게도 면접의 양상이 오전과 비슷했다.

면접자는 오래 귀족 부인들의 가정교사와 비서 일을 두루 경험한 경력이 출중한 두 사람과 고급 법률 과정 학원을 졸업한 지 겨우 2년 된 스물두 살의 젊은 여인이었다. 그런데 나는 또 경력이 약간 부족한 마지막 사람이 마음에 들었다.

앞의 두 사람은 나무랄 데 없는 경력과 능력을 자랑했지만 나를 눈 아래로 보는 눈치를 다 숨기지 못했다. 그들 자신 또한 귀족이며 워낙 높은 가문의 사람들을 모셔서인지 내가 눈에 차지 않은 듯했다. 로레인이라는 젊은 여인은 약간 어리바리한 면을 보이긴 했지만 영특함이 빛나는 사람이었다.

나는 앞서와 같은 방법으로 로레인을 불러 그녀가 마법사임을 확인했다. 아주 찰나간의 일이긴 했지만, 로레인이 떨어질 뻔한 찻

잔을 공중에 붙잡아둔 것을 봤던 덕분이다. 로레인은 내 눈썰미에 초롱초롱한 눈으로 그저 감탄만 했다.

면접은 성공적이었다. 단 하루 만에 내게 필요한 두 사람을 한꺼번에 구한 것이다.

밀레이나는 오늘 당장, 로레인은 사흘 후에 들어오기로 했다. 제린다에게 통보하자 그녀는 밀레이나에게 사흘간 인수인계를 해주고 떠나기로 했다. 제린다가 떠나면 그때부터 완벽한 우리 집이 될 것 같았다.

'우리 집?'

무의식중에 떠오른 생각에 나는 눈을 꾹 감았다.

맙소사, 제발! 내가 그를 차분히 놓아줄 수 있기를… 2년이 조금이라도 늦게 오기를…….

• • •

"하녀장으론 밀레이나 부인을 선택하셨고, 비서로는 로레인 아가씨를 선택하셨습니다."

에르모의 보고에 타나릴은 고개를 끄덕였다.

밀레이나는 자신이 마녀라는 사실을 잘 숨겼다고 생각했겠지만 에르모나 타나릴이 그런 사실을 놓쳤을 리가 없었다. 리예는 감이 빨라 어쩌면 그런 걸 알고 뽑았을지도 모른다. 메릴리타를 대하는 것만 봐도 리예는 마녀에 대한 선입견이 없는 데다 호감도 있어 보였다.

잘 덤벙대는 로레인은 마법사인 것을 쉽게 들켰을 것이다.

로레인은 예그하라 공작의 사촌 누이의 딸로, 타나릴과는 그리 멀지 않은 친척이었다. 물론 친척이라 해서 리예에게 보낸 건 아니었다. 타나릴이 가장 경계하는 이들이 예그하라 일족인 만큼, 친척을 가장 경계하면서도 로레인을 후보로 보낸 건 그녀의 순수하고 곧은 점을 존중했기 때문이다.

마법사는 여러 방면에서 더 우대받지만 로레인이 리예의 눈에 든 건 마법사여서는 아닐 것이다. 로레인은 머리는 좋았지만 아직 경험이 일천해서 후작 부인을 보조하기엔 좀 부족했다. 하지만 쟁쟁한 귀족가의 틈바구니에서 자라나서 리예와 귀족들의 무리에서 완충 역할을 해주는 데는 무리가 없을 것이다.

물론 최종 선택은 오로지 리예의 몫이었고, 그런 보편적인 타당한 이유로 뽑은 건 아닐 것이다. 왠지 흐뭇해 보이는 그에게 에르모가 물었다.

"사전에 언질이라도 하셨습니까? 그 두 사람, 차장님께서 염두에 두신 것 아니었습니까?"

"내가 아내와 그런 이야기를 할 새가 있어 보이나?"

"......."

에르모의 얼굴이 달아올랐다. 아직도 타나릴이 난데없이 미소를 지으면 깜짝깜짝 놀라곤 하지만, 발더의 주입에 에르모도 이제는 꽤 중의적인 의미를 잘 알아들었다. 덕분에 타나릴이 리예와 바쁜 이유도 알았다.

최근 며칠이긴 하지만 퇴근 시간이 되기 무섭게 달려 나가는 타나릴은 발더의 기록을 누르기도 했다. 아마 동굴에서 가져온 광석 분석이 없었다면 휴가를 연장해 어디론가 떠나고 말았을 것이다.

에르모가 무슨 얼굴을 하든 타나릴은 오늘도 퇴근 시간 엄수를 위해 다시 광석 실험에 열중하기 시작했다.

"환각 작용은 어떻게 하지?"

"정신 오염이 있긴 했지만 그렇게 강하지는 않았습니다. 오래도록 보고 있으면 잠시 멍한 정도였습니다."

"그래, 그랬어. 하지만 그 커다란 공동에서 수십 명의 사람을 한꺼번에 중독시킨 뭔가가 있었어."

"그럼 그 공동에 무언가가 더 있다는 말일까요?"

에르모가 심각한 얼굴이 되어 원인을 추측했다. 에르모는 더는 정보부 소속이 아니다. 비행선을 타는 순간부터 타나릴의 직속 비서가 되었다. 소속을 바꾸자마자 에르모는 벌써 제법 마법 공학부 연구원 흉내를 내고 있었다.

그런데 에르모가 타나릴의 직속 비서가 되었다는 소식에 공학부 직원들이 보낸 것은 축하가 아닌 동정의 눈길이었다.

비서라는 직함이었지만 개인 연구실이 있는 데다 또 보조 비서가 셋이 붙으며 일약 승진을 한 것임에도 아무도 그를 부러워하지 않았다. 차라리 행정 중심의 부차장 소속이라면 모를까, 나라의 온갖 일을 다 떠안은 타나릴의 직속이라니 그의 수명부터 염려하는 이들도 있었다.

"아무래도 그렇다고 봐야지. 탐사대원들이 발견한 이것은 그들이 직접 캔 것이 아니었어. 그들이 가기 전 그 공동에 이미 이게 있었을 거야. 누군가 먼저 그 안에 들어갔다는 걸 가정해야지."

이 광석이 마력석과 다른 점이라면 마치 금처럼 녹여서 불순물을 제거하면 순수한 광석이 될 수 있다는 점이었다. 놀랍게도 사람 머리통만 한 크기였던 광석은 불순물이 섞이지 않은 상태였다. 모양은 자연석처럼 보이긴 했지만 누군가 제련한 걸 가져다 두었다는 의미였다.

"동굴 입구는 그날 처음 만들어서 들어간 것 아니었습니까?"

"그걸 알아봐야겠지. 그 공동에 무엇이 있는지 알아보려면 탐사대만으로 해결할 수 있는 문제가 아니야. 그때 머리에 썼던 정신 오염 대비 주술이 아주 효과가 없는 건 아니었어. 하지만 오염이 더 강했던 거지. 나는 이상이 없었으니 나와 비슷한 저항력을 지닌 이가 가는 게 좋겠어."

"…차장님이 직접 가시는 게 아니었습니까?"

"내가 가길 바라나?"

살짝 낮아진 목소리에 에르모는 기겁하고 고개를 저었다.

"아, 아닙니다!"

하지만 이상한 건 이상한 거였다. 타나릴은 책상머리에 앉아서 일을 하는 사람이 아니었다. 이런 특별한 사항이 벌어지면 당연히 직접 확인하고 자신의 손안에서 일이 해결되어야 하는 사람이었다. 중요하지 않은 일이라면 또 모르겠는데 그것도 아니다.

마법 공학부에 이번만큼 마녀들이 많이 동원된 때가 드물 것이다. 그 깐깐하고 보수적인 장관들도 이번 일에 마녀를 동원해 연구하는 일을 묵과하는 것은 물론, 차후 마녀가 주가 된 부서가 생길지도 모를 중요한 작업이었다. 그런데도 남도 아닌, 자신이 직접 발견한 현안에 타나릴이 다른 사람을 보내다니, 의아할 수밖에 없었다.

그제야 발더가 한 말이 떠올랐다.

'타나릴은 이제 세상의 중심이 일이 아니야. 누가 중심인지 너도 봤지? 그렇게 알고 일하도록.'

평소처럼 장난치듯 어깨를 두드리며 하는 말을 흘려들었었는데 그거야말로 진짜 매우 새겨들을 충고였던 것이다.

"누구를 보내실 생각이십니까?"

"정신 오염 테스트를 해서 통과하는 이들로 선별해야지. 내가 수준을 대략 아니 그 수준에 맞춰 선별하고 상시 해제가 가능한 마녀들을 한 조로 묶을 생각이야. 특히 정신 오염은 마법사들로서는 알아볼 수가 없어. 반드시 뛰어난 마녀가 함께 가서 공동의 비밀을 밝혀내야 할 거야."

에르모는 속으로 손뼉을 쳤다.

타나릴의 말이 옳았다. 타나릴이 직접 할 수 없는 일이라는 것도 맞았고 다른 이를 파견해서 해결할 수 있는 일이기도 했다. 그러나 타나릴은 그런 걸 모르는 사람인 줄 알았다. 모든 일을 자신의 눈에 두어야 하고 직접 해결해야 하는 사람이 줄 알았다.

세상의 중심이 변하니 사람이 바뀌기도 하는구나. 에르모는 커다란 깨달음을 얻었다.

"광석 작동은 해봤나?"

"곧 시험해 보려 합니다. 준비를 마친 마녀들이 실험실에서 대기하고 있습니다."

"그런 건 빨리 말해. 가지."

사람이 바뀌어도 성질이 어디 가는 건 아니다. 에르모는 허둥지둥 일어서려다 붕 떠서 균형을 잡지 못하는 다리 때문에 엉덩방아를 찧을 뻔했다. 하지만 넘어지는 사태는 일어나지 않았다. 몸이 저절로 일으켜 세워지면서 균형이 잡혔다. 그러나 넘어지지 않게 해준 이의 맹렬한 비난만은 면하지 못했다.

"마법사가 넘어지기도 하나? 창피한 줄 알아!"

저는 마법사가 아니라 정보원인데요? 아니, 정보원이었죠. 아니… 마법사이기도 하지만 저는 차장님 같은 고위 마법사가 아니거든요!

그러나 끓는 항변은 표정으로도 올라오지 못했다. 순발력 훈련을 해야겠다는 타나릴의 명에 네, 와 감사를 외치던 에르모는 순간 이상함을 느꼈다.

나를 붙잡아주셨네? 차장님이 나를?

냉마왕의 면모를 유감없이 보여주었으면서 또 아닌 것도 같았다. 에르모는 알쏭달쏭한 얼굴로 벌써 저만큼 멀어진 타나릴의 뒤를 따랐다.

"오셨습니까, 차장님! 방금 연락하려고 했습니다."

발더가 살랑살랑 손을 흔들며 타나릴에게 인사했다. 공적인 어조에 사감이 실려 있었지만 타나릴이 받아주지 않았다.

"오늘 실험할 내용은?"

그거, 어제 이미 보고로 올린 거다. 아마도 약 23시쯤? 퇴근 시간이 되자마자 집으로 달려간 누구는 볼 수 없는 시각이긴 했다.

누구는 일 년에 한 번 할까 말까 한 야근을 며칠째 계속하고 있는데 누구는 매일 칼퇴근이다. 하지만 상대가 마법 공학부 붙박이 귀신이라는 타나릴이다. 발더는 차마 따질 수도 없는 제 처지를 한탄하며 보고로 올렸던 내용을 입으로 재창했다.

"첫 번째 실험은 세크레티아가 맡았습니다. 약물을 주입하지 않고 마취를 할 것입니다. 세크레티아는 원래 약물의 도움을 받아야만 마취를 할 수 있었습니다. 이에 약물 대신 광석의 효과를 실험할 것입니다."

"지원자들의 상처는 각기 다를 텐데 객관적인 자료를 얻을 수 있을까?"

"오늘 실험에 자원한 이들은 제국 3군단 병사들입니다. 훈련 중 다친 상처를 찢고 꿰매야 할 사람들이 대거 참여했습니다."

실험에 참여한 이들에게 마법 공학부에서 따로 수당을 지급하므로 실험 대상이 모자랄 일은 없어 보였다.

"두 번째, 엘리나무나는 지혈을 담당할 것입니다. 이 또한 약물이 아닌 주술만으로 쉽게 해결할 것입니다."

"의학 부문에 획기적인 변화가 일겠군. 그리고?"

타나릴이 가져온 광석은 현재 쪼개놓은 상태였다. 크기도 실험 결과에 관계있는 듯 보였지만 일단은 여러 가지 실험을 해서 위험성부터 찾은 후에야 광석을 더 캐서 다른 실험을 더 해볼 수 있을 것이다.

"저기 세 사람은 자매입니다. 미요나, 이린다, 요그틀라. 각각 최면과 자백, 사물의 기억을 읽는 능력이 있습니다. 저들도 약간의 능력이 있긴 하지만 강했던 건 아니었습니다. 실험은 여기가 아니라 감옥에서 할 예정입니다."

"저 세 사람이 실험할 때는 신원을 잘 보호해야겠군."

"네, 명심하겠습니다. 지금은 자리를 비웠지만 동물과 이야기를 하는 이가 있었습니다. 한데 그 사람은 황실 마구간에서 급한 요청으로 데려갔습니다."

불만이 가시지 않는지 발더는 참관인에게서 멀어져도 나불나불 존댓말을 잘도 붙였다.

"광석도 함께?"

"물론 광석은 반출하지 않았습니다. 그런데 잠시라도 지녔던 광석의 힘이 남아 있는 것인지 지금 황실 마구간에서 환호의 비명을 지르고 있다고 들었습니다. 데려간 주술사가 족집게처럼 아픈 말과 아픈 부위를 쏙쏙 찾아내고 있다고 합니다. 그도 본래 동물과 그리 확실한 소통을 하는 이는 아니었습니다."

그 보수적인 황실에서 마녀를 공식적으로 부리는가 했더니 역시 남자라서 데려간 모양이었다.

하지만 주술사는 대개 마녀보다 뛰어나지 못하다. 황실에서도 곧 마녀들을 목매어 부를 날이 올 거라는 예상은 쉽게 할 수 있었다. 물론 이 광석의 용도를 완전히 파악한 후의 일이었다.

광석의 용도가 점점 확실해지고 있었다. 지혈까지 가능한 걸 보면 정신적 주술에만 국한된 것이 아니었지만 대부분 정신 계통에 더 강한 능력을 부여하고 있었다. 아니, 마녀가 쓰는 주술에 모두 힘을 부여하는 것일 수도 있다. 또 지속성도 있으니 이는 매우 고무적인 사항이었다.

광석의 기능을 아직 다 밝혀낸 건 아니지만 그야말로 또 다른 마력석 광산을 발견한 거나 마찬가지였다. 비록 채굴자들이 캐내지는 못했지만 이와 비슷한 광석을 동굴 안쪽에서 봤다고 증언했었다.

만일 광석의 가치가 예상의 반만큼이라도 가치가 있다면 리예는 그야말로 거부의 반열에 들 것이다. 덕분에 이전에 리예를 위해 준비한 선물이 확실히 소용 있게 되었다. 그것이 리예에게 한 발 더 물러날 이유가 될지, 혹은 또 저와의 격차를 무너뜨릴 무기가 되어 줄지 기대가 되었다.

"마법사와 마녀가 연계해서 하는 실험은 없나?"

"마법사들은 저 광석에서 아무 힘도 느끼지 못했습니다."

타나릴은 광석의 힘을 느꼈다. 물론 그 이유는 짐작하므로 그런 말을 할 수는 없었다.

"마법사의 진을 작동시키고 그것과 연계할 수 있는지 알아보도록. 일반 마력석과 충돌은 없었으니 분명 연계에 도움이 될 거야."

"그건 따로 계획을 잡아야 할 것 같습니다."

"우선 본격적인 실험을 시작해 보지."

실험은 반절의 성공이었다. 아니, 반절이라고 하면 좀 야박하고 칠 할은 성공이라 할 수 있었다.

엘리나무나의 지혈은 확실한 효과가 있었다. 절단술이나 대수술에도 소용 있을지 아직 해볼 수는 없었지만 훈련을 거듭하면 될 거라는 가능성을 보였다.

세 자매의 실험도 꽤 성공적이었다. 그들의 능력으로 이번 실험에서 점조직 도박 조직을 추적할 수 있게 되었다.

최면과 자백, 사이코메트리 능력은 지금도 수사에 이용하는 편이었다. 그래도 이 실험이 성공적이라고 할 수 있는 건 세 자매의 능력이 워낙에 약했었기 때문이다. 그런데 광석의 힘을 빌려 본래보다 훨씬 강한 능력을 발휘한 것이었다.

마취는 최면과도 연관이 있기에 가장 기대했던 부분이었다. 그러나 세크레티아의 마취는 반은 됐다가 금세 풀렸고 반은 잘되지 않았다. 그래서 대부분 피실험자들은 생살을 찢고 꿰매는 고통에 시달려야 했다. 이게 광석의 효율 때문인지 실험자 본인의 문제인지는 다시 실험해 볼 필요가 있었다.

"오늘은 여기까지."

타나릴이 실험 종료를 외치자 실험실 인원은 속으로 만세를 불렀다. 실험을 마쳤다 해도 기본으로 며칠 밤을 새울 거란 예상과 다르게 해가 지기도 전에 외치는 수장의 종료 소식은 모두의 환영을 받았다.

공식적인 실험은 여기가 끝이었다. 하지만 이것 말고도 은밀하고 중요한 실험이 또 있었다. 발더가 퇴근할 수 없는 이유였다.

"발더, 제4연구실 결과는 언제 나올 것 같아?"

제4연구실에선 정신 오염에 관한 실험을 하고 있었다. 공동에서 이지를 잃고 생명력이 빠져나가던 그것이 어떻게 된 현상인지 알아보는 중이었다.

정신 오염에 관한 피실험자로는 악질범들로, 사형수를 동원하고 있었다. 물론 피실험자들은 무력화가 되어 있었지만 실험 과정 중 어떤 돌발 상황이 발생할지 모르기 때문에 꽤 위험한 실험으로 분류되어 있었다. 그래서 피실험자 한 사람당 지키는 이만 세 사람이 붙었다.

"아직. 마녀들도 처음 운용하는 색다른 힘인 데다 정신 오염은 민감해서 조심스럽게 접근하고 있어. 그래도 이틀 내로 뭔가 나올 것 같긴 해. 그나마 원하는 방향을 아니까 이 정도지, 아니라면 아직 감도 못 잡고 있었을 거야."

"알았어."

"안 가봐?"

"내가 가면 긴장해서 아무것도 못 하잖아."

"그건 그렇지."

이상하게도 정신 오염 실험방의 마녀들은 타나릴을 극도로 어려워했다. 실은 오늘 실험하는 마녀들도 타나릴과 한자리에 있는 것을 불편해했다.

제4연구실의 한 마녀가 타나릴이 왔다 가자 너무 눈에 띄게 한숨을 내려 쉬기에 발더가 물었더니 상대적 기의 눌림이라고 조심스럽게 고백했다.

이해할 수 없는 말이었다. 마녀가 마법사의 기에 눌렸다는 말은 처음 들었기 때문이다.

"시간이 걸리는 것일 수도 있지. 뭔가 성과가 보이면 그때 보도록 할게. 마녀들도 그걸 원할 거야."

지금 상황으로는 타나릴이 들여다보면 방해가 되는 게 맞다. 발더는 속으로 네가 언제 아랫사람들 사정을 봐줬느냐며 중얼거리다가 타나릴이 서류를 챙겨 보안 금고에 넣는 걸 보고는 물었다.

"뭐야, 벌써 가?"

조롱 반, 부러움 반, 거기에 오늘은 나만 야근할 수 없다는 이자를 덧붙인 발더의 의지는 타나릴의 답에 황급히 철수됐다.

"1번이 떴어."

"억, 빨리 가!"

발더는 타나릴이 1초라도 늦을까 얼른 문에서 비켜주었다.

"내일 봐!"

타나릴이 날 듯이 사라지는 걸 보며 발더는 나직이 중얼거렸다.

"나도 레타가 있는 집으로 퇴근할 수 있으면 좋겠다."

1번, 카리자엘의 출현은 정말 비상사태였다.

타나릴은 자신의 저택에 누이들의 출입을 절대 금할 것을 강력하게 경고했었다. 이건 결혼식 때 한 말이 아니라 그가 독립해 나가면서 애초에 못 박은 일이었다.

결혼한 후라고 그 경고가 풀렸을까.

천만에, 오히려 이전보다 더 금지의 영역이 된 타나릴과 리예의 집에 카리자엘이 올 생각을 할 수 있었던 건 방패가 있었기 때문이다.

"어머니, 며느리 얼굴 보시기가 이렇게 힘들어서 어째요. 아니, 어머니가 오시는 것부터 말이 안 되죠. 부르면 저가 와야 하는 것 아닌가요!"

"부르지 않았잖니."

달래는 듯한 사마라 부인의 어조에 카리자엘이 더 기가 살아 소리쳤다.

"부르시면 그만이죠! 아니, 부르지 않았다 해도 알아서 문안 인사를 여쭈어야 할 텐데, 신혼여행 다녀온 지 며칠이나 지났는데도 아직도 인사가 없다니, 기본이 안 돼 있어요!"

일단, 방문을 알리지도 않고 대뜸 쳐들어오는 사람이 기본을 따지다니 어폐가 있었다.

그뿐만 아니다. 제국의 관습으로는 혼인하고 최소 한 달은 시댁에서 새색시를 찾지 않는다. 대부분 신부가 신랑 집에 들어가서 살기 때문에 배려 차원에서 생겨난 관습이었다. 독립해서 사는 자녀와는 좀 거리가 먼 이야기이긴 해도 관습은 예의로 굳어지고 있었다.

설사 리예가 먼저 인사를 올려야 할 상황이 됐더라도 혼인하고도 반년이 지나도록 시댁에 얼씬도 하지 않은 이가 할 말은 아니었다. 그럼에도 공작가의 공녀인 카리자엘을 나무라는 이가 없었던 건 물론이고 지금도 공작가의 위세를 부리고 있었다.

딸을 지켜보는 사마라 부인의 얼굴도 썩 편해 보이지만은 않았다. 딸들과 아들의 관계를 모르는 것도 아니라 정말 꺼려지는 상황이었지만, 새 며느리를 보자며 들썩거리는 큰딸의 속살거림에 사마라 부인도 못 이기는 체 온 것이다.

큰딸에게는 며느리에게 함부로 말하지 말라고 단단히 일러두고 온 참이다. 하지만 회심의 미소를 짓는 카리자엘의 상태로 보아선 무슨 일이 일어나도 날 것 같은 분위기였다.

마차는 금세 타나릴의 집 앞에 당도했다. 마부가 먼저 내려 공학부의 야심작인 초인종을 막 누르려는 참이었다.

"그만. 그거 누르지 않아도 돼."

"후작님!"

타나릴을 알아본 마부가 놀라서 외쳤다. 그 말에 마차 창문으로 내다본 카리자엘의 얼굴이 하얗게 변했다.

"트, 트레니알라!"

"여긴 무슨 일로 오셨나. 또 내 침실에 넣을 게 있었나 보지?"

"그, 그, 그런 게 아니라… 그때 그것도 내가 한 게 아니라니까!"

사색이 되어 더듬던 카리자엘이 앙칼지게 부정했지만 표정은 이미 자백이나 다름없었다.

타나릴이 독립한 것은 약 6년 전이었다. 실제 생활 패턴으로 봐선 독립이라 할 수 있는 게 15년도 넘었지만 저택을 아예 새로 사서 옮긴 것이 그쯤이었다.

타나릴보다 여덟 살 많은 카리자엘은 당시 이미 결혼한 후였지만 집안을 휘젓고 참견하기 좋아하기는 결혼 전과 마찬가지였다. 지금은 만혼이 추세로 굳어지고 있지만 당시의 타나릴도 절정에 오른 최고의 신랑감이었다. 또 한 살 위 앨리스가 결혼을 앞둔 터라 다음은 타나릴 차례임을 알리지 않아도 모두 기대하고 있는 바였다.

하지만 타나릴이 여자와 만난다든가 하는 소문은 없는 데다 함께 일하는 이라 해도 적령기의 여자라곤 눈을 씻고 봐도 찾을 수가 없으니 사마라 부인의 시름이 깊어지고 있었다. 억지로 참여한 파티에서 애먼 여자와 스캔들만 터지기도 여러 차례, 기어이 고자가 아니냐는 소문까지 돌았다.

그런 즈음, 타나릴이 드물게 집으로 돌아오던 날 한 여자가 그의 침실에 고혹적인 모습으로 기다리고 있었다. 카리자엘의 주도로 이루어진 세 자매의 합작품이었다.

카리자엘은 타나릴의 침실에 노렌디아 후작의 후처를 들여보냈다. 후처라지만 실제론 첩이었고, 그녀의 치마 아래를 거치면 정신을 차리지 못한다는 소문이 돌 정도로 질 나쁜 소문이 도는 여자였다.

뒤로 무슨 짓을 하든 겉으론 고결한 척해야 하는 것이 귀족이라,

남의 아내와 불륜 관계에 있음이 드러나면 명예에 치명적인 흠이 되고 만다.

카리자엘은 결혼 준비로 떠들썩한 앨리스의 친구들을 대거 이끌고 타나릴의 침실로 쳐들어갔다. 제 딴엔 타나릴의 흠을 찾을 결정적으로 순간이라고 믿고 들이닥친 카리자엘은 타나릴과 뒹굴고 있을 여자는 찾지 못하고 제 속셈만 드러내고 말았다.

노렌디아 후작의 후처는 손님들이 다 돌아간 후 정원사에게 발견되었다. 여자는 입었는지 안 입었는지도 모를 얇은 속옷 하나만 걸친 채 연일 폭염을 자랑하는 날씨에도 오들오들 떨며 굳어 있었다. 그녀는 타나릴의 그림자도 본 적이 없음을 맹세하고는 달아나 버렸다.

여자는 그 정도로 놓아줬지만 진정한 후폭풍은 그 이후였다. 타나릴은 대놓고 집 안에 침입자가 있었으며, 그런 집에서 한시도 살 수 없음을 천명하고는 독립을 선언했다. 그리고 안전하지 못한 본가의 보안을 믿을 수 없는 관계로, 누구도 자신의 집을 함부로 드나들 수 없음도 분명히 했다.

특히 1, 2, 3번 세 여자를 향한 선언을 하며 살기까지 피웠는데 예그하라 공작은 여느 때처럼 그런 것은 참견하지 않았다.

이후 타나릴이 가끔 만나는 이는 어머니밖에 없었다. 그것도 사마라 부인이 애원하면 몇 번에 한 번 본가에 방문하는 게 다일 뿐, 아버지와 만나면 불같이 싸우는 게 대부분이라 공적인 자리 외에는 잘 만나지 않았다. 그런 상황이 결혼식까지 이어졌던 것이다.

"어, 어머니도 계셔!"

카리자엘이 서둘러 소리치자 타나릴이 마차 문을 열고 인사했다.

"어머니를 뵙습니다. 한 달이 지나면 당연히 어머니를 뵈러 갈 건데 누이 때문에 괜히 이렇게 멀리까지 돌아가시게 된 것 같군요."

매정하게도 어머니조차 타나릴의 벽을 뚫을 수는 없었다. 다시 또 이런 식으로 쳐들어온다면 앞으론 집에도 가지 않을 수도 있다는 은근한 암시가 담겨 있기도 했다. 사마라 부인은 마차 안쪽으로 몸을 깊이 묻으며 대답했다.

"…그래, 우린 좀 멀리 돌아가는 길이었단다. 그래도 우리 아들 얼굴 한 번 더 보니 좋긴 하구나."

"오늘 새사람이 들어와서 멀리까지 인사드리기는 어렵군요. 제가 요 앞까지는 바래다드리겠습니다."

"그럴래? 나야 우리 아들과 잠시라도 같이 있으니 좋지."

타나릴이 냉큼 마차에 올라타자 카리자엘도 당연히 그대로 자리에 앉아야 했다. 마차가 타나릴의 집이 있는 거리를 지나 시내로 접어들자 그는 두 여인에게 작별 인사를 했다. 그리고 누이에게는 좀 더 특별한 작별 인사를 해주었다.

"사용인들이 무례를 저지를 수도 있으니 초인종을 함부로 누르지 않는 게 좋겠어, 누이. 아는 줄 알았는데, 다시 한번 일러줘야 할 모양이야?"

누이라는 불청객에게 저 문이 열릴 리가 없다는 뜻이다. 또한, 한 번 만 더 리예를 찾아오거나 한다면 말로만 끝내지 않을 거라는 경고였다. 경고만으로 끝나지 않음은 누구보다 카리자엘이 더 잘 아는 사실이다.

카리자엘의 남편 프라인 자작은 마법 공학부 산하 공작소 중 하나를 운영하며 불법 납품과 수주 비리 등 갖은 불법을 저질렀다. 타나릴은 그걸 모조리 캐내 엄청난 과징금을 물렸다.

법정 최대 과징금을 물기 위해 프라인 자작은 여기저기 벌여둔 사업체 여럿을 정리해야 했었다. 타나릴이 독립하던 해, 그러니까 노렌디아 후처의 일이 있었던 후의 일이었다.

새파랗게 질려 버린 카리자엘은 어머니께 작별 인사를 한 후 마차에서 내리는 타나릴에게 한마디도 할 수 없었다. 사마라 부인은 분해서 어쩔 줄 모르는 딸의 손등을 토닥여 주었다.

"다녀왔어요, 타나릴?"

방금 문밖에서 위험천만한 1번이 스쳐 지나간 것을 까맣게 모르는 리예가 방긋 웃으며 타나릴을 반겼다.

타나릴은 리예가 채 다가오기도 전에 그녀의 허리를 낚아채 입을 맞췄다. 처음 그런 장면에 사용인들이 놀라는 것도 잠시, 며칠 동안 당연해진 장면에 각자 시선을 돌리는 방법을 터득했다. 제린다만이 꿋꿋하게 지켜보고 있다가 오늘의 보고를 했다.

"마님께서 오늘 하녀장과 비서를 뽑으셨습니다. 밀레이나, 후작님께 인사하세요."

"밀레이나라고 합니다. 성심을 다해 모시겠습니다!"

"그대는 아이들이 있다지?"

타나릴이 이미 자신에 대해 알고 있다는 것에 놀라는 것도 잠시, 밀레이나는 치부를 고백하듯 설명했다.

"네, 아직은 예의를 몰라 별채에 두었습니다. 조만간 인사를 드리겠습니다."

"아이들은 천천히 봐도 되네. 무엇보다 아내를 잘 모시게. 그리고 아내가 초대한 사람 이외는 절대 집에 들이지 말고. 곧 집사를 들일 테니 그 전까지만 좀 더 수고하게."

"명심하겠습니다!"

제린다가 덧붙였다.

"비서인 로레인 스카디나 영애는 사흘 후에 오신다고 하십니다."

"그때엔 제린다를 볼 수 없겠군. 고생했어, 제린다."

사흘 내로 떠나라는 말에도 제린다는 움찔하지도 않고 답했다.

"작별 인사는 이르십니다. 사흘 뒤에 하셔도 되고, 본가에서도 뵐 텐데요."

"글쎄. 로레인의 방은 어디로 했는가?"

레타가 아닌, 다른 여자의 이름을 친근하게 부르는 저를 리예가 동그란 눈으로 쳐다보는 걸 알았지만, 타나릴은 제린다와 이야기를 끝내고 빨리 침실로 가고 싶은 마음뿐이었다.

"별채 2층 동쪽 방을 드릴 예정입니다. 마님께서 직접 고르셨습니다."

"당신이?"

"…네."

"알았어. 그럼 한 시간 후쯤 저녁을 먹도록 하지. 어때, 리예?"

"네, 저도 좋아요."

타나릴은 리예를 안고 성큼성큼 계단을 올랐다. 그 모습도 사용인들에겐 이제 익숙해지는 광경이었다.

"정말… 신혼이시네요!"

밀레이나만이 눈을 접으며 작은 감탄사를 토했다. 하지만 깐깐한 제린다가 이를 놓치지 않고 말했다.

"주인에 대한 감상은 입 밖에 내는 게 아닙니다."

"아… 알겠습니다."

제린다의 엄한 충고에 밀레이나는 고개를 숙였다. 제린다는 반듯하고 경험도 많고 하녀장으로서 표본과도 같은 사람이었다. 하지만 그녀의 방식이 다 옳은 건 아니었다. 안주인인 리예는 서로 소통하는 관계가 되길 바란다고 말했었다.

밀레이나는 속으로 입을 쑥 내밀며 생각했다.

'그래도 참 보기 좋은 분들이다!'

• • •

"이건 매우 좋은 습관인 것 같아……."

절정이 지난 후, 숨을 고른 타나릴이 질 내벽 안에서 훑듯이 슬쩍 움직이며 말했다. 마력은 사기적인 축복임에 틀림없다. 물속에서 움직이기가 쉽지 않을 텐데도 매번 그는 역동적인 율동을 보여주고 있었다.

정말 타나릴의 말대로 이건 습관이 될 것 같았다. 처음 이 집에 들어올 때부터 그랬지만 신혼여행을 다녀오면서부터 집에 들어오면 바로 욕실에 들어가 사랑을 나누는 것이 행사가 되었다. 그러면서 침대에선 안 하느냐 하면…….

"저녁 먹고 우리 가볍게 산책할까? 보고 싶은 공연이 있으면 말해."

머리 위에서 그의 나른한 음성을 듣는 이것은 후희를 즐기는 습관이 되어가고 있었다.

"산책 좋아요. 공연은 음, 아직 잘 모르겠어요."

"참, 오늘 바빴지. 비서가 오면 그런 정보도 알아서 전해줄 거야. 로레인은 경험은 좀 부족하지만 사교계나 문화 활동엔 꽤 쓸 만할 거거든."

"로레인… 스카디나 영애를 알아요?"

"로레인은 예그하라 공작님 사촌 여형제의 딸이야. 예그하라 일족이긴 한데 그래도 성이 달라서 그런지 예그하라 위선은 없는 애거든. 그래도 당신이 그 애를 뽑아서 솔직히 놀랐어. 다른 두 사람은 평판이나 경력 면에서 나무랄 데 없었으니까."

"네, 그렇긴 했어요. 그런데 전 그분들이 좀 어려워서……."

"…혹시 거만했어? 그들이 당신에게 무례했던 거야?"

순간 가늘어지는 타나릴의 눈을 보며 나는 황급히 고개를 저었다. 내가 자칫 잘못 대답했다간 왠지 그들의 앞길에 지장이 생길 것 같은 느낌이었다.

"아니요, 그런 게 아니라……. 아마 나보다 나이가 많아서 그런 걸 거예요. 내가 이것저것 부려야 할 텐데 그 사람들은 좀 많으니까……."

"하긴, 당신은 연장자에게 깍듯한 사람인데. 음, 내가 생각을 잘못했네. 하지만 당신보다 어리면 대부분 경력이 짧고 경험이 부족해. 고등 과정은 졸업해야 귀족들 사회에서 비집고 다닐 수 있어서 경력이 많아도 중등 과정 졸업자는 좀 곤란하고."

"아뇨, 다른 사람을 원한다는 말이 아니라, 그냥 로레인이 맘에 든다는 말이었어요."

"그 천방지축이 말을 안 들으면 가차 없이 잘라, 알았지?"

"그럴게요."

내가 쿡쿡 웃으며 가슴을 떨자 물결이 찰랑 움직였다.

"일어나긴 해야지……."

일어난다던 타나릴이 느릿하게 클리토리스를 어루만지는 바람에 나는 신음을 토해내야 했다. 어제는 이러다가 결국 데운 음식을 먹었었다.

"타나릴, 오늘은 밀레이나가 온 첫날인데……."

"첫날이니까 더 강렬한 인상을 줄 수 있을 텐데?"

반짝이는 눈에 장난기가 번득였다. 정말 이러다가 밀레이나에게 '강렬한' 인상을 줄 것만 같았다.

"금방 요리한 음식, 바로 먹고 싶어요!"

"그렇다고 해두지."

타나릴이 쿡쿡 웃으며 아래를 어루만지던 손을 뗐다. 느릿하게 분신이 빠지는 느낌에 눈을 꾹 감으며 타나릴의 가슴에 기댔다. 나는 그대로 그에게 안겨 욕조를 빠져나왔다.

이런 호사를 과연 얼마나 하게 될까. 곧 배가 불러올 테고, 뚱뚱해지고 몸이 부을 것이다. 더는 사랑을 나누지도 못하고 아이를 낳으면 금세 시간이 다 될 테지.

좋을수록 자꾸만 끝을 계산하면서 가슴이 따끔거렸다. 그럴수록 이 순간을 더 즐겨야겠다. 나는 타나릴의 품에 고개를 묻었다.

사흘은 금세 지났다.

제린다가 떠나면서 타나릴은 제일 먼저 메릴리타와 피아드란을 불러들였다.

피아드란의 진한 남색 머리와 똑같은 머리색을 한 킬로이 영주 부인은 삼십 대 후반인 것이 믿기지 않을 정도로 날렵하고 아름다운 여인이었다. 피아드란이 킬로이 영주와는 다르게 누굴 닮아 이렇게 귀엽고 예쁜지 알 것 같았다.

부인은 타나릴을 보자마자 먼저 깊게 허리를 숙이고 인사를 올렸다.

"저는 레베카 르안 킬로이라고 합니다. 후작님께서 우리 피아드란을… 감사합니다! 감사합니다, 후작님……."

레베카는 우느라 더는 말을 잇지 못했다. 펑펑 우는 엄마를 보고는 피아드란이 같이 울먹거리자 레베카도 억지로 눈물을 그치려 애썼다.

타나릴이 부드럽게 답했다.

"그러지 않으셔도 됩니다. 미래의 훌륭한 인재를 먼저 발견한 덕에 조금의 도움을 드릴 수 있게 되었을 뿐입니다."

"어찌 말씀하시든 후작님은 저희의 은인이십니다. 이 은혜를 어찌 갚아야 할지 아무 생각도 나지 않으니, 배은망덕하기 짝이 없습니다. 시켜만 주신다면 뭐든 하고 싶습니다."

타나릴의 은근한 눈짓에 내가 얼른 끼어들었다.

"그런 말씀 마세요, 부인. 히그틀리에서 킬로이 영주님께서 얼마나 큰 도움을 주고 계시는데요. 저야말로 정말 감사하고 있습니다."

"후작 부인! 제가 이런 결례를… 후작 부인을 뵙습니다."

"남작 부인을 환영합니다. 모쪼록 편안히 계시고 좋은 일 더 많이 생겼으면 좋겠어요."

"환대해 주셔서 정말 감사합니다. 제 남편이 히그틀리에서 어떻게 하든, 저도 무엇이든 부인을 도울 수 있게 해주세요. 저는 세 아들을 낳아 키웠으니 그쪽으론 도움을 드릴 수 있답니다. 앗, 너무 먼 미래의 이야기지요?"

레베카 부인이 내 임신에 대해 알고 말하는 건지 아닌지는 알 수 없었다. 아마도 알고서 한 말 같았지만 나도 알은체하지는 않았다.

"그럼 꼭 조언을 부탁드릴게요. 남작 부인."

"부디 저를 레베카라고 불러주세요."

곱고 차분한 목소리에 손을 모은 모습의 레베카는 소녀적인 감성을 느끼게 하는 이였다. 세 아들을 키우면서도 여린 감성을 지닌 그녀에게 나는 퍽 호감이 갔다.

"저를 리에라고 불러주신다면요."

"어머, 그럴 수는… 네, 리에."

나의 고집스러움에 레베카가 순순히 답했다.

"부탁드려요, 레베카."

이름이 불린 것만으로 다시 눈물이 차오르는 레베카에게 나는 얼른 화제를 돌렸다.

"두 자제분은 어떻게 하고 오신 건가요?"

"그 아이들은 요즘 거의 학교에서 살다시피 해서 손이 가지 않는답니다. 첫째는 내년에 졸업하고 둘째는 후년에 졸업한답니다. 큰애는 군사학부에서 행정학을 병행해 배우고 있고, 둘째는 마법 공학부를 지원하고 있어요. 가끔 휴일에 나오면 만나러 가면 된답니다."

타나릴이 말했다.

"쉬는 날엔 이리로 오게 하시지요, 남작 부인. 가족들이 모두 함께 지내기에 부족함이 없을 겁니다."

"그렇게까지 해주지 않으셔도 됩니다, 후작님. 피아드란 일만 해도 황송한데 더는 신세 질 수는 없습니다!"

"빚을 지우려는 게 아니라 인재 욕심일 뿐입니다. 알아보니 두 자제분 모두 성적이 매우 출중하더군요. 첫째 자제분께서는 히그틀리를 이을 테니 어쩔 수 없지만 둘째 자제분은 마법 공학부에서 맡아보고 싶습니다. 둘째 자제분이 내놓은 수중 압력에 견디는 장치에 관한 연구는 정말 흥미로웠습니다. 나중에 영지로 돌아가더라도 여기서 얻은 경험이 도움이 될 겁니다."

아들 칭찬에 레베카의 얼굴이 환하게 펴졌다. 마법 공학부는 제국의 내로라하는 인재들이 서로 들어가려고 피 터지는 경쟁을 하는 곳이다. 레베카는 수줍게 폐가 되지 않도록 노력하겠다며 다시 감사 인사를 했다.

"이젠 제 차례지요?"

레베카의 뒤를 이어 메릴리타가 나섰다. 메릴리타는 여전히 백발에 쪼글쪼글해진 모습이었지만 혈색은 좀 더 돌아와 있었다. 다행이라 해야겠지만 안타까움과 미안함이 가시진 않았다.

"잘 부탁드립니다, 후작님, 후작 부인."

"부탁은 제가 해야지요. 모쪼록 잘 봐주세요, 메릴리타."

"아내를 잘 부탁하오."

"저를 받아주셔서 정말 감사합니다, 후작님, 후작 부인. 아가야, 보고 싶었어!"

미리 엄마에게 교육받은 것인지 피아드란은 꽤 예의바르게 인사를 잘하긴 했지만 뒤의 말이 너무 빨랐다.

주인이 채 인사를 받기도 전에 저가 정말 '보고 싶은' 상대에만 넋을 빼는 아들 때문에 레베카는 민망함을 감추지 못했지만 난 그런 피아드란이 너무 귀여웠다. 별이 같으면 열 번쯤, 아니 스무 번쯤 뽀뽀를 해주고 놓아줬을 텐데.

아무튼 무사히 인사가 끝나고 밀레이나가 네 사람이 묵을 곳을 안내하겠다며 나섰다. 그런데 일행이 채 본관을 나서기도 전에 우당탕, 꽤 요란한 소리가 들렸다.

"어머나, 으아아! 죄, 죄송합니다! 죄송합니다! 로레인 스카디나, 오늘부로 후작 부인을 모시기 위해 온 비서입니다!"

방금 들린 요란한 소리는 가방 세 개가 넘어지며 낸 소리였다. 제 몸집만 한 가방 세 개를 한꺼번에 들고 온 여린 아가씨의 모습도 놀랄 만했지만 넘어진 가방에 걸려 함께 넘어질 뻔했던 이가 아슬아슬하게 오뚝 일어나는 모습은 마치 기예를 펼치는 것 같았다.

로레인은 쓰러진 가방을 대충 밀어서 길을 트고는 낭랑한 목소리로 사람들을 향해 인사하더니 곧 나를 보고는 달려와 다시 인사했다.

“안녕하세요, 후작 부인! 저를 채용해 주셔서 정말 감사합니다! 오늘부터 부인을 열심히 보좌하겠습니다!”

그 인사는 타나릴이 받았다.

“로레인.”

“히이익! 여, 여기에 왜… 여기 왜 계시는 거예요?”

로레인이 눈이 휘둥그레져서 물었다. 타나릴은 내가 앉은 소파 바로 뒤에 있었는데도 그를 보지 못하다니 신기한 노릇이었다. 저렇게 존재감 강한 사람도 드문데.

“여긴 내 집이야.”

“아, 아, 알긴 아는데……. 원래 공학부 귀신, 흡! 아, 아니, 원래 집에 잘 안 계시잖아요!”

“왜, 내가 집에 있으면 너는 일을 못 하나?”

“그, 그건 아니지요! 제가 오라버… 아니, 후작님을 위해 일하는 것도 아니고, 이 예쁜 언… 아름다운 후작 부인을 위해 일할 건데요?"

"그렇게 덤벙대는 꼴을 보니 당장 잘라 버리고 싶은데?"

"다음부터는 조심하겠습니다! 절대 덤벙거리지 않겠습니다!"

말이 끝나기 무섭게 삐끗하며 탁자 다리에 걸린 로레인이 그대로 공중제비를 돌았다.

제자리에서 저렇게 넘어지기도 어려웠다. 하지만 탁자 너머 내가 잡아줄 수도 없어서 아차 하던 그때, 바닥에 떨어지기 직전 살짝 멈칫한 로레인이 슬며시 바닥을 짚고 일어나며 멋쩍게 웃었다.

"후작 부인, 놀라셨나요? 하도 이런 일이 잦아서 제가 넘어질 때 안 다치게 하는 마법은 꽤 잘 쓰거든요. 제가 이래 봬도 마법사라서요……."

하하, 웃는 로레인을 나는 망연히 바라봤다.

"로레인, 너……."

타나릴이 으르렁거렸다.

"후작 부인, 후작 부인! 저 잘할게요! 제가 법률 공부는 꽤 잘했고요! 부인을 모시고 어디든 갈 수 있게 마차 자격증도 땄어요."

"누가 너한테 마차 같은 거 맡길 줄 알아!"

타나릴이 어림없다는 듯 코웃음 쳤다.

"세상에 무슨 급한 일이 생길 줄 어떻게 알고요? 저, 다른 건 몰라도 부유 마법은 잘 쓰거든요. 부인을 위해 헌신을 다하겠습니다! 부디……!"

"리예, 아무래도 경험 많은 다른……."

"아뇨! 제가 할게요! 제가 하고 싶어요! 저 정말 잘할 자신 있어요. 제발 자르지 마세요……!"

로레인이 깍지 끼듯 손을 모아 내밀며 간청했다. 로레인은 정말 간절한 듯 보였지만 나에겐 사탕을 달라고 애교를 부리던 별이의 모습과 겹쳐 보였다. 다 큰 아가씨가 정말 귀여웠다.

나만 그렇게 보는 건 아닌 듯했다. 타나릴은 말로만 쫓아낼 듯 굴고 있는 거였다. 오빠가 동생을 놀리는 짓궂음, 딱 그것이었다.

나는 레타의 말을 되새기며 웃음을 감췄다. 친남매와 소원한 타나릴이 꺼리지 않는 유일한 친척이 바로 이 아가씨라고 했었다. 레타와 로레인은 서로 왕래가 없어서 면접 당시엔 몰랐다가 나중에 내게 전해 듣고 기억난다며 말해주었다.

난 속으로 유일하다는 말은 부정했다. 레타도 있으니까. 레타도 타나릴도 부정할 테지만.

나는 점점 밑으로 고개가 떨어지는 로레인 모르게 타나릴에게 고개를 저었다. 역시나, 그의 눈 속에 웃음이 담겨 있었다.

"저, 정말 안 되는 건가요."

나는 로레인이 정말 의기소침해지기 전에 힘을 불어넣어 주었다.

"내가 직접 로레인을 뽑은걸요? 혹시 이력에 거짓이 있다거나 그러면 안 되는데……."

빠져나갈 구멍에 로레인이 반색하며 고개를 번쩍 들었다.

"아뇨! 그런 것 없어요! 자주 넘어질 뻔하지만 넘어지진 않아요! 이젠 그릇도 안 깨요!"

잘 넘어지고 그릇도 잘 깼다는 걸 이렇게 고백하기도 어려울 것이다. 나는 터질 것 같은 웃음을 억지로 참았다.

"우리, 잘 지내봐요. 나는 로레인의 도움이 필요해요."

"정말 감사합니다, 잘 부탁드립니다!"

"로레인, 타나릴의 동생이라고 들었어요."

"히익, 저는 스카디나예요, 스, 카, 디, 나! 예그하라와는 거리가 멀답니다!"

로레인은 타나릴이 말할 때까지 내가 모를 정도로 예그하라와의 관계를 스스로 밝히지도 않았고, 오늘도 그와 친분을 과시하려고 하지도 않았다. 아직은 겪어봐야 알겠지만 내가 처음 느꼈던 그대로 맑은 사람 같았다.

"공과 사 구분하지 못하고 실수하면 자른다."

초를 치는 소리는 못 들은 척 로레인은 내 손을 잡고 환하게 미소를 지었다.

"그럼 스카디나 영애의 거처도 함께 안내해야겠네요."

밀레이나가 적절히 끼어들며 로레인을 이끌었다. 제린다가 가고 첫날이었지만 단 사흘 만에 집 안 구석구석을 다 파악하고 능숙하게 손님을 이끄는 밀레이나가 꽤 미더워 보였다.

"부탁해요, 오늘은 새 식구들이 모인 첫날이니 모두 함께 식사하도록 해요."

"앗, 식사를 초대해 주시는 건가요? 정말 고맙습니다!"

"너는……."

타나릴이 말하다 말고 얼굴을 쓸었다. 그가 없는 동안엔 로레인이 주로 나와 함께 식사를 하게 될 것이다. 그런 사소한 걸 지적해 주자니, 타나릴이 정말 그녀를 잘라야 하는 것 아닌가 갈등하는 것 같아서 나는 재빨리 그의 팔짱을 끼고 이 층을 가리켰다.

"당신도 쉬어야죠. 우리, 가요."

타나릴이 못 이기는 체 내 허리를 감싸고 돌아서기 직전 나는 일행이 나가는 모습을 살짝 돌아보았다. 로레인이 나를 보며 입을 딱 벌리고 있었다. 그 모습이 히그틀리에서 봤던 누군가와 똑 닮아 있었다.

• • •

"누구는 마누라랑 뜨거운 시간을 보내고, 누구는 여기서 죽어나는 거냐!"

발더가 유리창 너머 수인(囚人)들을 지켜보다가 불평을 터뜨렸다. 사형수인 악질 범죄자가 피실험체인 실험실은 분위기마저 우중충했다.

발더가 중얼거리는 말에 에르모가 동의의 의미로 열렬히 고개를 끄덕이다가 흠칫했다. 눈을 가늘게 뜨고 쳐다보는 발더의 눈빛이 왠지 수상했기 때문이었다.

"너는 다리도 아직 덜 나은 녀석이 들어가라는데 왜 안 들어가고 여기 있냐?"

"저, 들어가도 되는 거였습니까?"

"하아… 너 어디 가서 제발 그런 소리 하지 마라. 내가 너 짤짤 쥐어짜는 악덕 상사 같잖아!"

"다리 부러진 저한테 하루만 쉬면 된다고 하셔놓고……."

"뭐? 네가 지금 나를 정말로……!"

그때 에르모가 돌연 표정을 바꾸며 소리쳤다.

"잠깐만요, 저기!"

"어이, 그렇게 말 돌리려고 해도 안 속는……."

발더는 말을 맺지 못했다. 실험에 변화가 생긴 것이다.

수인들도 처음 실험실에 왔을 때는 두려워했지만 며칠 지나면서 별일이 없자 이제는 제 집처럼 굴고 있었다. 어처구니없게도 방금까지 자기들끼리 카드놀이를 하며 놀고 있었다.

그런 수인들의 상태가 갑자기 이상해졌다. 한눈에 봐도 수인들은 정상이 아니었다. 동공이 흐리멍덩해지고 이지를 상실한 것처럼 바닥에 털썩 주저앉아 침을 질질 흘리고 있었던 것이다.

"시간 확인해, 에르모!"

"네!"

벌떡 일어난 발더는 화상통신구부터 연결했다. 지금이 밤이든, 남들 다 잘 시간이든 상관없었다. 아니, 오히려 좋았다. 통신구가 연결되는 빛이 들어오더니 잠시 후, 잠긴 목소리가 들려왔다.

"왜?"

"빨리 와, 여기 제4실험실……."

말이 채 끝나기도 전에 통신구가 꺼졌다.

뜨거운 신혼은 가라! 발더는 얄궂게 입술을 비틀었다.

"한순간에 머리가 하얗게 새버렸단 말이지?"

"응, 22시 03분에도 멀쩡했는데 22시 05분에 저렇게 변했어. 옆의 저 남자도 겉은 멀쩡해 보이지만 눈빛 좀 봐. 치매 앓는 칠십 대 노인 같아."

이곳은 공학부 내의 가장 깊숙한 비밀 실험실로, 마리티 협곡 동굴 안의 상황을 밝히기 위한 실험을 하고 있었다. 동굴에서 사람들이 당한 걸 보자면 절대 복종이나 자폭, 자기 부정 등 인성이 바뀌고 정신이 잠식되는 것이었다. 즉, 저주였다.

저주는 직접 대면이 가장 강력했다. 하지만 동굴과 비슷한 환경을 맞추기 위해 주술을 펼친 후 아예 실험자가 자리를 뜬 상태였다.

여태 성과는 없었다. 그리고 오늘 처음 변화가 생겼다. 그것도 아주 극적으로.

"둘이 동시에?"

"응, 동시에 변했어. 시너지 효과 같은 게 작용한 게 아닐까 싶어."

방 반대편에선 두 여인이 불안해하며 떨고 있었다. 이 실험에 참여한 마녀들이었다. 그들은 실험에 변화가 생기자마자 달려온 참이었다. 그리고 실험 결과에 불똥이 떨어질까 두려워하고 있었다.

저주, 특히 마녀의 저주는 제국인들이 가장 증오하는 질 나쁜 범죄였다. 때문에 그들을 찾는 것도 어렵지만 참여하게 하는 건 더 어려운 일이었다. 큰 대가와 보호를 약속했음에도 막상 실험 결과를 보고서 저렇게 두려워하는 것이었다.

"우선 인과부터 살펴보면?"

"네! 1번 방은 자신이 병이 있다고 착각하게 하는 저주였고, 2번 방은 까닭 없이 우울해져서 자살 충동이 이는 저주였습니다."

"1번 저주는 백발이 되게 했고, 2번 저주는 이지를 빼앗아 버린 듯해."

에르모와 발더가 차례로 말했다.

"위험하군."

"응, 아주 위험하지. 하지만 저주 자체가 다 위험 분류잖아? 한 가지 고무적인 사항이 있어. 저 실험자들을 봐."

마녀들의 얼굴이 달라 보였다. 구부정한 어깨와 주름이 가득해서 중년임에도 노년에 가까운 얼굴이었던 두 여인의 얼굴이 회춘

한 듯 팽팽해진 상태였다.

"생명력을 빨아들인 거로군."

"응, 반동이 아주 확실해. 우리가 부르기도 전에 달려오더라고. 가장 중요한 건 흔적이 남는다는 거야. 추적에도 문제가 없어."

"그래도 위험해. 이 정도라면 영혼을 팔아서라도 회춘하려고 하는 작자들이 널렸을 거야."

"일단 마녀들 이야기를 들어봐."

발더의 손짓에 타나릴을 보며 연신 오들오들 떨고 있던 마녀들이 아주 천천히 다가왔다. 타나릴은 그들을 재촉하지 않고 기다려 주었다.

"누그예브라 합니다. 후, 후작님을 뵙습니다."

"뮤엘이라고 합니다. 후작님을……."

"인사는 되었소. 어떻게 된 일인지 설명해 줄 수 있소?"

서로 눈치를 보던 두 여인 중 연장자인 누그예브가 먼저 말했다.

"저는 잠을 자려고 막 잠자리에 들던 순간이었습니다. 저는 요즘 다리가 아파서 잠자리에 들기 전 한참 다리를 주물러 줘야 합니다. 그렇게 주무르고 있는데 갑자기 씻은 듯이 통증이 사라지는 게 아니겠습니까. 그런데 그 전에… 무언가 제게 흘러드는 느낌이 들었습니다. 하지만 전혀 좋은 느낌은 아니었습니다. 메슥거리고 토할 것 같이 속이 뒤집히는 것 같았습니다. 거울을 보고 제가 변한 모습을 보고서 사달이 난 걸 알고 달려온 것입니다."

타나릴이 뮤엘에게 물었다.

"같은 징조를 느낀 거요?"

"저도 비슷하긴 한데… 조금 달랐습니다. 저는 씻던 중이었는데 저도 메슥거리는 걸 느꼈습니다. 하지만 토할 정도는 아니었습니다. 저는 젊을 때 흉터가 생겼었습니다. 이쪽 이마에 난 상처라 내놓을 수 없어서 항상 가리고 다녔던 건데 세수하던 중에 갑자기 상처가 만져지지 않았습니다. 저도 거울을 비춰 보고 흉터는 물론 제 몸도 변한 걸 보고 달려온 길입니다."

타나릴이 다시 물었다.

"마녀들이 최악으로 치는 일이 다른 마녀의 마력을 취하는 거라 들었소. 그런 종류였소?"

"아, 아닙니다! 그럴 리가요!"

"저, 절대 그런 주술을 쓴 적은 없습니다! 그건 저희를 감독하던 마녀도 알고 있는 사실입니다!"

두 마녀가 숨 막히는 표정으로 고개를 저었다. 그러나 둘 다 갸웃하며 다시 두려운 표정을 짓는 걸 보면 자신들 스스로도 그런 종류가 아닌가 의심하고 있는 듯했다.

"숨기는 게 있어선 곤란하오. 자신의 변화에 대해 다 말하는 게 좋을 것이오."

"무, 무, 물론입니다!"

그때 뮤엘이 번뜩 생각난 표정으로 소리쳤다.

"기록이 있습니다! 그건 금기로 지정된 끔찍한 일이긴 하나 벌어진 일이기에 기록이 남아 있습니다. 마녀가 다른 마녀의 마력을 취할 때 메슥거린다는 말은 없었습니다. 그럴 때 피식자가 된 마녀는 커다란 허탈감을 느끼지만 식자인 마녀는 엄청난 쾌락을 느낀다고 했습니다. 이건 금서였던 마녀 대기록에 있던 내용입니다! 물론… 마녀 대기록에 관해선 전해 듣기만 한 것이지만요……."

"마녀 대기록이라면……."

"황실 서고에 있을 거야."

발더가 슬쩍 덧붙이며 에르모에게 손짓했다. 에르모는 비서로 일약 승진했지만 하는 일은 정보원이었던 시절과 별반 다를 게 없었다. 아니, 일이 더 많아지고 비중이 높아진 것이 좀 달랐다.

에르모가 바로 황실 정보원에게 연락을 취했다. 정보원들에게 시간 같은 건 그리 중요한 게 아니었다. 곧 통신이 연결된 화상구에선 책임자를 불러 내용을 확인하고 알려주겠다는 답변이 왔다.

잠시 후, 놀랄 일이 한 가지 더 벌어졌다.

젊어졌던 마녀들은 순식간에 이전의 모습으로 되돌아갔다. 팽팽하던 피부가 다시 쪼글쪼글해지면서 어깨가 굽고 방금까지 낭랑하던 목소리도 약간 쉰 듯한 목소리로 변했다. 한순간 젊어졌다가 다시 한순간 늙어버린 것이다.

안타깝게도 아프다던 다리나 사라졌던 흉터도 다시 돌아왔다.

허탈감에 두 사람은 눈물을 머금었다.

그러나 피실험자들의 모습은 그대로였다. 누그예브와 뮤엘이 변했던 시간보다 훨씬 오래 기다렸지만 늙고 치매에 걸렸던 두 죄수 모두 이전의 모습으로 되돌아오지는 않았다.

광석을 이용한 저주로 남의 생명력을 빼앗는 것은 영구적이었다. 그러나 그것이 주는 반사 효과는 일시적이라는 뜻이었다.

차라리 잘된 일이었다. 아주 작은 효과를 위해서라도 함부로 남의 생명을 취해봤자 소용없는 일이라는 것이니 말이다.

확인차, 며칠 더 실험자들과 피실험자들의 경과를 지켜봤지만 더는 변화가 없었다.

두 여인은 실험을 중단하고 집으로 돌려보냈다. 두 사람은 되돌아간 노화에 잠시 허탈함과 절망을 느끼긴 했지만 헤어질 땐 모두 보상금에 만족하며 미소를 지었다.

타나릴이 에르모에게 물었다.

"두 사람에게 인원은 배치했지?"

"네, 발 빠른 정보원 두 사람이 누그예브와 뮤엘이 사는 마을의 행상과 상점 점원으로 가 있습니다."

두 여인은 이번 실험에 당연히 비밀 공증을 했다. 마녀들의 공증은 마법사의 공증보다 더 효력이 강했다. 마력과 생명력을 걸기 때문이다. 그러나 어떤 장치든 완벽히 안전한 건 없었다.

아닌 말로, 그들이 마력과 생명력을 포기하고 발설하면 그만이었다. 두 사람은 타나릴이 되었다고 판단할 때까지 감시원을 달고 살아야 할 것이다. 세상을 혼란스럽게 할 마법 공학부의 기밀은 이런 식으로 지켜졌다.

"잘했어. 이젠 가서 자. 명령이야."

에르모는 입을 딱 벌렸다가 얼른 고개를 숙이고 나갔다. 이제 에르모는 부러졌던 발로도 자연스럽게 걸어 다녔다. 그렇게 일에 치이면서도 마력을 지닌 덕분에 회복도 빨라서 이렇게 억지로 쉬게 해주지 않으면 잠도 자지 않는 것 같았다.

"쟤가 왜 놀라면서 나간 줄 알아?"

발더가 히죽히죽 웃으며 물었다. 언제나처럼 쓸모없는 잡담에 타나릴은 듣는 체도 하지 않았다. 그렇다고 포기할 발더가 아니다.

"네가 너무 친절해서."

냉마왕과 너무도 어울리지 않는 단어였다. 이 말에 놀랄 이들이라면 에르모를 포함해 당장에라도 복도 끝까지 줄을 세울 수 있었다. 그러나 타나릴은 이미 리예에게 그런 말을 들은 적이 있었다. 발더 딴엔 기함할 소리였건만, 더 기가 막히게도 타나릴은 내심 동의하는 바였다.

발더는 장단을 맞춰주지 않는 벽을 상대로 할 수 없이 다시 일 이야기로 돌아갔다.

"공동에 대한 비밀이 조금은 풀린 것 같은데?"

"하지만 완전하진 않아. 탐사대나 용병들이 동굴 안에 들어간 건 협곡에서 입구를 만든 후였어. 그 공동에 그런 장치를 한 걸 보면 다른 입구가 더 있다는 얘기야."

"이제 공동을 조사할 차례네. 그럼 다시 히그틀리로 가봐야 하나?"

"그렇긴 한데, 나는 당장은 못 움직여. 절벽 별장이 다 돼야 리예가 같이 간다고 할 거라서. 공동에는 역시 마녀가 가야 할 거야. 우리 쪽 요원들이 많이 대기하고 있잖아? 그들이 이번 일을 잘 해내면 주술 관련 부서가 따로 독립할 발판이 마련될 거야. 그들은 이 일에 사활을 걸고 할 테니 맡겨볼 만해."

"허, 팔불출이 되니 철드나 보네!"

"……?"

"아니, 너도 이젠 인재를 두루 쓸 줄 알게 되었나 하고. 넌 무슨 일이든 네가 다 직접 확인해야 직성이 풀렸잖아. 이 일 중독자야!"

직격으로 주는 면박에도 타나릴이 무안해하는 일은 없었다. 다만 고개를 갸웃하며 생각에 빠지며 중얼거렸다.

"팔불출?"

발더는 뜨악하며 제 입을 두드렸다.

아직 때가 아닐 수도 있는데 어쩌나? 하지만 이미 시동이 걸린 타나릴은 곰곰이 생각에 빠진 후였다.

"그게 말이지……."

"내 모든 생활의 중심이 리예가 된 것이 팔불출이란 말이지?"

발더는 '네 생활의 중심이 리예인 건 알고 있었냐!'고 하려다 참았다. 하지만 비슷한 대답을 했다.

"아니 다행이다."

"그랬구나. …그랬던 거였어."

발더는 타나릴의 표정을 읽을 수가 없었다. 좋은지 나쁜지 알아야 더 말을 해주든 말든 할 텐데 저에게도 감정을 드러내지 않으니 애만 탔다. 제 말 한마디로 친우의 결혼 생활에 지장을 주는 것만은 사양이었다.

"뭐라고 말이라도 해봐!"

"무슨 말? 내가 내 아내를 좋아하는 걸 네게 고백이라도 하라는 말이야?"

타나릴의 뚱한 답에 발더는 제 가슴을 두드리려다 눈을 화등잔만 하게 떴다.

"너……!"

"그만하면 됐어. 나머지는 내가 알아서 할게."

"우와… 생각보다 인정하는 게 빠른데, 너!"

"나는 지금도 가끔 생각해. 내가 처음 비행선에서 처신을 잘못했더라면……."

"아!"

"처음 호텔에서 헤어질 땐 그랬거든. 고압적이고 무례하고 막무가내에……."

"재수 없었겠지."

발더가 열렬히 고개를 끄덕이며 말을 받았다.

"……."

"맞잖아!"

팔을 교차한 채 주위에 없는 담요를 찾던 발더는 깨달음과 동시에 멈췄다. 최근 담요를 챙길 일이 없었다. 그런데 그건 타나릴이 성질을 덜 피워서라기보다는 땡 하면 집에 달려가는 것 때문이 아니었었나?

다행히 담요가 없어도 발더는 떨지 않아도 되었다. 타나릴은 금세 또 생각에 잠겨 버렸다.

"무슨 생각해?"

"리예."

그럼 그렇지. 그건 안다. 그런데 무슨 생각했느냐고!

하지만 발더는 묻지 않았다. 물을 수가 없었다. 심각해지다 헤벌쭉하다가 다시 굳어버리는 다채로운 타나릴의 표정을 보는 것만으로도 충분했다. 그나마 자신의 앞이니 이만큼이나마 틈을 보여주는 것인데 더는 건드릴 수 없었다.

발더는 슬쩍 화제를 돌렸다.

"이번 실험, 우선은 성공적이라고 생각하는데, 너는 어때?"

"당연하지. 지금 여기에 눈독을 들인 각계 장관들과 고위층들이 벌써 히그틀리 땅부터 사려고 들썩댄다고 들었어."

"흥, 킬로이 영주에게 말해뒀어?"

"당연하지. 광석에 관한 발표가 있기까지 모든 토지 거래를 중단하라고 해뒀어. 원래 토지 거래 같은 게 1년에 한두 번 있을까 말까 했던 곳이라 어려운 일도 아니라고 하더군."

"히야! 광석에 대해 알려지면 최대 수혜자는 역시 네 아내가 되는 건가? 너, 그 협곡 주변이랑 강변을 잇는 땅까지 모두 샀잖아? 네 아내 이름으로? 그땐 동굴 같은 거 있는지 알지도 못할 때인데 어떻게 그런 걸 다 살 생각을 했어?"

"애초에 킬로이 남작이 두 땅이 이어지는 곳이라고 했잖아. 당연한 거였지."

리예는 자신이 원하던 두 땅만 사고는 만족스러워했지만 타나릴의 기준으론 부족했다. 그는 당시 리예의 이름으로 그 사이를 잇는 인근의 땅 전체를 다 사들였다.

원래 리예가 원하는 땅을 약혼 선물로 사주기로 했었기도 하고, 그 나머지 땅을 산 건 그야말로 당연한 선물이었다. 선물이라지만 미개척지와 맞닿은 불모지 땅이라 드러내 놓기엔 좀 약소해서 굳이 그때 알리지는 않은 것이었다.

아마 광석의 가치가 발표되면 그 땅은 마력석 광산과 비슷한 가치를 갖게 될 것이다. 그런데 저택이나 병원을 봤을 때의 그 부담감 가득하던 표정을 생각하면 막상 리예가 좋아할지 조금 의심하게 되고 만다.

"키햐, 이렇게 될 줄 알았으면 그때 나도 곁다리로 끼어서 사는 거였는데!"

발더가 애통한 듯 소리쳤다.

타나릴이 강과 협곡이 이어진 땅을 살 때 발더도 바로 옆에 있었다. 그때는 타나릴의 절대 지키지 않을 혼전 계약서를 작성하느라 바빠서이기도 했지만 땅 같은 건 거들떠볼 생각도 하지 않았었다. 하지만 광석을 발견하고 그것이 마법 공학부로 넘어온 순간부터 그곳 땅을 사는 건 불가능한 일이 되고 말았다.

제국법에 국가사업으로 알게 된 정보로 공무원과 귀족들이 사전 독점으로 이익을 얻는 건 불법이었다. 물론 알음알음으로 그런 불법적 이득을 취하는 이들도 있지만 적어도 마법 공학부에선 그런 일은 불가능했다. 냉마왕 타나릴이 그런 이들을 잡아내는 것도 귀신이기 때문이다.

타나릴이 가볍게 으쓱하며 말했다.

"리예의 복이지."

팔불출아……! 발더는 포기하듯 고개를 젓고는 말했다.

"네가 그 땅을 차지한 것에 배 아픈 사람들이 많을 거야. 아니, 네 아내가 주인이라 해도 대부분 실제 주인은 너라고 생각들 할걸? 하여간 일의 선후는 무시하고 무조건 네가 그 땅을 차지하게 된 배경에 대해 소명자료 내라고 난리 치는 놈들도 많을 거야."

동굴 개발을 시작하게 되면 돈 냄새 맡은 무리가 개떼처럼 히그틀리로 몰려들 것이다. 마력석 광산은 비슷한 이름만 풍겨도 투자자들과 사기꾼들이 몰린다. 가칭 주술석이라 붙인 이 광석에 대한 발표가 나면 여파는 보지 않아도 뻔했다.

"그러라고 해. 그보다 킬로이 남작이 엄청나게 시달릴 거야."

"보조할 직원 다섯을 보내둘게."

"고마워, 발더."

"고……!"

발더는 제 입을 쥐어 막으며 이 당연한 일에 인사를 듣는 것이 과연 타당한 일인지 잠시 고찰했다.

다른 이라면 몰라도 타나릴에게서는 아니었다. 타나릴은 처벌이 엄한 만큼 보상은 확실했으나 칭찬은 박했다. 또 그 누구보다 자기 자신에게 가장 엄한 사람이었다.

이전의 타나릴은 치열하게 일하는 것 말고는 욕망이 없는 사람 같았다. 먹는 것, 노는 것, 잠자는 것, 쉬는 것 어느 하나도 타나릴의 흥미를 끄는 게 없었다.

그렇다고 일하는 데 흥미나 보람을 느끼느냐, 그것도 아니었다. 그게 아니라면 이 세상에 살아야 할 의미가 없기라도 한 것처럼 타나릴은 오로지 일만 하고 살았다. 그래서 성과도 업적도 많긴 했지만 그렇게 사는 타나릴이 도무지 행복해 보이지가 않았다.

그런데 요즘 타나릴은 행복해 보였다. 원인은 분명하다.

"리예에겐 아직 숨겨야겠어."

숨기긴 뭘……. 또다시 바뀐 화제에 발더가 한발 늦게 놀란 눈으로 물었다.

"뭐? 아니, 왜! 네 아내도 너 좋아하잖아!"

"그런 것 같긴 해. 하지만 그래서 더 말할 수 없어. 예그하라가 어떤 곳인지 몰라? 리예가 지금 괜찮은 건 아직 예그하라를 몰라서 그래. 리예는 워낙 반듯해서 이 집안에 영영 섞이지 않아도 된다고 하려면 이 결혼이 유한하다고 믿어야 해. 그 덕분인지 결혼식 때 예그하라 공작을 가볍게 받아치더라고."

얼씨구, 팔……!

더는 말하지 않으련다. 리예가 저를 속였느니, 수작을 부렸느니, 가만 안 두겠다며 펄펄 뛰던 때가 겨우 한 달 전 일임을 타나릴은 가볍게 잊은 것 같았다.

"1번을 집 앞에서 쫓아내긴 했는데 언제고 다시 쳐들어오려 할 거야. 리예가 그들에게 상처받지 않으려면 그들을 무시하는 법부터 익혀야지. 그러니 그 임시라는 동아줄은 아직 필요해."

"와, 열부(烈夫) 났다!"

아니, 발더가 진짜 말하고 싶은 건 '이 사기꾼아!'였지만 참았다.

예그하라 사람들

힐금힐금, 자꾸만 눈치를 보는 로레인에게 타나릴이 휙 고개를 들었다.

"어머낫, 깜짝이야!"

또 요란하게 의자를 넘어뜨린 로레인이 나에게 연신 사과를 하며 의자를 똑바로 세웠다. 며칠 새 나도 이젠 로레인에게 괜찮느냐고 묻지 않아도 될 정도로 익숙해진 일이었다.

의자만 넘어뜨리고 저는 다치지 않는 로레인을 보면 요령이 좋다고 해야 할지, 재주라고 해야 할지 모를 일이다.

"로레인, 할 말 있어요?"

"네? 아, 아… 뇨."

말로는 그래도 할 말이 정말 많은 눈치다.

로레인은 공무원 휴일과 똑같은 휴일을 준 터라 닷새 중 하루는 쉴 수 있고, 휴가를 모았다가 한꺼번에 쉴 수도 있다. 그런데 열흘이 지난 지금까지 로레인은 한 번도 휴일을 찾은 적이 없었다.

젊은 아가씨가 휴일이 얼마나 기다려질지 아는데, 노상 내 옆에만 붙어서 집에도 가지 않고 있었다.

"아직도 내가 귀신인지 확인하고 있나."

타나릴의 음산한 목소리에 로레인이 소스라치며 부정했다.

"아니에요! 그, 그럴 리가요!"

그러나 표정은 그렇다고 답하고 있었다. 타나릴은 로레인을 무시하고는 내게 말했다.

"차라리 에르모를 집사로 들일까?"

에르모가 집사가 될 사람으로 여러 인물을 추천했지만 타나릴은 그중 마음에 드는 이를 찾지 못하고 있었다. 서류를 뒤적이다가 그가 하는 말에 로레인이 중얼거렸다. 내가 잘못 듣지 않았다면 '불쌍한 사람…'이라고 한 것 같다.

"뭐라고?"

"아, 아닙니다!"

"로레인."

로레인이 흡사 교관에게 불린 것처럼 각을 잡고 대답했다. 타나릴이 로레인을 아낀다고 들었는데, 레타가 잘못 알고 있던 게 아니었을까?

"네, 네, 네!"

"대답은 한 번만."

"네!"

"너도 추천해 봐. 네 주위에 똘똘한 녀석들 많았을 거 아냐. 주제 파악 잘하고 욕심은 적당히 있고, 책임감 강하고 올곧고 입 무거운 녀석으로."

"그런 사람은 벌써 다 제자리 찾아갔……! 아, 하나 있었지, 참."

혼자 주억거리던 로레인이 고개를 갸웃하다가 타나릴이 대답을 기다리고 있는 걸 깨닫고는 제 입을 틀어막았다. 하지만 아예 말하지 않았으면 모를까, 언급한 후에 말하지 않을 도리가 없었다.

"제, 제가 추천했다고 말씀하시면 안 돼요……."

보지도 못했던 에르모를 불쌍하다고 했던 로레인이다. 제 친우의 처지를 진짜로 걱정하는 것이었다.

로레인은 내가 타나릴이 함께 집무실을 쓰는 걸 보고 기겁했었다. 딱히 타나릴이 뭐라 하는 것도 없는데 매번 그만 보면 숨이 막힌 것 같은 표정을 짓곤 했다. 왠지 타나릴의 '아낀다'라는 뜻이 좀 의심스러워지는 광경이다.

"베인크리스 드 럼리라고, 남작가 차남이에요. 성적이 매우 우수했던 친구인데 저랑 같은 해 졸업하고 마오르니 백작가에 보조 집사로 취직했었어요. 그런데… 혹시 기억하시나 몰라요. 작년 겨울 마오르니 백작가에서 일어난 납치 살인 사건이요."

"마오르니 백작 아들이 하녀의 딸을 납치 강간 살해한 거 말이야?"

"아시네요. 그거, 베인크리스가 고발해서 알려진 거거든요. 흉측한 사건을 밝히긴 했지만 백작이 베인크리스를 이 바닥에서 거의 매장하다시피 해버렸어요. 그래서 대필이나 번역일을 했었는데 그마저도 백작이 방해하는 바람에 간간이 접시닦이나 날품팔이만 해서 먹고 산다나 봐요. 럼리 남작 집안도 마오르니 백작이 손을 써서 거의 망해 버렸다네요."

"내일 데려와 봐. 아직 정신이 똑바로 박혀 있는지, 쓸 만한지 한 번 보지."

"네!"

제 손으로 직접 데려오면 자신이 추천한 걸 가릴 길이 없어지는 것도 잊었는지 로레인은 배시시 웃었다.

"이제 그만 나가봐. 우리 부부끼리 할 말이 있어."

그러자 로레인이 순식간에 얼굴을 시뻘겋게 달구더니 고개를 꾸뻑하고는 달려 나가 버렸다.

아, 내 얼굴이 다 붉어진다. 그럴 만도 했다.

어제 로레인은 노크와 동시에 문을 열었다가 나와 타나릴의 진한 키스 장면을 목격했다. 로레인 딴에는 첫 번째 외출을 하는 나를 위해 성의껏 고른 공연에 대해 알려주기 위해 오던 길이었지만 때를 잘못 골랐다.

로레인이 소화하기엔 좀 많이 진한 장면이었다. 솔직히 나도 지금 생각해도 떨리는 그런 키스였다.

문이 닫히자, 타나릴은 로레인이 얼굴을 붉힌 것이 무색하지 않게 내게 키스부터 했다. 그리고 그의 손이 원피스 안으로 들어왔다.

"로레인이 보면 어쩌려고요."

"어제 교훈을 얻었으면 노크는 제대로 하겠지."

타나릴은 기어이 치마를 걷어버리고는 그 속으로 손을 집어넣었다.

그리고… 헐떡이는 숨과 교성이 울렸다. 로레인이 다시 급한 일이 생겼다고 해도 절대 들어오지 못할 만큼. 제발, 집무실 방음이 확실하길 빌 뿐이었다.

후희를 즐기던 타나릴이 문득 말했다.

"어머니를 언제 만나 뵈러 갈지는 그렇게 고민하지 마. 우리 신혼은 아직 한 달도 채 지나지 않았어. 공식적으로 한 달 동안은 절대 우리를 방해할 수가 없잖아? 예그하라 공작께서는 당신께서 직접 한 말도 있으니 당신을 부르려 하지 않을 거야. 하지만 1번부터 4번은 그저 당신이 내 아내라는 이유로 괴롭히려 들 거야. 호되게 굴 텐데, 다 무시해. 안 보면 그만이야. 그건 로레인이 해결할 거야. 그런 노릇도 못하면 비서 할 자격이 없지. 어머니는 당신이 내키면 식사나 함께하면 돼. 굳이 본가로 갈 필요는 없고, 그것도 로레인과 정해. 그것 말고는 전혀 신경 쓰지 마."

"알겠어요."

대답은 그렇게 했지만 그래도 신경이 쓰이지 않을 수가 없었다. 이것도 로레인과 이야기를 해봐야 할 것이다. 귀족가에서는 가족과의 소통도 비서를 통해서 한다고 하니 좋은 조언을 줄 것이다.

그보다 당면한 더 중요한 사실이 있다면, 나가기 전 이 의자 시트를 반드시 걷어 가야 한다는 것이었다.

• • •

"무슨 일로 부르셨습니까, 장관님."

널찍한 까만 대리석 책상 너머로 마주 보고 선 부자의 눈빛이 따갑게 마주쳤다.

"내가 장관으로서 널 불렀더냐!"

"이곳은 마법 공학부 장관님이 머무시는 집무실이며 그 자리에 앉아 계시는 분이 공학부 장관님이신 걸로 알고 있습니다."

"네 이놈!"

예그하라 공작의 고함에 열기가 이글거리는 듯했다. 그럼에도 타나릴은 답은 한결같았다.

"무슨 일로 부르셨습니까."

공작은 그런 아들을 한참 노려보다 등받이에 기대며 물었다.

"그 아이, 임신했더냐?"

"…어떻게 아셨습니까. 주치의 말고는 아무도 모르는 일인데요."

"결혼식 다음 날 이린야 병원에 다녀갔지 않았더냐."

"함부로 주인의 신상에 대해 발설하다니, 물갈이가 필요하군요."

"주인? 그 아이가 말이냐?"

"네, 리예에게 이린야 병원을 주기로 했습니다."

"…좀 과하긴 하지만 병원을 주는 것까진 뭐라 하진 않겠다. 하지만 그 아이와 굳이 결혼할 것까진 없지 않으냐!"

"아버지처럼 아이만 데려와야 했습니까? 안타깝게도 전 밖에서 낳아온 아이를 받아줄 부인이 없어서요. 어머니처럼 다섯 번이나 받아줄 너그러운 여인이 또 있었으면 모를까요."

"트레니알라, 네 이놈!"

"하실 말씀이 이런 것뿐입니까? 안타깝게도 전 이럴 시간이 없습니다. 현재 국책사업이 될지도 모를 사안이 기다리고 있어서요. 몇 년 안에 일명 주술 혁명이 일어날 수도 있는 거대한 일입니다. 덕분에 황실에서도 답을 기다리는 터라 이런 쓸데없는 말로 시간을 낭비할 새가 없습니다."

"트레니알라!"

기어이 불꽃과 냉기가 튀었다. 그래도 다행인 건 벽체부터 온통 흑석으로 꾸며진 집무실은 그 엄청난 열 변화를 견뎌내고 있다는 것이었다.

어느 순간 타나릴이 슬쩍 냉기를 흩어버렸다. 그럼에도 그에겐 한 치의 피해도 없었다. 예그하라 공작의 열기를 감싸서 함께 흩어버릴 만큼 타나릴의 마력이 우세하다는 뜻이었다. 예그하라 공작의 이마가 꿈틀거렸다.

"하실 말씀이 그뿐이라면 이만 물러나겠습니다."

"멈춰라. 네가 말한 그 현안에 대해 묻기 위해 불렀다."

"…말씀하십시오."

"그 광산도 문제다! 네가 그 아이에게 그 땅을 사 줬다지? 네놈 말대로 그건 마력석 광산과 같은 영향을 미치는 것일 텐데 어떻게 그걸 그런 아이에게 줄 수 있다는 말이냐!"

"그런 아이… 가 어떤 뜻인지는 잘 모르겠는데요, 장관님. 광산에 눈독 들이시는 거라면 헛물켜지 말라고 충고드리겠습니다. 애초에 그 땅을 사들인 것도 리예였고, 거기 동굴이 있는 걸 알아낸 것도 리예였습니다. 그 땅에 관한 소유권에 대해선 누구도 건드릴 수 없는 명확한 근거와 보증이 있으니 리예가 아닌 그 누구도 그 땅에 대한 권리를 주장할 수 없습니다. 아시겠습니까!"

"그게 무슨 소리냐, 그 아이가 그런 걸 어떻게 알고!"

"그것까지 제가 말씀드려야 할 이유는 없는 것 같습니다. 하실 말씀 끝나셨으면 이만 나가보겠습니다."

이번엔 예그하라 공작도 돌아서는 타나릴에게 호통을 치지 않았다. 다만 타나릴이 문을 열기 직전, 그의 이름을 한 번 불렀을 뿐이다.

"타나릴."

문고리를 잡은 아들의 등에 대고 예그하라 공작이 말했다.

"네 어머니 말이다……."

타나릴이 반사적으로 뒤돌아섰다.

"네 어머니를… 너무 믿지 마라."

"하, 하하, 하하하!"

타나릴은 그대로 문을 열고 나왔다.

• • •

"후작 부인, 지금 나갑니다!"

"우리 둘만 있을 때는 이름을 불러달라니까요, 로레인?"

"아니에요, 부인. 평소의 말버릇이 실수가 된다는 건 저도 배워서 알아요. 제가 손님으로 온 것도 아닌데 평소에 잘해야죠. 그래도 나중에, 나중에는 언니라고 불러도 되죠?"

그 나중은 오지 않을 텐데. 나는 할 수 없는 말을 삼키며 로레인에게 고개를 끄덕였다.

"부인, 다녀올게요!"

"잘 다녀와요, 조심하고요."

"네, 목표물을 잡아서 금방 오겠습니다!"

꽃바람 같은 아가씨가 문을 닫고 나가자 집무실은 작은 정적이 내려앉았다.

로레인은 지금 집사 후보인 베인크리스 드 럼리를 데리러 가는 길이다. 원래 이야기를 꺼냈던 다음 날 당장 데려오기로 했었지만 베인크리스를 찾지 못해 사흘이나 미뤄진 것이었다. 애초에 그런 상황을 고려하지 못하는 것도 능력 부족의 소치라며 타나릴에게 한 소리 들은 로레인은 잠시 시무룩하긴 했지만, 곧 그런 점은 확실히 개선하겠다며 의욕을 불태웠었다.

그리고 오늘 로레인은 힘들게 찾은 베인크리스를 직접 데려오겠다며 행차하는 중이었다. 아무래도 내 짐작으론 사흘 동안 집사 후보에서 포획물이 되고만 베인크리스에게 타나릴에 대한 주의점을 조목조목 알려주는 게 주목적인 것 같다.

그런데 솔직히 주의점이라고 할 게 뭐가 있는지 모를 일이다. 타나릴이 조금 엄격한 것 같긴 해도 그거야 일에 관해선 당연한 일 아닌가.

타나릴은 고용인과 아랫사람에게 기대 이상의 성과에 대한 보상이 확실했고 맺고 끊는 게 분명했다.

나는 저쪽 세상에서 제 수틀린다고 같은 기안을 열 번은 고쳐 오라거나 회의 내용엔 두서가 없고, 돌아서면 말을 바꾸고, 문제가 생기면 덤터기 씌우기를 일상으로 하던 이의 밑에 있어봤다. 그러기에 타나릴이 얼마나 좋은 상사인지 내가 더 잘 안다.

만일 내가 타나릴을 상사로 만났으면 어땠을까……. 아마 나는 홀로 오피스 러브스토리를 찍고 있지 않았을까.

지금보다 더욱 가망성 없는 설정에 피식피식 웃음이 흘러나왔다.

똑똑, 내 실없는 상상을 흩트리기라도 할 듯 문을 두드리는 소리가 들렸다.

"네, 들어오세요."

"부인?"

"메릴리타, 어서 와요!"

주치의가 한 집에 머물러서 누릴 수 있는 호사로 나는 매일 메릴리타의 진료를 받고 나서 하루를 시작한다. 그런데 메릴리타는 문을 열기만 하고 들어올 생각을 하지 않았다.

"무슨 일이에요, 메릴리타?"

호호, 작게 웃는 메릴리타의 뒤로 작은 손이 보였다.

"피아드란, 왔니?"

메릴리타의 치마 뒤에 숨어 있던 피아드란이 빼꼼 고개를 내밀었다. 그런데 곧장 달려오는 것이 아니라, 주위를 두리번거리더니 타나릴이 없는 것을 확인하고 나서야 기운 좋게 뛰어들었다.

처음엔 안 그러더니 피아드란은 요즘 점점 타나릴을 무서워하는 것 같다. 나는 오늘도 인사처럼 내 배에 귀를 기울이는 피아드란의 머리를 쓰다듬어 주었다.

"안녕하세요, 부인! 안녕, 아가. 보고 싶어서 왔어."

"아기님은 아직 볼 수 없어요, 도련님. 보려면 여덟 달 반은 더 있어야 하는걸요? 내년 봄이 되기 전에 태어나시면 그때 볼 수 있겠네요."

"나도 그건 알아, 메릴리타. 그냥 만나고 싶었다는 뜻이야."

메릴리타가 어르는 말에 피아드란이 야무지게 대답했다.

피아드란은 내게 허락을 구하고는 또 나를 끌어안았다. 이렇게 하면 아기를 끌어안는 거라는데 나는 덕분에 사심 가득 귀여운 아이를 마주 끌어안아 줄 수 있었다.

똑똑, 문 두드리는 소리에 대답하니 이번엔 레베카였다. 레베카는 나를 끌어안고 있는 피아드란을 보고는 얼굴을 가리고 싶은 표정으로 다가왔다.

"죄송해요, 리예. 우리 피아가 또 여기 와서 부인을 귀찮게 했지요?"

"아니에요, 이렇게 잘생긴 신사분이 내 아기를 이렇게나 좋아해주는데 나는 좋아요."

내 말에 레베카는 웃긴 했지만 피아드란을 떼어내며 살짝 나무랐다.

"후작님이 안 좋아하시는 걸 뻔히 알면서 이 녀석이!"

"네? 타나릴이 피아드란을 싫어해요?"

"어머, 아니에요! 그냥 우리 피아가 부인을 너무 귀찮게 할까 봐 걱정하신다고요. 애는 연구소에 가서도 종일 리예의 아기가 보고 싶다고 한대요. 어이가 없어서 원. 그런데 거긴 다 비슷한 애들이 모여 있어서 이상하게 보이지도 않는다나 봐요."

타나릴의 후원은 참으로 남달랐다. 그는 피아드란을 위한 연구소를 아예 따로 차렸다. 마치 학교와 같은 연구소에서 마법사들과 마녀들이 차례로 피아드란이 힘을 제어하는 법을 익히게 하고 일반 교육도 같이하는 방식이었다. 이는 이미 이전부터 계획하던 것인데, 피아드란을 후원하는 계기로 연구소를 따로 독립해 나온 것이라고 했다.

연구소에는 피아드란만 있는 건 아니었다. 타나릴은 전국에 피아드란처럼 마법적 자질과 주술적 자질이 있는 이들을 모았다.

자신과 비슷한 사람들과 같이 생활하다 보면 피아드란은 자신이 별종이 아닌, 그저 특수한 힘을 지녔을 뿐이란 걸 깨달을 것이다. 특수함은 특별함으로, 자신감 있게 자랄 것이다.

설마, 타나릴이 아이에게 진심으로 눈치를 주거나 하지는 않겠지. 연구소까지 차려준 마당에. 그런데 로레인 말로는 그보다는 저택 별채를 내어준 호의가 더 크다고 했다.

피아드란에게 직접 물어봐야 하나, 고민하던 차 메릴리타가 말했다.

"오늘 외출하시기 전에 다시 한번 살펴 드리려고 왔어요."

오늘 나는 신혼여행에서 돌아오고 거의 보름 만에 처음 바깥나들이를 계획하고 있었다.

타나릴은 출근, 피아드란은 연구소로, 로레인도 휴일을 쓰지 않을 뿐 외출은 한다. 메릴리타는 내 주치의를 겸해 이린야 병원에서 고문 역할을 하기도 했다.

오직 나만이 한 번도 저택을 벗어나지 않았다. 그런데도 난 답답한 걸 몰랐다. 저택 구석구석을 보는 데만 며칠 걸리기도 했고, 매일 저녁 타나릴과 하는 짧은 산책만 해도 가슴이 트였다.

무엇보다 타나릴이 오기까지 기다리는 시간이 너무도 좋았다. 하지만 막상 타나릴과 같이 외출한다니 그건 그것대로 또 무척 기대되었다.

우리는 로레인이 심혈을 기울여 고른 공연을 함께 보러 가기로 했다. 공연은 마법사와 공주의 사랑 이야기를 담은 고전으로, 100년이 지난 지금도 약간의 각색만 더해서 계속할 만큼 인기가 높은 작품이었다. 로레인의 말로는 나는 공연을 즐길 테지만 타나릴은 공연에 사용한 마법적 장치를 살필 거라나.

"아침에 봤는데 그새 무슨 차이가 있으려고요."

나는 웃으며 메릴리타에게 손목을 내밀었다. 메릴리타는 손목을 잡고 진맥하며 잠시 눈을 감았다. 전엔 굳이 눈을 감을 필요도, 이렇게 시간이 걸리지도 않았었다. 백발이 되어버린 메릴리타의 머리를 볼 때마다 가슴이 지끈거렸다.

"또, 또, 제 머리 보셨죠? 자꾸 그렇게 아파하시면 저, 부인 곁에 못 있어요."

"…미안해요. 제가 또 그랬나요?"

"아기님이 엄마가 슬퍼한다며 속삭여 주더라고요."

찡긋하며 웃는 메릴리타에게 나도 슬며시 웃어 보였다.

"엄마, 나도 가면 안 돼요?"

"안 돼! 네가 어딜 따라가!"

피아드란에게 기겁한 레베카가 정말 혼내줄 거라며 나무라는 소리가 정겨웠다. 오늘은 퇴근 직후 욕실 정사를 걸러야 하니 미리 치러야 한다며 결국 아침 식사를 식게 한 타나릴부터, 모두 완벽한 조합이었다.

로레인이 데려올 집사 후보는 또 어떨지 그 사람도 기대된다. 오늘의 끝이 기대되었다.

내 첫 외출에는 나보다 로레인인 더 긴장하며 신경을 썼다. 로레인은 벌써 사흘 전부터 함께 외출복과 보석을 고르며 내 옷 방을 거의 뒤집었다.

나도 로레인이 아니었으면 내 옷이 그렇게나 많은 줄 몰랐을 것이다. 덕분에 카미린스의 옷이 얼마나 유명하고 비싸며 인기가 좋은지도 알게 되었다.

로레인이 베인크리스를 데리러 가는 바람에 머리와 화장은 레베카가 도와주었다. 레베카는 자신이 도울 수 있는 일이 있다는 자체에 기뻐서 의욕적으로 나서기도 했지만 솜씨도 좋았다.

레베카가 한때 피아드란을 여장시켰을 때 직접 꾸몄다고 하더니 정말 예상 외로 훨씬 훌륭한 솜씨였다. 나는 잠시 결혼식 때 신부가 되던 그 분위기를 다시 느낄 수 있었다.

하지만 레베카의 도움을 계속 받을 수는 없다. 안 그래도 로레인이 집사 다음엔 미용 하녀를 구하겠다며 벼르고 있었다.

내 단장이 끝나고 얼마 지나지 않아 로레인이 돌아왔다. 로레인을 앞세우고 집무실로 따라 들어오는 남자의 모습이 마치 목줄에 매인 강아지처럼 보였다. 남자는 그 무시무시한 사건을 고발한 것이 믿기지 않을 정도로 순한 얼굴이었다.

"로레인, 다녀오느라 고생했어요. 이분인가요?"

"네, 후작 부인. 베인크리스, 어서 인사드려."

"안녕하십니까, 후작 부인! 베인크리스 럼리라고 합니다."

귀족들은 어지간해선 처음 소개에 자신의 이름을 다 말하곤 하는데, 중간 성을 빼고 말하는 걸 보면 그간의 고생이 드러나는 것 같았다.

나는 조금 위축된 그의 어깨가 안타까워 편하게 있길 바라며 웃어주었다. 그러자 베인크리스가 못 볼 것이라도 본 것처럼 움찔했다. 내가 뭘 잘못했나?

로레인이 베인크리스가 보든 말든 내 귓가에 속닥거렸다.

"부인, 베인크리스에게 그렇게 웃어주시면 안 돼요. 특히 오라, 후작님 앞에선 절대로요. 그냥 목석이 왔다 갔다 하나 보다, 그렇게 생각하셔야 해요, 아셨죠?"

"…네?"

"그 에르모라는 분이 추천한 이들도 제가 보기엔 괜찮은 사람들이었거든요. 그런데 왜 다들 몇 마디 해보지도 못하고 쫓겨났게요?"

"네?"

뭔가 전혀 믿기지 않을 소리였다. 내가 어이없는 얼굴을 해 보이자 로레인이 안타까운 듯한 표정으로 말했다.

"안 믿기셔도 그냥 모르는 척 그런가 보다, 해보세요. 이따 후작님이 면접을 보실 때 재 쪽은 아예 보지 마시고……. 맞다, 그냥 후작님만 보시면 되겠네요. 평소처럼."

평소… 처럼? 혹시 내가 평소에 그렇게 감정을 흘리고 살았었나? 타나릴도 아는 걸까? 곤란해하는 건 아닐까?

내가 얼떨떨한 기분에 빠져 있는데 타나릴이 들어왔다.

"여기들 모여 있었군."

"미안해요, 당신이 들어오는 소리도 못 듣고 있었어요."

반사적으로 타나릴에게 달려가던 나는 로레인의 표정을 보고 멈칫했다. 로레인이 그것 보라는 듯 흐뭇하게 웃고 있었다.

내가 멈칫하는 새 타나릴이 나와의 거리를 성큼 당기고는 내 아랫입술에 가볍게 입을 맞췄다. 처음에 기겁하던 로레인도 이제는 슬쩍 고개만 돌리며 모르는 체했다. 그러나 처음 보는 사람이 있는 자리였다. 얼굴이 새빨개진 청년이 어쩔 줄 모르다가 꾸뻑 인사했다.

"안녕하십니까, 예그하라 후작님! 베인크리스 럼리라고 합니다."

우렁찬 목소리가 과장을 조금 더해 유리창을 울릴 정도였다. 그의 당황과 긴장이 느껴졌다. 안쓰럽게 생각하던 나는 로레인이 고개를 젓는 모습에 얼결에 타나릴의 팔을 잡았다.

"당신이 면접을 보는 동안 나는 나가 있을게요."

"아니, 당신도 여기 있어. 당신 의견도 중요하니까."

"미리 옷을 갈아입고 있기 잘했네요."

사흘 동안 고른 옷이다.

"내가 골라주고 싶었는데 아쉽군."

옷을 고르는 게 아니라 그 과정을 보려는 거겠지. 그리고 그 과정이라는 걸 거친다면 오늘 외출을 포기해야 할 가능성 100%다.

내가 음흉한 타나릴에게 살짝 눈을 흘기고 돌아보자 로레인은 벽만 쳐다보고 있었고 베인크리스는 타나릴의 구두가 뚫어지도록 아래만 보고 있었다. 둘 다 홍시가 된 모습에 나는 타나릴의 팔을 살짝 쳤다.

그런데 두 사람, 눈이 더 휘둥그레지는 건 뭐람. 로레인의 조언이 아니라도 베인크리스에게는 아예 시선을 주지 않는 게 나을 듯했다.

너무 소심한 사람도 좋을 게 없다. 아니지, 그런 사건을 고발한 거 보면 소심한 사람은 아닐 것이다. 첫인상이 복잡한 사람이었다.

의문을 담은 내 눈빛에 로레인이 살짝 어깨를 으쓱했다. 이후 면접이 시작되었는데…….

"제국법 제11조1항."

"제국의 마법사는 국가와 국민에 대한 봉사 의무가 있으며 국가를 수호하고 국민을 지키는 의무를 지닌다!"

"2조3항을 읊고 설명해 봐."

"…미개척지의 개발을 완료했으나 사망한 경우, 보상을 지급한다. 이것은 미개척지를 개간하고 그 땅에 대해 소유권을 주장하기 전 소유주가 사망한 경우에 관한 것입니다. 보통 이 경우 다툼의 여지가 많은데, 개척자들의 후손들은 인지한 날로부터 3년 내에 보상을 요구해야 합니다. 이는 재개발을 필요로 하지 않은 땅에 한해서며, 만일 세 사람의 소유주가 있었다면 그 소유주의 유족을 다 찾아서 계약서대로 나눕니다. 계약서가 없는 경우엔 세 사람분을 균등하게 나누어 유족에게 지급합니다."

"실례를 들면?"

"대륙력 2161년 발견된 베오크리프 산맥의 마력석 광산이 있습니다. 네 사람이 광산을 함께 발견했지만 한 사람만이 돌아와서 광산의 소유권에 대해 주장했습니다. 그러나 실제로는 그 한 사람이 동료 세 사람을 해친 것이 드러나 당사자는 사형되고, 광산은 국가에 귀속되었으며 광산 채굴의 10%에 해당하는 권리를 나머지 세 사람의 유족들에게만 나눠 주었습니다."

"마녀 차별 근절에 대한 법률에 대해서 말해봐."

"지금으로부터 59년 전인 2142년에 고시했고, 3년 뒤인 2145년에야 효력을 발휘한 법률로서 마녀에 관한 차별에 관한 제반 사항을 모두 근절하기 위한 법률입니다. 마녀라 해서 함부로 해고할 수 없으며, 마녀와 다른 사람의 임금에 차별을 둘 수 없고, 마녀라는 이유로 상해를 입힌다면 특수폭행죄가 더해지며, 마녀라는 이유를 더해 명예를 훼손하는 말을 한다면 고소할 수 있습니다. 그러나 의원과 형사 부분 말고는 아직 마녀의 진출은 더디고 차별은 여전합니다."

"자네 개인적인 의견은?"

"네? 네! …저는 마녀에 대해서는 특별히 생각이 없습니다. 저를 봐주는 의원이 마녀든 아니든 잘 살피고 고쳐주시면 그만이고, 억울한 일이 생겼을 때 사건을 밝혀주는 사람이 마녀라면 고맙게 생각할 것입니다. 하지만 내 속마음을 훔쳐볼 수 있는 사람이라면 솔직히 좀 멀리하고 싶습니다."

"네가 고발한 사건을 밝힌 이가 마녀였나?"

"네, 그렇습니다!"

"리예, 당신이 보기엔 어때?"

별안간 넘어온 질문에 나는 잠시 멍해서 빨리 답하지 못했다.

집사가 아니라 법관을 뽑는 면접을 보는 줄 알았다. 제국법이 오가는 현장에서 잠시 혼몽했던 나는 뒤늦게 답을 골랐다.

"나는 당신이 좋으면 좋아요."

"아니, 그래도 나보다 당신이 더 오래 같이 있어야 하는 사람이니까 말해봐."

"음, 나는 베인크리스가 로레인과 친하니 의견 소통도 잘될 듯해서 좋아요. 생각에 편견이 없으니 밀레이나와도 잘 지낼 것 같고요. 어차피 사람은 겪어봐야 아는 거잖아요. 시간이 알려주겠지요."

타나릴이 고개를 모로 기울더니 싱긋 웃었다. 왜? 제발, 정말 눈 둘 데가 없다. 그렇게 기특하다는 듯 보고 있으니 배 속이 막 뜨거워지려고 하잖아.

"좋아, 마법 공학부 에르모에게 연락해서 사흘간 교육을 받고 들어와. 내 아내 말대로 겪어볼 시간이 필요하니 두 달은 수습 기간으로 삼는다. 로레인, 베인크리스에게 에르모와 연결해 줘. 아래층 응접실 옆에 로레인이 사용하는 사무실이 있는데 보고 같이 쓰든가, 아니면 그 옆방을 사무실로 꾸미도록. 이만 우린 나가볼 테니 둘이 의논한 후 얘기해 줘."

"이, 이렇게 바로……."

베인크리스는 얼떨떨해하며 입만 벙긋거렸다.

"아, 조건을 듣지 않아서 결정하기 어려운가? 일단 로레인과 같은 금액을 지급할 것이고 보상금은 일하는 것에 따라 차등 지급한다. 그것도 에르모가 알아서 말해줄 거야."

타나릴이 일어나며 나에게 손을 내밀었다.

"마차 대기시켜 놨으니 지금 바로 나가지."

나는 나가기 직전 로레인이 베인크리스에게 속닥거리는 소리를 들을 수 있었다.

"나, 연간 기본 임금 550금화야. 만일 네 가족이 여기 들어와서 살고 싶다면 그것도 가능해."

"나… 뼈를 묻을 거야!"

문이 닫혔다. 드디어 첫 외출이다.

• • •

마차에서 내리는 순간부터 따가운 시선들이 따라붙었다. 타나릴을 알아보고 아예 슬금슬금 따라오는 이들도 있었다. 타나릴은 무시하며 걸었지만 리예의 안색이 불편해진 걸 놓치지 않았다.

"리예, 다 쫓아낼까?"

허세가 아니라 그는 진짜 할 수 있었다. 공공 대로에서 함부로 마법을 사용하다간 치안청에서 나설 수도 있지만 타나릴은 일을 벌이고 걸리는 어수룩한 사람이 아니다. 모두 자연적인 '사고'를 겪게 할 수 있었다. 그러나 리예가 고개를 저었다.

"아니요, 당신을 아는 사람이면 나에 대해 궁금할 수도 있지요.

적의는 느껴지지 않으니, 우리 어서 식당으로 들어가요."

리예가 얼버무리며 타나릴의 팔을 잡은 손에 힘을 주었다. 타나릴이 뒤를 돌아보자 그 순간 누군가가 달아나는 기척이 느껴졌다.

'빌어먹을……!'

누군가 그들을 감시하고 있었다. 당장 달려가 잡아 족칠 수도 있지만 리예를 혼자 두고 놈을 쫓는 건 어리석은 짓이었다.

예상 못 한 바는 아니다. 더구나 리예와의 첫 외출에 괜한 일을 만들 필요는 없었다.

"괜찮아, 리예. 나에게 함부로 덤빌 놈은 없어."

"걱정 안 해요."

싱긋 웃는 리예를 보면 정말 걱정하는 눈치는 아니었다. 그나저나 리예는 어떻게 그 많은 이들의 적의를 구분하는 걸까…….

타나릴은 다시 또 생긴 의문에 고개를 기울였다. 이 여자는 파고 또 파도 모를 일이 가득했다.

식당 앞에서는 지배인이 미리 나와 기다리고 있다가 두 사람을 작은 방으로 안내했다. 홀을 지날 필요가 없었기에 식당에서는 사람들의 시선을 받거나 할 일은 없었다. 음식도 오래 기다리지 않아 금세 나왔다.

"주문하신 하늘뿔소 안심 스테이크입니다."

나무랄 데 없는 시중인의 태도엔 자부심도 들어 있었다. 황실에도 여러 번 초빙된 이름 있는 요리사가 만든 요리였으니까.

디저트로는 최근 귀족들과 부호들의 입맛을 사로잡고 있는 아이스크림이 나올 것이다. 거대한 창고가 아닌, 집집이 보급할 수 있는 소형 냉동, 냉장기를 개발할 아이디어도 나왔으니 곧 부엌 문화도 변화가 올 것이다.

그 아이디어 제공자가 또 눈앞의 사람이라는 건 발더와 에르모, 자신만 아는 일이었다. 깜찍하다고 해야 할지, 그 아이디어가 제출된 건 불과 닷새 전이었다.

"와, 냄새 좋아요!"

리예가 감탄사를 토해냈다. 밀레이나의 솜씨도 좋지만 이 세상엔 다양하고 맛있는 음식이 많았다. 그녀가 슬슬 입덧을 시작할 때라 그 전에 여러 가지 음식들을 섭렵하게 해줄 생각이었는데 이제야 데려온 것이 타나릴은 미안해졌다.

"많이 먹어. 다 먹으면 더 시켜줄게."

"나 많이 먹는다고 타박하는 거 아니죠?"

"타박? 내가?"

"농담이에요!"

육즙이 가득한 고기를 한 입 베어 문 리예가 행복한 미소를 지었다.

타나릴도 따라서 피식 웃었다. 리예가 마지막으로 했던 농담이 일르뉴에서 올렸던 공고문 내용을 빗댄 것이었음을 생각하면 참 많이 발전했다. 이것이 시작이다.

하지만 아직 갈 길이 멀었다. 기한 내에 육체적 관계나 아이 이상의 다른 절실함을 만들어야 했다. 이제 시작일 뿐인데 왠지 그의 마음은 촉박해지고 있었다.

식사에 이어 공연도 만족스러웠다. 로레인의 말대로 리예는 공연 내용에 빠져들었고, 타나릴은 어떤 마법 장치가 동원되었는지 분석했다. 공연 끝에 리예는 두 손을 모을 만큼 여운에 젖어 있었다.

네 시간 남짓한 두 사람의 첫 외출은 기대했던 대로 완벽했다. 거기까지는.

두 사람이 공연장을 막 빠져나오려 할 때였다. 누군가 그들을 붙잡는 목소리가 있었다.

"트레니알라? 어머, 너도 이 공연을 보러 온 거니?"

1번과 2번, 카리자엘과 할랜디어스였다.

• • •

"어머, 여기서 다 보네, 트레니알라?"

"그러게. 그쪽 영애는 두 달 전의 그……."

"무슨 말이니, 얘는. 트레니알라 신부잖아. 어머! 혹시, 아닌 건 아니지?"

"응? 지금 보니 그런 것도 같네. 맞지? 새신부 얼굴이야 워낙 떡칠을 하니까 잘 구별이 안 되어서. 아니면… 우리 정말 실례한 거니?"

두 여자가 주거니 받거니 잘도 타나릴을 모욕했다.

"트레니알라를 따르는 여자가 한둘이었니. 구분 못 할 수도 있는 거지."

"그렇지? 호호호."

"호호호호!"

"꺼……."

"안녕하세요, 결혼식 후 처음 뵙습니다. 그동안 평안하셨는지요."

나는 타나릴의 말을 가로채듯 두 사람에게 인사했다.

로레인과 내가 며칠 바빴던 일 중 하나가 이 '시누이'들을 만날 경우를 대비하는 것이었다. 타나릴은 고위 마법사이자 고위 공직자로 강력한 권력을 지니고 있지만 적이 많다고 했다. 그 이유가 바로 이 사람들 때문이었다.

어머니가 모두 다른 이복 남매들. 타나릴은 이름도 언급하기 싫어서 1번에서 4번이라 칭하는 이 네 명의 이복 남매들은 타나릴과 가장 대립하는 적대 세력이었다.

벌써 10년 전, 장녀인 카리자엘이 예그하라 후계 경쟁에서 패한 후 남매간의 우위는 확실히 다져졌다고 한다. 그러나 어디서 듣도 보도 못한 지방의 몰락 귀족 출신인 내가 타나릴의 신부가 되자 틈을 발견했다고 여겼을 것이다.

그러나 나를 도발하려는 것이라면 참으로 잘못 짚었다 싶다. 아쉽겠지만 나는 두 사람이 하는 말에 전혀 상처받거나 동요되지 않았다. 그런데 타나릴의 기색이 심상찮았다.

"여보?"

무척 민망한 호칭인데 다행스럽게도 연습한 것처럼 자연스럽게 나왔다. 팔짱 안의 타나릴이 잠시 움찔한 것도 같았다.

"누이들도 이 공연을 보러 왔다고?"

불신을 얹은 타나릴의 냉소에 두 여인은 움찔하지도 않고 답했다.

"그럼, 우리도 보고 나오는 길이야. 여기 있는 것 보면 모르니?"

그들이 있는 곳은 전용 퇴실 공간이었다. 사람들의 물결을 거슬러서 온 것이 아니라면 그들도 공연을 봤다는 말은 사실일 것이다. 하지만 수도의 많은 공연장 중 같은 시각, 같은 공연을 봤다니 매우 공교로운 우연이었다.

"알았어. 공연 잘 봤으면 잘 가."

획 돌아서려는 타나릴을 카리자엘이 다급히 불렀다.

"이렇게 만났는데 그냥 가겠다고? 아까 네 아내 말을 듣지 못했니? 결혼하고 네 아내를 처음 만나는 자리인데 그냥 가면 섭섭하지 않니?"

"내가 섭섭할 것 같아?"

타나릴이 입꼬리조차 움직이지 않으며 비웃었다. 얼어붙은 자매가 모욕감을 털어내기도 전 타나릴이 먼저 돌아섰다.

"우린 약속이 있어서 이만."

"잠깐만! 왜 이렇게 매정하니? 할 말이 있어, 트레니알라."

할랜디어스가 내 앞길을 막듯 다가오다가 흠칫 뒤로 물러났다. 타나릴이 뭔가 한 것 같긴 한데 그녀는 차마 항의도 못하고 뒤로 물러나는 것 같았다.

"무슨 할 말?"

"집안에 새 식구가 들어왔으니 당연히 우리 집안에 관해 일러주고 싶어서 그러지. 분가해서 사는 마당에 한 달간 시댁 식구를 만나지 말라는 고리타분한 전통 같은 게 무슨 소용이니? 이렇게 우연히 만났는데, 이르게 친해지면 좋은 거지."

"그래? 우연히 말이지?"

"어, 어. 당연하지! 내가 전부터 공연에 관심 많은 거 모르니?"

"글쎄, 공연보다는 남자 배우에 관심이 많다는 건 알고 있는데."

"그, 그게 무슨 소리야!"

얼굴을 붉히며 흥분하던 할랜디어스는 타나릴의 다음 말에 격침됐다.

"할랜디어스, 요즘 메바라임 자작이 좋은 곳에 다닌다는 소문이 있던데 그 이야기를 해주게?"

메바라임 자작은 할랜디어스의 남편이다. 어감이 불량한 '좋은 곳’은 왠지 나도 알 것 같았다.

“뭐!”

창백해지는 할랜디어스 뒤로 타나릴이 카리자엘과 눈을 마주치자 그녀도 한 발짝 뒤로 물러났다. 이렇게 꼼짝도 못 하면서 왜 이런 수고를 들이는 걸까?

“필요한 이야기는 내가 다 해줬으니 그만하지. 친해지다니, 다신 그런 어이없는 말은 하지 않는 게 좋겠어. 그래도 할 말이 생긴다면 기대해도 좋아.”

타나릴이 싱긋 웃었다. 그러자 한 발 더 물러나는 카리자엘과 할랜디어스에게 나는 다시 로레인과 훈련한 대사를 유감없이 자랑했다.

“만나 뵈어서 반가웠습니다. 에머리 백작 부인, 메버라임 자작 부인. 안녕히 가세요.”

로레인 말로는 예그하라 자매들은 결혼하면서 예그하라의 이름을 ‘빼앗겼다’라고 여긴다고 했다. 그 말이 맞는 것 같았다. 두 여인이 분한 얼굴로 발을 구르는 새 우리는 돌아섰다.

공연장을 빠져나와 마차를 탈 때까지 우리는 아무 말도 하지 않았다. 마차 문이 닫히자마자 내가 물었다.

“왜 온 걸까요?”

“정탐. 아까 우리를 미행했던 놈이 일렀을 거야. 공연장에 없는 표를 내놓으라 떼를 써서 도중에 들어온 거겠지.”

"정탐이면, 나를요?"

"응, 선전포고를 하러 온 거기도 해. 20년 이상 수도 사교계를 주름잡고 있으니 어디 나서기만 해봐라, 하는 선언?"

"난 사교계 같은 데 진출할 생각 없는데요."

"저이들에게 사교계를 뺀 생활은 있을 수 없어. 머릿속엔 온통 파티와 치장하기, 남들에게 과시하기가 다거든. 그러니 후작 부인이 사교계에 나서지 않는다는 건 상상도 할 수 없는 거지."

"저런, 헛수고했네요."

나는 진심을 담아 말했다. 차마 혀는 찰 수는 없어서 그저 고개만 젓고 있는데 갑자기 커다란 웃음소리가 울렸다.

"하하하하!"

"타나릴?"

타나릴은 한참 웃다 말고 나에게 키스했다. 아까 로레인 앞에서 아랫입술만 살짝 맛보는 정도가 아니라 혀를 넣어 내 입속과 혀를 빠짐없이 빨아들이는 짙은 키스였다.

"잠깐만."

타나릴이 입술을 떼고는 마부석과 통하는 창을 열고 말했다.

"아흐라다로."

타나릴은 금세 창을 닫았다.

"호텔이 더 가까워."

다시 키스하기 전 살짝 마주쳤던 눈길에 정염이 가득했다. 눈빛에 취하고 뜨거운 키스에 다시 취한 나는 마차가 멈출 때까지 정신을 차릴 수 없었다.

• • •

"아아흣!"

무릎을 세우고 다리를 넓게 벌리고서 베개에 옆으로 고개를 파묻은 리예는 그에게 허리를 잡힌 채 바들바들 떨고 있었다.

타나릴은 리예가 자지러지게 지르는 신음을 즐겼다. 수치스러워하는 리예의 모습이 꽤나 야해서 그가 가장 즐기는 자세였다. 그것만으로 그의 분신은 이미 터질 듯 흥분했지만 들어오자마자 욕실에서 두 번 분출한 후라 아직은 견딜 만했다.

"아학, 타나릴, 아항!"

한참 혀로 음핵을 톡톡 건드리며 단단해지는 걸 즐긴 타나릴은 앓는 소리를 들으며 음순을 좀 더 강하게 빨아들였다. 손가락으로 점령한 안에선 말간 액체가 질질 새어 나오고 있었다. 리예의 내벽은 그의 손가락을 사정없이 조이며 경련하고 있었다.

벌써 짧게 절정을 맞은 리예는 그의 입술과 혀로 다시 쾌락의 산맥을 넘어가고 있었다. 타나릴이 내벽을 한 번 더 휘저으며 손가락을 빼자 짧게 안도하는 신음이 들렸다. 벌써 안심하면 안 되지.

타나릴은 손가락 대신 이번엔 혀를 뾰족하게 말아 질구로 넣었다. 강하게 빨아들이는 힘에 말간 액체가 더 줄줄 흘러넘치기 시작했다.

"아, 안 돼! 아아, 타나릴……. 아아, 아아아!"

기어이 한 번 더 리예를 절정 너머로 보내 버린 타나릴은 아까부터 제 순서를 주장하고 있는 분신을 리예의 질구에 맞췄다.

거부감 없이 한 번에 끝까지 들어간 안은 익숙하고 따뜻했다. 그가 천천히 움직이는 것에 맞춰 리예도 함께 허리를 움직이며 그를 조였다.

"타나릴."

리예가 휘젓는 손길에 얌전히 잡혀주자 정신없이 입을 맞춰왔다. 혀와 혀가 얽히며 입맞춤이 깊어졌다. 그들의 키스는 아래의 은밀한 결합을 닮아 질척거리면서 야하고 격렬했다. 잠시 입술을 뗀 두 사람은 눈을 맞추며 서로의 허리 율동을 맞췄다.

"앗, 으흐, 타나릴……."

"아니, 아까처럼 다시 불러봐."

"뭐……?"

타나릴이 조르듯 멈추며 가만히 바라보기만 했다. 영민한 리예는 그가 바라는 게 무엇인지 금세 아는 것 같았지만 볼만 붉힌 채 쉽게 말해주지 않았다. 이렇게 진한 결합을 하고 있으면서 그 말이 더 어려운 리예에게 타나릴은 허리를 움직이며 졸랐다.

"어서……!"

"하앗, 여… 보!"

"그래, 불러봐."

"여보."

"응."

그가 만족스럽게 대답하자 리예가 눈을 감으며 그를 잡아당겼다. 더는 졸라도 부르지 않겠다는 뜻이다. 이만하면 되었다. 오늘은.

다시 적나라한 살 부딪치는 소리에 쾌락이 파도를 탔다. 타나릴이 허리를 움직일 때마다 리예는 끊임없이 그를 부르며 그의 어깨에 잔잔히 입을 맞췄다. 그리고 어깨에서 내려간 입술이 단단해진 작은 유두를 공략했다.

"흐읏, 리예!"

처음 리예에게 이런 기습을 당했을 때는 실수하고 말았지만 이젠 이것도 단련된 덕에 잠깐 멈추기만 하고 말았다. 리예가 입안에서 혀를 굴리며 그의 유두를 자유자재로 희롱했다.

"당신… 많이 늘었어."

그가 깊어진 눈빛으로 칭찬하자 리예가 반대편 유두를 머금으며 생긋 웃었다. 그리고 '늘어난' 기술로 바쁘게 결합하고 있는 밑으로 손을 뻗어 그의 아래를 어루만졌다.

"리예!"

"나, 정말 많이… 늘었어요?"

타나릴은 리예가 요염하게 웃으며 날름거리는 혀를 가로채 다시 깊게 키스했다. 그의 허릿짓이 빨라지며 리예는 자신의 기술을 더 시험할 수 없었다. 격렬한 결합과 함께 쾌락이 타올랐다. 리예는 그의 이름과 쾌락의 신음만 뱉어냈다.

"타나릴, 아아, 아아, 아아아!"

리예의 신음을 들으며 타나릴은 천천히 울화가 가라앉는 걸 느낄 수 있었다.

"아아, 이제야 살 것 같아……."

타나릴의 한탄 같은 한숨에 그의 위에서 숨을 고르던 리예가 속삭였다.

"당신, 누이들과 무슨 일이 있었는지 물어봐도 돼요?"

망설이는 듯한 질문에 타나릴은 피식 웃음을 숨겼다.

말해도 될까? 아니, 숨길 필요는 없는 이야기다. 리예가 스스로 이만큼이나 다가와 자신에 대해 물어준 것만 해도 기분이 좋았다.

타나릴은 별로 떠올리고 싶지 않은 어린 시절에 대해 순순히 털어놓기 시작했다.

"카리자엘은 나보다 여덟 살, 할랜디어스는 다섯 살 많아. 앨리스는 나보다 한 살 더 많은데 실제론 다섯 달 정도밖에 차이 나지 않아. 아버지의 마지막 사생아인 르완은 스물다섯 살이야. 대외적으로 모두 우리 어머니가 낳은 자식이지. 예그하라라는 집이 그래."

"…네."

리예가 로레인과 공부한 내용 중에 들어 있는 사실이었다.

"카리자엘이 성년이 되던 해, 자신이 공작의 후계가 되겠다고 선포했어. 네 자매 모두 마법사이긴 하지만 카리자엘의 위압에 눌리고 말았지. 하지만 나는 어릴 때부터 꽤 반항적이었거든. 어머니를 위해서라도 내가 공작이 되어야 했어. 당연히 맞섰지. 그때까진 견제만 하던 카리자엘이 나를 위협하기 시작했어."

"공작님이 그걸 허용하셨나요?"

"아버지의 허용이 없다면 있을 수 없는 일이었어. 가장 강한 자식이 예그하라를 잇는 거라는 이유에서였지."

"하지만 당신은 너무 어렸잖아요! 당신 어머니는요?"

"아무리 어려도 마법사니까. 발현하지 못했어도 말이지. 어머니는 후계에 관한 발언권이 없었어. 예그하라의 모든 권력은 가주에게 있거든. 그래서 더욱 카리자엘이 날뛰기도 했었어."

"……."

"카리자엘은 장녀면서 아버지와 같은 불의 마법사라 그녀를 지지하는 일족들도 많았어. 어릴 때부터 지금까지 자매들은 모두 카리자엘이 휘두르는 대로 움직여. 어릴 때부터 그들에게 무수하게 당해왔어. 비웃음이나 폭언 같은 건 약과였지. 다락이나 우물, 창고, 숲속의 버려진 오두막 등에 갇히는 것도 예사였어. 들켜도 그저 장난으로 치부되거나 하나마나 한 야단이 끝이었어. 한겨울 추위에 얼어 죽기 직전에도 말이야."

"흡……!"

타나릴은 리예의 억눌린 신음에 말을 멈췄다. 하지만 계속하라는 몸짓에 작게 숨을 골랐다. 도중에 그만두느니 말하기 시작한 지금 하는 게 나았다.

"내가 마력을 처음 발현한 것이 그때였어. 내가 원하는 대로 냉기를 다룰 수 있게 되면서 얼어 죽는 것을 면할 수 있었어. 아버지는 어떤 사건이 있었는지보다 내가 발현한 것에 중점을 두더군. 아버지뿐만 아니라 일족 모두가."

"……."

"내가 마력을 발현하고 나를 지지하는 일족들이 많아지자 카리자엘은 더 직접적이고 치명적인 위협을 가해왔어. 마력의 발현에 처음 시험하는 것이 염력이거든. 한 번은 내가 아무것도 모른 채 몸을 띄워 노는 때를 골라 나를 4층에서 밀어버렸어. …아니, 걱정하지 마, 리예. 나는 떨어지는 순간 마력을 뿜어서 스스로 구했어."

타나릴은 파르르 떨며 자신의 어깨를 붙잡은 손을 토닥였다.

"놀라고 무섭고 공포에 떨었던 그때 내 앞에 아버지가 나타나셨어. 황당하게도 크게 기뻐하고 계시더군. 카리자엘이 나를 죽이려던 순간에도 내가 마지막에 어떻게 하는지 지켜보고 계셨던 거지. 절체절명의 순간에 폭발적으로 성장하는 마력을 기대했던 것이었어. 아버지가 그렇게 크게 웃는 것을 본 건 그때가 처음이었어."

"공작님은 당신을 구하려고 지켜보셨던 게 아닐까요?"

"…그랬던 걸까."

타나릴은 갑자기 혼란이 일었다. 한 번도 그런 식으로 생각해 본 적은 없었다. 식은땀을 흘리며 치욕스럽게도 오줌까지 지린 그를 보고 껄껄 웃던 아버지를 마주한 그때야말로 그의 생애 최악의 순간이었다.

"알 수 없어. 설령 내가 그걸 묻는다 해도 진심으로 답할 분도 아니야."

리예가 그의 허리를 꽉 끌어안으며 말했다.

"그럴 거예요. 그렇게 믿어요."

하지만 그건 너무 낙관적인 생각이었다. 타나릴은 집을 떠나기 전에 세 번, 학교에서 네 번의 자객을 더 만났다.

카리자엘이 자신이 직접 손을 쓰지 못할 것 같자 한 짓거리였다. 배후를 밝혀낸 적이 있지만 그런 짓들 또한 경쟁을 위한 당연한 구도로 치부되었다. 카리자엘의 암습은 타나릴이 후계가 될 자격을 갖춘 열여덟 살이 되던 해까지 계속되었다.

하지만 타나릴이 후계가 되기까지는 자격을 갖고도 2년을 더 기다려야 했다. 스스로 힘을 갖췄다고 판단한 그날, 타나릴은 네 자매 모두 한꺼번에 꽁꽁 얼려 버렸다. 확실한 마력의 우위에 그들 중 누구도 스스로 얼음 관을 벗어날 수 없었다.

자매들은 일족의 누군가에게 구원되자마자 항복을 외쳤다. 직후 타나릴은 후계의 증명인 예그하라 후작이 되었다.

그럴 때까지 예그하라 공작은 그저 지켜보기만 했다. 남매 중 누구도 죽지 않은 것이 더 기적이었다.

그러니 아버지가 자신을 구하기 위해 지켜봤다는 말은 어불성설이다. 그러나 타나릴은 리예의 말을 부정하지 않았다.

드디어 리예를 공략할 방법을 알 것 같았다. 타나릴은 자신이 어떤 사람이 되어야 하는지 알았다. 아니, 어떤 사람이라는 걸 알려야 하는 건지 깨달았다.

리예가 그를 위로하듯 안아주고 있었다. 타나릴은 그대로 가만히 숨을 죽이고 있었다. 그가 자신의 허리를 꼭 감싼 손이 떨리는 걸 즐기며 짐짓 미소 짓는 것을 리예는 볼 수 없었다.

"내가 후작이 되고서도 카리자엘의 야욕이 멈춘 건 아니었어. 이후 카리자엘이 벌인 협잡들을 일일이 설명하다간 당신 귀만 더럽힐 거야. 그게 오늘날까지 온 거야."

저주에 관한 것은 뺐으니 반절의 설명이었다. 그러나 괜한 오해를 더할 수 있는 이야기는 굳이 더할 생각이 없었다.

만일 리예가 임신하지 않았다면, 혹은 저주가 비켜 가는 단 하나의 여인이 리예가 아니라면? 어느 가정도 하고 싶지 않았다. 처음 시작이 어떻든, 리예는 자신의 것이었다.

"타나릴……."

리예가 눈으로 묻고 있었다. 자신은 무얼 해주면 되느냐고. 소리로도 내지 못하는 질문에 타나릴은 확실하게 못 박아 말해주었다.

"당신은 날 배신하지 마."

예지자가 동반자를 배반하는 일은 없었다. 그럼에도 확인하고 싶었다. 아니, 진짜 하고 싶은 말을 숨긴 애원이었다.

'날 외롭게 하지 마. 떠나지 마.'

"안 해요. 절대 배신 안 해요."

가녀린 목소리에 울음이 섞여 있었다.

죄책감이 일었다. 하지만 리예의 단단한 마음을 열기 위해선 무슨 수든 다 쓸 작정이다.

"나도… 당신을 배신하지 않아."

속이긴 하겠지만. 저도 술수의 총 집합인 예그하라 일족임에 타나릴은 조소를 삼켰다. 그는 몸을 빙글 돌아 리예를 끌어안았다.

"집에 갈까?"

"…아뇨. 그냥 여기서 자요."

잠시의 망설임은 집에 가고 싶다는 뜻 같았다. 하지만 리예의 두 눈에 졸음이 가득했다.

어느 쪽이든 기꺼웠다. 리예가 집을 편하게 생각하는 것도, 졸음에 겨워 자신의 품으로 파고드는 것도.

젖은 수건으로 리예의 몸을 닦아주는 것은 언제나 그의 몫이었다. 예전엔 생각조차 못 했던 일들이 리예를 만나고부터는 당연한 일이 되었다. 리예의 시중을 들고 잠든 숨소리를 들어야 그도 잠을 잘 수 있었다.

"잘 자, 리예."

"잘 자요, 타나릴."

새근새근, 금세 규칙적인 숨소리가 울렸다. 마력을 둘러 확인해도 깊이 잠든 게 확실했다. 그녀를 품에 당긴 채 타나릴이 속삭였다.

"미안해, 리예. 그런 구렁텅이에 끌어들여서. 그래도 난 당신을 절대 놓지 않을 거야."

• • •

어둠 속에서 한 귀부인이 뒤를 조심하며 몰래몰래 걷고 있었다.

행여 누군가의 눈에 띌까, 깊게 두건을 눌러쓴 귀부인의 자태는 몹시도 초조했다. 몇 번이나 뒤를 돌아보고 주위를 살피던 귀부인이 어느 으슥한 주택의 문을 열고는 재빨리 들어갔다. 안에는 그 귀부인을 반기는 이가 있었다.

"부인, 오랜만이에요."

반기는 이에 비해 귀부인의 반응은 썩 달갑지 않았다.

"오랜만이라니! 왜 또 날 찾아온 거야?"

"부인… 그렇게 질색하시면 제가 기분이 상하지 않겠어요?"

"아, 아닐… 세. 무슨 일인지 놀라서……."

음침한 위협 한마디에 귀부인은 당장 싫은 기색을 지워 버렸다. 귀부인이 이 만남을 질색한다는 걸 피차 잘 알고 있지만 상대는 누그러진 목소리로 이해하는 척 말했다.

"제가 부인을 찾을 일이 뭐가 있겠어요. 돈이 떨어졌어요."

"지난번이 마지막이라고 하지 않았나! 난 당신에게 이미 많은 돈을 주었어!"

"많다니요, 그 정도야 부인의 한 달 용돈도 안 되지 않은가요?"

"뭐라 하든, 지난번이 마지막이라고 선을 그었어. 그건 당신이 맹세한 것 아니었나? 마녀의 맹세가 이토록 가벼운가?"

귀부인의 말처럼 이 음험한 장소로 그녀를 불러낸 이의 정체는 마녀였다. 귀부인이 그 부름에 거부할 수 없을 만큼 이들의 관계는 오래되었으며 치명적인 악연으로 이루어져 있었다.

"저를 도발하시는 걸 보니 부인, 이젠 제가 필요 없어졌나 보네요?"

"나는 이미 당신이 한 일에 다 값을 치렀단 말이야!"

"아뇨, 제가 할 일이 있을 겁니다."

"그게 무슨 말이지?"

"트레니얼라 예그하라, 그가 결혼했지요?"

"그런데? 결혼이야 아무리 한들 무슨 상관이야?"

"아뇨, 그가 내 저주를 빗겨났어요. 그의 신부가 지금 임신 중이에요."

"뭐! 저주를 파했다는 뜻이야!"

귀부인은 대로했다. 이것은 오히려 자신이 이 마녀를 찾아야 할 일이었다. 그 말은 애초의 계약을 제대로 이행하지 않은 것이란 뜻이었다.

"아니요, 저주는 그대로인데, 저주의 틈을 파고든 거였습니다."

"당신, 처음부터 나를 속인 거였어? 트레니알라는 어떤 여자와도 아이를 가질 수 없을 거라고 했잖아!"

"아아, 그렇게 말씀하신다면 저도 할 말이 없습니다만 이건 저주에 대해 아셔야 설명이 가능합니다. 그만큼 강한 저주가 다른 이의 눈에 띄지 않고 정착하려면 바늘구멍만 한 빈틈이 있어야 하지요. 그래서 단 하나의 예외를 뒀었는데 말도 안 되는 그 조건을 그 신부가 맞춰 버린 겁니다. 그건 불가능한 조건이었단 말입니다."

마녀는 손을 펼쳐 보이며 유감이라는 듯 말하고 있었지만 그 안엔 흥미로움이 다분했다. 어떻게 그 불가능한 그 조건을 꿰어 맞춘 신부가 나타났는지 신이 나 있었던 것이다.

귀부인은 마녀의 기색을 알아챘다. 그래서 마녀의 말이 사실인 것도 알 수 있었다. 화를 낸다 해서 해결될 일이 아니었다.

"무슨 조건인데 그런 거지? 그럼 그 신부에게서 그 조건을 없애면 되는 건가?"

"아아… 그 조건은 없애거나 맞출 수 있는 게 아닙니다. 단 하나 있을까 말까 한 그 운을 예그하라 후작이 찾아낸 것이니까요."

"지금 내 앞에서 트레니알라가 운이 좋다고 하는 소리야!"

펄펄 뛰는 귀부인에게서 심상찮은 기운이 흘러나왔다. 귀부인은 꽃 같은 시절에도 마녀와 단둘이 대면하고 위험한 거래를 할 만큼 만만찮은 기운을 지닌 여인이었다.

"오오, 부인. 노기를 거두세요. 제가 그러니까 찾아온 게 아니겠습니까."

"당신이 어찌할 수 있다는 거야? 트레니알라가 제 아내를 꼭꼭 감춰둬서 아무도 못 만난단 말이야. 발칙한 것!"

"그래서 돈이 좀 필요합니다. 제 모습을 아는 이가 있는지라, 바꿀 필요가 있어서요."

"지난번엔 무슨 땅을 산다고 하지 않았었나? 거기에 정착한다고……. 땅을 사기에 돈이 부족하던가?"

"아아… 그랬었지요. 그런데 누가 그 땅을 제 앞에서 가로채고 말았지 뭡니까. 그래서 화가 나서 여기저기 좀 썼더니 금세 바닥나 버리지 뭡니까?"

한 달 전, 마녀가 이십 년 만에 나타났을 때, 귀부인은 그녀가 다시는 돈을 요구하지 않겠다는 맹세를 하게 하고 거액을 줬었다. 그러나 평민들이 일평생 못 모을 거액도 마녀에겐 화풀이로 한 달 만에 사라질 만큼 힘이 없었다.

"이번엔 얼마나 필요해서 왔나? 아니, 무슨 일을 할 것인지부터 말해야지. 아이를 떼어버려! 그리고 절대 다시는 아이를 가질 수 없는 몸으로 만들어 버리라고! 그 조건인지 뭔지 충족했다 한들, 몸이 그 지경이면 다신 애를 가질 수 없겠지."

"부인의 원대로 해드리지요!"

마녀가 눈을 접으며 고개를 살짝 기울였다.

"좋아, 확실히만 하겠다면 이번엔 지난번의 배를 주지. 하지만 경고야. 무조건 내가 말한 대로 성사시켜야 함은 물론, 이번이 마지막이야. 마녀의 맹세를 해!"

"물론 맹세하겠습니다, 부인. 후작 부인의 아이를 떼어낼 것이며 다신 아이를 가질 수 없는 몸으로 만들겠습니다. 여차하면 죽여 버리면 되니까요. 이만하면 되겠습니까?"

"그래, 그것이 가장 확실한 방법이었네. 그래, 그러면 되는 거였어."

귀부인은 답을 구한 듯 속삭였다. 마지막 방법은 굳이 마녀의 힘을 빌리지 않아도 되는 것이다.

저주에 민감한 마녀들이 트레니알라에게 걸린 저주를 찾아내기라도 하면 골치 아프니 어쩌면 직접 손을 쓰는 게 좋을 수도 있다. 그러나 그건 마녀가 실패한 후, 최후로 미룰 일이다. 여태 침묵한 트레니알라가 이제 와서 마녀의 저주를 들먹거리지는 않을 것이다.

귀부인은 손을 내미는 마녀에게 고개를 저었다.

"이 일 이후 다시는 나를 찾지 않을 것도 맹세해야지!"

"어머나, 철저하셔라. 부인이 직접 찾으실 때까지 제가 먼저 부인을 찾지 않겠습니다. 이것도 맹세드리지요."

마녀가 새치름하게 입을 가리고 웃었다. 여름철이 가까워졌는데도 하얀 장갑에 싸인 손이 파르란 어둠 속에서 빛났다. 그 안을 본 적 있는 귀부인은 혐오감을 숨기며 고개를 돌렸다.

"이거면 될 거야."

귀부인이 품속에서 작은 주머니를 꺼내 마녀에게 주었다. 행여나 마녀와 닿을세라 귀부인은 주머니를 넘기며 곧 놓아버렸지만 마녀는 주머니가 떨어지기 전에 솜씨 좋게 받아냈다.

안을 열어본 마녀가 기쁘게 눈을 휘었다.

"어머, 미리 돈을 준비해 주셔놓고 새침하시긴."

"언제까지 할 거지?"

"오래 걸리지는 않을 겁니다. 늦어도 반년 안에요."

"반년도 길어! 배가 불러오기 전에 해치워!"

"일은 서둘러서 되는 게 아니랍니다. 어차피 제가 한 맹세에 애는 태어날 수 없게 하기로 했는데 뭐가 그리 성급하셔요."

"알겠어. 내, 이번 한 번만 더 당신의 맹세를 믿어보지."

맹세를 지키지 못하면 마녀의 수명이 끊어지라는 위협도 담겨 있었다. 귀부인은 그 말을 끝으로 작별 인사도 없이 돌아서 가버렸다.

닫힌 문을 보며 마녀가 속삭였다.

"맹세대로 합지요. 저도 가로채인 원한이 있거든요."

• • •

움찔움찔, 감긴 눈꺼풀 안에서 눈동자가 움직이는 게 보였다. 타나릴은 리예가 깨어나는 순간을 기다리고 있었다.

아침 행사와 같은 일이었다. 그런데 오늘 리예의 반응이 유난했다. 한참 괴로운 듯 찌푸리던 리예가 눈을 뜨더니 서서히 눈동자가 또렷해졌다.

"리예, 무슨 꿈 꿨어?"

깨어나고도 리예는 몇 번이나 더 눈을 깜빡이고서야 대답했다.

"꿈, 그래요, 꿈을 꿨나 봐요……."

하지만 다시 눈을 꾹 감는 리예의 표정이 석연찮았다.

"기분 나쁜 꿈을 꾼 거야? 뭔데, 말해봐."

리예는 잠시 생각하다가 고개를 저었다.

"생각이 나지 않아요. 그런데 무척 기분이 안 좋아요. 뭔가 굉장히 안 좋은 걸 봤었던 것 같은데……."

"걱정하지 마. 설령 나쁜 꿈이라 해도 꿈은 반대라잖아. 다 괜찮을 거야."

"그럴까요?"

"그래."

고민하는 리예가 너무 심각해 보였다. 타나릴은 그녀의 이마에 이마를 대고 비비며 장난스럽게 말했다.

"아침부터 고민은 그만. 꿈이란 게 다 그렇지 뭐. 뭐 먹을까? 어젠 고기 먹었으니까 아침으로는 해산물 먹을까? 아흐라다가 꽤 좋은 해산물 거래처가 있어서 신선하고 괜찮은 요리가 많아."

"그럴까요?"

리예가 희미하게 웃었다. 하지만 표정이 썩 개운하지만은 않아 꿈의 여파가 작지 않음을 알 수 있었다. 타나릴은 아무 말 하지 않고 리예를 가만히 토닥여 주었다.

"당신은 정말 다정해요."

만일 이 말을 들었다면 기함할 사람만 한 부대는 넘을 것이다. 그러나 타나릴은 뻔뻔스레 대답했다.

"리예, 당신이니까."

"……."

"당신도 나에게 다정하잖아. 나한테 다정한 사람은 당신뿐이니까."

"…그래요."

강요한 듯한 대답을 듣고도 타나릴은 흐뭇하게 웃었다. 방금 또 한발 물러나려던 리예는 외로운 타나릴을 외면하지 못했다. 그는 가장 강력한 카드를 쥐고 있는 덕분에 거칠 것이 없었다.

아이 때문이 아니다. 아이는 오히려 더욱 섬세하고 예민하게 다가가야 할 문제였다. 절대 리예의 권리를 해치지 않음을 인정하는 선 안에서.

타나릴이 믿는 건 바로 자신이 리예의 동반자라는 거였다. 그러나 이 좋은 카드를 쥐고 있어도 리예에게 마음을 인정하고 열라고 할 수는 없었다. 먼저 리예의 상처가 무엇인지 알아야 했다.

리예가 온 곳이 어디인지 굳이 알 필요는 없었다. 그보다 리예가 그 세상을 그리워하는 대신 이곳에 정착하고 싶게 닻이 되어주어야 한다.

그는 리예가 이 세계의 이방인이라는 사실을 잘 알고 있었다. 저주 때문이었다.

광대 복장을 하고 어린 타나릴을 찾았던 마녀의 저주는 그의 뇌리에 깊이 새겨져 있었다.

'너는 이 세상 어떤 여자와도 아이를 가지지 못하리라. 단 하나 네 짝이 있다면, 그건 다른 세상에서 온 여인이리라.'

저주를 마친 마녀는 알뜰하게 조롱을 날리기도 했다.

'이 넓은 세상에 그런 사람이 어디든 하나는 있을 거야. 네 아비처럼… 너도 곧 발정 날 테니 열심히 시험해 보렴? 그중 하나가 네 짝일지 아니? 하하하하!'

'다른 세상에서 온 여인'.

리예를 만나고 그녀가 임신한 순간 그건 사실이 되었다.

다른 세상, 처음엔 그곳이 미개척지일 수도 있다고 생각했다. 하지만 리예가 마법 전달문 기안자라는 사실에 그곳은 그보다 더 멀어졌다. 그다음부터는 술술 증명되었다.

절벽 중간에 집을 짓는다면서 리예는 '어디서 본 거라'고 말했었다. 건축가 우버의 말이 아니라 하더라도 세계 어디에도 리예가 말한 식으로 지은 집은 없었다. 그러나 리예는 정말 어디선가 '본' 것을 이야기하는 거였다.

소형 저장고에 대한 아이디어도 증명을 보탰다. 현재도 쓰고 있는 저장고를 작게 축소한 것이니 단순하게 여길 수도 있지만, 그 설명은 그런 것들이 이미 많이 보급되어 사용한 곳의 이야기를 그대로 옮긴 느낌이었다. 처음 전달문처럼.

리예는 저주를 완벽히 피할 수 있는 단 한 사람이었다. 그 기적이 너무도 기가 막히기도 했지만 아직도 이해할 수 없는 일도 있다. 어떻게 리예가 그날 그 바에서 자신과 같은 약을 먹게 되었느냐는 것이었다.

이젠 범인을 찾는 일은 의미가 없었다. 다만 1에서 4번은 아니라는 것은 확인했으니 그것으로 만족했다.

"잠시만, 주문할게."

통신구를 조작해 주문을 넣은 타나릴은 리예와 함께 욕실로 들어갔다. 그러나 리에는 타나릴이 출근하려면 서둘러야 한다며 그를 쫓아내고 혼자 씻고는 재빨리 옷을 갈아입었다. 그들이 언제 올지 모를 이곳 객실에도 카미린스가 갖춰둔 옷이 여러 벌 있어서 곤란할 일은 없었다.

식사는 금세 들어왔다. 타나릴이 장담한 것처럼 팔뚝만 한 생선과 주먹 두 개를 합친 조개에 금과 진주 가루가 뿌려진 요리는 보기만 해도 신선하고 먹음직스러웠다.

"맛있겠다!"

리에가 침을 삼키며 포크를 드는 순간이었다.

"우욱!"

입덧의 시작이었다.

• • •

타나릴은 출근하지 않았다. 그는 내가 헛구역질을 하자마자 하얗게 질려 버렸다. 어쩌면 입덧을 하는 나보다 타나릴의 속이 더 좋지 않은 것처럼 보였다.

타나릴은 곧장 집으로 돌아왔다. 그가 믿고 있는 가장 좋은 의원이 바로 집에 있었기 때문이었다.

"아시겠지만 입덧이에요. 자연스러운 현상이랍니다."

메릴리타가 간단히 진단했다.

"내가 마력을 아무리 쏟아도 소용없었소. 리예는 요리에 손도 못 댔어."

타나릴은 아직도 창백한 기가 다 가시지 못한 얼굴이었다. 내가 아무리 괜찮다고 해도 그는 이미 오늘 출근하지 않을 거라 통보해 버렸다. 좌절한 에르모가 잠시 후 급한 결재 서류를 가지고 오겠다고 하기에 그냥 가는 게 낫지 않느냐고 물었지만 타나릴은 굳건했다.

"마력이 만병통치는 될 수 없답니다. 두 분이 사랑을 나누시는 데는 도움이 되지만 입덧까지는 어쩔 수 없어요. 오시는 내내 마력을 퍼부으셨나 본데, 지금은 아기님이 다 받아주니 낭비가 없지만 나중엔 그러지 않으시는 게 나을 거예요."

아, 제발. 메릴리타.

"혹시 그것이 느껴지는 거요?"

"아니요, 지금 저는 전과 같진 않아서……. 하지만 보지 않아도 뻔한 거 아닙니까."

메릴리타가 적당히 하라는 듯 말했지만 뚱한 타나릴을 보니 그리 먹힐 것 같지 않은 얼굴이다. 내가 아이를 낳아도 계속 저렇게 해준다는 뜻일까? 다정한 사람이니 어쩌면 나중에도 그렇게…….

문득 나는 눈과 입을 가리고 싶어졌다. 방금 한 생각은 뭔가 위험했다.

"리에, 당신이니까."

타나릴이 속삭이던 말이 자꾸만 생각났다. 나에게만 다정하고 나만 안아주는 남자다. 그가 보이던 짙은 외로움이 나로 인해 채워진다면 내가 떠난 후 그는 괜찮을까?

그러나 우리는 한계를 긋고 시작했다. 지금 그가 날 좋아할 수도 있지만, 그건 그 한계가 있어서 잠시 애틋해진 것일 수도 있다.

타나릴은 끝에 대해 다시 다른 언급은 한 적이 없다. 괜히 설레발을 쳐 이 완벽한 관계를 깨뜨리고 싶지 않았다.

"입덧이 심한 임신부는 물 냄새도 못 맡기도 한답니다."

"뭐! 그럴 수도 있단 말이오?"

"그런 경우도 있다는 말이지요. 그래도 대충 식사는 하고 오셨다면서요?"

"스프 한 접시만 먹고 왔소. 메인 요리인 생선에는 손도 못 대고."

"비린 냄새 때문에 더 그러셨겠죠. 지금 밀레이나가 식사를 준비하고 있으니 이것저것 드셔보세요. 드셔보시면 피할 음식도 아실 수 있을 겁니다. 일단 생선 종류는 다 빼고 자극이 강한 음식들도 제했을 겁니다."

"리에, 배고프지?"

타나릴이 냉큼 나를 일으켜 급조한 식당으로 데려갔다. 본래 식당은 부엌에서 가까워 음식 냄새를 풍긴다 해서 작은 응접실을 식당으로 꾸민 상태였다. 이건 레베카와 밀레이나가 정한 일이었다.

아이를 가져본 두 부인의 합작에 나는 생각지도 못한 호사와 호의를 느끼며 숟가락을 들었다. 생선 종류가 없어서인지 나는 무난히 식사를 즐길 수 있었다.

나보다 긴장한 것 같았던 타나릴도 내가 다시 헛구역질 없이 식사를 마치자 안도하고는 그제야 식사를 시작했다. 그의 마음이 잡히는 것 같아 자꾸만 가슴이 간질간질해졌다.

겨우 입덧 한 번에 온통 뒤집혔던 집안은 내가 두 번째 식사도 무사히 마치자 잠잠해졌다.

메릴리타도 그만하면 얌전한 입덧이라며 축복이라고 했다. 앞으로 또 모르니 지켜봐야 할 거라며 안심할 수 없는 경고를 하기도 했지만, 나도 물 냄새도 피하는 입덧에 대해 들어본 적이 있어서 이만한 걸 다행으로 여겼다.

입덧 소동이 빠르게 가라앉은 덕분에 우리에겐 예정에 없던 시간 여유가 생겼다. 타나릴은 그 소중한 시간을 나를 위해 썼다.

"오늘은 우리 별장 진척이나 다시 확인해 볼까?"

"좋아요!"

기대한 바였다.

통신구 너머 오랜만에 본 우버는 우리를 반갑게 맞았다. 우버는 애초에 약속한 날짜에 설계도를 보냈었다. 그때 그의 눈은 퀭했지만 형형하게 빛나고 있었다. 그가 보낸 설계도는 내가 상상한 것보다 더욱 환상적인 모습이었다.

-오랜만에 뵙습니다, 후작 부인!

"궁금해서 연결했어요, 우버."

지난번 설계도가 도착하고 몇 번 이야기를 나누며 나는 극구 부탁하는 그와 이름을 텄다.

타나릴이 물었다.

"공사는 잘 진행되고 있소? 건축 공간은 나왔는지 궁금해서 연결했소."

-네, 우선은 승강기 설치가 먼저라 동굴을 확장하는 건 시작한지 며칠 되지 않습니다. 하지만 지금 쉬고 있는 탐사대 마법사들까지 동원된 덕에 공간은 며칠 내로 확보될 것 같습니다. 필요 공간만 확보되면 조만간 영상을 찍어 보내 드리려 했습니다.

처음 타나릴은 절벽 동굴의 공간을 직접 만들어주겠다고 했었다. 하지만 광석을 발견한 후 수도로 돌아와야 한 데다 토목건축 전문 마법사를 두고 타나릴이 그런 일을 하는 건 비효율적이라며 우버가 극구 말렸다.

"절벽 위에서의 작업은 순조로웠소? 거의 돌이던데."

-그것도 문제없습니다. 지반이 단단한 암석이라 시간이 좀 걸리긴 하지만 암석 전문 마법사가 있는 덕분에 수일 내로 지상과 연결하는 통로가 뚫릴 것 같습니다. 과정을 하나하나 영상에 담고 있습니다.

"알겠소. 조만간 아내와 함께 가보겠소. 고생하시오."

-와주시길 고대하겠습니다! 오시기 전까지 최대한 집 모양을 갖출 수 있도록 매진하겠습니다!

"너무 무리하지는 마시고요, 우버. 항상 말씀드리지만 안전이 최우선이에요!"

-가, 감사… 황송…….

"다음에 봅시다."

또 과하게 감격한 우버가 길게 작별 인사를 하기 전에 타나릴이 서둘러 연결을 끊어버렸다.

"당신도 많이 궁금하지?"

"네, 그래도 생각보다 빨리 진척되는 것 같아서 정말 놀랐어요. 마법이란 참 기적 같아요."

"조만간 가볼 수 있을 거야. 이제 곧 2차 탐사대가 들어갔다가 오면 다음엔 직접 가봐야 하니까."

"나도 가도 돼요?"

"무슨 소리야, 당신이 그 땅의 주인인데? 그리고 집주인이 어떻게 집이 지어지는지 당연히 확인해 봐야지."

"그렇죠, 내가……."

나는 말하다 말고 갸웃했다. 정말 그 집이 내 집이 맞는 걸까?

나는 하루, 날을 잡아 로레인과 히그틀리 몟목 비용을 청산하고 싶다고 했다가 그녀를 넘어뜨리고 말았다. 그토록 잘 넘어지면서도 묘기처럼 엉덩방아만은 면하곤 하던 로레인이 너무 놀라 마력을 활용하는 걸 잊었기 때문이었다.

로레인은 뗏목 비용은 추락 사건과 연관되어 보상 차원으로 이미 지급된 것이니 절대 언급하지 말라고 했다. 또, 혹시라도 건축비용에 관해 말하고 싶다면 품위 유지비 항목을 건드려야 할 거라는 괴상한 답변을 보탰다.

내가 내 별장을 짓는 것과 품위 유지비가 무슨 상관인지는 알 수 없다. 그러나 로레인은 그런 당연한 것을 처리하기 위해 제가 있는 거라며, 자신에게 먼저 의논해 주어서 참 다행이라 한숨까지 쉬었었다.

"응, 당신이 뭐?"

그러나 타나릴에게 그 집이 정말 내 집이냐고 물을 수는 없었다.

"분산과 투자요. 요즘 로레인과 그걸 의논하고 있는데……."

내가 대충 둘러대며 말하는 중에 문을 두드리는 소리가 들렸다. 타나릴이 대답하고도 조금 더 있다가 문을 여는 사람은 로레인이었다.

"에르모라는 분이 오셨어요."

"들어오라고 해."

로레인 뒤에 있던 에르모가 내게 꾸벅 인사를 하고는 타나릴에게 급히 서류를 내밀었다. 나는 로레인과 자리를 피해주려 했지만 타나릴이 잡았다.

에르모는 못 본 척 급히 서류를 내밀었다.

"2차 탐험대 인원에 변경이 생겼습니다. 마법사 모리건과 마녀 데이드라가 부친상으로 불참을 알려왔습니다. 두 사람은 부부라 급하게 인원을 변경할 수밖에 없게 되어서 충원 인원을 뽑았습니다. 충원자는 카스바드와 아라운으로 본래 후보였던 이들입니다."

"각각 영상 기록과 주술 기록을 담당하는 이들이지?"

"네."

그런데 타나릴은 서류를 보며 잠시 생각하다 다시 물었다.

"모리건과 데이드라의 부친상에 대해 알아봐. 에플람과 브리안, 두 사람이 주술 기록을 읽을 수 있으니 마녀 쪽은 충원하지 말고. 영상 기록은 히그틀리에 있는 마법사들을 지원받아."

"…네."

에르모는 충원 인원에 선을 긋고 거기에 타나릴의 사인을 받았다. 돌아서는 에르모의 뒷모습이 사뭇 긴장되어 보였다. 로레인이 에르모를 배웅하러 나가고 난 후 내가 먼저 물었다.

"탐사대는 언제 출발해요?"

"오늘 저녁에."

"네?"

그럼 당연히 마지막 점검을 위해 할 일이 많을 것이다. 정말 타나릴이 가보지 않아도 되는 건가 싶어 걱정이 되었지만 그는 아까부터 다른 생각에 빠진 것처럼 보였다. 아무래도 인원이 바뀐 것에 무슨 다른 문제가 끼인 것 같았다.

“변수가 마음에 걸려요?”

“내가 알기로, 모리건의 아버지는 4년 전에 돌아가셨어. 데이드라의 아버지가 돌아가신 것일 수도 있는데, 그녀는 히스 왕국 출신이야. 데이드라는 마녀 탄압이 심한 자국에서 십여 년 전에 망명해 와서 살다가 5년 전에 모리건과 결혼했어.”

“정말 히스 왕국에서 연락이 왔다 해도 너무 공교롭네요. 앗, 카스바드와 아라운이라는 사람은 문제가 있어요?”

“후보로 뒀던 만큼 문제가 없었지만 모리건과 데이드라의 부친상이 거짓이면 문제가 생긴 거지.”

“주술석에 대해 벌써 새어 나갔나 보네요.”

“동원된 사람이 워낙 많으니 이미 알려질 만큼 알려졌다고 봐야지. 이번 일도 제 사람을 끼워 넣어 뭔지 알아보려는 수작일 수도 있어.”

“타나릴, 그것의 가치가 당신 짐작대로라면, 한 개인이나 한 가문이 통제해선 안 돼요. 그렇게 된다면 반드시 나쁜 일이 벌어질 거예요.”

“알아, 바로 마력석이 그래. 그래서 이미 마력석에 준하는 여러 방안을 준비하는 중이야. 당신, 괜찮아?”

나도 모르게 나는 두 팔로 내 몸을 끌어안고 있었다. 타나릴이 곧장 나를 끌어당기며 토닥여 주는 덕에 금방 괜찮아지기 시작했다.

"이제 알 것 같아요. 날 위협하던 그 목소리… 그 사람이 그 광석을 보며 광소하고 있었어요. 다른 이를 제물로 삼는 이가 그런 힘을 독점한다면……."

"재앙이 되겠지. 마녀의 재앙에 겁먹은 이들이 이 땅의 다른 마녀들도 발을 디딜 수 없도록 추방하려 할 거야. 이제 막 기지개를 켜게 된 마녀들이 다시 음지로 숨어야 할 거야."

"재앙, 그럼 그녀가……."

"응?"

하지만 그 이상은 말할 수 없었다. 내가 아는 그 이름을 말하는 순간 발설의 보복은 바로 이 사람을 덮칠 것이다. 내게 남은 이는 이 사람밖에 없으니까.

남은……?

나는 생각을 멈추어야 했다. 하지만 이미 나 있는 결론을 피할 수는 없었다.

'그렇구나, 나는 이 사람과 헤어진다 해도 계속 내 사람으로 여기겠구나.'

이미 인정하던 사실을 더 깊이 인정하는 것뿐이라 그리 놀라울 건 없었다.

"리예?"

"아무것도 아니에요. 그냥 혼란스러워서. 아무튼 그 광석에 눈독을 들이는 다른 이가 있다고 가정해야겠네요."

"가정 정도가 아니야. 이미 많은 이들이 눈독을 들이고 있지. 이미 당신은 새로운 마력석 광산의 주인으로 온 수도의 최고 관심 인사가 되었을걸?"

"내가요? 아니, 그보다 아직 그 광석에 대해 확실하게 발표된 건 없잖아요? 그저 몇 가지 실험을 해본 게 다인데 어떻게 그렇게 확신을 하는 거예요?"

"예그하라가 얽혀 있으니까."

"아!"

너무도 당연한 그 자신감에 그저 실소가 나올 뿐이었다. 잠깐, 정말 그 동굴이 광산이라면 새로운 문제가 생긴다. 내가 산 땅은 마리티 협곡과 헤른 강변 인근뿐이라 그 사이의 땅에서 채굴하게 된다면 소유권 문제가 발생한다. 킬로이 남작이라면 믿을 만한 사람이긴 하지만 지켜낼 수 있을지는 장담할 수 없다.

"타나릴, 그 땅이 정말 광산이라면 문제가 있어요. 내가 산 땅은 입구일 뿐인데……."

타나릴이 고개를 저었다.

"다 당신 거야."

"네?"

"잠깐만."

타나릴이 자신의 책상 서랍을 열어 서류 하나를 주었다.

벌써 한 달도 더 전, 4월 26일에 거래가 되었음을 증명하는 땅문서였다. 내가 거래했던 땅과 같은 지도가 첨부된 땅문서에는 협곡부터 강변까지 모두 붉은 칠이 되어 있었다.

"이게 뭐예요?"

"결혼 선물. 주겠다고 약속했었잖아."

"이, 이건 말도 안 돼! 이건 매물로 나온 것도 아니었는데……."

"영주부에 속한 땅이라 내가 킬로이 남작에게 달라고 했었지. 불모지와 같은 땅이라 싸게 샀어. 나중에 광석이 나올 것 같다는 걸 알고서 킬로이 남작에게 지분을 원하느냐 물었더니 손사래를 치더군. 다만 거기서 세금이 많이 나올 것 같으니 그거나 잘 계산해 달라고 하더라고."

"이건……. 아니에요. 괜한 욕심이 화를 불러올 거예요. 그러니 이건 당신이 가져요."

나는 행여나 욕심이라도 생길까 싶어 얼른 땅문서를 도로 넣어 타나릴의 품에 끼워 넣었다.

"리예, 이게 얼마나 큰돈인 줄 알아? 마력석 광산과 버금가는 가치라고. 국가 예산을 좌우하는 어마어마한 돈이 될 거야. 그걸 이렇게 쉽게 넘긴단 말이야? 이렇게 쉽게 포기해 버리면 정말 후회할걸?"

타나릴이 짐짓 약을 올리듯 말했다. 하지만 그 말을 듣고 나니 더욱 가질 수 없었다.

"아뇨, 아니에요. 내가 산 것도 아니잖아요."

이건 장난할 수준이 아니었다. 나는 정말 진지하게 고개를 저었다.

그러나 타나릴의 미소가 더 깊어졌다. 뭔가 꿍꿍이가 있는 듯한 미소였다. 내가 의심스럽게 쳐다보자 타나릴이 과장스럽게 고개를 끄덕였다.

"당신, 약았어."

"네?"

내가 왜? 무엇이? 어떻게?

"광산에 엄청난 세금이 붙는 걸 알고서 그런 거지? 하긴, 로레인에게서 분산과 투자를 배우고 있다 하니 들어봤겠지. 나한테 이걸 다 떠넘기는 걸 보니 참 똑똑해."

"네? 세금……. 그래도 세금보다는 이익이 더 많을 거 아니에요?"

"내가 말한 세금은 광산 채굴과 관련된 게 아니라 양도세를 말한 거야."

타나릴의 시선이 약간 낮아졌다. 내 가슴 아래쯤.

그제야 그 말이 이해됐다. 이 사람, 전혀 물러날 마음이 없다. 저건 어떻게든 내 소유로 남아 있을 수밖에 없는 거였다.

나는 얼른 도로 손을 뻗었다. 하지만 타나릴이 더 빨랐다.

"내가 알아서 할게. 베인크리스가 신고식은 거하게 치르게 생겼네."

"타나릴, 내 뜻은 그게……."

"리예, 당신이 원하는 게 어떤 건지 알아. 그래도 내가 당신에게 선물한 거야. 내가 광산에 대해 알고서 준 것도 아니고, 히그틀리 영주와 같은 상황이야. 이건 당신의 운인 거지. 그러니 이건 더 이상 언급하지 않을 거야. 알았지?"

강렬히 마주치는 눈빛에 나는 거부할 수 없는 압박을 느꼈다. 나는 마치 마리오네트가 된 것처럼 고개를 끄덕였다. 앗, 이게 이렇게 은근슬쩍 된다고 할 일이 아닌데…….

하지만 내가 정신을 차렸을 때 땅문서는 다시 내 품에 들어와 있었다.

"2차 탐사대가 온 후에 로레인에게 보여줘. 비명이야 좀 지르긴 하겠지만 그땐 베인크리스가 와 있을 테니 둘이 머리 싸매고 뭐든 알아서 하겠지."

"무, 무책임한 발언 같은데요?"

"그게 원래 비서들이 할 일인데 뭐."

"이렇게 규모가 엄청난 거는 귀부인의 비서 일이 아니잖아요. 로레인 아가씨, 이러다 시집이나 가겠어요?"

"로레인이 시집가는 걸 당신이 왜 걱정해? 집안 후광 없이 제국 법률학교를 제 머리 하나로 내내 수석을 다투며 졸업한 애야. 시집도 알아서 잘 가겠지. 정 못하면 베인크리스도 있고, 에르모도 있고."

이 집에 뼈를 묻겠다는 이나 타나릴에게 목줄이 매인 것 같은 이나. 로레인이 그 두 남자 말고 다른 신랑감을 만날 기회는 없는 걸까?

"남의 걱정은 그만. 이제 당신 저녁 식사나 걱정해야지. 저녁도 잘 먹을 수 있겠어?"

국가 예산이 왔다 갔다 할 수 있는 규모의 탐사대를 떠나보낼 시간에 밥을 먹고 있으란 말인가.

그런데 정말 그 시간에 우리는 밥을 먹었다. 입덧은 입덧인 모양이었다. 일단 의식하고 나서인지 저녁 식사는 조금 메슥거리는 상태로 반쯤만 먹을 수 있었다.

입덧으로 시작한 하루가 정신없이 지나간 것 같았다. 좀 어렵게 먹긴 했지만 그래도 저녁을 먹고 나자 하루가 그렇게 끝나나 싶었다. 그런데 타나릴과 산책을 끝나고 돌아오는 길에 로레인이 기다리고 있었다.

"부인?"

"내일 급한 일정이 있어요?"

"네, 제가 아침에 말씀드리려 했었는데 그만……."

입덧 소동에 말할 기회도 없었을 것이다. 내가 허락하자 로레인이 서둘러 말했다.

"내일이 결혼하신 지 한 달째이잖아요. 그래서 모레나 글피, 사마라 부인과 만남을 약속하려는데 어떠신가 해서요."

나는 얼어붙었다. 사마라 부인을 만나야 해서가 아니었다. 꿈결 같은 시간이 벌써 한 달이나 지나고 말았다.

• • •

타나릴은 눈을 뜨며 버릇처럼 옆으로 손을 뻗었다. 리예가 그의 가슴에 코를 박은 채 잠들어 있었다. 메릴리타가 물 냄새뿐 아니라 남편의 체취에도 입덧하는 이가 있다고 겁을 줘서 긴장했었지만 리예는 사흘째인 오늘까지는 무사한 듯 보였다.

"타나릴?"

타나릴이 몸을 떼자 리예가 눈을 감은 채 웅얼거렸다.

"저녁에 시간에 맞춰서 데리러 올게. 당신은 더 자."

"미안해요, 눈이… 안 떠져요."

리예가 눈을 뜰 수 없는 건 당연했다. 전전날, 예정에 없이 휴일을 맞았던 타나릴이 어제는 기어이 야근으로 마법 공학부에서 밤을 새워야 했었다. 어제, 그것도 저녁 늦게야 돌아온 타나릴은 리예를 쉽게 재우지 않았다.

아무리 마력으로 리예의 몸을 보호한다 해도 하룻밤을 거른 짐승은 그녀에게 벅찼을 것이다. 타나릴은 잠에 취한 리예의 이마에 입을 맞추고는 일어났다.

타나릴이 간단한 아침 식사를 마치고 집을 나설 때에도 밖은 어스름했다. 이른 새벽 출근해서 문을 열자 발더가 그를 반겼다.

"왔냐……."

새벽이슬을 밟고 왔는데도 발더는 왜 이제야 왔느냐는 식이었다. 퀭한 발더의 안색이 이젠 어색하지도 않았다.

"발더 잠 좀 잤어?"

"잠… 잤지. 세 시간, 두 시간? 내가 비록 야근에 치이지만 잠은 자야지. 아, 내가 야근을 하다니, 이건 말이 안 돼……."

발더가 말하다 말고 제 말꼬리를 붙잡고 횡설수설했다. 허공을 보며 자신의 야근 날짜를 세어보며 경악하고 있는 발더는 애잔하고 위태로워 보였다.

물론 주술석 실험부터 2차 탐사대를 꾸려 보내기까지 일이 많기도 했다. 하지만 발더가 이렇게 오래 야근에 매달린 주 요건은 따로 있었다. 레타가 외교 겸 사업차 해파이타스 제국으로 갔기 때문이었다.

"너는 대체 어떻게 이러고 십 년을 살 수 있었던 거냐!"

발더가 돌연 타나릴에게 고함치듯 물었다. 타나릴이 마법 공학부 귀신이라고 불리던 시절을 단 며칠 따라 하고 보니 더더욱 이해할 수 없는 생활이었기 때문이다.

"이젠 안 그러잖아."

"뭐? 그러면 난!"

"너야 레타가 옆에 없으니까. 레타를 빨리 불러오든가, 아니면 조수를 더 뽑아."

"조수? 나도 개미 손 하나라도 더 보태면 좋겠다! 그런데 그럴 일이 아니잖아! 지금 온 사방에서 눈이 벌게져서 여기에 한 발이라도 걸치려고 덤비는데 내가 누굴 받아!"

"내가 그랬어."

"…어?"

"내가 그랬다고. 아무도 못 믿고 아무 손도 보태지 않고 다 내가 처리하려고 했어. 그런데 안 그래도 세상은 돌아가. 또, 그런 이들이 끼어든들 소유권에 전혀 문제가 없는데 무슨 소용이야. 어차피 이건 국가가 장악해야 할 일이라 마법 공학부로 넘어온 거야."

"네 아내가… 그래?"

"우리 실험, 사실 그 정도로 확신할 수 있는 거 아니잖아? 그런데 너나 나나 벌써부터 마력석에 준하는 법률과 유통, 제반 사항을 준비하는 이유가 뭔데?"

마력석이 발견되고 그 가치가 인정되기까지 걸린 시간은 최소 몇 년은 걸렸다. 아무리 마력석에 대해 이미 그 가치가 알려졌다 해도 아직 주술석에 대한 해석이 제대로 이뤄지지 않은 지금 그 가치를 가늠하기엔 아직 그 시기가 너무도 일렀다. 그런데도 그들은 애초부터 주술석을 마력석과 거의 동등하게 취급하고 있었다.

"하긴……."

고개를 끄덕이던 발더가 별안간 비명을 질렀다.

"그럼 대체 나 왜 여기 붙어서 이러고 있었던 거야! 왜 날 안 말려줬어!"

"부차장님, 아까 부탁하신 거……."

불쑥 들어와 서류를 내밀던 에르모가 애꿎게도 벼락을 맞고 말았다.

"에르모, 왜 날 집에 안 보낸 거야!"

"…네?"

"왜 날 집에 안 보내줬어. 그동안 왜 날 두 시간만 자게 했어. 왜 내가 레타를 볼 수 없게……."

꼬르륵, 발더가 괴상한 비명을 지르며 스르르 쓰러졌다. 실신을 가장한 수면에 든 것이었다.

발더가 바닥에 부딪치기 직전 공중에 둥실 떠올랐다. 타나릴의 마력이었다.

'친절'한 타나릴은 그런 발더를 자신의 간이 침실에 눕혀주기까지 했다. 결혼 전까지 타나릴이 거의 살던 곳이기에 그리 불편할 건 없지만 그곳에서 깨어날 발더의 정신은 좀 더 걱정해야 할 일이었다.

에르모가 그 모습을 아연하게 지켜보고 있었다. 자신의 미래가 바로 거기 있었다. 아니, 현재라고 해야 할지도. 타나릴이 그에게도 손을 내밀었다.

"서류는 이리 줘. 그리고 에르모 너도 가서 좀 자."

"하지만 지금부터 통신구 옆을 지켜야 합니다. 잠시 후 08시에 탐사대가 출발할 때 보고를 받아야 하고, 이후 시간마다 확인하기로 했습니다."

"전에 사고가 난 지점에 도달할 때까지 최소 반나절은 걸려. 그것도 빠르게 갔을 경우야. 그때까진 시간이 있으니까 자. 출발 보고는 내가 받지."

"하지만 저……."

"방금 발더 못 봤어? 너도 그러기 전에 자고 와!"

"네!"

비교적 강한 명령에 에르모가 흠칫 몸을 돌렸다. 비척거리는 그의 걸음걸이가 쓰러지기 일보 직전으로 보였다.

하긴, 발더도 발더지만 지난번 같은 테러가 있지 않을까 대비하는 것부터 에르모의 손을 거치지 않은 것이 없었다. 게다가 에르모는 추락 사건에 대한 수사 결과도 취합하고 있었다.

드디어 비행선 추락 사건의 공범을 찾았다. 추락 사건은 죽은 부선장 혼자 일을 저지른 게 아니었다. 범인은 꽤 쉽게 정체를 드러내서 찾기가 쉬웠다.

사고 직후, 바로 귀환하겠다고 한 이는 두 사람이었다. 에르모 다음으로 가장 큰 부상을 입었던 이가 귀환하겠다고 한 건 이상한 일이 아니었다. 하지만 다친 그는 바로 비행선으로 최대한 빠르게 돌아가기를 원했다. 멀쩡한 상태인데도 다시 비행선을 탄다는 말만 듣고도 하얗게 질리던 이와 대조적이었다.

그는 수도로 귀환하는 길에 체포되었다. 그 공범이 다친 건 추락할 때 의식이 있었기 때문이었다. 그의 짐에선 충격에 대비한 특수 장치가 있었다. 하지만 겨우 그 정도로 추락에서 살아남을 수는 없었을 것이다. 공범도 어찌됐든 죽었을 운명이었던 것이다. 사실을 밝히자 공범은 모든 것을 자백했다.

배후는 그리 놀랍지 않았다. 혈육 간에 피를 보는 것만은 참아왔으나 여기까지였다. 이제 증거를 잡으면 남은 건 반격뿐이었다.

고요해진 사무실에 화상통신구가 연결을 알리며 빛을 발했다. 곧 2차 탐사대장인 마법사 안데모르스가 연결되었다.

안데모르스는 사관학교 시절 타나릴의 한 해 후배이면서 공학부 엘리트 마법사다. 또 타나릴을 열렬히 추종하는 공학부 마법사들 무리의 수장이기도 했다. 회의실을 예식장으로 꾸미는 데 앞장섰던 그는 타나릴이 보낸 독자적인 첫 임무에 앞서 긴장되고 흥분되어 있었다.

-일명, 마리티 동굴 탐사대. 대장, 안데모르스. 보고를 시작합니다!

"말해봐."

-마법사 9인, 마녀 5인, 탐사 전문가 8인, 채석가 3인, 호위 5인. 총 30인, 대륙력 2201년 6월 1일 08시, 진입 예정입니다!

마법사와 마녀에게 붙는 호위는 실상 잡역을 대신해 줄 사람들이었다. 그 한 자리라도 차지하려 피 튀기는 경쟁을 했었는데 우습게도 그 호위들도 모두 마법사들이었다. 그러니 탐사대에는 마법사만 14명이었다.

"모리건을 대신할 마법사의 충원 없이 가능한가?"

-탐사 전문가 중에 그 역할을 수행할 이가 있어서 더 요청하지 않았습니다!

"진행 과정은?"

-가장 먼저 사고 지점이었던 공동에 대한 조사를 할 것입니다. 하루에 한 번씩 탐사 전문가 한 사람과 마법사 한 사람이 보고를 위해 동굴 밖으로 나올 것이며, 그 이상 진입하게 되더라도 같은 방식으로 진행될 것입니다. 밖으로 나왔던 보고 팀은 하루 쉬었다가 다시 동굴로 진입해서 동굴 반대편으로 나올 때까지 계속 오갈 것입니다.

"길을 뚫는 것을 목적으로 하되, 광석이 있다면 위치를 표시해 보고하는 이들에게 같이 내보내고, 절대 인명 피해가 없도록 해야 한다!"

-네, 명심하겠습니다! 반드시 성공적으로 임무를 마치겠습니다!

안데모르스와 연결을 마치자 바로 호출이 있었다. 아버지였다.

"얼굴 좀 찌푸리지 않을 수 없느냐!"

"제가 어찌 감히 장관님 앞에서 표정을 구기겠습니까."

"너랑 말장난하자고 부른 거 아니다!"

"…보고하겠습니다. 안데모르스 외 29인, 대륙력 2201년 6월 1일 08시, 마리티 협곡 동굴로 진입했습니다. 탐사 전문가가 동굴에서 되돌아 나와 하루에 한 번씩 보고가 더해질 예정입니다."

"…알았다. 보고가 있을 때마다 알려라."

"알겠습니다. 즉각 내용을 보내 드리겠습니다."

"기밀 사항이다! 네가 직접 보고해!"

"저와 발더, 에르모가 이번 기밀의 접근자입니다. 특별한 사항이 아닌 이상 두 사람이 번갈아 보고할 것입니다."

"이렇게 중요한 사안이 진행되는데도 넌 매일 일찍 집에 퇴근한다지?"

"제가 없어도 진행되는 일입니다."

"예전엔 안 그랬지 않느냐! 탐사 작업에 왜 네가 직접 가지 않고……!"

"그것도 제가 가지 않아도 할 수 있는 일입니다. 탐사는 탐사 전문가에게 맡겨야 하고, 채석은 채석 전문가에게 맡겨야지요."

"네가 여자에게 아주 홀렸구나!"

"다른 사람도 아닌 아내에게 홀린 것이야 그리 흠이 되지 않는 일 아닙니까?"

"뭐라……!"

자신의 말에 발끈하기는커녕 오히려 입꼬리를 올리는 아들을 모습에 예그하라 공작은 아연해지고 말았다.

"그 애… 보통 요물이 아닌 게로구나."

순간 타나릴의 눈이 번득였다. 다시 대치가 이루어지려는 것 같은 순간 타나릴은 일순 기세를 거뒀다.

"보고 마쳤으니 이만 돌아가겠습니다."

하지만 역시나 예그하라 공작의 말은 그대로 끝나지 않았다.

"오늘 네 어미와 만난다지?"

당연히 어머니의 일정이 알려졌을 테니 아버지가 모르진 않으리라 여겼지만 관심을 보일 줄은 몰랐다. 타나릴은 경계와 긴장을 감추며 물었다.

"네, 어머니께 유일한 며느리 아닙니까."

"네 어머니……."

"또 그 헛소리를 하시려고 그러십니까! 왜요? 저를 고립시키고 싶은 겁니까, 아니면 어머니를요?"

"나는 합당한 조언을 한 것뿐이다."

"그 조언, 사양하겠습니다."

"네가 그럴 줄 알았다. 아무튼, 오늘 만남은 기대하마."

"그걸 왜 아버지가 기대하시는 겁니까?"

"몰라서 묻는 것이냐?"

"아버지!"

"그래, 내가 네 애비다. 그러니 내 며느리, 나도 봐야지."

"아버지는 리예를 인정하지 않는다고 하지 않았습니까!"

"아이가 있잖느냐!"

벌컥 소리를 지르는 아버지의 표정이 미묘했다.

타나릴은 이해할 수가 없었다. 설마, 겨우 그런 이유로 쉽게 리예를 인정하겠다고? 아니, 협박이나 상처를 줘서 쫓아내려고 한다면 믿겠지만 이건 아니었다. 다시 무표정으로 돌아온 아버지의 얼굴에선 무슨 생각인지 전혀 읽을 수가 없었다.

"약속을 취소하고 싶다면 해라. 나야 네 집으로 가면 되지. 네 누이들은 쫓아냈지만 나는 그러지 못할 게다."

"아버지!"

"식당은 리미에로 잡았지? 나도 오늘 콘라드의 요리를 기대하마. 이만 나가봐라."

타나릴은 쫓겨났다. 아버지와의 대면에서 가장 큰 참패를 맞은 날이었다.

• • •

"리예, 괜찮아?"

"괜찮아요."

나는 타나릴의 손등을 두드렸다. 이 대화는 벌써 세 번째였다.

나는 정말 괜찮았다. 하지만 타나릴이야말로 긴장한 듯 보였다.

그도 그럴 것이다. 원래는 사마라 부인만 만나기로 약속한 장소에 예그하라 공작과 타나릴의 네 명의 여형제들이 모두 온다는 통보를 받았다. 명예니 체면이니 모두 구기더라도 억지로 성사하겠다는 뜻이었다.

사실을 알게 된 순간 나는 놀랐지만 이렇게 걱정할 정도까지는 아니었다. 오히려 나보다 더 신경이 곤두선 타나릴이 처음 신행을 가는 신부처럼 보였다.

"아버지가 계신 자리라 1번부터 4번이 끼어들 수 있었어. 아버지의 눈치를 보긴 하겠지만, 또 아버지의 눈을 피해 무슨 짓을 할지도 몰라. 절대 내 옆에서 한 발자국도 떨어지지 마. 화장실에 가고 싶거든 나와 함께 가면 돼."

이것도 두 번째 하는 말이었다.

"타나릴, 당신 누이들, 그냥 이름으로 말해줘요. 나도 자칫 실수할 것 같아요."

"알았어. 말했다시피 카리자엘이 가장 위험해. 불의 마법사이기도 하고, 독을 푸는 것쯤은 아무렇지도 않게 할 여자야. 할랜디어스는 물의 마법사야. 머리가 좋아서 매우 교활해. 카리자엘이 대부분 일을 저지르지만 할랜디어스가 뒤에서 조종하는 편이야. 카리자엘은 이용당하는 줄도 모르고 날뛰곤 해서 모든 죄는 다 뒤집어쓰곤 해."

할랜디어스가 참모, 카리자엘이 행동대장이라고 이해하면 될 것 같았다. 지난번 공연장에서 스쳤던 두 사람을 떠올리니 그런 분위기였던 것 같기도 했다.

"다른 두 누이는요?"

"앨리스는 카리자엘과 할랜디어스가 시키는 대로 뭐든 하는 여자야. 그래야 살 수 있었거든. 앨리스는 땅의 마법사이고 꽤 강하기도 하지만 그 능력은 1, 2번… 아니 카리자엘과 할랜디어스 뒤처리를 하는 쪽으로 발달했어. 르완은 불의 마법사라 카리자엘에게 가장 영향을 많이 받았어. 카리자엘은 자신과 같은 불의 마법사인 데다 워낙 나이 차가 많아서 경쟁자가 되지 않으니 르완을 많이 예뻐했어. 그런데 르완이 성인이 되고 보니 오히려 카리자엘을 능가하는 마법사가 되었더군. 르완은 아버지도 많이 예뻐하셔서 안하무인이야."

"알았어요. 그냥 네 명 다 조심하라는 거죠? 가까이 가지 말고, 당신과 떨어지지 말고."

"만일 무슨 일이 생길 것 같으면 어머니 옆에 붙어 있어. 저들은 갖은 짓을 다 하긴 하지만 어머니 앞에서만은 마법을 쓰거나 언성을 높이지 못하거든. 그건 예그하라 공작께서 만들어놓은 단 하나의 암묵적인 규칙이야. 만일 그녀들이 그것조차 어기고 무슨 짓을 하려고 한다면 여기 가운데를 눌러."

타나릴이 건네준 건 팔찌였다. 섬세한 진주 장식이 되어 있는 팔찌의 가운데에는 엄지손가락보다 큰 푸른 물빛의 마력석이 박혀 있었다. 일반 규격석보다 훨씬 섬세하게 세공된 마력석은 같은 크기의 다이아몬드와 비슷한 가치를 지닌다.

"이게 뭔가요?"

"소음 공격. 최대한 시끄러운 소리로 쨍 하는 소리가 울릴 거야. 시전자를 중심으로 팔 하나 간격으로는 마력 커튼이 생겨서 본인은 무사하고, 물리 공격이나 마력 공격도 막을 수 있어. 소리가 울리면 내가 바로 달려갈 테니 무슨 일이 생기면 지체하지 말고 꼭 눌러."

타나릴이 직접 내 손목에 팔찌를 채워주었다. 결혼식 목걸이를 걸 때도 이런 기분은 아니었는데. 이것이 그와 연결된 사슬처럼 느껴져서 나는 또 이상하게 가슴이 떨렸다.

"이런 걸 쓸 일이 생길 것 같아요?"

"아니, 첫날부터 무리하지는 않겠지만 카리자엘은 가리는 게 없는 사람이라 대비하고 봐야지. 당신에게 무슨 일이 생기고 난 후에 보복해 봤자 무슨 소용이야."

"고마워요. 간단한 호신용품은 봤어도 이런 게 있는 줄은 몰랐어요."

"집에 오기 직전에 만들었어. 그거 만드느라 생각보다 조금 늦었어."

"당신이 직접 만들었다고요?"

"뭘 그렇게 놀라, 나보고 그 강폭을 다 메우는 뗏목을 만들어달라던 사람이."

"…그랬죠, 참."

내 난데없는 주문에 이 사람은 선선히 응낙한 것뿐 아니라 잠을 줄여 서두르기까지 했다. 덕분에 추락 사건을 막을 수 있었다. 내 미흡한 안배를 타나릴은 완벽하게 맞춰서 그들 모두를 살렸다.

그러고 보면 이 사람은 내가 바라는 건 뭐든 다 해주려고 했다. 사소하든 크든, 내 의견을 묻고 내가 원하는 방향을 맞춰줬다. 내 생애 이렇게 완벽히 나만을 위한 사람을 만나기란 이 사람이 유일할 것이다. 그의 말 한마디, 한마디가 차곡차곡 쌓였다. 이러면 안 되는데, 자꾸만 욕심이 났다.

"생각해 보니 억울해. 히그틀리에 가면 우리 그것부터 제대로 써 보는 게 어때? 킬로이 남작이 나중에 그걸 다리로 만들 생각을 하는 것 같던데, 그 전에 우리가 거기서 소풍은 즐겨봐야지."

"그게 다리가 될 수 있어요?"

"우버가 보고 그렇게 건의했다나 봐. 아주 간단하다던데? 새로운 다리 공법으로 토목계에 알릴 생각도 하더라고. 물론 당신 이름으로. 그건 나중에 고민하고, 우선은 당장 코앞에 닥친 전투부터 준비해야지."

"전투라니요?"

"리예, 평범한 가정을 생각하면 안 돼. 카리자엘과 내 관계에 대해선 말했지? 나에게 기댈 수 있는 아군이 생겼으니 그들은 무조건 물리치려 할 거야."

"기댈 수 있는 아군……?"

말하다 보니 계속 의문형이 되었다. 타나릴은 지겨워하지도 않고 답해주었다.

"응, 당신은 내가 돌아올 곳을 만들어줬잖아."

가슴이 철렁 내려앉았다. 그럼 내가 떠나면 이 사람은 다시 돌아갈 곳을 잃게 된다는 뜻인가? 하지만 어떡하지? 헤어지기로 했는데.

바로 그 순간 타나릴이 날 쳐다보았다. 그는 내가 무슨 생각을 하는지 아는 것처럼 씩 웃었다.

"저들은 물리칠 적이야. 그 이상은 아무것도 아니야. 그러니 저들의 말에 절대 상처받지 말고. 알았지?"

어쩌면 이 사람, 여태 설명했던 그 말들이 전부 이 한마디를 위해 한 말이었나? 내가 상처받지 말라고, 그래서 같이 있어달라고?

"그럴게요."

'같이 있을게요. 같이 있고 싶어요.'

하지만 그런 말은 할 수가 없었다. 내가 착각한 거면 어쩌지?

생각해 보면 타나릴과 나는 만난 지 두 달이 채 되지 않았다. 그 시간은 내가 타나릴에게 빠져들고, 그걸 인정하기엔 충분한 시간이었지만 그도 같을 수는 없었다. 괜한 착각에 이 좋은 시간마저 흘려보내고 싶지 않았다.

"음식 억지로 먹지 말고. 괜히 체하면 힘들어, 알았지?"

"알았어요. 억지로 먹지 않을게요."

"어머니께 당신이 임신한 것도 알려 드릴 생각이야."

"어머니께서 기뻐하실까요?"

"당연하지."

"그런데 다음에도 어머니를 한 달에 한 번만 봬도 될까요?"

"안 그래도 된다니까. 어머니는 카리자엘이나 다른 자매들을 잘 물리치지 못하셔. 일단 오늘 가보고 그런 건 나중에 걱정해."

"알았어요. 가요."

돌아서려던 나는 타나릴에게 어깨가 잡혀 입을 맞췄다. 그의 혀가 입안으로 들어와 깊숙이 빨아 당기는 느낌에 배꼽 아래에서 익숙한 반응을 하려 해서 나는 얼른 그에게서 몸을 떼어냈다. 아직 미용 하녀를 구하지 못해 오늘도 레베카가 만져준 머리와 화장을 살려야 하기도 했다.

"갔다 와서요……."

"그래, 갔다 와서."

타나릴의 눈에 가득한 기대와 마주쳤다. 덕분에 나도 귀 뒤가 뜨끈해지며 가슴이 몽글거렸다. 타나릴이 내 손에 깍지를 끼며 잡고는 문을 열었다. 문 앞에는 로레인이 막 문을 두드리려는 자세로 서 있었다.

"마, 마차가 기다리고 있다고 알리려고요."

"우린 갔다 올 테니 너도 쉬어, 로레인."

"네, 오라버니."

우리가 몇 걸음 걸어가고 나서야 '아니, 후작님!' 하며 말을 고친 로레인이 천천히 뒤따라왔다. 나는 온 가족의 배웅을 받으며 대망의 두 번째 외출이자 나를 공식적으로 드러내는 자리에 나섰다.

• • •

리미에는 황실에서 은퇴한 숙수가 차린 식당이었다. 규모는 작지만 격조 있는 인테리어와 고급스러운 요리로 귀족들에게 인기 있는 곳이었다.

타나릴이 도착해서 내릴 때 지나치는 사람들도 이름 있는 가문의 인사들이 많았다. 그들도 지난번 외출에서처럼 타나릴에게서 눈을 떼지 못했다.

그러나 타나릴보다 지위가 낮은 이들은 함부로 먼저 말을 걸어오지는 못했다. 아무에게도 방해받지 않고 식당 안으로 들어가나 싶었는데 입구에서 누군가 그를 불렀다.

"이거 예그하라 후작이 아닌가! 방금 예그하라 부처를 뵙고 나오는 길인데 아드님과 약속이 있으셨나 보군."

"그렇습니까? 살펴 가시지요, 에머리 공작님."

타나릴은 그에게 간단히 인사했다. 하지만 에머리 공작은 타나릴의 인사를 무시한 채 리예에게 알은체했다.

"이쪽은 예그하라 후작의 새신부이시겠군."

"실례지만 에머리 공작님, 신부가 한 달이 지나 시댁에 인사하는 첫날이니 다른 이에게 먼저 인사하는 건 예의가 아니지 싶습니다."

"험험, 그런가? 그럼 다음에 봄세."

에머리 공작은 벗겨진 머리를 쓰다듬는 척하며 물러났다. 에머리 공작이 적절히 떨어지자 타나릴이 작게 속삭였다.

"능구렁이 같은 인간."

"에머리 공작님이면 카리자엘 님의 시아버님이신가요?"

"맞아. 카리자엘이 원군을 청한 모양인데, 아무리 그래도 모임 장소까지 들어오지는 못하지. 안에 또 어떤 인물들이 있을지 기대가 되는걸?"

"많이 와 있을까요?"

"기껏해야 남편들이나 데려왔을 테지만 당신에게 위협을 줄 만한 인물들 대부분 다 와 있다고 보면 돼."

"걱정하지 말아요. 나 그렇게 쉽게 겁먹지 않아요."

"든든하네, 내 리예!"

타나릴이 리예에게 속삭이는 옆으로 종업원이 다가와 말했다.

"안녕하십니까, 예그하라 후작님. 예그하라 공작님께서 먼저 오셔서 기다리고 계십니다."

종업원이 앞서서 걷다가 가장 화려해 보이는 문을 두드리고는 열었다. 약간의 웅성거림이 문을 여는 소리와 함께 가라앉았다.

타나릴은 리예와 함께 상석에 앉은 두 사람에게 걸어가 인사했다.

"저희 왔습니다."

"안녕하세요, 마그리에 예그하라, 인사드립니다."

리예도 곱게 허리를 숙여 예그하라 부처에게 인사했다. 타나릴은 카리자엘과 식솔들, 다른 자매들의 가족들 쪽은 대충 가리키며 말했다.

"이쪽은 불청객들. 청하지 않았는데 왔으니 대충 먹고들 돌아가."

"뭐야, 트레니알라?"

카리자엘이 소리쳤다. 남매의 접전이 벌어지려는 것 같은 순간 사마라 부인이 일어나 리예의 손을 잡았다.

"어서 오너라, 아가. 널 정말 만나고 싶었단다."

"네, …어머니."

사마라 부인의 얼굴이 환하게 벌어졌다.

그 모습에 당장 호령이라도 치지 않을까 싶었던 예그하라 공작은 못마땅한 얼굴일망정 가만히 지켜만 보고 있었다. 결혼식 당일, 리예에게 공작 부인이 될 생각은 하지 말라던 공작을 봤던 딸들의 얼굴에 실망이 스쳐 지나갔다.

리예는 이번엔 식솔들을 둘러보며 인사했다.

"안녕하세요, 마그리에 예그하라 인사드립니다."

하지만 다시 허리를 숙이는 일은 없었다.

고개를 약간 옆으로 숙이는 듯 만 듯한 자세가 뜻하는 바는 하나였다. 예그하라의 후계 부인으로서 아랫사람들에게 하는 인사였다. 타나릴에게도 앉아서 소리만 치던 카리자엘이 분개하며 일어섰다.

"감히 지금……."

그러나 그 말은 엉뚱한 곳에서 막혔다.

"카리자엘, 내 앞에서 지금 감히라 했느냐?"

예그하라 공작의 눈썹이 치켜 올라갔다.

"아, 아닙니다. 아버지."

당장 리예를 무릎이라도 꿇릴 기세로 씩씩거리던 카리자엘이 눈을 내리깔며 자리에 앉았다. 예그하라 공작의 박력에 아무도 카리자엘을 비굴하게 보는 이는 없었다. 아니, 아무도 반응을 보이지 않은 건 아니다.

타나릴이 리예의 어깨를 잡으며 고개를 끄덕이는 모습은 마치 잘했다, 칭찬하는 듯했다. 카리자엘의 눈에 쌍심지가 켜졌지만 이미 한 번 경고를 들은 그녀가 할 수 있는 건 입술을 짓씹는 것뿐이었다.

"왔으니 앉아라."

"네, 그러지요. 잠시만, 리예."

먼저 사마라 부인에게 의자를 당겨준 타나릴이 리예에게도 자리를 내준 후 자신도 앉았다. 타나릴의 행동을 하나하나 지켜보고 있던 이들의 눈에 놀라움과 시샘이 어렸다. 정략적 맞춤 결혼을 한 그들은 남편에게서 저런 친절함을 겪어보지 못했기 때문이다.

그것도 여자라면 치를 떠는 타나릴이 리예를 바라보는 눈길이 그야말로 새끼를 보듬는 맹수 저리 가라로 보여 기가 막힐 노릇이었다.

정부나 애인에겐 간이라도 빼 줄 것처럼 굴면서 정작 부인에겐 데면데면한 남편들은 절로 가시방석이 되었다. 최근 결혼한 르완은 그나마 연애 비슷한 결혼을 하긴 했지만 그래도 충격이 덜하지는 않았다. 사마라 부인만 홀로 눈물을 글썽이며 어쩔 줄 모르는 얼굴로 좋아했다.

그들은 앞으로도 리예에게 접근할 길은 더욱 요원함을 깨달았다. 저런 관계라면 타나릴의 경고가 허투가 아님을 여실히 알 수 있었다. 그러나 이 덕분에 리예가 타나릴을 공격할 중요한 빈틈임이 더욱 확실해졌다.

"식사를 들여와."

좌중의 동요를 아는지 모르는지 예그하라 공작이 대기하고 있던 시중인에게 명령했다.

기다렸다는 듯 곧바로 음식들이 들여졌다. 갖가지 진귀한 요리들이 들어오는 중에 타나릴은 내내 리예의 안색만 살폈다.

다행히 식사가 다 들어올 때까지 리예가 자리를 박차는 일은 없었다. 다른 이들이 눈치챘는지 모르지만, 식탁엔 리미에의 주인 콘라드의 장기인 해산물 요리가 단 하나도 오르지 않았다.

모두 숟가락을 들기 전 잠시 긴장이 흘렀다. 예그하라 공작이 고요해진 이들을 돌아보며 입을 열었다.

"모두 알겠지만 트레니얄라의 아내다. 서로 얼굴을 익히도록. 이상, 식사하자."

짧은 정적이 흘렀다. 달각거리는 소리는 오로지 예그하라 공작의 것이었다. 곧 사마라 부인이 합세하고 다음은 타나릴과 리예가 숟가락을 들었다.

식사 도중 사람들의 눈이 휘둥그레 벌어졌다.

타나릴이 아주 자연스럽게 리예의 식사 시중을 들고 있었다. 리예의 눈길이 좀 간다 싶은 음식은 타나릴이 재빨리 가까이 끌어다 주거나 직접 덜어 그릇에 옮겨주었다. 리예가 잘 먹는지 확인하고 씹어 삼키면 흐뭇함을 감추지 못하기도 했다. 더 황당한 건 그걸 그저 감사하게 받아먹는 리예였다.

"그러지 말고 차라리 씹어서 넘겨주지그래?"

앨리스가 톡 하고 쏘아붙였다. 그런데 더 황당한 일이 벌어지고 말았다. 리예가 갑자기 발갛게 볼을 붉히고 만 것이다. 볼을 붉힌 리예의 시선 끝에 타나릴이 있었다.

"어머, 정말 그러기도 하나 봐……!"

르완이 리예의 표정을 바로 해석해 버렸다. 리예가 어쩔 줄 모르는 얼굴로 고개를 푹 숙이고 말았다.

"하! 제가 먹던 음식을 입에 넣어준단 말이야?"

할랜디어스가 경멸을 담아 앙칼지게 쏘아붙였다. 공교롭게도 거의 동시에 그녀의 남편 메버라임 자작이 허공을 보며 헛기침을 하고 있었다.

타나릴이 할랜디어스를 향해 고개를 갸웃거리며 말했다.

"아이스크림 키스라고, 지난번 공연에서 못 봤어? 그날 공연을 본 사람들은 다들 그 장면은 기억하는데. 오, 매부는 잘 아는 모양인데? 안 그래요, 저스틴?"

"내, 내가 알, 알기는 뭘 안다고… 흠, 험험!"

헛기침을 하는 남편을 노려보는 할랜디어스에게 타나릴이 다시 물었다.

"막시테르가 더 잘 알 텐데 왜 2번 누이는 모를까?"

"마, 막시테르가 누군데 그래!"

"막시모르였나? 비슷한 이름이 많아서."

창관에서 누구보다 난잡한 아이스크림 키스를 즐기는 저스틴을 할랜디어스가 나무랄 건 못 되었다.

막시테르나 막시모르, 모두 할랜디어스가 '후원'하는 공연 배우들이었다. 아마도 할랜디어스는 남편 때문이 아니라 자신의 후원자들에게서 아이스크림 키스에 대해 '들은 적이 없어서' 더 화가 난 것일 수도 있다.

"그만 건 집에서나 해!"

"내가 여기에서 우리가 키스하는 걸 보여줄 것 같나? 그런 건 당연히 우리 둘만 있을 때 해."

타나릴이 느른한 시선으로 리예를 훑으며 그녀에게 멈춘 식사를 하라고 독려했다. 혹시 시끄러워서 체할 것 같진 않느냐 하고 리예에게 묻기도 했다.

할랜디어스는 기어이 빽 하고 소리쳤다.

"밥이나 먹어!"

타나릴은 대꾸하지 않고 다시 리예의 식사 시중을 들었다.

좋아서 어쩔 줄 모르겠다는 게 바로 이런 것이었다. 그걸 다른 사람도 아닌 타나릴을 보고 알게 될 날이 온다는 건 이 자리 누구도 상상도 못 할 일이었다.

처음엔 저것도 연기하는 것일 수도 있다고 생각했지만 조금만 지켜봐도 드러났다. 타나릴은 리예에게서 한시도 눈을 떼지 못하고 보면 좋아서 눈이 휘고 행여나 누가 허튼소리라도 할까 경계하며 지켰다.

자매들의 눈이 각각 다른 방식으로 가늘어졌다. 새로 들어온 올케야말로 그들이 반드시 노려야 할 존재였다.

달칵, 숟가락을 놓는 소리가 들렸다. 물론 소리는 크지 않았지만 공작이 식사를 마치는 순간을 놓치는 이들은 없었다. 문득 숟가락과 포크질이 빨라지고 어떤 이는 마치지 않은 식사를 밀어버렸다.

리예도 숟가락을 내려놓으려 하자 타나릴이 말렸다.

"아직 부족하잖아."

"…아니요."

'체할 것 같으면 그만 먹으라면서요.'

입을 가리고 벙긋벙긋하는 말에 타나릴이 눈썹을 세웠다.

"아, 그러면 그만 먹어야지."

타나릴이 냉큼 그릇을 밀어버렸다. 다른 사람이야 어쩌든, 리예를 가만히 노려보던 예그하라 공작은 아무 말 없이 다시 시중인에게 손짓했다.

그릇들을 내 가고 차가 들어왔다. 시중인까지 내보내고 난 후에야 예그하라 공작이 말했다.

"마그리예 힐 사우스."

공작에게서 풍기는 위압감은 보통 사람은 견디기 어려운 것이었다. 타나릴이 리예의 손에 깍지를 끼어 잡았다. 두 사람이 손을 잡은 건 탁자 아래서의 일이라 볼 수 있는 이가 없었다. 리예는 잡은 손에 힘을 주며 또박또박 대답했다.

"네, 공작님."

예그하라 공작의 눈썹이 다시 치켜 올라갔다가 내려왔다. 그 모습에 타나릴의 입꼬리가 슬쩍 올라갔다. 그렇게 으름장을 놓은 데다 일부러 리예의 전 이름을 불렀으면서 그녀를 떠보는 고약한 심사가 그리 통하지 않은 탓이었다.

리예는 공작이 직접 자신의 입으로 말하기 전까지는 그를 다른 호칭으로 불러줄 일이 없을 것이다. 아이가 태어나고 그 아이가 엄마를 따라 공작님이라 부른다면 그 얼굴이 어떨지, 심술궂게도 타나릴은 무척 기대되었다.

"너는… 일르뉴에 살던 아이가 왜 갑자기 히그틀리로 간 것이냐? 그곳에 동굴이 있다는 걸 알고 간 것이냐?"

일순 바늘 떨어지는 소리도 들릴 것 같은 정적이 찾아왔다.

네 자매도 예그하라 일족이니 최근 마법 공학부에서 벌어지는 최고 이슈에 관해 모를 리가 없었다. 그런데 궁금해하기만 하는 그 사항을 예그하라 공작이 직접 물으니 속이 시원해지며 안달이 났다. 하지만 그들이 기대하는 리예의 답은 그리 시원치 않았다.

"히그틀리로 갈 때엔 그런 동굴이 있다는 건 알지 못했었습니다."

"그런데 히그틀리에는 왜 간 것이냐!"

"히그틀리에 간 건 매우 개인적인 일이었습니다. 그건 이 자리에서 말씀드릴 수 있는 일이 아닙니다."

리예가 타나릴을 돌아보며 말했다. 그건 일견 수줍어서 말할 수 없다는 듯도 했다. 동시에 타나릴과 연관되어 있다고 말하면서 캐내려거든 그에게 허락을 얻으라는 다소 맹랑한 항의였다.

그 순간 리예는 타나릴과의 키스를 떠올리며 볼을 붉히던 그 여인이 아니었다. 예그하라의 맹수 같은 딸들을 당당히 아래로 내려다보던 강단이 엿보였다.

"당돌하구나."

예그하라 공작이 코웃음을 쳤다. 그 모습에 예그하라 네 자매의 눈이 더 벌어졌다. 호통이 아니라 그저 코웃음이라니, 그건 마음에 든다고 해석할 수도 있었다. 네 자매의 가슴에 불안감이 새록새록 커졌다.

타나릴이 후계자로 확정된 후에도 대립각을 세우면서 버텼던 건 그와 아버지와의 관계가 보통 아슬아슬한 게 아니었기 때문이다. 타나릴은 능력 면에서는 나무랄 데 없는 인재지만 너무 반듯해서 쳐내는 이가 많았고 그런 그를 시기하고 미워하는 이가 많았다.

타나릴이 오랫동안 결혼하지 않으면서 불안감을 느끼는 일족들도 많아졌다. 그렇게 다음 후계를 걱정하던 염려가 타나릴의 결혼과 함께 쏙 들어가고 말았다. 그러나 아버지가 허락하지 않은 결혼이기에 자매들이 다른 희망을 갖기도 잠시, 또 다시 벽이 높아져 버린 것이다.

만일 타나릴과 아버지와의 관계에 진전이 있다면 그건 자매들에게 매우 위험한 상황이 된다. 타나릴이 이대로 공작이 된다면 자매들은 모두 이 나라를 떠야 할지도 모른다. 지금이라도 타나릴에게 납작 엎드려 굽히고 들어간다면 선처의 여지가 있을 수도 있겠지만 욕심에 눈이 먼 시간이 더 길었다. 1번과 2번은 확실히 그랬다. 리예를 보는 눈길에 불길이 타올랐다.

"그럼 언제 이야기해 줄 수 있느냐?"

예그하라 공작의 어조에서 유례없이 조급함이 느껴졌다. 마법 공학부의 일로 탐사대가 떠난 만큼 관련된 자료가 보고되지 않은 게 없을 텐데도 따로 묻는다는 것은 리예 개인에 대해 알고 싶다는 뜻이었다. 리예는 예상대로, 자매들이 가장 바라지 않을 답을 했다.

"타나릴과 따로 협의해 본 후에 말씀드리고 싶습니다."

"타나릴."

당장 대답을 내놓으라는 듯한 공작에게 사마라 부인이 손을 얹었다.

"런벨, 나중에요. 오늘은 그런 이야기를 하러 만난 게 아니잖아요."

"…알았소."

예그하라 공작이 순순히 물러나자 다음은 사마라 부인 차례였다.

"아가, 리예. 지내기는 어떠니? 로레인이 연락해 와서 깜짝 놀랐었단다. 로레인이 네 비서가 되었다니 참 재밌고 놀랄 일이구나."

"로레인이 잘해주어서 적응해 나가기가 참 수월합니다. 아는 것도 많고 조언도 많이 해주고 있어요."

"잘됐구나, 그 애가 참 똑똑했지."

정말 하고 싶은 이야기는 로레인에 관한 건 아닐 것이다. 제린다 후임으로 새로 들인 사람은 잘하느냐, 음식은 입에 맞느냐, 집은 어떠나, 소소한 것들을 묻는 사마라 부인이야말로 오늘 만난 목적에 제대로 된 질문을 하고 있었다.

묻는 대로 대답하던 리예가 타나릴과 눈을 맞췄다. 타나릴이 말했다.

“어머니, 드릴 말씀이 있어요.”

“응?”

“좋은 소식이에요.”

사마라 부인의 눈이 살짝 벌어졌다. 기대가 담긴 열망이 얼굴에 가득했다. 타나릴은 기대를 저버리지 않았다.

“리예가 아기를 가졌어요, 어머니. 내년에 할머니가 되실 거예요.”

“…그랬구나!”

열망이 터져서 주르르 흘러내렸다. 타나릴이 미처 손수건으로 받치지 못한 부인의 눈가를 대신 닦아주었다.

“우리 아들이… 우리 타나릴이 아기 아빠가 된대요, 여보.”

“나도 들었소.”

남편의 감흥 없는 대답에도 사마라 부인은 다시 눈시울을 적셨다. 순간 리예의 눈동자에 스치는 불안감에 타나릴은 싱긋 웃었다. 걱정 말라는 다짐임과 동시에 그 걱정은 애초에 소용없을 거라는 번득임이었다. 리예가 타나릴에게 잡힌 손에 손을 얹었다.

“축하해, 트레니알라!”

"축, 축하하오. 예그하라 후작."

"축하드려요. 후작님, 후작 부인."

"축하해요, 오라버니."

앨리스와 그녀의 남편, 르완의 남편과 르완이 먼저 앞다퉈 인사했다. 그러자 카리자엘과 할랜디어스 부부들도 마지못한 인사를 읊조렸다. 하지만 그들의 눈에 든 앙심은 사뭇 위험해 보였다.

타나릴은 처음 임신 사실을 밝히는 순간부터 그들 하나하나 표정을 놓치지 않고 있었다.

앞의 둘은 모르고 있었지만 뒤의 둘은 이미 리예의 임신에 대해 알고 있었던 듯했다. 사실을 흘린 이린야 병원의 관계자는 벌써 경질되었지만 생각보다 리예의 임신 사실이 쉽게 알려졌던 것이다.

"흥, 그래서 부랴부랴 결혼한 거로구나?"

"그런 식으로 발목을 잡은 모양인데, 얼마나 가겠니? 그리고 혹시 모르지, 애야 태어나 봐야 아는 거지."

"그렇겠지?"

1, 2번은 쑥덕거리다 말고 돌연 벼락을 맞고 말았다.

"카리자엘, 할랜디어스, 나가라!"

"아, 아버지……!"

"아버지?"

"감히 예그하라 가문의 핏줄에 대한 의심을 하던 것 아니었느냐? 트레니알라가 발목을 잡힌 꼴은 우습지만 핏줄에 대한 의심은 용납할 수 없다. 하니 나가라!"

"아, 아버지, 그게 아니라……."

"그게 아닙니다, 아버지!"

"아니면, 내가 바보라는 뜻이냐?"

"아닙니다! 잘못했습니다, 아버지!"

"잘못했습니다, 아버지!"

열심히 자신들의 말을 부정하던 두 여자는 그제야 항복했다. 사과의 주체가 틀렸으나 그걸 지적하는 이는 없었다. 타나릴은 애초에 그들이 무슨 헛소리를 하든 상관없었다. 단지 리예가 상처받을까 신경 쓰일 뿐. 그런데 리예는 오히려 그의 눈치만 보는 듯했다.

별안간 공작이 리예를 향해 말했다.

"내 집안에 핏줄을 속이는 일은 있을 수 없다!"

리예를 두둔한 게 아니니 착각하지 말라는 말이었다. 만일 속이는 게 있다면 살기 싫어질 거라는 경고였다. 또한 핏줄에 대해 엄청난 집착을 드러내는 말이기도 했다. 리예의 얼굴이 창백해졌다.

"왜 대답이 없느냐, 설마 날 속이기라도 한다는 것이냐!"

"아버지!"

타나릴이 소리치자 리예가 그의 손을 잡으며 말했다.

"아닙니다, 그저 너무 당연한 말씀이라……."

"당연하지, 당연하고말고!"

하지만 리예의 반응은 뭔가 의심을 불러올 만한 것이었다. 누군가 눈을 접으며 희열과 의심을 감췄다. 마의 벽이었던 리예가 공식적으로 예그하라 집안과 대면하는 첫날이었다.

• • •

"리예, 괜찮아?"

집으로 돌아가는 길, 타나릴이 다시 또 묻는다. 나는 가장 무난할 것 같은 대답을 골랐다.

"괜찮아요. 그리고 확실한 교훈도 얻었어요."

"교훈? 어떤 교훈?"

"당신 가족들을 만나려면 방광이 튼튼해야 한다는 거."

"하하하하하!"

타나릴은 여태 긴장한 것이 거짓말이라도 되는 것처럼 한참이나 웃었다.

나는 공작 부처와 작별 인사를 하기 무섭게 화장실에 들렀다. 모든 사달을 불러오는 장소로 애용되는 곳이 바로 화장실이다. 하지만 그럴 기회는 없었다. 타나릴이 직접 나를 화장실로 데려다주고 앞을 지켰기 때문이다.

과연, 내가 화장실을 찾는다는 말에 눈을 빛내던 누이들의 표정은 사냥감을 노리는 육식동물들이었다. 눈앞에서 사냥감을 놓친 육식동물의 표정은 앞으로도 절대 궁금하지 않을 것이다.

나는 아직 덜 자란 초식동물이라 육식동물들에게서 보호가 필요했다. 나는 그녀들 같은 맹수로 변하지 못하더라도 다 자라면 육식동물도 덤비지 못할 브라키오사우루스 같은 사람이 되고 싶다.

브라키오사우루스는 별이가 가장 좋아하던 공룡이다. 음, 이 세상에도 그런 공룡이 있었을까? 별이는 무사할까?

뜬금없이 브라키오사우루스라니! 멀쩡한 별이를 걱정하질 않나, 초식동물에서 별안간 공룡이 되고 싶다 하질 않나. 이 사람 곁에 있다 보니 내 꿈도 기이하게 커지는 것 같다.

"우리 마나님, 앞으로 방광이 더 튼튼해지려면 정말 좋은 약을 찾아 드려야겠는데? 메릴리타가 잘 아려나?"

"아우, 참! 말이 그렇다는 거죠!"

"아니, 당신 말이 옳아. 그건 내가 알아서 할 테니 걱정하지 마. 참, 그 방면으론 우리 어머니야말로 진짜 최강이신데. 어머니께 여쭤볼까?"

"타나릴!"

"하하하하!"

이번의 웃음이야말로 무거움을 다 걷어내 버린 듯 가볍게 느껴졌다. 나는 타나릴에게 가볍게 깍지를 꼈다.

"어머니, 눈물도 많고 정이 많으신 것 같았어요."

"내가 그 집에서 버티고, 그나마 덜 삐뚤어진 건 모두 어머니 덕분이었어. 어머니가 있는 힘껏 품어주지 않으셨다면 지금의 나는 없었을 테지."

"당신은 삐뚤지 않아요!"

"그렇게 말해줘서 고마워. 아니, 당신이 그렇게 생각하면 그런 거겠지."

타나릴이 피식 웃었다. 그렇게 자조하지 말라고 하고 싶은데 그것도 그의 마음을 건드는 말 같아 함부로 할 수가 없었다. 말을 급히 돌리려다 보니 나는 그만 민감한 속내를 보이고 말았다.

"어머니, 아기를 기대하시는 것 같던데. 하지만 피아드란 말대로 딸이라면… 괜찮겠지요?"

내게 반쯤 기울이고 있던 타나릴이 똑바로 앉으며 말했다.

"나와 헤어질 때를 말하는 거야? 어머니나 아버지가 아이를 욕심내지나 않을까 하는 게 걱정돼서? 그래서 당신은 나와 빨리 헤어지고 싶어?"

"아니요, 그렇지 않아요! 난 그저……."

"당신은 뭐?"

어느새 그의 얼굴엔 미소가 사라지고 없었다. 워낙 무표정이라 아무것도 읽을 수가 없다. 그런 말을 해서 화가 난 건지, 혹은 그가 정말 그런 걸 원한다는 건지 아무것도. 가만히 바라만 보고 있는 그의 눈빛이 강한 압박을 해오고 있었다.

"처음 그날 일은 매우 유감이지만 그래도 난 지금은 당신을 만난 것만은 감사해요. 내 아이의 아버지가 당신이라서 고마워요. 솔직히 당신이라는 멋진 남자가 욕심나지 않는다면 거짓말이겠지만 나는 당신의 발목을 죄는 사람이 되고 싶지 않아요. 우리가 헤어지더라도 난 당신이 잘 있고 행복하길 바랄 거예요."

"리예, 내가 당신과 헤어지고 행복하지 않으면? 불행해지면 어쩔 건데? 그러면 그땐 당신이 날 책임져 줄 텐가?"

"네?"

"욕심난다며?"

"그거야… 당신 같은 남자를 누가 욕심내지 않겠어요."

"나 같은 남자? 어떤 남자?"

"당신은……."

"나는?"

입술이 바싹 말랐다. 차라리 화를 내면 뭐라 변명할지 생각이 날 것 같은데. 아니, 그가 화를 낼 이유가 있나?

타나릴이 너무 반짝거려서 눈이 부셨다. 마주 보는 것만으로 얼굴이 다 뜨거워지는 것 같았다. 초롱초롱한 눈이 계속 나의 대답을 기다리고 있었다.

"다정하고 섹시하고… 키스를 부르는 남자요. 보고만 있어도 기분이 좋아지는 남자요."

무슨 설명이 싹둑 잘린 것 같았다. 하지만 이 이상 말하다간 다 들켜 버리고 말 것이다. 가만히 내 눈만 들여다보고 있던 타나릴이 씩 웃고는 말했다.

"내가 다정한 여자는 단 한 사람뿐이야. 내가 섹시하게 보이고 싶은 여자도 하나뿐이고, 내가 키스하고 싶은 여자도 하나뿐이야. 마지막은 아니네, 난 보는 것만으로는 만족하지 못하거든."

타나릴이 내 손등을 살며시 훑었다. 그것은 애무의 전조였다. 가슴이 마구 벅차오르다가 푸시시 꺼져 버렸다.

그가 날 원하는 건 그리 놀라운 일은 아니었다. 그럴 수 있다, 지금은.

이전 세상의 내 부모님도 처음엔 드라마를 찍을 만큼 절절히 사랑할 때도 있었다고 했다. 나는 고개를 절레절레 저었다.

"욕심난다고… 다 가질 수는 없어요."

타나릴이 내 머리를 꽉 붙잡고 고개를 저었다.

"아니, 욕심 좀 내봐."

"……."

"나는 갖고 싶어, 리예. 생각하면 기분이 좋고, 보면 안고 싶고 함께 쾌락을 나누고 싶은 여자, 내가 집에 돌아오고 싶게 하는 여자, 내 아이를 품고 나에게 미래를 생각하게 해주는 여자, 뭐든 좋은 게 있으면 다 주고 싶은 여자, 그냥 존재하는 것만으로 내가 살아갈 힘이 되어주는 여자. 당신은 그런 여자야. 그런 여자를 내가 어떻게 욕심내지 않을 수 있어?"

나는 시선을 돌리고 싶었지만 타나릴이 놔주지 않았다. 나는 눈을 감고 말했다.

"내가 아니어도 또 있을 수 있어요."

"아니!"

타나릴은 강력히 부인하고는 다시 속삭였다.

"그런 여자는 없어, 당신 말고는. 나는 그래. 당신은 아니야? 당신은 나 말고 다른 놈을 만나고 싶어? 방금 그런 구렁텅이를 봤으니 감당하기 싫겠지만……."

"아뇨, 그건 아니에요, 정말 그건 아니에요! 다른 남자는 생각도 안 해봤어요. 당신의 가족들은……. 그 사람들이야말로 내가 당신에게 유일하게 쓸모 있어 보이게 한단 말이에요."

"쓸모라니, 리예. 나는 당신을 쓸모로 여기지 않아!"

"그러니까 내 말은… 나는 당신이……."

이 말을 해도 될까? 내가 말하는 순간 이 꿈이 깨져 버리는 건 아닐까. 아니, 여기까지 온 순간 꿈에는 이미 금이 가고 말았다. 내가 말하든 말하지 않든 더는 꿈에서 머물 수 없다는 걸 인정해야만 했다. 나는 잡힐 듯한 시선을 억지로 그의 코끝에 맞추고 말했다.

"나는 당신이 좋아요. 하지만……."

나는 더 말을 이을 수 없었다. 그의 입술에 빨려들 듯 깊게 키스하는 도중 나는 숨 쉬는 것도 잊을 뻔했다. 내가 빨갛게 달아올라 숨을 토해내기 직전 타나릴이 간신히 입술을 떼어내며 말했다.

"처음이야, 당신이 이렇게 직접 말해준 건."

직접……? 그러면 그동안 간접적으로는 말했다는 뜻인가? 맙소사! 나는 계속 이 사람에게 내 마음을 흘리고 있었나 보다. 그래도 괜찮았던 걸까, 이 사람? 그래서 날 위해서 이러는 걸까? 다정한 사람이니까.

"하지만."

"하지만 내가 당신을 좋아하는 건 못 믿겠다는 거지. 2년이면 얼추 약속을 지킬지 모르지만 그 이후로는 내가 헛짓거리를 할지, 딴 데 한눈을 팔지 못 믿겠다는 거잖아?"

표현이 거칠어서 그렇지 너무도 정확하다. 나는 차마 부인할 수는 없어서 눈만 동그랗게 떴다.

"미안, 조급해서 될 일이 아닌데. 당신과 내가 만난 지 얼마나 되었다고 신뢰를 강요할 수 있겠어. 기다릴게, 리예."

가슴이 쿵쿵 뛰었다. 이 사람, 내가 가져도 된다고? 정말?

"이건… 유혹하는 거지?"

그 말을 듣고서야 내가 그의 다리를 쓰다듬고 있다는 걸 알 수 있었다. 가지고 싶다는 열망에 내 손이 절로 그를 애무하며 안기고 싶다는 마음을 드러내고 있었다.

"나도. 안고 싶어. 빨리 당신 안에 들어가고 싶어."

타나릴이 내 손을 잡아당겨 자신을 만지게 했다.

부풀어 오른 분신이 단단해져 있었다. 나는 재빨리 밖을 내다보았다. 하지만 어두운 밤거리를 구분할 수가 없었다.

"거의 다 왔어, 리예."

타나릴이 내 생각을 읽은 듯 말해주었다. 들킨 마음이 너무 적나라해 부끄러웠지만 감히 부인할 생각은 없었다. 나는 그저 그의 손만 필사적으로 붙들고 힘이 풀리는 다리에 억지로 힘을 주었다.

타나릴은 굳어버린 채 내가 잡은 손을 보고만 있었다. 그가 그러는 이유를 알고 있기에 서운하지 않았다. 서운하기는, 초인적인 인내로 버티고 있는 이를 만지고 있는데도 나를 떨치지 않는 것이 고맙고 안타깝고… 기분이 좋아졌다.

거의 다 왔다는 거리에 도착하기까지 정지된 것 같은 시간이 흘렀다. 타나릴의 타는 듯한 시선에 내가 그를 덮치지 않는 데만 인내심을 다 쓴 것 같다. 도착을 알리는 마부의 외침에 우르르 몰려나오는 식구들이 이번만은 정말 반갑지 않았다.

"잘 다녀오셨어요? 어떠셨어요? 괜찮으셨어요?"

걱정 어린 로레인의 뒤로 베인크리스가 긴장한 채 서 있었다. 어렴풋이 로레인이 베인크리스가 오늘 집으로 들어온다고 말한 게 기억났지만 그를 반길 여력이 없었다.

"나중에……."

"로레인, 나중에. 리예가 많이 피곤해서 먼저 들어가 봐야 할 것 같아."

"네? 네!"

타나릴이 내 말을 가로채듯 말하며 내 허리를 감싼 채 안으로 들어갔다. 뒤에서 로레인을 붙잡는 소리가 들렸다.

"지금은 따라가는 게 아니에요, 로레인."

"아직 아가씨라서 뭘 몰라서 그래요. 아가씨도 결혼하면 아시겠지요."

레베카와 메릴리타의 목소리였다. 나는 차마 뒤돌아볼 생각은 하지 못하고 계단을 두 개씩 오르는 타나릴의 손에 이끌려 방에 도착했다.

문이 닫히는 순간 우리만의 공간과 시간을 되찾았다. 나는 힘껏 그의 목을 끌어안으며 입을 맞췄다.

잠시 멈칫하던 타나릴이 금세 입을 맞춰왔다. 기습한 덕에 내가 먼저 그의 입술에 혀를 넣을 수 있었지만 주도권은 곧 바뀌었다. 나는 그에게 매달린 채 반쯤 알몸이 될 때까지 정신을 차리지 못했다. 입술을 뗀 타나릴이 물었다.

"기다리기로 한 나를 칭찬해야 하는 거야?"

나는 대답을 생략하고 다시 타나릴의 입술을 물었다. 그가 쿡쿡 웃으며 몸을 떨었다. 잠시 후 나를 안아 올린 그가 의례처럼 욕실로 들어갔다. 달아오른 분신이 배를 찌르는 느낌에 나는 자꾸만 발이 곱아들었다.

"들어가기 전에 먼저 씻어야지."

타나릴이 나를 욕조에 손을 걸치고 뒤돌아 세웠다. 따뜻한 물이 등을 지나 아래로 뚝뚝 떨어졌다. 그 물을 따라 타나릴의 손이 따라왔다.

"조금만 더 엎드려 봐."

다시 물을 쏟아부으며 타나릴이 젖은 동굴을 훑었다. 뒤를 훤히 보이는 자세가 무척이나 부끄러우면서도 또 불만스러웠다. 음란한 상상이 뭉게뭉게 솟았다. 이런 내 모습에 흥분하는 타나릴을 확인하고 싶었다. 내가 이렇게나 야하게 밝히다니 이건 다 타나릴 탓이다.

잠시 물 끼얹는 소리가 들리는가 싶더니 곧이어 젖은 몸이 등 위로 바싹 붙었다. 배를 감싼 손과 그 밑을 더듬는 손가락의 감각에 나는 입술을 깨물었다.

"신음, 참지 마."

타나릴이 귓가에 속삭이며 귓바퀴를 입술로 물고는 그 아래로 혀를 내밀었다. 그 감각에다 클리토리스를 토닥이며 안으로 들어오는 손가락의 감각에 아찔아찔 정신이 혼미해졌다.

"아학……!"

질벽을 문지르는 손가락에 등 뒤로는 뜨거운 키스, 다리 사이에 느껴지는 성난 뜨거움이 나를 정신없이 몰아붙였다. 왈칵 쏟아지는 애액이 그의 손가락을 타고 허벅지 사이로 흐르는 게 느껴졌다.

미칠 듯이 경련하는 내벽 안에서 그가 손가락을 벌리며 자유자재로 희롱하고 있었다. 하지만 이대로 끝까지 가고 싶지는 않았다. 이보다 더한 쾌락을 아는 몸이 부족함을 외쳐댔다.

"타나릴, 어서……!"

"응? 좀 더 안을 만져줄까? 아니면 손가락을 하나 더……."

"아흐……!"

좌절의 신음이 터져 버렸다. 처음엔 먼저 들어오고 보던 그가 요즘은 내가 애타는 걸 즐기고 있었다. 기어이 말로 해야만 하나 보다. 자신도 급하면서! 그러나 뒤돌아선 채 붙잡힌 나는 그를 볼 수가 없어서 항복할 수밖에 없었다.

"타나릴, 제발. 당신이 들어와 줘요!"

말로 뱉기 무서웠다. 손가락이 빠지며 허전해진 내벽을 순식간에 그 이상의 거대한 무기가 차지했다. 촘촘하게 주름진 내벽이 빠듯해지며 버거운 느낌도 잠시, 그의 움직임에 따라 쾌락의 눈물을 흘려대며 침입을 반겼다.

"어때, 이게 더 마음에 들어?"

"그래요, 그래요. 그러니 제발!"

천천히 감질나게 움직이던 타나릴이 그제야 빠르게 허릿짓을 시작했다.

퍽퍽, 살 부딪치는 요란한 소리가 욕실을 아찔하게 울렸다. 하아앙, 하앙, 나는 야릇한 신음만 흘려댔다. 정말이지 못 견디게 좋았다. 미칠 듯이 좋다. 나와 나누는 이 쾌락을 다른 여자와 나눈다면 정말 죽여 버리고 싶을 것이다.

죽여? 누구를……? 다른 이와 행복하라는 말은 다 거짓이었나?

"……!"

"리예, 리예……!"

내가 순간 멈췄던 것에 의문을 새길 새도 없었다. 입 밖에 낼 수 없는 욕망을 그가 들어올 때마다 조이고, 있는 힘껏 붙잡는 것으로 대신했다. 그의 손에 잡힌 가슴이 조금 세게 이지러졌지만 아프기보다는 자극적이었다. 그저 이 순간이 더 오래가기만을 바랐다.

"제발, 타나릴!"

이 말만 벌써 십수 번은 한 것 같았다. 타나릴은 작정을 한 듯 나를 조율하고 안달 나게 했다. 절정에 가까워지면 멈췄다가 또 다시 시작하기를 여러 번, 나는 목이 타게 그를 불렀다.

"제발, 제발 타나릴!"

"나만, 나만이……."

웅얼웅얼 타나릴이 하는 말이 잘 들리지 않았다. 그런 그의 목소리가 왠지 위험하게 들리는 건 내 마음이 불안해서일까? 나는 달래듯 손을 뻗어 타나릴의 손을 잡았다.

순간 내 자세가 흐트러지자 타나릴도 함께 무너지며 나를 끌어안았다. 그가 바닥에 쓰러진 나를 똑바로 눕히고 다시 내게 들어왔다.

"타나릴, 타나릴!"

찔꺽거리는 마찰이 마지막을 향해 달렸다. 이젠 타나릴도 더는 여유를 보이지 못했다. 바로 옆의 욕조에 들어가지 못하고 나를 바닥에 뉘일 만큼 그의 인내심이 다한 것이 나는 더 좋았다. 돌도 스펀지도 아닌 바닥은 거센 충격에도 나를 부드럽게 받아주었다.

"리예……."

나를 부르는 그의 눈동자에 내가 비쳐 보였다. 오롯이 그를 바라보는 내 모습이 마음에 들었다. 나는 그를 더 깊게 받기 위해 허리를 들었다.

"아아아!"

한계에 다다른 내벽이 경련과 수축을 반복했다. 한 번 더 진퇴를 반복한 타나릴이 뜨겁게 정을 토하며 나를 끌어안았다.

"리예!"

마치 으르렁거리는 듯이 내 이름을 속삭이는 그의 목소리에 만족감이 들어찼다.

나는 아래로 느껴지는 만족감보다 그가 내 이름으로 쾌감을 부르짖는 이 순간이 더 좋았다. 아니, 둘 다 좋다. 나는 그의 가슴에 고개를 파묻으며 입을 맞췄다.

"당신도 그래?"

"…네?"

나른하게 눈을 감던 나는 웃음기 담긴 목소리에 갸웃했다. 그리고 아직 결합해 있는 부위를 문지르는 감촉에 고개를 번쩍 들었다.

"당신도 이렇게는 부족하지? 나도 그랬어."

"우리 방금 끝냈는데. 그것도 우리 엄청나게 오래……."

"씻는 건 내게 맡겨둬."

몸이 저절로 붕 뜨는 감각이 드는가 싶더니 나는 어느새 물속에 들어가 있었다. 타나릴이 대충 자신의 분신을 씻어 내리고는 풍덩거리며 들어왔다.

내가 스스로 씻겠다고 할 새도 없었다. 마법사 남편은 나를 물 위에 띄우고 부드러운 수건으로 구석구석 닦아주기 시작했다. 온몸이 매만져지는 느낌은 성애가 담긴 애무와는 또 다른 느낌이었다.

성애의 느낌이 없느냐면 그건 또 아니었다. 내 다리를 양옆으로 넓게 벌리고 안을 확인하는 손이 정말 씻어주기 위한 건 아닌 것 같았으니까.

문득 나는 그와 내가 거꾸로 있다는 걸 깨달았다. 나를 씻어주면서 슬그머니 일어난 그의 분신이 내 눈앞에 보였다. 나는 손을 내밀어 그것을 잡고는… 앙, 입에 물었다.

그 순간 벌떡 일어선 타나릴과 눈이 마주쳤다.

"이다음부터는 침대에서."

타나릴이 희게 웃었다.

• • •

"기다려도 되는 거지?"

"응, 기다… 려."

쾌락과 잠에 파묻힌 리예는 가물거리는 한마디를 겨우 뱉어내고는 잠이 들었다.

아직 기다려야 한다. 타나릴은 스스로 다독였다.

당장 혼전 계약서를 찢어버리자고는 하지는 못했지만 그래도 여기까지 온 게 어딘가 싶었다. 딴 데 눈을 돌렸다는 소문이라도 돌았다간 이 여자는 당장 혼전 계약서를 들이밀고는 달아날 것이다. 리예는 이미 줄줄이 어미 다른 자식들을 데려온 아버지의 선례를 신경 쓰고 있는 눈치였다.

죽을 때까지 조신하게, 절대 한눈팔지 않을 것을 각인시키려면 정말 '기다려야' 하는 수밖에 없는 듯싶었다. 하지만 오래 기다릴 수 있을지는 알 수 없었다.

처음 약게 굴었던 혼전 계약서가 지금은 거꾸로 화살이 돌려져 있었다. 아니, 처음 작성했을 때부터 화살의 방향은 저 하나였을 것이다. 그것이 존재하는 것 자체가 피가 말랐다.

둘째가 생기면 유예는 있을 수 있다. 그러나 그건 믿지 못하는 시간이 그만큼 길어진다는 뜻이었다. 당시엔 리예를 얽어맬 방도만 생각했었지, 리예의 마음을 잡아야 한다는 생각은 하지 못했었다.

"내가 당신을 정말 많이 좋아하나 봐."

타나릴이 속삭였다. 말하고 나니 가슴이 뿌듯해지긴 한데 왠지 어딘가 조금 부족했다.

'뭐지?'

리예를 단단히 끌어안으니 부족하던 마음이 약간은 채워지는 느낌이 들었다. 하지만 곧 답답한 듯 리예가 몸부림쳤다. 할 수 없이 놓아주고는 리예의 몸을 닦아주었다. 끈끈해진 몸을 말끔히 닦아내는 동안에도 리예는 잠에서 깨어나지 않았다.

오늘 좀 무리한 게 아닌가 싶게 격렬하고 길게 정사를 벌인 터라 타나릴은 다시 마력을 둘러 리예를 살폈다. 배 속의 녀석은 부모의 정사엔 관여하고 싶지 않은 듯 단단한 껍질을 두르고 잠이 들어 있었다. 자신이 둘러준 마력 껍질이 아니었다. 그와는 성질이 다른 그것은 아마도 메릴리타에게서 받은 마력인 듯싶었다.

"녀석, 기특하네."

타나릴은 아직 납작한 리예의 배를 사랑스럽게 쓰다듬었다.

아이가 마녀라는 사실이 예그하라 쪽에 밝혀진다면 일대 혼란이 올 것이다. 예그하라 가문에는 여태 마녀가 있어본 적이 없었다. 혹여 있었다 해도 마녀를 드러내거나 받아들인 적은 없었다.

아무리 시대가 변해서 마녀를 인정하고 마녀의 진출이 활발해진다고 해도, 그걸 예그하라 가문이 주도한다 해도, 정작 가문에 마녀가 있다는 사실만큼은 절대 받아들이지 않을 것이다.

핏줄의 중요성을 따지며 은근히 리예의 아이를 기대하는 아버지는 특히나 더 펄펄 뛸 것이다. 그런 아버지가 어떻게 마녀에게서 아이를 본 것일까?

'안젤리예…….'

타나릴은 다시 그 이름을 읊조렸다.

리예에게 곧 말해줘야 할 것이다. 안젤리예, 그녀가 누구인지. 리예의 집안엔 없었던 마녀의 혈통이 누구에게서 이어진 건지.

마녀들

"왔어……?"

발더가 타나릴을 향해 맥없이 손을 흔들며 인사했다. 보고서는 맡기고 집에 가라고 했는데도 기어이 공학부를 지키고 있었던 모양이다. 이제 공학부 귀신이라는 타이틀은 발더에게 줘야 할 성싶었다.

"잠 좀 잤어?"

요즘은 이게 발더와 하는 인사였다.

"잠? 잤지……."

발더가 또 허공을 보며 오락가락하지는 않는 걸 보면 세 시간은 잔 것 같았다.

눈 밑이 까맣고 웃음기가 사라진 진중한 발더는 좀 많이 낯설었다. 지금이라도 미룬 휴가를 가라, 타나릴이 말하기 직전 발더가 좀 더 빨랐다.

"마리티에서 첫 보고가 왔어. 공동에 도착했는데 이번엔 이변이 없었대. 하지만 공동에서 이상이 생겼던 이유도 살펴야 하고, 인원의 반은 남겨두고 진전하기로 했나 봐. 여기, 명단이 있어."

보고서는 안데모르스가 작성한 것과 동굴을 빠져나온 이, 두 사람의 것이었다. 발더의 말처럼 공동에 무사히 도착한 것과 다음 진전을 알리는 것이었다. 안데모르스의 보고서엔 한 가지 더, 지난번 들어갔던 탐사대 인원들에게서 다른 이상이 있는지 살핀 내용이 들어 있었다.

"아직까진 이상이 없어. 타나릴, 네 생각처럼 전에 그 광석이 이상 현상을 발현시킨 원동력 역할을 한 것이지 싶어."

"그거야 들어간 이들이 알아낼 테지. 에플람과 브리안이 공동에 남았으니 두 사람이 알아볼 거야."

"에플람과 브리안은 이 일로 주술사와 마녀의 명운에 사활을 걸었으니 뭐든 알아낼 거야."

"모리건과 데이드라에 대해선 알아봤어?"

"부친상? 그건 에르모가 알아보는 중이야. 잠시만."

발더가 통신구로 에르모를 호출했다. 화상에 비친 에르모를 보면 바로 옆방에 있는 그를 부르지 않는 이유를 충분히 이해할 만했다. 산더미 같은 서류에 파묻힌 에르모는 서류 틈에서 헤엄을 쳐도 될 듯 보였다.

타나릴이 물었다.

"에르모, 모리건과 데이드라의 부친상은?"

-잠시만 기다려 주십시오.

그 엄청난 서류 바다에서 정말 눈 깜빡할 새 서류를 찾아낸 에르모가 그걸 펼쳐 보며 말했다.

-모리건의 부친상은 없었습니다. 차장님께서 기억하시는 대로 모리건의 아버지는 4년 전에 사망했고, 그의 어머니가 재혼하신 적도 없습니다. 최근 데이드라의 본국인 히스 왕국에서 연락이 온 적도 없었으며, 데이드라의 부친은 이미 오래전 사망했다는 사실을 확인했습니다.

"카스바드와 아라운은?"

-탐사대가 떠나기 직전 잠적했습니다. 죄송합니다.

"재빨리 꼬리를 잘라내는 솜씨가 매우 능숙해. 모리건과 데이드라는 단순 매수된 이들인지 아니면 강압에 의한 것인지 알아보고 조치해. 카스바드와 아라운은 수배하고."

-곧바로 조치하겠습니다!

타나릴은 에르모가 조수들에게 손짓하는 걸 보며 통신을 끊었다. 그런데 발더가 또 요상한 표정을 짓고 있었다. 하루 제대로 자고 난 발더는 이전의 성격이 살아나는 것 같았다.

"왜?"

"그거, 강압에 의한 거면 선처라도 하겠다는 뜻이야?"

"사정에 따라서."

"너… 원래 매수나 배신은 절대 용서하지 않잖아? 철저한 응징밖에 없다고 하지 않았어?"

"최악의 상황이라는 것도 있을 수 있잖아? 내가 아는 이들은 얼마든지 그런 술수를 쓸 수 있는 이들이거든. 그리고 난 무조건 용서해 준다고 한 게 아니야. 상황을 봐서라고 했지."

"그래도 원래는 너……."

"난 원래 다정한 사람이야."

"에엑! 에케켁, 켁켁!"

이번엔 침을 잘못 삼킨 모양이다. 발더가 요란하게 재채기를 뱉어냈다. 타나릴은 무심하게 발더의 등을 두드려 주면서 말했다.

"실없는 소리는 그만하고. 어느 쪽이라고 생각해?"

"물론 네가 안 다정한 쪽."

"…발더."

발더는 진지하게 의심했다. 타나릴에게 다정하다고 했을 '누군가'가 착각했다기보다는 정말로 '다정했을' 타나릴을 생각하면 아찔했다. 생각이 너무 길었다. 등을 두드리던 손길이 멈추더니 눈을 가늘게 뜨는 마왕이 나타났다.

"무, 물론 나도 생각해 봤지. 어느 쪽이냐면… 1번? 아니, 2번? 3번도 유력한데, 4번도 만만치 않아."

"발더, 잠을 덜 잤어? 1, 2, 3, 4번 중 하나라는 건 이제 갓 들어온 새끼 정보원들도 알아."

"그, 그거야 그렇지……."

"할랜디어스는 가장 유력해. 앨리스도 걸러낼 수 없고, 네 말대로 르완도 무시할 수가 없어. 이만큼 노련하게 흔적을 남기지 않는 걸 보면 우습게도 카리자엘은 아닌 것 같아."

"이만큼 나이가 들면 덜 할 법도 한데 그 부인들은 어떻게 다들 하나같이 야망에 불타는 건지 몰라. 네 누이들이 결혼하고 부인들과 자유롭게 만나게 된 때부터 문제가 심각해진 거였어."

발더가 말한 '부인들', 바로 네 자매의 친어머니들이다. 그녀들은 자신들의 딸이 예그하라의 아이가 되는 조건으로 인연을 끊기로 했었지만, 자매들이 예그하라의 품을 벗어나는 순간부터 왕래가 자유로워졌다.

막내인 르완은 이제야 갓 결혼했지만 예그하라 공작의 가장 오랜 정부였던 르완의 어미가 서로 연락을 하지 않았다고는 믿을 수 없었다. 타나릴을 공격하던 대부분의 수작들이 그녀들에 의해 일어난 것이기도 했다.

"그런 걸 보면 넷 중 2번이 가장 불리한가?"

할랜디어스만 친어머니가 일찍 죽고 없었다. 그 말에 타나릴은 냉소했다.

"천만에. 할랜디어스 혼자라도 교활하기로는 모녀 팀을 능가해. 내 방에 노렌디아 후작의 후처를 던질 계획을 세운 게 정말 카리자엘일 것 같아?"

발더가 격하게 고개를 끄덕였다.

"아아, 그래도 2번 부인이 없어서 네가 이만큼이나 숨 쉴 수 있는 거야. 생각만 해도 끔찍한 여자였지."

어린 나이에 봤던 사람임에도 발더가 치를 떨 만큼 할랜디어스의 어미는 교활하고 지독한 여자였다. 할랜디어스는 그런 어미를 쏙 빼닮았다.

"누구를 빼고 조사할 수도 없고. 어휴, 일이 또 늘었네. 정보부 새끼 직원들이 이번에야말로 제대로 일 좀 해보겠다."

그런데 한숨을 몰아쉬는 것치고는 발더의 표정은 꽤 생기가 있었다.

"레타가 곧 오나 봐?"

"어, 어떻게 알았어? 그거 기밀인데! 나한테만 알려줬단 말이야!"

타나릴이 네 얼굴만 보면 다 안다는 표정으로 지그시 노려보았다. 발더는 방방 뜨다 말고 어깨를 으쓱하고는 다시 일하는 척했다.

"탐사대가 돌아와 봐야 알겠지만, 광산이 있다는 가정하에 히그틀리 발전 계획안을 세워봤어. 우선, 철도와 비행 선착장을 세워야겠지? 선착장은 무리 없지만 철도를 만들려면 설계와 공사에 시간이 많이 들 거야."

"주술석의 가치가 밝혀지고 매장량만 충분하다면 그 시간은 단

축되겠지. 히그틀리로 향하는 주요 도로를 만드는 건 나라에서 자연스럽게 총력을 기울이게 될 거야. 하늘길과 도로 말고 강도 있어. 헤른 강이 루원 강의 수원지이니 물길 사업도 성행하게 되겠지."

"생각할수록 정말 보통 일이 아니야! 정말 국책사업이라는 말이 딱 맞다니까? 네 아내, 정말 엄청난 사람이야!"

"사명."

"뭐?"

"그들은 각기 사명이 있다고 했어. 리예의 사명이 뭘까 생각해 봤는데, 그것 같아……."

단둘의 대화지만 '예지자'라는 말은 함부로 입에 담을 수 없다. 타나릴이 책상 위에 놓인 푸른 광석을 집으며 말했다.

"이것으로 만일 마녀들의 주술력이 증대된다면 여태 발을 딛지도 못하는 미개척지에 도전하는데 크게 도움이 될 거야. 자연스럽게 마녀들의 힘이 신장하고 제 목소리를 내게 되는 세상이 오겠지."

"맙소사……!"

"마법사와 마녀 수십, 수백? 그 정도의 일이 아니야. 리예는 절대 이 광석이 개인이나 가문에 귀속되지 않아야 한다고 몇 번이나 강조했어."

"개인이나 일개 가문이 이런 걸 소유한다면 재앙이나 반란이 일어날 테니……."

발더는 동의하며 고개를 절레절레 저었다.

예지자의 사명이란 것에 대해 생각하면 생각할수록 소름 돋을 만큼 규모가 엄청났다. 그 예지지와 동반자의 옆에서 함께 역사의 한 획을 긋는다는 건 머리끝이 쭈뼛 솟을 만큼 흥분되는 일이었다.

발더가 벌떡 일어서며 소리쳤다.

"네 아내에게 사람을 붙여야겠어! 어제 네 가족들과 인사도 마쳤겠다, 네 아내도 이젠 활동을 시작할 거 아냐?"

"그걸 왜 네가 해?"

"응?"

"남편인 날 놔두고 네가 왜 내 아내를 신경 쓰느냐고."

"내가 신경 쓰는 게 아니라……. 타나릴?"

발더가 눈을 끔뻑거렸다. 뭔가 새로운 깨달음이 경신되는 중이었다.

"호위팀은 이미 준비되어 있어. 하녀와 하인으로 위장한 집 안에 다섯, 외부에서는 열둘이 지킬 거야. 리에는 모르고 대신 로레인에게만 일러뒀어. 그러고 보니 새로 온 집사에게는 알릴 틈이 없었네."

"아, 그 똑똑이?"

"똑똑이?"

"에르모가 칭찬하더라고. 한 번 말하면 다시 설명할 일이 없다며 제 조수로 삼으면 안 되겠느냐고 침을 삼키던데?"

베인크리스가 집으로 다시 돌아온 것부터도 알 수 있지만, 에르모가 탐을 냈다면 그가 신원 조회를 완벽히 통과했다는 뜻이었다.

"에르모가 내 걸 탐냈다는 말이지?"

타나릴이 씩 웃었다. '다정한' 타나릴이 통신구를 연결하는 대신 에르모를 직접 찾기 위해 일어섰다.

'에르모, 미안.'

발더는 속으로 애도를 표했다.

• • •

"메릴리타, 다녀왔어요?"

내가 산책을 막 마치고 방으로 돌아가려던 차에 현관문이 열렸다. 메릴리타가 외출에서 돌아오는 길이었다.

"네! 잘 다녀왔습니다, 부인."

그런데 대답하는 메릴리타의 안색이 조금 어두워 보였다.

"피곤해 보여요. 이린야 병원 일이 힘들면 좀 쉬는 게 어때요?"

"아니에요, 부인. 전처럼 많이 돌아다니는 것도 아니고, 찾아오는 환자들 몇 명만 살피는 건데요. 이 정도도 하지 않으면 제가 낙이 없어요."

메릴리타는 웃으며 말하는데 그래도 힘이 없어 보였다. 뒤에서 메릴리타를 수행했던 하녀 델리가 살짝 눈짓했다. 따로 내게 할 말이 있는 것 같았다.

델리는 밀레이나의 조카로 메릴리타의 수발을 들기 위해 들인 하녀이면서 마녀였다. 눈치가 빠른 아이라 뭔가 아는 것 같았다.

"나는 오늘 입덧은 그리 심하지 않았고, 식사는 반 이상 먹었으니 걱정하지 않아도 돼요. 그러니 어서 들어가서 쉬어요, 메릴리타."

"그래도 잠시만요."

메릴리타가 내 손목을 잡고는 잠시 눈을 감았다가 떴다.

"특별한 이상은 없네요."

메릴리타는 금세 물러났다. 예상대로 델리가 잠시 후 찾아왔다.

"델리, 오늘 메릴리타에게 무슨 일 있었니?"

"네, 마님."

"무슨 일이야?"

"오늘 이린야 병원에 새 의원이 오셨어요. 전에 계셨던 부인과의 탈레노라 의원 대신 온 주술 의원이에요. 그분과 인사를 나누다가……."

"설마, 새로 온 의원이 메릴리타에게 뭐라고 한 거니?"

"네, 부인과에는 이제 주술 의원만 채울 거라고……. 마력을 쓸 줄 모르는 마녀가 무슨 마녀냐고 했어요……."

메릴리타는 주술 의원으로서 마력을 쓰지 못한다는 것뿐, 여전히 뛰어난 의원이다. 하지만 굳이 그 점을 꼬집는다는 거야말로 역

차별이었다.

"누구니, 그 사람!"

"미들리드라고, 주술 의원 중에는 유명한 사람이래요."

"그렇게 거만한 사람이 환자들을 돌본다고?"

"환자들에겐 그러지 않는다나 봐요. 들어보니 메릴리타 의원님을 좋아하는 사람들이 많으니 견제하는 거라고 하더라고요. 자신이 처음 오기도 했으니 우선 기를 꺾어놓으려 하는 거라고도 하고요."

"내가 가봐야겠구나! 어떤 사람인지 만나봐야겠어."

"마님, 마님께서 나서시면 메릴리타 의원님이 더 안 좋아하실 것 같아요. 저는 다만 마님께서 알아두시는 게 나을 것 같아, 고자질하는 것 같아도 말씀드린 거예요. 나중에 정말 문제가 될 것 같으면 또 말씀드릴게요."

델리가 어쩔 줄 모르는 표정으로 말했다.

델리의 말에 나도 수긍할 수밖에 없었다. 메릴리타는 아니라고 했지만 헤어지기 직전 난 그녀의 눈에서 아쉬움을 본 것 같았다. 그녀는 내가 이러는 걸 더 서글퍼할 수가 있었다.

"그래. 아무튼, 말해줘서 고맙구나, 델리."

"그래도 미들리드 의원의 조수라는 케야 의원은 괜찮아 보였어요. 그분 말로, 메릴리타 의원님이 워낙 이름이 난 것 같으니 텃세라도 부릴까 싶어 미들리드 의원이 그러는 거래요. 자기가 모시는 사람이라서 두둔하는가 했더니, 자신도 장애가 있지만 받아준 사람이라며 나쁜 사람은 아니라고 하더라고요."

그래도 이미 상처를 준 건 준 거였다. 누구보다 뛰어났던 메릴리타가 그렇게 된 건 다른 마녀의 탐욕 때문이었는데. 생각할수록 안타깝고 분노가 치밀 일이었다.

"케야 의원은 친절하니 괜찮을 거예요. 걱정은 마세요."

"케야 의원이라고 했니? 그 사람은 장애가 있다고?"

"겉으로 봐선 잘 모르겠는데 그렇다고 하더라고요. 메릴리타 의원님도 그분은 편안히 대하시더라고요."

"다행이구나."

델리가 꾸벅 인사를 하고는 돌아섰다. 그런데 문을 닫기 직전, 델리가 순간 흠칫하더니 뭔가 놀라는 것 같았다.

"어? 내가 어떻게……?"

"델리, 괜찮니?"

"죄송합니다, 마님! 괜찮습니다. 이만 나가보겠습니다."

델리가 인사를 마치고 후다닥 나갔다. 조금 이상하다는 생각이 들긴 했지만 수줍음 많은 아이가 처음 용기를 내서 직접 나를 찾아와서 그런가 싶었다.

밀레이나에게 더 신경 써주라고 해야겠다. 그런 걸 내가 직접 말하면 부담스러울 테지?

마침 차를 마시고 싶었다. 나는 로레인을 불렀다.

• • •

며칠 동안 리예는 다시 두문불출했다. 저택 뒤편에 있는 호수와 숲길을 걷는 것 정도는 했지만 다른 이와 마주칠 수 있는 대문 밖 출입은 하지 않았다. 그러던 어느 날 저녁, 식사 중 타나릴이 여상하게 물었다.

"베인크리스가 그러던데, 초대장이 쏟아지고 있다지?"

"그러게요."

리예도 여상하게 대답했다. 초대장 같은 건 그리 안중에 없어 보였다. 오면 오고, 말면 말고. 그야말로 남의 일인 양 아무 생각 없이 태평한 얼굴이었다. 그래서 타나릴은 왠지 안심이 되면서도 걱정이 되었다.

"혹시 그중에……."

"사실 부탁이……."

"말해, 리예!"

동시에 말하던 타나릴이 얼른 리예의 말을 받았다.

리예의 입에서 부탁이라는 말이 나오긴 처음인 듯싶었다. 히그틀리에서 뗏목을 만들어달라던 건 부탁 같은 게 아니었다. 그러니 이번이 진짜다.

뭐든 들어줘야지! 설레기까지 했다. 그러나 그 '부탁'을 듣자마자 타나릴은 결심을 물리고 싶어졌다.

“일을… 해보고 싶어서요. 간단한 서류 정리나 분류, 편철 같은 건 얼마든지 할 수 있어요. 월급을 받는 게 아니라 자원봉사라면 괜찮지 않을까 싶어서요. 다른 일을 해볼까 생각해 보긴 했는데 나한테 특기라고 할 게 없어서요. 행정원들이 하는 일이면…….”

“당신은 임신부잖아!”

“당연히 무리하지는 않을 거예요. 정적인 일이면 괜찮지 않을까 싶어요. 그게 잘하지도 못하는 쇼핑이나 낯선 모임에 끼는 것보다는 낫겠지 싶어서요. 로레인 말로 이쯤 해서 바깥 활동을 하지 않으면 오염된 소문이 나기 십상이라 하더라고요. 나는 워낙 느린 사람이라 사람 사귀는 데 오래 걸려서 모임은 가고 싶지 않아요. 그게 아니면 집에 있을 수밖에 없는데 그러면 사람이 정체되잖아요. 그래서…….”

“그래도 일은 안 돼.”

“그렇군요.”

리예는 더는 조르는 것 없이 금세 포기했다. 차라리 졸랐으면 더 좋을 뻔했다. 시무룩해지는 리예에게 타나릴이 재빨리 말했다. 생각해 보면 이건 제 입으로 약속한 바였다. 무조건 안 된다 할 수가 없었다.

“일하지는 말고 관람은 해도 돼.”

“네?”

"정체되기 싫다고 했잖아? 마법 공학부가 세상 돌아가는 일에는 진짜 빠르거든. 당신 자리를 마련해 줄게."

"마법 공학부요?"

"당신은 천재야, 어떻게 그런 생각을 했지?"

"네?"

"마침 잘됐어. 이번에 공학부에서 총력을 기울이는 일이 바로 히그틀리 동굴 사건이잖아? 당신 땅에서 일어나는 일이니 알아야 하기도 하고, 일일이 보고하러 오지 않아도 되니 에르모도 환영할 거야."

"그게 무슨 소리예요?"

물음표가 가득한 리예의 눈을 보며 타나릴은 킥킥 웃었다.

"당신을 임시 고문으로 모시는 거야. 혹은 감독관? 그것도 좋네. 마법 공학부에선 말 많고 탈 많은 파티 같은 것보다 훨씬 다양한 정보와 사람들을 볼 수 있어. 사교계의 여왕벌보다 우세한 영향력을 가질 수도 있을걸?"

"아니, 나는 그런 걸 원하는 게 아니라……."

"원하지 않아도 돼."

'자연스럽게 그렇게 될 거니까.'

타나릴은 속으로 말을 삼키며 웃었다. 사교계와는 또 다르긴 하지만 마법 공학부의 권위를 얻는 순간 누구도 리예를 함부로 대하지 못하게 될 것이다.

호위 몇을 붙여놔도 제 곁보다 더 안전한 곳은 없다. 이대로 리예의 몸이 무거워지기 전까지 쭉 함께 다니면 좋을 것 같았다.

시무룩한 리예를 보기 싫어서 핑계처럼 나온 말인데 생각할수록 좋은 방안이었다. 무엇보다 리예와 오래 같이 있을 수 있다는 점이 가장 매력적이었다.

"가서 뭐든지 해, 리예. 당신에게 공개해도 되는 공간은 다 열어 둘 테니 보고 만지고 놀아도 돼. 물론 과격한 건 안 되고. 일하는 것도 빼고."

"정말요? 정말 내가 마법 공학부에 가도 돼요?"

"당연하지!"

타나릴은 세차게 고개를 끄덕였다. 리예와 함께 있을 시간이 늘어난 덕택에 타나릴은 꿈에 부풀었다.

하지만 타나릴은 아직 리예를 잘 몰랐다. 리예에게 놀이란, 마법 공학부의 갖가지 신기한 기구들을 갖고 노는 게 아니었다. 어마어마하게 바쁜 마법 공학부에 새로운 폭탄이 던져지는 순간이었다.

• • •

사흘 후, 나는 정말로 출근하는 타나릴을 따라나섰다. 공학부에 들어서자 타나릴을 알아본 사람들이 인사를 해왔다. 인사를 받고 지나칠 줄 알았던 타나릴은 그들에게 바로 나를 소개했다.

"히그틀리 일이 안정될 때까지 고문관 역할을 해줄 마리티 협곡의 주인이다. 인사하도록."

순간 사람들이 얼어붙은 것처럼 보였다. 미리 내 자리를 마련해두겠다고 들었었는데 이 사람들은 그저 놀란 것처럼 보였다. 그리고 잠시 후 돌아온 대답은 고문관을 맞는 말과는 거리가 멀었다.

"사모님을 뵙습니다, 영광입니다!"

"사모님을 뵙습니다! 구세주를 만나 뵈어 정말 기쁩니다!"

"사모님, 정말 뵙고 싶었……."

"모두 제자리로……!"

타나릴의 나직한 한마디에 흩어지는 직원들의 모습이 마치 개미무리에 돌이 던져진 듯했다. 직원들이 빠르게 흩어지더니 각 사무실의 문이 모두 닫히며 복도는 순식간에 텅 비었다.

왠지 이상한 환영 인사를 들은 것 같았는데. 아무튼 상사의 부인이 나타나 물을 흐린다는 분위기는 아닌지라 나는 감사할 따름이었다.

"자, 이쪽이야."

타나릴이 내 손을 잡고 이끌었다.

"세상에 진짜였어!"

내 뒤로 이해 못 할 신음이 여기저기 들려오는 것 같아 뒤를 돌아봤지만 복도는 열린 문 하나도 없이 깨끗했다. 잘못 들었나……?

잠시 후 흩어졌던 직원들이 차례로 타나릴의 방문을 넘었다. 방문한 직원들은 잠시 내 쪽에 눈을 주기도 했었지만 곧 내가 없는 사람인 양 보고를 이었다.

"차장님, 탄릴 광산에서 올라온 보고입니다. 갱도가 붕괴했는데 광산 책임자가 '창'에서 나간 마법 광구 불량이 원인이라 주장하고 있습니다."

"조사해 보고, 보상인지 구속인지 알아내. 광구 불량임이 밝혀지면 이사진들이 모두 옷을 벗어야 할 거니까 철저히. 경이 직접 내려가."

"차장님, 사관학교에 파견된 릿시바와 헤른달로부터의 보고입니다. 약을 유통한 업자의 꼬리를 잡았다고 합니다. 헤른달이 내일 밤 그들의 비밀 모임에 초대를 받아 가기로 했답니다."

"함정일 수 있으니 지원해. 헤른달에겐 반드시 방어복을 입게 하고."

"차장님, 헤자임에서 온 협조 공문입니다."

"마력석 가공에 따른 연구는 반드시 공개경쟁이야. 예그하라라는 이름을 앞세워서 다른 업체들을 압박하려고 한 것으로 보이니 페널티를 주도록 해."

눈이 빙글빙글 돌아갈 광경이었다.

차장님이라 불리는 타나릴의 모습은 참 새로웠다. 엄청나게 많은 사람들이 오가는 모습도 신기하고 재미있었다. 타나릴의 일 처리엔 막힘이 없었다. 각기 지시를 받은 이들은 속 시원히 돌아갔다.

그런데 왔던 이들이 돌아가기 전 내게 정중히 고개를 숙이고 가서 그건 좀 쑥스러웠다. 개중에 미흡한 것으로 다시 보강해야 할 보고를 들고 온 이도 있었지만 그런 이들은 왠지 내게 더욱 깊게 허리를 숙여서 몸 둘 바를 몰랐다.

"차장님, 안데모르스의 보고입니다."

"그건 이리로."

이번에 들어온 직원은 나도 아는 사람이었다.

에르모도 나한테 먼저 깊게 허리를 숙이더니 타나릴에게 보고서를 내밀었다. 그가 가져온 보고서 맨 위 면은 지도였다.

"정말 헤른 강변과 이어져 있었던 거군. 보름 만에 통과하다니, 생각보다 길을 잘 찾은 것 같은데? 당신도 봐봐."

타나릴은 내게도 지도를 보여주었다. 지도는 평평한 종이처럼 생겼지만 펼치면 그 위에 작게 축소된 지형지물이 나타나는 것이었다. 마법으로 구현된 홀로그램에 나는 새삼 감탄했다.

입체 지도 말고도 평범한 약도 같은 지도도 있었다. 그런데 이상한 점이 있었다. 나는 지도를 가리키며 물었다.

"타나릴, 이런 부분은 물길로 막힌 것 같은데 여길 어떻게 헤쳐 나간 거예요?"

"마법사들이 물속으로 길을 낸 거야. 물 마법사가 길을 내고 바람 마법사가 유지하는 거야. 마지막에 마력석을 박아 고정시키는 거지. 최고의 마법사들이 갔으니 그 정도는 무리가 아니야."

말로만 듣던 해저터널 같은 거였다. 그런 걸 이렇게 간단한 듯 해치우다니, 마법공학부의 위상이 느껴졌다. 그보다 그런 집합체를 지휘하는 타나릴이 새삼 더 대단하게 느껴지기도 했다.

지도 아래에는 사람들이 가장 궁금해할 내용들이 있었다.

"여기, 채석 전문가의 보고도 있어. 당신 예상대로야. 이 정도면 최소 200년 이상 캐낼 수 있는 매장량이라는군."

"세상에나……."

"실험을 더 해봐야 알겠지만 우린 이것이 주술석임을 거의 확신하고 있어. 실은 마력석이 발견되면서부터 이 세상 어디엔가 주술석도 있을 것임을 알고서 사람들은 찾고 있었어. 이전 황조에서 몇몇 발견한 기록이 있었거든."

"카탈릭 황조요? 부패해서 멸망했다고 알고 있는데요."

"응, 황조는 확실히 부패했지만 그 오랜 역사만은 무시할 수 없지. 장구한 역사만큼 많은 자료와 문화가 발달한 건 사실이니까."

"그런데 기록은 몇몇뿐이라고요?"

"카탈릭 황조가 멸망하기 직전 대대적으로 사료를 삭제했어. 일부러 지운 것 같아. 하지만 그 많은 자료를 깨끗이 삭제할 수는 없으니 드물게 남은 것들도 있었어. 그중에 주술석에 대한 걸 찾았어."

"그게 마리티 협곡에서 나온 것이란 말이군요."

"맞아. 존재는 알지만 직접 광석을 보지 못하는 한 증명하지 못하고 있었던 거지. 당신 덕분에 그걸 발견한 거야. 당신은 위대한 발견자야!"

"내가요? 나는 그저……."

"이건 사모님의 발견이 맞습니다. 그렇지 않다면 아무리 토지 주인이라 해도 이런 기밀에 접근하기가 어려운 중차대한 사안입니다."

에르모가 슬쩍 끼어들며 부언하자 타나릴이 그를 뚱한 표정으로 쳐다보았다. 노골적으로 너 아직도 안 가고 거기 있었느냐 하는 눈빛이지만 에르모는 멀뚱멀뚱 쳐다보기만 했다.

타나릴은 약한 한숨을 쉰 것 같지만 그래도 그가 한 말에는 힘을 실어주었다.

"에르모 말이 옳아. 무엇보다 당신이 경고해 준 덕에 우리가 미리 그와 관련해 대비할 수 있어서 정말 큰 도움이 되었어. 그건 어떤 감사의 말로도 충분하지 않아. 당연히 그 보상은 국가 차원에서 따로 할 것이고, 당신에 한해 이 주술석의 기밀을 모두 공개하는 것도 그 보상의 일환이야."

들을수록 엄청난 규모에 소름이 돋았다. 무언가를 손에 쥔 채 희열에 차 있던 마녀의 웃음소리 뒤에 재앙이 있으리라는 건 생각했어도 이런 종류이리라곤 상상도 못 했다.

"에르모, 이대로 장관님께 보고해."

"잠시 후 다시 뵙겠습니다."

에르모가 뭐라 말하는지도 모른 채 나는 그가 나가는 걸 멍하니 보기만 했다. 잠시 후 에르모가 돌아와서 그의 사무실에 갔던 나는 타나릴이 말했던 '놀'거리를 발견할 수 있었다.

• • •

타나릴은 할 수 있다면 계속 리에와 같이 있고 싶었지만 그럴 수는 없었다. 정보의 홍수도 좋지만 타나릴의 집무실은 너무 많은 기밀이 오가는 곳이었다.

외부인인 리에는 고문관이라는 명칭에 맞게 따로 방을 주는 게 나았다. 그렇다고 낯선 곳에 혼자 떨어뜨려 놓을 수도 없는 탓에 가장 좋은 곳은 바로 에르모의 사무실이었다.

에르모의 사무실은 타나릴과 붙은 옆방이다. 직원 네 명이 쓰기엔 어마어마할 정도로 넓지만 넓은 줄 모를 곳이었다. 서류의 산에 네 명의 덩치 커다란 남자 말고도 고철인지 장난감인지 모를 이상한 물건들이 산더미처럼 쌓여 있었기 때문이다.

타나릴의 마음에 썩 들지는 않지만 일단 가깝고 급조해 낸 고문이라는 지위에 어울리는 장소를 마련하자니 현재로선 최선이었다.

"잘 부탁해, 에르모."

타나릴이 어질러진 잡동사니들에서 눈을 떼며 말했다. 그것도 사흘간이나 치운 거였다.

"무, 무슨 말씀을……. 당연히 잘 모실 겁니다!"

에르모가 잔뜩 각을 세운 채 뻣뻣해져서 대답했다.

"리예, 혹시 불편한 게 있으면 바로 날 부르고."

"그럴게요."

같은 질문과 답변이 벌써 몇 번째였다. 이젠 제발 그만하라는 리예의 눈짓에 타나릴은 발더에게 잡혀 방을 건너왔다.

"허, 허허허허!"

문이 닫히자 발더가 과하게 웃음을 터트렸다.

"누가 보면 아주 멀리, 아주 오래 떨어지는 연인인 줄 알겠다."

"……."

"손을 요렇게, 요렇게… 깍지 끼고 들어왔다며?"

발더가 자기 손을 마주 잡아 보이며 히죽거렸다.

"아주 버릇이라서 그런지 네 수줍음 많은 아내가 의식도 못 하고 있는 것 같다던데?"

"다들 그렇게 할 일이 없대?"

"당연히 할 일이야 많지. 그렇다고 세상에 그런 희귀한 광경을 놓칠 필요까진 없다고 하더라."

"희귀할 일 없으니 일일이 반응하지 말라고 그래."

이번엔 발더가 할 말을 잃었다. 앞으로도 계속 그렇게 다닐 거란 뜻이었다. 아니, 누구 염장을 지르려고!

"내가 레타가 오지 못한다는 얘기 안 했던가?"

"했지, 해파이타스 황제 조카가 레타에게 목매다가 거절당하고는 수행원 팔을 부러뜨렸다고 네가 열변을 토했지."

발더가 입을 쑥 내밀었다. 사안이 복잡한데 간추리면 타나릴이 말한 대로였다.

황제의 조카인지 뭔지, 놈의 의도가 무엇이든 간에 레타는 외교적 충돌을 고려해 놈을 정중하게 거절했다.

그런데 레타가 귀국하려던 날, 놈이 찾아와 행패를 부리다가 떠밀린 수행원의 팔목이 부러진 사건이 일어난 것이다. 때문에 수행원도 치료를 해야 하고 외교 분쟁으로 번질 골치 아픈 사고로 발전한 터라 레타의 일정에 차질이 생기고 말았다.

"나는 레타를 못 본 지 한 달이 되어가서 피가 말라가는데 너는 내 앞에서 염장을 지르겠다고!"

"네가 가면 되지."

"…뭐?"

"지난번 내가 준 휴가 남은 거랑 합치면 보름은 다녀올 수 있겠네."

"그거, 참말이야? 나 정말 가도 돼?"

"네가 더 잘 알겠지."

"이제 곧 탐사대가 돌아오는데. 오면 보고서 취합해야 하는데. 실험도 다시 해야 하고, 나도 나지만 에르모도 휴가 간 지 꽤 됐는데……."

말은 그렇게 하면서도 발더의 입은 실룩실룩 양옆으로 춤을 추었다. 전 같으면 이해 못 할 일이었지만 지금은 발더가 춤을 춘다 해도 타나릴은 봐줄 용의가 있었다.

"너 가면 대신 에르모가 더 많이 일해야 하니 보조 직원 확실히 붙여주고."

"당연하지! 두 명 붙여줄게. 아니 세 명!"

발더가 끌어올 인원이라면 당연히 정보부일 테니 정보부에서는 비명을 지를 것이다. 그래도 발더는 확실히 보상받을 만했다.

"너 다녀오면 우린 히그틀리로 갈 거야. 그러니 빨리 다녀와."

"잠깐, 우리? 그 우리에 나는 없는 거야?"

"무슨 소릴 하는 거야?"

어처구니가 없어진 타나릴이 눈을 흘겼지만 오히려 발더가 씩씩댔다.

"그럼 그 절벽 집은 너희 부부만 보러 가겠다는 거야? 우린 안 보여줘? 왜! 이렇게 잔인한 일이 어디 있어!"

이 생떼를 쓰는 이가 마법 공학부의 그 방대한 법률 서류를 정비하고 정보부를 지휘하며 공학부 차장과 장관 사이를 조율하는 이라는 걸 누가 믿을까. 타나릴이 그를 지그시 바라보며 말했다.

"레타 보러 안 갈 거야?"

발더가 두 손으로 입을 가렸다. 이렇게 금세 항복할 거면서 포기는 안 되는지 발더는 애원하는 눈을 거두지 않았다.

타나릴이 다시 뭐라 하려는 찰나, 옆방에서 함성 같은 것이 울렸다. 그 함성 속에 '사모님'이라는 단어가 섞여 있었다.

"이게 무슨 소리야?"

타나릴과 발더가 즉시 다시 옆방으로 행차했다.

각자 일하느라 바빠야 할 에르모를 포함한 네 명의 사내들이 리예의 책상에 옹기종기 모여 있었다. 에르모는 아예 리예의 옆에 딱 붙어 있기까지 했다.

"뭐 하는 거야?"

타나릴이 나타나자 사내들이 후다닥 떨어져다. 에르모가 제 죄를 모르는 양 타나릴에게 말했다.

"이것 보십시오, 차장님! 사모님께서 엄청난 걸 만들어내셨습니다."

"뭐, 그게 정말이야?"

발더가 눈이 휘둥그레져서 다가갔다.

그 잠깐 새 리예는 앞치마를 두르고 있었다.

일은 절대 하지 말라고 했더니! 타나릴의 눈썹이 치켜 올라가는 모습에 에르모와 그의 조수들이 빳빳해진 채 눈동자만 굴렸다. 리예만 혼자 미소를 지으며 말했다.

"별건 아닌데, 당신도 볼래요?"

타나릴이 에르모를 스치며 조용히 읊조렸다.

"에르모, 오자마자 내 아내에게 일을 시켜?"

에르모가 눈을 부릅뜬 채 필사적으로 고개를 저었다.

타나릴이 결혼 후 냉마왕에서 벗어나고 있다지만 사모님과 엮여 잘못 보이면 냉마왕 그 이상이 될 거라는 건 보지 않아도 아는 사실이다.

"이거, 설마… 이걸로 쓴 건가요?"

발더가 먼저 관심을 보이는 바람에 타나릴은 에르모를 놓아주고 얼른 아내에게 다가갔다.

리예가 수줍게 웃으며 보여주는 건 작은 상자였다. 언뜻 살펴보니 발더의 말처럼 그걸로 글자를 쓴 것 같았다. 상자 앞쪽에는 글자들이 새겨진 버튼들이 있고, 버튼 하나에 작은 철사들이 연결되어 똑같은 글자가 뒤집힌 채 양각되어 박혀 있었다. 그리고 뒤집힌 글자판 앞에 놓인 종이에 그 허술한 기계로 찍어놓은 글씨로 보이는 마법 공학부라는 글자가 있었다.

"이거, 개인 인쇄기로군요!"

발더가 감탄사를 토해냈다.

"네, 맞아요. 여기 계신 분들 정말 유능한 것 같아요. 제가 설명이 좀 부족한데도 이걸 순식간에 만드시더라고요."

"어떻게… 이런 걸 만들 생각을 했어, 리예?"

타나릴이 물었다.

속삭이듯 묻는 말이 너무나 부드럽고 다정해서 발더는 오싹해진 팔을 감싸 쥐었다. 에르모와 나머지 사내들도 발더처럼 팔을 쓸지 못할 뿐이지, 똑같은 표정이었다. 리예만 태연하게 답했다.

"제가 행정원이었잖아요. 서류는 쓸 게 많고 나는 꽤 악필인데 수기로 일일이 쓰다 보니 낭비하는 시간이 많더라고요. 그래서 이런 게 있으면 좋겠다 싶었었죠."

"그럼 이것도 제출하시지, 왜……?"

발더가 안타깝다는 듯 말했다가 혀를 깨물었다. 리예가 발더의 실수를 깨닫기 전, 타나릴이 적절히 끼어들었다.

"당신이 다닌 학교에서도 해마다 마법 공학부에 제안서를 제출했을 것 아냐?"

"학생 때 넣긴 했었어요. 하지만 이런 거 하나 만들자고 마력석을 낭비할 일은 없을 거라며 학교에서 자체 파기했어요. 여기서만이라도 쓸 수 있으면 좋겠다 싶어서 말해본 거예요."

"세상에, 그럴 수가!"

발더와 에르모가 비슷하게 탄식했다. 타나릴이 다시 물었다.

"글자판 배열은 그때 생각해 낸 거였어? 꽤 체계적으로 보이는데?"

"네, 좀 고민해서 만들긴 했지만 배열도 그렇고, 기호 등 아직 보완할 게 많아요. 만일 이걸 만들게 되면 전문가들이 모여서 고민할 문제겠지요."

"당연히 만들어야죠, 만들어야 하고말고요!"

에르모가 열창했다. 그러더니 곧 조금 전처럼 리예에게 바싹 붙어 다시 이것저것 묻기 시작했다. 리예는 조근조근 답했고, 에르모는 타나릴의 무시무시해지는 눈길도 눈치채지 못한 채 그녀의 말에 열중했다.

시간이 지날수록 타나릴의 눈이 점점 가늘어졌다. 발더가 살짝 한 발 물러나 쯧쯧 혀를 차며 속삭였다.

"저놈, 저거 위험한데……."

에르모의 조수 리튼이 발더의 속삭임에 같이 속닥거렸다.

"부차장님, 에르모 실장님, 지금이라도 말려야 하는 것 아닙니까?"

"아서라, 너도 말려들 일 있냐? 희생양은 눈치 없는 저 물건 하나면 될 거다."

"…네."

과연, 에르모는 발더의 예상처럼 날벼락을 맞았다.

타나릴은 퇴근 직전 에르모에게 특별한 명령을 했다. 황실 도서관과 마법 공학부 도서관, 수도권의 모든 고등과정 학교의 도서관을 뒤져 전 황조에서 삭제한 자료를 모두 긁어모으라는 임무였다.

그건 방대한 자료를 일일이 뒤져 비교해서 삭제한 내용을 발췌하는 일이다. 그러니 책장 하나를 다 뒤져도 자료 하나가 나올까 말까 했다.

에르모는 뒤늦게 왠지 저가 잘못 걸렸다는 생각이 들긴 했으나 깨달음은 늦었다.

후일담이지만, 에르모는 정보부 직원 출신답게 그 엄청난 일을 다 해낸 후 금방 업무에 복귀했다. 발더가 레타를 찾아서 떠나 버린 후라 그의 일이 배는 많아졌는데도 에르모는 열흘 만에 그런 기적을 이뤄냈다.

하지만 에르모는 일은 그렇게 잘해도 눈치만은 부족했다. 아니, 눈치가 부족해서야 정보부 일을 할 수가 없었겠지만 리예의 유혹에는 약했다.

공학부를 뒤져 신기한 물건을 찾는 것도 겨우 며칠, 자신이 고안하길 더 즐기는 리예는 다음엔 재봉틀이란 발상을 내놓았다.

• • •

이름만 고문관인 공학부에서의 시간은 휴식 천국이라고 불러도 전혀 손색이 없었다. 며칠 새 나는 마법 공학부 전시실의 거의 모든 종류의 잠, 혹은 마사지하는 기구들을 다 섭렵했다.

그중 가장 좋았던 건 구름 소파였다. 소파 전체가 마력석과 마법진으로 만들어져서 이전 세상의 인체공학 안마 의자가 서러워할 만큼 안락함의 결정체였다.

소파는 내게 실질적으로 도움이 됐다.

입덧 다음 증상으로 나는 잠이 많아졌다. 온종일 졸고도 이른 저녁부터 자기도 했다. 그러나 그렇게나 잠이 쏟아지는데도 잠만 들면 꿈으로 잠을 설쳤다. 하지만 일어나면 아무것도 기억나지 않았다. 마음이 싱숭생숭해서 나는 자주 자다 깨기를 반복했다.

그런데 구름 소파가 나의 잠을 보충해 주고 있었다. 소파에 앉는 순간 나는 마치 양수 속에 잠긴 양 포근하게 온몸을 감싼 느낌에 젖어 잠이 들곤 했다. 덕분에 난 이 마력 소파의 안락함에 푹 빠져 버렸다.

문득 눈이 뜨여서 일어났더니 타나릴이 곁에 있었다.

"타나릴, 왔어요?"

환하게 웃는 내 이마 위로 타나릴이 입을 맞추고는 물었다.

"오늘은 꿈꾸지 않았어?"

나는 잠시 생각해 보고는 걱정스럽게 묻는 타나릴에게 고개를 저었다.

"당신, 밤에 잠을 잘 못 자는 것 같은데 이 소파, 집에다 가져다 놓아야겠어."

"이건 마법 공학부 재산이잖아요!"

"따지자면 이건 내가 만든 거라 내 거야. 여태 이걸 쓰는 사람도 없었고. 그렇지, 당신이 여기 있을 때는 써야 하니 집에는 하나 더 만들어서 갖다 놓는 걸로 하자."

"타나릴, 이거 마력석이 엄청나게 들어간……."

"리예, 당신은 잊었는지 모르겠는데, 나에겐 마력석 광산도 있어."

그랬었나? 재빨리 넘겨 버렸던 혼전 계약서에 그런 항목도 있었던 모양이다. 그래도 냉큼 고개를 끄덕일 순 없었다.

"광산은 당신 집안의 재산이잖아요."

"아니, 광산은 오롯이 내 거야. 내가 성인이 되던 해, 미개척지에 들어가서 찾은 거라서 예그하라 집안과 전혀 관계없는 거야."

"맙소사, 열여덟 살에 미개척지에 들어갔단 말이에요!"

"뭐, 이런저런 사정이 있긴 한데……. 아무튼 덕분에 나는 운신에 자유를 얻었어."

이런저런 사정이 무엇인지 차마 물을 생각도 들지 않았다. 나는 그 어린 나이에 홀로 미개척지를 헤맸을 타나릴이 겪었어야 할 시련이 어떤 것이었을지 감히 상상도 할 수 없었다. 타나릴이 아무리 부유하다지만 그의 생명을 위협했을 그것을 더더욱 함부로 쓸 수는 없었다.

"여기서 쓸 수 있는 것만도 충분해요. 이건 사치라고요……."

"사치가 뭔지 알려주고 싶은데."

타나릴의 눈빛이 장난스럽게 반짝이는 걸 보며 나는 재빨리 고개를 저었다. 타나릴의 사치 같은 건 알고 싶지 않다. 다음 순간 그가 짐짓 진지해진 얼굴로 말했다.

"로레인이 당신에게 바깥 활동을 하는 게 좋을 거라 굳이 조언한 건 경제 활동도 하라는 뜻이야. 후작 부인이 쇼핑도 안 하면서 아무것도 안 쓴다면 그것도 좋게 보이지는 않을걸?"

그런가? 내가 이전의 생활을 고수하며 사는 건 또 구설수가 되는 걸까?

이전 세상에서 퍽 궁핍했던 나는 이곳의 부모님이 물려준 집으로도 충분히 만족하며 살았다. 계속 그런 식으로 살면 이이에게 도움이 안 되는 것이겠지?

"아니, 그렇다고 그렇게 고민하지는 말고. 그냥 내가 주는 건 받아줬으면 좋겠다는 뜻이야."

타나릴이 내 이마에 이마를 비비며 속삭였다.

그제야 그가 방금 한 말도 장난이었다는 걸 알았다. 그러나 그 말을 영 무시할 수만은 없었다. 로레인이 조만간 카미린스에게 들르자던 약속을 하루라도 빨리 잡아야 할 듯싶다.

문득 고개를 드니 타나릴이 왠지 긴장한 듯 보였다. 나는 얼른 고개를 끄덕였다.

"그럴게요, 집에도 하나 만들어줘요."

그러자 환해지는 그의 얼굴이 햇살 같았다.

내가 그의 탐스러운 입술에 입술을 갖다 대려는 순간 억눌린 기침 소리가 들렸다. 화들짝 놀라서 돌아보자 엉거주춤 돌아선 에르모가 입을 막으며 기침을 참고 있었다.

맙소사, 나는 그때까지 에르모가 타나릴 바로 뒤에 숨도 못 쉬는 얼굴로 서 있었던 줄은 몰랐다. 입을 맞추기 전에 알아서 다행이다. 타나릴, 이이는 알면서도 입술을 피할 생각도 하지 않고 있었다. 나는 그를 살짝 흘기고는 에르모에게 말했다.

"에르모, 무슨 일 있어요?"

"히그틀리에서… 탐사대가 돌아오고 있습니다. 그래서 사모님께서 직접 맞으시면 어떨까 해서 여쭈러 왔습니다."

식은땀이 흐르는 듯한 에르모를 보고 있자니 미안해졌다. 에르모가 이제는 다리도 다 나아서 괜찮은 줄 알았는데 내가 눈치가 없어서 너무 오래 서 있었던 모양이다.

"그랬나요? 아, 시간이 벌써 그렇게 되었군요. 하지만 나는 그저 땅주인일 뿐인데 내가 그들을 맞아도 될까요?"

"물론입니다! 탐사대에게 치하의 의미로 이보다 더한 영광이 없을 겁니다!"

에르모가 우렁차게 소리쳤다. 에르모가 너무 진지한 터라 타나릴에게 새삼 확인했다.

"타나릴, 나도 같이 가도 괜찮아요?"

"에르모의 말대로야. 다들 당신을 만나기를 고대하고 있어."

땅주인의 치하가 그렇게나 영광인 것 같지는 않은데. 하지만 에르모의 총총한 눈빛은 진심이라 나는 고개만 갸웃하고 말았다.

탐사대는 한 시간도 채 지나지 않아 도착했다. 그들의 귀환식은 공학부 소회의실에서 간략하게 치러졌다. 발더가 레타를 만나러 가고 없는 터라 나와 타나릴, 에르모와 그의 조수 한 사람이 그들을 맞았다.

탐사대 대장 안데모르스가 큰 소리로 인사했다.

"마리티 동굴 탐사대, 무사히 임무를 마치고 돌아왔습니다! 이에 보고합니다!"

"수고했다. 무사 복귀를 환영한다."

잠시의 정적 뒤에 모두 내게 시선이 쏠리고 있었다. 에르모의 말이 사실이었다. 탐사대원들이 내 말을 기다리고 있었다.

"탐사대 임무를 무사히 마치신 걸 축하드려요. 여러분의 무사 귀환을 환영합니다."

"혜안의 주인을 만나 뵙게 되어 무한의 영광입니다!"

'혜안의 주인?'

얼떨떨한 호칭에 나는 어떻게 인사를 받아야 하는지 몰라 당황할 수밖에 없었다. 하지만 타나릴은 싱긋 웃기만 하고 가타부타 설명은 해주지 않았다.

탐사대가 가져온 짐들의 양이 만만치 않게 많았다. 그중 대부분이 주술석으로, 시험 가공에 쓰일 것들이었다. 마법 공학부에서의 실험뿐 아니라 각 공방에서의 실험을 통과하면 이제 주술석은 마력석과 같은 공식 명칭으로 불리게 될 것이다.

그런데 어떻게 알았는지 벌써부터 전국 각 공방에서 경쟁적으로 손에 넣으려 물밑 경쟁을 하는 중이라고 들었다.

"이제 우리가 히그틀리로 가볼 차례인 듯한데, 리예? 이삼 일 후에 계획을 잡아서 가자."

"네, 그래요."

그때 문이 열리는 소리와 함께 소회의실에 갑자기 긴장이 서리기 시작했다. 나도 곧 그들처럼 긴장하기 시작했다.

"장관님을 뵙습니다!"

안데모르스와 에르모, 다른 직원들이 예그하라 공작을 향해 고개를 숙여 인사했다. 나도 그들의 인사에 묻히긴 했지만 늦지 않게 인사할 수 있었다.

"공작님을 뵙습니다."

순간 예그하라 공작이 나를 쏘아보는 듯했다. 그는 내게 길게 눈길을 주지 않고 탐사대를 돌아보고 말했다.

"다녀오느라 고생했다. 모두 쉬도록."

"감사합니다, 장관님!"

탐사대원들은 각기 인사만 마치고 모두 빠르게 회의실을 벗어났다. 그들이 나가는 길에 나도 같이 따라 나가야 하나 고민하던 차에 손이 잡혔다.

그래, 이이를 지켜주기로 했었지. 나는 타나릴의 곁에 더 다가가서 섰다.

예그하라 공작이 타나릴에게 말했다.

"탐사대 대장과 함께 보고를 취합해 보도록."

"정리가 되면 바로 가려 했습니다."

"고문이라는 이름을 가장한 아이와 노닥거린 다음에 말이더냐?

요즘 저 아이가 공학부 물을 흐린다는 이야기는 익히 들었다."

"리예가 광산의 주인으로서 직접 보고를 받는 덕에 에르모의 일거리가 줄었고, 공학부 창고에서 썩고 있는 비품들을 발견해 내서 실생활에 응용하는 방안이 활발히 검토되고 있습니다. 리예 덕분에 새로운 시각과 새로운 가치관의 유입에 즐거워하는 직원들은 봤는데, 누가 그런 말도 안 되는 헛소문을 장관님께 속삭였는지 모르겠습니다."

"세상 어느 누가 일하는 곳에 마누라를 데리고 와서 노닥거린다고 하더냐!"

불의 마법사답게 예그하라 공작은 그새 노기충천해서 소리쳤다. 대조적으로 타나릴은 냉마법사 특유의 차가운 어조로 담담하게 답했다.

"리예의 동선은 극히 제한되어 있는 데다 임시입니다. 무엇이 그리 못마땅하신 것입니까?"

"예그하라의 체면을 구기지 않았느냐!"

"아내를 가장 가까이 두는 것이 무엇이 체면이 구겨지는 것입니까? 장관님들이 공공연히 정부를 집무실로 불러들이는 것과는 비교도 되지 않을 만큼 건전하고 무리가 없는 일이라고 봅니다만."

"트레니알라!"

나는 예그하라 공작의 시뻘게진 얼굴에 타나릴의 말뜻을 짐작할 수 있었다. 그 '장관님들'에 예그하라 공작도 포함인 걸까? 제발 그가 자신의 아버지를 그만 자극했으면 좋겠다.

탐사대가 돌아왔으니 어차피 난 오늘을 마지막으로 마법 공학부에 오는 건 그만하려고 했다. 나 때문에 두 사람이 부딪치는 게 안타까웠다. 그러나 타나릴은 내 걱정이 무색하게 계속해서 정면으로 부딪치고 있었다.

"제한된 공간에 한해서이긴 하지만, 다음부터는 다른 직원들도 자신의 아내나 가족들의 방문을 허용할 계획입니다."

"마법 공학부가 구경거리냐!"

"미래의 꿈이지요. 마법사관생도들에게 허용하는 실습처럼 제한적인 관람을 생각해 보고 있습니다. 나아가 어린 학생들부터 고급 과정 학생들까지, 학생들을 선발해서 견학할 수 있는 공간을 마련해 보고자 합니다."

그건 내 발상이었다. 나는 다시 그것으로 또 부딪칠까 봐 걱정했지만 다행히 예그하라 공작은 더는 따질 생각이 없어 보였다.

"너는, 네 어미가 사정해야 만나주는 것이냐!"

갑작스레 나에게 공이 넘어오고 말았다. 나는 미처 당황을 숨기지 못하고 대답했다.

"로레인이 어머니께 연락을 넣기로 했습니다. 이미 연락이 당도했거나, 오늘 저녁에 갈 것입니다. 공작님."

"탐사대 말처럼 네 얼굴 한 번 보기가 어려운데 매우 영광이구나? 하긴, 코앞에 있어도 볼 수 없긴 했지."

"…네?"

"고얀 것!"

예그하라 공작이 성큼성큼 방을 나가 버렸다.

나는 순간 이상한 생각이 들었다. 나가기 직전 나에게 무척 못마땅한 눈빛을 해 보였는데 그것이 마치…….

설마, 아니겠지? 금지나 다름없는 장관님의 집무실은 내게 아예 허용된 적이 없기도 하거니와 공작님을 다른 호칭으로 부를 수야 없었다. 내가 내 상상에 어이없어 하는데 커다란 웃음소리가 들렸다.

"하하하하하!"

"타나릴?"

"볼 때마다 속이 시원해진다니까, 리예! 당신이 또 아버지를 물리쳤어."

"그게 무슨 말이에요, 타나릴?"

"큭큭, 그런 게 있어!"

타나릴은 한참 더 웃었다. 내가 몇 번이나 물어도 타나릴은 아예 나를 끌어안고 웃기만 했다. 그리고 에르모가 들어오는 소리를 듣고도 놓아주지 않아서 나에게 옆구리를 꼬집혔다.

레타가 이해되는 순간이었다.

나의 말도 많고 탈도 많았던 마법 공학부 입성은 탐사대가 돌아오면서 끝이 났다. 어느새 6월이 다 지나고 있었다.

• • •

을씨년스러운 빈집에서 귀부인이 홀로 초조하게 발을 구르고 있었다. 문득 문소리가 들리자마자 그녀는 신경질적으로 소리쳤다.

"왜 이렇게 늦게 온 거지?"

"갑자기 부인께서 저를 찾으실 줄은 몰랐지요."

멋대로 약속을 잡은 건 네가 아니었느냐, 아쉬운 건 네 쪽이라는 말이었다.

여태 귀부인이 기다리게 하면 했지, 그녀를 두 시간이나 기다리게 한 이는 없었다. 그럼에도 정말 아쉬운 쪽이 된 귀부인은 더는 따질 수가 없었다.

"왜 아직 일에 진척이……! 아니, 당신 어떻게 된 거지?"

"어머, 저야 항상 이 모습 아니었습니까?"

짐짓 약을 올리듯 마녀는 살랑살랑 웃었다.

"뭐가 같아! 어떻게 당신… 이렇게 달라진 거지? 진짜 같잖아?"

"진짜이고말고요. 이 모습이 가짜 같습니까?"

"이럴 수가……."

달라진 정도가 아니다. 마녀가 갑자기 젊어졌다. 원래부터 이렇게 젊었다면 그런가 보다 할 테지만 이 마녀는 하루아침에 젊음을 되찾았다. 바로 직전에 만날 때만 해도 주름이 자글자글했던 손과 얼굴이 반들반들 윤이 났다.

경악하는 귀부인의 속삭임 속에는 놀라움도 있었지만 부러움이 더 짙었다. 내심 욕심을 드러내는 귀부인의 눈매에 마녀는 고개를 저으며 말했다.

"안타깝게도 부인이 마녀가 아닌 이상 제가 쓴 방법은 불가하답니다."

"흥, 내가 언제 바란다고 하던가!"

귀부인은 이미 말보다 더한 눈빛으로 말했었다. 그러나 냉큼 부정하는 건 자존심 따위가 아니었다. 젊음 앞에 자존심이 무에 대수겠는가.

그러나 마녀가 안 된다고 하는 건 안 되는 거였다. 오랜 시간 이 마녀와 거래해 온 어머니가 알려준 사실이었다. 마녀는 돈만 되면 뭐든 다 해주지만 불가능을 입에 담지는 않았다.

마녀의 탐나는 젊음을 노려본 귀부인은 오늘 어렵게 마녀를 기다린 목적을 꺼냈다.

"최소한 진척에 대해선 말해줘야지, 이렇게 소식이 없으면 곤란하지 않은가?"

기다리는 동안 귀부인은 마녀가 돈만 받아 가고 튀려는 속셈인가 했었다. 그깟 돈, 줘도 그만이지만 감히 자신을 속인 이를 용서할 수는 없었다.

"어머, 부인의 말씀이 옳습니다. 하지만 그건 제가 워낙 신중하게 일을 진행하고 있기에 그런 것이니 너무 노여워 마세요."

마녀는 다시는 연락하지 말라고 한 이가 귀부인 자신이었다는 말은 꺼내지 않았다. 귀부인의 속내를 다 안다는 듯 마녀는 나긋나긋하게 대답했다.

"부인 덕분에 일에 착수하기 쉬웠습니다. 벌써 주변에 다 갔으니 이제 결전만 남은 셈입니다. 하니 조금만 더 지켜보세요."

"트레니알라의 내자 주위로 접근했다는 말인가? 그게 참말이야?"

"네, 제가 말씀드렸지 않습니까, 제가 아는 이가 이미 거기에 있다고 말입니다."

"그럼 당장 일을 치르면 되지 않은가!"

"부인, 지난번에도 말씀드렸다시피 일을 서둘러서는 될 일도 망칠 수 있답니다. 거의 되어가고 있습니다. 조금만 더 기다려 주세요. 저는 맹세까지 했습니다. 일을 그르치는 건 당연히 제가 가장 피하고 싶은 일이랍니다."

"먼저 물어볼 게 있어."

"네, 말씀하세요."

"트레니알라가 당신의 저주를 피하지 못한 건 아닌가? 깜찍하게도 모두 속일 가능성은 없느냐는 말이야."

"후작님의 아내가 다른 사내의 아이를 밴 것이 아닌가 하는 말씀이신가요?"

"바로 그거야!"

"호호호, 아마도 그걸 가장 의심한 이가 바로 예그하라 후작님 아니시겠습니까?"

"아니, 어쩌면 트레니알라도 함께 모두를 속이는 게 아닌가 하는 거야."

"그럴 수도 있겠지요. 후작님은 아직 후계이지, 공작님은 아니시니까요."

"그렇지?"

그러나 기대가 가득한 귀부인에게 마녀는 단호하게 고개를 저었다.

"아닙니다. 아쉽게도 배 속의 아이는 예그하라 후작의 아이가 맞습니다."

귀부인의 얼굴이 벌겋게 달아올랐다. 그녀를 달군 분노는 질투였다.

"그래? 그러면 더욱 확실히 일을 맺어야 하겠네!"

귀부인의 눈이 활활 타올랐다.

"오늘 내가 보자고 한 이유는, 나는 나대로 손 놓고 있을 생각은 없어서야. 곧 그 아이를 다시 보게 돼. 그러니 할 수 있는 시도를 해 보고 싶으니 뭐든 내놓아봐."

"마녀가 한 짓으로 보이고 싶으신 모양이군요."

"당신에게 여파가 미치지 않을 거로 알아서 내놓을 거 아냐?"

"하긴 그렇지요. 부인께서 직접 손을 쓸 수 있다면야 그것도 좋지요. 어디 보자……."

마녀가 허리춤에 차고 있던 작은 주머니를 꺼내더니 그것에 손을 쑥 넣었다. 주머니는 손바닥만 한데 팔뚝까지 들어가 휘휘 젓고 있었다.

"그 주머니, 뭐지? 아직 공간을 응축한 기술은 개발하지 못한 거로 아는데!"

"마법 공학부와 가까운 분이시라 아시는 게 많으시네요, 부인. 하지만 마법 공학부가 세상의 전부는 아니랍니다?"

마녀가 눈을 휘며 웃었다. 마녀는 제 물건을 자랑하듯 한참 더 주머니를 휘저었다. 그러다 귀부인이 다시 입을 떼기 전에 무언가를 꺼내 불쑥 내밀었다.

마녀가 꺼낸 것은 차 스푼이었다. 요정이 구슬을 안고 있는 섬세한 조각이 새겨진 차 스푼은 귀한 것만 보고 살았던 귀부인도 혹할 만큼 아름다웠다.

"예쁘긴 하군. 그런데 이걸 어떻게 쓰면 되는 거지?"

"이대로 선물하시면 됩니다. 부인이 가장 원하는 마음을 담아서요."

"그거면 된다고?"

귀부인은 미심쩍은 얼굴로, 혹은 정말 그랬다가 자신에게 무언가 돌아올까 의심을 담아 마녀를 노려보았다. 마녀는 손사래를 치며 말했다.

“호호호, 그냥 농 한번 해봤습니다. 그냥 이대로 주면 됩니다. 귀한 분께서 직접 선물하시는데 받지 않고는 못 배기겠지요.”

“하지만 받고서 쓰지 않으면 그만 아닌가?”

“일단 받은 후엔 쓰게 되어 있으니 걱정하지 않으셔도 됩니다.”

“이걸 쓰면 어찌 되는가?”

귀부인은 홀린 듯 요정이 안고 있는 구슬을 보며 물었다. 파란 물빛이 어른거리는 구슬은 계속 눈길을 사로잡았다. 하지만 금세 구슬은 색깔을 바꿔 은은한 은색으로 반짝거렸다. 마치 움직이는 것처럼 떠다니는 은색 빛 가루 덕분에 구슬 안은 눈이 내리는 풍경처럼 보였다.

다음 순간 마녀가 언제 꺼냈는지도 모를 앙증맞은 주머니를 꺼내 스푼을 넣어 봉하고는 고개를 저었다.

“구슬을 계속 보지 마세요. 그러다가 부인께서 사용하고 싶어진답니다.”

그 말에 귀부인은 스푼을 던질 듯 시선을 떼버렸다. 마녀가 쿡쿡 웃으며 말했다.

“이 스푼이 닿았던 음식을 먹으면 모든 근심이 시작되게 됩니다. 지우고 싶은 과거가 되살아나 반복하고, 가장 바라지 않는 일을 매일 밤 보게 되지요.”

“겨우 그건가?”

"부인, 의심이 자라 세상 모든 것이 나를 공격하게 된다면 어떻게 될 것 같은가요? 배 속의 아이도 배를 뚫고 나오는 괴물이 된다면요?"

"아하!"

탄사를 지르는 귀부인의 얼굴에 모처럼 웃음이 퍼졌다.

"이 물건이 썩 마음에 드신다면 값을 치러주실 수 있는지요?"

"내가 그 정도도 생각하지 않고 온 줄 아는가?"

귀부인은 들고 온 작은 가방을 마녀에게 넘겨주었다. 마녀에게서 넘겨받은 물건이 굉장히 마음에 들었던 것인지, 귀부인은 이번엔 마녀가 가방을 제대로 받기까지 손을 놓지 않았다.

가방 속을 열어본 마녀가 히죽 웃으며 말했다.

"선물의 성공 여부는 부인께 달렸지요. 그래도 전 제 임무는 끝까지 완수할 터이니 잘해보시길 바랍니다."

"좋아, 다음에 보도록 해. 하지만 계속 이런 식으로 느려진다면 일의 진행 여부는 반드시 알려줘야 해?"

"그렇지요, 한 달에 한 번씩 알려 드리면 될까요?"

절로 인상을 쓰던 귀부인은 얼른 표정을 풀었다. 습관대로 주름살을 의식한 행동이었으나 마녀의 팽팽한 얼굴을 보며 더욱 기분이 상했다. 귀부인의 목소리가 다시 날카로워졌다.

"알아서 해. 하지만 당신이 반년 안을 장담한 건 명심해."

"물론입니다, 부인."

"다음에 보지."

이번에도 귀부인이 먼저 몸을 돌려 나갔다. 빈집에서 한참 멀어진 귀부인이 손에 쥔 작은 주머니를 보며 속삭였다.

"내가 먼저 성공한다면 당신은 맹세를 어기게 되는 거지. 안 그래?"

귀부인은 샐쭉 웃으며 어둠 속으로 사라졌다.

한편, 빈집에 남았던 마녀가 문을 열고 나왔다. 마녀는 귀부인이 간 방향을 향해 히죽 웃으며 말했다.

"나를 위해 계속 그렇게 열심히 날뛰어줘요, 귀여우신 분."

• • •

"안녕하세요, 저 왔습니다."

"어서 오너라!"

오늘 나는 내가 절대 발을 들일 일이 없다고 생각한 공작가로 온 참이었다. 사마라 부인이 부득불 공작 저로 장소를 정하자고 해서였다. 간곡히 청하는 내용이 우아한 문체로도 느껴졌다.

나의 망설임에 로레인도 권유했다. 로레인이야 나와 타나릴의 계약을 몰라서 한 말이겠지만 내가 공작 저로 한 번 가보지 않는 것도 우스운 일이긴 했다.

실은 예그하라 공작을 만날까 우려스러웠던 점이 가장 크지만 얼마 전 마법 공학부에서 만났던 일이 오히려 내게 용기를 부추겼다. 덕분에 이 자리에 올 수 있었던 거였다.

"네가 오기를 정말이지 고대했단다."

사마라 부인은 나를 정말 환대했다.

"초대해 주셔서 정말 감사합니다."

살짝 주변을 둘러보는 내 눈은 공작가의 으리으리한 정경을 보는 게 아니었다. 사마라 부인이 다 안다는 듯 내 귓가에 속삭였다.

"이번엔 딸들은 오지 않는단다. 엊그제까지 차례로 다녀가긴 했는데 오늘은 절대 오지 못하게 했어."

우아함의 결정체로만 보이던 사마라 부인이 '나, 잘했지?'를 온몸으로 표현하고 있었다. 이렇게 말하면 무례하겠지만, 매우 귀엽게 보였다.

하긴, 내가 타나릴 없이 사마라 부인을 만나러 올 수 있었던 것도 그 덕분이다. 오늘 내 동행인은 로레인 한 사람이었다. 사마라 부인이 로레인도 반갑게 맞았다.

"이쪽은 내 수행 비서인 니오레타 부인이란다."

사마라 부인의 수행 비서는 깐깐하게 생긴 중년의 부인이었다. 서로 인사가 오가고 난 후 사마라 부인은 로레인에게도 말을 걸었다.

"로레인, 너도 오랜만이구나. 네가 리예의 비서로 일한다니, 참 좋은 인연이구나. 반갑다."

"오랜만에 뵙습니다, 공작 부인. 저도 반갑습니다."

"얘는, 공작 부인이라니!"

"오늘은 공적으로 온 자리니까요. 저는 휴게실에 있을 테니 이야기 나누십시오."

로레인이 절도 있게 고개를 숙이고 니오레타 부인과 함께 응접실을 벗어났다. 그러나 로레인은 끝까지 우아하게 퇴장하지는 못했다.

"으아앗!"

문을 열기 직전 로레인이 작은 비명과 함께 공중제비를 돌다가 마지막 순간 멈췄다.

"괜찮니, 로레인?"

나는 놀란 사마라 부인을 다독이며 민망해하는 로레인에게 손짓했다. 로레인은 이번엔 다행히 무사히 응접실을 나갔다.

타나릴의 말에 의하면, 이건 천재들의 괴벽이라고 했다.

로레인이 어느 방식이든 다양하게 잘 넘어지는 이유는 그녀가 너무 머리가 좋아서라고 한다. 한 번에 생각하는 것이 너무 여러 가지라 자신의 눈앞에 집중하지 못한다는 것이다.

베인크리스는 일종의 결벽증이 있었다. 처음 그가 집에 오고 며칠 후, 새벽에 계단 난간 밑을 청소하는 그를 발견한 하녀가 비명을 지른 사건은 이젠 웃으면서 말할 수 있다.

제국 법률쯤은 기본으로 외는 천재들과 사는 일은 참으로 다사

다난한 것 같다.

"몸은 좀 어떠니, 아가. 어디 불편한 데는 없니?"

"아주 건강해요. 입덧이 살짝 있긴 하지만 몇 가지 음식을 가리는 것 말고는 크게 고생하지 않아요."

"저런, 입덧이 있구나! 초기엔 조심해야 한단다. 어느 의원에게서 진찰을 받고 있니?"

"집에 좋은 주치의가 있어서 잘 봐주고 있어요. 매일 아침저녁으로 살펴주고 있으니 염려하지 않으셔도 돼요."

"그래, 타나릴이 어련히 알아서 할까……."

내 손은 어느새 또 사마라 부인에게 잡혀 있었다. 기특한 듯 몇 번이고 쓰다듬는 손길이 따뜻했다. 이러다 사마라 부인이 울컥 울기라도 하면 어쩌나 걱정스러웠다. 하지만 다행히도 부인은 내가 대꾸할 수 있는 말을 했다.

"아가, 가리는 음식 말고, 혹시 좋아하는 음식은 없니? 특별히 좋아하는 거라면 내가 뭐든 해주고 싶어!"

"과일 종류는 거의 다 좋아해요……."

애초에 나는 사양할 생각은 하지 않았다. 환하게 벌어지는 눈빛에 기쁨이 가득했다. 결혼식장에서 봤을 때와 그리 다르지 않은데 어쩐지 지금은 사마라 부인이 그리 불편하지 않았다. 나… 정말 이분의 애정을 받아도 되는 걸까?

"그럼 내가 과일을 선물하마, 어떠니!"

"감사하게 받을게요, 어머니."

"고맙다, 고맙다……."

사마라 부인이 몇 번이고 내 손을 다독였다.

뜨거운 여름이 시작되고 뜨거운 부인의 손에 갇혀 있었지만 첨단 마법 공학의 안락함이 돋보이는 공작 저는 시원했다. 이제야 서서히 공작 저가 눈에 들어오기 시작했다.

내가 처음 입을 딱 벌렸던 우리 집은 공작 저에 비하니 창고 하나 수준밖에 되지 않아 보였다. 공작 저는 그만큼이나 웅장하고 화려하기란 황궁에 버금가는 수준이라고 한다. 오면서 로레인에게 들었던 설명이다.

여기 본채만 해도 5층 저택에 방이 300개나 된다. 게다가 그 모든 방이 마력석을 갈아 넣은 유리창이라고 했다. 거기에 해마다 벽체 색깔을 바꿔 색칠하고, 계절마다 분위기를 바꿔 인테리어도 새로 한단다. 금사와 은사가 장식된 이 응접실도 무척이나 화려한데, 여긴 거의 달마다 바뀌기 때문에 로레인은 같은 모습이었던 걸 본 적이 없다고 했다.

"아가, 식사가 준비되었는데 지금 함께하겠니?"

"네, 좋아요, 어머니."

"지난번 네가 잘 먹던 걸로 준비하라고 했단다. 콘라드의 음식도 훌륭하지만 저택의 요리사도 제법 실력이 좋단다?"

공작 저의 요리사를 제법 정도로 표현할 수는 없을 것이다. 나는 그저 얌전히 기대할 뿐이었다.

응접실을 나서자 호위하듯 따르던 로레인이 슬쩍 물러나며 말했다.

"그럼 두 분 말씀 나누세요. 저는 나가서 기다리겠습니다."

"아뇨, 로레인도 함께 식사해요!"

나는 로레인을 급히 붙잡았다. 의도는 알겠지만 사마라 부인과 나 단둘이 식사까지 하기엔 아직 너무 어색했다.

로레인은 바라던 대로 훌륭한 감초 역할을 해주었다. 다행스럽게도 가장 걱정하던 입덧도 없었다.

사마라 부인, 아니 어머니는 시종일관 매우 친절하고 넘치는 애정을 보이셨다. 그러나 난 감사하게 생각하면서도 서먹함을 지울 수가 없었다.

식사를 마치고 나자 돌아갈 시간이 되었다. 실은 나보다는 공작 부인이 더 바빴다. 그런데도 내가 일어나는 순간 어머니는 아쉬움을 감추지 못했다.

"아가, 다음 달에 또 볼 수 있는 거니?"

헉, 순간 가슴이 찌르르 울리고 말았다.

한 달에 한 번, 그것도 의무적이고 의례적인 만남이라도 이렇게나마 기약하고 싶어 하시는 거였다. 일르뉴의 부모님과는 또 다른 사랑이다.

그런 사랑을 내가 함부로 받아도 되는 건지 잘 모르겠다. 부모님도 그렇게 보내 드리고선 얼마나 후회했나. 그러면서도 또 이렇게 벽을 세우고 있다니.

"그보다 더 빨리 뵐 수 있도록 해볼게요. 타나릴과 의논해 봐야겠지만, 다음엔 저희 집에 초대하고 싶어요, 어머니."

"어머나, 정말이니!"

어머니의 눈이 동그래졌다. 놀라움을 감추지 못하며 기뻐하는 어머니의 모습에 왠지 마음이 싱숭생숭해졌다. 그래서인지 나는 어머니께 타나릴 말고는 아직 한 번도 해보지 않은 인사를 했다.

"어머니, 다음에 뵐 때까지 평안하세요."

나는 어머니를 살짝 끌어안았다가 놓아드렸다. 그러자 놀랍게도, 아니 그리 놀랍지 않다고 해야 할까, 어머니는 눈물을 주르륵 흘리셨다. 나는 니오레타 부인보다 한발 먼저 손수건을 꺼내 드릴 수 있었다.

"고맙구나."

어머니는 손수건을 보며 미소를 지었다.

"이건 내가 빨아서 돌려주마."

"그러실 필요는……."

내가 다시 손수건을 받아 들려고 했지만 어머니는 고개를 저었다.

"내가 그러고 싶어서. 이 핑계로 너와 아들을 한 번 더 볼 수 있지 않겠니?"

"…네."

처음 만남 때부터 짐작은 했었지만, 나는 아들에 대한 어머니의 그리움이 깊고 오래되었다는 걸 새삼 깨달을 수 있었다.

마음이 자꾸만 울컥울컥 신음을 질렀다. 까닥하면 나도 눈물을 흘릴 것 같은 예감에 나는 한 걸음 뒷걸음질 쳤다. 뒤늦게 그것이 거부하는 몸짓으로 해석할 수도 있다는 걸 깨달았지만 어머니는 전혀 모르는 것처럼 말했다.

"오후 일정이 더 있어서 너를 더 붙잡을 수가 없구나."

"네, 어머니. 조심해서 다녀오세요."

"예쁘게도 말하는구나. 참, 네게 줄 선물이 있단다. 특별히 새로 사거나 한 게 아니라 타나릴이 쓰던 거야."

"네, 주시면 감사히 받을게요. 타나릴이 쓰던 거라니 더 기대돼요, 어머니!"

어머니의 눈짓에 니오레타 부인이 아담한 상자를 가지고 왔다. 마력석으로 장식된 상자의 뚜껑을 여는 순간, 절로 탄성이 나왔다.

"어머나!"

상자 안에는 배냇저고리와 장난감 등이 담겨 있었다. 타나릴의 것이라면 거의 30년 전의 물건들일 텐데도 지금 다시 사용해도 무방할 듯 깨끗하고 예뻤다.

"잘 쓸게요, 어머니! 정말 감사해요."

"그래, 그래……."

함께 물건들을 구경하던 로레인이 작은 주머니에서 무언가를 꺼내 보며 물었다.

"이건 아기 것 같지 않아요."

그러자 어머니가 살짝 볼을 붉히며 말했다.

"그건 네가 써주었으면 해서… 작은 것이니 받아주련?"

요정이 무언가를 안고 있는 작은 스푼은 참 예뻤다. 타나릴의 물건 속에 은근슬쩍 선물을 끼워 넣은 어머니의 재치에 나는 감사하다는 말밖에 할 수 없었다.

"내가 가는 길에 널 너무 오래 붙잡았구나. 그럼 다음에 보자꾸나."

어머니와 작별 인사를 마치고 나오고 나서야 나는 마차에 실린 과일 바구니를 볼 수 있었다. 어머니는 과일 조금이라고 했었는데…….

그걸 '조금'이라 말하는 건 무리가 있었다. 양으로 따지면 아마 사과 상자 크기로 백 개 이상은 될 것이다. 덕분에 종류만 해도 거의 스무 가지는 넘는 과일은 작지 않은 마차의 짐칸을 거의 다 채워버릴 정도였다.

"이걸 다 어쩌지……?"

내가 중얼거리자 로레인이 어깨를 으쓱하며 말했다.

"각각 보관 용기에 담겨 있으니 보관이 까다로운 과일들도 문제없어 보여요. 그래도 남는 건 집에 사용인들도 많은데 무슨 걱정이에요."

과일보다 보관 용기가 더 비쌀 것이다. 하지만 어머니가 주신다고 했을 때부터 이 정도는 예상했어야 할 일이었는지도 모른다.

돌아오는 길에 나는 선물 받은 상자를 꼭 끌어안았다. 우리 아기가 그의 옷을 입은 모습이 벌써 그려지는 듯했다. 갑자기 타나릴이 무척 보고 싶어졌다.

• • •

"아흣, 아아, 여보, 타나릴……."

리예가 그의 등을 잡아당기며 어서 더 깊이 들어오라 애원했다.

오늘 리예는 타나릴이 집에 돌아오기가 무섭게 먼저 그를 유혹했다. 옷을 벗으며 입을 맞추고 그의 몸을 쓰다듬는 손길이 애틋하면서도 다급했다.

타나릴은 리예에게 왜 그러는지 묻는 오류를 범하지 않았다. 그저 리예의 유혹을 즐기고 리예가 이끄는 대로 따라 움직였다. 아직은 수줍은 리예의 유혹은 감질나지만 퍽 즐길 만한 것이었다.

짧게 욕실을 지나쳐 온 리예가 그를 침대에 뉘이고 입술을 붙여왔다. 황홀한 유혹이란, 바로 그것이었다. 타나릴은 기꺼이 리예에게 몸을 맡겼다.

리예는 손으로 그의 분신을 문질러 세우고는 바로 자신의 안으로 넣었다. 삽입의 저항감도 잠시, 리예는 그 상태로 허리를 움직였다.

"아하, 아아, 아아아……!"

리예의 신음을 반주 삼아 타나릴이 허리를 위로 튕겼다.

"아아, 타나릴……!"

리예가 여느 때처럼 그의 이름을 부르며 쾌락의 항해에 오르기 시작했다. 하얀 나신인 채로 빨갛게 달아오른 채 그를 품고 정복하는 리예의 모습은 더할 수 없이 색정적이었다. 하지만 익숙하지 않은 자세가 불편한지 몇 번이나 미끄러뜨리는 리예의 손을 타나릴이 강하게 잡아주며 말했다.

"대체 누가……."

리예가 강하게 내리꽂는 느낌에 타나릴은 말을 놓쳐 버렸다.

"…응?"

리예가 고개를 갸웃했다. 알고 하는 건지 모르고 하는 건지 입술을 살짝 핥는 모습이 요염하기 그지없었다. 그러면서 곧장 허리를 비틀며 그의 분신을 죄는 느낌에 타나릴은 아득함을 간신히 제치고 말을 할 수 있었다.

"대체 누가 이런 기특한 걸 가르쳐 준 거야?"

"레타……."

아하! 발더를 보내준 선물이 확실한 보상으로 돌아온 모양이었다. 그 이상은 생각할 수 없었다. 리예가 그의 손을 지지대 삼아 몸을 뒤로 젖히며 허리를 움직였다. 강하게 죄는 내벽 안에서 분신은 더욱 힘을 키우며 즐거운 비명을 질러댔다.

리에가 한참이나 더 그의 위에서 허리를 움직였다. 그녀가 그의 위에 오른 건 시야가 즐거워지는 색다른 자극과 감각을 주고 있긴 했지만 아쉽게도 리에의 체력이 충분하지 않았다.

그가 절정의 산에 오르고 있을 때 리에의 다리는 후들거리며 떨렸다. 꼭 체력이 달려서라기보다는 절정을 맞느라 그런 거긴 했지만 이렇게 끝내기는 아쉬웠다. 타나릴이 곧장 몸을 뒤집었다.

그렇게 현재.

"으응, 여보! 아아, 그렇게, 아, 타나릴, 타나릴!"

리에는 최근 절정에 다다르면 그의 이름과 '여보'라는 단어를 섞어 부르기 시작했다. 남들 다 부르는 호칭인데도 들을 때마다 느껴지는 소속감은 리에가 풍기는 소유욕 때문인지도 몰랐다.

탁탁탁! 타나릴의 율동에 따라 야릇하고 음란한 소리가 울렸다. 사이사이로 리에의 신음에 화답하며 타나릴은 리에의 귓가에 속삭였다.

"여보, 좋아……?"

"으응……."

리에가 눈을 마주치며 대답을 흘렸다. 전엔 이럴 때 눈도 마주치지 못하던 그녀가 기쁨을 표하며 마주 바라보는 것도 좋았다. 뒤로 물러났던 그가 힘껏 안으로 들어가자 리에가 환영하며 그를 바싹 죄었다.

“좋아, 그렇게, 리예, 여보……!”

날이 갈수록 야해지는 대화에 리예도 길든 듯 종종 화답해 왔다.

“나도, 여보. 아읏, 타나릴! 여보!”

리예가 몸을 늘어뜨리기 직전 타나릴이 더 힘차게 허리를 움직였다. 다음 순간 리예의 안이 강하게 수축하며 가늘게 경련을 시작했다. 그제야 타나릴도 참았던 흥분을 토해냈다.

“아아아아!”

긴 비명이 침실을 울렸다. 흐트러진 침대는 두 사람의 향취로 푹 적셔졌다.

타나릴은 똑바로 누우며 리예를 끌어안았다.

“아아, 리예!”

마주한 심장이 쿵쿵 뛰었다. 흥분이 가라앉으며 땀에 젖은 리예의 얼굴에 서서히 당혹감이 올라오기 시작했다. 이때를 놓칠세라 타나릴이 짓궂게 물었다.

“레타 이야기를 듣고서 계속 날 기다린 거야?”

“그게 아니라…….”

리예가 그의 가슴에 고개를 파묻고는 웅얼웅얼 속삭였다.

“오늘, 어머니를 뵙고 왔는데…….”

“응, 들었어. 우리 과일 창고를 가득 채워주셨다며?”

“그것뿐만 아니라……. 당신 아기 때 입던 옷을 여태 보관하셨다가 주셨더라고요. 감사하고 감격스럽기도 하고, 그걸 보니 당신이 보고 싶… 아니, 그냥 왠지 마음이 이상해서."

리예가 급히 말을 돌렸지만 이미 다 들은 뒤였다. 타나릴은 순간 마음이 묘하게 차오르는 것을 느꼈다.그런데 차오르는 마음이 다리 사이로 전해진 듯, 빳빳해진 분신이 다시 당당히 제 주장을 시작했다.

"타나릴?"

리예가 그를 느끼고는 눈을 동그랗게 떴다.

"이젠 내 차례."

"아니, 잠깐만요. 타나릴?"

리예의 다음 말은 타나릴의 입술 속으로 사라졌다.

그날, 당연하게도 그들의 저녁 식사는 꽤 많이 늦어졌다. 이젠 익숙해진 상황이라 로레인도 표시를 내지 않는 수준에 이르렀지만 리예는 이 집의 가장 새내기, 베인크리스 쪽은 쳐다보지도 못했다.

리예는 입덧이 약하지만 그래도 음식은 많이 먹지 못했다. 그런데 오늘은 보기만 해도 신 손가락 세 개만 한 메롤이라는 과일을 무려 스무 개나 해치웠다. 사마라 부인이 보내준 과일이었다.

만족스럽게 식사를 마친 리예가 어머니의 선물이 하나 더 있었다며, 작은 스푼을 자랑했다. 리예는 선물받은 스푼으로 과일 푸딩을 떠먹으며 마지막 입가심을 했다.

• • •

"흐으, 아냐, 아니야……."

꿈이다. 이런 걸 자각몽이라고 하나. 그러나 꿈인 걸 알고 있으면서도 난 이 꿈에서 헤어날 수 없었다.

엄마였다. 오랜만에 보는 엄마인데 왜 난 무섭고 서럽기만 한 걸까.

짝! 엄마의 손짓 한 번에 내 몸이 저만치 나가떨어졌다.

"이 콩알만 한 게 이젠 도둑질까지 해!"

"아……."

아니라고 말하려던 내 말은 엄마가 날리는 휴지통과 발길질에 묻혀 버리고 말았다.

엄마는 한 달 전 귀걸이를 잃어버렸다며 화를 냈었다. 생일 선물로 받은 건데 사라졌다면서 나에게 마구 신경질을 부리며 소리쳤지만 난 그게 날 의심하는 것인지는 몰랐다. 그런데 어제 엄마가 말한 그 귀걸이를 내가 찾았다.

집 안도 아닌 바깥, 그것도 사람들이 많이 다니는 계단의 난간 틈에서 발견한 거였다. 청소하는 아주머니도 놓칠 수밖에 없는 교묘한 틈새였다. 난 귀걸이를 찾아 드리면 엄마가 기뻐할 거란 생각으로 고이 품에 안고 집으로 들어갔다.

하지만 그날 저녁, 엄마와 아빠가 또 싸우고 있었다. 그 순간은 난 절대 나타나지 말아야 할 존재였다. 저녁을 굶고 하룻밤을 침대 밑에서 자고 일어나자 배가 고프고 어지러웠다. 그래서 잠깐 귀걸이는 깜빡 잊고 말았다.

그런데 엄마가 내 주머니에서 귀걸이를 먼저 발견하고 말았다. 빨래를 하려다 발견했다고 했는데 엄마는 내가 초등학교에 드는 순간부터 빨래를 해준 적이 없었다. 난 변명의 여지도 없이 도둑년이 되었고, 한참이나 맞았던 것 같다.

아빠도 벌을 주었다. 나는 토요일 아침부터 등교하는 날까지 굶어야 했다. 아빠를 위해 몰래 준비했던 발렌타인 초콜릿이 아니었다면 내가 버틸 수 있었을까? 초콜릿을 먹은 걸 엄마에게 들킬까 봐 나는 화장실에서 이를 세 번씩 닦았다.

엄마가 나를 보며 웃었다. 엄마는 한 번도 보지 못했던 미소를 보이며 내가 기숙사 안으로 들어갈 때까지 환하게 웃고 있었다.

문이 닫히는 마지막 순간, 나는 왈칵 무서움이 치밀었다. 다신 엄마를 못 볼까 봐, 어쩌면 이게 정말 끝일까 봐. 나는 엄마를 한 번 더 불러보고 싶어 문을 열었다. 엄마는 그새 뒤돌아선 채 전화 통화를 하고 있었다.

"자기? 응, 이제 끝냈어. 이제 저 버러지 다시는 볼 일 없을 거야. 이제 난 자유야! 이제 자기 만나러 갈게, 보고 싶어!"

정말 난 엄마를 다시는 부를 수 없게 되었다.

아팠다. 정말 이대로 죽는 게 아닌가 싶을 정도로 머리도 몸도 무겁고 몸서리치게 아팠었다. 얼핏 병원에 가보자는 담임 선생님의 말소리를 들으며 까무룩 정신을 놓았던 것 같다. 그런데 눈을 뜨니 아빠가 보였다.

아빠! 2년 만에 본 아빠는 잔뜩 이마를 찌푸리고 있었다.

"너였냐? 난 우리 연이가 아픈 줄 알고 얼마나 놀랐던지. 에이, 이게 무슨 시간 낭비야! 네깟 게 무슨 입원이야, 입원은! 넌 차라리 이참에 콱 죽어버리면 그게 더 효도야, 알아?"

연이……. 이름도 처음 듣는 배다른 동생이다. 나와 겨우 세 살 차이 나는…….

아빠는 학교에서 딸이 쓰러졌다는 연락에 그 아이가 아픈 줄 알고 병원으로 달려온 것이다. 숨차게 달려온 아빠의 셔츠는 흥건하게 젖어 있었다.

나는 그 말에 상처받기보다 아빠가 하는 말을 선생님이 들었다는 사실이 더욱 수치스러웠다.

담임 선생님은 그 길로 아빠를 쫓아낸 후 나를 끌어안고 한참이나 우셨다. 그런데 난 아빠의 짜증스러운 음색만 기억날 뿐, 선생님 얼굴은 기억나지 않는다.

"도둑년!"

"버러지!"

"저런 걸 왜 낳았어!"

"다 너 때문이야!"

"징글징글한 족쇄 같으니!"

"나가 죽어!"

깡마르고 여린 아이가 옷장 속 어둠 속에 숨어서 울지도 못한 채 몸을 떨고 있었다. 송곳으로 가슴이 쿡쿡 쑤셔지는 것 같다.

족쇄, 나는 족쇄였나? 나는 그런 존재밖에 안 되는 거였나?

장면이 바뀌었다. 나는 영은과 싸우고 있었다.

"그딴 자식 애를 낳아서 어쩌려고 그래! 그 자식은 지 애가 아니라고까지 한다며! 제발 네 인생을 생각해! 지금이라면 돌이킬 수 있어."

"너도… 아이를 없애라는 거야?"

상처받은 영은의 얼굴과 음성에 가슴이 미어졌다.

'미안해, 미안해…….'

나는 간절히 사과했다.

"그래, 낳지 마!"

그러나 나는 매정하게도 이미 그렇게 말해 버렸다. 그 싸늘한 음성이 마치… 엄마 같았다.

다시 장면이 바뀌었다.

"이모!"

천사 같은 웃음을 담은 별이가 내게 달려왔다. 탁구공처럼 뛰어오른 아이는 내게 안기면서 거침없이 양 볼에 뽀뽀를 해주었다.

평생 처음 받아보는 이 무조건적인 애정과 미소를 주는 아이를 나는 없애라 했었다. 영은은 그때 내 말에 많이 흔들렸다. 아차 했으면 별이는 세상 빛을 보지 못했을 것이다. 나 때문에.

나중에라도 내가 했던 말을 별이가 안다면 날 용서해 줄까? 내가 이 아이에게서 이런 애정 가득한 미소와 애정을 받을 자격이 있을까?

"별아?"

"앗, 엄마다!"

별이가 엄마가 오는 그새를 못 참고 내려달라며 발버둥 쳤다. 모녀의 상봉을 보는 것도 흐뭇한지라 나는 별이를 바닥에 내려주었다. 별이가 엄마를 부르며 힘차게 달려갔다. 그런데 있어서는 안 되는 일이 벌어졌다.

여기는 인도인데, 절대 차가 올라와서는 안 되는 거리인데, 질주하는 트럭이 인도 턱을 넘어오고 있었다.

"안 돼!"

나는 비명을 질렀다.

• • •

"리예, 리예?"

몸을 흔드는 감각에 나는 서서히 눈을 떴다. 역시 꿈이었구나, 나는 지금 여기 있구나.

"타나릴!"

나는 타나릴을 와락 끌어안았다. 꿈에서 깨어나게 해준 그가 너무도 고마웠다. 모르긴 몰라도 그대로 있었다면 나는 꿈속에 끌려 들어가 계속 그 장면 속에서 쳇바퀴를 돌 것 같았다. 그렇게나 돌아가고 싶었던 곳인데, 그곳이 아닌 여기가 현실이라는 사실이 감사했다.

"꿈꿨어, 리예? 나쁜 꿈이었어?"

"…네, 그랬어요."

나는 나를 안아주는 팔에 힘껏 매달렸다. 이 사람도 족쇄라는 말을 하게 될까? 그렇게 말은 하지 않더라도 그렇게 생각하게 되지 않을까?

"리예, 괜찮아, 리예. 내가 옆에 있잖아."

'당신이 옆에 있다는 것, 당신의 따뜻함을 느낀다는 것, 그게 나는 더 두려워요. 내가 너무 익숙해질까 봐. 당신을 믿지도, 안 믿지도 못하는 내가 더 두려워요.'

"무슨 꿈이었어? 기억나?"

타나릴이 조심스럽게 물었다.

다정하다. 하지만 나는 피식 웃음이 나오려는 걸 참았다.

처음 만났을 때 이 사람의 말투를 잊어가고 있었다. 그런데 공학부에서의 며칠 동안 난 그게 착각이 아니었다는 걸 알 수 있었다.

소설 속 남자가 현실로, 그것도 내 남자로 등장하는 지금이 얼마나 황홀한지 이 사람은 알까?

말해주자. 말하고 싶었다. 말해줘도 이 사람은 그냥 꿈속 이야기로 알 테니.

"꿈속이라 이야기가 막 섞였어요. 들으면 어디 공연에서 본 이야기가 아닌가 할지도 몰라요."

"응."

"어떤 아이가 있어요. 그 아이가 맞고 있었어요. 엄마한테요……."

나는 꿈에서 봤던 이야기를 시작했다. 엄마가 잃어버린 귀걸이를 찾아주고 칭찬받고 싶었던 아이가 정말 어느 소설 속 인물인 것처럼.

그렇게 말하고 있자니 아이가 기숙사에 들어가고 엄마와 헤어지던 것이나 아팠을 때 찾아온 아버지가 자신의 다른 딸이 아니라서 화를 내던 것도 남의 이야기 같았다.

"그랬… 어?"

타나릴의 목소리가 왠지 가라앉아 있었다. 이이가 이렇게 다정한 사람이라는 걸 다른 이는 모른다는 것에 나는 왠지 더 기분이 좋아졌다.

"꿈에서요. 꿈 이야기예요. 그렇게 마음 쓰지 않아도 돼요."

"응……."

"꿈은 더 이어져 있어요."

"응, 말해봐."

"그 아이가 자라서 친구가 생겼어요. 그런데 친구가 아이를 가졌어요. 애 아빠도 나 몰라라 하는 아무도 바라지 않는 아이를 가진 거예요. 아이는, 아니 어른이 된 여자는 친구에게 아이를 없애라고 했어요. 그런데 그 친구가 낳은 딸이 여자에게 '이모'라며 미소 지어주고 사랑을 주는 거예요. 그래서였는지, 여자는 아이가 위험한 순간 몸을 날렸……."

별이! 별이는 무사할까?

나는 말을 끝내지도 못한 채 꿈의 마지막 순간을 되짚었다. 그건 뭐지? 아냐, 그랬을 리가 없다. 맹세코 내 기억엔 그런 장면이 없었다. 내가 이 세상에서 깨어나기 전 나는… 난 그 기억이 없다!

나는 언제나 이 세상으로 불현듯 온 거라고만 생각했다. 그래서 다시 넘어갈 수 있을지도 모른다고 생각하고 있었다.

"리예?"

"그, 그게 꿈의 끝이에요. 그때 당신이 깨워줘서……. 고마워요, 타나릴."

"…미안해."

"네?"

"좀 더 일찍 깨웠어야 했는데, 미안해."

"당신이 뭐가 미안해요."

"당신, 이렇게 계속 이런 꿈에 시달리는 것 같으면 히그틀리로 가는 건 좀 미룰까? 메릴리타에게도 물어봐야겠어. 다른 주술 의원을 만나봐야 할지도 모르겠군."

"그냥 단순히 꿈이에요. 그리고 꿈이 생각난 건 오늘이 처음이에요. 전에 꾼 꿈은 기억은 나지 않지만 이런 꿈은 아니었어요. 그건 좀 더……."

나는 내 느낌을 고르려다 입을 다물었다.

그건 좀 더 음산하고, 좀 더 위험했다. 누군가 대화를 나누는 장면을 본 것도 같은데 정말 생각나지는 않았다. 왠지 그걸 알아야만 할 것 같기도 하고, 알면 안 될 것 같은 기분이 들기도 했다.

"좀 더 나빴어?"

"기억이 나지 않아요. 당신 말대로 메릴리타에게 의논해 보고 주술 의원을 만나볼게요. 하지만 히그틀리에 먼저 다녀오고요."

"아니, 의원을 만나는 게 먼저야."

"그렇지만 킬로이 영주님께도 이미 다 이야기했고, 피아드란과 레베카도 기대하는 중인데요. 일정이 늦춰지면……."

"당신 땅을 보러 가는 건데 일정 같은 거 당신에게 맞춰야지. 의원이 먼저. 알았지?"

타나릴은 이것만은 절대 양보하지 않겠다는 듯 단호했다. 나 하나로 몇 사람의 일정이 차질이 생기게 됐지만 이번만은 타나릴의 의견을 따라야 할 것 같았다.

"…네."

"좋아, 조금 더 잘래?"

"아뇨, 벌써 하늘이 훤해진 것 같아요. 모처럼 일찍 눈 뜬 김에 새벽 산책 해보고 싶어요."

"좋아, 이 시간이 좀 선선하니 좋겠지. 그래도 더우면 말해. 당신 남편이 누구인지 알지?"

나는 킥킥 웃었다. 당연히 알지. 이 세상에서 제일 잘난 냉기 마법사이신데.

타나릴이 내 손에 깍지를 끼며 잡았다. 새벽 공기의 선선함에 꿈에서 본 내가 서서히 멀어지기 시작했다.

타나릴은 산책에서 돌아오자마자 바로 메릴리타를 불렀다.

"어떻소, 괜찮은 거요?"

다른 때도 그렇긴 했지만 오늘 타나릴은 유독 성마르게 보였다. 메릴리타는 조심스럽게 고개를 저으며 답했다.

"죄송합니다, 후작님. 여태 매일 살피면서도 제가 부인의 미령한 점을 모르고 있었다니 송구합니다."

"몸엔 이상이 없다는 말이로군."

"네, 부인께선 건강하세요. 하지만 계속 꿈을 꾸고 그걸로 잠을 못 이룬다는 것은 살펴볼 일입니다."

"나도 단순히 꿈을 꾼다고만 생각한걸요. 내가 말하지 않은 걸 메릴리타가 어떻게 알아요."

내 말에 메릴리타는 고개를 저었다.

"아니요. 주치의로서 한집에 살면서도 그런 걸 몰랐다는 것 자체가 마녀로서는 실격……."

메리리타가 말하다 말고 입을 굳게 다물었다.

큰 힘을 지녔던 만큼 메릴리타는 잃은 것에 대한 허망함이 컸을 것이다. 더구나 최근 이린야 병원에서 새로 온 부인과 원장으로부터 견제를 받고 있다고 하니 마음고생이 이만저만이 아닐 것이다.

"메릴리타, 그런 걸로 자책하면 내가 더 민망해져요."

다행스럽게도 메릴리타의 얼굴에 금세 웃음이 돌아왔다. 하지만 타나릴은 기다려 주지 않았다.

"의원과 환자가 서로 위로하는 건 좋은데, 내가 궁금한 건 이게 리예의 건강에 문제가 되는 건가 하는 거요."

타나릴이 너무 진지하게 걱정하는 것 같아 미안해질 정도였다.

메릴리타는 잠시 생각하다가 대답했다.

"뭐든 지속적으로 사람을 괴롭히는 것은 문제가 된다고 봐야 합니다. 그것도 잠을 설칠 만큼 좋지 않은 꿈이 계속된다는 건… 진찰을 받아보시는 게 좋겠습니다. 이건 심리적인 것이라 할 수도 있는데, 최면 요법을 받아보시는 게 어떨까 싶습니다. 이린야 병원에 새로 온 의원이 그쪽으로 실력이 있으니 한번 보시길 권해 드립니다."

이전의 메릴리타라면 다른 의원을 소개할 일은 없을 것이다. 하지만 서로 그런 말은 생략한 채 타나릴은 다시 물었다.

"그럼 부인과 원장에게 진료 예약을 하면 되겠소?"

"미들리드 의원은 부인과 원장으로선 훌륭하십니다. 하지만 최면 요법 쪽이라면 다른 의원을 추천 드립니다."

"메릴리타의 추천이라니, 어떤 의원이요?"

"케야 의원이라고, 미들리드 의원의 조수입니다. 젊지만 그쪽에 관해선 매우 실력이 있는 의원입니다. 하지만 제가 추천한 거라는 말씀은 마시고 진료받으시는 게 좋을 듯합니다."

원장을 두고 그 밑의 의원을 추천하는 것 때문에 메릴리타는 조심스러운 눈치였다. 하지만 다른 사람도 아닌 메릴리타가 자신을 견제하는 의원을 경계해서 엉뚱한 추천을 할 리는 없었다.

"고마워요, 메릴리타. 그냥 몇 번 꿈만 꾼 것뿐인데 이이가 걱정이 많아요. 아무튼 메릴리타 말대로 진료를 받아볼게요."

내 대답이 끝나기 무섭게 타나릴이 로레인을 불러 이린야 병원에 예약을 잡았다. 그날 오후, 당장 진료 예약이 잡혔다.

이린야 병원 앞에선 다행스럽게도 지난번과 같은 요란한 환영 인사는 없었다. 마차에서 내리기 전 입구를 살피는 날 보며 타나릴이 말했다.

"지난번 당신이 불편해하는 것 같아서 아무도 나오지 말라고 했어."

"고마워요, 타나릴."

"고맙긴. 당신이 그런 관행을 금지한다고 말만 해. 첫 번째로 없어질걸?"

주인으로서 딱히 권리 행사를 할 생각은 없었지만, 한다 해도 이린야 병원은 우리가 헤어질 때 주기로 한 것 아니었나? 내가 무슨 생각을 하는 건지 아는 것처럼 타나릴이 말했다.

"이 병원은 우리가 결혼하는 순간부터 당신 거였으니까, 무조건 당신 의견을 따라야지."

문득 난 혼전 계약서를 떠올렸다. 시간이 되면 꺼내 볼 생각이었다가 아예 잊고 있었다. 그런데 이제라도 내게 너무도 관대한 계약서의 구멍이 뭐였는지 알아봐야 하는 게 아닌가 싶었다.

"후작님, 후작 부인, 모시게 되어 영광입니다!"

부인과 병동 입구에서 한 여성이 우리를 맞았다. 보통 여자들보다 큰 키에 짧은 머리, 잘생긴 이목구비의 여인이 자신의 소개를 했다.

"저는 케야 라틀라스라고 합니다. 부족하지만 제가 오늘 부인을 모시게 되었습니다."

"메릴리타가 말했던 케야 의원이 당신이군요!"

첫인상이 꽤 인상 깊었던 그녀가 바로 우리가 만나려 했던 케야 의원 본인이었다. 그녀가 기쁜 얼굴로 대답했다.

"메릴리타 의원님 같은 분께서 제 이야기를 다 하시다니 영광입니다."

"영광이라니요, 제가 잘 부탁해요."

"그렇게 말씀하시니 송구스럽습니다. 그런데 먼저 부인과 원장 의원이신 미들리드 의원님과 만나셔야 할 텐데 아쉽게도 지금 말그레티스 후작 부인과 며느님이 오셔서 면담 중이십니다."

메릴리타에게 그런 텃세를 부리는 사람이면 좀 더 권력 지향적일 것이라고 생각했었는데 아마도 선입견이었던 모양이다. 처음 충격적인 환대를 하던 수석 의원보다는 훨씬 좋았다. 하지만 내 표정을 오해했는지 케야 의원이 말했다.

"마음을 상하게 해드렸다면 죄송합니다. 다음에 오실 때는 미들리드 의원님이 부인을 맞으실 것입니다."

이상하게 해석하는지는 모르겠지만 오늘 부인과 원장과는 못 만날 거라는 것 같았다.

이곳 원장이라면 타나릴의 부인인 나를 만나고 싶어 하지 않을까? 아니, 이것도 선입견인지도 모른다. 나는 대수롭지 않게 넘기고 물었다.

"진료부터 받고 싶어요."

"이리로 드시지요."

케야 의원은 먼저 나와 타나릴에게 몇 가지 질문을 하고는 말했다.

"평소 생활은 괜찮다고 하시니 무의식에 숨겨둔 문제가 있을 수도 있습니다. 최면 치료를 해보는 게 어떨까요? 걱정하실 필요는 없답니다. 물론 비밀 엄수야 기본이고요. 환자 본인이 꺼리는 건 말하지 않을 수도 있답니다. 최면에 강제력은 없으니까요."

최면 치료는 메릴리타에게 미리 언질을 받은 말이었다. 그걸 받자고 온 것이니 꺼릴 필요는 없었다.

"그런 건… 없어요."

답은 이렇게 했지만 과연 정말 걱정할 거리가 없는 건지 순간 의심스러워졌다. 우선 나는 다른 세상에서 온 사람이니까. 왠지 불안했다.

최면 치료를 받자고 왔으면서 인제 와서 그런 생각을 하다니 너무 늦다. 하지만 강제력은 없다고 하니 그 말만은 하지 않을 것이다.

"최면 치료를 위한 방이 있답니다. 여기입니다."

케야 의원이 작은 방으로 안내했다. 최면실은 작긴 했지만 아기자기한 벽지와 장식 덕에 음침하고 어두운 상상과는 거리가 멀었다. 그런데 케야 의원의 마지막 말에 나는 순간 망설여졌다.

"죄송합니다, 후작님. 최면 치료를 할 때면 부인 혼자 드셔야 합니다."

그럴 것이다. 내가 할 말에 타나릴이 들어선 안 될 말도 있을 수 있다. 케야 의원의 말이 옳다고 여기면서도 나는 이상하게 혼자 있고 싶지 않았다. 아기처럼 맹목적으로 무서워졌다. 마치 그와 떨어진다면 뭔가 일이라도 생길 것처럼.

문이 닫히고 영영 엄마를 보지 못하게 되던 그 순간이 번뜩 떠올랐다.

하지만 진료를 위해서라면 어쩔 수 없는 일이다. 진짜 아기처럼 굴기 전에 타나릴에게 괜찮다고 말하려는 순간이었다.

"아니, 최면 치료를 한다고 환자가 혼자 있어야 한다는 건 못 들어봤소. 의원의 특성상 반드시 그래야 한다면 다른 의원을 찾겠소."

타나릴이 완고하게 반대했다. 당황했을 텐데도 케야 의원은 웃으며 말했다.

"최면을 돕기 위한 약초를 쓰기 때문에 그렇습니다. 약한 약효의 약초이고 병원에서 검증된 것입니다."

"아니, 내 말은 아내를 혼자 두지는 않겠다는 뜻이오. 더구나 약초를 쓴다는 것도 마음에 들지 않소."

여기서 내가 타나릴을 만류하거나 해야 했다. 하지만 바보같이 난 그 말에 너무도 큰 위안을 얻고 있었다. 메릴리타에게는 미안했지만 난 다른 의원을 찾겠다는 그 말에도 내심 동의하고 있었다.

케야 의원이 살짝 입술을 깨물더니 다시 말했다.

"하면 다른 방법을 쓰도록 하겠습니다."

"다른 방법이 있는데도 약초를 쓰려고 했던 거요?"

타나릴의 목소리가 조금 날카롭다. 왠지 케야 의원이 마음에 들지 않는 듯했다. 케야 의원이 면구스러운 표정으로 조근조근 설명을 시작했다.

"약초는 임신부들에게도 도움이 되는 약효도 지니고 있고, 특히나 수면에 장애가 있는 환자들에게 도움이 되는 것이기에 권한 것입니다. 하지만 약초를 쓰는 것을 꺼리신다면 일반적인 방법을 쓰게 되는데 그 또한 곁에 있는 이가 함께 최면에 걸릴 가능성이 높습니다. 해서 말씀드린 것이니 오해하지 않으셨으면 좋겠습니다."

"그런 설명을 충분히 하지 않는 것부터 오해를 살 수 있는 것이오."

"명심하겠습니다. 명백히 저의 잘못이니 이는 시정하고, 전말서(顚末書)를 제출하겠습니다."

"처음이니 실수한 것이겠지요. 반복하지 않으면 돼요."

나는 메릴리타의 체면을 생각해서 말리려 나섰다. 그때였다. 고개를 숙인 케야 의원의 입술이 왠지 낯익다는 생각이 들었다.

어디서 봤더라……? 문득 눈앞에 어두운 어떤 장면이 휙 스쳐 지나갔다. 너무 순식간이라 특정 지을 수 있는 것이 하나도 없어서 의미를 찾을 순 없었지만 어둡다는 느낌 하나는 강했다. 혹시나 싶었지만 예견과는 전혀 다른 느낌이었다.

갑자기 마음이 심란해지면서 불편해졌다. 굳이 이 껄끄러움을 감수하고 최면에 걸리고 싶지는 않았다. 아니, 아까부터 어린아이 같은 두려움이 나를 자꾸만 도망치게 했다.

"저, 미안하지만……."

"말해, 리예."

"최면 치료는 최대한 편한 기분으로 하는 거라고 알고 있어요. 오늘은 날이 아닌 듯해요. 다음에 다시 찾아와도 될까요?"

"당연히 그러셔도 됩니다! 오늘 저의 실수를 다시 한번 새기고 반성하겠습니다. 만일 저를 다시 찾아주신다면… 아닙니다, 저의 부족함을 알고 더 정진하겠습니다."

케야는 내가 다시는 자신을 찾지 않을 거라 생각하는 모습이었다.

축 늘어진 케야의 어깨에 일순 미안함이 들었지만 그래도 그녀를 다시 찾겠다는 말이 나오지는 않았다. 우리는 케야 의원과 진료실에서 작별인사를 하고 나왔다.

'메릴리타에게 미안해서 어쩌지…….'

거기서 바로 병원을 나가려는데 누군가 타나릴을 알은척했다.

"앗, 예그하라 후작님 아니십니까?"

"말그레티스 후작 부인."

타나릴도 상대편과 마주 인사했다. 원장 의원이 상담한다던 사람들이었다. 후작 부인 뒤로 내 또래의 젊은 여인이 그녀의 며느리인 듯싶었고, 그 뒤의 중년 여인도 누구인지 알 것 같았다.

"예그하라 후작님? 후작 부인? 만나서 영광입니다!"

미들리드 의원이 깜짝 놀란 얼굴로 우리에게 인사했다. 그녀는 우리가 병원에 오는 걸 전혀 모르고 있었던 것 같았다. 로레인이 케야 의원을 직접 짚어 예약하긴 했지만 원장 의원이 아예 모르고 있었다니 좀 이상했다.

"이쪽은 내 아내 마그리에 힐 예그하라입니다, 이쪽은 말그레티스 후작 부인, 내 어머니의 친구분이시고 우리 결혼식에도 오셨어. 이쪽은 며느님 이졸데 말그레티스 부인이야."

"만나서 반갑습니다."

"만나서 반가워요."

"반갑습니다, 부인."

의례적인 인사가 오가는 중에 두 여인의 눈에 호기심이 가득 담긴 걸 볼 수 있었다. 하지만 그 짧은 인사 중에도 이졸데 말그레티스가 누구를 곁눈질하고 있는지 알아차렸다.

순간 치미는 감정을 인식하는 순간, 귓불이 달아올랐다. 그게 어떤 감정인지 미처 돌아보기도 전에 미들리드 의원의 차례가 되었다.

"두 분이 오시는 줄 모르고 있었습니다. 제 방에 잠시 모셔도 되겠습니까?"

미들리드의 청에 나를 돌아보는 타나릴에게 고개를 끄덕였다. 델리가 입이 마르게 칭찬하던 케야 의원에게 실망했던지라 미들리드 의원에 대해 선입견을 지우고 새로 아는 것도 좋을 듯했다.

"다음에 좋은 모임에서 만날 수 있기를 고대합니다."

말그레티스 후작 부인이 인사했다. 비공식적이긴 하지만 사교 인사와의 첫 만남일 것이다. 첫 시작치고 나쁘지 않았던 것 같았다.

그러나 두 번이나 뒤돌아보는 이졸데 말그레티스와 눈이 마주쳐서 썩 기분이 좋지 않았다. 이유 모를 불쾌함은 그들과 멀어지면서 억지로 꾹꾹 눌러 버렸다.

아, 내가 왜 이러는 걸까.

우리는 미들리드의 진료실로 돌아섰다.

말그레티스 부인들과 반대 방향이 되자 깨달았다. 실은 미들리드에 대해 알아보고 싶은 것보다 그녀들과 같이 가지 않으려고 이 초대를 받아들인 건지도 모른다. 그리고 미들리드가 앉자마자 하는 말에 순간 속이 치밀었다.

"꼭 모시고 싶었습니다, 후작님, 후작 부인! 아니, 할 수 있다면 제가 댁으로 왕진을 다니고 싶었답니다!"

청하지도 않은 왕진이라, 메릴리타를 완전히 무시하는 발언이었다.

델리의 말이 옳았다. 선입견을 없애려 한 만남이었지만 실패한 듯했다.

미들리드의 진료실은 전의 탈레노라 의원과 같은 곳이었다. 하지만 옆방을 텄는지 훨씬 넓어졌고 화려했다. 그녀의 실력이 정말 좋은지는 아직 알 수 없으나 몇 마디만으로도 자기 자랑과 출세욕, 명예욕을 강하게 드러내는 모습이 거북했다.

거기에 은근히, 아니 거의 대놓고 메릴리타를 견제하는 터라 더 더욱 불편해지고 말았다. 그러나 놀랍게도 케야 의원과 관련해서는 자신의 잘못인 양 사과했다.

"그런 실수라면 그것은 저의 잘못입니다. 아직 제가 이런 큰 병원의 시스템을 잘 인지하지 못해 아랫사람을 교육하지 못한 책임이 큽니다. 너그러이 용서해 주시기 바랍니다. 케야 의원은 그 방면으로 실력이 뛰어나니 다음엔 다시는 그런 실수를 하지 않을 것입니다. 부디 살펴주십시오."

아니, 그건 병원의 문제가 아니라 의원과 환자 간의 기본 규칙인 듯한데.

물론 타나릴이 좀 강경하게 나온 면도 없잖아 있었다. 하지만 아무리 생각해 봐도, 케야 의원에게 다시 최면 치료를 받고 싶지 않았다.

미들리드의 말은 내가 이대로 돌아가서 다시 케야 의원을 찾지 않는다면 그녀의 앞날에 지장이 있을 수도 있다는 뜻도 포함되어 있었다. 출세욕이 남다른 미들리드가 내 방문 사실을 감춘 케야 의원을 이렇게까지 두둔하는 이유가 뭔지 알 수가 없었다.

"다음에 다시 올 것이니 염려하지 않으셔도 됩니다."

나는 미들리드를 안심시키고는 일어섰다. 물론 그 다음이 언제인지까지는 기약할 필요는 없었다. 다만 내가 지녔던 선입견에 미안하지 않아도 된다는 감상을 지니고 돌아가게 되었다.

사람들이 모두 멀어지자 타나릴이 물었다.

"리예, 케야 의원이 마음에 들지 않는 거지?"

"네, 이상하게도……."

"아니, 이상한 건 아니야. 나도 마음에 들지 않았어. 그런 사람에게 우리의 내밀한 모습을 보일 수는 없는 일이야. 잘했어."

아니, 케야 의원에게 따지고 진료를 막은 건 다 타나릴이 한 건데?

나 혼자였다면 그 순간 우유부단하게 끌려 들어가고 말았을 것이다. 고맙다고 해야 하는 건 나인데 칭찬을 듣다니, 뭔가 바뀌었다.

"당신 얼굴에 다 드러났었어. 싫다고."

"내가요?"

"응, 그런 것도 모르면 내가 무슨 남편이야."

마음이 흐늘흐늘해졌다. 그래서인지 나는 그에게 절대 물을 수 없을 것 같은 질문을 했다.

"아까 이졸데 부인이 당신을 여섯 번이나 쳐다보던데, 알아요?"

"뭐?"

"아는 사람 아니었어요?"

"내 사관학교 동기였던 브란 말그레티스의 부인이라 결혼식에서 본 적은 있어. 안다면 그렇게 말고는 없는데?"

그게 아닌 듯한데. 이졸데 부인은 타나릴을 확실히 아는 눈치였다. 아마 어디서 만났든 타나릴이 그녀를 기억하지 못하는 거겠지. 레타에게 이와 비슷한 이야기를 들어 그런가 보다 했었지만, 실제로 그런 장면을 보니 가슴 속에 뽀그르르 거품이 일어나는 것 같다.

나는 슬쩍 타나릴의 손을 잡고 깍지를 끼었다. 이 더운 날씨에 보기만 해도 더워질 행동이지만 타나릴 곁에서 그럴 일은 없었다. 나는 마주 잡아주는 그의 손을 잡고 이린야 병원을 나섰다.

마차를 타기 직전 누군가 나를 잡아끄는 느낌이 들었다. 나는 섬뜩한 느낌을 받으며 뒤돌아보았다. 순간 내 입에서 절대 나와선 안 되는 이름이 튀어나왔다.

"…야?"

• • •

타나릴은 심상찮은 단어를 뱉고는 절망적으로 변하는 리예를 모르는 척하기 위해 애써야 했다. 그러나 여기서 그냥 모른 척한다면 리예를 더욱 불안하게 할 것이었다.

"뭐라고 했어?"

"아, 아무것도 아니에요……!"

리예가 도리질 쳤다. 그가 캐물으면 어쩌나 싶은 얼굴로, 아니 두려워하는 리예에게 타나릴은 의뭉스럽게 말했다.

"다 들었는데. 캉나? 메롤만 좋아하는 줄 알았더니 그게 생각난 거야? 그럼 그거 당장 사러 갈까?"

캉나는 달콤한 맛을 내는 뿌리 열매였다. 급작스레 아무거나 주워섬긴 말이었지만 그것만으로 리예는 안심하는 얼굴이 되었다.

"캉, 캉나도 어머니가 주신 것 중에 있을 거예요."

"아니, 생각났을 때 당장 먹는 게 좋을 텐데. 잠시만."

타나릴은 마차에 오른 후 곧장 베인크리스와 화상통신을 연결했다.

경직된 채로 통신구 앞에 나타난 베인크리스는 '캉나'가 있는지 알아보라는 명령에 멈칫했다가 찾아보겠다는 말과 함께 사라졌다. 통신을 끊는 것도 잊고 거의 바람처럼 달려와서 '있다'고 대답을 하는 베인크리스의 이마는 땀으로 젖어 있었다.

타나릴은 통신을 끊으며 말했다.

"빨리 집으로 가야겠네. 아니다. 기왕 나왔으니 가까운 식당에 들렀다가 갈까? 여기서 멀지 않은 곳에 '탐'이라는 식당이 있는데 거기에 좋은 과일이 많이 들어온다고 들었어. 거기도 캉나가 있을 거야."

서서히 긴장이 풀어지는 리예의 얼굴을 보며 타나릴은 속으로 되새겼다.

'앙켈루야.'

그건 누군가의 이름 같았다. 그리고 그토록 맹목적으로 숨기려 드는 거라면 리예의 사명과 관련된 것이다.

타나릴은 감정을 감추는 데는 능숙하지만 리예에겐 자신 없었다. 그는 속으로 이를 지그시 물며 베인크리스에게 다시 통신을 넣었다.

타나릴은 식당에 금세 예약이 되었다는 말에 방긋 웃는 리예를 끌어안으며 표정을 숨겼다. 리예에 관한 것은 뭐든 쉬운 게 없었다. 마음은 얻었지만 지키는 게 더 어려웠다. 리예에게 믿음을 주는 시간만 필요한 게 아니라 그녀의 사명을 지키고 함께 완수해야 한다.

그러나 이 잡기 어려운 여인이 자신의 운명이라서 불만이냐면, 절대 아니다. 리예를 잡기 위한 이 작은 노력조차 행복이었다.

'나는…….'

순간 잡힐 듯하던 감정은 리예의 질문을 받는 동시에 사그라졌다.

"타나릴, 나… 아까 너무 까다롭게 군 건 아닐까요?"

"최면 치료를 받지 않은 걸 말하는 거야? 그거라면 전혀 아니야. 그리고 진료를 거부한 건 나였잖아."

"당신은 나를 위해서 그런 거잖아요."

"그거야 당연하지."

리예는 자신이 사람을 가릴 줄 아는 능력이 얼마나 출중한지 잘 모르는 것 같았다. 타나릴은 그녀의 눈을 믿었다. 그래서 케야 의원에게 그토록 강경하게 따진 것이었다.

"당연……."

리예가 입으로 그 말을 한 번 되뇌더니 생긋 웃었다. 이제야 완전히 긴장을 풀어버린 것 같았다.

하지만 리예가 경솔하게 그 이름을 뱉었을 리가 없다. 무언가 그녀를 자극한 게 있었던 게 틀림없다.

혹시 최면 치료 때문일까? 리예는 다른 세상에서 온 사람이다. 그것이 드러날까, 두려워서일 수도 있다. 만일 그것이 원인이라면 더는 최면 치료를 권유해서는 안 될 것이다.

원인이 뭐든, 리예가 잠을 설치는 이유가 해결되지 않았다. 심리적인 이유라면 자신이 가장 큰 이유일 것이다.

무얼 해야 하는 걸까……. 타나릴의 고민이 깊어졌다.

'탐'에서의 식사는 나쁘지 않았다. 리예는 캉나까지 깨끗이 먹어치워 타나릴이 둘러댄 말이 무색하지 않게 했다. 덕분에 리예는 아까 일은 깨끗이 잊은 듯했다.

두 사람은 식당을 나서다 공학부 간부 부부와 만났다.

"만나서 반갑습니다, 부인."

"만나 뵈어서 정말 영광이에요, 후작 부인. 우리 이이가 부인의 발명품에 얼마나 열광했는지 아세요? 집에 와서 며칠간 그 얘기만 주야장천……."

말그레티스 부인과 만났을 때와는 리예의 반응이 확연히 달랐다. 네 사람은 동석해 차까지 한 잔 한 후 헤어졌다.

동석한 내내 간부의 얼굴이 새파래지든 말든 타나릴에겐 상관없었다. 리예가 그 부인을 맘에 들어 한다는 것이 더 중요했다.

타나릴도 이때만큼은 리예의 반응의 온도 차가 왜 생겼는지는 알지 못했다.

집으로 돌아오는 길, 리예가 물었다.

"우리 히그틀리로 가는 건 어떻게 해요?"

"각 공방의 실험 결과가 사나흘 뒤부터 들어오게 되니까, 보고를 듣고 가는 게 어때?"

"그런 일이라면 당연히 그 후에 가야지요."

"아니, 꼭 그것뿐 아니라 그동안 당신이 또 잠을 설치면 다른 치료 방법을 알아보려고. 최면 치료 말고 다른 걸로 알아보도록 하자."

"메릴리타가 마력을 잃지 않았다면 고민할 일도 아니었을 텐데요. 아, 하나 마나 한 말이네요."

"그렇긴 하지. 그러나 메릴리타가 마력을 잃지 않았다면 그녀는 아직 히그틀리에 있을 거야."

"네……."

리예는 아직 메릴리타의 마력을 받은 것에 죄책감을 가진 듯했다. 그래서 타나릴은 메릴리타가 무사했다면 히그틀리로 가는 길을 더더욱 서둘렀을 거라는 말은 하지 않았다. 메릴리타는 아직 히그틀리에 있었을 테니까.

"참, 발더 경도 그때쯤 돌아오지 않을까요? 레타와 함께 돌아오겠지요?"

"발더를 데려갈 생각은 없어."

리예의 호칭이 리만 경에서 발더 경으로 친숙해진 건 좋지만 발더를 또 자신들 여행에 끼워 넣고 싶은 생각은 없었다. 긴 휴가 후 일이 밀리는 건 당연한 일이고, 마침 각 공방의 보고들까지 취합하려면 발더가 제격이었다.

"레타가 서운하겠어요……."

그 말에는 타나릴도 찔끔했다. 전엔 누구의 원망을 사든 원한을 사든 아무런 상관이 없었지만 리예에게 영향이 미치는 건 조금이라도 없애고 싶었다.

이래서 약점이 생긴다는 것이 어떤 느낌인지 알 수 있었다. 하지만 레타가 그런 걸로 앙심을 품을 이는 아니다. 그러니 이번만은 둘만의 여행을 고수할 생각이었다.

"발더와 나 두 사람이 마법 공학부를 오래 비우는 건 좋지 않아. 발더는 휴가 직후니까 더더욱 자리를 지켜야지."

"그렇겠군요."

다행히 리예는 말 그대로 이해하는 듯했다. 아마 리예가 그래도 졸랐다면 결정은 바뀌었을 것이다. 약점이면서 결정을 바꾸는 것도 쉽게 할 존재란 정말 위험했다.

새로운 깨달음에 타나릴이 속으로 식은땀을 흘리고 있을 때 다행히 리예가 화제를 바꿨다.

"참, 이거 봐요. 나, 이거 부적처럼 가지고 다니기로 했어요."

리예가 손수건을 꺼내 보여주며 다정하게 쓰다듬었다. 손수건엔 나비를 쫓는 작은 병아리가 수 놓여 있었다.

순간, 타나릴은 말할 수 없는 감정에 사로잡혔다. 그것은 리예가 어머니께 받아온 그의 아기 상자 안에 있던 것이었다. 그 안에 저것이 있는 줄은 몰랐다. 그것도 그렇지만…….

'그 많은 것 중에 어떻게 저걸 골랐을까…….'

아기 상자의 주인은 '트레니알라'였다. 그러나 타나릴, 그의 것은 아니었다. 또 다른 트레니알라, 타나릴의 형제의 것이었다.

사마라 부인은 계속된 유산을 반복하다 예그하라 공작가의 첫 번째 아들을 낳았다.

그러나 난산으로 어렵게 얻은 아이가 아들이라는 기쁨도 잠시, 아이는 금세 죽고 말았다. 난산의 여파로 다시는 아이를 가질 수 없는 몸이 된 데다 아들의 죽음을 겪은 사마라 부인은 정신이 불안정해지고 말았다.

잔인하게도 예그하라 공작은 그 직후 세 번째 사생아인 앨리스를 데려왔다. 거의 넋을 놓은 사마라 부인은 얼마 지나지 않아 남편이 또다시 사내아이를 데려온 순간, 그 아이를 자신이 낳은 아들로 착각했다.

예그하라 공작은 아내의 착각에 힘을 실었다. 아내를 위해서 그랬는지는 알 수 없었지만, 적어도 타나릴을 안고 있는 순간엔 사마라 부인이 실성한 상태에서 벗어났다고 했다. 그렇게 많은 이를 속이는 사기극은 무척 오래 통했다.

그러나 타나릴이 열네 살이 되던 해, 그는 사기극의 진실을 마주하게 되었다. 예그하라 공작은 이 사기극을 지속하기 위해 사용인들과 가까운 친인척들에게까지 금전과 세뇌를 동반해 매우 공을 들였지만 사건을 기억하는 건 어른들만이 아니었다.

'우리가 아닌 것처럼 너도 어머니의 아들이 아니야. 어머니는 아들을 낳으시긴 했지만 그 아인 죽었어. 너는 그 대용으로 들어온 거야. 내 말이 의심스러우면 혈연 검사를 해보렴?'

까르르 웃는 카리자엘의 웃음소리는 지금도 어제처럼 선명했다.

다음 해 마법 사관학교에 입학한 타나릴은 혈연 검사 같은 건 혼자서도 어렵지 않게 할 수 있었다. 결과지를 본 순간, 그는 오열했다.

자신만이 어머니가 낳은 아이인 줄 알았다. 진실은 배신감과 혼란, 죄책감, 경멸을 불러왔다. 그것 말고도 무서운 의심이 그를 가장 괴롭혔다.

마녀의 저주.

처음 저주에 대해 감춘 건 어머니를 위해서였다. 그리고 진실을 깨닫고 나선 어머니를 의심하는 저 자신이 미우면서도 이미 생겨난 거리감을 좁힐 수 없어서 괴로워했다. 그리고 지금, 리예가 들고 있는 손수건을 보자 통한이 밀려왔다.

아기 상자의 다른 것들은 그의 형제의 것이었다. 그런데 저 손수건만은 진짜 자신의 것이었다. 이 사실도 아이러니하지만 카리자엘이 말해준 것이었다. 강보에 쌓인 타나릴이 그 촌스러운 노란 병아리 손수건을 목에 걸고 집에 왔노라고.

또한 타나릴은 어머니가 이미 오래전 착란에서 벗어난 걸 알고 있었다. 그래서 더 저주에 대해 의심하기도 했었다.

그렇다 해도 어머니의 증오는 정당하다는 생각이 들었고 그런 아비의 아들로서 감수해야 할 업보로 여기기도 했었다. 그러나 이후 어머니와 가까이할 수가 없었다.

그런데 이번 선물은 그 모든 두려움과 의심을 한순간에 날려 버렸다.

어머니가 아니었다. 유일한 자기 아들의 추억에 남편의 외도로 들어온 아이의 어미가 남겨준 손수건을 같이 남겨 보내주신 어머니가 그 따위 저주를 보냈을 리가 없다.

그는 떨리는 손을 뻗어 손수건을 매만졌다.

뚝, 눈물이 흘렀다.

숨을 멈추는 소리가 들렸다. 리예가 조심스럽게 그의 손을 붙잡왔다.

"타나릴."

"리예, 당신에게 알려줄 것이 있어."

"……."

"내 어머니의 이름은… 안젤리예라고 해. 우리가 만난 첫날 당신을 붙잡았던 그 이름이 바로 나를 낳아주신 친어머니의 이름이야……."

• • •

타나릴의 고백은 조금 더 이어졌다.

친어머니가 따로 있다는 걸 알게 된 시기, 어머니, 사마라 부인이 정신을 놓고 자신을 친아들로 알고 있었다던 이야기, 어느 순간 알고 보니 어머니는 진실을 알고 있었다는 것까지…….

어머니가 애정을 보일수록 더욱 가까이할 수 없었다는 고백을 하던 순간 타나릴의 눈은 공허해 보였다.

'타나릴!'

타나릴의 눈물을 보는 순간, 가슴이 철렁 내려앉았다.

강하기만 한 사람인 줄 알았다. 약간의 고독함을 엿보긴 했었지만 그것을 내가 채워줄 수 있을 거란 생각은 할 수 없었다. 이 세상 누구보다 고독한 내가 그와 함께한다는 것 자체가 어불성설이라고 생각했었다.

그런데 지금 그에게 가장 필요한 이가 나라는 생각이 들었다. 나는 아무 말도 하지 못한 채 그를 꽉 끌어안았다. 나의 이 어설픈 위로가 그의 마음을 조금이라도 보듬어주었으면 했다.

깨닫고 보니 난 그의 무릎 위에 올라앉은 채 그의 품에 안겨 있었다. 타나릴이 내 목에 고개를 파묻은 채 색색 몰아쉬는 숨소리가 귓가에 들리고 있었다. 그렇게 좀 더 있으라면 있고 싶었지만 마차가 서며 도착을 알리는 소리가 들렸다.

"우리, 산책 삼아 한 바퀴 더 돌고 들어갈까요?"

내가 슬그머니 묻자 타나릴이 고개를 저었다.

"아니, 들어가서 할 일이 있어."

무언지 물을 필요는 없었다. 그의 눈에는 어느새 공허함 대신 정염이 자리를 잡고 있었다. 메릴리타가 병원에 다녀온 결과를 궁금해하며 기다리고 있을 거라는 생각이 어렴풋이 들었지만 곧장 방으로 향하는 우리를 붙잡는 이는 없었다.

서로 태초의 상태로 침대에 눕자 타나릴이 말했다.

"리예, 당신 덕분에 내 얼어버린 곳이 녹는 것 같았어. 그런데 나는 좀 더 뜨거운 데 몸을 담그고 녹일 필요가 있는 것 같아. 그러니까……."

타나릴이 내 다리를 활짝 벌렸다.

나는 그가 바라는 대로 그를 녹여주었다. 밤새, 내가 반쯤 혼절할 때까지.

다음 날, 눈을 떴을 때 침대에는 나 혼자였다. 해가 높이 뜰 때까지 곯아떨어지고 만 것이다. 하지만 기진한 건 나만이었고 최강 마법사 남편은 아침 일찍 나를 깨우지 않고 출근한 듯했다.

혼자가 된 김에 나는 조금 더 게으름을 피우기로 했다. 나는 새삼 손수건을 꺼내 보며 조용히 속삭였다.

"왠지 더 끌리더라니……."

이건 내가 아니라 아기가 골랐다고 할 수 있다. 내가 진짜 부적처럼 상자 안에서 평소 가지고 다닐 수 있는 걸로 고르고 있을 때 배 속에서 아기가 이 손수건을 집으라고 하는 것처럼 느껴졌다. 마치 입덧을 할 때처럼 어떤 건 싫고, 어떤 건 좋다고 하는 것 같은 느낌이었다.

아직 태동할 만큼 자라지도 못한 아기를 두고 상상이 나래를 폈다. 아니지, 어쩌면 우리 아기가 진짜 그런 신호를 보낸 것일 수도 있다. 나는 배를 가만히 쓰다듬었다.

똑똑, 문을 두드리는 소리 뒤로 밀레이나의 목소리가 들렸다.

"마님, 기침하셨습니까?"

날이 많이 밝았으니 깨우러 올 때도 되었다. 나는 서둘러 대답했다.

"들어와도 돼요!"

밀레이나가 방글방글 웃으며 들어왔다. 이것도 꽤 여러 번이라 익숙해질 법도 하건만, 나는 그녀의 웃음에 또 얼굴을 붉히고 말았다. 내가 대충 옷을 갈아입고 나오자 그새 침대를 정리한 밀레이나가 웃으며 다시 인사했다.

"상쾌한 아침이에요, 마님. 주인님께서 나가시면서 마님이 좀 더 주무시게 놔두라고 하셨는데 그래도 아침은 거르지 않게 하라고 하셨어요."

"고마워요, 밀레이나."

"드시면서 로레인 아가씨와 이야기를 나누시겠어요?"

"그래요, 오늘 일정이 바뀌었으니 일정 조정을 다시 얘기해 봐야겠어요."

"그럼, 로레인 아가씨께 전할게요."

로레인은 밀레이나와 함께 나가는 길에 벌써 대기하고 있었다. 나는 로레인과 함께 식당으로 가서 늦은 아침 식사를 하며 일정을 논의했다.

"히그틀리에는 사나흘 뒤에 가기로 했어요."

"그럼 시간이 비게 되는데, 내일 카미린스 부인의 의상실에 가시는 건 어떨까요?"

"그게 좋겠네요."

급작스럽게 정해진 일정이지만 이건 계속 미루던 이야기라 오히려 지금 가는 것도 빠른 건 아니었다. 간단하지만 푸짐한 아침 식사를 마치자 밀레이나가 과일 푸딩을 내왔다. 내가 맛있게 먹던 건 뭐든 유심히 지켜보고 또 솜씨를 발휘한 모양이었다.

나는 어머니께 선물로 받은 스푼으로 과일 푸딩을 떠서 한 입 입에 넣었다. 아니, 넣으려 했다.

"우욱!"

"마님!"

"부인!"

두 사람이 동시에 일어나며 걱정스럽게 물었다.

"마님, 이것도 입에 안 맞으세요?"

어제 저녁이나 방금 아침 식사도 평안하게 마친지라 입덧은 거의 사라져 가는 줄 알았다. 이 맛있는 과일 푸딩을 먹지 못한다고 생각하자 괜히 속상해지기까지 했다.

유치하게도 얼마나 서러운지 눈물이 핑 돌았다. 나는 로레인이 아직 입에도 대지 않은 푸딩을 서럽게 바라보았다.

"부인, 이걸 다시 드셔보실래요?"

로레인이 내게 접시째 밀며 말했다.

밀레이나 부인이 같은 건데… 라 중얼거리는 소리가 들렸지만 갑자기 푸딩에 엄청난 집착이 생긴 나는 못 들은 체 로레인이 주는 접시를 잡아당겼다.

나는 이번엔 거의 전투적으로 푸딩을 크게 떠서 입에 물었다.

앙, 새콤달콤한 맛이 입안에서 사르르 녹으며 황홀해졌다. 그제야 나는 내가 무슨 짓을 저지른 건지 인지하고는 민망해서 쥐구멍에라도 들어가고 싶었다.

로레인은 싱긋 웃기만 했지만 밀레이나의 표정은 달랐다. 그녀는 갑자기 진지해진 얼굴로 다른 푸딩을 내오더니 내게 그걸 먹어보라고 했다. 영문은 잘 몰랐지만 지은 죄가 있는 나는 얌전히 밀레이나가 주는 푸딩을 떠먹었다. 역시나 황홀한 맛이었다.

밀레이나는 이번엔 원래 내 푸딩을 먹어보라고 했다. 나는 한 입 뜨려다 입에 가까이 대지도 못하고 다시 헛구역질을 했다.

"분명히 같은 푸딩인데……."

밀레이나가 내가 먹으려다 만 푸딩을 보며 중얼거렸다.

밀레이나가 하는 말에 나는 이 실험의 가장 큰 차이를 알았다. 하지만 지금 티를 낼 수는 없었다. 나는 푸딩 한 접시를 더 비운 후, 로레인에게 마차를 준비해 달라고 했다. 그리고 처음으로 내가 먼저 타나릴에게 화상통신을 연결했다.

마법 공학부로 가는 길, 나는 가방을 움켜쥐면서 생각했다. 제발, 타나릴이 흘린 통한의 눈물이 헛되지 않기를, 여기에 아무 이상이 없기를…….

"마법 공학부 중앙관에 도착했습니다, 마님!"

마차 문을 열자 앞에 바로 타나릴이 있었다.

"여보? 당신이 직접 마중 나온 거예요?"

"…당신이 온다고 하는데 당연히 와야지."

타나릴이 내게 손을 내밀었다.

"하아하."

내가 타나릴의 손을 잡자 뒤에서 신음과 웃음이 섞인 이상한 소리가 났지만 못 들은 척했다. 타나릴이 금세 뒤따라 내리는 로레인에게 눈짓했다.

"로레인, 너는 에르모가 안내해 줄 거야."

여기서 헤어지자는 뜻이었다. 너무 노골적으로 로레인을 떼어내려 하는 타나릴이 민망할 법도 하건만 나는 지금만큼은 그게 더 고마웠다.

이건 로레인도 알아선 안 될 일이다. 다만 이것 때문에 타나릴이 상처 입는 일이 생기지 않았으면 했다.

집무실에 도착하자 타나릴이 말했다.

"리예, 표정이 심각해."

순간 지금이라도 하지 말까 하는 생각이 들긴 했지만 결국 가방 속에서 주머니를 꺼냈다.

"이걸 알아보기 위해서 왔어요……."

타나릴이 주머니에서 어머니가 주신 스푼을 꺼내 보더니 나를 다시 쳐다보았다. 나는 그의 눈이 절망으로 물들기 전 고개를 저었다.

"어머니를 의심해서가 아니에요. 당신 말대로 어머니는 아닐 거예요. 나는 어머니가 좋거든요……."

내 말과 행동이 얼마나 모순되는지 알고 있었지만 이게 내 진심이었다. 내게 공작 부인이라 불릴 때 상처받은 표정을 하던 어머니를 볼 때부터 내 마음은 이미 흐물흐물해져 버렸다. 그런 분이 나를 해코지하려 했다는 생각은 하지 않는다.

"이 스푼을 조사해 보라는 거지?"

"네……."

"이것 때문에 이상을 느낀 거야?"

나는 아침에 했던 작은 실험부터 설명한 후 말했다.

"밀레이나가 느낀 이상한 점을 우리 아기도 느낀 것 같아요. 나는 그렇게 생각해요. 그래서 그걸 확인하러 온 거예요."

"걱정하지 마, 리예. 그리고 설령 여기에 무슨 장치가 있다 해도 당신이 걱정하는 것처럼 내가 무너지진 않을 테니 염려 마."

"내가 착각한 거라면……."

"그러면 좋은 거지."

타나릴이 서늘하게 웃고는 기다리라며 돌아섰다. 나는 그의 단단해진 눈매가 상처로 일그러지지 않기를 간절히 바랐다.

• • •

"에르모, 당장 실험실로 와."

통신구에서 호출이 떨어졌다. 로레인에게 지금 연구 개발 중인 타자기와 재봉틀을 보여주던 에르모는 아쉬운 작별 인사를 해야 했다.

"스카디나 영애, 다음에 다시 보여 드리겠습니다."

"저는 보안 등급이 낮아서 다시 오기는 힘들……."

"사모님과 오시면 얼마든지 가능할 겁니다!"

에르모는 벌써 저만치 멀어진 상태로 소리치며 사라졌다.

로레인은 통신구에서 들린 타나릴의 목소리와 조금 전 리예가 마차에서 내릴 때를 비교하며 어깨를 떨었다. 그래도 생각해 보면 부러운 일이었다. 로레인은 리예를 찾으러 가려다 말고 중얼거렸다.

"여보래……."

그 말을 하며 로레인은 다시 두 팔을 감싸 안고 온몸을 떨었다. 그러다 고개를 갸웃하며 중얼거렸다.

"리예 언니야말로 진짜 최강 승리자지. 아, 나도 저렇게 사랑해 주는 남자가 있으면 당장 청혼할 텐데……."

그 시각, 에르모가 어깨를 부르르 떨면서 타나릴의 명을 받았다.

"마녀를 당장이요?"

"강한 마녀들로, 세 명만 차출해."

최근 주술석 때문에 상시 실험이 이루어지는 중이라 공학부 내에는 대기 중인 마녀들이 많았다. 최상위 능력을 갖춘 마녀들이 거의 곧장 실험실로 왔다. 타나릴은 그들에게 리예가 가져온 것을 내밀었다.

"이 스푼에 주술 장치가 되어 있는지 봐주시오."

세 마녀가 차례로 스푼을 살피고는 고개를 갸웃했다. 무언가 있긴 하지만 알 수 없다는 표시였다.

그것부터 좋은 징조는 아니었다. 스푼이 단순한 물건이었다면 마녀들이 고개를 갸웃하는 일도 없어야 했다.

"마력을 흘려봐야 알 것 같은데요?"

마녀들이 서로 의논하더니 한 마녀가 스푼에 조심스럽게 마력을 흘려보냈다. 그 순간 유백색 눈발을 날리던 구슬이 마치 눈을 뜬 것처럼 빛을 발하기 시작했다.

구슬이 푸른빛으로 변한 것도 잠시, 그 아름다운 빛에 홀리는 순간 빛이 번쩍였다. 빛은 폭발을 일으키며 주위를 삼켜 버렸다.

폭발 속에 가장 먼저 정신을 차린 건 에르모였다. 에르모는 곧장 소리쳤다.

"차장님!"

벽으로 튕겨진 충격에 에르모는 아직 몸을 일으킬 수는 없었다. 앞이 보이지 않았다. 뿌옇게 인 먼지가 사방에 자욱했다. 후두두, 무언가 떨어지는 소리뿐, 그 어떤 인기척도 들리지 않았다.

"차장님, 제발 대답하세요, 차장님!"

풀썩, 뒹구는 진동이 느껴졌다. 퍼뜩 고개를 돌렸지만 타나릴은 아니었다.

인기척은 다행히도 계속 꿈틀거렸다. 마녀 중 한 사람 이상 생존자가 있었다. 실험실을 거의 박살 낸 폭발 속에서 생존자가 있다는 건 타나릴이 무슨 조치를 했다는 것이다. 그러나 정작 타나릴은 보이지 않았다.

"차장님!"

에르모가 다시 힘껏 소리쳤다.

먼지는 아주 서서히 가라앉았다. 엥엥, 모기 같은 소리가 들리기 시작했다. 그것이 폭발 소리를 듣고 달려오는 사람들의 고함이라는 걸 인식하고서야 손실된 청력이 돌아오고 있다는 걸 알았다.

사물과 인영이 구분되기 시작했다. 각기 다른 방향으로 널브러진 마녀들이 보였다. 살아 있는지는 모르겠지만 당장 몸이 찢어진 곳은 보이지 않았다. 그럼 타나릴은?

"차장님!"

"우선 이 먼지부터 잡아봐."

곧게 울리는 목소리가 들렸다. 고개를 돌리자 그제야 타나릴이 보였다.

벽에 반쯤 기대어 앉은 타나릴은 겉보기엔 먼지를 잔뜩 맞은 것 말고는 괜찮아 보였다. 에르모는 울컥 솟아오르는 감정을 누르지 못하고 소리쳤다.

"무사하시면 대답을 하시지요! 간 떨어질 뻔하지 않았습니까!"

"그걸 대비하지 못하고 나가떨어진 놈이 꽥꽥 소리를 질러?"

"히익!"

에르모는 딸꾹질을 삼키며 잦아드는 먼지를 걷어냈다. 에르모는 바람 마법사라 이 일에 제격이었으나 공황 상태로 생각이 정지되었었다.

먼지를 걷어내자 그제야 실험실 내부가 제대로 보였다. 우선, 실험실 중앙의 흑암 석판이 완전히 깨져 있었다. 그 흑암 가루가 날리면서 유독 시야를 가렸던 것이었다.

실험실이 보통 공간이 아니라서 그렇지, 이 폭발은 웬만한 건물이라면 무너졌을 충격이었다. 그런데도 마녀들은 기침만 조금 할 뿐 크게 다친 이는 없는 것 같았다.

"목숨을 살려주셔서 감사합니다, 후작님!"

"감사합니다, 후작님!"

"제가 경솔했습니다, 살려주셔서 감사합니다."

노련한 마녀들도 금세 상황을 파악하고 타나릴에게 고개를 숙였다.

"그대는 다친 것 같은데?"

타나릴이 스푼에 마력을 흘렸던 마녀를 향해 말했다. 마녀의 이마로 길게 생채기가 나 있었다. 마녀는 대충 이마를 짚어보더니 다시 한번 고개 숙여 인사했다.

"이 정도는 별것 아닙니다. 이 방이 이렇게 되었는데……."

마녀는 말을 마치지 못하고 부르르 떨었다. 뒤늦게 충격이 밀려온 듯했다. 타나릴은 소동에 놀라 달려온 마법사들과 직원들에게 마녀들을 맡겼다.

"힘들겠지만, 치료하고 바로 회의실에 모이도록 하지."

"알겠습니다!"

거대한 폭발에 놀라긴 했으나 마법 공학부에서 드문 일은 아니라 수습은 빨랐다. 의료반 직원들이 마녀를 부축하는 모습을 보며 타나릴이 말했다.

"아내에게 폭발에 대해 알려지진 않았겠지?"

한순간 경직된 직원들이 동시에 대답했다.

"절대 아닙니다!"

"말하지 않았습니다!"

"차장님, 사모님께도 폭발 소리가 들렸을지도 모르는데 차장님이 직접 안심시켜 주셔야 하지 않겠습니까?"

타나릴은 그나마 가장 쓸모 있는 말을 하는 에르모에게 말했다.

"옷에 먼지부터 털어봐."

'그거, 차장님도 하실 수 있잖아요!'

졸지에 인간 먼지털이가 된 에르모가 불평했다. 물론 속으로만. 현실은 착실히 타나릴에게 붙은 먼지를 꼼꼼히 털었다.

먼지를 털면서 확인해 봤지만 그 무시무시한 폭발 속에 타나릴이 다친 곳은 없어 보였다. 깔끔해진 타나릴이 에르모에게 다시 말했다.

"에르모, 리예에게 가서 폭발 사고 현장을 정리해야 해서 내가 당장 못 간다고 전해. 이 실험 때문이라는 말은 하지 말고."

"…네."

에르모는 미처 황당함을 숨기지 못하다가 곧 돌아섰다. 그러면 왜 먼지를 털라 한 거냐, 묻자니 감히 타나릴의 마음이 이해된 탓이었다. 타나릴은 현장 정리도 잊을 만큼 아내를 안심시키고 싶은 마음이 먼저였을 것이다. 그러나 이곳 현장 정리도 맡길 수만은 없었을 테지.

실은 그가 당장 리예를 속이기 어려워서 그랬던 것이지만, 서둘러 뛰어가려던 에르모는 다시 멈춰야 했다.

"네 몸의 먼지도 털고!"

폭발 소리가 워낙 컸기 때문에 당연히 리예도 사건이 터진 건 알고 있었다.

그러나 타나릴의 명령은 리예에게 걱정을 끼치지 않는 것이었다. 폭발의 중심에 타나릴이 있었다는 건 절대 들킬 수 없었다.

에르모의 생존 본능은 적절한 변명을 지어내 주었고 다행히도 리예는 믿는 것 같았다.

임무를 무사히 끝낸 에르모는 현장으로 다시 돌아갔다.

다만 그는 한 가지는 몰랐다. 벽에 부딪쳤던 에르모는 상태가 썩 좋지 못했다. 그가 문을 닫자마자 리예의 이마로 식은땀이 흘렀다.

그 작은 스푼이 일으켰다고 보기엔 폭발의 규모는 너무도 엄청났다. 그러나 인명이 상하지 않은 덕분에 사건 수습은 간단한 편이었다.

타나릴은 책임자들을 모아 회의부터 했다. 에르모와 마녀를 책임지는 부장, 겨우 충격에서 벗어난 마녀들도 포함되어 있었다.

"폭발 직전, 그 스푼의 구슬 색이 변한 걸 다들 보았소?"

타나릴의 말에 마녀들은 저마다 고개를 끄덕였다.

"네, 투명한 푸른색으로 보였습니다."

"저도 그렇게 봤습니다."

"마치 주술석과 같은 색이라 놀라워했었습니다."

"다들 같은 것을 본 모양이로군. 그럼, 마력을 넣었을 때 반발은 느끼지 못했소?"

자신의 경솔함을 사과한 마녀는 그 실수가 무엇인지 설명했다.

주술이 담긴 물품에 마력을 흘려 넣을 때는 당연히 그 반발력을 고려해야 한다. 그러나 그렇게 작은 물건에 그런 엄청난 반발력을 계산하지 못한 것이 실책이었다.

여태 그런 일이 없었기에 할 수 있는 실수이기는 하나, 과거엔 안 그랬다고 지금도 안 그럴 것이라는 안일한 생각을 한 자체가 잘못

이었다. 그 자리에 타나릴이 없었다면 그들의 목숨을 잃는 것뿐 아니라 더 큰 재앙이 일어났을 수도 있다. 마녀들 모두 잘못을 공감했다.

"반성하지 않으면 안 될 일이긴 하나, 그것에 무슨 작용이 있었는지 알아야겠소. 그건 마력을 흘려 넣은 그대만이 알 것이오."

"너무 찰나간이라 정확히는 알지 못합니다만……."

음울함, 허기, 허탈, 증오, 미움, 의심, 의심, 의심…….

순간적이나마 반발력을 직격으로 맞은 마녀가 토해내는 말을 들은 타나릴은 먼저 사고당한 마녀들을 병실로 돌려보냈다.

"오늘 일은 더욱 극비로 다스려야 할 것이오."

이번 폭발은 마력석이 일으킬 수 있는 폭발 이상이었다. 그것도 겨우 손톱만 한 작은 구슬로 그만한 살상력을 지닐 수 있다는 것은 경각심을 지닐 일이었다. 마녀 담당 부장이 심각하게 고개를 끄덕이며 말했다.

"그런데 어떻게 그런 살상력을 지닌 물건을 만들 수 있는 것입니까? 누가 만든 것입니까?"

"아마, 폭발은 부수적인 효과일 것이오. 누가 만든지는… 지금부터 조사해 봐야지."

"아까 그 말이 사실이라면 그 효과라는 것은 일종의 저주가 아닙니까? 그렇다면 마녀들이 추적할 수 있지 않겠습니까?"

"매개가 먼지가 되어버렸잖소."

"아……!"

"내가 특별히 말할 때까지 함구하시오. 그리고 오늘 일에 후유증이 없는지, 마녀들을 잘 돌보고 살피도록 하시오."

단순히 다친 상태를 염려하는 것이 아니었다. 폭발 직전, 타나릴이 징조를 느끼자마자 그녀들을 적절히 잘 보호하긴 했지만 가루가 되어버린 주술석이 또 어떤 영향을 미칠지 알 수가 없었다.

마녀 담당 부장을 내보내고 나자 에르모가 걱정스럽게 물었다.

"차장님은 괜찮으십니까?"

"나는 괜찮아. 내게 문제가 생긴다면 알아채 주는 사람이 있거든."

"네?"

영문 모를 말에 에르모는 눈을 동그랗게 떴지만 타나릴은 대답 대신 다른 지시를 내렸다.

"에르모, 어머니와 약속을 잡아줘. 히그틀리로 가기 전, 우리 집으로 초대하고 싶다고 말이야."

"네!"

타나릴은 리에에게 가기 전, 다시 한번 몸을 털다가 멈칫했다. 주머니에 딱딱한 것이 만져졌다. 스푼의 잔여물이었다.

타나릴은 실험실을 샅샅이 뒤져 목이 부러진 스푼 앞부분을 발견했다. 이걸 찾은 덕분에 복원가가 이와 같은 모양의 스푼을 만들어줄 수 있을 것이다.

리예에겐 폭발에 대해서는 숨길 테지만 스푼에 담긴 내력에 대해서는 알려줘야 할 것이다.

리예는 그가 흘리는 눈물을 봤다. 그리고 그 직후 이 스푼에서 이상을 발견하고 자신보다 그를 걱정했다.

어머니가 정말 이 스푼의 주인이라고 생각되진 않지만, 그렇다 해도 타나릴은 이제 상관없었다. 그렇다면 실망하긴 하겠지만 통한의 눈물을 흘렸던 것도 후회할 것 같진 않았다. 하지만 리예는 다를 것이다.

'이대로 알려줘도 될까…….'

타나릴은 고민했지만, 리예를 볼 때까지 생각이 정리되지 않았다.

"바로 옆 실험실에서 폭발이 있었다면서요? 걱정했어요."

리예가 달려와 안기는 순간, 숨이 막힐 것 같은 통증이 느껴졌다. 가슴에 심한 멍이 든 것 같았다.

타나릴은 오늘 집에 갈 수 없음을 알게 되었다. 어차피 거의 확정된 야근이었지만 최소 내일까지는 리예에게 맨몸을 보여서는 안 될 듯했다. 폭발의 현장에 있었음을 감춰야 하는 마당에 이런 걸 리예에게 보일 수는 없었다.

리예에게 걱정 말라며 입을 맞추던 타나릴은 그녀가 옷에서 탄 냄새를 맡고 창백해지는 걸 눈치채지 못했다.

• • •

그날 타나릴은 집으로 돌아오지 못했다. 한 번 겪어보긴 했지만 타나릴이 없는 침실은 적막해서 남의 집 같았다.

이런 곳에서 나 혼자 살라면 살 수 있을까? 아니, 그 폭발에서 타나릴이 무사하지 못했다면… 내가 괜한 걸 그에게 준 걸까?

나는 덩그러니 혼자 남은 침대에서 무릎을 끌어안고 앉았다. 그렇게 쏟아지던 잠도 타나릴이 없으니 다 달아나 버렸다.

타나릴은 다음 날 밤에 돌아왔다.

"타나릴, 밥은 먹었어요? 거르지는 않았어요? 잠은 좀 잤어요?"

그는 무척 초췌해 보였다.

'괜찮아요? 정말 괜찮은 거지요?'

묻고 싶은 말이 목 끝까지 차올랐지만 타나릴이 애써 숨기려는 걸 아는 체할 수야 없었다. 내가 할 말이 이렇게 단순한 것밖에 없어서 조금 한심했다.

"먹었어. 거르지는 않았고, 잠도 잤어."

먹긴 했는데, 거의 거르고 잠도 못 잤구나.

나는 타나릴에게 잠과 먹을 것 중 어느 게 더 필요한지 가늠해 보고는 먼저 그를 침대에 눕혔다.

"자요, 자고 일어나면 내가 맛있는 거로 준비해 줄게요!"

나는 타나릴의 어깨를 토닥여 주었다. 타나릴이 입을 맞추며 끌어안으려 했지만 이번에야말로 나는 진심으로 고개를 저었다.

"안 돼요, 이것도 자고 일어나서!"

나는 치마 아래로 들어오는 못된 손을 찰싹 쳐내고는 그의 곁에 누워 이불을 여몄다. 잠잘 때까지 지켜줘야지!

그런데 우습게도 먼저 잠이 든 건 나였다.

아침에 그를 위한 음식을 하겠다고 야심 차게 결심한 것도 무색하게 나는 그가 일으켜 세워준 덕에 식당으로 내려갈 수 있었다.

"다음에 내가 꼭 해줄게요."

"그거, 어머니가 오시면 함께 먹자."

"어머니요? 어머니를 여기로 초대했어요? 언제요?"

"히그틀리로 가기 전 시간으로 잡으려고, 내일 저녁에. 당신과 먼저 상의하지 않아서 미안해."

"그건 내가 먼저 말했었던 거잖아요! 혹시, 그 스푼에 대해 말하려고요?"

나는 정말 걱정되지 않을 수가 없었다. 타나릴의 눈물 같은 건 다시 보고 싶지 않았다.

"직접 말씀드리진 않을 거야. 당신은 앞으로 이걸 사용해."

"어……?"

타나릴은 내가 주었던 스푼을 다시 돌려주었다.

하지만 그게 아니라는 건 직감적으로 알 수 있었다. 똑같은 무늬,

모양, 구슬을 들고 있는 요정의 모습까지 완벽했지만 눈이 내리는 구슬이 달랐다. 다른 느낌이 들었다.

"이게… 어떻게 된 거예요?"

그런 폭발에서 이 스푼이 무사했을 리가 없다. 물론 멀쩡했다 해도 타나릴이 그런 음울한 걸 다시 내게 줄 리가 없다. 이건 다른 것일 수밖에 없었다.

"마법 공학부에는 천재들이 많거든. 그들이 똑같이 복원해 준 거야."

이걸 만들어 오느라 잠을 더 못 잔 걸까? 아니면 스푼의 나쁜 감정들이, 정확히는 저주 때문에 힘들었던 걸까? 아니면 폭발 때문에 정말 어디 상한 것은 아닐까?

"고마워요, 타나릴."

그러다 뒤늦게 떠올린 생각에 아차 했다. 타나릴에게 달려갈 때는 그런 생각 따위 할 여유가 없었다.

"혹시 내가 개인적인 걸 마법 공학부에 맡긴 게 아닐까요? 그게 나중에 문제가 되지는 않을까요?"

"저주에 관한 한 개인적인 물건은 없어, 리에. 그런 건 걱정하지 않아도 돼."

나는 안심하는 한편, 걱정이 들 수밖에 없었다. 공식적으로 저주라는 말이 나왔으니 반드시 수사가 뒤따라야 했다. 게다가…….

"이번 일, 공작님께서도 아시겠지요?"

폭발 사고까지 일어난 일인데 모를 리가 없다. 하지만 타나릴은 그 또한 문제없다는 듯 태연하게 대답해 주었다.

"아시겠지? 하지만 출처는 나와 에르모 말고는 모르니까 걱정하지 마."

내가 갑자기 찾아간 후 사고가 났었는데? 하지만 타나릴이 저렇게까지 모르는 척하는 걸 캐물을 생각은 없었다.

"메릴리타와는 이야기해 봤어? 어제는 푹 자는 것 같던데."

역시 타나릴은 나와 그 이야기를 계속할 생각이 없어 보였다.

"내가 그냥 돌아왔다니 알았다고는 하는데 많이 안타까워하는 눈치이긴 했어요. 그래도 내가 최면에 거부감이 있는 것 같다고 하니 당신 말처럼 최면 말고 다른 방법을 찾아보자 했어요."

"당신이 원하는 대로 해."

"참, 피아드란이 재밌는 이야기를 해주었어요."

"그 녀석이?"

"네, 아기가 엄마에게 걱정하지 말라고 했다고 전해달라더라고요. 뭐를 걱정하는 거냐 물었더니, 그건 모른대요. 아무것도 모르면서 하는 말일 텐데, 왠지 안심되는 걸 보면 신기하고 기특해요."

"그래?"

타나릴이 눈썹을 치켜세웠다.

"메릴리타 말로는 피아드란이 받은 주술사라서 그런 거라고 하는데, 허풍이든 뭐든 그냥 나는 믿을래요."

"그냥 허풍만은 아닐 거야."

"정말요? 당신도 그렇게 생각해요?"

"좋은 말은 믿는 게 좋지. 나쁜 말은 경계하면 되는 거고."

"와, 어쩜 나랑 똑같아요!"

"그러니까 우리가 부부겠지."

덤덤한 그의 말에 나는 잠시 숨이 막혔다. 타나릴이 말하는 부부란 말이 참 다르게 느껴졌다. 그는 우리가 진짜 부부라고 생각하는 걸까? 진짜로?

"어머니께는 무슨 요리를 내놓을 생각이야? 당신 표정을 보니 기대해 보고 싶긴 한데."

타나릴의 말에 나는 번뜩 정신을 차리며 고개를 저었다.

"그건 내놓으면 당신도 그때 봐요. 어머니가 맘에 들어 하시면 말하고……."

"아니면 말하지 말고? 알았어."

킥킥 웃으며 고개를 끄덕이는 타나릴에게 내가 눈을 흘기자 그가 박장대소했다. 그때 문을 두드리는 소리에 내가 대답하자 밀레이나가 로레인과 함께 들어왔다.

좀체 우리를 방해하지 않는 두 사람이 우리가 부르기도 전에 온 거면 무슨 일이 생긴 것이었다. 밀레이나가 먼저 말했다.

"식사는 다 하셨습니까?"

"네, 방금 마치고 담소 중이었어요. 말해도 돼요."

"무슨 일이야?"

타나릴의 말에 로레인이 대답했다.

"공작 저에서 연락이 왔어요. 공작 부인께서 내일 말고, 오늘 저녁으로 날짜를 바꾸면 안 되느냐고 물으셔요."

"급한 연락이었는데 시간을 내주시는 것만도 감사하지. 당신은 어때?"

"나도 좋아요! 그럼 좀 서둘러서 준비해야겠어요. 밀레이나, 괜찮아요?"

"좀 떨리긴 하지만 열심히 만들어보겠습니다."

"밀레이나 솜씨를 믿어요. 참, 그리고 내가 말한 것도 함께 준비해 줘요."

"네, 당장 준비하겠습니다."

밀레이나가 나가고 로레인이 오늘 일정을 읊었다.

"오전에 미용사 면접이 있는데 미룰까요?"

"아니에요, 로레인. 오라고 하고, 카미린스에게 갔다 오는 것도 서둘러야겠어요. 그리고 밀레이나에게 임시 하녀가 필요한지 물어보고 재량껏 뽑게 해줘요."

"네, 그렇게 하겠습니다."

로레인도 방을 나갔다.

"당신, 오늘 갑자기 무리하게 되는 거 아니야?"

타나릴이 걱정스러운 얼굴로 물었다.

"오늘 일정을 살짝 당기는 것 말고는 큰일 날 것 없어요. 걱정하지 말고 다녀와요. 폭발 사고가 있었으니 수습할 일도 많을 것 아니에요."

"마법 공학부에서 폭발 사고 같은 건 흔해. 인명만 상하지 않으면 대수롭지도 않은 사고야. 다만……. 하여간 적절히 각자 제 할 일을 분배해 뒀으니 나는 오늘 쉬어도 돼."

"그럼 나랑 카미린스의 가게에 함께 가줄 거예요?"

"당연하지. 오늘 면접은 몇 시야?"

"9시 반이에요."

타나릴이 잔뜩 기대를 품은 얼굴로 내 손을 잡고 일어섰다.

"그럼 시간은 넉넉하네. 먼저 당신이 자기 전에 약속한 것부터 지킬 시간이야."

약속? 그리고 난 금세 기억해 낼 수 있었다. 그러고 보니 내가 내 입으로 '자고 일어나서'라고 했었다. 이 남자가!

하지만 난 타나릴의 손길을 뿌리치진 못했다. 아, 마지막 순간에는 살짝 저항을 시도하긴 했다.

"양, 양치부터 하고요!"

타나릴이 하하, 웃었다.

• • •

"초대해 줘서 고맙다, 리예."

사마라 부인이 리예를 살짝 안으며 인사를 나눴다. 사마라 부인의 뒤로 따라온 의외의 인물에 가족 모두 입을 딱 벌리고 잠시 당황했지만 타나릴만은 시큰둥하게 인사했다.

"오셨어요, 아버지."

"어, 어서 오십시오, 공작님."

예그하라 공작이 슬쩍 눈썹을 찌푸렸다. 당황하는 모습을 보자니 리예는 그가 오는 걸 모르고 있었다. 오늘 분명 타나릴에게 직접 통보를 했음에도 아무에게도 알리지 않은 것이다. 심지어 제 아내에게도. 덕분에 공작은 불청객임이 확실히 드러났다.

이는 분명 결혼식 때 며느리를 향해 '공작 부인이 될 생각은 하지 말라!'라고 말한 데 대한 보복이었다.

차라리 집사를 통해 통보했더라면 이런 수모는 당하지 않았을 것을. 그러나 예그하라 공작은 한 번도 당황한 적이 없었던 것처럼 태연하게 리예의 인사를 받았다.

"참 보기 힘든 아이로구나."

"네, 네?"

"런벨! 호호, 리예, 오늘 너무너무 예쁘구나! 혹시 카미린스의 가게에 다녀온 거니?"

"네, 오늘 타나릴과 함께요."

"겨우 그러느라 네가 오늘 출근도……!"

"흠흠, 문 앞에 우릴 계속 세워둘 거니?"

사마라 부인의 적절한 제지에 예그하라 공작의 말은 잘려 버리고 말았다. 예그하라 공작의 권위와 권력으로 말하자면 황제 다음으로 최강이고, 능력 또한 뛰어나 다들 우러러보는 존재지만 사마라 부인과 타나릴에게만큼은 그게 통하지 않았다.

만일 카리자엘 이하 자매들이라면 타나릴의 집에서 아예 쫓겨났겠지만 그래도 아버지라고 불청객 정도의 자격으로 문 안에 들어설 수는 있는 것이 다행이었다.

예그하라 공작은 제 아내의 어깨를 감싸며 안으로 먼저 들어가는 타나릴을 보며 혀를 찼다. 마력을 저렇게 낭비하다니, 기가 찰 일이었다. 그의 눈엔 타나릴이 마력으로 제 아내를 감싸다 못해 넘치는 것이 보였던 것이다.

설마 내게 보이려고 저러는 걸까, 예그하라 공작은 의심스럽게 눈을 접었다.

밀레이나는 두 명의 임시 보조를 더 불러들여 솜씨를 발휘했다. 황궁 요리사만큼의 화려하고 소문난 솜씨는 아니지만 밀레이나만의 독특한 맛과 풍미가 돋는 요리는 꽤 훌륭했다.

진흙에 싸서 구운 자고새 구이나 사흘 이상 저온 수에 숙성시켜 구운 돼지고기는 유명한 식당에서도 볼 수 없는 독특한 맛을 자랑했다. 덕분에 입맛 까다로운 예그하라 공작도 접시를 싹싹 비웠다. 그런데 마지막에 두 사람을 놀라게 한 음식이 또 있었다.

"어머나! 어쩜 이렇게 귀엽고 예쁜 게 다 있지?"

사마라 부인이 감탄하며 한 개 먼저 집어 먹었다. 꽃무늬, 혹은 주머니처럼 보이는 겉은 쫀득쫀득하고, 고기와 해산물, 그리고 채소가 섞인 속은 조화롭게 어우러졌다. 그것은 손가락 한 마디 크기라 보는 것만으로도 앙증맞은 크기였다.

"어머, 이런 건 처음 먹어봐, 이게 뭐니?"

"맛있으세요, 어머니?"

타나릴이 사마라 부인의 반응에 흐뭇하게 웃으며 물었다.

"응, 참 맛있어. 우리 주방장에게도 만들어달라고 하고 싶어. 다른 음식들도 다 맛있고, 이 특별한 음식도 좋아. 밀레이나 부인이라고 했지? 정말 잘 들였구나."

"앞에 음식들은 다 밀레이나 부인이 한 거니 칭찬 전해 드릴게요."

"응?"

"지금 드신 거, 그건 리예가 한 거예요."

"정말? 아가, 이건 네가 만들었다고? 이런 건 처음 본단다. 네가 살던 고장에선 이런 걸 만드는 거니? 이거 이름이 뭐니?"

"제가 살던 데서 만들던 건 아니고요……. 이름은 딤섬이라고 해요."

"딤섬? 처음 듣는 이름이구나."

"간단하게 먹을 수 있는 음식이라는 뜻인데, 맛있게 드셨다니 제가 더 기쁘네요, 어머니."

"이거 마음에 들어, 리예."

타나릴의 접시도 말끔히 비워져 있었다.

"내게도 안 알려주고 어머니께 먼저 선보이다니. 음, 선물이 부족해서였나?"

"아니에요, 타나릴!"

"호호, 그랬니?"

사마라 부인은 자신이 처음으로 대접받는다는 말에 흡족하게 웃었다. 거기에 타나릴의 말을 받아 선물 이야기까지 하는 바람에 리예가 어쩔 줄 몰라 하는 것이 더 큰 미소를 불러왔다.

"리예, 혹시 우리 요리사에게도 알려줄 수 있겠니? 나보다 너희 아버지가 더 좋아하는 것 같구나."

예그하라 공작의 접시도 말끔히 비워져 있었다.

"당연히 알려 드려야지요. 솔직히 저는 만드는 방법만 이야기했고, 진짜 만든 사람은 밀레이나 부인이에요. 말로 한 번 일러 드려도 될 테지만 혹시 요리사가 원한다면 와서 배워도 된다고 해주세요."

"고맙다, 리예."

"…사례하마."

무뚝뚝하게 덧붙이는 예그하라 공작의 말에 리예는 질색하는 얼굴을 했지만 그에게는 사양하는 말은 못했다.

사마라 부인과 타나릴이 동시에 눈을 빛냈다.

예그하라 공작이 이렇게까지 말을 하는 건 리예에게 먼저 손을 내민 것이나 마찬가지였다. 타나릴은 아버지의 속내가 뻔히 보였지만 모르는 척 리예가 야심 차게 준비한 음식을 내오게 했다.

투명하고 화려한 유리잔에 반원으로 얹어진 음식은 알록달록 보기에만 해도 색이 예뻤다. 사마라 부인에겐 붉은색과 분홍색의 화려한 색감이 어우러진 체리 아이스크림이, 리예에겐 노란색에 체리가 박힌 아이스크림이, 그리고 두 남자에겐 녹색에 황금색 줄이 토핑된 녹차 아이스크림이 놓였다. 유리잔 안에는 마력석이 박혀 아이스크림이 녹지 않도록 유지해 주었다.

"맛있구나, 리예! 아이스크림을 집에서도 먹을 수 있다니, 참 좋아."

사마라 부인이 활짝 웃으며 감탄했다.

"냉동고를 소형화하자는 아이디어를 제출한 사람 덕이지요."

타나릴은 움찔하며 모르는 척하는 리예를 보며 싱긋 웃었다.

"이미 있는 기술이다. 그런 간단한 아이디어도 다 돈을 주고 산다는 건 낭비다!"

"당연히 돈을 주고 사야 합니다. 그 아이디어를 제출한 사람이 없었다면 아직 이런 기술을 개발할 생각을 하지 못했겠지요."

부자는 아주 사소한 것에서도 의견을 대립했다. 사마라 부인은 이런 상황에 능숙했다.

"어머, 여기서도 일 얘기예요? 그건 그만."

리예가 슬그머니 대화를 이었다.

"제가 어디서 듣기로, 어떤 왕은 이 맛있는 아이스크림을 오직 왕족들만 독점하고 싶어서 요리사에게 평생 연금을 제공했다고 해요."

"그러니? 너는 아는 것도 많구나. 엇, 그런데 그것……!"

사마라 부인은 그제야 봤다는 듯 기쁘게 눈을 휘었다. 리예가 아이스크림을 떠먹는 스푼이 눈에 익은 탓이었다.

"예뻐서요. 가져온 날부터 바로 쓰고 있었어요."

"기쁘구나. 너를 위해 내가 직접 주문하긴 했는데 이렇게 써줄 줄은 몰랐단다."

"어머니가 직접 주문하신 거라고요?"

타나릴이 물었다.

"응, 예쁘지?"

"어디에서 주문하신 거예요? 리예에게만 주시고, 저도 한 세트로 갖고 싶어요."

"그건 비밀이란다!"

사마라 부인이 호호 웃었다. 예그하라 부처가 식사를 마치고 나갈 때까지 화목한 분위기가 이어졌다.

마지막 배웅하는 리예에게 사마라 부인이 속삭였다.

"아까 들어올 때 저이는 네가 지난달 고문으로 출근할 때 보지 못했다고 심술을 부린 거란다. 그러니 신경 쓰지 말렴."

"네……?"

"그때 네가 기발한 물건들을 만들어냈다지? 그것도 궁금했는데 왜 말해주지 않은 거니? 나도 그렇고 저이도 많이 궁금해했단다. 그러니 혹시라도 공학부에 갈 일이 있다면 저이에게 인사라도 한번 해주고 가렴?"

사마라 부인이 호호, 웃고는 리예를 끌어안고 작별 인사를 했다.

마차가 출발하자 예그하라 공작이 사마라 부인에게 말했다.

"아까 그 스푼 말이오."

"네, 제가 리예에게 선물한 거요?"

"당신이 직접 주문해서 만든 거라고 하지 않았소? 그것, …가 당신에게 준 것 아니오?"

"네? 그럴 리가요. 내가… 리예에게 주려고 직접 준비한 건데."

사마라 부인의 눈이 혼란으로 일렁거렸다.

• • •

시부모님을 맞는 일은 어느 세계에서나 어렵고 피곤한 일인 모양이다. 공작 부처가 떠난 뒤에야 나는 편안히 차를 마실 수 있었다. 나와 같이 차를 들던 타나릴이 불쑥 말했다.

"많이 기대했을 텐데 미안해, 리예. 히그틀리로 가는 건 미뤄야겠어."

"타나릴, 우리 별장이 궁금하긴 하지만 애가 타는 건 아니에요. 집이 어디로 가는 것도 아니고, 아직 짓는 중이니까 나중에 봐도 돼요."

"그래, 당장 갈 것처럼 하다가 일정을 또 바꿔서 미안해. 이해해 줘서 고마워."

"나는 괜찮아요, 정말."

나는 타나릴의 손등을 토닥여 주었다. 요즘은 어렵지 않게 이 정도는 할 수 있었다. 왠지 진하게 사랑을 나눌 때보다 이런 친밀함이 더 어색했다.

타나릴이 희미하게 웃었다. 하지만 그는 금세 다시 생각에 잠겼다. 눈이 반쯤 감긴 채 어둡게 가라앉았다. 정말이지 걱정스러웠다.

어머니가 오시기 전만 해도 우리는 내일 당장에라도 히그틀리로 가려 했었다. 그러나 계획을 바꾼 건 역시 그 스푼 때문이 틀림없었다.

나야 별장을 보러 가는 것뿐이지만 타나릴은 아니다. 광산 진행 때문에 반드시 히그틀리에 가야만 할 텐데도 미루는 걸 보면 뭔가 가닥이 잡힌 게 아닌가 싶었다.

그 가닥이란 게 어머니를 향하는 것일까 걱정되었다. 어머니가 그걸 직접 주문하신 거라는 말에 나는 가슴이 철렁했다. 그 순간 타나릴을 봤다. 동시에 타나릴이 나를 보고 있었다. 그도 나와 같은 생각을 했던 건지도 모른다.

정말 어머니는 날 해치려고 하신 걸까? 나를 그렇게나 환대하시고 귀애해 주시던 어머니의 행동이 모두 위선이었을까?

정말 그렇다면 당연히 마음이 아플 것이다. 하지만 타나릴이 내 무릎에 손을 올리고 살며시 토닥이는 손길에 어쩐지 다 아무렇지도 않게 되었다.

그렇게 안도했지만 타나릴은 이제부터 시작인 듯싶었다. 나는 심각해진 그의 눈가를 살살 매만지며 귓가에 속삭였다.

"나 졸려요."

물론 정말 졸려서 한 말은 아니었다. 내가 두 팔을 목에 감싸자 타나릴이 나를 번쩍 들어 안았다.

"정말 졸려?"

"음, 조금?"

내가 킥킥 웃으며 말하자 타나릴이 내 이마에 이마를 맞추며 말했다.

"졸리면 자야지."

"…네?"

내 표정이 어땠는지는 나중에 생각해도 어이없고 부끄러울 것이란 건 확실했지만, 다급해진 나는 그를 가까이 끌어당겼다.

어젯밤, 이 넓은 침대에서 홀로 지샌 만큼 오늘은 절대 그냥 잘 생각이 없었다. 아침에 가진 시간 정도로는 부족했다. 나를 이렇게 길든 이가 책임져야 할 것이다.

"벗어요, 타나릴!"

내가 말하고도 깜짝 놀랐다. 그런데 타나릴도 아주 잠깐 놀라다가 곧 싱긋 웃으며 옷을 벗기 시작했다.

"네, 마님."

타나릴이 나와 몸을 뗀 잠깐의 순간도 아쉬웠지만 모처럼 천천히 옷을 벗는 그를 감상하려면 참아야 했다. 타나릴은 나와 눈을 맞춘 채 단추를 하나씩, 하나씩 풀어내기 시작했다.

그 동작이 얼마나 느리던지 입안이 바싹 말라 갈증이 일었다. 침을 꼴깍 삼키는 나를 보며 타나릴이 씩 웃었다.

"마님, 목이 말라 보이시는데 물을 좀 드릴까요?"

'마님'. 그제야 알아들었다. 아, 여기에도 마님과 돌쇠 놀이가 있나 보다. 내가 입을 딱 벌린 채 고개를 끄덕이자 영화, 만화나 혹은 소설 속에서 볼 법한 장면이 현실이 되어 있었다.

난 내 바로 앞에 옮겨진 중력을 무시한 차가운 물 덩어리를 조금씩 빨아들여 마셨다.

"맛있어요!"

내가 눈을 동그랗게 뜨며 말하자 타나릴이 손가락을 들어 저어 보이며 말했다.

"어어, 마님. 주의를 흩트리시면 곤란해요."

자신에게 집중하라는 뜻이었다. 그가 웃옷을 휙 날려 버리며 바지에 손을 댔다. 나는 다시 침을 꼴깍 삼키며 내 드레스 앞섬을 더 듬거렸다.

"잠깐! 마님, 뭐 하시게요?"

"그 마님이라는 거 제발 좀……."

이이가 저렇게나 장난기가 넘치는 이라는 걸 누가 믿을까 싶다. 나는 오소소 돋는 소름에 손을 모았다. 타나릴이 이를 드러내며 손가락을 저었다.

"마님과 마법사. 바로 그 대사를 하기에 아는 줄 알았더니……. 마님은 절대 옷을 벗으시면 안 돼요. 모두 마법사에게 맡겨야 하는 거죠. 흠, 모르시는 것 같은데 다음에 그 공연을 같이 보러 갈까요?"

그런 게 정말 있었단 말이야! 왠지 보러 가면 안 될 듯했다. 아니, 타나릴과 함께라면 보러 갈까…….

"저런, 마님, 또 주의를 흩트리시다니, 이 마법사가 그렇게나 매력이 없나요?"

"으아, 타나릴!"

정말이지 참을 수가 없다. 나는 침대에서 뛰쳐나가 내릴 듯 말 듯 그가 애만 태우고 있는 바지를 벗겨 버렸다. 눈이 휘둥그레진 타나릴에게 내가 말했다.

"마님과 마법사, 그 각본이 뭐가 됐든 내가 고쳐줄게요!"

나는 의기양양하게 그를 침대에 눕혔다. 그리고 어젯밤과 다른 의미로 밤이 길었다.

• • •

색색, 잠든 리예의 숨소리를 들으면 언제나 마음이 평온해지곤 했지만 오늘만큼은 타나릴의 마음도 계속 심란했다. 리예가 잠들자 사랑을 나누며 잠시 미뤄뒀던 현실이 금세 몰려왔다.

'네 어머니를… 너무 믿지 마라.'

아버지의 충고는 기가 막히고 기분이 나빴지만 가슴에 맺힌 듯 사라지지 않았다. 예그하라 공작은 자신이 누이들에 의해 거의 죽을 위험에 처했을 때조차 관여하지 않았다. 본인은 그게 공정함이라고 생각하는지 모르지만 무심함을 포장한 다른 말일 뿐이었다.

어찌 됐든 예그하라 공작은 이간질을 하기 위한 거짓말은 하지 않는다는 거다. 그럴 필요가 없는 사람이기도 했고, 불의 마법사들은 대체로 협잡은 즐기지 않는다.

물론 카리자엘 같은 예외도 있긴 하지만, 그 예외는 아예 믿지 않으니 상관없었다.

그런 아버지가 그렇게 말했다면 이유가 있을 것이다.

왜 그런 경고를 한 것일까? 새삼 도움을 주겠다는 뜻일까? 천만에, 그건 아닐 것이다. 읽을 수 없는 아버지의 의도야말로 믿을 수가 없었다.

'어머니…….'

타나릴은 한숨을 쉬었다.

스푼의 출처에 대해선 사마라 부인이 '비밀'이라고까지 한 이상 더 캐물을 수가 없게 되었다. 그 비밀이 정말 비밀이라서가 아니라 단순한 장난처럼 느껴지는 건 어머니를 믿고 싶은 마음 때문일지도 모른다. 리예가 부적 삼았다던 그 손수건을 봤던 때부터 냉정하게 판단할 수가 없게 되었다.

어머니가 정말 '비밀'로 해야 하는 거라면? 그런 저주를 담았으니 제작자를 감추는 건 당연한 일일 것이다. 어머니는 어느 쪽이었을까?

어머니 때문이 아니라 리예 때문에 판단에 혼선이 왔다.

몇몇 사람을 뽑거나 가까이하는 과정에서 봤듯이 리예는 남들의 적의를 잘 감지하는 능력이 탁월했다.

그런데 리예는 어머니에게서 호감을 느끼는 것 같았다. 좀 전에도 스푼 때문에 어머니를 조금 조심스럽게 살펴보는 것 같긴 했지만 거리끼거나 하는 점은 찾지 못했다. 황당하지만 리예의 변치 않는 호감은 거의 자백까지 한 어머니를 범인으로 의심할 수 없게 했다.

그러나 스푼을 만든 제작자만큼은 반드시 찾아야 했다.

스푼을 복원할 때도 아찔한 일이 있었다. 일부만 남은 물건을 복원할 때, 보통 사이코메트리 능력을 지닌 이와 생각을 읽어 형체를 기록하는 이가 합작하는 과정을 거친다. 그런데 사이코메트리 능력을 지닌 이가 갑자기 정신을 잃으며 혼절하고 말았다.

나중에 깨어난 그가 말하기로, 겉모양을 확인하는 수준 이상으로 더 깊이 파려 했었다면 자신의 정신이 어그러졌을지도 모른다고 했다.

저주에 이어, 그런 장치까지 되어 있다면 제작자는 보통 용의주도한 이가 아니었다. 그렇게나 악랄한 데다 뛰어나기까지 한 이라면 어떻게든 해가 될 것이다.

어머니와 어떻게 연관이 된 건지부터 알아봐야 할 것이다. 아버지는 또 직접 가보지 않는 자신을 책망하겠지만 히그틀리의 광산도 차후의 문제였다.

스푼을 보낸 범인을 먼저 잡는다!

색색, 자신에게 기대어 잠든 리예를 보듬으며 타나릴도 잠을 청했다.

• • •

자고 일어나서인지 나는 꽤 괜찮은 생각이 떠올랐다. 그래서 침대를 벗어나기 전에 그 이야기부터 했다.

"타나릴, 조만간 어머니와 같이 공연 가려고요."

"무슨 공연? 설마 마님과 마법사는 아니겠……."

"타나릴!"

"하하하하!"

최근 타나릴이 큰 소리로 잘 웃는 것 같아 참 기분이 좋았다. 하지만 그게 대부분 날 놀리는 때라 내 눈이 가자미눈이 되지 않을까 걱정해야 했다. 타나릴이 내게 살짝 입을 맞추며 다시 물었다.

"그런데 어머니와 가는 것, 괜찮아?"

"사실, 스푼에 대해 여쭤보려고 해요."

"리예!"

"알아요, 만일 어머니의 목적이 그 스푼에 담긴 그대로라면 절대 말씀해 주시지 않겠지요. 하지만 당신은 이미 한 번 여쭤봤으니 당신이 물을 수는 없잖아요? 내가 여쭤보면 또 다른 답이 나올지도 몰라요."

"혹시, 어머니가 의도하신 게 아니라고 생각해서 그런 거야?"

"그건 잘 모르겠어요. 그래도 이렇게 손 놓고 있는 것보다 직접 여쭤보는 게 낫지 않겠어요?"

"당신 말이 옳아. 하지만 손 놓을 생각은 없었어. 어머니는 항상 혼자 계시지 않으니 그 주변을 은밀히 알아볼 생각이었어."

"하지만 그건 공작가 안에서 알아봐야 하는 거잖아요. 만일 어머니가 아시면 어떡해요."

"…난 괜찮아, 리예."

내가 말하지 않아도 무슨 말을 하는지 쉽게 알아채는 이 사람 때문에 더 속이 상했다. 솔직히 내가 걱정하는 건 어머니보다 타나릴이었다.

만일 어머니가 아니라면… 그런 상황에 어머니가 타나릴이 자신을 의심한다는 걸 아시면 속상해하거나 화를 내거나 연을 끊으려고 할 수도 있다. 그 과정에 필연적으로 생겨날 나쁜 감정의 칼날이 두려웠다. 타나릴이 아무리 괜찮다 해도 이미 그의 눈물이 내 가슴에 박혀 나는 그가 걱정되고 또 걱정되었다.

"그건 그것대로 해야 한다면 어쩔 수 없고요. 내가 할 수 있는 건 할래요."

"고집쟁이, 리예."

이건 허락의 말이었다. 그런데 지난번 그렇게 많은 선물을 받고서 이대로 어머니를 만날 수는 없었다.

"참, 어머니께 선물을 드리고 싶은데, 뭐로 하면 좋을까요?"

"점점 더워지기도 하고 무난하게 냉기를 품은 팔찌로 하는 게 어때?"

"드디어 품위 유지비를 쓸 때가 왔네요!"

나는 기분 좋게 소리치다가 나를 가만히 바라보는 타나릴에게 고개를 갸웃했다.

"왜, 왜요?"

"당신 남편이 뭔데."

"…냉, 냉기 마법사요?"

"나한테 가장 많은 물건이 뭘까."

"……."

"이리 와봐."

나는 타나릴이 어디로 가려는지 알 것 같았다. 이 집에 들어오고 딱 한 번 들어갔던 타나릴의 은밀한 창고.

그 안에 들어 있던 수많은 마력석과 보석들의 향연은 그야말로 장관이었다. 그것 말고도 내 화장대 서랍 안에는 카미린스가 결혼식 전날 보여주었던 보석 모두가 들어 있었다. 그러나 나와 연관 없는 거라 생각했기에 당연히 잊고 있었다.

타나릴이 그 휘황찬란한 방을 열어 보이며 말했다.

"여기서 본 후에 마음에 드는 게 없으면 상점에 보석을 고르러 가야지. 안 그래?"

"하지만 이건 당신 거잖아요."

순간 타나릴이 눈썹을 살짝 세웠다가 한숨을 쉬며 말했다.

"이 집이 누구 건지 그새 잊었어? 이 집 안의 것은 다 당신 거야. 여기, 나를 포함해서."

집, 보석, 그리고 타나릴… 아니, 타나릴.

스르르, 다리가 풀렸다. 더는 미룰 수가 없었다. 여기서 더 물러날 수가 없었다. 지금이 바로 그를 잡아야 할 때라는 건 아는데 차마 말이 나오지가 않았다.

"리예."

"난, 나는……."

한 걸음 물러나는 나를 타나릴은 잡지 않았다. 선택은 오로지 내가 할 일이었다.

문득 깨달았다. 타나릴도 나 이상으로 용기를 낸 것이다.

그는 영화 속 뱀파이어가 아니다. 그는 귀족이며 대마법사이고 무척 대단한 사람이지만 그도 상처받는 사람이었다. 그럼 난 타나릴을 어떻게 생각하지?

그에 대한 답은 이미 예전에 나왔다. 난 그를 사랑한다. 그런데 그게 그를 믿을 만큼의 용기도 함께한 거였나 하면, 그건 아니었다.

내가 받은 상처가 지독하다 해서, 더는 상처받기 싫다 해서, 그 알량한 혼전 계약서를 꾸역꾸역 붙잡고 믿는 척했다.

이렇게 그가 손을 내미는데 노력도 안 하고 보내 버린다면, 겁이 난다고 도망쳐 버리면 나는 나중에 후회하지 않을까? 나중에 그가 변해 버릴 그때가 두렵다고, 아예 노력도 하지 않고 시도조차 하지 않는다면 나는 나중에 웃으며 살 수 있을까?

훌쩍 물러났던 나는 다시 천천히 제자리로 돌아왔다. 그리고 아무 말도 하지 않은 채 제자리에 서 있는 타나릴에게 말했다.

"이거… 다 내 거 맞아요?"

"말했잖아, 몇 번이나. 당신 거 맞아."

"내 거… 였군요."

나는 가만히 타나릴에게 손을 뻗었다. 손끝에 닿은 얼굴을 마치 귀한 보석을 감별하듯 천천히 어루만지고 있자니 커다란 손이 내 손을 감싼 채 그 위로 입술이 내려앉았다.

"이렇게 진귀하고 아름다운 것들을 내가 가져도 될까요?"

"이미 당신 소유인 건 모두가 다 알아. 게다가 법적으로도 명시되어 있으니 아무도 당신 허락 없이 손대지 못해."

"그런 거군요."

"응, 그런 거야……."

"난… 내가 지킬 수 없는 거라고 생각했어요. 어쩌다 운이 좋아서 잠시 만져볼 수는 있었지만 결국 다른 이의 손에 넘어갈 거라고."

중간에 목이 메어 조금 삐끗했지만 다행히 난 울먹거리지 않고 끝까지 말할 수 있었다. 아마 내 손이 그의 손에 계속 잡혀 있어서 자신이 생겼나 보다.

조금 믿어볼까? 아니, 나중에 이 남자, 딴소리하면 그땐 내가 엉덩이를 차줘야지!

"계약서를 다시 쓰라면 쓸게. 내가 허튼짓을 하면 혼전 계약서에 명시됐던 내 전 재산을 다 당신에게 넘기는 걸로. 어때?"

"아니, 그딴 거 필요 없어요! 내가 직접 당신을 걷어차 버릴 거니까."

이 남자가 스스로 확실한 계약서를 주겠다는데도 걷어차다니, 내가 제정신이 아닌 게 틀림없다.

"무섭군. 걷어차이지 않으려면 평생 허튼짓거리는 못 하겠네."

타나릴이 내 손바닥에 입술을 꾹 눌렀다. 그것은 마치 새로운 계약서에 도장을 찍는 듯한 느낌이었다. 그 어떤 계약서보다 나는 이것이 더 마음에 들었다.

"사랑, 해요!"

타나릴이 움찔 굳었다. 평생을 말하면서도 감정에 굳어버리는 이 남자가 나는 왠지 안쓰럽고 귀여웠다. 마주 고백은커녕 고백을 받고 움찔하는 남자가 귀엽다니, 제대로 콩깍지가 씌었다.

"난……."

타나릴이 입을 다물었다가 천천히 다시 말을 이었다.

"리예, 난 당신이 좋아. 평생 같이 살고 싶은 사람이 당신이라는 것만은 불변의 진실이야. 그런데 이 감정이 뭔지 잘 모르겠어. 소유욕인지, 욕망인지, 너무 당연한 진실을 따르는 건지……."

자기 자신도 확신하지 못하는 감정에 타나릴의 얼굴엔 의심과 혼란이 소용돌이치고 있었다. 고백에 화답받지 못했는데도 그가 그저 귀여웠지만 이건 듣기가 겁이 났다. 하지만 용기를 내야 했다.

"너무 당연한 진실이 뭔데요?"

"내가 이 말을 해도 당신이 날 계속 사랑해 줄지 나는 두려워."

나는 망설이는 타나릴을 이끌고 방으로 돌아왔다. 익숙해진 우리의 공간이 우릴 반겼지만 타나릴은 한참 더 침묵했다. 그가 이렇게 망설이는 건 처음 보는 것 같았다. 그러던 그가 일어서서 한 걸음 멀어지더니 이야기를 시작했다.

"처음에 난 당신이 임신했다는 사실을 믿을 수 없었어. 우리가 처음 만났던 그날 밤 일도 누군가의 사주를 받은 거라고 생각했어."

그래서 그때 그렇게 화가 났었나 보다.

바로 다음 날, 환한 햇빛 아래 까만 옷을 입고 있던 그와 비행선 대합실까지 찾아왔던 그가 새삼 떠올랐다. 망연히 그때를 되돌리던 내게 타나릴이 설명을 이었다.

"그날 우리의 밤은 당신이 유혹해서가 아니야. 아니, 유혹한 건 맞는데, 우린 그날 약을 먹었어. 술에 마녀의 주문이 섞인 최음제가 섞여 있었어."

"네?"

나는 반사적으로 부인하려 했다. 최음제라니, 그런 건 생각도 해본 적이 없다. 아니, 이 남자라면 그런 식으로 유혹하고 싶은 마음이 들었을 수도 있다. 설마 내가 정말 그런 짓을 했나? 혼란스러웠다.

타나릴이 고개를 저으며 말했다.

"약을 탄 건 바텐더였어. 그 바텐더를 추궁했지만 아쉽게도 그도 최면을 당한 상태에서 한 짓이라 어디서 누구에게 약을 받았는지 전혀 기억하지 못하더군. 바텐더에게서 알아낸 한 가지는 내가 바에 나타났을 때, 내 바로 옆에 있는 처음 온 아가씨에게 같은 약을 타라고 했다는 거야."

"그럼 내가 기억이 끊어진 이유가……."

"약 때문이야."

"내 첫날밤!"

억울한 진실에 눈물이 고였다. 평생을 아름답게 기억할 첫날밤의 기억이 누군가의 농간으로 나는 절대 기억할 수 없게 되었다.

"우리 첫날밤은 바로 그 침실에서 다시 맞았잖아?"

그렇긴 했지만, 그건 그거고 사실은 사실이다. 그런데 이게 당연히 따라야 할 진실이라고는 할 수가 없었다. 내가 눈물이 그렁그렁 맺힌 눈으로 쳐다보자 타나릴이 흘긋 눈을 피하며 말했다.

"리예, 당신은 나의 유일한 여자야."

대단한 고백인데 전과는 또 다른 느낌이었다.

"전에… 얘기했었어요."

"응. 거기엔 이유가 있었어. 만일 그게 아니었다면 나는 아버지와 같은 전철을 밟았을지도 모르지. 내 누이들처럼."

"……."

"내 나이 열 살 때 마녀로부터 저주를 받았어."

"……!"

"나는 후손을 가질 수 없는 몸이 될 거라고. 내게 단 한 명의 짝이 있긴 하겠지만 찾지 못할 거라 조롱했어. 나도 곧 발정 날 테니 누가 그 짝일지 시험해 보라더군. 그 시절부터 나는 '발정'을 경멸하게 될 수밖에 없었어."

"설마!"

"맞아. 당신이 마녀가 말한 내 단 하나의 짝이야. 나의 아이를 가질 수 있는 유일한 여자."

"저주를 파기하면 되잖아요!"

"어릴 때는 어머니가 저주에 대해 알고 슬퍼할까 두려워서 말하지 못했어. 조금 커서는 어머니가 내 저주를 사주한 게 아닌가 싶어 말하지 못했었고. 어머니가 내게 저주를 보낸 거라면 내가 업을 업보라고 생각하기도 했었거든."

"그런 게 어디 있어요! 당신이 무슨 죄가 있다고요!"

타나릴은 쓸쓸히 고개를 저었다.

"나중엔 마녀들을 만나 내 저주를 풀어볼까 하기도 했었어. 그런데 두 마녀가 까무러치면서 마력을 뭉텅 잃는 걸 보고는 다시 시도하지 않았어."

타나릴이 다시 나를 바라보았다.

"나는 아무와도 밤을 보낸 적이 없지만, 내 아이를 가졌다고 소동을 벌인 여자들은 종종 있었어. 그런데 당신이 정말 아이를 가졌다고 답장을 보내와서……."

"나도 그들 중 하나일 줄 알았겠네요."

순간 타나릴이 멈칫하더니 왠지 멋쩍은 표정으로 말했다.

"그런데 가슴이 뛰었어. 당연히 말도 안 되는 의심이라고 해야 하는데, 속임수를 쓰는 게 당연하다고 해야 하는데, 그러지 못했어. 당신을 만나서 직접 확인해야 했어."

"그래서 바로 그람 시까지 왔던 거군요……. 좀 뒤늦은 질문이긴 하지만, 내가 거기 있는 거, 어떻게 알았어요?"

"먼저 일르뉴에 갔었어. 간발의 차로 당신을 놓쳤을 때는 난 당신이 거짓말이 들통날까 도망치는 줄 알았지. 그런데 막상 당신을 잡고나니 나는 당신에게 아무것도 따질 수가 없었어. 게다가 당신은 내게 전혀 관심이 없더군. 망할 히그틀리!"

"타나릴!"

내가 배를 감싸며 째려보는 척하자 그가 양손을 들었다.

"미안, 그때는 그랬어."

"그런데 어떻게 알았어요? 어떻게 확신한 거예요?"

"당신이 내 아이를 가진 거? 그냥… 불현듯. 나는 내가 미쳤다고 생각했어. 그리고 이 미친 생각을 버리고 싶지 않았어."

"아이를 반드시 가질 생각이었군요."

나는 다시 양팔로 배를 감싸 쥐었다. 절대로 내게 양육권을 주겠다던 말도 다 거짓이었다.

"역시, 그 혼전 계약서 다 함정이었어요!"

"지금 와서 거짓말할 생각은 없어. 하지만 당신에게 양육권을 주겠다는 말도 거짓말은 아니었어."

"그게 무슨 모순된 말이에요!"

"난 당신과 헤어질 생각이 없었으니까."

"아……."

이제야 타나릴이 한 말이 이해된다. 당연한 진실을 따른다는 게 뭔지. 풀려 버린 비밀에 피식 웃음이 새어 나왔다.

내가 자신의 아이를 가질 수 있는 단 하나의 짝이라서, 그래서 날 잡았다고? 나 말고는 없으니까?

내가 다시 고개를 들자 타나릴이 날 아리도록 바라보고 있었다.

이 남자는 이미 다 고백해 놓고 왜 이렇게 자신이 없는 걸까.

왠지 알 것 같다. 그래서 눈물이 나올 것 같았다. 아니, 웃음이 나올 것 같기도 했다.

웃으며 우는 꼴은 보이고 싶지 않은데. 그래도 난 눈꼬리에 눈물 방울을 달고 샐쭉 웃어버렸다.

"나를 좋아한다면서요? 그것도 거짓말이에요?"

"아니!"

거의 즉각적으로 나오는 대답을 들으며 나는 더 짙게 웃었다. 그의 고백을 들으며 가슴을 짓누르던 뭔가가 이렇게 쉽게 날아가는 건 콩깍지의 위엄일까, 아니면 이이의 저 아픈 눈빛 때문일까. 나는 두 팔을 벌리며 말했다.

"안아줘요."

순간 타나릴의 표정이 확 펴졌다. 마치 죽다가 살아난 그 표정만으로 난 충분했다. 그리고 꽉 끌어안긴 그 압박감에 나는 미소를 지을 수 있었다.

원인이 뭐가 됐든 무슨 상관일까. 나밖에 없다니 이 남자, 완전 약점을 잡힌 거다.

부부 사이에 약점이라니, 어리석다. 그걸 꾸짖으니 제대로 된 생각을 할 수 있었다.

진실로 알아야 할 것은 내가 언제나 처지는 관계가 아니라, 개울 속 미꾸라지가 아니라, 대양의 고래와 만난 게 아니라, 그와 내가 동등하게 눈을 마주칠 수 있는 관계일 수 있다는 거였다. 이 사람에게 있어 나는 그저 한 사람의 여자일 수 있을 것 같다.

내 머리 위로 타나릴이 고백 한 가지를 더했다.

"실은 혼전 계약서에 진짜 함정이 뭐였느냐면……."

양심적으로 그 말은 육성으로 할 수는 없었는지 타나릴은 내 귓가에 작게 속삭였다.

아이는 반드시 형제가 있을 거라고. 절벽 위에서 나도 같은 생각이었던 것 같아 기뻤노라고. 진짜 이혼했더라도 다시 형제를 만들어 결혼할 계획이었노라고. 날 유혹할 자신이 있었다며 중얼거리는 남자는 옆구리가 뜯기며 비명을 질렀다.

엄살도. 곧 머리 위에서 쿡쿡 웃는 웃음소리가 내 몸으로 전염되었다. 나도 그를 따라 웃고 있는데 다시 속삭임이 들려왔다.

"사랑해."

이번엔 내가 굳어버리고 말았다.

"사랑해, 리예."

타나릴의 얼굴을 볼 수가 없었다. 내가 아까 고백했을 때 왜 그가 움찔했는지 알 것 같았다. 나는 그의 가슴에 더 깊게 고개를 파묻었다.

"사랑해, 사랑해, 사랑해, 리예."

타나릴은 몇 번이나 내게 고백을 이었다. 계속, 계속, 계속.

그런데도 나는 아무 말도 할 수가 없었다. 가슴이 확 조이는 것 같기도 했고 마음이 헤실헤실 퍼지는 것도 같았다. 나는 결국 늘어지도록 기대어 쿡쿡 웃기만 했다.

그러다 문득 궁금증이 떠올랐다. 대체 그 저주를 보낸 이는 누구일까? 대체 어떤 마녀의 저주이기에 타나릴이 아직도 풀 수 없었던 걸까. 하지만 내가 입을 열기 전에 문을 두드리는 소리가 들렸다.

"후작님!"

베인크리스였다. 타나릴을 애타가 찾는 목소리가 심상찮게 들렸다. 문을 열자 베인크리스가 창백한 얼굴로 서서 말했다.

"공작 저에서 연락이 왔습니다! 사마라 부인께서 쓰러지셨다고 합니다!"

우리는 즉시 공작 저로 출발했다. 마차가 달리는 동안에도 통신구가 여러 번 빛났다.

무섭고 겁났다. 이대로 어머니가 떠난다면 타나릴에겐 너무도 공허한 그림자가 생길 것이다.

막 공작 저가 보이는 길목으로 접어든 순간이었다. '그것'이 다시 눈앞에 펼쳐졌다.

원죄

사마라 부인은 하얗게 탈색한 채 식은땀을 흘리며 가쁜 숨을 몰아쉬고 있었다. 계속해서 발열과 오한을 반복하는 그녀는 당장에라도 스러질 듯 위태로워 보였다.

먼저 와 있던 네 명의 자매들이 두 사람을 노려보며 너희 집에 다녀온 것 때문이라며 소리를 질러댔다.

그들의 말에 누군가 '그날'이어서 아픈 거라 반박했다. 그 말을 한 이가 의원이었는지 예그하라 공작이었는지는 선명하지 않았다.

바로 그 순간 사마라 부인이 눈을 떴다. 사마라 부인은 유일하게 타나릴만 알아보고는 환히 웃었다.

"내 아들……."

사마라 부인이 파르르 떨며 더듬거리자 손을 타나릴이 얼른 다가가 손을 잡았다.

"네게… 할 말이 있단다."

거칠게 숨을 몰아쉬는 사마라 부인은 왠지 유언이라도 남기려는 듯 불안한 모습이었다. 뒷말은 힘이 부친 듯 부인은 입술만 오물거렸다.

타나릴이 어머니의 곁에 다가가 귀를 바짝 대었다.

그 순간이었다. 사마라 부인이 타나릴의 목에 팔을 감더니 갑자기 입을 크게 벌렸다.

• • •

"아악!"

"리예!"

"아아아. 으… 어어……."

리예가 갑자기 고통스럽게 울부짖었다.

"리예, 어디 아파? 리예!"

타나릴이 다급히 붙잡았지만 리예는 비명을 지르며 몸을 떨기만 할 뿐 대답하지 못했다. 타나릴은 즉시 마부이자 호위인, 제릴에게 소리쳤다.

"조금만 더 서둘러! 아내가 아파! 어서!"

"안 돼! 아아, 싫어, 싫어요!"

리예가 발작적으로 소리쳤다. 제릴도 리예의 목소리를 들은 듯

움찔거렸다. 그러나 리예는 필사적으로 공작 저로 향하는 것을 거부하고 있었다. 앞을 바라보는 그녀의 눈에는 절망과 두려움이 가득했다.

이 모습을 본 적이 있었다. 타나릴이 다시 소리쳤다.

"제릴, 마차를 돌려."

제릴이 마차를 돌리자 리예가 서서히 진정되어 가는 것처럼 보였다. 타나릴은 다시 통신구를 찾았다.

"아내가 갑자기 아파서 집으로 돌아가는 길입니다. 어머니는 나중에 다시 찾아뵙겠습니다."

리예가 번쩍 고개를 들더니 그의 손목을 꽉 잡았다.

'안 돼, 그것도 안 돼!'

리예가 온몸으로 그렇게 소리치고 있었다.

"리예, 안 갈게. 가지 않을게. 응?"

하지만 그 말도 리예를 바로 진정시켜 주지 못했다. 리예가 벌벌 떨리는 손으로 그의 얼굴을 더듬거리더니 갑자기 끌어안았다.

"아니야, 아니야……!"

리예에게서 극에 달한 두려움이 느껴졌다. 순간 리예의 숨이 멎는 느낌이 들었다.

"리예, 진정해, 리예! 제발, 숨을 쉬어, 그래, 그렇게 천천히, 천천히. 제릴, 서둘러! 어서, 어서 달려!"

다행스럽게도 리예의 떨림이 조금씩 잦아드는 것 같았다. 그러나 안심할 수도 없었다.

이 갑작스러운 현상이 무엇 때문인지 알겠기에 더 조심스러울 수밖에 없었다. 그런데 그 걱정도 오산이었다. 리예가 다시 배를 감싸며 신음을 질렀다.

"리예? 무슨 일이야, 리예!"

"안 돼! 우리 아기, 아기!"

"뭐? 리예!"

타나릴이 마력을 퍼부었다. 하지만 리예의 몸은 철벽으로 감싸인 듯 아무것도 받아들이지 않았다. 역시나 지난번과 같았다.

"아가!"

리예가 절망적으로 소리치더니 이내 몸에 힘을 잃기 시작했다.

"안 돼, 리예! 정신 차려, 리예! 사랑해, 제발!"

리예가 그의 품 안으로 넘어졌다. 잠시 후, 리예의 치맛단 아래가 붉게 물들기 시작했다.

"내 아내가 왜 아직도 정신을 못 차리는 거요!"

타나릴이 의원들에게 호통을 쳤다. 그가 메릴리타를 호출할 때 마침 함께 있던 미들리드도 같이 온 터라 두 의원이 리예를 살피고 있었다. 하지만 몇 시간이 지나도록 리예는 깨어날 줄을 몰랐다.

"죄송합니다. 심한 충격을 받으신 듯하여……."

"면목 없습니다, 후작님."

두 의원이 곤혹스러운 표정으로 답했다. 리예가 쓰러진 건 이들의 잘못은 아니지만 깨어나지 못하는 건 이들의 잘못일 수 있다. 타나릴은 치솟는 불안과 울화를 누르며 다시 물었다.

"아기는 무사한가?"

의원들에게는 리예가 갑자기 복통을 호소하고 아기를 잃을까 무서워했다는 이야기만 했다. 여기에 메릴리타만 있었다 해도 그 이상의 이야기는 해줄 수 없었을 것이다.

리예가 위험을 감지하고 그에 대해 아무 말도 하지 못하는 이유는 하나뿐이었다. 그걸 의논할 수 있는 유일한 상대는 애인과 함께 고국으로 돌아오는 비행선 안에 있을 것이다.

"다행히 아직 무사하십니다."

미들리드가 메릴리타를 흘긋 보며 말했다. 이 와중에도 알량한 경쟁의식을 보이는 미들리드가 심히 거슬렸지만 부인과 부문 최고라는 의원을 그냥 내칠 수도 없었다. 타나릴의 눈썹이 구겨졌다.

"아직이라고 했소?"

"죄송합니다. 시도는 해보았지만 아기님을 직접 살필 수가 없었습니다. 다만 무사하신 것만 확인했는데 모태가 조금 불안하시어……."

"메릴리타의 진료를 믿을 수 없다며 큰소리를 치던 방금 전과는 다른 소리로군."

"면목이… 없습니다."

실은 태아 쪽에서 거부하는지라 미들리드가 아기를 직접 살필 수 없었던 것이지만 그것이야말로 변명일 뿐이었다.

'케야를 불러올까?'

미들리드는 고심하는 한편 갸웃했다. 최근 케야에 대한 의존도가 너무 높아진 게 아닌가 하는 생각이 들었기 때문이었다. 하지만 그 생각에 파고들기 전 메릴리타의 말에 신경이 곤두섰다.

"제가 다시 살펴보겠습니다."

"지금 부인의 태아는 뭔가 감싼 채 접근을 거부하고 있어요. 이런 상태라면 더더욱 마력으로 살펴야 하는데 그 무슨 소린가요, 메릴리타?"

이 와중에도 미들리드는 메릴리타를 조롱할 기회를 놓치지 않았다. 메릴리타는 그녀의 도발을 담담히 받았다.

"마력을 조금 빌려 온 덕에 시도해 볼 만합니다. 그러니 잠시……."

"마녀가 마력을 빌리다니, 그 무슨……!"

미들리드가 대로한 표정으로 메릴리타를 추궁하기 직전, 타나릴이 가로막았다.

"미들리드, 진료를 방해하고 따지기만 할 거면 나가시오! 메릴리타, 피아드란이 벌써 힘을 회복한 거요?"

"네, 어제 학교로 떠나기 전에 나눠 주고 가셨어요."

피아드란은 종종 학교에서 머물기도 하는데, 어제가 그런 날이었다. 그런데 피아드란이 마력을 운용하는 일은 아주 사소한 거라도 모두 타나릴에게 보고된다. 하지만 어젠 그런 보고가 없었다. 이상한 일이었지만 지금 그런 걸 확인할 때가 아니었다.

"살피시오."

메릴리타는 잠시 기도하듯 눈을 감았다가 떴다. 순간 그녀의 눈동자가 기이한 빛을 띠었지만 유일하게 볼 수 있는 위치의 리예는 아직도 눈을 뜨지 못하고 있었다.

'지금이야.'

메릴리타를 볼 수 있었다면 그런 말을 읽을 수 있었을 것이다. 메릴리타가 리예의 배에 손을 얹으려는 순간이었다.

"아앗!"

메릴리타는 비명을 지르며 넘어졌다. 갑자기 강력한 정전기가 그녀의 손을 때린 것이다.

"리예!"

타나릴이 놀라며 소리쳤지만 리예는 조금 전과 다름없이 미동도 없는 모습으로 누워만 있었다. 메릴리타만 혼자 저린 손을 붙잡고 넘어져 있었다.

"이게 어떻게 된 일이오!"

"죄송합니다, 후작님. 다시 한번……."

"그러시지 않는 게 좋겠어요. 아기님께서 메릴리타 님께 저보다 더 강하게 반발하시는 것 같아요."

미들리드가 이죽거리는 소리에 타나릴은 기어이 폭발했다.

"다들 나가!"

그가 폭발하며 순간 주위가 얼어붙었다. 냉기 마법사가 터뜨린 분노의 위력에 놀란 두 마녀가 물러났다. 지켜보던 밀레이나, 로레인도 모두 고개를 숙이고 나갔다.

마지막에 메릴리타가 할 말이 있다는 듯 한 번 더 주춤했지만 서슬 퍼런 타나릴은 그녀도 쫓아내고야 말았다. 주먹을 쥐는 메릴리타의 손이 살짝 떨렸으나 닫히는 문 뒤로 금세 가려졌다.

타나릴은 입술을 짓씹었다. 파리한 안색으로 누워 있는 리예를 위해 의원을 닦달하는 것 말고 할 수 있는 게 없는 것에 절망을 느꼈다. 그 닦달마저 소용없어 더 애가 탔다.

'리예는 무슨 미래를 본 것일까!'

뭘 봤는지는 모르지만 그걸 막기 위해 공작 저로 가는 길을 돌렸다. 정황으로 봐선 '사명'이 아닌 동반자, 즉 자신의 일이었을 것이다. 그러나 그의 목숨은 구했을지언정 예지자의 치명적인 반작용이 돌아온 듯싶었다.

'빌어먹을!'

무력감이 들었다. 리예는 창백한 얼굴로 누운 채 그의 마력조차 거부하고 있었다.

타나릴도 미들리드가 말했던 반발력이 뭔지 모르지는 않았다. 아니, 더 잘 알았다. 리예의 안에서 건드리지 마라, 침입하지 마라,

두려워하며 밀어내는 힘이 그도 거부하고 있었다.

"아가, 리예. 제발."

지금 외부의 힘을 모두 반발하고 거부하는 것은 그들의 아기였다. 그대로 둔다면 아기의 마력은 어느 순간 더 커지다가 파스스 꺼질 것 같았다. 꺼진다는 건…….

안 돼! 그렇게 둘 수 없었다. 타나릴은 자신의 마력의 제한을 풀어 리예에게 집중했다. 그는 방대한 마력을 부드럽게 움직여 거부하는 마력의 틈을 파고들었다.

느낄 수 있었다. 아무리 밀어 넣으려 해도 튕겨 나오기만 하던 마력이, 뭐든 다 밀어내던 아기가 끈질기게 다가서는 아빠의 마력을 천천히 받아들이기 시작했다. 덕분에 필사적으로 방어하느라 날카롭고 얇아진 마력의 가시가 서서히 둥글어지더니 점점 녹아 안으로 스며들고 있었다.

드디어… 얇아서 찢어질 듯하던 마력층이 두터워지며 들뜬 아기의 마력이 제자리를 찾아가기 시작했다.

그것은 애가 타도록 느렸다. 성난 아기의 마력이 제자리를 찾기엔 아직 멀었다. 만일 조금만 아차 하면 얇아진 아기의 마력이 찢기며 흩어져 버릴 수가 있었다.

그렇게 되면 리예는 구할 수 있을지 모르지만 아기는 무사하지 못할 것이다. 리예는 그걸 견딜 수 있을까?

순간 깨달았다. '리예만 무사하다면…'이라는 생각을 했었다. 이런 자신의 감정을 알고 있었기에 처음 아기가 저를 거부했던 것이다. 아마 그때 마력을 퍼부었다면 지금처럼 섬세하게 조절했을 거라 자신할 수가 없었다.

"못나고 비정한 애비가 미안하구나, 아가. 부디 용서해 다오."

다시 마력을 집중해 아기에게 퍼부었다. 아기가 스스로 자리를 찾기까지 계속 지켜야 했다.

식은땀이 발끝으로 흘러내렸다. 순수한 마력의 방출은 마력을 매개로 자연재해를 일으키는 것보다 더한 집중과 힘을 쥐어짜는 어려운 작업이었다. 그러나 한순간도 집중을 놓을 수가 없었다.

리예에게 평소 마력을 퍼붓느라 비우기를 밥 먹듯 했지만 이렇게 비우기를 오래 하기는 처음이었다. 극한의 방출이 계속되면서 점점 기운이 빠지고 눈까지 흐려졌다. 그러나 아무리 힘들어도 견뎌야 했다.

종류가 다른 마력이지만 방대한 마력의 힘에 기대어 제 날카로움을 녹이는 아기가 그의 집중 하나에 달려 있었다. 살기 위해 아버지의 마력에 기댄 아이의 벽을 지탱해야만 했다.

얼마나 시간이 흐른지는 모른다. 기대는 힘이 약해지는가 싶더니 들끓던 아기의 마력이 가라앉는 게 느껴졌다.

드디어 완전히 예전의 평안해지는 아기의 마력을 확인한 순간, 타나릴은 털썩 침대에 몸을 기댔다.

"처음부터 이렇게 했어야 했는데, 미안……."

'괜찮아요'라는 말이 들려온 것 같았다. 지금이라면 피아드란이 아기와 대화한다는 말을 믿어줄 수도 있었다.

손가락을 올릴 힘도 없었다. 타나릴은 그대로 기대앉은 채 속삭였다.

"아기는 무사해, 리예."

그때였다. 타나릴의 머리 위에서 목소리가 울렸다.

"흥, 정말 그럴까?"

누군가 타나릴의 등 위로 번쩍 칼을 들어 올렸다.

• • •

어느 순간, 나는 이상한 공간에 들어와 있었다. 하늘은 파랗고 바닥은 유난히도 하얘서 환한 곳이었다. 가늠할 수 없이 엄청나게 광활하면서도 왠지 포근한 장소에서 나는 길을 잃은 미아처럼 가만히 서 있었다.

잠깐은 그 평화로운 곳에서 넋을 뺀 것 같았다. 그러다 뭔가 잊은 것 같다는 생각이 들었다. 그때 맑고 청아한 목소리가 들렸다.

"엄마!"

엄마?

설마 날 부르는 걸까 싶으면서도 돌아보자 한 아기가 날 바라보고 있었다.

음, 보이긴 하는데 이상했다. 분명 보고, 목소리를 듣고 있는데 볼 때마다 머릿속에서 지워져서 아기의 모습을 기억할 수가 없었다. 하지만 그 사랑스러운 느낌만은 남았다.

"아가, 나를 부른 거니?"

"네, 엄마!"

"내 아기? 정말 너니?"

"네, 엄마."

"내 아기!"

무릎을 꿇으며 팔을 벌리자 아기가 품속으로 뛰어들었다. 내 사랑스러운 아기를 끌어안는 기분은 뭐라 말로 표현할 수 없었다. 잠시 안겨 있던 아기가 금세 몸을 빼며 말했다.

"엄마, 잠시만요. 엄마를 만나고 싶어 하는 사람이 있어요."

"응?"

대답이 들려오는 대신 내 품 안의 아이가 훨씬 커진 느낌이 들었다. 그리고 들려오는 목소리도 달랐다.

"이모?"

품을 벌려 얼굴을 확인한 나는 깜짝 놀라 외쳤다.

"엇, 별아? 별아, 네가 왜 여기 있어!"

"이모를 보고 싶어서요."

또랑또랑, 새어 나가는 발음도 없이 별이가 참 말을 잘했다. 그러고 보니 별이도 실제론 많이 컸을 텐데. 아마도 열 살은 되었을 것이다.

그런데 생각하는 것과 동시에 별이가 쑥쑥 자라났다. 기이한 광경이지만 이 알 수 없는 공간에 있어서인지 이상하다는 생각은 들지 않았다.

"어머, 별아! 이렇게 많이 컸구나!"

"네, 저 많이 컸죠? 벌써 열 살이에요."

"그래? 예쁘다, 별이. 이렇게 예쁘게 자랐구나! 나를 만나러 여기까지 와준 거야? 참, 영은이는? 네 엄마는?"

"엄마는 잘 계세요. 하지만… 이모를 많이 보고 싶어 해요."

"나는 잘 있어."

"네, 방금 아기를 만났어요."

"앗, 내 아기!"

"금방 돌아올 거예요. 먼저 나에게 시간을 주겠다고 했어요. 이모와 작별 인사를 하라고요. 참 착한 아이네요."

"그래, 내 아기가……."

나는 싱긋 웃었다.

"이모, 행복하세요?"

"행복… 해."

행복하다. 나는 생의 처음 행복의 절정에 있었다.

그런데 왜 난 도중에 대답을 잠시 망설였을까? 사랑하는 남편과 서로 마음을 확인했고, 발더가 오는 즉시 혼전 계약서를 파기하는 절차를 밟을 예정이다. 타나릴이 얼마나 혼전 계약서를 싫어하는지, 그걸 발음하는 그의 어금니가 다 갈려 버리는 게 아닐까 걱정할 정도였다.

“다행이에요, 이모. 나는 이모 덕분에 이렇게 무사히 잘 자랐어요. 그러니까 우리 기억은 훌훌 털어버리고 항상 행복하게 사세요.”

“나? 내 덕분에?”

“이모, 아직도 기억이 안 나요? 이모가 나를 구하고 대신…….”

별이가 별안간 울먹거렸다.

“별아, 울지 마. 울지 마…….”

별이를 토닥이다가 어느 한순간 감쪽같이 사라진 기억이 이어졌다.

난 별이를 칠 기세로 달려온 트럭 앞으로 뛰어들었다. 내가 별이를 안고 같이 탈출할 수는 없었다. 나는 별이를 들어 영은에게로 힘껏 던졌다. 영은이 딸을 받아 안으며 넘어지는 장면이 마지막 기억이었다.

“별아, 너 괜찮니?”

나는 별을 다시 찬찬히 살피며 물었다. 그러자 별이 웃으며 말했다.

“이모, 나는 하나도 다치지 않고 무사했어요. 엄마도요. 모두 이모가 나를 구해준 덕분이에요. 그러니까 이모, 이모도 행복하게 잘

사세요. 사랑해요, 이모!"

"별아, 별아, 나는 널……."

한때 널 없애라고 했던 매정한 이를 사랑하느냐 말할 수는 없었다. 목이 메었다. 별이는 천진한 얼굴로 다시 물었다.

"이모, 이모는 날 사랑하지 않았어요?"

"널 사랑해! 널 구한 것이 한순간도 후회되지 않을 만큼. 너를 정말정말 사랑했어."

"영원히 이모를 잊지 않을 거예요. 사랑해요! 고마워요, 이모……."

품 안에 있던 별이 한순간 사라졌다. 그러자 불퉁한 목소리가 들렸다.

"나도 엄마를 사랑하는데."

마치 내가 엄마의 첫 번째가 아니었느냐, 질투가 가득한 목소리였다.

나는 함빡 미소를 담고 아이를 내려다보았다. 별이는 어린 모습이나 다 자란 모습도 보였는데, 내 아기는 보면서도 볼 수 없었다. 그래도 사랑스러움만큼은 최고였다.

"내 아가!"

나는 아기를 다시 끌어안았다. 그러자 가슴을 간질이는 가느다란 웃음소리가 울렸다.

"엄마, 엄마! 엄마를 만나서 참 좋아요."

"나도, 우리 아가를 만나서 참 좋아. 행복해."

"얼마 지나지 않아 만날 수 있을 거예요."

"응, 그때까지 우리 아가, 건강해야지."

"네! …그런데 엄마?"

"응?"

"왜 내가 보여준 꿈, 기억하지 못해요?"

"꿈?"

"네. 그걸 기억해야 해요, 엄마. 엄마가 꼭 알아야 해요."

"그걸 네가 보여준 거구나……."

꿈 때문에 뒤숭숭하고 잠을 설쳐서 타나릴을 힘들게 했었다. 그걸 내 아이가 일부러 보여준 거였다니…….

"네, 그러니 어서 기억해 내세요! 네, 엄마?"

아기가 보채는 소리에 나는 잠시 기억을 되살리려 했다. 몇 번 생각은 해봤었지만 꿈을 깨고 난 직후에도 전혀 기억나지 않던 것들이 거짓말처럼 띄엄띄엄 되살아나기 시작했다.

어두운 집, 마녀, 깊게 후드를 눌러쓴 부인, 땅, 스푼…….

헉!

"이, 이거, 사실이니? 이게……."

"하나 더 있어요. 그건 지금 보여 드릴게요."

눈앞에 곧 뭔가가 보이기 시작했다. 그건 마치 눈을 뜬 채 다시 꿈을 꾸는 느낌이었다.

전에 만났던 마녀와 귀부인이 다시 만났다. 귀부인이 또 소리치고 있었다.

"혹시 그 스푼을 준 것도 그 아이를 당신에게 유인하라는 것이었던 거 아니야? 그런데도 당신은 손끝 하나 건드려 보지도 못하고 놓쳐!"

"효과를 바로 보셨지 않습니까. 조금만 더 오래 써도 최종으론 스스로 목을 조이게 될 겁니다. 이것도 맹세하라면 하지요."

"흥, 당신 정말 내가 바보인 줄 아나 보군. 트레니알라 그것이 얼마나 눈치가 빠른데! 그 전에 원인을 찾지 않겠어!"

"해서 제가 다시 왔지 않습니까……."

"당신!"

"부인, 부인이 바라는 데까지 거의 왔습니다. 제가 온 후 부인이 원하는 대로 되어가고 있지 않던가요?"

"그 스푼, 그걸 그분이 보셨단 말이야!"

귀부인은 악을 쓰듯 소리쳤지만 마녀는 예의 은은한 미소를 놓치지 않았다.

"…이번엔 더 조심하셔야지요. 그것만 들키지 않으면 부인께서 다칠 일은 절대 없습니다."

겨우 그것 하나 숨기지 못해서 들키다니, 그게 더 어리석다는 듯한 어조에 귀부인은 얼굴을 빨갛게 물들였다. 하지만 이번엔 화를 내는 대신 마녀가 내미는 것을 받아 들었다. 그리고 그걸 열어 확인하고는 다시 소리쳤다.

"이런 걸 썼다간 닿기는커녕, 시도한 것만으로 트레니알라가 날 대놓고 죽이려 들걸? 나보고 죽으라는 소리야!"

길쭉한 곽 안에는 보기만 해도 무시무시한 장침이 들어 있었다. 사람의 손바닥보다 긴 그것의 끝에는 작은 관이 달려 있었는데 이런 걸 무기로 쓰자면 들키지 않을 재간이 없을 것이다.

"부인, 왜 이렇게 답답하게 구시나요? 지난번과 같은 방법을 쓰면 그만이지요. 제가 말했지 않습니까, 부인께서 다칠 일은 절대 없다고요."

"그러면……."

"가시거든 이걸로 그분의 등을 살짝 찌르시면 됩니다. 인사로 가벼운 포옹 정도는 하시잖아요? 찔려도 느낄 수 없을 테니 걱정하지 마세요."

마녀가 귀부인에게 또 다른 하나를 넘기며 직접 사용법을 알려주었다. 그건 미세한 침이 나오는 장치가 되어 있는 반지였다.

"…그러면?"

"아침이 되기 전에 연락이 오겠지요. 이후 부인께서 잘하시기만 하면 성공할 수밖에 없습니다. 후작님이 어머니께는 귀를 내어주실 테니까요."

"귀라니?"

"이건 사람의 체액이 묻으면 구부러집니다. 이렇게요."

마녀가 장갑을 벗어 제 침을 묻혀 중간에 바르자 보기엔 단단해 보이는 긴 침이 구부러졌다.

"이걸 입안에 깊게 넣으세요. 이 작은 관은 침이 끝까지 빠르게 나가게 도와주는 역할을 할 겁니다."

"입으로 쏘는 거란 말이야?"

"그렇지요. 이젠 아시겠어요?"

"그래……."

귀부인은 생긋 웃다가 마녀가 다시 장갑을 끼는 모습을 보고는 눈썹을 치켜세웠다. 흉하게 뜯겨 보는 것만으로 구역질 나던 마녀의 손가락에 긴 반지가 끼워져 있었다. 덕분에 마녀의 손도 모르고 본다면 그냥 장신구를 끼운 것처럼 보일 것이다.

장갑이나 반지나 흉측한 걸 가린 건 마찬가지지만 귀부인은 그것엔 혐오감을 보이는 대신 칭찬을 아끼지 않았다.

"내가 준 돈을 제대로 잘 썼나 보군."

"부인의 마음에 드신다니 다행입니다."

"그래, 마음에 드니 오늘도 사례는 해야지. 이것이 성공한다면 더 큰 사례가 있을 거야."

"그럼요, 부인. 부디, 원하는 바를 얻으시길."

마녀의 입술이 다시 얇아졌다. 오늘도 거래를 끝낸 후 귀부인이 먼저 나오고 마녀가 뒤이어 나왔다. 귀부인이 가는 방향을 비릿하게 쳐다보던 마녀가 돌연 고개를 드는가 싶더니 나를 노려봤다.

내가 움찔 놀라는 순간 앞이 아득해졌다. 다시 시야가 트이자 아기가 날 걱정스럽게 바라보고 있었다.

"엄마, 괜찮아요?"

걱정스러운 음성에 나는 아기의 등을 토닥이며 말했다.

"응, 괜찮아. 엄마는 괜찮아."

실은 괜찮지 않았다. 마녀, 귀부인……. 그들의 정체를 생각하며 부들부들 떨리는 몸과 목소리를 바로잡느라 정신이 하나도 없었다. 그러나 내 아기에게 흐트러지고 맥없는 모습을 보일 수는 없었다.

그토록 대단한 것을 보여줄 수 있다 해도 나에게만은 그냥 아기일 뿐인지 아기는 내 말에 방긋 웃으며 말했다.

"다행이에요, 엄마. 이젠 돌아갈 시간이에요."

"그러니? 널 언제 또 볼 수 있는 거지?"

"이젠 제가 세상에 나갈 때까지 볼 수 없을 거예요. 그들을 보여주는 것도 이번까지만 할 수 있을 것 같아요."

"그래, 그래도 넌 항상 나와 같이 있으니까. 기다릴게. 사랑한다, 아가."

"원래는 더 할 수 있는데. 더 있는데, 더 많이 보여 드려야 하는데."

아기가 속상하다는 듯 목소리를 높였다.

"응?"

"지금 아빠가 조금 위험해서요. 제가 바깥에 직접 힘을 쓰면 오래 잠들어 있어야 하거든요. 그게 아니면 더 많이 보여 드리는 건데 아까워요. 저 원래 엄청 세거든요!"

"뭐?"

"별이 언니보다 내가 엄마를 더, 더 많이 사랑해요! 그러니까, 우리 나중에 만나요!"

아빠가, 타나릴이 위험해? 왜!

내가 다시 묻기도 전에 나는 그 공간에서 떨어져 나오며 추락했다. 떨어지는 속도는 빠르지 않아서 아기와 멀어진다는 생각에 아쉬웠을 뿐, 무섭진 않았다.

하지만 그런 생각을 할 때가 아니었다. 타나릴이 위험하다고 했다. 왜? 그가 다시 어머니께 돌아간 걸까? 어머니는 아직도 그걸 입안에 품고 계신 걸까?

가엾은 어머니, 타나릴.

바깥에 힘을 쓰다니, 내 아기는 무슨 일을 한다는 걸까. 대체 무슨 일이 벌어지고 있는 걸까. 빨리 돌아가야겠다. 빨리.

이제 아기와 만난 공간이 보이지 않았다. 갑자기 온갖 색채가 시야에 가득 차더니 바닥에 떨어지기 직전, 아찔한 부유감이 덮쳤다. 마지막으로 바닥에 닿자 머릿속이 뱅글뱅글 돌았다. 드디어 현실로 돌아왔다.

공기가 느껴졌다. 등에 닿은 침대의 감촉도 느낄 수 있었다. 손가락도 조금 움직인 것 같았다. 그러나 무거운 눈꺼풀이 떨어지지 않았다. 조금만, 조금만 더.

'타나릴, 날 깨워줘요. 타나릴!'

나는 계속해서 타나릴을 불렀다. 하지만 소리가 나오지는 않았다.

그러길 몇 번, 드디어 무거운 눈꺼풀을 드디어 밀어낼 수 있었다. 서서히 익숙한 주변이 눈에 들어왔다. 우리 침실이었다.

내 손끝에 타나릴의 머리칼이 닿아 있었다. 그의 목소리가 들렸다.

"아기는 무사해, 리예."

안다. 방금 만나고 왔다. 하지만 아기는 이이가 위험하다고 했었다. 그때였다.

"흥, 정말 그럴까?"

델리였다. 아니, 저 아이는 델리가 아니었다. 델리라면 저런 표정으로 저런 말을 할 리가 없었다.

"무사하긴! 절대 무사할 수 없어!"

델리가 칼을 내리꽂았다. 타나릴에게로.

"아악!"

비명이 터졌다. 비명은 내 것도, 타나릴의 것도 아니었다.

칼이 저만치 떨어졌다. 그리고 그와 비슷하게 바닥에 팽개쳐진 델리가 전기에 감전된 것처럼 간헐적으로 몸을 떨었다.

그때야 몸에 힘이 돌아왔다. 나는 벌떡 일어나 소리쳤다.

"타나릴!"

"리예……!"

타나릴이 나를 마주 불러주었다. 이상하게도 그는 힘없이 침대에 기댄 채 몸을 일으키지 못하고 있었다. 이런 모습은 처음이었다.

덜컥 겁이 났다. 나는 타나릴을 끌어안으며 소리쳤다.

"로레인! 밀레이나!"

다행히 근처에 있던 로레인이 먼저 듣고 달려왔다.

"부인! 깨어나셨……."

로레인이 들어서다 말고 놀란 숨을 들이켰다.

"저 칼을 치우고 어서 델리를 묶어요."

"네? 아……!"

로레인은 당황하면서도 칼부터 멀리 떨어뜨리고 커튼 줄을 걷어 델리를 묶었다. 그런 후 내게 달려와 함께 타나릴을 부축해 눕히려 했다. 하지만 타나릴은 눕지 않고 버티며 작게 속삭였다.

"난 괜찮아……. 당신, 괜찮아?"

"난 괜찮아요. 당신, 무슨 일이 있었던 거예요?"

"좀 이따가 설명할게……."

"의원들을 다시 부를게요!"

로레인이 말하며 황급히 나가려 하자 타나릴이 손을 저었다.

"의원은 내가 부를 테니, 로레인 너는 잠시만 대기해. 베인크리스도 바깥에 있나?"

"네!"

"베인크리스와 함께 델리를 옆방에 데려가서 지키고 있어. 재갈도 물려야 할 거야."

타나릴은 방금까지 거의 실신할 것 같았던 것이 믿기지 않을 정도로 힘 있게 말했다.

"네, 알겠습니다, 베인크리스!"

베인크리스와 로레인이 델리를 옆방 작은 응접실로 데리고 들어가자 타나릴이 나를 끌어안았다. 우리는 함께 침대 위로 무너졌다.

"타나릴! 타나릴, 어디 아파요? 무슨 일이에요!"

"나에겐 아무 일도 없어. 당신이 기절한 거 기억 안 나?"

몸을 떼는 타나릴이 또 방금 전보다 좀 더 생생해 보여서 조금 마음이 놓였다.

"배가 아팠는데……."

나는 배를 만져보고는 미소를 지었다.

아직 티는 많이 안 나도 약간 솟아오르기 시작한 배에서 생명의 신호가 전해지는 느낌이 들었다. 아기는 잠자고 있을 거라고 했으니 아무것도 느끼지 못할 텐데도 씩씩한 아이의 목소리가 전해지는 것 같았다.

"꿈에 우리 아이를 만났어요. 우리 아기 말로 다 괜찮을 거라고 했어요……. 그것 말고도 할 말이 많아요. 그런데 왜 당신은 그렇게 쓰러져 있었던 거예요? 혹시 델리가 당신에게 무슨 짓을 한 건가요? 델리가 왜 당신을 해치려 한 걸까요!"

"내가 쓰러진 건 델리와 관계없어. 하지만 방금은 내가 너무 무기력해서 꽤 위험했었어. 델리를 물리친 건 내가 아니었어."

당신이냐, 타나릴이 묻는 눈으로 바라봤다. 나는 잠시 생각하다가 고개를 끄덕였다.

"저 원래 엄청 세거든요!"

본래 할 수 있는 일이 더 많다며, 억울하다는 듯 볼멘 목소리로 말하던 아이의 음성이 귓가에 생생하게 남아 있었다. 델리가 비명을 지르며 쓰러진 이유를 알 것 같았다.

"나는 아니고, 우리 아기가요."

타나릴의 눈이 동그래졌다.

"아빠가 위험해서 바깥에다 힘을 쓴다고 하더라고요. 그 때문에 잠들어 있어야 해서 속상하다고도 했어요."

"우리 아기가……."

천천히 내 배를 쓰다듬으며 웅얼거리는 낮은 목소리가 가슴 속으로 젖은 듯 스며들었다. 나는 타나릴의 마른 눈가를 쓰다듬으며 그곳에 살며시 입술을 맞췄다. 이제 더 중요하게 할 이야기가 남았다.

"그리고 우리 아기가 아주 중요한 사실을 알려주었어요."

내가 막 꿈에 대해 말하려던 때였다. 황급히 문을 두드리는 소리가 사마라 부인이 위급함을 알리던 때의 불길함을 상기시켰다. 타나릴은 대답 대신 로레인을 불러 문을 열게 했다.

"밀레이나, 무슨 일인가요?"

로레인이 묻자 밀레이나가 하얗게 질린 얼굴로 말했다.

"큰일 났습니다. 메릴리타 의원과 미들리드 의원이 싸우고 있습니다! 마, 말리려고 해봤지만 지금 아무도 근처에 다가갈 수가 없어요! 두 분 다 주술을 쓰고 있어서……. 해릭스와 미트가 다가갔다가 살이 파이고 눈이 안 보인다며 쓰러졌습니다!"

타나릴이 벌떡 일어났다. 그러나 지금 상태라면 아무리 그라도 보통 사람과 다를 바 없었다.

"타나릴, 지금 당신은 무리예요!"

"리예, 나는 괜찮아. 당신은 여기서……. 아니, 나와 함께 가지. 휘말릴 것 같으면 끼어들지 않을 테니 걱정하지 마."

타나릴은 나를 데리고 일어났다. 아마도 밀레이나를 경계해서 그런 것 같았지만 내가 보기에 그녀는 델리가 응접실에 묶여 있다는 것도 모르는 것 같았다.

밀레이나가 앞장서는 곳으로 들어섰을 때 타나릴은 바로 내 눈을 손으로 가렸다.

"리예, 계속 눈 감고 있어. 로레인, 프라임, 마님을 지켜! 밀레이나, 그대는 마력으로 스스로 감싸고 따라와."

잠시 후, 타나릴이 말할 때까지 나는 눈을 뜨지 않았다. 왠지 끔찍한 상상에 머릿속이 더 어지러워지긴 했지만 타나릴이 가린 장면을 일부러 보고 싶지는 않았다.

그리 오래 기다리지 않아 타나릴이 돌아와 말했다.

"리예, 와도 돼. 메릴리타가 할 말이 있대."

순간, 나는 안도의 숨을 쉬었다. 혹여 메릴리타가 잘못되었던 게 아닌가 싶어 참았던 숨이 한꺼번에 터져 버렸다. 하지만 눈을 뜬 나는 배신과도 같은 절망을 느꼈다.

"메릴리타!"

보는 순간 난 알 수 있었다. 가쁘게 숨을 몰아쉬고 있는 메릴리타에겐 시간이 얼마 없었다.

타나릴의 재킷을 덮고 있는 가슴 아래가 푹 꺼져 있었다. 바로 옆에 식탁보로 덮인 시신이 바로 미들리드일 것이다.

내가 다가가자 메릴리타는 비교적 평온한 목소리로 말했다.

"그렇게 슬퍼하지 마세요, 부인. 저는 이래 봬도 살 만큼 살았답니다. 아기님이 태어나는 걸 볼 때까지는 버틸 줄 알았는데. 알량한 치기와 연민이 제 삶을 당겼네요."

"무슨, 이게 어떻게 된 일이에요!"

"아까 후작님이 마력을 움직여 아기님을 안정시킬 때 미들리드가 후작님을 해치려 했어요. 미들리드의 마력이 드러나는 순간에야 저는 정신을 차릴 수 있었어요. 다행히 미들리드를 막을 수는 있었지만 안타깝게도 그녀의 목숨까지는 지킬 수가 없었어요."

메릴리타는 생명을 유지하던 마지막 마력을 미들리드를 막는 데 써버린 것이었다. 마력을 넘겨준 것도 모자라 생명까지 희생한 것이었다. 그 엄청난 희생을 누가 감당할 수 있을까.

"아차, 델리 그 아이는 죄가 없어요. 미들리드가 저 때문에 일이 성사되지 않을 것 같자 델리를 보낸 것이었어요. 델리도 제 의지로 그런 것이 아니니 부디 살펴주세요."

무슨 뜻인지 알 것 같았다. 나는 목소리가 나오지 않아 고개만 세차게 끄덕였다.

"피아드란 도련님은 제게 마력을 나눠 주지 않았어요."

"그게 지금 와서 무슨 소용이오……."

타나릴이 허탈하게 말했다.

"아니요, 중요한 일입니다. 그건 제가 한 말이 아니었어요."

메릴리타가 처연하게 강조하며 말했다.

"안야, 그 아이가 내 안에 제 일부를 심어 숨겨두었어요. 내 마력을 빼앗으려 했던 날, 나는 서둘러 마력을 부인께 넘겨주느라 그 사실을 미처 깨닫지 못했어요. 안야는 내 안에 숨어서 서서히 내 눈과 귀와 입을 장악해 가고 있었어요. 그러다 직접 만나는 순간 내 정신까지 파고들어 순간적이지만 저를 지배했어요. 만일 후작님께서 아까 저를 쫓아내지 않았다면 저는 바로 부인을 해치려 했을 거예요. 물론 후작님께서 저를 막았겠지만 아주 찰나라도 아기님을 해칠 수는 있었을 테지요."

순간 등골이 오싹했다.

타나릴이 다시 물었다.

"안야? 그게 누구요?"

"제… 이복동생이에요. 부인께서 전에 말씀하셨지요? 미래의 거울에서 본 얼굴이 저를 닮았다고. 마력을 빼앗으면 외양이 젊어지고 조금 변하긴 하지만 완벽히 닮게 변하는 건 아니거든요. 그 아이 말고 그렇게 변하게 될 사람이 없었지요."

"하면 그때부터 알고 있었다는 거요? 누구인지 알았다면 미리 막을 수 있었을 것 아니오!"

안타깝다는 듯 소리치는 타나릴에게 메릴리타는 초연하게 웃으며 말했다.

"어리석게 들릴지 모르지만 그것이 그 아이에게 해줄 수 있는 마지막 정이라고 생각했어요. 가정을 가진 남자를 꼬인 여자의 딸로 태어나 손가락질을 받으며 자라야 했던 그 아이의 고통을 위로해주고 싶었어요. 하지만 그 아이가 가진 분노와 열등감은 제가 생각했던 것보다 더 컸던 것 같아요. 그걸 몰랐던 대가를 이렇게 치르게 되었고요."

"그렇게 말하지 말아요, 메릴리타! 그것이 어떻게 당신 잘못인가요?"

나는 울지 않으려고 애썼지만 의지를 벗어난 눈물이 줄줄이 쏟아지고 있었다.

"상냥하고 착하신 부인. 울지 마시라고 해도 소용없겠죠? 나는 부인을 처음 봤을 때부터 왠지 좋았어요. 이상하게 들릴지 모르지만 난 부인에게서 운명을 느꼈어요."

"그게 이렇게… 이렇게 죽는 운명이라면 차라리 날 멀리하지 그랬어요!"

"아니요, 누구보다도 명예스럽게, 욕되지 않은 삶을 마칠 수 있게 되어 영광이었어요. 제 어리석은 연민으로 이렇게 큰 짐을 넘겨드려서 미안해요. 부인께 건강과 행복이 깃들길 염원할게요. 안야, 앙켈루야… 그 아이를 막아주세요……."

그 말이 끝이었다. 메릴리타의 말이 끝나자 파동이 일 듯 그녀의 안면이 흐려지더니 조용히 눈을 감았다.

메릴리타는 여태 육성으로 말한 게 아니었다. 미들리드와 싸우고 남은 최후의 마력으로 나에게 전할 말들을 남겨둔 것이었다. 그 때문에 조금 더 빨리 죽게 되는데도.

나의 사명, 숙적 앙켈루야의 존재를 세상에 알리며, 그렇게 메릴리타가 떠났다.

• • •

공학부와 수사부 관계자들이 한바탕 긴 회의를 마치고 몰려나갔다. 문이 닫히자마자 발더가 타나릴에게 바싹 붙었다. 이래서 둘이 사귄다는 소문이 돌았던 거다.

"내가 없는 새, 너무 엄청난 일이 벌어진 것 같다?"

발더는 오늘 아침 귀국하자마자 이번 사건에 대한 회의에 끌려 들어온 참이었다. 회의는 진창이었다. 힘든 상황이기에 발더는 더욱 가벼운 분위기를 연출하려 애쓴 것이지만 사안이 워낙 심각했다.

"발더, 돌아오자마자 미안한데, 네가 할 일이 좀 많아."

"…응."

발더가 머뭇거린 건 당분간 집에 들어갈 수 없을 거라는 말뜻 때문이 아니었다. 타나릴의 어조가 너무 생소해서 낯설었다.

친절했다. 자상한 것 같기도 했다. 그런데 그걸 짚기엔 때가 너무 좋지 않았다.

발더가 자기 입으로 말했던 것처럼 이번 일은 너무 엄청났다. 다행히 일반인 쪽으론 알려지지 않게 할 수 있었지만 현재 관계 부처인 마법 공학부와 수사부는 벌집을 들쑤신 듯 촉각을 곤두세운 상태였다.

마법 공학부 차장의 집에서 두 명이나 죽어 나온 데다, 최근 초미의 관심을 모으고 있는 주술석이 살인 사건에 얽혀 있기 때문이었다.

"진짜 암담하네. 미들리드 의원 주변을 조사해도 단서가 나올 것 같지 않단 말이야……."

발더가 턱을 문지르며 중얼거렸다. 죽은 미들리드도 애꿎은 피해자 중 하나일 뿐이었다. 이번 사건이 들끓는 이유는 미들리드가 바로 주술석으로 만들어진 목걸이를 걸고 있었으며 그것에 지배되어 후작 부부를 살해하려 했다고 보기 때문이었다.

주술석은 현재 극비로 취급되는 데다 양도 극소해서 유출되면 당장 들통날 수밖에 없었다. 그러나 공학부는 물론이고 어느 공방에서도 주술석이 분실이나 유출된 적이 없었다.

그렇다면 미들리드가 한 목걸이 주술석의 출처는 다른 곳이라는 뜻이었다. 다른 광산이거나, 혹은 그 광산에서 미리 캐낸 것이라거나.

타나릴은 후자를 의심했다. 마리티 동굴 안에서 강한 암시에 걸려 고립된 1차 탐사대만 봐도 이미 다른 이가 다녀갔다고 봐야 했다. 그러나 문제는 먼저 다녀간 이의 흔적을 전혀 발견하지 못했다는 거였다.

메릴리타는 미래의 공격에서 리예를 감출 수 있는 뛰어난 마녀였다. 이 순간, 그녀의 조언이 무척 아쉬워졌다. 아니, 도움을 받고 아니고는 차치하고, 메릴리타의 죽음은 뼈아픈 상실이었다.

리예가 너무나 애통해했다. 이 세상에 일가친척이라곤 탐욕스러운 고모 하나뿐이라던 리예에게 메릴리타는 새로운 의지처였던 게 분명했다. 아기를 생각해 티는 내지 않으려 애쓰면서도 울컥울컥 눈물을 흘리는 리예를 볼 때면 타나릴은 무력해졌다.

"네 아내는 어때?"

"많이 힘들어해. 메릴리타에게 많이 의지했었으니까."

타나릴은 메릴리타의 유언을 듣는 즉시 은밀히 수사관을 불러 사건 현장을 기록하고 시신들을 옮겼다. 사이코메트리 능력자가 현장을 읽어 들이긴 했지만 목격자들의 진술과 일치해서 그리 도움이 되지는 않았다. 사이코메트리도 한계가 명확해서 미들리드가 걸었던 주술석 목걸이 쪽으로는 아예 읽을 엄두도 낼 수 없었다.

"하긴, 내가 보기에도 그랬는데. 레타도 지금 황실에 발이 묶이지만 않았으면 당장 달려갔을 텐데 외교 분쟁까지 얽혀서 보고를 마쳐야 한다나 봐."

"알아. 리예도 이해할 거야."

"그래도 가장 필요한 순간에 곁에 있어줘야 한다고 오늘은 무조건 갈 거라고 했어."

"그럼 로레인에게 레타가 방문할 거라고 알려둘게. 지금 아무도 우리 집에 갈 수 없게 조치해 뒀거든. 피아드란과 레베카 부인도 당분간 학교에 계속 머물도록 했어."

"그래, 그러는 게 좋겠지. 언제까지?"

"내가 됐다고 할 때까지."

범인을 잡기 전까지는 리예를 가둬둘 만큼 철저히 보호하겠다는 뜻이었다. 과연 얼마나 그럴 수 있을지 걱정스럽지만 발더는 지적하지 않았다.

"그나마 해릭스와 미트가 나을 수 있다니 다행이야."

긴 회의 중에 마녀들의 싸움에 휘말려 부상당한 두 사람도 언급되었다. 그들은 병실에 입원한 상태로 수사관에 시달리긴 했지만 다행히 목숨에 지장이 있는 건 아니었다.

"다행이지……."

두 사람은 리예를 은밀히 경호하는 이들이기도 했다. 둘 다 많이 다치긴 했어도 다행히 시간이 흐르면 나을 수 있다 해서 리예는 그것만으로도 감사하다 했다.

"발더."

발더는 사뭇 긴장했다. 타나릴의 표정이 너무 무거웠다. 타나릴은 그 모진 상황을 아주 짧게 간추렸다.

"어머니가 병환 중이라는 연락을 받고 뵈러 가던 길에 리예가 '그것'을 또 봤어. 그러더니 마차를 돌리게 하고는 리예가 배를 움켜쥐며 쓰러졌어. 우리 아기… 자칫 위험할 뻔했어."

"뭐!"

"지금은 괜찮아. 그런 후 곧바로 사건이 벌어져서 어머니께 다시 가보지는 못했어."

상황을 너무 간추려서 정신이 없을 지경이었다. 발더는 얼떨떨해서 물었다.

"사마라 부인은 어떠셔?"

"아직 회복하시지는 못……."

"차장님."

에르모가 문을 두드리고 들어와서 전갈을 전했다. 회의 중 리예가 연락했었다는 것이다. 타나릴은 곧장 리예와 통신을 연결했다.

"리예!"

-타나릴, 할 이야기가 있어요. 바쁘죠? 하지만 당신이 알아둬야 할 일이라… 화상으로 그냥 얘기할게요.

"아니, 바로 갈게!"

타나릴은 묻지도 않고 곧장 일어섰다. 발더는 리예를 향해 반쯤 들어 올리던 손을 쳐다보다가 어느새 문밖으로 사라지는 타나릴을 붙잡았다.

"지금 할 일 논의하는 중이었잖아!"

"사라진 케야 의원, 그녀의 진짜 이력부터 알아봐. 그 여자가 진짜 미들리드의 조수였는지부터. 그것만 해도 쉽지 않을 거야. 반드시 요원들 대동하고, 조심해."

수사부에서 이미 맡은 사항이지만 공학부 산하 정보부에서 조사하는 건 또 달랐다. 물론 그게 자신의 일이 될 줄은 알았지만 당장 윗선에서 언제라도 호출이 올 줄 모르는 상황이라 발더는 타나릴의 부재가 걱정되었다. 하지만 부리나케 가버리는 타나릴을 재차 붙잡지는 못했다.

"하긴, 세상의 중심이 사건에 휘말렸으니……."

주억거리던 발더는 에르모를 불러 함께 이린야 병원으로 함께 갈 요원들을 추렸다.

잠시 후, 출동 태세를 갖춘 에르모가 발더에게 어딘가 연결된 화상통신구를 안겨주었다.

-발더, 내 방으로 오너라.

"아, 아버지?"

수사부 수장, 리만 경의 호출이었다.

"무슨 일이야, 리예? 중요하게 할 말이라니?"

"어떻게 이렇게 빨리 왔어요?"

"그건 중요한 게 아니야."

타나릴은 리예의 입술에 가볍게 입술을 맞추며 그녀를 의자에 앉혔다. 리예가 할 이야기보다는 화상통신구 너머로 조금 불안해 보이는 모습을 보자 오지 않을 수 없었다.

직접 와보니 잘 왔다는 생각이 들었다. 아주 잠깐 입을 맞추고 다시 마력을 나눠 주는 것만으로 타나릴 자신이 안심되는 느낌이었다.

"당신, 바쁜 것 같으니 빨리 말할게요."

좀 더 있을 수 있다고 말해야 했지만 그건 아니었다. 타나릴은 미안한 얼굴로 리예의 말을 기다렸다.

"우리 아기를 만났다고 했잖아요. 내가 꾼 꿈이요, 그게 우리 아기가 내게 어떤 사실을 알려주기 위해 꾸던 거였어요."

"꿈? 아……!"

리예는 꿈속에서 본 사실을 천천히 일러주었다. 그건 꿈이 아니라 위험을 감지한 아기가 그 장면을 복사해서 보여준 것이었다. 그러나 리예가 기억하지 못한 건 마지막에 리예를 정확히 노려보더라는 마녀 때문인 것 같았다.

이야기의 시작에서도 그랬지만, 이어질수록 타나릴의 숨이 거칠어졌다. 그리고 마지막엔 타나릴이 불끈 쥔 주먹 안에서 파사삭 얼음이 부서졌다. 리예의 앞이 아니었다면 겨우 그 정도로 분노를 다스리고 자제하기란 불가능한 일이었을 것이다.

"그 귀부인이라는 여자가 누구야?"

하지만 막상 그 대답엔 리예는 자신 없다는 듯 눈을 흐렸다.

"두건을 써서 확실히 구분할 수가 없었어요. 목소리만 기억하는데… 1번과 2번, 비슷해서 두 사람 중 누구인지 모르겠어요."

차마 이름도 말하기 싫다는 표정으로 리예가 입술을 깨물었다. 하지만 이는 타나릴도 이미 충분히 짐작하던 일이다.

카리자엘이냐, 할랜디어스냐… 이는 매우 위험한 확률이었다. 둘 다 그러고도 남은 이들이지만 어느 한쪽을 잘못 덮치면 진짜 범인을 놓칠 수 있었다.

"음, 저주에 대해 설명한 날 그 마녀가 이상한 말을 했어요. 그래서 마님께도 아이가 없었다는 걸 아직도 몰랐느냐고. 하지만 두 사람 다 아이가 있잖아요?"

갸웃거리는 리예에게 타나릴은 소리치듯 속삭였다.

"2번!"

"네?"

"할랜디어스는 아이가 없어."

"네? 올해 다섯 살인 아들이 있다고……?"

"아니. 사촌의 아이를 입양해서 들인 걸로 알려져 있지만 실은 남편의 사생아야. 그래, 저주는 반드시 상호작용이야. 내게 그만한 저주를 걸었을 때, 대가로 내놓은 게 있었어야 했을 거야. 하지만 자신이 그런 대가를 내놓은 줄은 몰랐겠지."

너무나 확실한 단서였다. 너무 허탈하게 찾은 해답에 타나릴은 헛웃음이 나올 정도였다.

"맙소사, 마녀에게 그녀도 속았군요."

"동정의 여지는 없어. 감히 어머니께 그런 짓을 해!"

타나릴의 발아래로 다시 얼음이 부서졌다. 리예가 그를 위로하듯 그의 손을 잡고 말했다.

"어머니는 왜 할랜디어스의 말대로 하신 걸까요? 스푼을 당신께서 직접 선물하셨다고 한 것도 그렇고, 왜 그 끔찍한 침을 입에 물고…….”

리예가 몸서리를 쳤다.

‘그것’은 리예에게 최악의 장면을 보여주었다. 사마라 부인의 입 안에는 그런 게 숨겨져 있었다는 것이 믿기지 않을 정도로 긴 침이 들어 있었다. 그녀는 자신에게 귀를 기울인 타나릴의 귀 안으로 그것을 그대로 꽂아버렸던 것이다.

“괜찮아, 리예. 아무 일 없었잖아. 쉬, 괜찮아.”

타나릴은 몸서리치는 리예를 안고 토닥였다.

리예가 이만큼이나 말할 자유를 얻은 건 아기가 보여준 덕분이지만 그는 그녀가 그 후의 장면까지 봤음을 알았다. 그래서 공작 저로 가는 길에 마차를 돌린 것이다.

그걸 아는 체할 수도 말할 수도 없는 가혹함에 분노가 솟았다. 하지만 그가 할 수 있는 건 이렇게 토닥여 주는 것뿐이었다.

“어머니는 할랜디어스를 특히 안타까워하셨어. 할랜디어스를 당신의 처지와 비슷하다고 여기셨겠지. 그걸 이용해서 어머니에게 암시를 걸어 조종했을 거야. 그냥은 힘들 거고 무슨 약물 같은 걸 썼을 테지. 혼자는 할 수 없는 일이야. 분명 내부에 할랜디어스를 돕는 자가 있을 거야.”

타나릴은 그 동조자가 누구인지 정확히 지목할 수도 있었다. 하지만 리예가 그것까지 알 필요는 없었다.

“이십 년 전이면 그녀는 겨우 열다섯 살이었잖아요!”

리예도 분노를 누르지 못했다.

"그때 할랜디어스의 친어머니가 죽었어. 아마 그때 유산으로 받은 것이 내게 저주를 보낸 마녀와의 연결고리일 거야. 2번 부인, 할랜디어스의 친어머니는 그런 여자였어. 공공연할 정도로 마녀의 저주를 활용했던 여자야. 그 여자의 딸인 할랜디어스도 얼마든지 그런 짓을 벌이고도 남아."

리예의 숨이 거칠어졌다. 덕분에 거꾸로 타나릴은 분노가 식는 것 같았다. 저의 일에 이토록 분노하고 대신 화를 내주는 리예가 사랑스러웠다. 하지만 임부가 이러는 것도 곤란했다.

"쉬, 진정해. 리예. 우리 아이가 걱정할 거야."

그러자 리예가 깜짝 놀라며 대번에 주먹을 폈다. 하지만 쉽게 진정되지는 않는지 몇 번 주먹을 쥐었다 폈다를 반복하고는 다시 심호흡을 한 후 말했다.

"마지막에 그것은 어쩌지요?"

"그 침? 그래, 그걸 언제고 써먹으려 할 거야. 케야가 달아났으니 아예 숨기기 전에 수를 써야겠어."

"타나릴, 어떻게 하려고요……?"

"리예, 난 강해. 난 앞으로 대마법사가 될 최강의 냉기 마법사야!"

"…찾으셨다고? 알았어. 내가 직접 연결할게, 발더."

발더와 통신을 끊은 타나릴은 제릴에게 다음 행선지를 알리면서 다시 통신을 연결했다.

-자리를 비우고 지금 어디냐!

예상대로의 호통이 들려왔지만 타나릴은 바로 본론을 꺼냈다.

"어머니께 가보려 합니다. 지금 말고는 당분간 뵙기 어려울 것 같아서요."

-…공사도 구분하지 못하는 것이냐. 약간의 틈 때문에 큰일을 그르칠 수도 있어!

"그보다 어머니가 더 중요합니다. 범인을 잡는 것은 수사부의 일이고요. 지금 어머니를 뵙지 않으면 후회할 수도 있습니다."

의외로 예그하라 공작은 호통을 잇지 않았다.

-하면 나도 가마.

"리예가 함께 가지 못하는 대신 어머니께서 좋아하시는 아이스크림을 사러 들렀다 가려 합니다."

-그런 것까지 일일이 보고하지 않아도 된다!

연결이 갑자기 끊기며 통신구가 어두워졌다.

어머니께 평생 충실하지는 않으면서 아내로서 존중한다는 아버지를 타나릴은 죽을 때까지 이해할 수 없을 것 같았다. 또 혈육에 집착하면서 자식들을 서로 피 튀는 경쟁에 몰아넣고 방관하는 비정함도 이해할 생각은 없었다.

그러나 그런 아버지이기에 오늘은 확실한 역할을 해주실 것이다. 타나릴은 꺼진 통신구를 향해 싸늘하게 웃었다.

"후작님, 어서 오세요!"

공작 저에서는 니오레타 부인이 입구까지 나와 타나릴을 맞았다. 그녀는 타나릴이 들고 온 작은 냉기 보존 상자를 보며 감탄사를 터뜨렸다.

"이런 걸 다 가져오시다니, 섬세하시네요, 후작님! 결혼하시더니 역시 세심하고 부드러워지신 듯해요. 사마라 부인께서 직접 보신다면 훨씬 더 감격하실 텐데……."

"어머니는 좀 어떠십니까."

"때때로 깨어나시곤 하는데 아직 완전히 기력을 찾진 못하셨어요. 이번엔 좀 오래가서 걱정이네요. 눈을 뜨실 때마다 누구를 찾는 눈치셨는데 아무래도 후작님을 계속 뵙고 싶어 하시는 것 같았어요. 후작님이 오셨을 때 눈을 뜨시면 정말 좋을 거예요."

사마라 부인이 이맘때 쓰러지는 일은 매년 있었던 일이다. 그녀는 본래 자신이 낳은 아들이 죽은 날을 전후로 이런 식으로 앓곤 했었다.

정신적인 병이라 나을 방도는 없었다. 앓을 때마다 그저 다스리는 방도밖에 없었는데, 올해는 유독 심했다. 지난번 타나릴이 소식을 듣자마자 달려갔던 건 의원이 마음의 준비를 하라는 말까지 했기 때문이었다.

"주무시는 거라도 뵙고 가지요."

"후작님, 그런데……."

니오레타 부인이 뒷말을 꺼리는 이유는 하나뿐이었다.

"혹, 누이들이라도 와 있는 겁니까?"

"네, 그렇습니다."

"알겠습니다."

타나릴은 고개를 끄덕이고 다시 사마라 부인의 침실로 향했다. 니오레타 부인도 타나릴의 선물을 들고 뒤를 따랐다.

"나도 같이 가자꾸나."

"공작님!"

갑작스러운 공작의 등장에 니오레타 부인이 소스라치게 놀랐다. 사마라 부인을 만나러 가는 사람이 하나 더 늘었다.

공작 부인의 방에 들어가자 네 명의 자매가 일렬로 사마라 부인의 곁에 늘어서 있었다. 타나릴이 공작가로 올 때면 거의 항상 같이 몰려오곤 해서 놀랍지 않은 장면이었다. 그러나 이젠 카리자엘의 장악력도 떨어지고 있는 마당에 이런 행보는 부자연스러웠다.

"넌 어머니가 쓰러지셨는데 이제야 얼굴을 내미니?"

카리자엘이 뾰족하게 소리치다가 입을 합 다물었다.

"아, 아버지 오셨어요?"

"아버지!"

"아버지를 뵈어요."

자매들이 앞다퉈 예그라하 공작에게 인사하면서 사마라 부인에게서 물러났다.

타나릴은 사마라 부인의 침대로 가까이 갔다. 그러자 방금까지 죽은 듯 잠을 자던 사마라 부인이 거짓말처럼 눈을 떴다.

"내 아들……."

사마라 부인이 손을 휘저으며 타나릴을 반겼다. 그리고 이후의 일은 놀라울 정도로 리예가 말한 그대로였다.

타나릴의 목을 끌어안은 사마라 부인이 그의 귀를 향해 침을 발사했다.

"트레니알라!"

예그하라 공작이 소리쳤다.

참사는 없었다. 암기는 천장을 맞고 바닥으로 뚝 떨어졌다. 주위가 얼어붙은 새 타나릴은 곧바로 통신구를 꺼내 말했다.

"지금 들어와."

"트레니알라, 지금 누구를 부른 것이냐!"

예그하라 공작이 호통을 쳤다.

"수사부 직원들을 오라 했습니다. 이번 사건의 주범인 마녀와 내통한 자를 잡기 위해 불렀습니다."

"지금 네가 감히 내 집에……!"

"혹시 공작님께서는 이번 사건의 범인을 잡는 일에 성역을 두려하시는 겁니까?"

"네가 지금 감히 어미를 잡겠다고 달려든 것이냐!"

"설마 제가 그런 패륜을 저지를 거로 생각하시는 것입니까?"

부자의 눈이 부딪쳤다.

이미 네 자매의 몸은 살얼음이 낀 채로 굳어 있었다. 그들이 발버둥은 물론 소리조차 지르지 못한 이유였다.

"제가 여기서 물러나야 합니까?"

타나릴이 예그하라 공작에게 다시 한번 물었다. 그 표정이 너무도 담담해서 오히려 타오르는 분노가 느껴졌다.

몇 번 입을 벙긋하던 예그하라 공작은 결국 침묵을 선택했다. 공작은 사마라 부인만 다른 곳으로 옮기게 했다.

잠시 후, 발더를 비롯해 정보부 요원들이 들어와 네 자매의 몸을 수색했다. 치욕스럽게도 바로 그 자리에서 현장 수색이 이루어졌다.

그들의 몸에선 갖은 수상한 물건들이 나왔다. 요원 중엔 마녀도 있어서 저주 종류의 주술이 걸린 것과 독극물을 선별해 찾아냈는데, 우습게도 네 자매 모두 그런 물건들 한두 가지 이상을 가지고 있었다.

저주에 관한 물건은 품고 있는 것만도 처벌 대상이었다. 물론 고위 귀족들이 그런 처벌을 받은 예는 없지만 가문의 후계자를 죽이려 한 마녀와 연관되어 있다는 제보를 받고도 그대로 묻을 수는 없는 일이었다.

그때까지 네 자매의 몸과 입은 얼음 속에 갇힌 채였다. 예그하라 공작은 간절한 눈길을 보내는 딸들의 눈을 외면했다.

유능한 마녀 요원들은 아무것도 놓치지 않았다. 리예가 꿈에서 본 독극물 반지는 할랜디어스의 구두 굽 안쪽에서 나왔다. 겉모양이 똑같은 반지를 바꿔 끼기까지 하며 어머니를 조종한 무기를 치밀하게 숨겼었지만 찾아내는 요원의 손에는 속수무책이었다.

반지를 찾아내고 효능을 밝혔음에도 할랜디어스는 뻔뻔했다. 마비에서 풀려나자마자 그녀는 소리쳤다.

"나와는 상관없는 물건이야! 오호라, 이거 네가 조작한 거지! 네놈 짓이지!"

타나릴은 할랜디어스를 쳐다보지도 않았다. 그저 예그하라 공작에게 물을 뿐이었다.

"연행해도 되겠습니까, 공작님?"

예그하라 공작은 아예 고개를 돌려 버렸다.

타나릴은 아버지와 스치듯 지나며 작게 속삭였다.

"어머니는 나중에 아버지께 맡기지요."

"트레니알라!"

그게 무슨 뜻인지 묻는 말이었다. 또한 알고서 하는 말이었다. 타나릴은 대답하지 않았다.

마지막으로 타나릴은 아직도 그가 준 선물 상자를 들고 서 있는 니오레타 부인에게도 나직이 속삭였다.

“부인과 할 말이 많습니다. 선처를 원한다면 자백하는 것이 좋을 것입니다.”

“네?”

화들짝 놀라는 니오레타 부인도 요원의 손을 거치면서 체포되었다. 이제야 마비가 풀린 자매들이 요원들에게 끌려 나가며 악을 쓰며 소리쳤다. 타나릴은 예그하라 공작에게 고개를 돌렸다.

“공학부에서 뵙겠습니다. 심문은 공작님의 입회하에 하겠습니다.”

“…보고만 해라.”

예그하라 공작이 그예 눈을 감았다. 타나릴은 그에게 묵묵히 고개만 숙여 인사하고 방을 나갔다.

• • •

아직 동이 터오기 전의 새벽, 나는 문득 눈을 떴다. 꿈을 꾼 것도 아닌데, 이렇게 이른 시각에 눈을 뜨다니 이상했다. 옆으로 몸을 뒤척이자 나를 바라보는 눈동자와 마주쳤다.

“타나릴! 언제 왔어요?”

“방금…….”

그래서 깼던 걸까? 하지만 타나릴이 차림새가 방금 온 것 같지 않았다. 그에게선 희미하게 물 냄새가 나고 있었다. 타나릴이 자는 나를 지켜보고 있었다는 것이 부끄럽기도 하고 마음이 그득해지기도 했다.

"깨우지 그랬어요."

"깨우고 싶진 않았는데, 막상 당신이 깨서 날 보니까 좋다."

"다음엔 깨워요."

"…응."

"사랑해요, 타나릴."

왠지 이 말을 하고 싶었다. 이젠 겁내지 않고 이 말을 아무 때나 할 수 있다는 게 얼마나 행복한지 모른다.

"…사랑해."

이렇게 내 남자가 내 입술에 입술을 갖다 대며 화답하는 순간을 맞을 수 있어서 더 행복한 것이겠지.

입안으로 미끄러지듯 들어온 혀가 나의 혀를 옭아매었다. 허겁지겁 그의 입술을 삼키던 도중에 타나릴이 입술을 살짝 떼면서 속삭였다.

"안고 싶어, 리에."

이상하게도 절박함이 느껴지는 목소리였다. 나도 그의 입술에 대고 대답했다.

"나도 당신을 안고 싶어요, 타나릴."

속이 훤히 비치는 얇은 잠옷 위로 그가 덥석 가슴을 물었다. 얇은 옷감 한 겹 아래 물린 유두가 빳빳하게 섰다. 나는 흥분을 감추지 않고 타나릴을 잡아당기며 신음을 흘렸다.

"아흣, 타나릴……."

잠옷이 말려 올라가며 벌어진 다리 사이로 타나릴이 무릎을 세우며 앉았다. 잠옷 외 딱 하나 입었던 작은 속옷이 말려 내려간 것도 순식간이었다. 거슬거슬한 거웃에 느껴지는 숨결과 매만져지는 느낌도 잠시, 민감한 부위를 파고드는 말캉한 느낌에 나는 자지러진 비명을 쏟아냈다.

허리 아래로 까만 머리카락이 덮고 있는 장면은 죄악감과 수치심을 동반한 쾌감을 불러왔다. 나는 아득해지는 정신 사이로 계속 그의 이름만 불러댈 뿐이었다.

"타나릴, 아아, 타나릴!"

눈앞이 하얘지는 절정이 찾아온 건 금세였다. 경련을 일으키며 말간 액을 울컥울컥 흘리는 내 안으로 어느새 바지를 벗어 던진 타나릴이 단단히 발기한 분신을 맞춰왔다. 절정의 여운으로 늘어지던 나는 그를 맞기 위해 넓게 다리를 벌렸다.

"어서……."

애가 타서 미칠 것처럼 보채는 안으로 그가 들어왔다. 빡빡한 내벽을 빼근하게 채우는 분신이 들어오자마자 나는 그를 안에 가둘 것처럼 힘껏 조였다.

"아아, 리예……."

타나릴의 탄성과도 같은 신음에 흥분이 배가되었다. 천천히 움직이는 그에게 맞춰 힘을 주고 빼는 것은 놀이와도 같았다. 나는 타나릴의 옅은 신음을 즐기며 잡기 놀이를 계속하려 했지만 그는 내 몸의 희롱을 계속해서 참지 못했다.

금세 놀이의 주도권이 넘어가고 말아서 나는 그의 진퇴에 맞춰 흔들리며 쾌락의 비명을 지를 뿐이었다. 그리고 계속해서 나는 그의 아래에서, 그리고 위에서 그를 따라 쾌락의 춤을 췄다.

창밖이 훤해지는 것도 모른 채 몇 번이고 사랑을 나누며 절정의 파도를 타던 나는 어느 순간 쾌락의 정점에서 실신하듯 잠든 것 같았다. 내가 다시 눈을 떴을 때는 환한 햇살이 창가로 삐쭉 들어오려는 참이었다.

기시감이 느껴졌다. 타나릴이 창밖을 보며 서 있었다.

무광택의 새까만 셔츠와 바지를 걸친 남자의 까만 머리카락이 햇살을 받아 반짝거렸다. 뒷모습만으로 퇴폐적인 아름다움을 풍기는 남자의 자태에 가슴이 두근거렸다.

조금 전까지 저 남자의 사랑을 받고 저 남자의 신음을 삼키고 저 남자의 귓가에 신음을 토해내던 내 모습이 새삼 그 어떤 날을 연상케 했다.

"깨어났군."

이불을 둘러싸고 일어난 내 모습이나, 마침 뒤돌아서며 타나릴이 한 대사도 바로 그날과 일치했다. 그날엔 뱀파이어가 햇빛 아래서도 있을 수 있나, 엉뚱한 감탄도 했더랬다. 한 가지 달라진 거라면 그땐 한껏 이마를 찌푸리던 그가 환하게 웃으며 다가오고 있다는 것이다.

나는 타나릴이 한 걸음 남겨뒀을 때 툭 던지듯 말했다.

"이름."

"응?"

"이름, 이렇게 물어야죠?"

잠시 멈칫하던 타나릴이 장단을 맞췄다.

"이름."

"내 이름보다 그쪽 이름을 먼저 밝혀야죠!"

피식피식 새어 나오는 웃음을 참지 못하면서도 나는 짐짓 새침한 척 입술을 삐죽거렸다.

"이런 실례를……. 난 트레니알라 리암 에그하라라고 합니다. 이제 나와 밤을 보내고 내 심장을 훔쳐간 여인의 이름을 알 수 있겠습니까?"

"뭐예요, 왜 그렇게 갑자기 느끼하게……."

느끼하긴 하지만 심장이 간질간질한 것이 기분이 좋긴 했다.

"이름을 알려주세요, 부인."

문득 진지함이 느껴졌다. 표정이나 목소리 둘 다, 이 남자, 너무 진지하다. 아직 발가벗은 채라 좀 민망하지만 나는 대답부터 골라야 했다.

"마그리예 힐 사우스. 아니, 마그리예 힐 예그하라라고 해요."

"언제까지……?"

"네?"

"언제까지 예그하라라는 이름을 쓸 건가요, 내 아가씨?"

순간 더는 장난이 아니게 되었다. 장난일 수가 없었다. 아직 혼전 계약서가 살아 있다는 것이 그를 얼마나 초조하게 하는지 확실히 깨달을 수 있었다.

할 수 있다면 오늘이라도 당장 발더를 만나 그걸 없애고 싶었다. 하지만 그것도 내가 이 저택을 나갈 수 있게 된 후라야 한다. 바로 앙켈루야를 잡은 후라야.

진지한 언약을 하기에 내 차림이 무척이나 부적절했지만 지금 답을 해야 했다. 그가 쏟아내고 있는 절절함과 외로움을 없애주고 싶었다.

"내 생이 다할 때까지요. 당신 곁에서 젊음을 보내고 함께 늙고 함께 흙으로 돌아갈 때까지요."

"나도 그래, 리예. 나도 그럴 거야."

타나릴이 내 이마에 이마를 맞추더니 내게 입을 맞췄다.

무슨 일이 있었던 걸까. 무슨 일을 겪었기에 말없이 돌아와 자는 날 바라보기만 하다가 이렇게 감정을 토해내는 걸까.

나는 묻는 대신 그의 등을 토닥거렸다.

입술을 떼고도 나를 끌어안고 있던 타나릴이 한참 뒤 말했다.

"당신 말대로였어. 어제 할랜디어스를 잡았어."

"……."

"예전부터 어머니를 조종해 온 것도 맞아. 그건 카리자엘이 한 짓이었어."

"…다른 두 사람은요?"

"동조자. 각기 어머니를 조종해 얻어낼 것들이 많았으니 다들 어머니의 정신이 혼몽한 걸 이용했어. 이번 일에 직접 연루된 건 없지만 그간 어머니를 일을 벌여온 건 확실히 밝혀졌어. 앞으로 밝혀질 일이 더 많겠지만."

"아무리 친어머니가 아니라 해도 키워주신 어머니를……."

"할랜디어스 말고는 다들 친어머니가 있으니까. 아무리 어머니가 키워주셨다고 하지만 친어머니와의 유대가 더 깊었나 봐. 그게 진짜 유대인지, 예그하라와의 끈을 잡고 집안을 흔들려 한 건지는 모르지만 말이야."

둘 중 어떤 것이 더 강해서인지는 그리 궁금하지 않았다. 차라리 남이 그들보다 나을 것이다.

당장 발더와 레타만 해도 그렇다. 공주 신분으로 그렇게 바쁜 와중에도 직접 찾아와 준 레타와 잠시 이야기를 나눈 것만 해도 어제는 숨이 트였다.

"그럼 할랜디어스만 추궁하면 되는 건가요?"

"그렇긴 한데 할랜디어스는 입을 열지 않을 거야. 입을 열어도 소용없을 테지만. 어머니께 한 짓을 안 후 아버지도 그들에게 손을 놓으신 것 같아. 그래도 그녀들이 예그하라의 이름을 가졌던 사람이라는 건 변하지 않기 때문에 수사관들도 미적지근한 태도를 보일 수밖에 없어. 기대할 건 없다고 봐야 할 거야."

'그것 말고 말해봐요. 당신이 이렇게 우울하고 힘들어하는 이유가 뭐예요……?'

내가 정말 묻고 싶은 건 그거였다.

나는 질문을 삭인 채 타나릴의 등을 토닥이기만 했다. 그렇게 몇 분은 더 있었다. 작은 한숨과 함께 타나릴이 말했다.

"마지막 순간 어머니와 눈이 마주쳤어."

"……!"

"당신이 말한 대로였어. 어머니는 날 찾으며 나를 끌어안고 귓가로 입을 벌리셨어."

"……."

"어머니는… 그 순간 정신이 또렷했어."

나는 타나릴의 등을 꽉 끌어안았다.

• • •

"보고드립니다, 차장님."

타나릴의 방으로 터덜터덜 들어온 발더가 소파에 풀썩 엎어지면서 말했다. 보고를 올리는 자세와는 거리가 멀었지만 말하는 내용만큼은 확실했다.

"수도의 거의 모든 마녀들에게 주의를 보냈어. 각자 지인을 확인하고 조금이라도 이상 신호를 발견한다면 바로 공학부나 수사부로 신고하라고 말이야. 하지만 이걸로 사건에 대한 것이 새어 나갈 수도 있게 되었어."

"감수할 수밖에. 케야, 아니, 앙켈루야를 잡는 게 우선이야."

이 모든 일의 배후, 미들리드에게 주술석 목걸이를 걸어 지배하고, 메릴리타의 정신을 장악하고, 델리에게 강한 암시를 걸어 조종한 이는 하나로 엮였다. 이린야 병원의 케야 의원이 바로 안야, 앙켈루야였다.

앙켈루야. 지난번 이린야 병원에 갔다가 나오던 길, 리예가 입에 담았다가 그토록 두려워했던 이름이었다. 모르는 척 최대한 자연스럽게 넘기긴 했지만 타나릴은 그 이름을 잊은 적이 없었다.

메릴리타가 최후의 순간 그 이름을 토해냈을 때는 놀랍기도 했지만 당연한 귀결처럼 느껴지기도 했었다. 당연한 일이랄지 앙켈루야는 메릴리타와 미들리드가 죽던 날 이미 도망쳤다.

"네 집에서 살인 사건이 일어났다는 것만으로 구설에 오를 거야. 물어뜯으려고 달려들 이들이 한둘이 아닐 텐데. 네 자매들 일까지 알려지면 싸잡아서 널 끌어내리려고 안달일걸?"

발더가 걱정스레 말했다.

네 자매를 잡아들인 이가 바로 타나릴이다. 타나릴과 예그하라의 힘을 경계하는 이들은 이때를 절대 놓치지 않으려 할 것이다.

아직은 막고 있긴 하지만 예그하라 네 자매가 수사부의 심문을 받은 사실이 알려지는 일은 시간문제였다.

현재 카리자엘과 앨리스, 르완은 자택에 구금된 상태였다. 세 여자가 자택에서 한 발짝만 밖으로 내디딘다면 바로 수사부에 인계되어 구속될 것이다.

할랜디어스는 죄질이 가장 무거워서 수사부 구치소에 구금되어 있었다. 고위 귀족, 그것도 예그하라 공작의 직계가 수사부 구치소를 차지할 줄은 몰랐던 터라 수사부에서도 보통 골치가 아픈 게 아닐 것이다. 그러나 반드시 앙켈루야와의 연관을 밝혀야 했다.

그에 관해 예그하라 공작은 아직 침묵하고 있었다. 보고만 하라던 그 말 그대로 아무 압박도, 재촉도 없어서 수사부는 이래저래 살얼음판이었다.

타나릴은 어깨를 으쓱하고 말았다. 그의 태평함은 전염되는 듯했다. 발더는 보고를 마저 이었다.

"마녀들의 동요가 심해. 그 앙켈루야라는 여자, 본래 미들리드의 조수였던 아메를릿이라는 마녀의 마력을 흡수하고 그 얼굴을 덮어쓴 거였다고 해."

"또 다른 희생자가 생기기 전에 잡아야지."

"하지만 이미 또 희생자가 생긴 거라면? 마녀들이 그 이야기로 몸서리를 치던데. 오늘로 사흘째인데, 주의를 보내자마자 신고가 빗발치고 있어."

그래서 발더의 눈가가 저렇게나 퀭한 것이다.

타나릴도 무리해서 새벽에 리예를 보러 갔던 그날 이후로 연락할 틈도 부족했다. 그날, 아무 말 없이 꼭 안아주기만 하던 리예의 느낌이 아득히 멀게 느껴졌다. 십 년을 내 집같이 보냈던 공학부가 이렇게나 낯설고 진이 빠지게 느껴질 수 있다는 것이 신기하면서도 당연하게 여겨졌다.

리예만 생각하면 당장 달려가고 싶었다. 이젠 일을 하기 위해 예전엔 필요 없던 집중력도 일부러 깨워야만 했다.

타나릴은 물을 두 잔 따라 발더에게 한 잔 건넸다. 물통에서 미지근했던 물이 발더에게 갈 때는 컵 바깥에 송글송글 물방울이 맺혀 냉기를 자랑했다. 발더는 반색하며 물을 벌컥벌컥 마셨다.

"네가 따라주는 물이 최고라니까!"

겨우 물 한 잔에 탄사까지 내뱉으며 즐거워하던 발더의 표정이 금세 우울하게 변했다.

"이 사태가 비단 마녀들만의 불안으로 끝날 일이 아니라서 더 걱정이야."

"그래도 리만 경께서 선견지명을 발휘하신 덕분에 도움되지 않아?"

리만 후작에게 불려 갔던 발더는 서른 명의 수사관을 전담할 권한을 얻었다. 겉보기엔 '전담'이고 실속은 '감시'라며 발더는 죽는 시늉을 하긴 했지만, 그들이 수도에 있는 마녀들에게 주의를 전달하고 신고를 받는 역할을 톡톡히 해내고 있었다.

"모자라! 신고를 접하는 대로 수사관 마녀들이 달려가고 있는데 사람이 턱없이 부족해. 뭐, 덕분에 실험에 미쳐서 죽은 마녀 하나를 발견하고, 죽어가던 마녀 두 사람을 구하긴 했어. 그런데 구한 사람 하나가 얼마 전 우리가 잡으려던 그 환각제의 원제작자인 것 같아."

"그래?"

타나릴은 물을 마시다 말고 발더에게 집중했다.

얼마 전 사관학교에 투입한 두 요원에게서 환각제를 유통한 업자의 꼬리를 잡았다는 보고가 있었다. 그들의 비밀 모임에 초대된 요원 헤른달이 가벼운 부상을 당하며 유통업자를 무사히 잡긴 했는데, 심문 전에 범인이 자결해서 연결 고리가 끊어지고 말았다. 그걸 이번 대대적인 마녀 수색 사건으로 잡아낸 것이다.

"여기저기 신고가 들어오는 걸로 봐서 이참에 그놈들 뿌리를 건드려 볼 수 있을 것 같아."

정신 계열 약 종류를 몰래 연구하는 것은 무조건 불법이었다. 가끔 종교적인 이유나 순수 연구 목적으로 약을 만들어보려는 이도 있지만 이유 여하를 막론하고 처벌 대상이다.

약을 유통하는 것이 걸리면 마력을 강제하는 처벌에 더해 징역,

또는 최고 사형까지 된다. 하지만 사형이 무서워서 죄를 짓지 않는다면 이 세상에 범죄자는 없을 것이다.

“난 뿌리를 건드리는 수준으로 만족하지 않을 거야.”

완전히 뽑아버릴 생각이다. 물론 씨는 남아서 다시 자란다 해도 최소한 리에와 자신의 아이가 자랄 때에는 절대 그 위험에 노출되지 않게 할 생각이다.

“어련하시겠어요.”

발더가 손바닥을 드러내며 희게 웃었다. 하지만 사정은 그들의 짧은 냉수 건배도 봐주지 않았다. 에르모가 뛰어오며 소리쳤다.

“지금 막 수도 북쪽 이랄트로 구역에서 연락이 왔습니다. 사흘 전까지 연락이 되었던 마녀가 오늘 가보니 시신으로 발견되었다고 합니다. 시신의 상태가 이미 1년은 지난 미라처럼 바싹 말라 있었다고 합니다!”

타나릴과 발더가 벌떡 일어나며 동시에 외쳤다.

“앙켈루야!”

“마차는 대기시켰습니다. 주소는 여기…….”

타나릴은 에르모가 내미는 쪽지를 받아 들며 소리쳤다.

“무력은 내가 담당할 테니, 정신 계열에 강한 마녀들로만 준비해! 마법사들은 지원조로 떨어져서 오라 하고.”

“네, 알겠습니다!”

에르모의 답이 따라가기 전에 타나릴은 이미 공학부를 빠져나가고 있었다. 에르모도 허둥지둥 나가 버리자 발더가 홀로 중얼거렸다.

"합성, 합성……. 어디 보자, 나는 그림 잘 그리는 수사관들을 모아야겠네."

발더는 남은 물을 마저 마시고는 일어섰다.

• • •

"레타, 어떻게 온 거예요!"

나는 오랜만에 찾아온 레타를 반갑게 맞았다.

도망친 앙켈루야 때문에 나는 감금 아닌 감금 생활을 하고 있었다. 내가 외출을 그다지 즐기지 않는 성격이긴 해도 내 의사가 아니게 갇힌 상태라는 건 답답하기 짝이 없었다.

나도 이런데, 진짜로 구금된 네 명의 자매들은 어떻게 지내고 있을까 싶지만 그들은 죗값을 치러야 한다. 그리고… 어머니는 생각하지 않으려 애써 생각을 눌렀다.

"집 앞마당도 함부로 나가지 못한다면서요? 그러니 자유로운 내가 찾아와야지, 어째요."

"레타, 와줘서 정말 고마워요."

"친구 사이에 겨우 이 정도로 뭘요. 실은 지난번 리예가 내놓았던 음식이 먹고 싶어서 온 거예요. 또 줄 거죠?"

"당연하지요, 레타!"

"이쪽으로 드시지요, 부인, 공주님."

로레인이 제법 근엄한 표정으로 식당 겸 꾸민 응접실로 안내했다.

입덧이 거의 사라지면서 내 식사 장소는 본래 식당으로 돌아갔었지만 메릴리타의 일이 있고 나서 다시 또 옮겨 버렸다. 그 사건이 벌어진 곳이 바로 식당 옆이었기 때문이다. 그것도 메릴리타가 다른 이들의 유입을 막으며 피해를 가장 줄이기 위해 일부러 유도한 것이라고 들었다.

집 안에서 옮긴 것이니 거기서 거기겠지만 아직은 이런 식으로나마 메릴리타를 추모하고 기억하며 슬픔을 삭이는 중이었다.

레타와 레타의 수행원, 나, 로레인은 가볍게 아이스크림으로 입맛을 돋우며 이야기꽃을 피웠다.

"지난번에 공국에서 봤다던 농부 부부 이야기를 마저 듣고 싶어요."

"아, 정말 그 힘든 일을 하면서 그렇게 행복하게 웃으며 일하는 부부는 처음 봤어요. 그 농부가 다쳤었다는 이야기를 했었지요? 그랬더니 그 부인이 어땠냐 하면……."

레타는 굉장히 좋은 화자라 이야기를 듣는 것만으로도 시간이 술술 흘렀다.

"덕분에 그들에게서 씨앗을 얻는 새로운 법을 배웠어요. 다음에 황실 직영지에서 그 방법을 적용해 보려 해요. 물론 날씨와 토양이 달라 같은 법이 적용되지 않을 수도 있지만 계속해서 노력하면 분명 좋은 결과를 얻을 거예요."

"정말 대단해요, 레타……. 공주님이 가장 아래에서 이루어지는 일에 관심을 기울이고 있다는 걸 알면, 이 땅의 농부들도 힘을 낼 거예요."

사람들은 화려한 외양만 보고 레타가 치장에나 신경 쓰고 다닌다고 생각하지만 실제론 농부들을 직접 찾아가 그들의 경작법을 익히고 종자를 사고 풍족한 식량 생산에 관심을 기울이는 진정한 위정자였다.

레타의 이번 외교 활동 명목은 직물과 사치품 관련이었다. 하지만 나머지 시간을 모두 할애해 농부들을 찾아다니고 새로운 식량 자원을 늘릴 수 있는지 연구해 온 것이다. 나는 그런 레타를 존경하지 않을 수가 없었다.

"그런 눈으로 보지 마요, 리예. 리예야말로 존경스러운걸요. 그 살얼음 같은 마왕을 사람으로 만들어놓질 않나, 이렇게 밑바닥에 관심을 기울이고 총명하기까지 하니 공작 부인으로서 리예는 어떨지 정말 기대하지 않을 수가 없어요."

"레타, 제발요……."

"좋아요, 서로 금칠은 그만하기로 하지요. 오, 저기 밀레이나 부인이 왔네요! 벌써부터 냄새로 군침이 돌아요. 내가 그날 가자마자 내 궁의 요리장에게 당장 여기서 먹은 딤섬에 대해 알려줬는데도 그 맛이 안 나더라고요. 먹고 싶으면 꼭 리예를 찾아와야겠어요."

"종종 찾아와 줘요, 레타!"

"너무 자주 온다고 뭐라 하진 않을 거죠?"

"천만에요!"

레타 덕분에 까르르 웃는 순간, 나는 잠시 죄책감을 느꼈다. 이렇게나 빨리 웃음을 터뜨릴 수가 있나. 이렇게 빨리 그녀를 보내고 잊어버려도 되는 걸까.

손등에 느껴지는 감각에 난 고개를 번쩍 들었다. 레타가 약간 걱정을 담아 토닥여 주고 있었다. 내가 무슨 생각을 하는지 아는 듯한 얼굴에 나는 눈물이 핑 돌았다.

"리예, 웃어도 돼요. 메릴리타도 그러길 바랄 거예요."

"고마워요, 레타."

레타가 나직이 속삭이듯 말했다.

"이번 사건은 황실에서도 주목하고 있어요. 그 마녀의 목걸이가 주술석이라면서요?"

"네……."

어느새 로레인과 레타의 수행원은 자리를 비워주고 있었다. 레타는 두 사람만 있음에도 조심스럽게 이야기했다.

"그 마녀를 잡지 못하면 주술석은 세상에 나올 수 없게 될지도 몰라요. 아직은 아니지만 그런 움직임이 있다고 들었어요. 특히 마녀라면 싸잡아서 몰아넣고 싶어 하는 빽빽한 인간들이 아직 많거든요.”

“알아요, 주술석이 나쁜 건 아니지만 사용하는 처음 시작은 사람들의 인식을 결정하게 될 테니까요. 하지만 마녀들이 그것으로 막 희망을 가지기 시작했는데…….”

“미개척지만 생각해도 주술석을 포기해서는 안 될 거예요. 그러기 위해선 더더욱 리예의 안전이 중요해요. 그러니 지금 힘들더라도 조금만 참아요. 내 남자와 리예의 남자가 반드시 해결할 거예요.”

레타마저 내 안전에 대해 단단히 이르는 걸 보면 발더로부터 언급이 있었던 듯했다. 그게 아니라도 레타는 날 걱정하겠지만, 그래도 이렇게까지 말을 들으니 사안이 더욱 위중하게 느껴졌다.

“걱정하지 말아요, 레타. 나중에 레타와 함께 여기저기 다닐 생각으로 많이 저축하고 있어요. 그러니 지금은 참을 수 있어요.”

“정말요? 정말 나랑 여기저기 다닐 거예요? 그것도 타나릴이 놓아줘야 할 텐데.”

레타가 야릇하게 웃었다. 아무래도 레타가 말하는 여기저기는 내가 생각하는 수준을 살짝 벗어난 것일 수도 있었다. 아니, 살짝이 아니라 좀 많이? 그럼 정말 타나릴이 반대할 텐데…….

그리고 나도 타나릴과 오래 떨어지기는 싫었다. 하지만 초롱초롱한 눈으로 기대하는 레타를 실망시키기도 싫었다.

"하하하하하!"

순간 레타가 웃음을 터뜨렸다.

"리예, 리예가 그렇게 진지하게 고민하니 더 놀리고 싶어요. 내가 아무리 눈치가 없어도 신혼부부를 떼놓을 생각을 할까요. 아, 이 못된 공주를 용서해 줘요. 하하하하!"

일부러 날 웃기려는 레타의 노력은 다행히도 잘 통한 듯했다. 나도 이번엔 잠시 마음껏 웃을 수 있었다.

레타는 한 가지 선물을 더 주고 갔다. 메릴리타 대신 나를 전담할 주치의를 보내준 것이다. 오랜 시간 황후의 주치의로 있다가 은퇴한 의원이라 신원도 확실한 데다 무엇보다 마녀가 아니라서 타나릴도 환영했다.

지금은 마녀, 주술 의원을 경계할 수밖에 없었다. 메릴리타나 델리의 일만 봐도 앙켈루야는 마녀를 더 잘 조종하며 이용하고 있었다. 정신 조종 면에선 일반인이 더 취약할 수 있을지 모르나 앙켈루야의 성향을 생각하면 다른 마녀를 집 안에 더 들일 수는 없었다.

그 때문에 앙켈루야의 지배를 당한 적이 있는 델리는 집에 돌려보낼 수밖에 없었다. 앙켈루야를 잡기 전까지는 다시 델리를 들일 수 없을 것이다.

이건 비단 델리의 문제만이 아니었다. 마녀를 잡아먹는 마녀. 피해자들이 마녀인데도 그 하나 때문에 마녀들이 다시 부정당하고 추방당할 수도 있다.

지금 이 순간에도 앙켈루야는 나를 노리고 있을 수 있다. 나는 흠칫 떨며 몸을 말았다. 마녀도 마녀지만 다시 원론적인 궁금증에 빠졌기 때문이다.

나는 다시 생각에 빠졌다. 내가 그런 미래를 보게 되는 이유는 뭘까.

내가 미래의 신문을 봤을 때부터 그 마녀는 내 적으로 나타났다. 수많은 사람을 해치고, 마법사들도 그녀 하나 때문에 희생되었다고 했다. 그중엔 대마법사도 있었다고 했지, 아마?

나는 퍼뜩 고개를 들었다. 처음 봤던 예견의 신문 발행 날짜가 이제야 생각났다.

"2210년 7월 20일……."

입으로 되뇌자 날짜가 확실해졌다. 앞으로 9년 후, 더위가 절정이던 한여름. 바로 이맘때.

날짜를 떠올리자 파묻혔던 두 남자의 대화 한 자락이 더 떠올랐다.

'마흔도 안 되었다던데, 젊은 대마법사가 아깝게도 쯧쯧…….'

'사상 최연소 대마법사였는데 하필 상성이 제일 안 좋은 여름인 게 탈이었다지?'

"어, 어흐어어……!"

나도 모르게 괴이한 비명을 질렀다. 견딜 수가 없었다. 활자화된 그 안의 대마법사가 누구인지 깨닫고 말았기 때문이다.

그건 일어나지 않은 일이다. 일어날 수가 없는 일이다. 그런데도 난 미칠 듯한 두려움에 사로잡혀 소리치고 말았다.

"타나릴!"

추락 사고, 어머니, 그리고 첫 번째 그것까지……. 모두 그의 죽음을 본 것이었다. 나는 몸을 둥글게 말며 미칠 듯 떨리는 몸을 두 손으로 감싸 안았다.

문득 못 견디게 외롭고 무서워졌다. 가슴을 죄는 이 불안감이 괜한 것이었으면 싶었다. 그의 목소리라도 듣고 싶다는 생각에 절실했지만 지금 그를 방해할 수는 없었다.

"부인, 간식을 가져… 부인!"

로레인이 웅크리고 있는 나를 보고는 깜짝 놀라 뛰어 들어왔다.

"무슨 일인가요, 어디가 아프세요? 의원을, 잠시만요!"

나도 내가 그렇게 빨리 움직일 수 있는지 몰랐다. 난 하얗게 질려 뛰쳐나가려던 로레인의 손목을 붙잡고 고개를 저었다.

"아무도, 아무도 부르지 말아줘요!"

로레인은 다행히도 내 말을 따라주었다. 나는 몇 번 더 심호흡을 했다. 그런 후 몸을 일으키고서야 알았다. 그때까지 나는 등을 둥글게 말고 있었다. 그래서 로레인이 더 걱정했나 보다.

"아파서 그런 거 아니에요. 괜찮아요. 그냥 슬퍼서 그런 거예요."

"부인……."

로레인의 눈에 대번에 눈물이 그렁그렁 맺혔다. 로레인도 메릴리타의 죽음에 함께 힘들어하고 슬퍼했다. 로레인이 방금 전 내가 지르던 괴상한 신음을 듣지 못해서 다행이었다. 그랬다면 이런 핑계로 쉽게 넘어가진 못했을 것이다.

"후작님, 오라버니가 안 계셔서 그런 더 힘드신 거지요?"

"타나릴만 오라버니라고 부르기예요?"

나는 짐짓 불평하듯 말했지만 내심 고마움을 감출 수 없었다. 비서가 아닌 가족으로서 위로하기 위해 노력하는 로레인의 마음이 잡힐 듯했다. 하지만 타나릴을 생각하니 또 가슴이 미칠 듯 두근거렸다.

"부인… 아니, 언니… 표정이 정말 안 좋아요! 정말 아프신 건 아니에요?"

"아뇨, 아픈 거 아니에요. 그런데 그건 맞아요. 타나릴이… 보고 싶어요."

"오라버니께 오실 수 있는지 연락해 볼까요?"

내 솔직한 답에 로레인은 이제 흠칫거리지도 않았다. 곧바로 통신을 연결하려는 로레인에게 나는 얼른 손사래를 쳤다.

"안 돼요. 집에 오지 못하는 타나릴 마음은 오죽하겠어요. 그래도 이렇게 칭얼거리고 투정을 부릴 수 있는 사람이 있으니 좋네요. 내가 어린애 같지요?"

"사랑하는 사람이 보고 싶은 건데, 어린애랑 무슨 상관이에요? 솔직히 전 그렇게 그리운 사람이 있어봤으면 좋겠어요, 언니."

호칭이 바뀌니까 로레인의 말투도 좀 더 다정해진 느낌이었다. 평소 다정하지 않았던 게 아니라 좀 더 친근하게 느껴지는 느낌이다.

로레인이 왜 호칭에 신경 쓰는지 알 것 같았다. 덕분에 거리감이 확 좁혀진 로레인은 진짜 동생처럼 느껴졌다.

"나도 그런 사람이 생길 줄은 몰랐어요. 그런데 곁에 있을 땐 몰랐는데 떨어져 있으니까 자꾸 걱정돼요."

로레인이 쉽게 받아줘서 그런지 나도 모르게 솔직한 내 심정이 마구 터져 나왔다. 부러워하는 듯한 로레인의 표정에 언뜻 그녀에게 관심이 많던 누군가가 생각났지만 재빨리 무시했다.

이 똑똑하고 영리한 아가씨에게 그 사람을 소개해 준다는 건 왠지 죄스럽게 느껴졌다. 그런 걸 보면 나도 일터에서의 타나릴이 어떤지 조금은 안다고 할 수 있는 것 같다.

아, 생각을 조금 달리 해보려 해도 다시 타나릴에게 생각이 꽂혔다. 머릿속을 어지럽히는 신문의 활자가 떨어지지 않는다.

어머니… 묻어버리고 싶었지만 마지막 순간 타나릴에게 침을 발사했다던 어머니를 도무지 받아들일 수가 없었다. 비행선 추락 사고도 네 자매 중 하나와 연결되어 있기에 추적 중이라는데, 이번 구금 중에 그 범인을 잡아낼 것 같았다.

"사방이 적이에요. 그를 위해 내가 뭘 해야 할까요, 로레인?"

"부인. 아니, 언니……. 제가 아직 다 부족하고 모르는 게 많지만 한 가지는 알아요. 오라버니는 언니만 있으면 돼요. 지금도 언니에게 돌아오기 위해 달리고 있을 거예요. 그러니 언니는 이곳에서 기다려 주시는 게 가장 오라버니를 위한 거라고 생각해요."

"현명하네요, 로레인."

나는 로레인의 말을 가만히 곱씹었다. 그가 돌아올 곳이 바로 내 자리였다. 이 자리를 지키는 게 나의 할 일이었다. 그러느라 로레인이 하는 말을 놓치고 말았다.

"…그래도 해야지요."

"네?"

로레인은 아무것도 아니라며 고개를 저었다.

• • •

예지자도 아닌 로레인의 말은 정확했다. 그 시각, 타나릴은 뛰고 있었다.

미라처럼 말라서 죽었다는 마녀의 집에 도착하자 이미 와 있던 수사관 두 사람이 그를 맞았다.

"후작님, 오셨습니까?"

"안에 들어가 본 건 아니지?"

"네, 접근하지 말라고 하셔서 감시 체제로 대기 중이었습니다."

"피해자는 어떤 사람이지?"

"미모리아라고 합니다. 건강 보조제 등 약을 짓거나 부인과 진료를 하며 살아온 마녀입니다."

대개 마녀들이 살아가는 표본 같은 삶을 살던 이였다.

"목격자는?"

"지금 오는 중이라고 합니다."

"목격자가 이곳을 떠났었다는 말인가?"

"그게 아니라 목격자도 통신구로 마녀의 상태를 확인한 거라고 합니다."

"이쪽에서 연락을 받지 않는데 어떻게 연결해서 봤다는 것이지?"

"저도 그걸 수상하게 여겨서 물어봤더니, 죽은 마녀가 평소에 식사도 자주 거르면서 연구만 하던 이라 무조건 화면이 연결되게 장치를 손봤었다고 합니다. 지금 오고 있는 이가 피해자의 딸이라고 합니다. 당장 들어가 보시겠습니까?"

"잠깐만."

타나릴이 함께 온 요원 중 마녀들을 불렀다.

"들어서는 입구부터, 문과 창문에 주술 장치가 있는지 확인해 주시오."

"네!"

다섯 명의 마녀가 문 앞부터 조심스럽게 주술의 흐름을 확인하고는 차례로 경악하며 소리쳤다.

"덫이 있습니다!"

"제거할 수 있소?"

"네, 할 수 있습니다."

덫은 총 아홉 개가 발견되었다. 현관 앞 포치 밑에 두 개, 현관에 세 개, 창틀 두 개에 각각 두 개씩, 모두 건드리는 순간 생명력을 빨아들이는 덫이었다. 히그틀리에서 메릴리타의 집에 있던 것과 같은 것이었다.

대기하던 수사관들은 마녀들의 설명에 퍼렇게 질리며 뒷걸음질 쳤다. 그도 그럴 것이 처음엔 잠깐 창문 밖에서 안을 들여다보기도 했었기 때문이다. 만일 창틀에 손이라도 짚었다면 자신들도 죽은 마녀처럼 미라가 됐을 것이었다. 절대 집 가까이 접근하지 말라던 지시가 그들을 살렸다.

"덫은 안에도 있을 수 있으니, 아무도 들어가지 마시오."

타나릴은 마녀 요원들이 덫을 제거한 문을 열고 혼자 안으로 들어갔다. 문 바로 앞에 시체가 있었다면 쉬울 수 있었지만 방은 하나가 아니었다. 그런데 마녀 한 사람이 타나릴의 뒤에 바싹 붙어 따르며 말했다.

"이 문에선 흐름이 느껴지지 않습니다. 바닥도 살피는 중입니다."

"들어오지 말라고 했지 않소!"

"이건 우리의 일입니다!"

"네, 그렇습니다!"

들어온 마녀는 한 사람이 아니었다. 같이 들어온 마녀가 말했다.

"이번 일이 마녀들에게 어떤 기점이 되는지 모르는 바가 아닙니다. 저희가 여기서 죽더라도 절대 후작님을 원망하는 일은 없을 겁니다."

"원망의 문제가 아니오!"

"그 마녀를 놓치게 되면 어떤 일이 벌어질지 우리가 가장 잘 압니다. 목숨을 걸더라도 그 마녀를 반드시 잡아낼 것입니다!"

"혹, 바깥에서 힘이 필요할 수도 있어서 다 들어온 건 아닙니다. 덫만 확인해 드리겠습니다."

그렇게까지 말하는 마녀들을 쫓아낼 수는 없었다. 그녀들은 세 개의 덫을 더 찾아냈다. 그리고 마지막 세 번째 방에서 시체를 발견했다.

마녀들은 시체를 보는 순간 동시에 침음을 흘렸다. 미리 듣긴 했으나 실제로 마력이 빨려 죽은 마녀의 시체를 확인하는 건 그들에게 엄청난 충격이었을 것이다.

"이제 됐으니 다들 나가시오!"

타나릴은 먼저 마녀들을 내보냈다. 모두가 집에서 멀리 떨어진 걸 확인한 타나릴은 시체를 마력으로 감싼 채 천천히 들어 올렸다.

그러나 시신 자체가 또 다른 덫이었다. 시신이 바닥에서 떨어지는 순간, 빛이 번쩍였다.

콰앙, 펑!

폭발은 한순간이었다. 실험실에서 터졌던 스푼과 비슷하면서도 훨씬 거대한 폭발이 주위를 휩쓸었다. 집은 형체가 있었는지조차 알 수 없을 만치 깡그리 날아갔다. 지하실이 있던 부위는 얕은 웅덩이로, 나머지는 그냥 평지가 될 정도였다.

콜록, 콜록! 수사관들은 기침을 뱉으며 집이 있던 쪽으로 뛰어들어 타나릴을 찾았다.

"후작님!"

"차장님?"

"후, 후작님?"

먼지가 채 가라앉기도 전에 보이는 그것에 수사관들은 입을 딱 벌렸다. 집이 있던 곳에 모든 것이 날아갔지만 남은 것이 있었다. 사람 크기의 얼음 탑과 그 아래 얼음 관 하나만은 모습을 보전한 채 하얗게 얼어붙어 있었다.

순간 얼음탑 안에서 빛이 반짝였다. 다시 폭발이 일어나는가 싶어 긴장하던 그때, 낭랑한 목소리가 들려왔다.

-오라버니, 언니가 오라버니 보고 싶어서 울어요!

얼음 탑이 파사삭 부서졌다.

단죄

눈을 뜨니 내 남편이 날 보고 있었다. 몸이 생각보다 앞서 그의 목을 덥석 끌어안았다.

"무사한 거죠? 어디 다친 데 없어요?"

바로 내 앞에 있는 이를 보면서도 왜 이런 말부터 나오는지 모르겠다. 저절로 눈물이 차오르는 바람에 내가 더 당황해하자 타나릴이 토닥여 주었다.

"괜찮아. 나는 무사해. 당신 덕분이야, 항상."

타나릴의 대답이 너무 진지해서 나는 얼버무리고 말았다.

"난 그냥, 당신이 잠을 좀 자는지 밥을 잘 먹는지 궁금해서……."

"밥은 잘 먹어. 솔직히 당신이 옆에 없으니 잘 잔다고는 못 하겠어. 잠도 잠이지만 이렇게 당신 살 냄새를 맡지 못하는 게 가장 힘들더라."

타나릴이 내 목덜미에 고개를 묻으며 비볐다. 순간 온몸이 후끈 달아오르며 다리 사이가 조였지만 타나릴은 그 이상은 하지 않았다.

"당신, 가봐야 하는군요. 무리해서 온 것 아닌가요?"

"당신을 보지 않는 게 무리야."

심장이 쿵쿵 뛰었다. 이런 말을 들을 때면 사랑을 나누는 때만큼이나 가슴이 뿌듯해졌다. 어쩌면 이렇게 달콤한 말을 진지하게 마구 토해내는 남자를 내가 차지할 수 있었는지, 두 번의 생을 합쳐 내게 온 가장 큰 행운이 아닌가 싶다.

만일 그때 바텐더가 전한 '약'을 다른 여자가 먹었다면, 하는 생각을 하니 날카로운 송곳으로 가슴을 찌르는 느낌이 들었다.

때가 되면 이 남자를 내어줄 생각을 하고 있던 나로 다시 돌아갈 생각은 추호도 없었다. 그 어리석은 여자가 되느니 차라리 싸우고 할퀴고 소리칠 것이다.

전엔 그런 내가 이전 세상의 내 부모를 투영하는 게 아닌가 싶어 가슴이 덜컹하기도 했지만, 이젠 그런 비약은 하지 않는다. 내가 내 남자를 지키고 소유하고 싶은 건 너무나도 당연하니까.

"그래도 난 잘 있으니까 걱정하지 않아도 돼."

"내가 내 남자를 걱정하는 건 당연해요."

억누를 생각 없는 속마음이 불쑥 튀어 나가고 말았다. 타나릴의 어깨가 떨리더니 쿡쿡 웃으며 말했다.

"당신 말이 옳아. 당신 남자를 걱정하는 건 당신 권리야. 하지만 걱정된다고 울지는 마. 나는 당신이 울 만큼 큰일은 절대 만들지 않아."

이 남자, 내가 울었다고 해서 온 거구나. 누가 일러주었는지 뻔했지만 뭐라 할 수도 없었다. 로레인이 '부인'과 '언니'를 대하는 차이를 확실히 알 것 같았다.

"그래도 조심해요."

"응. 조심, 또 조심할게."

"키스해 줘요."

나는 타나릴의 가슴을 살짝 밀며 고개를 들었다.

다음 순간 뜨거운 입술이 입술을 덮었다. 입안으로 들어온 혀가 치열을 훑고 그 안을 침범해 혀를 잡아채 빨아 당기기까지 느릿느릿한 동작이 애가 탔다. 나는 타나릴의 목덜미를 당기며 그의 혀를 빨아들였다.

마치 마지막인 것 같은 키스가 끝났을 때 나는 몽롱한 기분으로 그를 올려다보았다. 타나릴이 안타까운 표정으로 말했다.

"지금 가봐야 해."

얼마나 바쁜 시간을 쪼개어 온 건지 알 수 있었다. 그러나 놓아주기 싫었다. 어리광도 잠시, 나는 그의 허리를 꼭 안았다가 몸을 떼었다. 손을 놓는 순간 가슴이 지끈거렸다.

"빨리 돌아오라고 하지 않을게요. 대신……."

"응, 안 다치고 무사히. 절대 다치지 않고 올게. 그때까지만 당신도 이 답답한 생활을 참아줘."

"나는 하나도 힘들지 않아요. 그러니……."

어서 가라는 말도 하기 싫다. 나는 말로 하는 대신 물러앉으며 손을 흔들었다.

"다녀올게."

이마에 잠시 타나릴의 입술이 닿는가 싶더니, 다음 순간 그가 사라졌다.

열린 창문으로 흔들리는 커튼이 타나릴이 방금 그리로 나갔음을 알려주었다. 문으로 나갈 새도 없거나, 혹은 은밀히 다녀야 하는 것 같았다. 어쩌면 둘 다인지도 모른다.

그래도 이렇게나마 잠시라도 타나릴의 온기를 느낀 건 내게 많은 위로가 되어주었다. 덕분에 축축 처지던 몸에 힘이 돌더니 맹렬하게 배가 고파졌다. 나는 호출구에 대고 나의 위장을 달래줄 사람을 크게 불렀다.

"밀레이나!"

그날 난 메릴리타가 떠난 후 처음으로 왕성한 식욕을 자랑했다.

로레인은 뭔가 알 것 같다는 듯 흐뭇하게 웃었다. 로레인이 나를 부르는 호칭은 다시 부인으로 돌아갔지만 아무래도 좋았다. 슬픔은 남았지만 앞날이 정리된 느낌이었다.

내가 할 일이 또렷해졌다. 나는 여기서, 타나릴의 등대가 되어주어야 한다.

• • •

마력이 빨린 마녀의 집 폭발 이후로 사건은 축소한 채 수사할 수가 없게 되었다. 앙켈루야 사건은 이제 마법 공학부 소관에서 벗어나 정계로 이어진 참이었다.

경고가 갔을 때도 그랬지만, 실제로 마력이 빨아 먹힌 피해자가 생기자 마녀들의 동요가 심해졌다. 거기에 본래 마녀를 싫어했던 이들이 이때다 싶게 들고 일어나며 외쳤다.

"주술석이라니요! 그런 불길한 물건이 유통되도록 놔둘 수는 없습니다! 그 사악한 마녀 하나가 이토록 나라를 뒤숭숭하게 만들고 있는데 다른 더 큰 재앙이 발생할 수도 있습니다!"

마법 공학부 전 차관, 체를릿 후작이었다.

"주술석이 문제가 아닙니다. 마녀의 능력이 문제였지요. 그 마녀의 능력이 저주에 특화된 탓에 증폭도 강했던 것입니다. 주술석이 위험해서 쓰지 말라는 건 칼이 위험하니 쓰지 말라는 말과 같은 어리석은 소리입니다!"

현 산업부 장관 카로이로 백작이었다.

타나릴에게 적만 있는 건 아니었다. 카로이로 백작 등, 현 산업부나 마법 공학부, 수사부 임원들은 모두 타나릴의 편이었다.

미개척지 개척단과 연이 깊은 산업부 카로이로 백작은 주술석의 가치를 누구보다 빨리 알아보고 세상에 유통되기를 가장 고대하는 이였다. 때문에 마력석만 끌어안고 제 밥그릇 놓칠까 전전긍긍하는 이들과 가장 대척점에 서서 반발했다.

"지금 누구보고 어리석다고 한 것입니까!"

"알아듣는 사람은 알아듣겠지요. 또한, 주술석은 이웃 나라에까지 이미 암암리에 다 알려지는 중인데, 폐기가 가능하다고 보십니까?"

"당연히 폐기해야지요! 당장 주술석에 대해 잠정적인 불법 무기로 규제하는 법률을 만들고 소유주에게 엄중한 책임을 물어야 합니다!"

주술석 광산을 닫는 건 물론이고 차후 이와 비슷한 사고가 일어날 시 책임까지 묻겠다는 말이다. 물론 그 타깃은 바로 주술석 광산의 소유주 리예지만 진정한 목적은 타나릴이었다.

타나릴은 흰소리를 늘어놓는 체를릿 후작과 눈을 맞춘 채 이야기를 듣고만 있었다.

카로이로 백작이 다시 외쳤다.

"주술석이 위험한 이유가 무엇입니까?"

"그걸 몰라서 묻는 거요? 정신을 오염하고 거대한 폭발을 일으키지 않소이까!"

"마력석의 효율과 그리 다르지 않은데, 후작의 말대로라면 마력석도 그리 규제해야 하는 것 아니오?"

"어찌 마력석을 그따위 것과 비교하는 거요! 지금 말이 되는 소리를 하시오!"

체를릿 후작 가문은 대대로 마력석 광산을 소유해 부를 창출한 집안이었다. 마법사들도 많이 배출했으며, 후작 자신은 마법사에 대한 우월감과 권위가 뼛속 깊이 새겨진 인물이었다. 또한 마녀의 사회 진출에 가장 반대 목소리를 높이며 혐오감을 감추지 않는 인물이기도 했다.

"지금 후작의 말은 마법으로 짓는 범죄는 범죄가 아니고, 주술을 이용하는 것만 범죄라 말하는 걸로 들리오. 설마 그런 억지를 주장하는 거요?"

"억지라니, 억지라니!"

"그럼 뭐요, 말해보시오. 마법으로 사람을 죽인 범죄자는 없었다고 할 참이오?"

"지금 마법사를 범죄자로 모는 것이오? 지금 이 자리는 그 주술석인가 뭔가 하는 거로 사람을 죽이고 폭발을 일으킨 마녀에 대해 말하는 것 아니었소? 핵심은 그 주술석이란 말이오!"

"그렇소, 그 마녀 하나가 문제지요. 그런데 무얼 두려워하는 것인지 모르겠소, 체를릿 후작. 그 마녀는 지금 쫓고 있고, 잡으면 그만 아니오? 제국이 한 걸음 더 나아갈 중대한 자원을 두고 단지 범죄가 두려워 묻어두자고 하다니, 그런 퇴보적인 발상은 어떻게 하면 나올 수 있는 것이오?"

"카로이로 백자아아악!"

이 소모적인 고성과 반박의 연속은 회의 시작부터 계속 이어진 상태였다. 체를릿 후작과 카로이로 백작의 공방뿐 아니라 비슷한 내용의 다른 공방들이 계속되었다.

체를릿의 뒤에는 에머리, 유라비, 오클레 가문이 있었는데, 각각 카리자엘과 앨리스, 르완의 시댁이었다. 그들은 사력을 다해 타나릴을 끌어내리는 것으로 구금된 자매들의 상황을 무마시키고자 애썼다.

할랜디어스의 시댁, 메버라임 가문은 침묵을 지켰다. 이는 할랜디어스가 지금 도마에 오른 마녀와 직접 연관이 있기에 강제로 자중하는 것이었다. 그들이 타나릴을 이토록 공격할 수 있는 건 모두 공작의 후계로서의 가치를 지닌 딸을 품고 있는 덕분이다. 그러나 할랜디어스는 이번 일로 완전히 가능성을 잃었다고 봐야 했다.

결국 할랜디어스가 앙켈루아와 관계있음은 밝혀졌다. 폭발한 스푼을 전해준 이가 할랜디어스임을 니오레타 부인이 증언한 것이다. 사마라 부인의 수행 비서이면서 그동안 실질적으론 자매들의 수족 노릇을 해온 니오레타 부인이 제 벌을 최대한 줄이기 위해 모든 사항을 자백했다.

카로이로 백작이 다시 발언했다.

"죄는 사람이 짓는 것이오! 사리사욕 때문에 나라의 발전을 저해하는 것도 죄라고 보는데 어떻게 생각하시오?"

"카로이로 백작!"

체를릿 후작이 다시 빽 고함을 질렀다.

타나릴은 이런 소모적이고 우스개 잔치 같은 자리에 있는 시간이 너무도 아까웠다. 반드시 참석해야 하는 의무라 오지 않을 수 없었는데 역시나 시간 낭비일 뿐이었다.

"타나릴."

회의장은 도중에 누가 오가는지도 모를 정도로 난장판이었다. 도중에 들어온 발더가 타나릴에게 몰래 속삭이는 것을 본 사람은 몇 없었다.

"알았어, 당장 가지."

타나릴은 곧장 일어서 의장석에 있는 예그하라 공작에게 다가갔다.

"회의 중에 죄송하나, 지금 범인의 흔적을 발견했다고 합니다."

"…알았다."

다른 때 같았으면 발언권을 삭제하겠다며 쓴소리를 했을 공작이 퇴장을 알리는 타나릴에게 고개만 끄덕이고 말았다. 타나릴이 자신의 누이들을 잡아가던 그날 이후 예그하라 공작의 심경에 무슨 변화가 생긴 것인지 날이 무뎌진 모습이었다.

타나릴은 마녀 담당 부장에게 자신의 발언권을 넘기고 발더와 함께 회의실을 나왔다.

발더는 빈방을 찾아 들어가 타나릴에게 종이 몇 장을 내밀었다.

“봐봐. 이건 케야 의원의 얼굴, 이건 이번 피해자인 미모리아의 얼굴. 그리고 이것 봐!”

발더가 회심에 찬 목소리로 가리키는 마지막 얼굴은 묘하게도 낯익었다. 케야와 조금 닮은 듯하긴 한데 그녀보다는 많이 늙어 보였다. 그렇게 보자니 언뜻 메릴리타와도 닮아 보였다.

“이게 본래 얼굴이라는 거군?”

“맞아, 앙켈루야 본인의 얼굴이야!”

“이걸 어떻게 얻은 거야?”

“헤겔라라는 마녀가 했어!”

“미모리아의 딸이라는 마녀?”

미모리아의 집이 폭발하던 순간, 타나릴은 얼음관을 지어 시신을 보존할 수 있었다. 미모리아의 딸 헤겔라는 어머니의 시신을 보존해 준 타나릴에게 절을 하며 감사했다. 그리고 자신이 범인을 잡는 데 도울 수 있게 해달라고 애원했다. 타나릴은 헤겔라를 발더에게 맡겼고 그 결과가 여기에 있었다.

“맞아. 그녀가 이 방면의 대가일 줄은 누가 알았겠어? 헤겔라는 지난번 스푼에 손만 대었다가 쓰러진 사이코메트리 능력자보다 훨씬 강한 능력자더라! 그녀도 반발력에 정신을 잃을 뻔하기도 했지만 입술을 물어뜯으며 읽어내더라고. 그것도 자칫 실패할 뻔했는데, 주술석 증폭을 받더니 이렇게 확실한 얼굴을 뽑아냈어. 굉장한 사람이야!"

"그래, 어머니와 연결한 통신을 강제로 받게 개조하기도 했다더군."

"뭐, 그런 게 가능해?"

"그건 나중에 앙켈루아를 잡은 후에 직접 물어보자고."

"알았어. 그리고 이거……."

발더가 다시 종이 두 장을 펼쳤다.

"이건 케야와 미모리아를 합성한 얼굴이고, 이쪽은 앙켈루아와 미모리아를 합성한 얼굴이야."

케야는 앙켈루아와 미들리드의 본래 조수였던 아메를릿과 합친 얼굴이니 전자라면 세 사람을 합성한 얼굴이었다. 그리고 합칠수록 얼굴은 더 젊어졌다.

타나릴은 역겨움을 누르며 말했다.

"마녀들에게 이 얼굴들로 다시 주의를 보내고, 둘 다 신문에 게시해서 수배해."

이는 사건이 공개된다는 뜻이다. 자칫 위험한 선택일 수 있었다. 무사히 범인을 잡으면 나중에라도 묻힐 수 있지만 못 잡기라도 한다면 두고두고 타나릴의 실책이며 오명으로 남을 일이기 때문이다. 그러나 지금으로선 어디로 숨었는지 모를 마녀를 찾기엔 가장 이상적인 선택이었다.

"알았어."

발더가 얼굴을 찌푸리며 두 장의 그림을 노려보았다. 그림 속엔 약 20대로 보이는 젊고 예쁜 여자의 얼굴이 있었다.

• • •

"내가 왜, 내가 왜, 내가 왜!"

어둠을 헤치며 한 여인이 달리고 있었다. 고운 얼굴에 흐트러진 머리카락이 달라붙어 기괴하게 보임에도 여인의 아름다운 얼굴엔 빛이 나는 듯했다. 그러나 그녀의 뒤를 쫓는 발걸음들은 어느 것도 호의적이지 않았다.

어수선한 발걸음 소리 뒤로 간간이 들리는 음성은 가까이 가지 말라거나, 눈을 마주치지 말라거나, 발견 즉시 사살하라는 외침뿐이었다.

"어느 쪽이지?"

"이쪽으로 흔적이 있습니다!"

"불을 밝혀!"

화악, 순식간에 밝아지는 숲 한 귀퉁이에서 잎사귀가 나풀거렸다. 추격자들이 바로 그곳을 가리키며 외쳤다.

"저쪽이다!"

"다시 불을 밝혀!"

대여섯 개의 광구가 잎사귀가 흔들린 쪽을 비추며 숲은 대낮처럼 밝아졌다. 수십 명의 추격자들이 나무뿌리 밑까지 살필 기세로 주위를 샅샅이 뒤졌다.

"없습니다!"

"이쪽에도 없습니다."

"불을 더 밝혀! 나무 위도 봐!"

광구 몇 개가 다시 나무 위쪽으로 두둥실 떠올랐다. 덕분에 잎사귀를 흔든 범인을 찾았다. 부엉이 한 마리가 커다란 눈을 끔벅이며 침입자들을 내려다보고 있었다.

"젠장! 놓치면 안 돼! 반대 방향으로 다시 광구를 밝혀!"

추격팀 지휘관의 외침이 숲을 울렸다. 추격자들이 일사불란하게 트는 방향으로 광구가 숲을 밝혔다. 하지만 떠오르는 광구는 그리 많지 않았다.

마법사들은 힘을 아끼는 중이었다. 마력을 겨우 불을 밝히는 데 썼다간 반대로 당할 수가 있었다. 하필 구름 속에 꼭꼭 숨어 빈틈을 내주지 않는 달빛은 추격에 어려움을 주고 있었다.

"명심해! 한순간도 절대 파트너를 놓치지 마라!"

지휘관의 소리가 다시 가까워지고 있었다. 부엉이를 홀려 추격자의 방향을 틀었던 것도 잠시, 가까워지는 추격의 그늘에 앙켈루야는 숲을 헤치며 걸음을 빨리할 수밖에 없었다. 턱밑까지 차올랐던 숨은 풍부한 마력으로 금세 잦아들었다. 달아나는 그녀의 앞을 막는 이는 없었다.

하지만 원통함만큼은 떨칠 수가 없었던 앙켈루야는 입술을 짓씹으며 원한을 토해냈다.

"다 내 것이었어! 거의 다 내 손에 들어왔었는데……!"

시간이 조금만 있었어도 저까짓 무리는 아무것도 아니었다. 최소한의 영역만 갖추고 있었다면 군대가 와도 막을 자신이 있었다. '목소리'가 일러준 그 땅만 차지했다면 제국과도 맞서서 농락할 수 있었단 말이다!

'목소리'가 들리기 시작한 건 4년 전, 누군가를 죽이라는 것이 시작이었다. 남서부의 고등부 학생들, 정확히는 마법 공학부에 연계될 인재들을 죽이는 일이었다.

생면부지의 이들을 죽이는 일이었지만 어렵지 않았다. 그러나 아쉽게도 꽤 많은 이를 죽이고도 '목소리'는 목표는 놓쳤다며 원통해했다.

'목소리'는 다음 방향을 일러주었다. '목소리'가 들려준 신비한 이야기는 놀랍고도 엄청난 데다 힘이 가득했다. 그 말을 따르는 것만으로 새로운 인생이 피었다. 누군가를 죽이고 저주하는 일에 죄책감을 가진 적은 없었다.

그렇게 살아왔다. 그것으로 돈을 얻고 욕망을 충족했다. 누군가를 나락에 빠뜨리는 것은 인생의 쾌락이었다.

가장 좋았던 것은 메릴리타를 고꾸라뜨린 것이다. 하지만 완벽하게 고꾸라뜨리진 못했다. 감히 제 것을 가로챈 이 때문이었다!

일이 잘못되기 시작한 건 그때부터였다. '목소리'는 반드시 그 땅을 차지해야 한다고 했다.

땅의 원주인들을 죽이는 건 쉬웠다. 그것들을 쫓아내고 거의 다 잡았었다. 그러나 돈을 가지고 가는 동안 땅을 빼앗겼다. 그 안에 있는 것이 주술석이라는 것을 알게 되고서는 잠을 못 이루고 이를 갈았다.

'목소리'는 원통한 고함을 질렀다. 이후 '목소리'는 뜸해지기 시작했다. 계속 무언가 속삭이기는 하는데 내용이 잘 들리지 않았다.

그래도 어렴풋이 알 것 같았다. 제 것을 가로챈 그 원흉을 해치우면 되는 것이다. 그러면 모든 것이 목소리가 이끄는 대로 제자리를 찾을 것이다.

'목소리'가 무엇인지는 그때 깨달았다. 그건 자기 자신이었다. 미래의 자신이 지금의 자신에게 중요한 것을 전해주고 있었던 것이다. 반드시 목소리를 되찾아야 했다.

'목소리'는 이제 들리지 않게 되었지만 이미 전해준 이야기에 중요한 것이 많았다. 그중 가장 좋은 것이 바로 다른 마녀의 마력을 빼앗는 법이었다. 덕분에 그 어떤 마녀보다 강한 힘과 젊음까지 얻었다.

할랜디어스에게서 얻은 돈으로 아메를릿의 환심을 사고, 미들리드를 소개받았다. 아메를릿은 질 좋은 영양분이 되어주었다. 미들리드의 조수 자리도 쉽게 차지했다. 미들리드는 아메를릿보다 손쉽게 방패막이이자 먹이이면서 미끼가 되어주었다.

이린야 병원에서 저를 알아보지 못하는 메릴리타를 만났을 때의 쾌감은 이루 말할 수 없었다. 겨우 목숨 줄이나 붙여둔 마력을 지니고서 의술을 행한답시고 다니는 꼬락서니가 가소롭고 통쾌했다. 아버지의 자랑이었던 그 강대했던 메릴리타가 그 꼴이 되다니, 아버지께 그 꼴을 꼭 보여주고 싶었다.

원래 메릴리타야말로 첫 영양분이었다. 그때 예그하라 후작의 방해로 마력을 완전히 흡수하지는 못했지만 메릴리타 안에 틈을 만들어 자리를 잡는 데는 성공했다.

메릴리타를 지배해 땅을 가로챈 계집을 불러왔을 때야말로 기회였다. 하지만 그 계집은 바로 눈앞에서 놓치고 말았다.

그 계집은 왜, 어떻게 저를 피한 걸까? 본능적으로 경계하던 그 모습 자체가 수상했다. 덕분에 제 일을 망친 원한의 중심이 예그하라 후작이 아닌, 그 계집임을 다시 한번 확인할 수 있었다.

하지만 메릴리타를 손에 넣었기에 기회는 다시 있었다. 계집의 집으로 메릴리타와 미들리드를 보내며 끝을 완성할 거라 기대해 마지않았다. 메릴리타뿐 아니라 지속적으로 잠식한 미들리드, 거기에 예비로 대비한 어린 마녀까지 동원했다.

그러나 계집은 너무 운이 좋았다. 계집이나 후작 모두 화를 피하고 저만 정체가 들통나고 말았다.

어떻게 제 정체가 들킨 것인지는 신문에 난 제 이름을 보고 알 수 있었다. 제 이름을 아는 건 메릴리타뿐이었다. 죽어서도 증오할 이복 언니가 마지막 순간 제 정체를 밝히고 간 것이다.

자신을 알아보지도 못한 채 저를 보고 웃던 그때 갈가리 찢어 죽였어야 했는데, 분통이 터질 일이었다.

"여기, 흔적을 발견했습니다!"

"발자국이 있습니다!"

"광구를 이쪽으로!"

"쫓아라!"

멀지 않은 곳에서 목소리가 울렸다.

저는 거의 나는 듯 달리고 있으므로 발자국이나 흔적을 발견했을 리 없다. 혹여 발을 디딘 곳을 발견했다 해도 소리가 들려온 방향은 아니었다. 저것이 다 자신을 몰기 위한 가짜라는 걸 알면서도 쫓기는 입장에선 초조해질 수밖에 없었다.

으득! 악문 이 사이에 깨물린 손가락에서 피가 흘러나왔다. 고통이 느껴지자 정신이 번쩍 들며 힘이 솟았다. 이러다 바로 앞에 예그하라 후작이 기다리고 있을지도 모른다는 생각에 앙켈루야는 무거워지는 발에 다시 마력을 불어넣었다.

추격이 너무 빨랐다. 설마 그 체면 중요한 귀족들이 일반인들에게 제 얼굴을 공개할 줄은 몰랐다. 온 세상이 다 저를 알아보는 것 같았다. 얼굴을 다시 바꾸기 위해선 다른 마녀가 필요했다.

그러나 마녀들은 현재 경고를 받아서인지 다들 똘똘 뭉쳐 있었다. 오히려 마녀들을 피해 달아나야 했다.

수도 외곽에서 고급스러운 학교를 발견하고 잠시라도 몸을 숨기려 한 건 당연했다. 하지만 그곳에서 빌어먹을 꼬마를 만났다. 지금 쫓기는 건 다 그 꼬마 때문이었다.

학교는 한적했다. 몇몇 아이들이 있었지만 위협적인 존재는 아니었다. 몸을 숨기려는 곳에 마침 한 아이가 있었다.

허리춤 아래로 오는 꼬마, 신기하게도 꼬마에게서 마녀보다 더 향기로운 마력의 향기를 맡을 수 있었다. 기회였다. 장소도 낚아채기에 좋은 곳이었다.

바로 그때 돌아선 아이와 눈이 마주쳤다. 눈이 마주치자 더 확실해졌다. 이 모든 상황을 뒤집을 완벽한 제물이 여기 있었다. 손을 뻗는 순간이었다.

"여기, 마녀 앙켈루야다!"

너무 향기로운 마력에 잠시 방심했다. 아이가 외치는 게 더 빨랐다.

맹랑한 꼬마의 외침이 학교 주변을 울렸다. 하지만 그뿐이었다. 누가 달려들어도 낚아챌 자신이 있었다. 꼬마들뿐이라면.

그러나 달려온 건 주위에서 놀던 아이들이 아니었다. 수사관 무리가 우르르 몰려드는 것은 간이 덜컹할 만큼 놀랄 광경이었다.

앙켈루야는 달아나면서도 저가 들켰다는 것보다 그 꼬마를 놓쳤다는 것이 더 분통했다. 이 외진 곳에 그 꼬마가 있었던 건 어쩌면 저를 잡기 위한 덫인지도 몰랐다.

"빌어먹을 예그하라! 빌어먹을 계집!"

원한에 원한이 덧입혀졌다. 손가락을 짓씹으며 원한을 뿜어내는 눈동자가 사납게 빛났다.

어떻게 얻는 새 생명과 젊음인데, 이렇게 잡힐 수는 없었다.

제 운명을 깎아 먹는 줄도 모르고 저주를 청탁하던 할랜디어스 같은 호구들을 물어 부를 잡고, 어둠 속에 숨어 사는 마녀를 찾아 힘과 젊음을 유지하며 미래를 준비하면 다시 기회가 올 것이다.

바뀐 얼굴이 이토록 쉽게 알려진 것도 다 영역을 차지하지 못했기 때문이었다. 기회를 다시 보자면 일단은 수도를 벗어나야 할 것이다. 안타깝지만 우선은 멀리 떠나야 할 때였다. 앙켈루야는 미련 많은 수도에서 방향을 틀었다.

방향을 다시 정한 앙켈루야는 산길을 지나면서 민가의 옷을 훔쳐 입고 은밀히 움직였다. 사람을 조종해 써먹으면 더 좋겠지만 다른 마녀를 만날 때까지는 마력을 소비할 수가 없었다. 도망치는 데 말고는 마력을 아껴야 했다.

다른 마녀에게서 마력을 얻으며 힘과 젊음을 찾은 건 좋았지만 부작용으로 써버린 마력은 다시 회복되지 않았다. 그 꼬마, 생각할수록 아쉬웠다.

이상하게도 그 꼬마에게선 계속해서 마력을 뽑아낼 수 있을 거라는 예감이 들었다. 아니, 이건 예감이 아니라 지금은 들리지 않는 목소리가 알려준 지식인 듯했다. 도망칠 때 그 꼬마를 반드시 잡았어야 했다!

되돌아가서 그 꼬마를 다시 잡아 올까? 할 수 있다면 정말 그러고 싶을 만큼 꼬마가 풍기던 마력은 매혹적이었다.

걸음을 되돌리고 싶은 강한 충동에 머뭇거렸던 앙켈루아는 높이 솟아오른 산기슭을 올려다보며 다시 손가락을 짓씹었다. 간신히 피가 멎었던 손가락에서 다시 피가 솟구치며 쾌감이 느껴졌다.

이 손가락을 보고 아미를 찡그리던 할랜디어스의 모습이 언뜻 떠올랐다. 감히 저를 보고 그딴 표정을 지은 데 응분의 대가를 치르게 해야겠다는 생각도 잠시, 이 상황을 타개할 좋은 계책이 생각났다.

"우리, 마지막 거래를 한 번 더 해볼까요, 부인?"

앙켈루아는 주머니 속을 뒤졌다. 아직은 '목소리'가 잘 들릴 때, 자신을 위해 준비했다던 주술석 중 마지막 남은 것이 손에 잡혔다.

• • •

"피아드란, 괜찮으냐?"

"네, 저는 괜찮아요, 예그하라 후작님! 하지만 그 나쁜 마녀… 놓치고 말았어요. 저 때문에 그런 거지요?"

피아드란이 시무룩하게 물었다. 수사관들이 앙켈루아를 뒤쫓다 말고 저를 지키러 돌아온 걸 알고서 하는 말이었다.

피아드란은 앙켈루아의 등장을 가장 빨리 알아채고 소리쳐 알렸다. 직접 목격한 터라 합성으로 만들었던 앙켈루아의 생김새를 더 정확히 알려서 쫓을 수 있게 해주기도 했다.

"아니다, 네가 그 누구보다 빨리 마녀를 알아봐 준 덕분에 마녀의 뒤를 잡을 수 있었다."

"하지만 아직 못 잡았잖아요. 아직도 집으로 돌아갈 수 없어서 너무 애가 타요. 아기님이 보고 싶은데……."

아직도 자신의 '딸'을 노리는 이 작은 꼬마에게 타나릴은 네 집은 히그틀리에 있노라 외치고 싶은 충동을 느꼈다. 하지만 그런 유치한 짓을 리예에게 들킬 수는 없었다.

문제는 이 꼬마가 대놓고 딸을 노리는데도 리예는 녀석을 예쁘다고만 한다는 것이다. 그는 자신 때문에 리예가 피아드란을 더 감싸고 예뻐한다는 것을 절대 인정하지 않았다.

열불이 더 치미는 건 제 손으로 이 꼬마를 리예 곁에 데려다줘야 한다는 것이다. 앙켈루아와 직접 대면한 피아드란을 계속 이 학교에 둘 수는 없었다.

타나릴은 피아드란이 리예를 위협했던 목소리, 미래의 앙켈루아가 탐했던 먹이라는 것을 잊지 않고 있었다. 도망치는 와중에도 앙켈루아가 피아드란을 보자마자 달려들었다는 걸 보면 피아드란의 마력을 탐하는 게 틀림없었다.

리예가 봤던 앙켈루야의 미래의 얼굴이나 다른 마녀들의 의견을 종합했을 때 다른 마녀의 마력을 빼앗아 합성을 계속해 나가다 보면 결국 자신의 얼굴로 젊어질 거라는 이론이 나왔다.

이대로 앙켈루야를 놓친다면 그야말로 희대의 살인마 마녀가 탄생하게 될 것이다. 반드시 지금 잡아야 했다.

"내가 집에 데려다주마."

"정말요? 후작님께서 직접이요?"

"단, 집에 가면 내가 되었다 할 때까지 절대 밖으로 나올 수 없다. 그래도 괜찮으냐?"

"아기님을 볼 수 있으면 계속 안 나와도 돼요!"

피아드란이 냉큼 마차에 올라타며 소리쳤다. 아이의 천진함은 냉마왕도 얼릴 수 없는 열혈을 자랑했다.

레베카 부인은 고개를 돌리며 몰래 입을 가렸다. 아들이 맞닥뜨린 위험에 방금까지 조바심을 쳤었다. 그런데도 티격태격, 어른과 아이의 모습에 절로 안심이 되었다. 다른 사람들은 다 무섭고 어려워하는 그 예그하라 후작을 그녀의 어린 아들은 어서 가자, 재촉하기까지 했다.

"우리 아기는 잔다고 했다. 앞으론 대화를 못 나눌 거다."

으르렁, 레베카 부인은 환청을 들었다. 마법 공학부를 얼리는 냉마왕의 면모가 엿보였다. 하지만 이 또한 피아드란에겐 소용없었다.

"자는 아기님 곁에 있기만 해도 좋아요!"

타나릴의 얼굴이 구겨졌다. 레베카 부인은 결국 웃음소리를 흘렸다.

• • •

"안녕하세요, 부인?"

"피아드란!"

나는 열렬히 인사하는 피아드란를 반겼다. 하지만 피아드란은 곧 주위를 살피는 듯하다가 눈물을 글썽이며 제 어머니의 치마에 얼굴을 파묻었다.

메릴리타의 소식은 피아드란에게도 전해졌다. 메릴리타는 피아드란에게 좋은 의원이면서 할머니 역할도 했었다. 마술사로서 힘의 불안정을 겪는 피아드란이 이만큼이나 무사할 수 있었던 것도 메릴리타 덕분이었다.

겨우 다섯 살 나이에 죽음을 잘 이해하지 못할 거라고 생각했는데, 피아드란은 어쩌면 생각보다 빨리 철이 들었던 건지도 모른다. 나는 피아드란과 눈을 맞추고 앉아서 말했다.

"피아드란, 나중에 메릴리타와 헤어질 시간을 가질 거야. 그때 함께하겠니?"

미들리드는 가족들이 시신을 수습해 갔지만 메릴리타는 아직 장례를 치르지 못했다. 메릴리타의 유일한 가족이라 할 수 있는 이가 바로 이 일의 주범이기에 실질적으로 장례를 치를 사람이 없다고 봐야 했다.

물론 나와 타나릴이 치러줄 것이다. 하지만 앙켈루아를 잡는 게 먼저라 메릴리타의 시신은 아직 공학부 안에 꽁꽁 언 채 안치되어 있다고 했다.

"흑, 어머니가… 메릴리타는 다시 볼 수 없다고……."

피아드란은 기어이 눈물을 떨궜다.

"응, 맞아. 하지만 마지막 인사는 할 수 있어. 우리 그때까지 씩씩하게 있을까?"

"네, 부인……. 흑!"

조금 울긴 했지만 피아드란은 제법 의젓함을 보였다.

불안정한 힘 때문에 항시 목숨의 위협을 겪어왔던 아이가 어떻게 이렇게 모나지 않고 반듯하게 자랐는지 참 신기했다. 그만큼이나 성정이 유하고 강하다는 뜻이리라.

거기에 뒤에서 부드럽게 바라보고 있는 레베카 부인이나, 아들을 안고 울던 히그틀리 영주의 사랑을 듬뿍 받고 자라서인지도 모른다.

"정말 이렇게만 자라면……."

"회포는 안에 들어가서 푸는 게 어때, 리예?"

나는 피아드란보다 먼저 반기고 싶었던 내 님을 곱게 흘겼다. 이

이는 내가 하려는 말을 알고 가로챈 거였다.

제국의 떠오르는 개척지, 히그틀리 영주의 막내아들이자 타나릴 자신이 보증한 미래의 출중한 인재이며, 태어나기도 전인 우리 딸에게 이렇게나 홀딱 반한 사윗감을 또 어디서 만날까.

내가 왜 흘겨보는지 알고도 남을 게 분명한 남자는 나에게 가볍게 입술을 맞추더니 내 어깨를 잡고 안으로 이끌었다.

“와, 뽀뽀했다!”

“이이는, 애가 보잖아요!”

“보면 어때, 내가 내 아내에게 뽀뽀한 건데.”

나는 민망해하는 대신 피아드란을 돌아보며 말했다.

“피아드란, 가까운 사람들 앞에서라면 부부는 가벼운 애정 표현은 해도 괜찮아. 후작님 말씀이니까 옳겠지?”

“아아…….”

피아드란은 커다란 깨달음을 얻었다는 듯 크게 고개를 끄덕였다.

깨달음은 곧 실천으로 이어졌다. 어른들이 차를 마시며 안부를 나누던 중간에 피아드란이 내게 총총 다가와 볼을 붉히며 말했다.

“잠시 안아봐도 될까요, 부인?”

타나릴보다 내 이해가 더 빨랐다. 나는 타나릴이 반응하기 전에 얼른 팔을 벌렸다. 그러자 피아드란이 내 배에 가만히 볼을 대고는 속삭였다.

"정말 자는구나. 깨어날 때까지 기다릴게. 그리고 네가 태어나면 내가 꼭 너를 지켜줄게. 약속해."

가만히 내 배에 입술을 누르는 피아드란의 모습은 경건하기까지 했다.

어른들은 배를 잡고 허리를 접었다. 타나릴은 붉으락푸르락 주먹을 떨었다. 포옹과 웃음이 조금 더 이어졌다.

하지만 평화도 잠시였다. 레베카가 피아드란을 떼어놓자마자 타나릴은 거의 바로 일어섰다.

"타나릴, 벌써 가요?"

며칠 만에야 본 남편이다. 겨우 차 한 잔 마시는 시간이 다였다. 그것도 다른 이들과 함께 보고 이렇게 보내야 한다는 게 가슴이 저릿했다.

실은 피아드란 덕분에 타나릴을 볼 수 있었던 것인데도 그와 단둘이 잠시라도 있을 시간이 없다는 게 못내 아쉬웠다. 장난이라 해도 그를 왜 노려보기만 했을까. 눈물이 터질 것 같았다.

"잠깐만……."

타나릴이 주변인에게 눈으로 인사하고 벌떡 일어났다. 가슴이 쿵 떨어졌다. 나는 그의 얼굴만 보느라 그가 날 가까운 응접실로 데려온 줄도 몰랐다. 찰칵 소리와 함께 타나릴이 날 끌어안았다.

"리예, 리예……."

그가 날 부르는 소리를 듣고서야 깨달았다.

갑자기 눈물이 펑펑 쏟아졌다. 괜히 불길하게 이러면 안 되는 줄 알면서도 쏟아지는 눈물이 주체가 안 되었다.

"아, 안 울고 싶은데……. 이건 우는 게 아니라 그냥 눈물이 제멋대로……. 보고 싶은데… 자꾸만 떨어져 있어야 해서……."

횡설수설 내가 뭐라고 말하는지도 잘 모르겠다. 정신없이 뭐라 변명을 한 것 같은데 눈을 들고 보니 타나릴이 날 가만히 바라보고 있었다.

"나도 당신이 보고 싶었어. 계속, 계속, 계속……."

또 이 남자의 달콤한 말을 듣자니 가슴에 몽글몽글 거품이 뽀글거리는 느낌과 함께 엉뚱하게도 억울하다는 생각이 들었다.

이 남자와 연애부터 했다면 어땠을까? 이렇게 달콤한 말에 애가 타고 가슴이 더 끓지 않았을까? 어쩌면 신분이라는 금단의 벽에 막혀 더 절절했을지도 모른다. 만날 약속을 잡고 설레고, 그를 만나기 위해 꾸미고 그에게 달려가고 함께 있는 순간을 즐기고 헤어지는 시간에 아쉬워 목을 매는 시간이 아련하게 그려졌다.

"리예, 무슨 생각해?"

앗, 그새 내가 딴생각에 빠진 걸 안 것처럼 눈을 맞추는 남편을 보자 현실로 돌아왔다. 금단의 벽? 그런 것보다 지금이 더 절절하다. 이미 내 남편인 이 사람을 두고도 이렇게 가슴이 먹먹하고 안타까운데 아슬아슬 연애라니 숨이 막힐 것이다.

"당신이 내 남편이라서 다행이라고요?"

그게 왜 의문형이냐며 툴툴거리는 남편에게 나는 발꿈치를 들어 입술을 맞췄다.

깊어지는 키스에 맞닿은 배 쪽으로 묵직한 욕망이 느껴졌다. 난 치마를 들쳐 올린 타나릴이 속옷을 벗기는 걸 도우며 허겁지겁 그의 바지를 벗겼다.

내가 채 젖기 전에 그가 안으로 밀고 들어왔다. 약간 빽빽한 아픔은 금세 욕망으로 촉촉해졌다. 나를 공중에 들어 올린 채 강하게 움직이는 허릿짓에 맞춰 나는 하염없이 흔들렸다.

참았던 욕정은 금세 터져 버렸다. 전희보다도 짧은 정사를 마친 타나릴이 침음을 삼키며 말했다.

"이렇게 당신을 갖고 싶진 않은데……."

한 번 정을 토해내고도 내 안에서 빠져나온 분신은 힘을 잃지 않았다. 나는 늘어진 채 그 퇴폐적이고 야한 모습을 보며 목이 바싹 말라 버렸다.

타나릴은 나를 먼저 정리해 주고 자신도 옷을 입고는 일어났다. 아직 불길이 채 가시지 않았지만 옷을 입는 것만으로 분위기는 금세 가라앉고 말았다.

"이제 곧 해결할 거야. 이제 정말 곧……."

타나릴은 내 이마에 입을 맞추며 속삭였다. 그는 아직 눈물로 젖어 있던 눈가에 입을 맞추고는 문을 열었다. 정말 가야 할 시간이었다. 타나릴이 집을 완전히 나간 후에야 난 속삭였다.

"잘 다녀와요. 기다릴게요……."

• • •

"당신, 누구야!"

카리자엘이 앙칼지게 소리쳤다.

"누구인지도 모르시면서 저를 들이신 건 제 제안이 마음에 드신다는 거겠지요?"

"누구인지 말해! 안 그러면 당장 처결하겠어!"

카리자엘이 손에서 불길이 솟구쳤다. 당장 얼굴을 태워 버릴 듯 흉흉한 불꽃이 넘실거리며 머리카락 몇 가닥이 타들어 갔지만 앙켈루야는 예쁜 미소를 거두지 않은 채 말했다.

"저는 메버라임 자작 부인의 계약자입니다."

"당신, 그… 마녀!"

비명을 지를 듯한 카리자엘을 보면서도 앙켈루야는 다시 매혹적으로 웃었다.

"이미 짐작하셨지 않습니까. 아니, 아셨을 테지요."

"당신!"

고혹적으로 웃는 미녀를 보는 카리자엘의 눈에 표독스러움과 의아함과 부러움, 질시가 차례로 스쳤다. 어둠 속에서도 풍성하게 빛나는 찬란한 금발과 오밀조밀한 이목구비, 곧게 뻗은 팔다리와 몸매는 막 이십 대에 접어든 듯 싱그러워 보였다.

이 여인이 실제론 아버지보다 나이가 많다는 걸 카리자엘도 알고 있었다. 이런 마녀와 할랜디어스가 거래를 했었다는 거다!

하지만 마녀와 거래를 한 건 할랜디어스뿐만이 아니다. 사마라 부인을 오랫동안 조종해 온 약이 어디에서 왔을까. 직접 약을 쓴 건 니오레타 부인이었기에 자매들은 각각 다른 마녀들과의 연관은 알지 못했다.

그러나 책임질 사람은 반드시 필요했다. 최후엔 모두 할랜디어스가 한 짓이 될 것이다. 이 마녀도 이용한 후 함께 엮으면 그만이었다.

카리자엘은 니오레타 부인이 모든 자백을 한 것을 아직 몰랐다. 그녀는 경멸을 드러내며 소리쳤다.

"사람 여럿 잡아먹으면 그렇게도 변하는군."

"부인께도 드릴 수 있답니다."

"뭐라!"

"부인께도 젊음과 아름다움을 돌려 드릴 수 있습니다. 더불어 더 강력한 마력도요. 그렇다면 에그하라 공작가의 후계 위도 새로 정해야 하지 않을까요?"

앙켈루야가 카리자엘에게 보낸 제안이 바로 이것이었다. 그 강력한 유혹에 카리자엘은 이것이 수상한 만남임을 알면서도 단번에 꼬인 것이다.

"네까짓 마녀가 무슨 수로!"

"주술석은 알려진 것보다 훨씬 더 많은 것을 할 수 있습니다. 젊음을 찾거나 마력을 더하거나 남의 생각을 바꾸는 것까지 얼마든지요."

"주술석으로 그 모든 게 가능하다?"

"물론 거기에 약간의… 희생만 있으면 가능하지요."

사람 여럿 잡아먹은 마녀가 생긋 웃었다.

카리자엘의 뒷덜미로 소름이 돋아났다. 하지만 너무도 매혹적인 제안이었다. 당장 못 들었다고 내치기엔 이 순간이 지나고 닥칠 것들을 감당할 수 있을지 가늠할 수 없었다.

지금 타나릴은 이 마녀를 잡으러 동분서주하느라 저를 내버려 두고 있지만 비행선 추락 사건의 배후로서 덜미가 잡히기 직전이었다. 이전에 타나릴의 비행선을 늦추려 했던 선장까지 추궁해서 턱밑까지 추격해 온 상태였다.

사건을 무마하려면 집에서 나갈 수나 있어야 한다. 통신구로 이리저리 지시하는 걸로는 추격을 떨치기 어려웠다.

무능한 남편 에머리 백작은 욕심만 많았지, 이런 일에는 조금도 도움이 되지 않았다. 추락 사건의 덜미가 잡힌 것도 에머리 백작 때문이었다.

믿을 인간이 없었다. 궁지에 몰리면 마지막엔 언제나 손을 들어주던 아버지까지 외면한 상태라 이대로 있다간 타나릴이 공작이 되기 전에 축출될 수도 있었다.

"희생이라……."

"부인의 사람을 희생시킬 필요도 없답니다. 부인의 원수의 핏줄이 바로 그 먹이가 되어줄 것입니다."

"그렇단 말이지? 그래, 그럼 내가 뭘 하면 될까?"

카리자엘의 눈이 몽롱해지고 있었다. 앙켈루야가 주머니 속에 마지막으로 간직했던 주술석이 서서히 녹아 사라지고 있었다.

• • •

보고를 읽은 타나릴이 지도를 돌아보며 한 곳에 깃발을 꽂았다.

"아틸로트 산, 여기에서 흔적이 끊겼단 말이지?"

"네, 경로는 이렇게 추정하고 있습니다."

에르모가 지도에 작은 깃발을 몇 개 더 추가했다.

절도가 일어난 곳을 찍은 깃발은 피아드란의 학교에서 아틸로트 산까지 가는 경로를 그리고 있었다. 소소한 도둑질이야 언제든 일어나는 것이지만 현재 마법 공학부와 수사부가 총력을 기울이는 터라 인근은 벌집 쑤신 듯했다.

그 때문에 이웃 간에 감자 한 알 훔친 것까지 들통나 민심이 요동쳤지만 강력 범죄는 자취를 감췄다. 에르모가 깃발을 꽂은 곳은 범인을 알아내지 못한 사건 중 도주에 필요한 옷이나 식량이 사라진 곳을 짚은 것이다.

앙켈루야는 영악했다. 수사부가 실종이나 살인 사건으로 자신의 행적을 쫓는다는 걸 알았다. 앙켈루야의 행적은 더 은밀해졌다. 날고 기는 수사부 요원들이라 해도 약한 최면 흔적까지 잡을 수는 없었다.

때문에 앙켈루야를 목격하고서도 넘어가는 일들은 알아내지 못했다. 처음 신문에 수배한 후에는 종종 진짜 앙켈루야를 목격하고 신고가 들어왔었지만 피아드란이 마주쳤던 이후에는 제대로 된 신고가 없었다.

발더가 보고서를 훑고 덧붙였다.

"옷과 식량만 건드린 듯해. 사람을 건드리지 않은 걸 보면 보통 신중하게 다니는 게 아니란 말이야. 이렇게 높은 산을 탈 줄은 몰랐어. 마지막 흔적이 6일 전이네. 그러면 벌써 수도를 벗어났을 거라는 말인데……."

에르모가 지도를 다시 짚으며 말했다.

"아틸로트 산을 넘으면 갈 수 있는 곳은 북서 도시 게이라테와 북북 도시 강글리입니다. 북북 도시인 강글리가 더 가깝긴 하지만 산세가 더 험하고 길이 없다시피 해서 게이라테로 갔을 확률이 더 높습니다."

"하긴, 비행선이 아니고선 애초에 아틸로트 산을 넘는 건 거의 하지 않으니까."

발더가 고개를 주억거렸다. 두 사람의 의견이 다 맞긴 하지만 타나릴은 미심쩍음을 놓을 수가 없었다.

"보통 여자라고 생각해선 안 돼. 벌써 몇 사람을 잡아먹고 마력이 충만한 마녀야. 마법사들보다 훨씬 잘 달리고 흔적을 거의 남기지 않으니 더 꼼꼼히 추적해야 해."

"두 방향 모두 추적하고 있습니다. 절대 놓치지 않겠습니다!"

"만일 아틸로트 산을 넘은 거라면 놓친 거라고 봐야 해. 산을 넘기 전에 반드시 잡아야 해."

"시간이 흐를수록 점점 잡기 어려워질 텐데. 이게 벌써 며칠째지? 내가 이런 곳에서 이렇게 처박혀 있는 걸 나의 레타가 안다면 날 좀 더 불쌍하게 여겨주지 않을까?"

발더가 창문 하나 없는 방 안을 살피며 앓는 시늉을 했다.

"레타가 왜 널 불쌍하게 여겨? 불쌍하게 생각해서 좋을 건 또 뭐야."

"그런 게 있어……."

발더가 쓸쓸하게 고개를 젓는데, 에르모는 왠지 이해한다는 듯 고개를 주억거렸다. 그러다 문을 두드리는 소리에 두 사람은 함께 긴장했다.

"여기를 아는 사람이 몇이나 된다고그래? 로레인, 들어와."

타나릴이 목소리가 들리기도 전에 대답했다. 문을 빼꼼 연 로레인이 들어오자 에르모의 얼굴이 활짝 폈다. 그런 걸 아는지 모르는

지 로레인은 그는 거의 본 체도 하지 않고 타나릴에게 바로 용건부터 전했다.

"명하신 대로 준비하고 있어요. 리예 언니를 설득하는 데 좀 시간이 걸리긴 했지만 이해하시고 받아들이셨어요. 오늘부터 하기로 했어요."

"고맙다, 절대 널 위험하게 할 일은 없을 거야."

"모시는 분을 위한 거기도 하지만 내가 좋아하는 언니를 위해 하는 일이에요. 걱정하지 마세요. 저 이래 봬도 마법사라고요!"

"그래, 마법사인 덕분에 하루 스무 번쯤 넘어져도 엉덩이가 안 깨지지."

비장한 분위기는 발더가 느물느물 웃으며 놀리는 말에 순식간에 사라져 버렸다.

"발더 오라버니!"

로레인이 빽 고함을 쳤다. 발더는 귀를 후비는 척하며 갸웃거렸다.

"응? 하루 열 번만 넘어졌었나? 미안."

"오라버니!"

"저, 부차장님. 레이디께 너무 심한 말씀이 아니신지……."

에르모가 끼어들며 제가 미안하다는 얼굴로 로레인을 쳐다보았다. 순간 발더의 눈이 뾰족해졌다. 안 그래도 갑갑하던 차에 먹이를 낚은 발더의 눈이 빛났다.

"뭐가 심해. 쨰가 요만할 때, 빽빽 울면서 넘어질 때부터 봤구만. 쟤가 예술적인 엉덩방아를 찧을 때마다 안 아플 수 있는 요령을 알려준 게 누군데?"

"발더 오라버니, 정말!"

"죄, 죄송합니다, 레이디. 저, 제가 어떻게 해드리면 될까요?"

"왜 경이 미안해요? 그리고 경이 나한테 뭘 해줄 필요는 없는데요?"

"네? 네, 저는……."

그러나 타나릴이 손을 드는 순간 거짓말처럼 고요가 찾아왔다. 처음 연정을 느끼는 남자의 풋풋한 감정을 관전하기엔 때가 좋지 않았다.

"에르모, 다음에 계속하기로 하고. 로레인, 네가 계속 자리를 비우면 곤란하니 어서 돌아가도록 해라. 통신구는 잘 가지고 있지?"

"네! 다음에 계속하겠습니다!"

"네, 그럼 이만 가볼게요."

문을 닫고 나온 로레인이 고개를 갸웃하면서 중얼거렸다.

"저 어리바리한 남자, 뭘 다음에 계속한다는 거야?"

• • •

"레타, 어서 와요."

"아직도 드나드는 사람은 나밖에 없는 거예요?"

"네, 어쩔 수 없어요. 식자재를 들이는 사람 말고는 레타가 유일한 방문자예요."

"저런, 영광이라고 해야 할지, 아니면 더 조심해야 하는 건지 모르겠네요."

"난 레타가 와주는 것만으로도 숨이 트여요. 너무너무 감사해요."

"타나릴을 본 지도 오래되었지요?"

"…네."

"발더에게 듣기로 아틸로트 산 근처에 기지를 짓고 산을 이 잡듯 살피고 있다고 들었어요. 마녀 앙켈루야의 흔적이 거기서 끊겼다나 봐요. 반드시 수도를 벗어나기 전에 잡아야 한다고요."

"그랬군요."

타나릴과의 물리적인 거리감에 새삼 가슴이 무거워졌다.

아틸로트 산은 북쪽에서 불어오는 바람에서 수도를 막아주는 한편, 수도와 북서쪽의 경계를 짓는 높은 산이었다. 험하기도 하거니와 비교적 수도 남쪽인 저택과의 거리가 마차로는 한나절 이상 달려야 하는 곳이라 아예 수도 밖에 있는 것처럼 멀게 느껴졌다.

내 우울함을 알아차린 듯, 레타가 재빨리 화제를 돌렸다.

"참, 나 좋은 소식 가지고 왔어요!"

"뭐든 말해줘요!"

"지난번 갔던 해파이타스 제국에서 직물을 수입하기로 했었거든요? 해파이타스 제국의 비단과 망사는 정말 유명해요. 그 화려한 원색의 원단은 부럽게도 우리나라에서는 만들 수 없는 질감과 감촉을 느끼게 해주거든요. 그게 이번에 들어왔어요."

"비단에 망사요?"

"이 정도만 말해도 벌써 감이 딱 오죠? 의상실마다 제일 먼저 자신들의 가게에 천이 들어올 수 있게 해달라고 요청이 빗발쳐서 외교관리부에서 전담 상담 직원을 따로 뒀다지 뭐예요? 그중에 선점한 몇몇 가게가 있는데 카미린스의 가게도 속했다고 들었어요."

"어머나."

비단 망사에 저절로 야한 옷을 떠올리는 건 내가 음란해서는 아닐 것이다. 아무렴.

그래도 망사를 받친 무언가를 타나릴의 앞에 입고 서 있는 상상만은 떨칠 수가 없었다. 레타가 그런 나를 모를 리가 없다.

"호호, 기대되지요? 올해 유행은 비단과 망사가 주도할 거예요. 여름을 지나 겨울까지 이 폭풍은 쉬이 가라앉지 않을 거예요. 여름의 유행은 이미 지났다고 봐야겠지만 발 빠른 사람들은 늦여름 패션으로 두 가지 천의 조화를 선보일 거예요."

패션을 주도하는 레타의 말이라면 어김없을 것이다.

나도 왠지 설레는 기분이 들었다. 옷은 단정하면서 편한 것을 선호하던 나지만 카미린스가 내 눈을 높여놔서인지 점점 예쁘고 화사한 옷을 찾게 되었다. 무엇보다 타나릴에게 예뻐 보이고 싶었다.

다 안다는 듯 레타가 목소리를 낮추며 속삭였다.

"카미린스가 망사로 된 속옷을 준비한다고 들었어요. 제일 먼저 입어보고 싶지 않아요?"

"레타!"

"그럼 입지 않을 거예요?"

레타가 얄궂은 표정으로 물었다. 나는 손으로 얼굴을 부채질하면서도 아니란 말은 하지 못했다. 분명… 타나릴은 좋아할 테니까.

"그리고 이제 슬슬 사교계에도 얼굴을 내보여야지요."

약간 걱정스럽게 운을 떼는 레타에게 나는 웃으며 말했다.

"네, 갈 곳이 있으면 가야지요. 걱정하지 않아도 돼요, 레타. 두렵지 않아요."

레타에게 자신 있게 대답할 수 있을 정도로 나는 정말 그런 자리가 두렵지 않았다. 예전엔 기가 질려 생각조차 하기 싫었는데 타나릴과 함께 사는 세상의 일부라고 생각하니 새로운 도전으로 보였다.

물론 그 안에서 겪을 인간 군상들에게 적응하고 헤쳐 나갈 일이 있을 테지만 나는 누가 뭐래도 타나릴의 아내다. 내 출신이 어떻든 내가 위축될 필요는 없다는 뜻이었다.

더구나 제국 유일의 주술석 광산의 주인으로서의 위상에 대해 타나릴은 몇 번이고 강조했었다. 나는 나 자신에게만 자신을 가지면 된다. 내가 죽을 때까지 타나릴의 아내로 살 거라고 결심한 순간부터 자신감은 이미 내 것이 되었다.

그건 남편에게 기댄 자신감이 아니냐 한다면 부정할 생각은 없었다. 오히려 난 온전한 내 편이 있음을 자랑할 것이다.

레타는 다음 시즌에 참여할 파티에 대해 이런저런 이야기를 하며 정보를 주려 애썼다. 물론 앙켈루아를 잡고 난 후라야 하지만 서로 그런 이야기는 입에 담지 않았다.

레타가 떠난 후 얼마 지나지 않아 로레인이 연결된 통신구를 들고 왔다. 통신구는 뿌옇게 흐린 채로 레타의 목소리만 거슬리게 들렸다.

-목소리가 이상하죠? 마차 안에서 하는 통신이라 좀 불안정하네요. 리예, 내가 두고 온 게 있어서요. 조금 이따가 사람을 보낼게요.

나와 눈이 마주친 로레인이 갸웃하며 의아한 표정을 했다.

"네. 찾아보고 챙겨둘게요, 레타."

-아뇨, 리예가 챙길 게 아니라……. 호호, 이따 보면 돼요!

장난스럽게 말을 마친 레타가 서둘러 통신을 끊었다. 그러자 로레인이 싱긋 웃으며 물었다.

"공주님이 뭘 두고 가신 게 아니라 부인을 놀래 드리려고 그러신 건가 봐요. 무슨 특별한 선물을 하시려고 그러신 게 아닐까요?"

난 고개를 저었다.

"로레인, 로레인이 전에 말했던 그것, 준비해야 하나 봐요."

"……!"

"지금이요."

얼마 지나지 않아 레타가 보낸 심부름꾼이 왔다. 비록 손님은 아니나 왕래가 거의 없어진 집에 새로운 사람의 방문은 식솔들의 관심을 불렀다.

감히 공주님께는 관심을 보일 수 없으니 더욱 그랬다. 안주인에게 오는 선물에 호기심을 감추지 못할 만큼 후작 가의 식솔들은 바깥세상과의 단절에 답답해하고 있었다.

심부름꾼은 과연 공주님이 보낸 사람다웠다. 단정한 갈색 머리를 높이 틀어 올려 묶은 중년 부인은 심부름꾼이라 부르기엔 예사 신분이 아니게 보였다. 식솔들은 저마다 중년 부인을 맞으려고 응접실로 모였다. 중년 부인은 곧장 중앙 응접실로 안내되었다.

식솔들은 장난기 충만한 중년 부인의 표정을 보며 선물의 종류를 짐작했다. 중년 부인은 자리에 앉는 것도 사양하고 선물을 내밀며 말했다.

"공주님께서는 부인께서 선물을 맘에 들어 하시는지 보고 오라고 하셨습니다."

로레인이 선물을 건네받으며 말했다.

"잠시만 기다려 줘요. 그러지 않아도 답례할 선물을 골라놨으니 돌아갈 때 가지고 가주세요."

"공주님께서 답례품은 받지 말라고 하셨습니다."

"꼭 답례라서가 아니라 받는 사람의 마음이니 공주님께서도 저어하진 않으실 거예요."

"네, 알겠습니다. 부인."

로레인이 리예에게 선물 상자를 건네고 뒤로 물러났다. 장난이라 치기엔 선물 포장부터 너무 귀했다. 선물을 감싼 상자는 마력에 가장 잘 반응하면서 귀하고 비싼 백겹나무로 만든 마력석 상자였다. 이쯤 되면 선물이 레타가 언급했던 야한 속옷이 아닐 수도 있었다.

달칵, 뚜껑이 열렸다. 순간 상자 안에서 튀어나온 까만 가루가 연기처럼 퍼졌다. 가루는 시야를 가리고 호흡까지 막았다.

"흡!"

"적……!"

로레인과 리예가 동시에 외쳤다. 두 여인 사이로 무언가 어른거렸다.

"죽어라, 계집!"

칼날이 횡으로 그어졌다. 심부름꾼으로 가장한 중년 부인이 상자를 열던 리예를 베어버린 것이다.

"아악!"

비명이 울렸다. 서서히 가루 연기가 걷히며 앞이 보이기 시작했다. 심부름꾼으로 분장했던 여인의 모습이 드러났다.

비명은 리예의 것이 아니었다. 상자를 열던 이도 리예가 아니었다. 외부 공격에 저절로 반응해 몸을 보호하는 방패 옷을 입은 덕에 상처 없이 암살자의 칼을 막고 있는 이는 로레인이었다.

"앙켈루야!"

로레인이 암살자의 이름을 외쳤다. 순간, 암살자의 모습이 반죽이 깨지듯 변하기 시작했다.

풀어진 갈색 머리 아래가 금빛으로 번쩍였다. 얼굴에 붙인 실금 같았던 주름이 벗겨지며 매끈한 얼굴이 드러났다.

낯익은 얼굴이었다. 리예가 미래의 환영에서 본 거울에 비췄던 바로 그 모습이었다. 신문에 수배된 얼굴 중 하나이기도 했다.

"너, 넌 그 계집이 아니구나!"

마력석을 갈아 넣어 만든 마법 물품은 많지만 아직 옷 형태로는 만들지 못했다. 방패 옷을 입고 활용할 수 있는 건 직접 마력을 운용할 수 있는 자, 마법사뿐이다.

앙켈루야가 소리치며 로레인의 뒤를 돌아보았다. 리예는 선물을 건네고 물러나는 것처럼 꽤 멀리 피신해 있었다.

"네년들이 감히 나를 속였어!"

레타의 음성을 사칭한 가짜 통신은 리예에게 들켰다. 통신을 받는 순간 리예는 준비를 마치고 앙켈루야를 끌어들인 것이었다.

리예와 로레인은 서로 역할을 바꾸기 위해 변장을 했다. 앙켈루야가 리예를 본 적이 있었기에 세심한 변장이 필요했다. 밀레이나의 도움으로 화장에 환각을 더하고 목소리를 변조한 덕에 잠시나마 앙켈루야를 속일 수 있었다.

"너, 너!"

앙켈루야가 리예를 향해 고함을 질렀다. 그 순간 뛰어든 호위들이 리예를 데리고 황급히 피했다. 모여들었던 식솔들은 모두 호위와 요원들이었다.

"아아악!"

리예의 목덜미 뒤로 괴성이 쫓아왔다. 단순한 소리가 아니었다. 듣는 이의 심력을 두드리는 공격이었다. 멀어지던 호위들마저 일순 비틀거릴 정도였다. 그건 앙켈루야의 바로 곁에 서 있던 로레인에겐 거의 치명적이었다.

앙켈루야는 그 순간을 놓치지 않았다. 미끼를 자처한 로레인을 치워 버리겠다는 듯 다시 칼을 휘둘렀다. 마력을 일순 흩트린 로레인의 방패는 그새 사라진 뒤였다.

그 순간 로레인을 가로막으며 뛰어든 작은 인영이 있었다.

"안 돼, 내 신부야!"

기함할 광경이었다. 로레인이 비명을 질렀다.

"안 돼, 피아드란! 안 돼! 멈춰!"

하지만 늦었다. 피아드란이 뛰어드는 것이 더 빨랐다. 피아드란은 기적을 이뤄내기까지 했다. 앙켈루야가 내려친 칼날은 로레인을 벗겨가 바닥을 찧었다. 피아드란이 강제로 불어넣은 마력에 반응해 다시 로레인의 방패가 활성화된 덕분이었다.

피아드란에게 그것이 한계였다. 피아드란은 의식을 잃으며 쓰러지고 말았다.

정신을 차린 로레인이 얼른 피아드란을 자신의 뒤로 감췄다. 방패를 활성화시켜 조금만 버티면 된다. 그러나 그 순간 무언가가 뒤에서 피아드란을 낚아챘다.

"앗!"

로레인이 대경해서 돌아보았다. 거기엔 생각지도 못한 이가 있었다.

"당신이 여길 어떻게……!"

"로레인, 버릇이 없구나, 지금 누굴 보고 그따위 소리를 지껄이는 거지?"

카리자엘이었다. 카리자엘이 입술을 늘리며 이죽거렸다.

"아이를 주세요! 당신이 뭘 노리든 아이에게까지 이럴 것 없잖아요!"

"줘, 그 아이를 이리 줘!"

앙켈루야가 눈을 번들거리며 소리쳤다.

로레인에게 그랬듯, 카리자엘은 아버지 이외에 누구에게도 무조건 공경받아야 하는 이였다. 그런 이가 앙켈루야의 명령에 군말 없이 피아드란을 던져 버렸다.

"카리자엘!"

로레인이 피아드란을 잡아당기려 했지만 카리자엘의 마력이 더 셌다. 앙켈루야는 어렵지 않게 피아드란을 낚아챘다.

"찾았다! 너였구나, 네놈이 여기 있었구나, 내 먹이!"

앙켈루야가 피아드란을 한 손으로 옆구리에 낀 채 웃음을 터뜨렸다. 순간 실내가 어둑어둑해지면서 어두운 연기가 스멀거렸다.

"그래, 바로 이거야, 그래!"

광기에 찬 앙켈루야가 계속해서 탄성을 질렀다. 마치 극도의 환각에라도 빠진 양 황홀함에 몸을 떨기까지 했다. 그때마다 피아드란은 벼락이라도 맞은 것처럼 움찔움찔 몸을 떨었다.

피아드란의 안색이 급속도로 나빠지기 시작했다. 겉으로만 봐도 앙켈루야가 무시무시한 짓을 저지르고 있다는 것은 알 수 있었다.

로레인이 소리쳤다.

"안 돼! 아이를 놓아줘!"

앙켈루야가 번뜩 고개를 돌렸다. 마치 그 말을 들어주기라도 할 것처럼. 앙켈루야가 히죽 웃으며 말했다.

"계집을 데려와! 그러면 이 아이와 바꿔주지."

그 말은 로레인에게 하는 것이 아니었다. 벽을 넘어 저택 전체로 왕왕 울렸다. 마치 리예를 부르는 것 같았다.

"안 돼!"

로레인이 비명처럼 외쳤다. 마녀의 얼굴에 희번덕거리는 비웃음이 걸렸다. 앙켈루야가 로레인과 눈을 맞추며 다시 속삭였다.

"계집, 꼬마를 살리고 싶으면 돌아와. 어서!"

소리는 다시 벽을 타고 넘었다. 절망적이게도 앙켈루야에게 답하는 것처럼 문이 열렸다.

"안……!"

"당연히 안 되지. 내가 리예를 데려올 것 같아?"

로레인의 얼굴이 활짝 폈다. 타나릴이었다.

타나릴은 응접실 안으로 들어갔다.

"너, 넌 아틸로트 산에 있다고 들었는데!"

카리자엘이 기함한 얼굴로 소리쳤다. 믿을 수 없다는 듯 타나릴을 가리킨 손가락이 부르르 떨었다. 하지만 타나릴이 여기 와 있다는 사실이 달라지지는 않았다.

앙켈루야의 최종 흔적을 발견한 그때부터 타나릴은 그녀의 목적이 진짜 도망인지부터 의심했다. 산을 수색하면서 역시나 흔적을 놓친 게 아니라 수도로 돌아갔다는 것을 다시 확인했다. 앙켈루야가 도망치는 대신 수도로 다시 돌아가는 이유는 하나였다.

그로서 리예가 예지자로서 가진 운명이 얼마나 살벌한지 다시 한번 깨달았다.

마녀 앙켈루야가 노리는 것은 리예였다. 그것이 제 생명의 끝이 된다 해도 예지자의 숙명의 적이 그리게 되는 맹목적인 운명이었다.

리예를 아예 빼돌려서 숨기는 건 최악의 수였다. 그렇게 되면 앙켈루야를 잡기까지 언제가 될지 모르는 시간 동안 리예는 거의 수감자 생활을 해야 했다. 지금 리예가 겪는 감금 생활 이상의 고통을 늘릴 수는 없었다.

타나릴은 피아드란을 집에 데려다준 후 다시 앙켈루야를 추격하러 떠난 시늉만 하고서 실제론 저택 안으로 은밀히 돌아와 은신해 있었다. 별관 안쪽의 작은 토굴 같은 곳에서 그는 리예보다 더한 감금 생활을 이어가고 있었다.

타나릴은 레타까지 그가 아틸로트 산에 있다고 알 만큼 철저하게 생활했다. 리예가 레타를 사칭한 앙켈루야의 침입을 알아챈 후 타나릴은 침입자보다 먼저 저택으로 돌아와 대기하고 있었다.

앙켈루야를 집에 들인 것도, 실제 그녀가 앙켈루야인지 확신할 수 없기에 공격이 있을 때까지 기다린 것이었다. 카리자엘은 자신이 손쉽게 저택에 침투한 것이라 생각했겠지만 그녀의 침입도 실은 눈감아준 것뿐이었다.

차라리 요원이 리예 대신 역할을 한다면 더 나을 수 있었겠지만 리예와 로레인이 간단한 변장으로 역할을 바꾼 것만 해도 도박이었다.

다행히 앙켈루야가 덫에 걸려 모습을 드러내긴 했지만 그 허술한 변장에 피아드란까지 걸려든 게 문제였다. 피아드란은 타나릴조차 생각할 수 없었던 변수였다. 그 때문에 앙켈루야에게 무한한 마력을 지원하는 치명적인 인질이 생기고 말았다.

광분한 앙켈루야가 타나릴을 쳐다보며 소리쳤다.

"네놈, 네놈이 다 망쳤어!"

앙켈루야가 광분하면 할수록 피아드란의 몸이 파르르 떨렸다. 앙켈루야의 강대하고 날카로운 마력은 형상화되어 피아드란의 목에 칼날을 드리운 것과 같았다. 피아드란에게서 빼앗은 마력으로 이런 짓을 할 수 있는 거였다.

타나릴은 저벅 한 걸음 걸어가자 앙켈루야가 발작적으로 외쳤다.

"한 걸음이라도 더 오면 이놈은 끝이야!"

형상화된 마력이 휘날리더니 피아드란의 머리카락이 날리며 귓가에 핏방울이 맺혔다.

"그럼 너도 끝나겠지."

타나릴은 태연하게 대꾸하긴 했지만 다시 다가가지는 못했다. 아차 하면 피아드란이 도륙 날 수도 있었다.

마녀의 마력이 형상화된다는 건 본 적이 없었기에 이는 더욱 위험했다. 여러 가지 빛깔이 섞인 마력 줄기를 보며 타나릴은 본능적으로 그것이 잡아먹힌 다른 마녀의 마력임을 알아볼 수 있었다.

앙켈루야는 그사이 다시 마녀 여럿을 잡아먹은 게 틀림없었다. 분명 외부 도움이 있었을 것이다. 황금이 쏟아질 듯한 금발이 물결

치는 앙켈루아의 모습은 다시 달라져 있었다. 그 도움을 준 이는 로레인을 붙잡은 채 앙켈루아를 숭배하듯 쳐다보고 있었다.

타나릴이 더는 다가오지 못하고 멈추자 앙켈루아가 의기양양하게 외쳤다.

"그래야지, 후작님께서 아까운 아이의 목숨을 함부로 하면 쓰나. 카리자엘, 이놈의 마력을 묶어!"

카리자엘은 명령을 듣자마자 곧바로 달려들었다. 로레인이 그녀를 막으려 해봤지만 아쉽게도 카리자엘에겐 역부족이었다. 방패가 되는 옷을 입은 덕에 카리자엘이 날리는 불덩이에 다치지 않는 것만 해도 다행이었다. 타나릴은 카리자엘이 한 걸음 앞까지 다가오는 걸 허용할 수밖에 없었다.

"그 늙은 여우를 물리치면 바로 이 아이의 목을 칠 것이야!"

앙켈루아가 피아드란의 목을 움켜쥔 채로 소리쳤다. 단순한 위협이 아니었다. 이대로 손가락에 살짝 힘만 준다면 마력이 아이의 목을 쉽게 잘라 버릴 것이다. 아직 타나릴이 움직이지 않은 건 피아드란의 가슴에 약간의 기복이 있기 때문이었다.

"어서 이놈의 마력을 묶어! 마법사들은 할 수 있다며? 더구나 같은 핏줄이니 더 쉽게 할 수 있을 거야! 빨리 하거라!"

"할 수 있지. 할 수 있고말고."

카리자엘이 몽롱하게 답하며 타나릴의 팔을 잡았다.

타나릴은 당장 카리자엘을 멀리 날려 버릴 수 있었다. 그러나 피아드란이 아직 사이에 있었다. 타나릴은 피아드란에게서 눈을 떼지 않은 채 불쾌한 마력이 몸을 장악하는 것을 참고 서 있었다.

"놈을 밀어봐!"

앙켈루야의 말에 카리자엘이 착실하게도 타나릴을 때려 밀었다.

타나릴은 그야말로 막대기가 넘어지듯 똑바로 선 채 넘어졌다. 마력을 쓸 수 없었기에 타나릴은 쓰러지는 충격을 온몸에 그대로 받아야 했다.

"이제 됐어!"

카리자엘은 희열에 차서 타나릴을 걷어찼다. 그럼에도 타나릴은 눈도 깜빡하지 못한 채 이를 악물기만 했다.

"아니, 네가 아니라 내 차례란다, 늙은 여우야."

"…네."

카리자엘이 얌전히 물러났다. 로레인이 마지막으로 타나릴을 감싸보려 했지만 카리자엘이 무지막지하게 날려 버린 불꽃에 얻어맞고 나가떨어지고 말았다.

"오라버니, 안 돼요! 왜, 왜 아무도 오지 않는 거야!"

로레인이 절망적으로 외쳤다. 타나릴과 싸우는 순간부터 앙켈루야가 형상화시킨 마력이 이 응접실을 바깥과 분리했음을 로레인은 알 수 없었다. 피아드란의 마력까지 빨아들이며 더욱 강대해진 앙켈루야의 마력은 저택 전체를 둘러싼 채 저택 안의 사람들까지 조종하고 있었다.

호위 두 사람이 리예를 데리고 미리 저택을 벗어나지 않았다면 두 사람은 리예를 앙켈루야에게 직접 바치기 위해 데려왔을지도 모른다.

그런 정황은 모르지만 그들이 리예를 발더에게 데려가 이미 모처로 피신시켰을 거라는 게 유일한 위안이었다. 로레인은 자신만은 앙켈루야의 조종에서 멀쩡한 이유를 알지 못했다.

앙켈루야가 눈을 희번덕거리며 칼을 집어 들고 천천히 타나릴에게로 다가왔다. 이미 타나릴이 쓰러진 후인데도 피아드란을 조인 마력은 한시도 풀지 않은 채였다. 앙켈루야가 칼을 치켜들자 로레인은 미친 듯 외쳤다.

"안 돼, 안 돼, 타나릴 오라버니!"

하지만 그녀의 외침도 칼날이 타나릴의 목을 내려치는 걸 막지는 못했다. 마지막 순간엔 정말 눈을 감고 싶었다. 그러나 눈을 감지 않은 게 천만다행이었다.

"잘 받아, 로레인!"

로레인은 타나릴의 외침에 얼결에 팔을 뻗어 날아오는 피아드란을 잡았다. 하지만 다음 순간 비명을 지르고 말았다. 피아드란을 받아 든 손이 온통 피범벅이었다. 그리고 피가 흐르는 부위를 발견한 로레인은 세상이 찢어질 듯 비명을 지르고 말았다.

"꺄아악!"

손목 위로 한 치쯤 잘린 손이 로레인의 팔목을 꽉 움켜쥐고 있었다.

"네, 네놈! 네놈이……!"

앙켈루야가 피가 뚝뚝 흐르는 팔목을 잡은 채 타나릴을 증오스럽게 노려보았다. 팔이 잘렸음에도 그녀의 요동치는 마력이 줄어들지는 않았다. 오히려 주변을 모두 사를 듯 광폭하게 몰아치는 마력에 휩쓸린 탁자, 의자, 소파, 심지어 바닥까지 칼로 도려낸 듯 날카로운 생채기가 났다.

공황에 빠진 채 비명만 지르는 로레인에게 타나릴이 소리쳤다.

"떼어내서 멀리 던져 버려, 로레인!"

로레인이 번뜩 고개를 들었다. 방금까지 쓰러져 있던 타나릴이 멀쩡히 서 있었다. 정신이 번쩍 든 로레인은 저를 잡고 있는 흉측한 손목을 잡고 떼어냈다.

방금까지 로레인의 손목을 끊어질 듯 붙잡고 있던 손목이 쉽게 떼어졌다. 떼어낸 손목은 살아 있는 듯 로레인을 할퀴려 했다.

로레인은 창문을 열어 손목을 내던지고 문을 잠갔다. 내동댕이쳐진 손목이 둥실 떠올라 창문을 마구 두들겼지만 창문을 뚫지는 못했다. 그동안 로레인은 한시도 비명을 멈추지 않았다.

손목을 되찾을 수 없게 된 앙켈루야는 얼굴을 구겼다. 남의 마력을 빼앗아 얻은 젊음이 순식간에 일그러지며 야차처럼 변해 버렸다.

"네놈, 네년! 가만두지 않겠다! 네놈과 네년의 몸을 조각조각 잘라 던져 버릴 것이다! 특히 네년! 네년의 팔목을 잘라 내 것으로 삼을 거야! 영광으로 알아라. 하하하하!"

"영광으로 알아라!"

카리자엘이 앙켈루야의 말을 복창하며 웃었다. 누가 봐도 비정상적으로 저를 따르고 숭배하는 듯한 카리자엘에게 마녀는 가차 없었다.

"멍청한 년! 놈의 마력을 묶는 것도 제대로 하지 못해? 네년은 필시 저놈의 핏줄도 아닌 모양이구나? 너는 예그하라의 핏줄도 뭣도 아닌 반편이 모자란 마법사 년이었어!"

"아니야, 아니야! 나는 공작가 영애야! 난 예그하라의 딸이야! 내가 예그하라를 이을 거야. 예그하라는 내 거야!"

앙켈루야의 광기를 이어받은 듯 히스테릭하게 소리치던 카리자엘이 돌연 무릎을 꿇고 애원했다.

"내가 마녀를 몇이나 잡아다 바쳤잖아요! 날 버리지 마세요! 주인님, 주인님!"

카리자엘의 모습은 일견 애처로워 보일 정도로 간절해 보였으나 앙켈루야는 더욱 가차 없었다.

"쓸모없는 것, 네 쓸모를 증명하려면 어서 저놈을 잡아! 저놈을 죽여, 죽여!"

카리자엘은 양손에 불꽃을 일으킨 채 육탄공격이라도 할 듯 타나릴에게 달려들었다. 하지만 타나릴에게 카리자엘은 전혀 위협이 되지 않았다. 그러나 그사이 생기는 틈을 노리는 앙켈루야는 위험했다.

닿는 순간 살이 파이며 썩어버리는 마력 구름이 안개처럼 넓게 펴졌다 줄어들기를 반복하며 타나릴의 몸 아무 곳이나 노렸다.

자비 없는 마력 안개는 앙켈루야를 충실히 따르는 카리자엘도 피해 가지 않았다. 카리자엘은 타나릴을 공격하기 위해 일으킨 불꽃으로 본능적으로 공격을 막긴 했지만 몇 번이나 스친 안개에 온몸에 핏빛 금이 가기 시작했다. 그럼에도 타나릴을 공격해야 한다는 명령만큼은 끝까지 완수하고자 카리자엘은 멈추지 않았다.

"죽어, 트레니알라!"

마지막 순간, 카리자엘은 제 몸을 불살라 타나릴을 함께 태워 버릴 듯 달려들었다. 그 또한 타나릴은 쉽게 물리쳤다. 그러나 성가신 공격이긴 했다.

타나릴은 카리자엘을 얼음으로 감싼 채 던져 버렸다. 카리자엘은 그저 적일 뿐, 누이도 뭣도 아니었다. 그러나 바로 그때가 앙켈루야가 노리던 순간이었다.

발치에 뭔가가 툭 던져지는가 싶은 순간 폭발이 일어났다. 타나릴이 얼음 방패를 채 세우기도 전에 폭발이 일어나면서 타나릴도 반대편 벽으로 날아갔다. 곧장 짓쳐 들어온 앙켈루야가 타나릴의 목을 한 손으로 죄었다.

잘린 팔목 부위는 그새 피가 멎은 데다 마력 안개가 손 대신 일렁이고 있었다. 안개가 타나릴의 몸을 옭아매었다. 안개에 닿는 곳마다 타나릴의 옷가지가 툭툭 녹아 벌어지며 발간 핏물이 터졌다.

"안 돼요, 오라버니!"

로레인이 절망적으로 외쳤다. 하지만 로레인은 단 한 발자국도 다가올 수 없었다. 본능적으로 저는 안개 속에서 곧바로 녹아버릴 것이란 걸 알았다. 또한, 아주 잠깐 마주친 타나릴의 눈빛이 제자리에 가만있으라고 하고 있었다.

그러나 지켜보기만 하기에는 상황이 점점 악화일로로 접어들고 있었다. 쓰러진 타나릴이 몇 번이고 얼음창을 생성했지만 앙켈루야에게 닿기 전에 번번이 먼저 안개에 붙잡혀 녹아버리고 말았다.

타나릴을 완전히 구속한 앙켈루야가 타나릴의 코앞에 푸른 보석을 꺼내어 흔들며 말했다.

"네놈은 이게 뭔지 알지, 응?"

물론 타나릴은 바로 알아보았다. 주술석, 그것도 카리자엘의 남편 소유인 에머리가의 공방에 넘겼던 것이었다. 공방마다 다른 모양으로 가공한 주술석을 넘겼었기에 바로 알아볼 수 있었다. 방금 그를 날려 버린 폭발은 저 주술석으로 일으킨 것이었다.

"에머리가의 공방에 넘긴 것은 다섯 개뿐인데, 그걸 다 너에게 주던가?"

"흥, 내게 주술석이 몇 개나 있는지 떠보려는 것이냐? 죽기 전에 알려줄까? 이 세상의 주술석은 다 내 것이야. 네놈의 계집년이 차지한 광산은 본래 내 것이었어! 그걸 가로채? 감히! 네 죄과로 네놈은 내 영광스러운 시작의 먹이가 되려무나. 이 주술석의 효용이 무언지 아느냐?"

"네가 좋아하는 사람 잡아먹는 도구겠지."

타나릴은 말을 끝내기도 전에 몸을 틀며 다시 얼음창을 생성했지만 아쉽게도 마녀의 몸에 채 닿기 전에 다시 녹아버렸다.

실패한 공격이었으나 사로잡힌 타나릴이 공격할 줄 몰랐던 마녀는 확실히 놀라고 말았다. 앙켈루야는 조롱도 멎은 채 분노를 폭발시켰다.

"네놈! 네놈이 아무리 그래봤자 소용없어! 그래, 네놈 말대로 얼른 잡아먹어 주마! 어디, 마법사의 생명력은 얼마나 되는지 볼까?"

앙켈루야는 타나릴을 안개 속에 꽁꽁 두르고 나서 주술석을 그의 심장 위에 올렸다.

"안 돼, 타나릴 오라버니!"

로레인이 소리치며 억지로 기어 왔다. 그러나 앙켈루야가 손가락을 튕기는 것 하나로 멀리 나가떨어지고 말았다.

"너는 다음 차례니 기다려라! 그 손목부터 내게 바쳐야 할 것이야."

앙켈루야가 안개를 거두고 다시 색색의 마력을 형상화해서 주술석에 밀어 넣었다. 그것은 주술석을 통과해 서서히 타나릴을 감쌌다. 잠시 움찔거리던 타나릴이 부르르 떨다가 멈추자 마녀가 새삼 기쁨에 차서 소리쳤다.

"너도, 너도구나! 저 꼬마 따위 별것 아니었어! 너도 마녀의 핏줄을 가졌구나! 너야말로, 너야말로!"

최악의 순간이었다. 앙켈루야가 한 말은 당장 이해할 수 없으나 타나릴도 먹이로 삼겠다는 말임은 알 수 있었다.

"오라버니! 아… 언니!"

로레인은 절망적으로 눈을 감았다. 다음 차례가 저일 것이라는 사실이 두려운 한편, 타나릴이 어떻게 될지 볼 자신도 없었다.

그러나 절망을 박제한 듯 아무 소리도 이어지지 않았다. 그리고 다시 소리가 들렸을 땐 환희에 찼던 마녀의 목소리가 찢어지는 비명으로 변해 있었다.

"아악, 이게 무슨! 이게 무슨 짓이야! 그만, 그만 멈춰! 아악! 네 이놈!"

눈을 번쩍 뜬 로레인은 놀라운 광경을 볼 수 있었다.

앙켈루야가 주술석을 치워 버리려 손을 마구 휘저으며 비명을 지르고 있었다. 그러나 주술석을 굳혀 버린 얼음이 그녀의 몸을 붙잡고 서 있는 관을 만들고 있었다.

앙켈루야가 비명을 지르며 경악하는 사이, 타나릴은 언제 묶여 있었느냐는 듯 천천히 안개 속을 뚫고 일어섰다.

"네놈, 네놈이 날, 속였어?"

앙켈루야가 속삭인 그것이 마지막 말이었다. 얼음관 속에 완전히 갇힌 앙켈루야는 자신이 풀어낸 마력이 타나릴에게 흡수되는 모습을 지켜봐야 했다.

타나릴은 앙켈루야가 쪼그라드는 모습을 끝까지 지켜보았다.

맨 먼저 화려한 금발이 윤기를 잃으며 듬성듬성 빠졌다. 다음엔 팽팽하던 피부가 무너지기 시작했다. 잘린 손목에서 다시 피가 흐르는 것도 잠시, 말라 버린 피부가 뼈를 드러내며 등이 굽었다.

그러자 그녀를 가두던 얼음 관에 기대서 넘어질 만큼 여백이 생겼다. 핏발 선 눈에 채운 광기만은 마지막까지 이어졌지만 그 또한 빛을 잃으면서 탁해지고 말았다.

타나릴이 얼음을 거두자 꼬챙이처럼 마른 노파가 힘없이 한 걸음 내디뎠다. 그것이 마지막이었다. 다음 발을 채 떼기도 전에 앙켈루야는 그대로 바스러졌다. 희대의 살인마로 이름을 날릴 최악의 마녀치곤 허망하리만치 간단한 최후를 맞고 만 것이다.

로레인은 앙켈루야의 끝을 확실히 느꼈다. 맨 먼저 시야가 밝아지더니 보이지 않던 문과 그 앞을 지키는 사람들이 보였다. 멍한 표정으로 이쪽을 바라보고만 있던 그들의 모습으로 봐서 그들도 마녀의 지배력에 당하고 있었던 걸 알 수 있었다.

'그런데 나는 어떻게 멀쩡했지?'

생각에 잠겼던 로레인은 타나릴이 염력으로 창문을 열고 앙켈루야의 팔목을 가져오는 것을 멍하니 지켜봤다.

그제야 로레인은 깨달을 수 있었다. 애초에 저가 창을 열 수 있었던 것도, 저만은 정신이 지배되지 않은 것도 모두 타나릴이 마력을 보태준 덕분이었다. 마력 안개에 감겨 꼼짝없이 먹힐 것 같던 그 순간에도 타나릴의 보호를 받고 있었다.

한 줌의 재가 되어버린 앙켈루야의 실책은 그것을 알아채지 못한 것이었다. 타나릴은 한 번도 그녀에게 잡힌 적이 없었다.

타나릴이 마녀의 잿더미에 남은 손목을 올리자 희한하게도 그 또한 바스러지며 재가 되어버렸다. 로레인은 드디어 소리 내어 말할 수 있었다.

"끝났구나……."

타나릴은 먼저 마녀 요원들을 불러 응접실을 정리하게 했다. 앙켈루야의 흔적이 조금이라도 남게 할 수 없기에 마녀들은 꼼꼼히 주술의 흔적을 훑고는 그들만의 정화 의식을 펼쳤다.

응접실 청소가 끝난 후에야 타나릴은 리예와 발더를 불렀다.

"타나릴, 타나릴, 타나릴!"

타나릴은 자신을 안고 끊임없이 제 이름을 속삭이는 리예를 힘껏 끌어안아 주었다. 하지만 당장 리예와 단둘이 회포를 풀 수는 없었다.

그는 먼저 리예를 안전한 모처로 옮긴 후 피아드란도 의원에게 맡겼다. 이제부터 앙켈루아와 관련된 사건을 종료하기 위한 최종 마무리에 들어가야 했다.

"끝난 줄 알았는데 이제 시작이네?"

산적한 일을 앞두고 맥없이 중얼거리면서도 발더의 입가에는 미소가 맺혔다. 그러나 그동안 얼마나 속이 탔는지 입이 다 부르텄다.

"네 아내, 간담이 센 건지 고집이 센 건지. 참 대단해!"

리예가 직접 앙켈루아를 맞기까지 했던 순간을 생각하면 발더는 아직도 철렁했다. 타나릴은 대꾸 없이 무표정했다. 그래서 더 그의 속이 상상도 가지 않았다.

"끝까지 네가 이길 거라고 장담했다며? 이번 일은 알 수 없었을 텐데 어떻게 그렇게 확신했을까?"

누가 보는 사람이 없는데도 발더는 입을 가리며 '예지자'라며 입만 벙긋했다.

얼마 전 타나릴은 에르모에게 전 황조가 삭제한 기록을 뒤지게 했다. 그 조사에서 에르모는 예지자에 관한 기록을 몇 가지 찾아냈다.

예지자는 확실히 동반자의 위험을 예견한다. 하지만 그것에도 제한이 있었다. 예지자가 숙명의 상대와 맞닥뜨리는 순간에는 동반자를 위한 예지는 발동하지 않는다는 것이다. 따라서 리예도 이번 일에는 어떤 미래도 보지 못했을 것이다.

그렇게 묻고는 발더는 금세 뺄쭘하게 웃었다. 답이 필요한 질문이 아니었다. 기대든 믿음이든 리예는 무조건 그렇게 믿었을 것이다. 그리고 타나릴은 그 믿음에 확실한 대답을 했다.

"이것부터 잘 보관해 줘."

이제 마무리를 할 때였다. 타나릴은 마녀의 재를 감싼 얇은 얼음곽을 발더에게 넘겼다.

발더는 질린 표정으로 그것을 마력석 상자에 담아 봉했다. 카리자엘은 얼음 관에 갇힌 채 수사부에 그대로 인계되었다.

타나릴과 발더는 마법 공학부로 돌아왔다. 드디어 두 사람만 있게 된 공간에서 발더가 물었다.

"괜찮아?"

"괜찮아."

타나릴은 담담히 대답했다. 그러나 발더는 속지 않았다.

"이젠 설명해 줄 거지? 말해봐. 어떻게 한 거야?"

발더는 반드시 답을 들을 기세로 숨을 크게 들이쉬었다.

이는 약속한 바였다. 앙켈루야를 잡는 덫은 같이 준비했지만 타나릴은 앙켈루야와 어떻게 싸울지는 함구했다.

대신 일이 끝나면 발더에게 다 설명해 주기로 했었다. 거기에 간접적이지만 리예를 미끼로 내놓는 것까지 동의한 것을 보면 그렇게 하지 않으면 안 되는 중요한 이유가 있었을 것이다.

타나릴은 굳은 시선으로 쳐다보고 있는 발더에게 피식 웃어 보였다. 그럼에도 발더는 마주 웃지 않았다. 그만큼이나 속을 태웠던 것이다. 타나릴은 포기한 듯 한숨을 쉬고 입을 열었다.

"앙켈루야를 내가 직접 죽여서는 안 되었잖아."

"알아, 그 자료를 모아서 정리한 게 바로 나거든?"

전 황조가 삭제한 기록을 찾은 것이야말로 이 사건 해결에 결정적이었다. 그 기록을 찾은 순간, 그들이 왜 그것을 없애려고 노력했는지 알 수 있었다.

예지자의 알려지지 않은 비밀 같은 건 자신들이 독점하기 위해서 그랬을 것이다. 그러나 마녀, 그것도 다른 마녀의 마력을 취한 마녀에 관한 기록은 정말이지 위험했다.

그걸 몰랐다면 아마 앙켈루야를 그냥 죽였을 것이다. 타나릴에겐 그런 힘이 있었고 여러 번 기회도 있었다. 그러나 만일 타나릴이 마법사의 방식으로 앙켈루야를 죽였다면 치명적인 후환이 있었을 것이다.

기록에 따르면, 남의 마력을 잡아먹은 마녀는 일반적으로 죽일 수가 없었다. 물리적으로 죽일 수는 있으나 영혼만 따로 도망쳐 다른 마녀에게 기생할 수 있다는 것이다.

죽는 순간 자신의 영역으로 삼은 곳에 있는 마녀의 몸을 입을 수 있다고 했으니, 대상은 얼마든지 많았다. 저택을 영역으로 삼은 덕에 밀레이나나 피아드란, 혹은 요원들까지 무작위였다.

남의 마력을 뺏는 마녀가 아무나 다 남의 몸에 기생할 수 있는 건 아니었다. 최소 열 명 이상의 마녀를 희생시킨 마녀만이 가능한 방법이다.

앙켈루아에게 희생된 마녀의 수는 그보다 적었지만 기록을 확인한 순간부터 타나릴은 그녀가 알려진 것보다 훨씬 많은 마녀를 희생시켰다고 가정해야 했다.

그 기록에서 다시 주술석이 등장했다. 남의 마력을 끝없이 탐하는 마녀는 최종으로 마법사의 마력도 탐할 것이라고 했었다.

그러기 위해선 주술석이 필요했다. 주술석은 마력을 정제하는 역할을 하므로 본래 가진 마력도 다 이끌어내서 새로운 마력과 섞는 매개 역할을 하는 도구였다. 그것이 마녀의 최후의 비기이면서, 바로 그때가 마녀를 완벽히 없앨 수 있는 절호의 기회였다.

하지만 발더도 아는 건 여기까지였다. 그걸 어떻게 이용해서 앙켈루아를 없앨 수 있느냐는 것이다. 하지만 타나릴이 그것만은 말해주지 않았었다.

"만일 이 기회를 놓친다면 앙켈루아를 잡을 기회가 영영 사라졌을 거야. 누구의 몸에 기생해서 나타날지 모르니까. 남이 죽이는 것 말고도 자진해서 몸을 갈아타면 그만이야. 그러면 평생 잡을 수 없게 돼."

"그것도 알아, 그래서?"

"앙켈루아가 비기를 사용하도록 유도해야 했어."

"그래서?"

"…그래서 내 생명력과 마력을 미끼로 내놓았어."

"뭐!"

발더가 기어이 버럭 소리쳤다. 왠지 위험한 짓을 할 거라 짐작은 했었지만 그보다 더 위험하고 오금이 저릴 도박을 한 것이다.

"너, 미쳤……!"

"예지자의 숙적은 반드시 예지자를 노려. 놈은 반드시 리예를 노릴 거였어."

앙켈루야는 타나릴의 마력을 흡수하기 위해 주술석에 자신의 마력을 풀었다. 하지만 그 때문에 타나릴에게 거꾸로 흡수할 거라는 건 추호도 생각하지 못했을 것이다.

타나릴은 끌려가던 마력에 더해 앙켈루야의 마력을 몽땅 흡수했다. 그것이 남의 몸을 갈아탈 수 있는 마녀를 잡을 유일한 방법이었다.

"마력 흡수는 일종의 줄다리기야. 리예에게 마력을 한계로 퍼부었던 것이 결정적인 도움이 되었어."

히그틀리에서 메릴리타가 그에게 마력을 전해주려 했을 때는 이미 꽉 차서 받을 수 없다고 했었다.

그런데 비행선 추락 사고가 새로운 물꼬를 틔워주었다. 마법사로서만 키우던 마력 이외에 주술사로서의 마력 주머니도 커져 버린 것이었다. 그건 마치 무한 주머니처럼 넣으면 넣는 대로 다 들어갈 것같이 충만해졌다. 덕분에 이런 계획을 세울 수 있었다.

"너, 미쳤어."

무모했다. 발더가 미리 알았다면 절대 협조하지 않았을 것이다.

"아니, 나는 절대 가망 없는 싸움을 하지 않아. 반드시 이길 거였으니까 했어."

발더는 펄펄 뛰고 타나릴은 묵묵했다. 몇 번을 다시 한다 해도 타나릴에겐 당연한 일이었다. 발더는 결국 실소를 뱉을 수밖에 없었다.

"이게 무슨 개소리야!"

발더가 타나릴의 집무실로 씩씩거리면서 들어오며 소리쳤다. 하지만 타나릴은 씩 웃고만 말아서 발더는 더 분통을 터뜨렸다.

"이게 웃을 일이야? 어! 지금 그놈들이 널 잡아먹으려고 발악을 하고 있는데!"

"진짜 잡아먹힐 뻔했던 때도 괜찮았는데 뭘."

"너 정말……!"

발더가 어이없는 얼굴로 고개를 절레절레 저었다. 지금 타나릴은 예전에 사라진 마녀사냥의 척결 대상으로 거론되고 있는 중이었다. 그런데도 아무런 방비도 없이 이렇게 평온하기만 하다니, 저만 열불이 나는 것이다.

"너 왜 그래? 무슨 생각이야? 그놈들은 널 제2의 앙켈루야로 부르면서 사냥을 하려 들고 있다고! 상대하는 게 더럽긴 해도 뭐든 한마디는 해줘야 할 것 아니야? 카로이로 백작이 저들의 개소리를 누르려 애쓰긴 하지만 저들 쪽이 더 거세단 말이야!"

앙켈루야의 사건이 마무리되면서 요상하게도 타나릴이 도마에 오른 상태였다. 현재 정국에서는 타나릴을 다른 이의 마력을 탐하는 괴물로 몰고 있었다.

타나릴이 당시 어떻게 한 것인지는 알려지지 않았지만 적어도 앙켈루야의 마력을 흡수한 건 알려진 듯했다. 이번 작전에 참가한 요원들 중에 저들의 눈도 섞여 있었다는 증거였다.

이는 카리자엘의 시아버지인 에머리 공작을 주축으로 조장한 여론이었다.

이번 일로 카리자엘 또한 문제의 마녀와 연루되어 타나릴의 손에 잡혀 할랜디어스와 나란히 수사부에 구금된 상태였다. 그 때문에 에머리 가문은 체면을 구김은 물론, 한 발 걸치려던 주술석 사업에도 빠지게 생겼으니 바로 보복에 들어간 것이다.

처음엔 이런 말도 안 되는 유치한 여론이 통할까 의심스러웠지만 유일무이, 마법사만이 이 세상의 꼭대기에 있다고 믿는 체를릿 후작을 내세운 중론은 꽤 먹히는 중이었다. 몇몇 중립 상태에 있는 이도 타나릴이 마력을 흡수했다는 소식에 흰 눈을 치켜뜨기 시작했다.

이는 결코 태평하게 좌시할 일이 아니었다. 발더도 타나릴이 기어이 마녀사냥의 희생양이 될 거란 생각까지 하는 건 아니었다. 예그하라 가문의 뒷배가 그만큼 세기도 하거니와 타나릴 자체도 그렇게 물러날 만큼 호락호락하진 않았다.

저들도 모르고서 이렇게 무모한 공방을 벌이는 건 아니었다. 그들은 안 그래도 강한 타나릴에게 한 겹 더 붙게 될 어마어마한 힘, 바로 주술석을 공략하는 방도로 이런 수를 쓰는 것이었다. 이대로 손 놓고 있다간 정말 저들의 뜻대로 주술석에 어떤 식으로든 고삐를 채울 수도 있었다.

"알아. 그래도 너무 걱정하지는 않아도 돼, 발더."

타나릴은 정말 너무도 태연했다. 그 모습에 발더는 눈을 가늘게 뜬 채 타나릴의 책상에 기대었다.

"너, 무슨 수가 있구나?"

"글쎄, 있다면 너보단 리예가 먼저 알아야지?"

빙글빙글 웃는 타나릴을 보면 정말 확실한 뭔가가 있다는 거였다. 개처럼 짖는 저들의 공방을 한 방에 밀어버릴 확실한 뭔가가 있었다. 그러나 타나릴은 절대 말해주지 않을 것처럼 느긋하게 웃기만 했다. 발더는 배신감으로 부르르 떨었다.

"와, 너 정말!"

타나릴은 열을 내는 발더에게 어깨만 으쓱하고는 말했다.

"너, 내가 부탁한 그거, 할 거지?"

"아무리 네가 대단해도 내가 이 마당에 그런 데 정신을 쏟을… 설마!"

발더가 타나릴에게 획 얼굴을 갖다 대며 물었다.

"너, 거기서 뭔가 보여줄 생각이지? 뭔데! 뭔지 나 먼저 알면 안 돼?"

"리예가 먼저 알아야 한다니까."

"타나릴! 내가 너 20년 지기 친구인 건 알아?"

"여기서 그게 왜 나와? 넌 그럼 레타를 위해 준비한 소중한 선물을 남들에게 먼저 선보이냐?"

"어? 그건……. 으아! 궁금해, 궁금해, 궁금해!"

발더는 기어이 머리를 쥐어뜯는 시늉까지 하며 소란을 피웠지만 타나릴이 레타를 들먹인 이상 더는 캐묻지 못했다. 그렇게 평소와 같이 '평온한' 타나릴의 집무실에 에르모가 얼굴을 내밀었다. 그러자 발더가 울분을 풀기라도 할 듯 에르모를 붙잡고 하소연을 시작했다.

"위대하신 마법 공학부 차장님께서 지금 정국에서 왈왈거리는 그 개소리를 한 방에 몰아버릴 묘수가 있으시단다. 그런데 절대 비밀이래. 그러면서 나한테 뭘 하라고 한 줄 알아? 제 아내에게 사랑 고백을 근사하게 하고 싶으니 이벤트를 마련해 달라는 거야. 이게 말이 돼? 말이 돼?"

그런데 그 말에 에르모가 돌연 눈을 빛냈다.

"이벤트요? 사랑 고백이요? 어떻게 하실 건데요?"

"에르모!"

"정말 궁금합니다. 꼭 좀 알려주십시오!"

방금까지 진지한 얼굴로 세상 수심을 다 짊어진 것처럼 들어왔던 에르모는 사랑 고백에 눈이 뒤집힌 것처럼 보였다. 진짜 진지하게 고백에 사활을 걸 것 같은 에르모에게 발더는 고개를 저었다.

"안 돼, 넌 해도 재 스케일은 절대 못 따라가!"

"계획만이라도 알려주십시오! 분위기가 중요하다 들었습니다. 반드시 성공하는 그런 고백 뒤에 저도 할 수 있는 걸 해보고 싶습니다."

"음, 재는 새로 집을 짓겠다던데. 아니, 정자였나? 너도 그런 걸 따라 하려고?"

"네? 집이요?"

"고백할 중요한 장소를 직접 지어서 보여주겠다고 나한테 멋진 건물을 구상해 보라고 하더라고."

"앗, 그런……!"

새로운 장소에 들어서 한다면 그곳을 직접 볼 수도, 그 분위기를 그대로 잇기 어려울 수도 있었다. 발더는 금세 침울해지는 에르모의 어깨를 두드렸다.

"봐, 어렵지? 그러니 너는 너대로 중요한 고백을 할 장소나 설정을 새로 생각해 봐."

"그럼 저도 어떤 설계를 할지 돕겠습니다."

"오, 그럴래?"

"지금 이런 한가한 소리나 할 때가 아닐 텐데?"

마지막 말은 그들 세 사람 중에 누군가 한 말이 아니었다. 돌연 들려온 목소리의 주인공의 등장에 세 사람의 눈이 각각 다른 식으로 굳어졌다.

불식간에 찾아와 침묵을 불러온 예그하라 공작은 방금 했던 대화에 더는 첨언을 붙이지 않았다. 그가 방문한 목적은 아들을 참견하는 것이 아니었다. 발더처럼 정국의 상황에 대해 말하기 위해 온 것도 아니었다.

예그하라 공작은 앉지도 않은 채 말했다.

"사건이 아직 마무리되지 않았다. 그건 어떻게 처리할 생각이냐?"

차마 지칭하기도 께름칙한 '그것'에 대해 듣는 순간 발더와 에르모도 바싹 긴장해서 타나릴을 쳐다보았다.

예그하라 공작의 말대로 사건이 마무리된 것이 아니었다. 마력 상자로 봉인해 두긴 했지만 아직 앙켈루야의 재가 남아 있었다. 마녀가 남긴 재는 기분상의 께름칙함도 있었지만, 그보다 다른 마녀들도 다들 고개를 저을 정도로 불길한 기운을 풍기고 있었다. 그런 마녀의 흔적을 아무렇게나 처치할 수는 없었다.

타나릴은 이미 준비한 듯 대답을 이었다.

"이번 사태 희생자의 가족 중 헤겔라라는 마녀가 있습니다. 그녀에게 처분을 맡겨볼 생각입니다."

"공공 재앙이 될 뻔한 존재의 마무리다. 그런 걸 검증도 안 된 민간인에게 맡기다니, 말이 되는 소리냐!"

"헤겔라의 능력에 대해서는 아직 검증하는 중입니다만 그녀는 이제 민간인이 아닙니다."

"민간인이 아니면 공학부 소속이라도 된다는 것이냐?"

"공학부가 아닙니다. 새로 발족할 주술부에 소속될 것입니다."

"헤겔라라는 이름은 이번 사건으로 처음 듣는다. 나이도 겨우 마흔이라고? 잘 알지도 못하는 자를 나라의 중요 부서가 될지도 모를 곳에 함부로 기용한다는 것이냐? 누가 그녀를 따르겠느냐!"

예상된 반대였다. 그 시작을 예그하라 공작이 시작한 것뿐이었다.

"제가 그녀를 잘 알지 못하는 건 사실이지만 다른 마녀들까지 그런 것은 아닙니다. 헤겔라는 공학부에 소속된 마녀들 사이에서도 인망이 있고 능력을 인정받고 있습니다. 물론 가장 중요한 것은 능력이지만요. 앙켈루아를 잡는 데 그녀의 도움을 받을까도 염두에 뒀었습니다."

앙켈루아에게 어머니를 잃은 헤겔라는 복수를 다짐하고 있었다. 정말 헤겔라가 앙켈루아를 잡을 수 있었을지는 장담할 수 없지만 반드시 어머니의 복수를 할 거라는 그녀의 의지만큼은 확고했다.

당장 통신석의 방향을 바꾼 것이나 사람의 정신을 직접 공격하는 지독한 앙켈루아의 반향을 뚫고 그녀의 얼굴을 읽어내고 기록한 것만 봐도 헤겔라의 능력은 보통은 아니었다.

물론 검증할 과정은 필요할 것이나 당장 헤겔라에게 주술부의 중임을 맡긴다는 것에 공학부 소속의 마녀들은 이견이 없을 정도였다. 공학부 소속의 마녀들이 주술부로 넘어갈 것이기에 계기는 안 좋으나 때에 맞춰 중요한 인재를 발견한 것이었다.

"검증은 어떻게 할 생각이냐?"

"주술 능력에 관한 것이라 마녀들의 의견을 수렴하고, 주술석을 사용한 실험을 거칠 생각입니다."

"마녀들보다 네가 책임질 수 있는 검증 결과가 있어야 할 것이다. 만일 차후 헤겔라라는 마녀에게 그것을 맡기게 된다면 어떤 처분 과정을 거칠지에 대해서도 상세한 계획과 보고가 있어야 할 것이야."

예그하라 공작이 온 순간부터 발더와 에르모는 거친 공방이나 고함을 예상하며 숨을 죽이고 있었다. 그런데 의외로 공작은 쉽게 수긍하며 고개를 끄덕였다. 아니, 아들의 판단을 전적으로 믿으니 뜻대로 하라 응원하는 것 같다는 생각마저 들었다.

"물론입니다, 장관님. 아직 확정된 건 아니니 좀 더 지켜본 후에 결정해서 다시 보고드리겠습니다."

"알았다."

볼일이 끝나자마자 휙 돌아서던 예그하라 공작이 문을 열기 전 고개만 돌리며 말했다.

"한다는 거, 하려면 확실히 해라. 윙윙대는 소리도 더는 들어줄 수 없으니까."

"알겠습니다."

예그하라 공작은 나가 버렸다. 그제야 발더가 숨을 길게 내쉬며 탄성을 질렀다.

"와!"

"네, 저도 와… 입니다!"

에르모도 발더와 비슷한 표정으로 입을 벌렸다.

"네가 뭘 알아서 와, 야?"

"네?"

"그만."

타나릴은 에르모를 다잡으려는 발더에게 손을 들어 막았다. 둘이 입을 다물자 타나릴이 다시 말했다.

"방금 들었지?"

"응? 하려면 확실히 하라시던 거? 이건 공작님께서 이제 확실히 마음을 기울이신……."

"그것 말고. 헤겔라 말이야. 그녀에게 맡기는 건 내가 생각한 방법의 하나일 뿐이야. 다른 방법이 있을지 생각해 봐야 해."

"어? 결정된 거 아니었어?"

"공학부 장관님께 즉답이 없으면 어떻게 되는지 몰라?"

타나릴의 말이 맞다. 거의 불가능한 일이라도 어떤 식으로든 대처할 조치가 없다면 공작에게선 불호령이 떨어졌다.

예그하라 공작은 이번만큼은 많이 누그러져 보였지만 타나릴은 한 치도 경계를 늦추지 않고 있었다. 이 부자의 관계는 영원히 이런 평행선인가 걱정된다고 생각하던 순간, 발더는 눈을 홉뜬 채 자신을 바라보던 아버지의 표정을 기억해 내곤 어깨를 움츠렸다.

"아아……."

발더는 고개를 주억거리다가 갸웃거렸다.

"그럼 헤겔라에 대해 좀 더 조사해 본다든가, 아니면 다른 마녀를 찾아본다든가, 혹은 마녀에게 맡기는 것 말고 또 다른 방도가 있는지 찾아보라는 말이지?"

"헤겔라도 주술석으로 실험을 거쳐야 해."

"맞다, 그것부터 해야지. 무슨 일이 해도 해도……."

발더가 어깨를 축 늘어뜨린 채 방을 나갔다. 에르모도 슬슬 눈치를 보며 제 사무실로 가려다가 돌아온 발더에게 목덜미가 붙잡혀서 끌려갔다.

아스라이 '저는 차장님의 비서입니다!'라는 외침이 들려왔다. 그에 '방금 타나릴이 내려준 업무 할당을 진지하게 해볼까?'라는 목소리도 들렸다.

윽박지르는 발더의 솜씨는 매번 발전했다. 당연히 에르모의 어깨에 힘이 빠졌다. 이제 끝도 없는 실험을 시작할 시간이었다.

"리예가 보고 싶은데……."

타나릴이 통신구를 몇 번이나 두드리다가 일어섰다. 실험실로 향하는 그의 발길도 가볍지가 않았다.

• • •

"보고 싶다……."

나는 통신구를 매만지며 중얼거렸다.

앙켈루야가 죽고 벌써 사흘이 지났지만 타나릴은 아직도 집에 돌아오지 못했다. 가끔 이렇게 통신이라도 연결할까 싶다가도 바쁜 그를 방해해서 돌아올 시간을 늦추는 게 아닌가 싶어 매번 손을 놓게 되었다.

이젠 나에게 닥칠 위험이 사라졌다지만, 그래서 찾아간다는 선택지도 지울 수밖에 없었다.

어떻게 타인이 이렇게 마음 깊이 들어올 수 있는지 참 신비했다. 나에게 강제로 전달문을 붙여뒀던 그 순간을 생각하면 사람이 뒤바뀐 게 아닌가 싶을 정도였다.

혼자 피식 웃고 있는데 문 두드리는 소리와 함께 반가운 얼굴이 쑥 들어왔다.

"로레인!"

나는 치마에 바람이 일 듯 일어나 그녀를 반겼다. 그러자 로레인이 조심하라며 달려와 오히려 나를 부축해서 의자에 앉혀주었다.

"로레인, 괜찮아요?"

"전 다쳤던 게 아니잖아요. 좀 놀랐을 뿐이에요."

"마음을 다친 게 더 크게 다치는 거예요. 그때 얼마나 놀랐을지 생각하면 내가 지금도 가슴이 떨려요. 미안하고 고맙고… 로레인이 잘못되었다면 나를 평생 용서하지 못했을 거예요."

"그런 말씀 마세요. 저는 정말 잘못될 일이 없었다니까요? 저는 정말 괜찮았지만 언니를 생각해서 쉬고 온 거예요."

이렇게 나오면 나도 로레인에게 더 뭐라 할 말이 없었다.

"저 없는 며칠 동안 베인크르스가 엄청나게 뛰어다녔다고 들었어요. 아프지도 않은 데다 베인크리스가 앓는 소리도 더는 들을 수 없어서 온 거예요. 그러니 걱정하지 마세요."

로레인은 금세 저한테서 화제를 비끼며 비서의 얼굴을 덮어썼다.

"고마워요. 고마워요, 로레인."

"걱정했었는데, 베인크리스가 그래도 제법 집사 노릇을 한 것 같아요. 응접실도 말끔히 복구했고, 장부도 잘 맞혀놓았더라고요."

"그걸 그새 본 거예요?"

"저야 오자마자 부인께 먼저 달려왔죠! 그걸 통신구에 대고 수십 번 읊는데 제가 다 외울 지경이었어요. 집이 개방되면 재정 담당 변호사부터 오는 게 당연한데, 그걸 왜 무서워한대요? 방금 했던 말 취소할게요. 베인크리스는 아직 멀었어요!"

“내 생각엔 장부를 맞추고 싶어서 그런 게 아닌 것 같은데요, 로레인?”

“네?”

갸웃거리는 로레인을 보며 나는 입술을 가리고 웃었다. 내가 잘못 본 게 아니라면 로레인은 죄 많은 여인이었다.

베인크리스는 집사로서 절대 부족하지 않았다. 겨우 두 달 남짓한 시간 동안 처음의 서툴렀던 모습도 확실히 벗어버릴 만큼 매우 뛰어났다. 사흘간 열 명이 넘는 깐깐하고 고루한 재정 담당 변호사들을 휘두르는 솜씨 하며, 그 많은 자료를 취합해 순식간에 정리하는 모습은 혀를 내두를 정도였다.

나는 로레인에게 그 똑똑한 베인크르스가 왜 그랬는지 알려줄까 하다가 참았다. 로레인과 함께 공학부에 갔을 때 봤던 에르모의 눈빛 또한 비슷했었기 때문이다. 내가 어느 한쪽의 편을 들기보다 로레인의 마음이 이끄는 대로 가는 게 가장 좋았다.

내가 남의 연애 사정까지 살필 수 있는 여유로움이 생겼음에 난 스스로 감탄했다. 이 모두가 내가 사랑에 빠져서 그런 게 아닐까? 생각하니 또 타나릴이 보고 싶었다.

내 어두워진 얼굴에 로레인이 조심스럽게 물었다.

“피아드란이 아직 회복하지 못해서 걱정이 많으시지요?”

순간 아차, 했다. 잠시나마 피아드란을 잊고 웃고 있었다니, 죄책감이 들었다. 내 표정을 본 로레인이 침착하게 달래주었다.

"피아드란은 그때 앙켈루야에게 마녀의 마력을 거의 빼앗겼다고 들었어요. 하지만 다행히 생명력에는 지장이 없다니 걱정하지 마세요."

"피아드란은 마술사로서 새로운 지평을 열지도 모를 아이였어요. 그런데 그 기회를 빼앗긴 거예요."

"아니에요, 부인. 피아드란은 지금 꽤 안정적인 생활을 하는 듯 보이지만 아직도 불안한 면이 있다고 들었어요. 이번 사태 이전에 학교에서 간간이 머물렀던 것도 그것 때문이었다고요. 피아드란은 원래 주술사보다 마법사가 되고 싶어 했으니 주술사의 마력을 잃은 것이 아주 나쁜 결과인 것만은 아니라고 생각해요."

"그거야 우리들의 생각이지요. 피아드란은 가진 걸 빼앗긴걸요. 그것도 나 때문인데……."

"그렇게 생각하실까 봐 제가 레베카 부인을 불렀어요. 어서 들어오세요!"

로레인이 소리치자 곧장 레베카가 들어왔다.

"레베카, 피아드란은요?"

내가 서둘러 묻는 말에 레베카는 웃으며 말했다.

"오늘은 일어나서 미음도 먹고 침실을 몇 바퀴 돌기도 했어요. 잠깐 열이 나서 걱정했었는데 그것도 걱정할 일이 아니래요. 두 개의 성질이 다른 마력이 대치되어 있다가 한쪽이 사라지니까 다른 남은 마력이 몸 전체를 차지하느라 일어난 현상이라고 하지 뭐예요?"

진심으로 기쁘다는 듯 말하던 레베카가 금세 덧붙였다.

"이제 우린 피아드란을 하늘로 날려 버릴까 다신 걱정하지 않아도 되었어요. 다신 우리 아이 정신이 분리될까 걱정하지 않아도 되고요. 그 마녀는 끔찍하고 무섭지만, 나는 우리 피아드란에게 일어난 일만큼은 기뻐요. 정말이에요, 리예!"

나를 안심시키고자 억지로 지어낸 말은 아니었다. 아직은 적응하느라 침대 신세지만 피아드란은 곧 일어날 거라며, 다시 만나면 아기님을 확인하지 못할 텐데 위로해 달라는 레베카의 눈에 기쁨의 눈물이 맺혀 있었다. 레베카가 품고 있던 또 다른 걱정에 대해 알게 된 나는 그녀의 손을 꼭 붙잡아주었다.

그리고 '그것'은 또 불현듯 찾아왔다.

나는 막연히 앙켈루야가 죽으면 이 끔찍한 것을 다시 보지 않을 줄 알았다. 그러나 이것은 어김없이 또 끔찍한 장면을 보여주었다.

나에겐 영원 같은 시간이 현실에선 얼마나 지났는지 모른다.

"부인, 괜찮으세요?"

정신을 차리고 보니 로레인과 레베카가 나를 걱정스럽게 쳐다보고 있었다. 장면이 끝나자 다시 급격한 현기증과 구역질이 밀려왔지만 나는 억지로 그것들을 누른 채 말했다.

"로레인, 타나릴이 보고 싶어요. 그에게 가야겠어요. 마차를 불러 줘요."

• • •

"…리예가? 알았어."

에르모의 급한 전언에 헤겔라의 주술석 실험을 살피던 타나릴은 금세 실험실을 나왔다. 갑작스러운 리예의 방문에 웬일인지 궁금하면서도 그는 가슴이 뛰었다.

앞에서 오다가 마주친 직원들이 옆으로 실룩실룩 벌어지는 타나릴의 입가를 보고는 못 볼 꼴을 본 얼빠진 얼굴이 되는데도 그에겐 아무것도 보이지 않았다.

"리예!"

마부보다 먼저 마차 문을 연 타나릴이 리예에게 손을 내밀었다.

"타나릴?"

타나릴은 리예가 내리기 전 입술부터 재빨리 훔쳤다. 뒤에서 따라 내리려던 로레인이 하늘을 보다가 멍한 얼굴을 한 베인크리스를 쿡 찌르고 있었다. 타나릴은 아무 일도 없었다는 듯 두 사람을 향해 물었다.

"로레인, 너는 벌써 복귀한 거냐? 로레인이 왔는데 베인크리스는 웬일이지?"

"저는 아프지 않으니까 복귀했고요, 베인크리스는 오라버니께 직인을 받을 게 있다고 왔어요."

"둘 다 내 사무실에 가 있어."

"네!"

로레인이 기운차게 대답하고 돌아서다가 멈칫거렸다. 로레인의 눈길을 따라간 타나릴이 눈썹을 치켜세우며 물었다.

"에르모, 네가 왜 여기 있어?"

"로, 부인이 오신다고 하시니 당연히……."

타나릴이 눈을 가늘게 뜨고 노려보자 에르모가 흠칫 고개를 돌렸다. 하지만 곧 알아서 하라는 듯 손을 저었다. 에르모는 로레인에게 거의 달려들 듯 다가서며 안내하겠다고 나섰다.

그러나 에르모의 접근을 막는 이가 있었다. 베인크리스가 갑자기 두 사람 사이에 비집고 들어갔다. 에르모에게 안내를 부탁한다며 입술을 늘리는 모습이 마치 결투를 신청하는 것 같았다. 로레인은 눈만 껌뻑이고 있었다.

타나릴은 어이가 없었다.

로레인 대 에르모, 베인크리스?

눈치채지 못했었다. 아니, 에르모는 대충 짐작했지만 베인크리스도 끼어 있는 줄은 몰랐다.

리예는 알았을 것이다. 그런데 리예는 아무것도 안 보인다는 듯 자신만 바라보고 있었다. 그 표정이 묘하게 위험 신호를 보냈다.

"리예, 어디 아파?"

"아니요, 그냥 당신이 보고 싶어서……."

리예는 정말 그 말고는 아무도 보이지 않는 사람 같았다. 타나릴은 괜히 목덜미에 열이 오르는 것 같았다. 옆에 아무도 없었다면, 아니 이곳이 집이었으면 좋겠다는 생각이 간절했다.

하루 이틀에 끝나지도 않을 실험, 오늘 하루만이라도 집에 갔다가 오고 싶었다. 정말 그렇게 하려던 찰나 리예가 그의 팔을 잡아당겼다.

"들어가요. 온 김에 당신 일하는 것도 보고, 주술석 실험이 어떻게 되어가는지도 보고 싶어요."

"그럴까?"

"네."

이상했다. 리예는 자신만을 보고 있는데도 어딘가가 아련했다. 베인크리스와 에르모의 사이에서 멀뚱거리기만 하는 로레인을 보면 특별한 일이 있는 건 아니었다.

'설마, 혹시 또?'

하지만 머릿속을 스친 생각은 금세 접었다.

숙명의 적을 없앤 후, 예지자는 그 숙명에서 벗어난다고 했다. 리예는 다시는 그녀를 괴롭힐 끔찍한 미래를 보지 않을 것이다. 때문에 더 불확실한 미래가 닥칠 테지만 리예를 갉아먹는 운명이 없는 것이 훨씬 행복했다.

"나, 많이 보고 싶었나 본데?"

"네, 맞아요. 매일 노래를 불렀어."

리에가 배시시 웃었다.

타나릴은 그 입술에 한 번 더 입을 맞추고 싶었지만 왜인지 공학부 정문 쪽으로 오가는 직원이 많아졌다. 질겁할 리에를 생각해서 그는 그냥 그녀의 손만 잡았다.

"실험이 많아요?"

"응, 주술석을 좀 더 많이 추출해 왔거든. 참, 당신에게 보고할 것도 있는데 정말 잘 왔어! 오늘부터 당신, 다시 임시 고문 할까?"

"그럴까요?"

선선히 대답하는 리에가 아무래도 이상했지만 그보다 너무 사랑스러웠다. '그것'을 하루라도 빨리 보여주고 싶어서 참고, 또 참았지만 미련한 짓이었다. 깜짝 선물이 아무리 대단한들 리에를 보는 시간까지 미루고 할 일은 아니었다.

리에와 잡고 있는 손의 온기에 마음이 든든해졌다. 오늘은 무조건 집에 들어갈 것이다. 그래서 이 보드라운 몸이 주는 쾌락을 샅샅이 누릴 작정이었다.

타나릴이 오늘의 계획을 부풀리며 건물로 들어가려는 순간 리에가 망설이며 물었다.

"오늘은 당신 집무실 말고요. 어떤 실험들을 하는지 내가 가봐도 돼요?"

"실험실은 위험한 것들이 많아서 안 돼."

"당신이 옆에 있어도 안 돼요? 절대 당신 옆에서 떨어지거나 하지 않을게요."

리에가 이렇게 조르는 건 처음이었다. 순간 타나릴은 당황하면서도 가능할지 맹렬히 생각했다.

따지고 보면 리에는 고문이라는 감투를 쓸 만큼 주술석에 관한 관계자이기도 했다. 실험을 관람하는 데 전혀 하자가 없었다. 곧바로 명분을 찾아낸 타나릴은 방금 전의 대답을 엎고 고개를 끄덕였다.

"주술석은 정신 관련 실험이 많으니까 절대 내 옆을 벗어나면 안 돼?"

"명심할게요."

리에가 방긋 웃었다. 그러면서 팔짱을 끼어오며 닿는 보드랍고 물컹한 감촉에 타나릴은 이곳이 집이 아님이 다시 한번 아쉬워졌다.

"지금 실험실에선 대략 다섯 가지 정도가 진행되고 있어. 어떤 실험을 하는지 보고 나면 우리 집에 가자!"

"그래요, 함께 가요."

리에가 그의 팔에 기대며 고개를 파묻었다. 다른 사람들이 지나다니는 공간에서 리에가 스스로 친숙함을 드러내기는 처음이었다. 이건 리에의 마음이 이전과 달라졌다는 걸 증거일 것이다.

하지만 그 빌어먹을 혼전 계약서는 아직 유효했다. 발더가 해파이타스 제국에서 돌아오자마자 없애려 했었지만 앙켈루야 사건으로 또 미뤄졌다. 시간은 아직 남았지만 그것이 존재한다는 것 자체가 목 안의 가시처럼 박혀 있었다.

'이번 일만 마무리되면 반드시…….'

실험실 문을 열며 타나릴은 다짐에 다짐을 얹었다.

"대개 마녀들이 치유와 생장에 관계된 일을 하지만 아직 그 실험까지는 손대지 못했어. 지금 대부분 정신 방어 쪽의 실험을 진행 중이야. 높으신 분들 관심은 민생보다 미개척지에 몰려 있거든."

"으흠, 흠, 흠!"

발더가 신랄하게 이어지는 타나릴의 비평을 요란한 헛기침으로 가리려 애썼다. 하지만 들을 사람들은 이미 들은 표정이었다. 그러든 말든 타나릴은 리예에게만 집중하고 있었다.

"당신도 알겠지만, 미개척지는 자연적인 환경보다는 사람의 정신을 흩트리기 때문에 정복하지 못한 곳이 더 많거든. 거기에 각각 그 지역을 관장하는 매개가 너무도 다양해서 앞에서 알아낸 대처 방법이 다음 미개척지에 통하지도 않아. 지금 저 사람들은 각기 다른 미개척지의 환경을 꾸민 후 한 가지 주술석으로 같은 효과가 나는지 보는 거야."

사람의 발길을 막는 매개는 풀이나 나무, 광석, 동물, 벌레, 혹은 땅 자체인 곳도 있었다. 매개를 없애면 일반인도 들어갈 수 있는 구역이 된다. 개척은 다른 말로 매개를 없애 일반인도 들어갈 수 있는 땅으로 만든다는 뜻이었다.

매개가 없앨 수 있는 하나의 개체일 경우엔 그것만 없애면 개척이 되지만 땅 자체인 경우나 전체적으로 분포된 동, 식물일 경우에는 개척이 거의 불가능하다고 봐야 했다.

그런데 주술석이 실효를 거둔다면 그 어떤 매개라도 극복할 가능성을 열게 된다. 개척에 새로운 지평을 열게 되는 것이다.

"정신을 흐리게 하는 것도 경중이 있지 않아요?"

"물론이지! 가볍게는 착시나 단기 기억상실에서부터 무겁게는 정신착란이나 백치에 이르게 하는 곳도 있거든?"

타나릴이 짐짓 리예를 감싸 안으며 답했다. 두 사람의 뒤를 쫓던 발더는 저를 뚝 떼어내는 염력에 저항하다가 포기하고 뒤돌아섰다. 돌아서기 전 코웃음을 친 건 양념이었다.

"그걸 한 가지 주술석으로 방어한다는 거네요?"

"아마 출력의 차이는 있지 않을까 싶은데? 크기와 규격에 따라 마력석도 성능 차이가 있는 것처럼 주술석도 그럴 거라고 생각하고 연구하고 있어."

"그럼 일반인들도 미개척지를 개척할 수 있게 되는 거예요?"

현재 미개척지를 개척하는 이들은 오로지 마법사나 주술사, 혹은 마녀들뿐이었다. 그들만이 미개척지의 정신 공격에서 자신을 보호하고 제정신으로 돌아올 수 있기 때문이었다.

간혹 미개척지 중에도 그저 환경적으로 험한 곳이라 놓아둔 곳도 있긴 했지만 인간을 배척하는 기운을 가진 곳만큼 괜찮은 자원이 발견되지는 않아서 개척지로는 크게 매력이 없었다.

"장차 그걸 목표로 하는 거지. 왜, 가보고 싶어? 어디로 가고 싶은데?"

"딱히 생각해 둔 곳은 없어요. 그냥 나중에요."

"어디든 말해. 데려다줄게."

"당신과 함께라면 어디든지요."

타나릴은 발더가 리예의 말을 듣지 않아 다행이라 생각했다. 아마 이 말을 들었다면 몸을 배배 꼬며 레타를 찾아 울부짖었을 것이다.

그런데 마음을 대놓고 드러내는 리예가 좋기도 하면서도 왠지 가슴이 선득해졌다. 뭔지 모르게 아까부터 리예가 조금 이상했다.

"참, 당신도 개척지를 개발했다고 했지요? 매개만 없애면 일반인도 들어갈 수 있는 곳이 된다니 참 신비해요. 당신의 개척지 매개는 뭐였어요?"

"다들 나한테서 첫 번째로 궁금해하는 게 그거던데, 당신은 이제야 물어?"

"네?"

"무려 마력석 광산이 있는 곳이니 다들 눈에 불을 켜고 그것부터 알아내려 애쓰더라고. 모르는 사람조차 말이야. 이제야 내 아내가 우리 재산에 관심을 기울이다니, 이거 황송한걸?"

"타나릴!"

볼을 붉히는 리예에게 타나릴은 하하 웃으며 대답했다.

"별것 아니었어. 불 두더쥐 열세 마리가 그곳의 주인이었는데, 도망치는 구멍을 발견해서 냉기를 쏟아부으니까 끝나던데?"

"네?"

타나릴 말고는 할 수 없는 방법이었다. 물을 쓰는 마법사도 가능하지 않을까 싶지만 기가 막히게도 불 두더쥐는 물에서 헤엄치는 걸 즐기는 동물이었다.

실험실 가장 안쪽에 있던 마녀 한 사람이 그들에게 다가오며 말을 걸었다.

"무슨 말씀을 이렇게 즐겁게 하시나요?"

"헤겔라……."

리예는 입술만 달싹여 그녀의 이름을 불렀다.

타나릴은 소개해 주지도 않은 이를 알아보는 리예의 속삭임에 눈을 흐렸다. 징조가 좋지 않았다. 왜인지 불안했다.

• • •

"실험을 방해한 건 아닌가요?"

"천만에요! 차장님은 웃으실 줄 모르는 줄 알았더니, 역시 부인이 곁에 계시니 다르네요."

단단하고 깐깐하게 생긴 중년의 여인이 눈을 휘며 웃자 분위기가 갑자기 확 풀어졌다.

나는 이 사람이 누구인지 안다. 아니 봤었다.

헤겔라는 메릴리타만큼, 어쩌면 메릴리타보다 더 강한 마녀였다. 하지만 헤겔라가 아무리 강하고 능력 있는 마녀라 해도 '그 일'엔 실패했다.

그 위험을 제거해야 했다. 나는 속으로 다시 한번 중얼거렸다.

'남에게 알려서 막는 건 안 되지만 내가 직접 하는 건 괜찮다.'

내가 해야 한다. 내 본능이 시간이 많지 않다고 알리고 있었다. 어서, 빨리하라고 자꾸만 재촉하고 있었다.

"제일 안쪽에 계신 걸 보니 가장 중요한 일을 맡으신 건가 봐요."

나는 아무것도 모르는 척 운을 뗐다. 헤겔라가 조금 난처한 표정으로 그를 쳐다보자 타나릴이 대신 답해 주었다.

"당신을 노렸던 이니 당신도 알아야지. 앙켈루야의 재가 남아서 처분 과정을 논의하고 있어."

"앙켈루야는 죽었잖아요? 재는 왜요?"

이렇게 말하는 내가 가증스러웠지만 나는 아무것도 모르는 얼굴로 걱정스럽게 물었다.

"보통 마녀는 아니었잖아. 그래서 안전에 안전을 기하는 것뿐이야. 당신 말대로 앙켈루야는 이미 죽었어. 다시는 살아날 수 없어."

"그렇겠지요."

하지만 나는 속으로 고개를 저었다.

앙켈루야는 완전히 소멸하지 않았다. 남은 재가 바로 앙켈루야였다.

미래에서 주술과 사념을 보낼 만큼 강한 앙켈루야는 제 몸이 사라지는 순간을 대비해 최후의 안배를 했다. 마지막 순간 떼어낸 사념을 재 속에 숨긴 것이다. 앙켈루야의 재는 사념을 품어 검붉은 색을 띠었다.

헤겔라는 사념이 숨은 재에서 불길함은 느끼긴 했지만 그것이 무엇인지는 몰랐다.

미래의 헤겔라는 재를 맡자마자 불길함을 없애는 정화 주술을 시작했다. 하지만 이상하게도 한 줌도 안 되는 재는 온종일 정화 의식을 펼쳐도 손톱만큼의 효과만 있었다. 게다가 허망하게도 다음 날이면 정화된 부위가 다시 음울한 검붉은 색으로 돌아갔다.

헤겔라는 두 번째 시도로 재를 나누어서 정화하기로 했다. 조금씩 떼어서 모두 정화하면 되리라 생각했지만 우습게도 손톱만큼 재를 떼어내면 그 양의 깨알만큼만 정화된 후 다음 날 제 모습으로 돌아갔다.

헤겔라는 재가 심상치 않음을 느끼고 봉인을 하는 쪽으로 가닥을 잡았다. 하지만 결론적으로 봉인도 실패했다. 처음 타나릴이 감싼 냉기 막에서 꺼낸 순간부터 더는 봉인할 방도가 없어진 것이나 다름없었다. 재는 결국…….

이 장소에 들어온 순간 '그것'이 보여준 미래가 더욱 선명해졌다.

레베카가 피아드란의 정신 붕괴를 걱정한 건 기우가 아니었다. 타나릴은 원래 두 마력을 지녔으면서도 완벽한 균형을 이루고 있었다. 하지만 지금 그는 앙켈루야의 마력을 흡수하면서 약간의 틈이 생겼다.

시간만 있었다면 타나릴은 다시 완벽한 균형을 찾고 더 강대한 마법사, 아니 마술사가 되었을 테지만 앙켈루야는 그 틈을 파고들 수 있었다. 타나릴의 안에서 아직 덜 녹은 자신의 마력에 숨어 다른 누구도 아닌 그에게 기생하게 된 것이다.

타나릴은 미쳐 버렸다. 그는 앙켈루야에게 저항했지만 미처 소화하지 못한 마력까지 조각조각 나며 각기 다른 인격이 되어버렸다. 그 모두가 타나릴의 소유권을 주장하며 싸우느라 그는 결국 자신을 놓쳐 버렸다. 결국 앙켈루야가 그를 잠식해 버렸다.

이 또한 내가 막아야 할 일이었다. 어떻게 할지는 오는 길에 결정했다.

"그럼 나도 그 처분하는 과정을 볼 수 있어요?"

내 부탁에 순간 타나릴의 눈에 난감함이 서렸다. 타나릴은 당장 '안 돼!'라고 하지는 않았다. 이 냉철하고 분명한 사람이 보인 틈으로 나는 강력히 파고들었다.

"마지막… 사라지는 모습을 보고 싶어요. 그래야 안심이 될 것 같아요."

타나릴은 한 번 더 망설였지만 결국 고개를 끄덕이고는 헤겔라에게 눈짓했다.

"지금 당장 말입니까?"

"어차피 미룰 일이 아니니 지금 합시다."

헤겔라는 굳게 고개를 끄덕이고는 나를 가장 안쪽 격리된 방으로 안내했다. 그 뒤로 타나릴이 굳은 벽처럼 나를 보호하며 따라왔다.

실험이 시작되었다. 마력석 상자가 열리고 타나릴이 냉기를 풀었다. 책상 위로 스르르 흐르는 검붉은 재가 요사스러웠다.

나는 망설이지 않고 다가가… 한입에 털어 넣어버렸다.

그녀를 위하여

"우리 아기는요?"

눈을 뜨는 동시에 나는 이것부터 묻지 않을 수 없었다. 굳은 표정으로 나를 보고 있던 타나릴이 후, 한숨을 쉬며 답했다.

"아기는 괜찮아. …아무 이상이 없대."

"잘됐어요."

중간에 생략된 말은 '놀랍게도'일 것이다. 나는 그제야 미소 지을 수 있었다. 그리고 곧바로 참을 수 없는 흐느낌이 터지려 했다. 그러나 이미 나 이상으로 통곡의 시간을 보냈을 타나릴에게 눈물을 보이는 건 못 할 짓이었다.

나는 다시 한번 속삭였다.

"잘됐어요."

"왜 그런 짓을 한 거야?"

"나, 얼마나 누워 있었어요?"

동시에 질문이 터졌다. 타나릴이 먼저 말했다.

"하루. 그런데 1년, 아니 10년은 되는 것 같은 시간이었어."

"내가 해야 했어요. 미안해요, 걱정시켜서."

미쳐 버린 타나릴이 자신을 잃었을 때 제일 먼저 한 일은 바로 내 배에 얼음 창을 꽂는 것이었다. 나는 죽어버린 아기를 끌어안은 채 함께 죽어가며 타나릴이 미쳐서 날뛰는 모습을 지켜봐야 했다.

"당신은……."

타나릴은 입술을 달싹이다가 다물었다. 그 눈을 보자 난 알 수 있었다.

이 사람, 내가 왜 그랬는지 아는구나.

어쩌면 그 실험을 보여준 것도 나를 믿었기 때문일 것이다. 하지만 마지막 순간 배신당한 느낌이었을 것이다.

그러나 앙켈루야의 재는 어떤 식으로든 사라지지 않았다. 정화나 태우는 것이나 얼리는 것, 하물며 땅에 묻거나 물에 수장하는 것은 더더욱 안 될 일이었다.

재, 앙켈루야는 타나릴을 집어삼키고 수도의 반을 초토화시켰다. 마녀와 마법사 수십, 수백이 달려들어 모든 것을 파괴하는 그를 막았다.

타나릴은 죽었다. 하지만 앙켈루야는 다른 몸으로 다시 갈아탔다. 그리고 또다시 다른 몸, 또 다른 몸, 약 십여 번의 기생을 반복한 후에야 재앙이 가라앉았다.

재앙은 멈췄지만 그걸로 앙켈루아의 잔재가 완전히 소멸한 것인지는 알 수 없었다. 어디선가 다시 부활할 수 있는 잔재를 남긴 채 재앙은 후환을 기약했다.

내가 막아야 했다. 그 재앙을 끝낼 수 있는 이는 나뿐이었다. 자만이 아니었다. 그저 당연한 본분이었다.

예견의 기본 전제가 바로 해답이었다. 다른 누구의 손도 빌릴 수 없지만 내가 하면 된다는 건, 나를 통하면 그 재앙은 힘을 잃게 된다는 뜻이었다.

그러나 나는 홑몸이 아니었다. 내 딸이 그 끔찍함에 영향을 받거나 해코지당할까 두려웠다. 나는 잠든 아이에게 묻고 또 물었다. 내가 해도 될지, 이래도 네가 무사할지. 이것도 나를 속이는 질문이 아닌가 싶어 나는 절망했다. 연약한 태아에게 그런 위험을 감수하라는 모진 엄마가 용서받을 수 있을까?

그 순간 배 속에서 통, 하는 느낌이 들었다. 깃털이 간질이는, 혹은 거품이 올라오는 듯한 아주 작은 움직임에 나는 두근두근 가슴이 마구 떨렸다.

첫 태동이었다. 아이는 잠든 채로 몸을 활발히 키우면서 저가 무사함을 알려왔다. 그리고 내게 힘내라고 응원을 해주는 것 같았다.

바로 그때 마차 문이 열렸다. 타나릴이 내게 손을 내밀었다. 그 모든 것이 나에게 힘을 주었다.

회상 속의 타나릴의 눈빛이 순식간에 깊어지더니 물기를 잔뜩 담은 채 흔들렸다.

"당신이 눈을 뜨지 않았으면 나는 살 수 없었을 거야."

"그런 말 하지 마요."

"당신이야말로 다시는……."

"다시는 안 그래요! 이제 다시는!"

이젠 정말 끝났다. 다시는 이 끔찍한 저주와 같은 미래를 보지 않아도 될 것이다. 막연한 예감이 아닌 본능처럼 알 수 있었다. 그러니 내가 본 사실을 말해줘도 돌아오는 반향 같은 건 없을 것이다.

그러나 그에 관해선 입도 벙긋하고 싶지 않았다. 내가 봤던 마지막 끔찍한 미래는 이제 꿈속에서도 되살아나지 않게 서서히 잊힐 것이다.

나는 다짐하듯 타나릴의 손을 꽉 붙잡았다. 마주 잡아주는 손에서 떨림이 느껴졌다. 가만히 배를 어루만지던 타나릴이 돌연 스르르 고개를 떨궜다. 그는 잠든 것처럼 눈을 감았다.

"타나릴?"

하지만 타나릴은 미동도 하지 않은 채 답이 없었다. 두려움이 치밀어 올랐다. 나는 비명처럼 그의 이름을 소리쳤다.

"타나릴!"

문이 벌컥 열리며 누군가 뛰어 들어왔다.

"깨어나셨군요, 부인. 잠시만요!"

헤겔라였다.

헤겔라가 타나릴의 코 밑에 손을 댔다. 돌연 이불을 걷어낸 헤겔라는 즉시 타나릴의 가슴을 압박하며 두드리기 시작했다.

꿈만 같았다. 가슴이 오그라들었다. 숨이 조여졌다. 타나릴이 숨을 내뱉을 때까지 나도 숨을 쉴 수 없을 것만 같았다.

커헉! 타나릴이 숨을 뱉어냈다. 나도 숨이 트였다.

타나릴이 깨어나려는 듯 눈꺼풀이 움직였다. 헤겔라는 급히 약병 하나를 꺼내 그의 코밑에 받쳤다. 타나릴은 곧 잠들었다.

안도의 숨을 쉰 헤겔라가 나를 돌아보며 말했다.

"휴, 후작님께서 드디어 잠이 드셨네요. 나흘간이나 한숨도 안 주무셔서 안정을 취할 필요가 있어서 억지로 재워 드린 거랍니다. 앗, 내 정신 좀 봐. 부인, 깨어나신 것을 축하드려요!"

헤겔라는 방금 그가 숨을 멎었던 일을 감쪽같이 생략해 버려서 잠을 자는 게 더 큰 일처럼 들렸다.

"어떻게 된 일인가요?"

"그건 제가 여쭤야 하는 질문인걸요?"

헤겔라는 당황하는 내게 눈을 찡긋하며 말했다.

"후작님께선 부인만큼이나 보통 무모한 분이 아니셔요. 부인께 두 가지 마력을 다 쏟아붓다 못해 탈진한 상태로 생명력까지 짜내시더라고요. 부인께서 하루만 늦게 일어나셨으면 저도 더는 손을 쓰지 못할 뻔했습니다."

"생명력이라니요! 저에겐 하루 만에 일어났다고 하던데요?"

"부인께서 잃은 시간은 나흘입니다. 사흘까지는 제가 예상한 시간이었고, 하루는 예그하라 후작님이 생명력을 짜내며 기다린 시간이었지요."

나는 나중에야 헤겔라가 그 사흘이 지나면 내가 영영 깨어나지 못했을 거라고 했다는 걸 알았다. 사흘이 지난 어제부터 타나릴이 무려 하루 꼬박 자신의 생명력을 쏟아 날 살려낸 것이었다.

"이이, 괜찮은가요? 얼마나요! 대체 어떻게 되는 거지요? 아니, 방금 그건. 설마, 숨이 멎었던 건가요!"

"제가 계속 지키고 있었으니 걱정하실 일은 아닙니다. 이제 일어나셨으니 다 괜찮아지실 거예요. 나눠 주신 생명력은 오늘 안에 몸을 섞으시면 제자리를 찾아갈 테니 그것도 걱정하지 않으셔도 될 겁니다. 몇 시간 후 후작님이 깨어나시면 유혹하셔서 꼭 성공하세요. 저희는 자리를 피해 드릴 거랍니다."

눈도 하나 깜빡하지 않는 헤겔라는 메릴리타보다 강적이었다. 나는 잠시 말이 막혔지만 나름의 면역 덕분에 질문을 잊지 않을 수 있었다.

"우리 아기는요?"

"아기님도 무사하세요. 그 불길한 걸 입으로 취했으면 몸과 태아에 무슨 영향을 미치는 게 당연하다고 생각했는데, 희한하게도 몸에선 아무런 반응도 느낄 수 없었어요. 설마 그럴 리는 없겠지만 마치 입에서 넘어간 순간 소멸한 것 같았어요. 부인께선 어떤 마력도 없는 분이신데, 어떻게 그런 일이 있을 수 있을까요?"

헤겔라의 눈이 호기심을 가득 품은 채 유리알처럼 반짝였다. 하지만 내가 미처 뭐라 하기도 전에 어깨를 으쓱하더니 호탕하게 말했다.

"그게 뭐가 중요하겠어요. 아차, 먼저 이 말씀부터 드려야 했는데 늦었네요. 그 몹쓸 것을 이 세상에서 완전히 지워주셔서 정말 감사합니다, 부인! 평생을 가난한 사람들을 위해 약을 짓는 일에만 헌신한 내 어머니를 먹이로 삼고 영혼까지 강제한 몹쓸 것이었어요. 어머니를 해방해 주셔서 정말 감사합니다!"

헤겔라가 내게 깊숙이 고개를 숙였다.

나는 그녀가 실은 모든 사실을 알고서 하는 말이란 걸 알 수 있었다. 잡아먹혔던 다른 마녀의 영혼도 그 재에 잡혀 있었다는 걸 알지 못했다면 할 수 없었던 말이었으니까.

내가 당황을 미처 평정하기도 전에 몸을 일으킨 헤겔라는 또 다른 놀라운 말을 던졌다.

"이미 끝난 일이니 말씀드릴 수 있네요. 그런 몹쓸 것은 웬만해선 정화의 주술로 해결되지만 어떤 고약한 종류의 마력을 지녔던 마녀의 잔재라면 그게 불가능할 수도 있었거든요."

"불가능할 수도 있었다니요?"

"네, 다시 살아난다는 말이에요. 전설 같은 이야기인데, 숙명 어쩌고 하는……. 설마 그럴 리는 없다 해도 부인께서 정말 큰일을 해 주셨어요."

헤겔라가 눈을 장난기로 반짝이며 찡긋했다. 역시나 그녀는 다 알고 있다. 왠지 소름이 돋는 느낌이었다.

'아, 그때부터였구나.'

불현듯 깨달았다. 끝이 되자 시작도 알 수 있었다. 몇 년 전, 고등학부 학생들의 죽음도 앙켈루야가 저지른 짓이었다.

앙켈루야는 나의 숙명의 적이다. 어쩌면 그들은 나를 노리는 앙켈루야 때문에 희생된 것일 수도 있다. 그들이 나 때문에 희생된 거라면 그 죄책감을 어떻게 안고 살아야 할까?

헤겔라가 내 생각을 읽은 것처럼 말했다.

"잘하셨어요. 다시 한번 말씀드리지만 정말 감사해요."

거짓말처럼 죄책감이 덜어졌다. 완전히 사라진 건 아니지만, 나 때문에 그 일이 일어난 거라는 생각은 접을 수 있었다.

헤겔라가 예의 미소를 품은 채 말했다.

"참, 그리고 이번 일은 제 주술석 실험을 관람하던 중 부인께서 말려든 것으로 되어 있답니다. 사람이 잠들면 꿈으로 꾀어 다시 일어나지 못하게 하는 매개를 실험하는 중이었거든요. '그것'과는 철저히 배제되었으니 그리 아시면 됩니다."

"하지만 그러면 헤겔라 당신에게 무리가 가는 일 아닌가요?"

"어머, 그럴 리가요? 저는 후작님 입회하에 후작님의 요청으로 실험을 한 것뿐인데요? 설사 누가 제게 뭐라 한다 해도 후작님께서 책임져 주시겠지요."

천연덕스럽게 웃는 헤겔라 덕분에 나도 덩달아 마음이 가벼워졌다. 나 때문에 타나릴이 조금 곤혹스러워질 수 있다고는 하지만 내 남편이라면 그런 정도야 얼마든지 해결할 수 있을 것이다. 내 타나릴은 위대한 마법사니까.

"아까도 말씀드렸지만 저는 지금부터 자리를 비울 거랍니다. 여기는 공학부 내에서도 가장 깊숙한 비밀 모처이니 마음껏 소리 지르셔도 아무도 알 수 없어요. 그러니 후작님이 깨어나시면 두 분, 좋은 시간 보내세요?"

'소리'라는 단어에 유독 강세가 높이던 헤겔라가 문을 닫으며 나갔다.

강한 마녀란 다 저런 성격인지도 모른다. 꽤 태연한 척 애썼던 나는 기어이 볼을 붉히고 말았다.

문이 닫히자 다시 타나릴이 눈에 들어왔다. 봐도봐도 질리지 않는 감탄이 나올 미모의 남자가 숲속의 잠자는 왕자님처럼 잠들어 있었다. 나는 그 왕자님을 몰래 탐하는 모험가처럼 그의 볼을 쓰다듬다가 어느새 같이 잠이 들었다.

다시 눈을 떴을 때 볼을 간질이는 느낌에 나는 웃음이 나왔다. 익숙했다. 나는 눈도 뜨지 않은 채 속삭였다.

"타나릴."

"나를 봐줘."

어쩌면 장난스럽고, 어쩌면 간절한 목소리였다.

눈을 뜨자 타나릴이 나를 마주 보고 누워서 내 볼을 쓰다듬고 있었다. 내가 잠들기 전에 했던 것과 똑같이.

나는 그의 손을 잡아당겨서 손바닥에 깊게 키스했다. 좀 긴 키스였다. 다시 마주친 타나릴의 눈은 구름이 걷히고 대신 다른 것으로 반짝였다.

"이건 유혹이야?"

"네, 유혹이에요."

말하고 나서야 헤겔라의 말이 생각났다. 타나릴이 깨어나면 반드시 유혹해서 몸을 섞으라고. 하지만 그 말이 없었다 해도 나는 반드시 이이를 유혹했을 것이다.

"헤겔라가 뭐라고 속닥여서 그런 건 아니고?"

타나릴이 짐짓 눈을 가늘게 떴다. 나는 그런 그의 입가에 입을 맞추고 코끝에 눈가에 이마에 볼에, 귓바퀴를 잘근거리고 다시 입술 근처를 누르며 그를 지분거렸다.

"나를 애태우려고 작정한 거지?"

나는 들켰다는 표정으로 과장되게 입을 가렸다. 그러자 내 손을 치운 타나릴이 내 입술을 삼킬 듯 강하게 빨아들였다.

말보다 더한 감정이 입술과 입술, 혀와 혀 사이로 오고 갔다. 타는 듯했던 마음과 상처, 분노가 고스란히 느껴지는 키스였다. 그러다 금세 애욕이 섞이며 옷을 잡아 뜯을 듯 서로의 옷 속에 손을 넣고 몸을 더듬고 있었다. 그런데 금세 입술을 뗀 타나릴은 고개를 저었다.

"오늘은 안 돼. 당신 몸이 회복되어야지."

안타까움과 안도, 그 뒤로 이글거리는 욕망이 보였다. 그러면서 점점 자제심이 덧씌워지는 중이었다.

"헤겔라에게 다 들었어요. 나는 지금 최상의 건강체라고 하던데요? 그것도 욕망이 넘치는 건강체요."

그러나 타나릴은 말없이 나를 보다가 고개를 저었다.

"헤겔라가 다 말했군. 하지만 당신에게 준 것, 얼마 안 돼. 나는 지금 누구보다 강한 마력을 지니고 있어. 당신에게 떼어 준 정도로는 큰 영향은 없어. 그 정도는 한숨 자고 나면 회복되는 거야. 당신 곁에서 잘 자고 일어나서 나는 괜찮아요."

거짓말. 마력은 회복될 수 있지만 생명력은 회복되는 게 아니다. 그래서 피아드란이 앙켈루아에게 마력이 빨렸을 때 생명력만은 무사해서 안도의 한숨을 쉬었었다.

"아뇨, 나는 욕심이 넘쳐나는 사람이라서 겨우 그 정도로는 안 돼요. 나는 평생 당신에게 계속, 계속, 계속 많은 마력을 달라고 떼를 쓸 거예요. 그러려면 당신은……. 아뇨, 뭐가 됐든 무슨 상관이람. 나는 지금 당신을 안고 싶어요. 사랑을 나누고 싶어요. 당신이 살아 있는 걸 내가 느끼게 해줘요, 타나릴."

나는 타나릴의 목을 끌어안고 그의 입술에 다시 한번 도장을 찍듯 입술을 눌렀다. 내가 입술을 떼고 바라보자 타나릴이 다시 내 입에 입술을 맞추며 속삭였다.

"사랑해, 리예."

"사랑해요, 타나릴."

말이 채 끝나기도 전에 입고 내가 있었는지 의식하지도 못했던 얇은 환자복이 달아났다. 나도 타나릴의 옷을 벗겨주고 싶었지만 고삐를 푼 그에게 인내심이 사라졌다. 아주 얇은 냉기가 입혀졌다가 파사삭 부서진 그의 옷은 안타깝게도 다시는 입을 수 없는 천 조각이 되고 말았다.

입술이 삼켜지면서 결심했다. 누가 이이를 보기 전에 옷부터 입혀줘야지.

• • •

"리예……."

무방비하게 펼쳐진 하얀 나신을 보는 타나릴의 눈이 사정없이 떨렸다. 피아드란을 집에 데려다주던 날 훔치듯 가진 관계가 마지막이었다. 매일 집에 돌아가 평안히 함께 한 침대에 들 수 있는 나날이 행복이라는 걸 새삼 더 절절히 깨달은 날이었다. 그리고 요 며칠 동안 그런 관계는커녕 아예 리예가 세상에 없을 수 있다는 두려움을 겪었다.

살면서 겪은 가장 큰 공포였다. 어린 날, 카리자엘의 손에 떠밀려 추락하던 그때의 공포보다 어쩌면 더 크게 마음에 생채기가 남을 듯했다.

잠시 생각하던 찰나간에 타나릴은 주도권을 놓치고 말았다. 어느새 리예가 그의 팔을 머리 위로 올리더니 그의 몸 위로 올라 더듬기 시작했다.

입술로 군데군데 흔적을 남기려는 소유욕 가득한 그녀의 몸짓은 매우 아찔했고, 타나릴은 그 아찔함에 몸을 내맡기고 말았다. 하지만 얌전히 맡기고만 있기엔 자극이 만만치 않았다.

"리예!"

빳빳이 선 작은 유두를 입술로 잘근거리며 혀를 날름거리는 리예의 얼굴에 장난기가 가득했다. 지난번 마지막 관계가 절박했다면 지금은 그보다 훨씬 오랜만이면서도 여유가 넘쳤다. 안타깝게도 타나릴에겐 그런 여유를 즐길 인내심이 조금 부족했지만 신이 나서 그의 흥분을 즐기는 리예의 표정도 꽤 즐길 만한 것이었다.

"어때요?"

리예가 생긋 웃으며 올려다보았다. 건드릴 듯 말 듯 허리에서 허벅지 사이로 아주 천천히 쓰다듬는 손길이 음흉하면서 눈빛은 요염했다.

"미치겠어."

타나릴이 으르렁거렸다.

그러면 안 되는데, 종알거린 리예가 실수인 척 손을 옮기며 슬그머니 그의 분신을 스쳤다. 이미 리예의 몸을 보며 꼿꼿이 곧추선 상태였지만 말간 물을 흘리기 시작한 분신은 금세 폭발할 듯 힘줄을 세웠다. 하지만 리예는 그가 짐승으로 변신하기 직전, 짐짓 그의 손을 붙잡아 자신의 배를 감싸게 했다.

타나릴은 그대로 굳어버렸다. 리예의 나신에 피가 몰려 배 아래로는 잘 보지 못했었다. 보지 못한 새 리예의 몸이 꽤 변해 있었다.

약간 봉긋 솟은 배를 어루만지는 손에는 욕정의 그늘도 자취를 감추었다. 자칫하면 흐려진 눈에서 뭔가 흐를 것 같아 딱딱한 말을 뱉어내고 말았다.

"미래의 예그하라 공작님이 순조롭게 자라고 있군."

무뚝뚝한 어조였지만 목소리까지 떨리는 건 어쩔 수 없었다. 리예가 모르는 척 그의 말을 받았다.

"우리 딸이 공작님이 되고 싶은지는 나중 일이지요."

"될 거야. 데릴사위를 들여야겠지?"

아직 태어나지도 않은 아이를 두고 말하기엔 너무 먼 미래였다.

하지만 타나릴에겐 당연했다. 절대 저와 같은 후계 싸움이 일어나지 않게 할 것이다. 물론 그 첫 번째 전제로 어머니가 다른 형제 같은 것도 만들지 않을 것이지만. 그러나 리예가 덧붙이는 말에 그런 생각도 길게 이을 수 없었다.

"우리 딸에겐 벌써 신랑감 후보가 있잖아요. 피아드란이 삼남이라서 다행이네요. 그렇죠?"

"그놈이 사위가 될 거라고 누가 그래?"

타나릴이 벌컥 소리쳤다.

타나릴이 피아드란을 질색하는 건 유명했다. 아끼지나 않으면 정말 싫어하는 줄 알 것이다. 그저 딸과 연관돼서는 무조건 벌컥이다. 이러면서 데릴사위니 뭐니 다 괜한 말이었다.

누구든 타나릴의 눈에 찰까. 리예가 그런 그를 곱게 흘기는 척, 귀엽게 바라보았다.

"당신, 계속 이야기만 할 거예요?"

쾌락을 약속하는 촉촉한 동굴 입구가 분신의 끝과 맞닿으며 문질러졌다. 다시 꼿꼿이 팽창한 분신의 끝에서부터 기둥을 천천히 문지르는 리예의 몸짓에 타나릴은 전의를 잃었다. 이렇게 그를 마음대로 들었다 놨다 해도 좋은 건 이 여자 단 하나일 것이다.

"나를 갖고 노는 건 좋은데, 나중에 제자리에 돌려놔 주긴 할 거지?"

"봐서요."

혀를 쏙 내미는 리예의 도발도 도발이지만 욕망의 끝이 분출되기 직전이었다. 타나릴은 리예의 엉덩이를 잡고 자신의 중심에 맞추고는 곧장 허리를 들어 올렸다.

"하윽!"

고통과 쾌락이 섞인 짓눌린 신음에 진입이 너무 빨랐다는 걸 알았다. 그러나 타나릴은 멈출 수가 없었다. 그는 곧장 몸을 뒤집고 리예가 적응하기를 기다렸다가 다시 움직이기 시작했다.

"하읏, 타나릴, 조금만… 천천히……."

하지만 타나릴은 속도를 줄이지 못했다. 침입할 때마다 오물거리며 사정없이 죄어대는 리예의 안은 쾌락의 극점이었다. 매일 맛봐도 부족한 이 즐거움을 느끼는 것이 너무 오랜만이었다. 아니, 그보다 영영 잃을 뻔했다는 것에 초조함과 소유욕이 극대화되어 더욱 사납게 몰아치고 싶었다.

그러나 홑몸이 아닌 리예의 몸을 의식한 터라 짐승처럼 굴지 않을 수 있었다. 그게 최선이었다. 다행스럽게도 리예의 신음도 금세 애욕으로 흔들렸다. 깊숙이 진입한 그를 꽉 가둔 리예가 황홀함에 몸서리치는 새 타나릴은 그녀의 가슴을 물었다.

"흐윽, 아아!"

리예가 미처 그의 이름을 부르지 못한 채 다시 그를 꽉 죄었다. 반대쪽 가슴에 또 한 번, 옆구리를 쓸어내리는 애무에 한 번, 결합한 부위를 쓸어내리며 진주를 튕기는 손가락의 지분거림에 또 한 번, 진퇴를 반복할 때마다 분신을 죄는 강도가 점점 세어지는 것 같았다.

타나릴의 허릿짓은 멈추지 않고 계속되었다. 가끔 입술을 겹칠

때 말고는 리예의 신음과 타나릴의 신음이 섞이며 방 안은 정욕으로 가득 찼다.

"타나릴, 아아, 타나릴, 사랑해요……!"

"리예, 리예, 리예……!"

한참이나 끌어온 절정의 순간 두 사람은 잠시 침대에 내려앉았다. 그러나 거친 숨이 다 가라앉기도 전에 애욕의 신음은 다시 이어졌다. 금세 리예를 벽을 보게 하고 무릎을 세운 타나릴은 방금까지 저의 분신을 품어 뜨거워진 중심을 훑으며 다시 분신을 맞췄다.

방금의 방출로 아주 약간의 여유를 찾은 타나릴은 이번에는 천천히 진입했다. 하지만 이번엔 리예가 그의 느린 진입에 손을 내저었다.

"더 빨리, 더 세게요, 타나릴!"

허리를 아주 살짝 저으며 저를 종용하는 아내의 몸짓에 타나릴의 머리로 피가 쏠렸다. 아니 분신에 더 쏠렸다. 안 그래도 빡빡해진 리예의 안에서 맹렬한 움직임으로 자리를 잡던 타나릴은 리예의 한쪽 다리를 잡아 올리고 다시 허리를 움직였다.

"아아아아아!"

새로운 체위와 자극에 리예의 신음이 높아졌다. 이후 다시 리예의 신음에 단어가 섞일 새가 없었다. 간간이 그의 이름이라도 섞인다면 타나릴은 허릿짓을 더욱 빨리했다.

목이 터질 듯 지르던 리예의 신음이 잠기며 다시 아무 소리도 내지 못하게 되었을 때는 마지막 절정의 순간을 겪으며 그대로 까무룩 기절하듯 잠이 든 후였다.

나중에 헤겔라가 말했다.

"사랑을 나누는 것도 좋지만 밥은 드시고 하셔야지요. 다음부터는 알람을 크게 울려 드려야겠어요."

타나릴은 리예의 배 속에서 울리는 커다란 울림을 듣고 깨어났다. 맞춘 것처럼 나타난 헤겔라는 이미 식사를 준비해 두었다.

이후 두 사람은 갖가지 검사를 받고서야 집으로 돌아갈 수 있었다. 앙켈루아를 영영 없앤 날로부터 열흘째였다.

• • •

아침부터 저택이 분주했다. 무슨 일이 있는 것 같았다. 아침 차를 갖다 줬던 밀레이나도 그렇고, 멀리서 들리는 로레인의 목소리도 그렇고 평소와는 뭔가 다른 분위기였다. 다른 누구라도 불러볼까 하는 순간 타나릴이 잡아당겼다.

"대청소라도 하나 보지. 조금만 더 쉬자……."

8월, 여름의 절정이다. 아침이 빨리 찾아오고 낮이 길었다. 그래서 환해지고도 침대에 오래 붙어 있었다. 그렇지만 일어날 때가 한참 지났다. 하지만 허리를 당기는 팔을 보니 이 남자, 아직 일어날 생각이 없었다. 슬금슬금 은밀해지는 손짓이 추측을 확신으로 바꾸고 있었다.

인식한 순간부터 하루가 다르게 둥글어지고 있는 허리에 남성적인 근육이 자잘하게 박힌 팔이 감싼 모습이 묘하게도 선정적이게 보였다.

타나릴은 매일 약간 부풀어 오른 배를 쓰다듬는 것으로 하루를 시작했다. 그런데 종종 쓰다듬는 것 이상이 되어 아침이 늦어지기 일쑤였다. 지금도 배를 쓰다듬던 손이 슬금슬금 아래로 향하려고 했다.

"일어나요, 타나릴! 오늘은 아침 제시간에 먹기로 했잖아요?"

"그랬나……."

타나릴이 내 엉덩이를 잡으려다 맞은 손을 주무르며 시무룩한 표정을 지었다.

이 남자가 이런 연기까지 할 줄 안다는 걸 누가 알까. 이미 몇 번이나 속아 넘어갔었다. 그러나 오늘은 늦은 아침 식사 자리에 나타난 나를 보며 웃는 로레인과 마주하지 않겠다고 굳게 결심한 터였다.

처음 내가 늦는 이유를 짐작해 얼굴을 붉히던 로레인은 어디로 갔을까. 유부녀라면 모를까, 처녀의 알 듯한 미소는 정말이지 이젠 보고 싶지 않았다.

그래, 유부녀라면 모른다. 에르모든 베인크리스든 이젠 행동할 때라고 보는데 참 굼뜨기 그지없다. 그러다 다른 남자가 채 가면 그

때 가서 후회하려고 그러는지…….

곧 나도 여기저기 모임에 얼굴을 내밀기 시작할 텐데 그때 되면 수행인으로 따를 로레인도 주목받게 될 것이다. 생각이 뒤죽박죽되긴 했지만 결론인 즉, 로레인도 곧 유부녀가 될 수 있다는 것이다.

"또 딴 생각하지?"

요즘 들어서야 막 알았는데 이 남자, 꽤 질투가 심하다. 우리 둘만 있을 때의 은밀한 시간에 다른 사람의 이야기를 하는 것도 싫어했다. 하지만 지금은 그 은밀한 시간을 벗어날 때라고!

나는 그새 내 옷 속을 다시 침범하려는 손을 쳐내고는 박치기하듯 입술을 맞춘 후 침대를 벗어났다.

"일어나요, 타나릴!"

"끙……."

두 팔을 내밀며 침대에서 나오기 싫다고 온몸으로 표현하는 남자에게 나는 순간 마음이 약해지고 말았다. 하지만 오늘만큼은 로레인의 웃음을 보지 않으리라 꽤 단단히 다짐했었다. 내일은 또 모르지만.

나는 얼른 그에게 옷을 건네고는 돌아서서 나도 옷을 갈아입었다. 그래서 나는 내 뒤에서 의미심장하게 웃는 타나릴의 미소를 놓치고 말았다.

"오늘 무슨 일이 있어요, 로레인?"

식사를 하면서 느꼈지만 아무래도 식솔들의 표정이 평소와는 조금 달라 보였다. 뭔가 좀 들뜬 기색이랄까, 그런데 다들 아무 말도 해주지 않으니 궁금증만 커졌다.

"대청소를 하느라고요. 오라버니가 말씀하신 줄 알았더니 안 하셨나 봐요? 이따 마치면 보여주고 싶어서 그런가 봐요. 저랑 같이 나가봐요."

타나릴의 말대로 대청소라니 궁금증은 가셨지만 대화 중 섞인 호칭에 나는 로레인을 다시 쳐다보았다. 하지만 그때 로레인은 입을 벙긋하는 베인크리스를 노려보고 있어서 내가 쳐다보는 줄도 모르고 있었다.

아무래도 분위기가 좀 수상했다. 그러고 보면 타나릴이 먼저 식사를 마치고 나가 버린 것도 이상했다. 로레인 말대로 이따 나가보면 알 테지.

나는 더는 묻지 않고 밀레이나가 가져다준 아이스크림과 과일 무더기를 해치웠다. 내 배가 나날이 불러오는 건 내가 먹는 양을 보면 당연한 결과였다.

잠시 후, 배불리 먹고 다시 쿠키를 즐기고 있자니 로레인의 눈짓에 쫓겨났던 베인크리스가 돌아와 말했다.

"마님, 주인님께서 뒤채 정원으로 오십사 하셨습니다."

"네, 가요."

안 그래도 언제 부를까 기다리던 나는 얼른 로레인과 함께 밖으로 나갔다. 그런데 막상 정원에 도착한 나는 황당함을 느끼지 않을 수 없었다.

정원 한가운데가 휑하니 황량한 벌판으로 변해 있었다. 여름내 웃자란 가지나 풀을 다듬었을 줄 알았지, 이렇게 밀어버리는 게 대청소일 줄은 몰랐다.

"무슨 생각하는지 알겠는데, 리예! 내가 보여주고 싶은 건 이게 아니거든. 지금부터 봐야 하는 거야."

"네……?"

"잘 봐."

타나릴의 손짓에 따라 갑자기 하늘에서 눈보라가 일기 시작했다. 허공에 생성된 작은 눈보라는 점점 커지더니 몸집을 불리며 형체를 그리기 시작했다. 넓고 평평하게 고른 평지가 얼음으로 깔리더니 타나릴의 손짓에 따라 그 위로 무언가가 하나씩 솟아나기 시작했다.

사람 몸통보다 굵게 솟아난 얼음 순이 쑥쑥 자라 기둥이 되었다. 몇 개나 같은 것이 더 솟더니 그 위를 아치로 덮은 지붕이 생겨났다. 다시 그 위로 조각이 새겨졌다.

본래 주인을 쫓아낸 정원엔 얼음으로 된 꽃과 나무가 자리를 차지했다. 마당이라 불러야 할 얼음 바닥 연못에 분수대가 얼음 가루를 뿌려댔다.

순식간에 눈앞에 저택 본채보다 더 거대한 얼음 궁전이 세워졌다. 쨍쨍 내리쬐는 뙤약볕에 얼음으로 만들어진 궁전은 빛을 반사할 뿐 전혀 녹아내리지 않았다. 이 자체도 아름다웠지만 이것이 세워지는 순간을 볼 수 있었다는 것부터 가슴이 두근거리는 감동이었다.

타나릴이 내게 손을 내밀며 말했다.

"우리의 얼음 궁전에 그대를 초대하고 싶습니다. 초대를 받아주시겠어요?"

"기쁘게 초대를 받아들이겠어요."

나는 그의 손을 잡았다.

한여름의 얼음 궁전은 상쾌한 시원함을 뿜고 있었다. 궁전의 모습을 보자마자 나는 웃음이 나왔다. 그것은 우리가 처음 공연을 보러 갔을 때 봤던 무대 뒤 배경이었던 궁전과 닮아 있었다. 공연을 보며 내가 예쁘다, 라고 했던 것 같다. 이이는 내가 흘리듯 했던 한 마디도 다 새겨들었나 보다.

하지만 이 궁전은 그때 봤던 배경의 그림과 비길 바가 아니다. 아름답다. 그리고 행복했다.

투명한 얼음 궁전 안이 훤히 비춰 보였다. 바닥은 얼음길이라고 믿기지 않을 만큼 전혀 미끄럽지 않았다. 얼음 궁전 마당의 얼음 분수에서는 서리 분수가 피어올랐다.

입구에선 얼음 꽃과 얼음 천사, 얼음 새들이 우리를 맞았다. 조각들 모두 생생해서 녹으면 그대로 다시 살아나 움직일 것 같았다. 나는 타나릴과 손을 잡고 함께 얼음 궁전 안으로 들어갔다.

"아……."

감탄사가 절로 흘러나왔다. 입구에서 보이는 높은 천장엔 얼음으로 만들어진 샹들리에가 빛을 받아 반짝였다. 그 어디에서도 볼 수 없는 화려한 아름다움이었다.

겉만 궁전이 아니었다. 중앙에는 우아한 회오리 모양의 계단이 이 층으로 뻗어 있었다.

"이리로."

"이 층도 있어요?"

"응, 테라스로 이어져 있어."

나는 타나릴과 함께 계단을 올랐다. 얼음 계단은 대리석처럼 단단하면서도 투명해서 마치 허공을 밟고 올라가는 느낌이었다. 빙글빙글, 몇 걸음 걷지 않아 몸이 둥실 떠올랐다. 타나릴이 날 안은 채 계단을 올랐다.

이 층에 오르자 타나릴이 나를 내려놓았다. 몇 걸음 걷다가 타나릴이 섬세한 장미 덤불이 새겨진 문 앞에 멈췄다.

문을 열자 넓은 테라스가 우리를 반겼다. 테라스 밖으로 궁전을 구경하고 있는 식솔들이 보였다.

"여기가 좋겠지. 증인들도 적당하고."

그게 무슨 말인가 묻기도 전에 타나릴이 무릎 한쪽을 꿇고 내게 손을 내밀었다.

"리예, 당신을 사랑해. 죽을 때까지 내 목숨보다 더 소중하게 당신을 지키고 아끼며 살아갈게. 나와 평생 같이 살아줄래?"

순간 얼음 궁전에서도 얼지 않았던 머릿속이 하얗게 얼어버린 듯했다. 한참이나 굳어 있었던 나는 내게 내민 그의 손끝이 떨리는 걸 보며 정신이 들었다.

그런데 나는 타나릴의 손을 잡으려다 멈칫하며 말했다.

"가, 가운데는 빼요! 당신 생명을 더 소중하게 여겨달라고요."

"당신도 그러겠다고 하면."

할 말이 없었다. 그러나 나는 바로 고개를 끄덕일 수가 없었다. 타나릴은 내가 앙켈루야의 재를 처리한 걸 말하는 것이었다.

이후 다시는 그럴 일이 없을 것이다. 또 누가 봐도 타나릴과 나, 둘 중 보호할 사람과 받을 사람은 명확히 보일 것이다. 그렇다 해도 나는 그러겠다는 대답이 나오지 않았다.

"그럼 우리 서로 공평하게 서로의 목숨을 책임지는 걸로 하자. 그러면 내 청을 받아주겠어?"

"타나릴 팔 부러지겠네."

"그러기 전에 심장이 너덜너덜해질 것 같은데?"

'증인'들 사이에서 익숙한 목소리가 들려왔다. 발더와 레타가 나와 타나릴을 보며 손을 흔들어 보였다.

농담인 듯 진담 섞인 두 사람의 말에 나는 정신이 번쩍 들었다. 아직 타나릴은 무릎을 꿇은 채 내게 손을 내민 자세 그대로였다. 나는 얼른 타나릴의 손을 잡고 맹세했다.

“당신을 사랑해요, 타나릴! 나도 당신을 지킬 수 있는 거라면 뭐든 할 거예요. 나도 평생 당신과 함께 살고 싶어요.”

그제야 타나릴이 내 손을 잡고 일어나며 말했다.

“그럼 나와 결혼해 줄래?”

순간 나는 울컥하고 말았다. 이전 세상에서도 나는 이미 결혼한 부부가 다시 청혼하는 의식을 하는 것을 쓸데없는 짓이라고 했었다. 그런데 막상 타나릴에게서 청혼을 받고 나니 이해되었다.

가슴을 휘젓는 그 수많은 감정을 감동적이다, 하나로만 표현하는 내 감성이 참으로 아쉽다. 그래도 표현하자면 마음이 깊고 또 깊어져 다시 헤어나지 못하겠다고 할 것이다.

그러나 나는 일부러 불퉁한 척 말했다.

“나는 속이 상하면 가끔 바가지를 긁을 거예요.”

“얼마든지.”

“바람피우면 절대 용서하지 않을 거예요.”

“내 마력을 모두 바치는 걸로 공증해 놓았어. 당신은 허락만 하면 돼.”

저 아래에서 우, 아, 저런! 등의 탄식이 쏟아졌다.

나는 입도 벙긋할 수가 없었다. 기어이 비집고 나온 눈물이 펑펑 흘러 바보처럼 보일 것 같았다. 하지만 타나릴은 여전히 그런 나에게 대답을 기다리고 있었다. 나는 천천히 고개를 끄덕였다.

그러자 다시 발더의 목소리가 들려왔다.

"결혼을 두 번이나 하다니, 복받은 놈. 그런데 이번 결혼식이 끝인 거지?"

그제야 난 오늘 아침의 부산스러움의 이유를 알게 되었다. 이 청혼 뒤에 결혼식까지 준비한 모양이었다.

행복했다. 타나릴보다 먼저 내가 발더에게 답했다.

"다음엔 제가 타나릴에게 청혼하려 해요. 그때 또 오세요!"

나는 입을 떡 벌리는 발더에게 손을 흔들고는 돌아서서 타나릴의 목을 끌어안았다. 그리고 증인들이 보는 앞에서 맹세의 키스를 했다.

다시 우, 아! 함성이 들려왔다. 이번엔 함성이다. 그리고 우리가 키스하는 내내 계속해서 울렸다.

그다음은 침실에서 계속하는 게 어떠냐는 짓궂은 말도 들렸지만 지금 이 순간만큼은 아무것도 부끄럽지 않았다. 이 남자가 내 남자임을 알리는 의식이기에 더욱 확실히 하고 싶었다.

키스가 끝난 건 언제 올라왔는지 모를 로레인이 헛기침을 했을 때였다. 고개를 들자 로레인이 준비할 시간이라며 내게 손짓했다. 그때 다시 타나릴이 나를 잡아당겨 키스하는 바람에 로레인이 볼을 부풀리기도 했지만 정신을 차리고 보니 나는 어느새 단장을 하고 있었다.

나 몰래 초대된 카미린스가 마지막으로 베일을 씌워주며 속삭였다.

"부인, 오늘도 아름다우세요."

카미린스가 물러나며 거울을 비춰주었다. 그 안에는 꿈에서나 봄 직한 하얀 드레스를 입은 여자가 마주 서 있었다.

이 결혼식 드레스는 레타의 깜짝 선물이었다. 눈처럼 하얀 비단으로 만들어진 드레스는 솔직히 첫 번째 결혼식 때보다 더 마음에 쏙 들었다.

허리 아래는 풍성하고 길게 퍼져 있고, 가슴 위는 망사 한 겹이 가리는 듯 마는 듯 아슬아슬했다. 소매는 생략했고, 그 위로 덮어쓴 망사 베일이 머리 장식 겸 어깨도 살짝 덮어주고 있었다. 배는 확실히 가리면서 과감한 노출까지 더해져 파격적이면서 아름다운 드레스였다.

"다음에 다시 결혼식을 하신다면 그때도 제가 부인의 드레스를 맡는 영광을 얻었으면 좋겠군요. 정말 아름다우십니다."

카미린스가 볼이 붉어질 정도로 찬사를 보냈다. 때문에 '다시 결혼식'이라는 말을 짚을 새를 놓치고 말았다.

카미린스야말로 마법사였다. 내가 봐도 꽤 고와 보였다. 그러나 이대로 밖에 나가는 건 또 다른 문제였다.

처음보다 더 긴장되었다. 이번엔 끝을 기약한 결혼이 아닌 진짜 결혼식이었다. 내 망설임을 읽은 것처럼 레타가 딱 맞게 문을 열고 들어왔다.

"와! 상상은 했었지만, 상상보다 더 예뻐요! 이대로 타나릴에게 보내고 싶지 않은데?"

뒤따라 들어온 로레인도 고개를 끄덕였다.

"역시 옷은 제 주인이 입어야 더욱 빛이 나는 거네요. 언니, 정말 아름다우세요!"

"거기 아름다운 여인들, 신랑이 초조해서 숨이 넘어가려 해요."

문밖에서 들리는 발더의 외침에 나는 망설임도 잊은 채 준비실을 나갔다.

얼음 정원 한가운데에서 타나릴이 날 기다리고 있었다.

첫 번째 결혼식에서 새까만 정장을 입었던 것과는 대조적으로 타나릴은 나와 같은 색의 흰색 정장에 금장 단추를 단 깔끔한 모습이었다. 그냥 깔끔하다는 표현은 너무도 부족했지만 나는 그에게 새삼 다시 반해 내 잘난 신랑에 대해 더는 표현할 수가 없었다.

"리예……."

타나릴은 레타와 로레인의 손을 잡고 걸어오는 나를 보자마자 성큼성큼 걸어왔다. 그는 내 드레스를 보고는 눈을 휘둥그레 뜬 채 레타를 돌아보며 눈썹을 찌푸렸다. 왠지 마음에 들지 않는 얼굴이었다.

그래, 이 옷이 좀 야하긴 했다.

이 아름다운 선물을 해준 레타에게 그가 뭐라 할까 걱정하던 찰나, 애써 이를 드러낸 타나릴이 말했다.

"고마워, 레타."

"타나릴, 행복하게 살아."

"물론, 나는 지금도 행복해."

그렇게 웃는 타나릴의 표정이 너무도 편안해 보였다. 나는 발끝을 들어 베일 너머로 그의 턱에 입을 맞췄다.

"어허, 신성한 맹세는 예식을 마친 후에요!"

발더가 짐짓 엄숙한 목소리를 흉내 내자 식솔들이 킥킥거리며 웃음을 터뜨렸다. 카미린스는 내 단장을 끝내주고 조용히 퇴장하고, 오늘 우리 결혼식의 하객은 발더와 레타, 에르모를 제외하곤 저택의 식솔들이 다였다.

"정말 예뻐요, 부인!"

순서를 기다리며 지켜보고 있었을 피아드란이 달려와서 내게 하얀색 장미를 내밀었다.

"고맙다, 피아드란."

드디어 식이 시작되었다.

나는 장미 한 송이를 한 손에 들고 다른 손은 타나릴에게 맡긴 채 아까 들어갔던 얼음 정원을 다시 거닐었다. 얼음 궁전 입구에서 단상을 펴고 기다리던 발더가 헛기침을 하며 목소리를 골랐다.

"오늘 두 사람의 결혼식의 증인이자 사회를 보게 된 발드르스 엘

리만이라고 합니다. 아시는 분은 다 아시겠지만, 이 사람들, 부부입니다!"

아하하하하하!

웃음소리가 정원을 채웠다. 웃음소리가 잦아들자 발더가 다시 그만의 주례를 시작했다.

"평생 서로를 아끼고 헌신하고… 그건 아까 이 사람들 맹세를 다 들 보셨으니 생략하겠습니다."

다시 한번 웃음이 터지고 발더는 타나릴의 눈빛에 쏘이며 헛기침을 했다.

"흠흠, 그래도 신랑은 또 한 번 맹세를 하고 싶은가 보네요. 그러면 결혼식의 가장 중요한 맹세의 의식을 하도록 하겠습니다. 두 사람은 각자 자신의 이름을 밝히고 증인들 앞에서 맹세를 하십시오. 먼저, 신부부터!"

타나릴이 입을 열려는 걸 발더가 재빨리 가로채자 웃음이 또 터져 나왔다. 덕분에 긴장이 풀렸다. 나는 목소리를 가다듬고 맹세의 말을 읊었다.

"나, 마그리예 힐 예그하라는 여기 모이신 증인들을 모신 자리에서 트레니알라 리암 예그하라를 남편으로 맞아 평생 그를 아끼고 사랑하고 그와 함께 행복을 가꾸고 살아갈 것을 맹세합니다."

"다음은 신랑 차례입니다. 신부의 맹세보다 못하다면 퇴짜를 놓겠습니다!"

우하하하하하!

타나릴이 발더를 향해 조용히 이를 가는 건 웃음소리 중에 '나는 더 잘할게요!'라는 낭랑한 외침을 들어서일지도 모른다. 나는 피아드란에게 고맙다 화답하고는 타나릴의 맹세를 기다렸다.

"나, 트레니알라 리암 예그하라는 마그리예 힐 예그하라를 아내로 맞아, 평생을 아끼고 사랑하고, 평생 곁눈질하지 않을 것이며, 아내의 말에 귀를 기울일 것이며, 아내가 바가지를 긁는다면 지상 과제로 여길 것이며, 아내를 평생 만족하게 하는 데에 제 온 마력을 바치겠습니다!"

마지막 맹세는 다분히 성적(性的)이었다.

곧바로 낭랑한 목소리가 하객들 사이에서 울렸다.

"바가지가 뭐예요? 지금은 부인께서 만족하지 못하시나요?"

하하하하하하!

얼굴을 붉힌 레베카가 조근조근 아들에게 뭐라 설명해 주는 옆에서 하객들도 짓궂은 설명을 덧붙였다. 레베카가 얼굴을 쓸어내리는 걸 끝으로 발더가 하객들을 향해 물었다.

"제 생각엔 좀 부족한 맹세인 것 같은데, …흠흠, 그래도 아내의 말씀을 지상 과제로 수행한다니 봐줄까 합니다. 어떠십니까?"

발더의 말은 붉으락푸르락 이를 가는 타나릴을 보며 도중에 바뀐 것이다.

다행히 피아드란은 궁금증을 충족시키느라 바빴다. 발더 이상으로 물고 늘어질 하객들은 없는 덕분에 그의 맹세는 무사통과할 수 있었다.

"이로써 두 사람은 부부임을 천명합니다! 그리고 마지막으로 신랑이 고대하고 이를 가는 무언가에 대한 화형식이 있겠습니다."

결혼식에 어울리지 않는 엉뚱한 단어의 등장에 하객들이 일순 긴장했다. 바로 얼마 전 끔찍한 일을 겪은 이들은 발더가 무슨 말을 할지 숨까지 죽이며 기다렸다.

발더가 보기에도 의심스러운 까만 가방에서 서류 봉투 두 개를 꺼내더니 에르모에게 손짓했다.

"마법 공증을 한 서류라 절차가 필요해서 증인을 불렀습니다. 두 사람의 의사를 확인하고 해지하는 증인이 되어주세요."

에르모는 영문을 모르는 얼굴로 눈을 끔뻑이다가 서류의 맨 앞장에 쓰인 혼전 계약서라는 단어를 보고는 그대로 맨 뒷장으로 직행했다. 감히 타나릴의 치부가 될 수 있는 내용을 한 줄이라도 확인하고 싶지 않은 얼굴이었다. 에르모가 떨리는 얼굴로 나를 보며 물었다.

"마그리예 힐 사우스. 귀하는 이… 이, 서류의 파기를 원하십니까?"

혼전 계약서에 명시된, 오랜만에 불린 내 옛 성이 정말 아득하게 멀게 느껴진다는 느낌을 받으며 나는 똑똑히 대답했다.

"네, 파기를 원합니다."

"트레니알라 리암 예그하라. 귀하는 이 서류의 파기를……."

"파기를 원해!"

타나릴의 성급한 대답에 에르모는 질린 얼굴로 선언했다.

"두 사람의 합의를 이끌어낸 바, 이 서류는 무효가 되었음을 선언합니다!"

에르모의 선언과 함께 두 서류에서 마법 공증 표시가 스르르 사라졌다. 그리고 발더가 서 있던 단상은 그새 불을 피우기 위한 제단으로 변했다.

발더는 작은 제단에 점화석으로 불을 붙인 후 두 사람에게 손짓했다.

"각각 서류에 불을 붙이셔도 좋습니다."

타나릴이 먼저 서류 끝에 불을 붙이고 그것이 끝까지 타는 걸 지켜보았다. 다음, 나를 돌아보는 타나릴의 눈빛이 불에 타는 듯했다. 나도 얼른 불을 붙였다.

발더가 표현한 것처럼 혼전 계약서의 화형식이 거행되었다.

나중에 레타가 말했다. 결혼식보다 '화형식'이 더 긴장되고 흥미진진했었다고. 타나릴의 다채로운 표정을 구경하는 재미가 있었다나.

태워 버린 그것이 혼전 계약서임을 다들 짐작은 했지만 언급하는 이는 아무도 없었다.

앗, 뭘 태운 거냐, 결혼식에 화형도 같이하는 거냐, 나도 나중에 꼭 해야지! 라는 야무진 다짐이 있었긴 했다.

그렇게, 우리의 두 번째 결혼식이 끝났다.

• • •

결혼식이 끝나고도 얼음 궁전은 그대로 굳건히 서 있었다.

결혼식 뒤는 당연히 잔치가 있어야 했다. 첫 번째는 생략했던 것이지만 지금은 그 누구라도 부러워할 멋진 잔치가 벌어지고 있었다.

음식은 풍성했고, 뜨거운 햇살 아래 신비롭고 아름다운 얼음 정원은 시원함을 선사했다. 만지면 차가움은 느껴지나 녹지 않는 구조물들을 만지고 더듬고 구경하는 것만으로도 웬만한 볼거리 이상이었다.

이번엔 악사들은 초대되지 않았다. 대신 잔치를 장식할 음악은 높은 비명이 대신했다. 몇몇 음식을 먹는 이들을 제외하곤 어른 아이 할 것 없이 대부분 그 비명에 동참하고 있었다.

정원은 결혼식 때와는 또 다른 모습으로 변신해 있었다. 방금까지 얼음 정원에 가득했던 나무나 짐승 조각들이 사라진 자리에는 회오리 모양의 긴 통로가 연결되어 있었다. 사람들은 그 통로로 빙글빙글 돌아가며 내려오고 있었다. 이 세상에 유일한 여름 얼음 썰매장이었다.

썰매는 세 가지 높이에 입구도 여러 군데였다. 사람들은 각각 처음 놀아보는 여름 썰매의 스릴에 비명을 멈추지 않았다.

썰매는 리예가 타나릴에게 소곤거리자 잔치 직전 만들어진 것이었다. 당연하지만 썰매를 탄 첫 주인공은 리예였다. 물론 타나릴이 안고 타서 안전이 확보된 덕분이었는데 에르모는 그 모습을 사진으로 남겨 타나릴에게서 최고의 칭찬을 받았다. 놀라면서 흥분한 리예와 아내를 더없이 사랑스럽게 쳐다보고 있는 타나릴의 모습은 작게 인화되어 침실 벽에 걸리게 되었다.

하지만 연회 중 타나릴이 신부를 차지할 수 있었던 건 딱 거기까지였다. 레타와 로레인, 레베카까지 합세한 여인 부대가 리예를 빼앗아 간 것이다.

타나릴은 당연히 불만이었다. 실은 그는 사람들이 즐기는 새 리예를 데리고 침실로 대피할 생각이었다. 무엇보다 제일 먼저 리예가 입고 있는 옷부터 벗겨 버리는 게 목표였다.

물론 리예는 예뻤다. 정말 찬사가 부족할 정도로 아름다웠으나 그건 저 혼자 담고 싶은 모습이었다.

그러나 리예가 그 드레스를 아주 마음에 들어 하는 눈치여서 아무 말도 할 수 없었다. 그나마 오늘 자리에선 리예를 애먼 시선으로 담을 사내놈이 없어서 그렇지만, 공식적인 자리거나 외출 시에는 절대 허용할 수 없는 모습이었다.

타나릴은 제 좁은 속을 끌어안고 네 여인이 하하 호호 즐기는 자리를 바라만 볼 수밖에 없었다.

"어이, 친구. 내가 충고하건대, 이제 막 영원한 사랑을 기약한 첫날, 아내의 즐거운 시간을 방해하는 어리석은 남편은 되지 말라고?"

"그래서 내가 여기 있는 거야."

타나릴은 차가운 맥주를 마시며 음울하게 속삭였다.

거대한 얼음 버섯이 솟아난 그늘에 서 있는 두 남자의 표정은 신기하게도 거의 비슷했다. 타나릴은 오늘을 위해 고용한 사용인을 불러 얼음 잔에 맥주를 채워 발더에게 건넸다. 집 안의 사용인들도 오늘은 하객이었다. 발더도 맥주를 한 모금 마시고는 오늘 진짜 하고 싶었던 말을 중얼거렸다.

"부러운 놈."

그리고 한 모금 더 마시고 다시 말했다.

"부럽다, 타나릴."

"발더, 레타는 너를 사랑해."

"…언제까지?"

"불안해하지 마. 네가 불안해하면 레타도 흔들릴 거야."

"그래, 아는데……. 아는데도 좀 그렇다. 내가 속이 좁은 건지, 오늘은 널 보니 왠지 취하고 싶다."

"고마워, 발더."

"그 말 듣자고 하는 말 아니야!"

"아니, 오늘 일만 두고 하는 말이 아니야. 네가 곁에 있어줘서 고맙다."

발더는 잠시 눈을 껌뻑거렸다. 그러다 맥주를 한숨에 들이켜고는 팔을 엑스 자로 겹친 채 눈을 흘기며 말했다.

"나는 이미 임자 있는 몸이거든! 그리고 인마, 너 오늘 결혼한 새신랑이거든! 와, 세상에나! 리예, 레타! 지금 이놈이 나한테 고백을……."

타나릴은 고래고래 소리 지르는 발더의 입을 틀어막았다. 하지만 들을 건 이미 다 들었는지 레타가 타나릴을 향해 주먹을 휘두르며 말했다.

"거기, 내 거거든! 오늘 결혼한 신랑이 남의 거에 눈독 들이면 곤란해!"

"타나릴, 평생 곁눈질 안 하겠다면서요!"

까르르르르!

리예까지 합세한 농담 잔치에 여인들의 웃음꽃이 폈다. 타나릴은 한마디 진지한 감사도 허용하지 않는 친우를 버섯 장식으로 만들까, 잠시 고민하다가 손을 떼었다.

발더는 정말 위로받고 싶지 않은 거였다. 또 오늘을 온전히 저를 위해 보내길 바라는 그 마음을 이해했기에 타나릴은 제대로 감사의 마음을 담아 보답했다.

"우아악!"

발더의 비명이 울렸다. 레타가 제일 먼저 돌아보았다가 절레절레 고개를 저었다.

타나릴은 발더를 버섯 장식으로 만드는 대신 버섯 썰매를 태워주었다. 그 썰매가 둥글게 원을 그려 입구가 없다는 게 문제지만, 그리고 발더 본인은 비명을 멈추지 않았지만, 아이들에게는 확실한 동경의 눈길을 받는 새로운 놀이터였다.

"살려줘……!"

발더의 긴 비명이 메아리치는 얼음 궁전은… 흥겹고 평화로웠다.

다음 날, 타나릴은 아버지께 약속한 대로 정국에서 왈왈거리는 소리를 한 방에 잠재웠다.

신문은 연일 새로운 대마법사의 등장을 대서특필했다. 그것도 세 가지 다른 능력을 쓰는 대마법사, 세기에 하나 나올까 말까 한 대마법사는 자신의 능력을 너무도 보란 듯 증명했다.

사람들은 신문에서 본 사진을 보고 몰려들었다. 수도 광장에 새로 생긴 구조물을 보려고 지방에서 마차와 기차, 비행선을 타고 오는 이들까지, 연일 광장은 미어터질 지경이었다.

"새로운 명물이로군."

"생긴 지 벌써 열흘은 지났다던데, 사진 그대로네? 전혀 녹지 않았어!"

"이 뜨거운 여름에 저런 걸 유지하려면 마력이 엄청나게 들지 않을까요? 이렇게 멀리 떨어진 곳까지 시원함이 전해지는데, 언제까지 유지되는 걸까요?"

"유지할 필요가 없다던데? 일단 만들고 나면 안에 장치된 주술석이 마력을 충당한다더라고. 그게 말이 돼? 마법사의 마력과 마녀의 마력은 서로 충돌하는 거로 아는데 어떻게 저럴 수 있지?"

"저 대마법사가 마술사라서 그런 거래요."

대화를 나누는 이들에게서 뭔가 정보가 나올 것 같자 주위에 몰려든 이들도 그들의 대화를 경청하며 귀를 쫑긋했다.

"일단 처음 저 큰 구조물을 만들기 위해서는 막대한 마력이 든다잖아요. 괜히 대마법사라는 말을 하는 게 아니래요. 저 건물 아래 나무나 동물 같은 자잘한 조각들, 저건 다른 마법사들이 만든 거래요."

누군가가 말한 대로 구조물 아래엔 여러 얼음 조각들이 가득했다. 평소 같으면 이 여름에 얼음 조각을 만들었다는 자체로 감탄할 일이지만 비교 불가의 구조물과 같이 있으니 장난감처럼 보일 뿐이었다.

"에계, 겨우 저거?"

"아니, 저런 걸 만들려면 마술사라야 가능하다며? 다른 건 일반 마법사들이 만들었다며?"

"저 구조물 아래 일정 영역 안에선 다른 마법사가 만든 것도 유지해 줄 수 있다나 봐요."

"허……!"

사람들은 감탄사를 터뜨리며 구조물을 쳐다보았다.

구조물은 조금 특이하게 생겼다. 지름만 약 50미터쯤 되는 데다 호텔 30층 높이는 되는 거대한 원기둥이었다. 제일 꼭대기에는 지름의 세 배쯤 되는 넓은 원반이 얹혀 있었다.

사람들은 다시 수군거렸다.

"그런데 이게 무슨 용도야?"

"안은 공사 중이래. 건축 마법사들이 지금 안을 꾸미고 있다던데?"

"헉, 그럼 이게 건물이라는 거야?"

"아, 들어가 보면 좋겠다!"

"아직 비밀이래. 대신 직통으로 옥상엔 올라갈 수 있대."

"저기에 오르면 수도가 한눈에 다 보이겠다."

"하지만 누가 올라가 보겠어?"

소문은 퍼졌지만 아직 꼭대기에 올랐다는 사람은 없었다. 처음은 도전자 누구에게나 개방된다는 소식도 퍼졌다. 그러자 모여 있던 구경꾼 중 자신이 마법사라 외친 누군가가 가장 먼저 도전을 외쳤다.

잠시 후, 꼭대기에 오른 마법사가 지상에서 기다리는 친구와 화상통신을 연결했다. 구경꾼들이 도전자의 친구에게 몰려들었다.

화면 속에는 투명한 발판을 디디고 아래를 내려다보는 신기한 광경이 담겨 있었다. 간담이 서늘하면서도 멋진 광경이었다.

도전자는 다시 신기한 걸 발견하고 친구에게 외쳤다.

-원반 끝에 의자가 달려 있어. 여기서 아래를 내려다보라는 건가 봐!

구경꾼들과 도전자의 동료가 함께 그 의자에도 앉아보길 독려했다. 도전자는 겁도 없이 의자에 앉아 경치를 보며 감상을 전했다.

그리고 잠시 후, 위를 쳐다보던 사람들의 비명이 울렸다. 원반 끝에 앉은 도전자가 천천히 움직이고 있었던 것이다. 아니, 도전자가 앉은 의자가 돌아가고 있었다. 지상 100미터도 넘는 높이에서 돌아가는 원반 의자 안에 앉아 있는 도전자의 얼굴이 통신구를 통해 가감 없이 전송되었다.

다시 몇 분 후, 사람들은 도전자의 말에 얼이 빠졌다.

-야호! 이거, 너무 재밌다!

이후, 겨울이 될 때까지도 기둥 건물은 철거되지 않았다. 오히려 주변을 장식하는 장식물이 늘며 수도의 새로운 명소로 자리 잡았다. 나라 안은 물론, 이웃 나라에서도 기둥 전망대를 구경하고 원반 의자를 타러 오는 관광객들까지 생길 정도였다.

건축가들이 작업한 건물 내부가 공개되면서 파급효과가 더 커졌다. 차갑고 시원한 식당, 사무실, 호텔은 개방되자마자 모두 팔려나갔다. 파격의 파격이었다.

전 세계적으로 자신을 증명한 대마법사의 과시에 체를릿 후작을 비롯한 '개소리'들은 한순간에 수그러들었다.

그리고 명물을 몸소 체험하며 크게 알린 첫 번째 도전자, 에르모는 무려 한 달 휴가라는 크나큰 포상을 받았다.

• • •

어느새 가을이 되었다.

각 공방에서 주술석에 대한 실험 결과가 올라오면서 광석의 가치 인정과 개발 계획이 본궤도에 올랐다. 먼저, 마력석에 준하는 법률 인준이 빠르게 마련되었다. 덕분에 히그틀리를 오가는 교통로 확장이 가장 먼저 시작될 예정이었다.

내가 처음 일르뉴에서 히그틀리로 가려고 했을 때엔 가장 가까운 선착장에서 내려 마차로 닷새는 가야 한다고 했던 곳이건만, 이젠 직항 기착지는 물론 기차선로까지 이어진다고 한다.

기차 선로 다음엔 수로 공사도 하여 강 길도 잇자는 의견이 나왔다는데, 그건 미지수라 했다. 아무튼, 히그틀리로 가는 길이 엄청나게 발전할 것이다.

그래도 아직 길이 정비된 건 아니라 우리는 또 전용기를 타고 가는 길이었다. 아니, 정비된다 해도 전용선을 탈 것 같긴 하다.

몇 달이나 미뤄진 여행이지만 뒤를 걱정할 필요 없이 홀가분하게 떠나는 것이다. 덕분에 나는 마음도 가볍고 설레어서 정말 좋았다. 하지만 타나릴은 얼굴을 구긴 채 이를 갈고 있었다.

역사는 되풀이된다지만 이건 역사라 할 만큼 시간이 지나지 않았음에도 똑같은 일의 재현이었다. 히그틀리에 갈 때 타나릴은 피아드란과 레베카 부인만 동행하려 했었다. 그런데 그들 외에 추가된 동행인이 또 있었다.

타나릴이 맞은편에서 서로 좋아 죽을 듯 시시덕거리는 커플을 노려보며 소리쳤다.

"너희는 왜 또!"

"타나릴, 내가 모은 휴가가 며칠이나 되는 줄 알아? 그것도 남들 다 놀러 가는 그 뜨거운 여름, 공학부에서 녹을 것처럼 몸을 지지고 있던 내가 좀 쉬겠다는데, 그것도 못 봐주나?"

"네가 쉬는 건 좋아, 그런데 왜 나랑 같이 가느냐고! 왜 또 날 따라온 거야!"

"말은 바로 해야지, 너 따라가는 거 아니다? 어느 동네에 절벽 집이 생겼다더라고. 세상에 신기하잖아? 우리 레타가 보고 싶다고 하니 가봐야지."

"발더!"

이젠 타나릴이 꽥 소리쳐도 피아드란조차 귀를 후비고 말 뿐이었다.

실은 두 사람을 초대한 건 나였다. 호통을 들어주는 이 없는 이 세기의 대마법사를 달래줄 때였다.

"여보, 집들이에 손님이 많으면 좋잖아요?"

"당신이 초대한 거였구나."

내 말에 타나릴이 귀를 늘어뜨리는 것 같은 표정으로 말했다.

날이 갈수록 점점 귀여워지는 이 남자 때문에 나는 종종 음흉해졌다. 하지만 끝까지 갈 수 없는 곳이니 일단 참아야 했다.

"네, 말하지 않아서 미안해요."

"당신이 미안할 필요는 없어. 그런데 말했다면 일정을 바꿔서 가긴 했을 거야."

"뭐야!"

발더가 발끈해서 소리쳤다. 나는 한숨을 쉬며 레타의 곁에 가서 앉았다.

잠시 후 나에게 고백한 건 뭐였느냐는 발더와 내가 다시 한번 너한테 고맙다고 하면 타나릴이 아니라 알라라며 소리치는 남자 둘이 또 붙었다. 공중제비를 세 바퀴 돌 때까지도 이까짓 것 아무것도 아니라던 발더가 드디어 마법사가 민간인을 공격한다, 라고 소리쳤다.

"마법사의 민간인 폭행에 관한 형법 제7조8항에 따르면, 정당한 사유 없이 마법사가 민간인을 해칠 시 그 정도에 따라 벌금, 구류, 징역, 최대 마력의 제한을 둘 수 있다."

순간 발더가 한 말인 줄 알았다. 하지만 그건 낭랑한 5세의 목소리였다.

"와, 똑똑하구나, 피아드란!"

"멋있다, 피아드란!"

"역시 대마법사의 사위……."

"누가 사위야!"

히그틀리로 향하는 전용선 안은 오늘도 평화로웠다.

우버가 마리티 협곡 어느 절벽 위에 내린 일행을 감격과 흥분이 섞인 얼굴로 맞았다. 일행을 먼저 맞았던 킬로이 영주는 완공된 집을 처음 보는 건 집주인의 권리라며 자신은 나중에 초대해 주길 청했다.

피아드란은 우리를 따라오길 조르다가 킬로이 영주에게 혼이 나고 눈물 바람으로 헤어졌다. 피아드란은 가끔 타나릴의 말문을 막히게 할 때를 보면 확실히 비범했지만 저럴 때는 딱 다섯 살 제 나이로 보였다. 아마도 부모가 모두 있는 집에 돌아온 덕에 제 나이로 돌아온 것일 수도 있다.

이 나라 공주인 막강 귀빈 레타가 섞인 일행임에도 앞장서서 안내하는 우버의 발걸음엔 꽤 자신감이 붙어 있었다.

그런 우버를 보자니 처음엔 가끔 보고를 받다가 최근에는 거의 잊고 있었던 게 생각나 조금 미안해졌다. 물론 타나릴은 신경 썼을지 모르지만 난 그가 완공된 집을 보러 가자고 할 때까지 잊고 있는 줄도 몰랐다.

“이쪽이 입구입니다. 그리고 이곳에서도 절벽 아래를 내려다보실 수 있도록 전망대를 설치했습니다.”

우버가 절벽 중간에 자리한 계단과 절벽 끝을 가리켰다. 절벽 끝에는 보기에도 튼튼해 보이는 난간이 빙 둘러 안전을 보장하고 있었다.

문득 그 아래로 훌쩍 뛰어내리던 타나릴이 생각나 그를 쳐다보았다. 타나릴도 내가 무슨 생각을 하는지 알고 있다는 듯 내 손을 잡고 안심하라는 듯 웃어 보였다.

“이제 내려가 볼까?”

“네.”

입구는 계단으로 내려갈 수도 있고, 승강기로 내려갈 수도 있었다. 나는 먼저 완만한 계단을 밟고 내려가 보기로 했다.

솜씨 좋고 재치 있는 우버는 내 설명만으로 유리를 활용해 엄청난 채광창을 만들어냈다. 빛의 굴절과 반사만을 이용해 지붕 대신 덮은 채광창은 각각의 미묘한 각도가 빛을 반사해 아래로, 아래로 전하고 있었다. 마법등을 응용하긴 했지만 해가 나면 마력 없이 불이 밝혀지는 구조였다.

우리가 1층 계단을 다 내려오자 뒤따라온 레타와 발더가 입을 딱 벌리며 감탄사를 흘렸다.

“이거, 리예의 아이디어라면서요? 어쩜 이런 생각을 다 할 수가 있어요?"

레타가 방금 지나온 계단을 가리키며 말했다.

"나는 그냥 그럴 수 있나, 의견만 낸 거고요. 그걸 실행에 옮긴 우버 건축가가 더 대단하지요."

"주인의 마음을 맞춰서 실행하는 것이야말로 기술자의 능력이지요. 우버라고 했지요?"

레타가 입속으로 우버의 이름을 가만히 되뇌었다. 레타가 지목한다는 건 황실의 지목을 받는다는 것이다. 30년 건축 인생을 걸었다는 우버에게 그것이야말로 그가 얻을 수 있는 최상의 보상이 아닌가 싶었다.

그런데 우린 아직 집의 초입에 들었을 뿐이었다. 부드러운 백색과 노란색이 어우러진 화려한 문을 열자 갑자기 속이 후련해지는 넓은 공간이 나타났다.

"와, 여기가 이렇게 넓었어요?"

"우리 침실 응접실 정도밖에 안 되는걸. 역시 내가 공간을 팠어야 했는데."

내 말에 타나릴이 아쉽다는 듯 속삭였다. 우리 침실 응접실이 좀 작은 건 상대평가일 뿐이다. 타나릴이 더 넓혀줄 수 있다는 말에 나는 나중에 필요하면 말하겠다며 손사래를 쳐야 했다. 레타의 감상 포인트는 일관되었다.

"이곳도 아까 그 채광창이 이어져 있네요. 역시……."

레타의 말대로 벽과 천정에 달린 등은 꺼진 채였지만 안은 환했다. 그리고 이 방, 아니 응접실, 혹은 거실인 이곳을 환하게 해주는 가장 큰 이유는 앞으로 탁 트인 거대한 창문 덕분이었다. 전면 창에서 들어오는 햇살이 안을 환하게 밝히며 그 바깥의 전경이 아스라이 보였다. 여기가 바로…….

나는 타나릴의 손을 잡고 거실 끝으로 다가갔다. 그러자 타나릴이 문을 열어주고 나는 그와 함께 테라스로 나갔다. 테라스 바닥은 유리였다.

나는 수도 광장에 우뚝 서서 위용을 자랑하는 기둥 높이의 비밀을 생각하며 타나릴의 손을 맞잡았다.

전국은 물론 여러 나라에서 몰려든 마법사와 담 센 이들로 내년까지 예약이 꽉 찼다는 그 높이에 나는 집을 가졌다. 마법사 남편 덕에 얻는 특권은 참 특별하고도 기분이 으쓱했다.

테라스는 난간 위로는 투명한 유리 덮개를 덮었다가 열 수도 있었다. 타나릴이 버튼을 조절해 덮개를 올리자 부드러운 바람이 그의 머리카락을 흔들었다. 문득 아래를 내려다본 나는 크게 소리쳤다.

"야호……!"

"이러니 여기에 집을 짓자고 했지."

타나릴이 돌아오는 메아리에 귀를 기울이는 나를 보며 쿡쿡 웃었다. 나는 발더와 레타에게도 같이해 보자 하려고 돌아봤지만 이상하게도 두 사람은 아까 채광창을 감탄하던 그곳에 그대로 서 있었다. 내가 고개를 갸웃하자 타나릴이 말했다.

"아무나 다 이런 높이를 겁내지 않은 건 아니야. 당신은 더구나 마법사도 아닌데. 아마 우리 딸은 엄마 닮아서 엄청난 담력을 지니고 태어날 거야."

"그럴까요?"

나는 타나릴의 장담에 문득 옛 기억을 떠올렸다. 나와 정반대였던 엄마에 대한 기억이었는데, 떠올리는 순간 피식 웃으며 흐려 버렸다.

나와 내 딸은 그런 관계와는 다를 테니까. 내 딸은 나를 닮아 이 아름답고 광활한 풍경을 보는 것을 좋아할 것이다. 그리고 아빠가 지켜주는 포근함과 안락함, 든든함을 느끼고 자랄 것이다.

"사랑해요, 타나릴. 당신을 만난 건 내 생의 최고 행운이었어요."

"아니, 나의 행운이었지. 당신을 만난 그 순간을 축복하고 감사해. 사랑해, 리예."

타나릴이 천천히 입술을 맞춰왔다. 시샘이 느껴지는 바람이 타나릴의 머리카락을 다시 흔드는 사이, 나는 그의 머리를 꼭 붙잡고 열렬히 입을 맞췄다. 그의 입술에서 느껴지는 뜨거움과 애정이 나를 충만하게 했다.

"쟤네, 또 뽀뽀한다! 우와, 근데 저기서 어떻게 뽀뽀 같은 걸 하지?"

“리예가 아까 아래를 내려다보는 거 못 봤어? 으으, 나도 저기는 싫어, 자기.”

“뽀뽀도 안 끝나는데 우리는 어디서 묵을지 우리 방이나 찾아보자.”

“그럴까, 자기?”

꽤 노골적인 대화가 들려왔지만 우리의 키스를 방해하진 못했다. 나는 타나릴의 사랑을 듬뿍 받으며 오래, 더 오래오래 입을 맞췄다. 따사로운 햇살과 바람이 우리의 행복을 축복해 주는 듯했다.

• • •

마리티 동굴에서 처음 진입 시에 있었던 의문의 사건은 의외로 쉽게 해석되었다. 미개척지로 분류된 것이다. 이상행동을 보였던 용병들이나 탐사대원들, 그리고 재진입한 누구에게도 같은 증상이 나타나지 않은 덕분이었다.

미개척지에서 이상행동을 보이는 건 흔한 일이었다. 공식적으로 처음 가져온 주술석이 이상행동의 매개로 결론지어졌다.

공식적인 해석과는 다르게, 타나릴은 그 또한 앙켈루아와 관련이 있다고 생각했지만 조용히 묻었다. 리예가 목숨을 걸고 없앤 앙켈루아는 어떤 식으로 언급하든 좋을 게 없었다. 숙명의 적이 사라진 지금, 예지자로서의 리예의 숙명도 끝났을 것이다.

하지만 리예가 언급조차 않는 마지막 예지가 그녀의 그런 선택을 종용했을 걸 생각하면 지금도 가끔 속이 치받치곤 했다. 그러나 그에 관해선 리예가 말하지 않는 한 절대 묻지 않을 것이다. 리예가 어떤 끔찍한 미래를 봤다 한들, 절대 일어나지 않을 일이다. 이제는 리예를 위해 앞날을 지키고 설계할 일만 남았다.

시간은 빨라서 또 한 계절이 지났다. 히그틀리까지 기찻길이 개통되는 건 아직 1년 이상 소요될 것이다. 그러나 비행 선착장은 이미 완공되어 직항로가 열린 상태였다. 덕분에 히그틀리에 오가는 게 자유로워지면서 절벽 중간에 지어진 별장을 보고 싶어 하는 이들이 많았다.

하지만 마리티 협곡 인근 일대는 모두 리예의 사유지다. 때문에 몇몇 운 좋게 초대된 이들 말고는 별장을 볼 수 있는 이가 없었다. 그렇다고 초대된 이들 모두 투명한 테라스에서 정경을 즐길 수 있었던 건 아니다. 테라스에 발을 디딘 사람을 꼽으라면 에르모와 킬로이 영주, 피아드란 세 사람뿐이었다.

아니, 한 사람 더 추가해야 할 것이다. 어느 날 예그하라 공작이 불쑥 절벽 집에 초대를 청했다. 물론 그사이 많은 일이 더 지나간 다음이었다.

예그하라 공작은 유독 관대했던 카리자엘에 대한 총애를 완전히 거뒀다. 더불어 할랜디어스와 나머지 딸들에게도 더는 관용을 더는 베풀지 않았다. 덕분에 그들은 약물을 이용해 키워준 어머니를 조종해 온 패륜으로 법률의 심판을 받게 되었다.

그렇다 해도 예그하라라는 이름을 지닌 이들이 법률 그대로의 죄를 적용받을 일은 없었다. 그들의 처벌은 예그하라 공작이 직접 처리했다.

예그하라 공작은 재앙이 될 수 있었던 앙켈루야와 직접 접촉한 큰딸, 카리자엘을 미개척지로 추방했다.

예전이라면 죽으라는 것과 같은 엄벌이었다. 하지만 최근 주술석의 효용이 밝혀지며 그것은 새로운 기회가 될 수도 있었다. 그렇다 해도 귀족사회와 유산 상속에서 배척된 데다 미개척지로의 추방은 엄청난 불명예였다.

많은 자원과 보조할 인력 등을 이끌고 가는 카리자엘은 혼자가 아니었으나 떠나기 직전 남편 이스발트에게서 이혼장을 받았다. 십 대인 아들딸들도 카리자엘을 외면했다.

할랜디어스는 개척된 미개척지를 개발하라는 명을 받았으니 카리자엘보다는 덜한 처벌이었다. 타나릴을 저주한 것까지 밝혀지진 않은 덕분이었다. 그러나 그녀의 진짜 벌은 따로 있었다.

타나릴은 감옥에 갇힌 할랜디어스를 따로 만났다.

"왜 나에게 그런 저주를 보낸 거지?"

"무슨 헛소리야? 나에게 무슨 무고를 덧씌우려고!"

할랜디어스는 여전했다. 뻔뻔했다. 반성은커녕 독을 쓰고 분노했다. 그래서 타나릴은 차라리 할랜디어스가 편했다. 마지막 철퇴를 내리는 데 미련이 없어졌기 때문이다.

"누이에게 아이가 없었던 이유를 몰라?"

할랜디어스는 순간 입을 다물었다. 그녀는 아이를 가지려고 안 해본 게 없었다. 남편과 안 되면 애인들과 가져도 되었다. 마법사 의원이나 주술 의원 모두 그녀가 정상이라고 했다. 그러나 누구와도 아이는 생기지 않았다.

실은 내면에선 혹시, 하는 마음은 있었다. 그런데 타나릴의 얼굴을 보자 확실해졌다.

"아아악!"

타나릴이 굳이 설명을 더해줄 필요는 없었다. 할랜디어스의 괴성이 충분한 이해의 답이었다. 미칠 듯 소리치던 할랜디어스는 돌연 감옥이 떠나갈 듯 웃었다.

타나릴은 돌아서려는 순간이었다. 갑자기 웃음을 뚝 멈춘 그녀가 저주를 퍼붓듯 소리쳤다.

"왜 네게 저주를 보냈느냐고? 네 어미만이 유일하게 아버지를 사랑하지 않은 여자였으니까!"

"……!"

"그게 무슨 상관이냐고? 문제지, 문제고말고! 네가 후계가 될 수 있었던 게 무엇 때문인데! 유일한 아들이라서? 흥, 아버지가 그 여자에 대한 미련이 너에게 남아서 그런 것뿐이야! 그것 때문이라고!"

궤변이었다. 아니, 망상이었다. 여자는 많고 미련이라곤 일절 없는 아버지가 후계를 정한 이유가 그런 것일 리는 없다.

할랜디어스의 망상은 바로 자신의 어머니에게서 물려받은 것이었다. 하지만 그녀가 한 말 중 사실도 있었다.

타나릴의 어머니 안젤리에는 예그하라 공작의 아이를 낳은 여인 중 유일하게 그를 사랑하거나 매달리지 않은 이였다. 그 초연함이 예그하라 공작뿐 아니라 예그하라 공작을 사랑하는 여인들의 분노도 샀다.

할랜디어스의 어미는 그런 안젤리에를 가장 미워했었다. 실은 할랜디어스가 타나릴에게 저주를 보냈다기보다 어미가 주문한 저주를 딸이 완성한 것뿐이었다.

허망했다. 타나릴은 돌아섰다. 앞으로 다시 할랜디어스를 볼 일은 없을 것이다.

예그하라 공작의 나머지 두 딸, 앨리스와 르완은 각각 수도에서 추방되는 벌을 받았다. 그들은 재산만은 보장되었기에 남편들과 헤어지지는 않았지만 수도에 함부로 올 수 없는 생활을 언제까지 견디고 이어나갈 수 있을지는 두고 볼 일이었다.

그러나 그들의 추방령은 강력했고, 타나릴이 공작이 되는 순간엔 영구적이 될 것이다. 타나릴은 다시는 그들과 접촉할 생각이 없었다.

사마라 부인은… 타나릴을 죽이려던 순간을 기억하지 못했다.

타나릴은 그 순간을 따지고 싶지도 않았기에 리예 말고는 아무와도 공유하지 않았다.

그래도 어머니가 그를 사랑으로 키워주신 것만은 사실이다. 그리고 리예에게 자신의 친어머니가 주신 유일한 선물을 준 것만으로 감사하기로 했다. 어머니에 대한 감정은 이전의 반쯤 경계와 의심을 하던 그때로 다시 되돌아간 것뿐이었지만 그래도 씁쓸함만은 남았다.

이제 그에겐 리예가 있었다. 그것이 그를 살아 있게 하는 원동력이었다.

리예의 배는 나날이 불러오고 있었다. 그들은 올해의 마지막 날, 혹은 새해 첫날이 될지도 모를 출산 예정일을 손꼽아 기다리는 중이었다. 아이가 태어날 날이 가까워지는 요즘엔 저택 전체가 산실 체제로 변해서 언제든 아이를 받을 수 있는 만반의 준비를 하고 있었다.

피아드란은 마녀의 힘을 잃고 마법사로서의 균형을 찾았었다고 했었다. 그런데 어느 순간부터 다시 변하기 시작했다. 피아드란은 리예의 배가 불러올수록 가끔 딸아이와 대화를 하는 시늉을 했다. 최근 딸아이의 의식이 가끔 깨어나서 대화한다는 피아드란을 보면 마녀의 마력이 서서히 돌아오고 있다는 뜻이었다.

레베카는 그것 때문에 두 가지 마력이 상충하며 다시 아들의 정신을 혼란하게 하는 건 아닌지 걱정부터 했지만, 전문가들의 의견은 걱정할 것 없다는 쪽이었다. 몇 달 동안 마법사의 마력에 익숙해진 아이는 제 몸의 위험을 감지하고 지키는 데 뛰어난 능력을 보였기 때문이었다.

거기에 깨어난 아기와 대화할 수 있다는 것만으로 아이는 마녀의 마력이 돌아오는 것을 그저 기뻐하기만 했다.

피아드란은 여러모로 미래를 기대해 볼 마술사였다. 더구나 아직 아무도 도전하지 못하고 있는 공간 쪽에 은밀히 기대할 수 있는 재능이 보였다. 발더는 조심스럽게 타나릴의 뒤를 이을 대마법사가 금세 또 나타날 거라며 기대하고 있었다.

타나릴도 발더의 의견을 부정하진 않지만 딸이 태어날 때가 가까워질수록 피아드란이 곁에 있는 것이 불편했다. 겨우 생겨난 아이가 딸이라는 것부터, 그 아이를 지켜주겠다며 제가 신랑이 되겠다는 맹랑한 꼬마를 경계할 수밖에 없었다.

리예가 아무리 유치하다 타박해도 이것만은 그의 뜻대로 조절이 안 되었다.

"당신, 언제까지 그럴 거예요?"

리예는 오늘도 배에 귀를 기울이는 피아드란을 대놓고 노려보는 타나릴에게 입술만 오므려 속삭였다. 인상을 찌푸리는 타나릴을 아는지 모르는지 피아드란이 환하게 웃으며 말했다.

"후작님, 후작 부인! 아기와 내일이면 만날 수 있을 거래요!"

"정말?"

"그게 정말이냐?"

타나릴도 이번만큼은 피아드란의 말을 무시하지 못하고 물었다.

"네! 오늘은 조금 쉬었다가 보자네요. 드디어, 드디어 아기와 만난다! 신난다!"

"네가 왜 신나……."

"타나릴."

타나릴은 고개를 젓는 리예의 손을 잡으며 다급히 물었다.

"리예, 몸은 어때?"

"아직 모르겠어요. 수월하게 낳으려면 운동을 좀 해줘야 한다던데, 오늘 한 바퀴 더 돌까요? 정원에 가보고 싶어요."

"아니……. 그래, 가자."

이미 오늘 산책을 끝낸 뒤였다. 하지만 안 된다는 말은 리예의 강렬한 눈길에 쏙 들어가고 말았다. 타나릴은 부축해야 겨우 일어날 수 있는 리예의 손을 잡고 정원으로 향했다.

겨울이 된 지금 얼음 궁전은 눈을 맞아 흰색 소복함을 담고 있었다. 그리고 이상하게도 얼음 궁전 안은 춥지 않았다. 바깥은 매서운 영하를 자랑하는데도 궁전 안은 약간의 서늘함을 유지하는 정도였다. 덕분에 리예의 최근 산책 코스는 궁전을 도는 걸로 잡혀 있었다.

저택이 산실 체제로 변한 후 타나릴은 리예와 무조건 함께 산책했다. 두 사람이 일어나자 피아드란이 살금살금 따라가려고 했지만 어머니에게 붙잡히고 말았다.

타나릴은 무언으로 레베카에게 감사 인사를 건넸다. 그런 후 따라가겠다고 떼를 쓰는 피아드란의 말소리를 차단하고서 서둘러 정원으로 향했다.

리예는 약 삼십 분 남짓한 산책만으로 금세 피곤해했다. 타나릴은 서둘러 리예를 안으로 들여 씻기고 침대에 눕혔다. 사랑스러운 그의 아내는 침대에 눕기 전 그에게 안긴 채로 이미 잠들어 있었다. 그들이 딸을 만나기 바로 전날 밤, 대륙력 2201년 마지막 날이었다.

• • •

"엄마!"

낭랑한 목소리를 듣자마자 난 바로 돌아보며 아이를 끌어안았다.

"우리 딸!"

"엄마, 우리 이제 만나요!"

"정말, 우리 만날 때가 되었구나! 정말, 정말 보고 싶었어!"

아이의 얼굴은 여전히 보면서 기억할 수 없었지만 더는 궁금하지 않았다. 정말 곧 만날 테니까.

"우리 딸, 괜찮니? 엄마가 미안해. 네가 괜찮을지 확신하지 못했으면서 몹쓸 짓을 했구나."

아이를 보자마자 나는 앙켈루야의 흔적 때문에 아이에게 해를 끼칠 뻔했던 것부터 상기하지 않을 수 없었다. 하지만 오히려 우리 딸이 나를 위로했다.

"괜찮아요, 엄마. 그러지 않았으면 아빠를 구하지 못했잖아요? 우리도 위험했고요. 그리고 나는 괜찮다고 했잖아요."

그게 정말 괜찮다고 했던 신호였구나. 그리고 너도 알고 있었구나. 나는 딸을 꼭 끌어안고 얼굴을 비볐다.

"고마워. 미안해. 다신 네게 해를 끼칠 짓은 하지 않을 거야."

"알아요, 엄마."

"아차, 넌 이제 괜찮아진 거니? 다 잔 거야?"

"그럼요. 그러니 이제 나가려는 거지요? 그런데… 전 태어나면 이곳에서의 일은 기억하지 못해요."

그 말을 하는 아이의 표정이 왠지 시무룩했다. 아니, 그런 느낌이었다. 하지만 그거야말로 내가 바라던 바였다. 태어날 때부터 비범함 속에 갇힌다면 그 또한 그리 행복할 것 같진 않았다.

"잘됐다! 정말 잘됐어!"

내가 기뻐하자 아이는 뭔가 안도한 듯 헤헤 웃었다. 아이는 아이였다. 내가 뭐든 다 알고 다 잘하는 아이를 바랄 거라고 생각한 모양이었다.

"나는 우리 딸이 평범하게 자라길 원해. 그리고 어떤 모습이든 널 사랑할 거야."

"나도 엄마를 사랑해요!"

나를 꼭 끌어안고 속삭이던 아이가 몸을 떼더니 말했다.

"엄마, 이제 난 아무것도 기억하지 못하는 평범한 아이가 될 테지만 그 전에 엄마께 선물이 있어요."

"응?"

"엄마 아빠가 궁금해하시는 거예요. 잘 보세요?"

다음 순간 훽 어디론가 이동하게 된 나는 눈을 깜빡였다. 어둑하고 잔잔한 음악이 흐르는 공간이 왠지 익숙했다. 긴 테이블 위에 있는 마법 칵테일 통을 보는 순간 나는 이곳이 어디인지 알아챘다. 그리고 딱 한 번 봤던 낯익은 남자가 누구인지도.

내게 술잔을 건넸던 바텐더였다. 그가 어떤 여자와 만나고 있었다. 밤처럼 까만 머리카락을 가진 아름다운 중년의 여인이었다.

두근두근, 왠지 나는 그녀가 누구인지 알 것 같았다. 여인은 분홍빛 구름이 도는 것 같은 작은 삼각 플라스크를 바텐더에게 건네며 말했다.

"이 아가씨가 오거든 술을 건네요. 그리고 예그하라 후작이 오거든 같은 술을 주고요."

"네, 알겠습니다."

그녀가 내미는 사진을 보고 대답하는 바텐더의 눈에 초점이 없었다. 타나릴이 왜 그에게서 아무것도 알아내지 못했다고 하는지 알 것 같았다. 그녀가 바텐더에게 내민 건 놀랍게도 내 사진이었다.

그녀는 바의 어두운 구석에 서서 내가 들어오는 걸 지켜보다가 타나릴이 들어오는 장면을 보며 눈물을 글썽였다. 바텐더가 술을 건네고, 그녀가 속삭였다.

"내 이름을 말하렴."

그러자 때에 맞춘 듯 타나릴이 그녀의 이름을 말했다.

"안젤리에……."

"그래, 내 아들……."

잠시 후, 나와 타나릴이 격렬히 입을 맞추며 호텔 방으로 올라갔다. 방문이 닫히자 그녀가 돌연 뒤돌아보며 말했다.

"리예, 네 운명을 이렇게 억지로 틀어서 미안하구나. 하지만 이게 내 아들을 위한 최선이었다. 그리고 너를 위한 최선이었고……. 나는 내 아들에게 쓰인 저주를 알고 너를 찾아 10년을 넘게 헤맸어. 그리고 네가 이 세상에 온 직후 너와 만났단다. 너는 기억하지 못하겠지만 네 몸의 주인이었던 진짜 마그리예가 떠난 날, 너를 살린 의원이 바로 나란다. 그때 그게 꼭 내 아들을 위해 한 일은 아니었어. 그러다 네가 점점 이 세상과 멀어지는 걸 보면서 너의 운명이 조금씩 보였단다. 그리고 내 아들과 이어진 인연도 보였어. 하지만 너희는 인위적이 아니라면 이어질 수 없었기에 그런 식으로 엮었단다. 시작을 그렇게 망쳐서 미안하구나, 아가. 나는 너희가 행복하기만을 바랐단다. 이제 행복하니, 리예? 부디 행복하게 살렴."

장면이 확 바뀌었다. 안젤리예는 그새 사라져 버렸다. 나는 조금 뒤늦게 그녀에게 답할 수 있었다.

"네, 행복해요. 감사해요, 어머니."

눈물이 흘렀다.

"엄마, 울지 마세요. 우리 이제 만날 시간이에요."

아이의 목소리에 나는 번뜩 정신을 차렸다. 그리고 눈을 떴다.

"타나릴……."

시작되는 통증에 나는 잠자는 타나릴을 깨웠다.

대륙력 2202년 1월 1일 정오, 예그하라의 후계이자 미래의 새 주역이 될 마녀, 아미베라 태어나다.

외전1

공주님의 결혼식

레타는 아미베라 리암 예그하라, 일명 아미를 보고 나오는 길이었다.

바깥은 온통 눈이 하얗게 덮여 있었지만 거리를 담당하는 마법 열선이 작동해 도로는 깨끗했다. 환궁하는 마차 안에서 레타는 방금까지 잡고 있던 작은 발가락을 회상하며 웃음을 떠올렸다.

예그하라의 성을 잇고 태어난 리예와 타나릴의 첫 딸은 무섭도록 아빠를 닮아 있었다. 까만 머리카락이나 뚜렷한 이목구비에 얼굴형까지 모두 아빠를 쏙 뺀 아이가 엄마에게서 물려받은 거라면 약간 푸른 기가 도는 눈동자 색깔이었다.

리예에게 어쩜 닮아도 아빠만 닮아서 조금 서운하지 않으냐고 물었더니, 아빠를 닮아서 더 예쁘다나? 그 말이 진심이라는 걸 알기에 레타는 고개만 절레절레 저었다.

거의 당연하다시피 리예의 출산 후 그들의 집에 초대된 혈육 외 손님은 레타가 처음이었다. 그런데 먼저 방문한 공작 부처도 겨우 바로 전날 왔다 갔다고 했다. 이미 딸들을 모두 쳐낸 후인데도 부자간의 데면데면한 관계는 도무지 가까워질 것 같지가 않았다.

거기에 또 다른 불씨가 피어났다. 아미가 태어나는 순간부터 마녀의 기질을 드러냈기 때문이다. 예그하라 공작은 아미가 마녀임은 어쩔 수 없지만 후계가 될 수 없음을 분명히 했다.

그러나 타나릴은 아미가 태어나기 전부터 자신의 후계가 될 것임을 천명했었다. 지금은 리예와 갓 태어난 딸에 빠져 지나치고 있었지만 언제고 크게 부딪칠 일이었다. 훗날의 갈등이 벌써부터 그려져서 레타는 또 고개를 젓게 되었다.

그때 화상통신구가 반짝였다. 통신을 연결한 수행원이 놀란 표정으로 통신구를 건네주었다. 의외의 상대편을 확인한 레타가 긴장하며 입을 열었다.

"리만 후작님?"

-안녕하십니까, 레아라니타 공주님? 혹 실례가 아니라면 한번 뵐 수 있겠습니까?

마침내 올 것이 왔다는 느낌에 레타는 가슴이 철렁했다. 그래도 간신히 티 내지 않고 대답할 수 있었다.

"언제 어디서 뵐까요?"

-만일 괜찮으시다면 오늘은 어떠십니까? 아니라면 공주님께서

시간을 정해주셔도 됩니다.

"…가능합니다."

-네, 장소는…….

통신이 끊겼다. 레타는 털썩 의자에 등을 기댔다. 살짝 마주 잡은 그녀의 손끝이 떨려왔다.

마차는 약속된 고급 식당 앞에서 멈췄다. 레아라니타 공주의 외출은 항상 사람들의 시선을 끌지만 고급 식당답게 그녀가 어느 곳으로 들어가는지, 누구와 만나는지 아무도 모를 밀실이 준비되어 있었다.

안내원이 문을 열자 그 안에는 이미 리만 후작이 와서 기다리고 있었다. 그는 레타가 입장하자 일어나 인사했다.

"안녕하십니까, 레아라니타 공주님. 이렇게 갑자기 만남을 청해 무례가 아닌지요."

"아, 아닙니다."

"이쪽으로 앉으십시오."

리만 후작이 원형 테이블이지만 상석이 분명한 곳으로 레타를 안내했다. 레타는 표정을 굳히지 않기 위해 애쓰며 자리에 앉았다. 부황의 앞에서도 당당한 레타지만 이번 상대에게만큼은 왠지 긴장을 떨칠 수가 없었다.

"부족하지만 식사를 한번 대접하고자 이곳에서 만나자 청했습니다. 아시겠지만 저는 내자가 없어서 살뜰하고 가정적인 초대를 하기엔 좀 어렵습니다."

"알… 고 있습니다."

"맛있게 드셔주십시오. 발더에게서 공주님께서 이곳 요리를 즐긴다고 들었습니다."

"네……."

그 말은 맞지만 그렇다고 음식을 즐길 분위기는 아니었다. 더구나 그 말을 끝으로 식사를 마칠 때까지 단 한마디도 하지 않는 리만 후작 때문에 더욱 바늘방석이었다.

하지만 레타는 공주였다. 그 어떤 상황에서도 우아하게 끝까지 식사를 마치는 건 일도 아니었다. 바로 그 훈련 덕분에 레타는 코로 들어가는지 입으로 들어가는지 모를 식사를 무사히 마칠 수 있었다.

식사를 마치고 차를 들이고 나자 드디어 리만 후작이 입을 열었다.

"발더가 요즘 반쯤 얼이 빠져서 다니고 있습니다. 아십니까?"

"네?"

"트레니알라가 애 아버지가 되더니 팔불출이 된 건 아시죠?"

그건 아니다. 타나릴은 이미 그 전에 팔불출이 되어 있었다. 다행히도 레타가 긍정이나 부정을 표할 필요는 없었다.

"트레니알라가 아이의 영상석을 가지고 다니면서 입을 맞추기도 한답니다."

그거, 아이가 아니라 리예랑 함께 있는 영상석이다. 레타는 그 설명 또한 삼켰다.

"결혼하고 아이를 가지니 그토록 날이 섰던 아이도 그렇게 변하는군요."

"네, 그렇네요."

레타는 망연히 맞장구를 치며 차와 함께 긴장을 삼켰다.

"그래서인지 발더가 더욱 얼이 빠진 것 같습니다."

왜 멀쩡한 아들을 자꾸 얼이 빠졌다고 하는지 모를 일이다. 솔직히 레타가 보기에도 발더가 요즘 좀 얼이 빠져 보이긴 했지만 아버지는 그래도 좀 감싸줘야 하는 것 아닌가?

아니, 그게 문제가 아니지. 지금이야말로 본론이 나올 때였다.

레타는 잔을 들다가 마시지 못할 것 같아서 도로 내려놓았다. 바로 그때를 기다린 듯 리만 후작이 그녀를 다시 불렀다.

"레아라니타 공주님."

"네, 리만 후작님."

레타는 내려놓았던 잔을 다시 들어 올려 마시는 척 침을 삼켰다.

"여쭙고 싶은 게 있습니다."

"말씀… 하세요, 리만 후작님."

"공주님은 제 아들을 언제까지 저런 식으로 내버려 두실 겁니까? 평생 제 아들의 혼삿길을 막아두실 겁니까?"

"…이제 때가 되었나 보네요."

"이제라니요? 이미 4년이 지났습니다. 아니, 곧 5년이 되지요. 그만하면 늦은 거라고 봅니다만."

"저도 압니다. 압니다만, 제게 조금만 시간을 주세요……."

"아신다고요? 그럼 시간을 드릴 수 없다는 것도 아시겠군요. 당장 결혼시킬 겁니다!"

"네? 아, 그런 거였군요. 발더는 아나요?"

"발더가 알든 말든 상관없습니다. 발더는 당연히 응할 테니까요. 발더를 압박하기 얼마나 쉬운 줄 아십니까? 공주님을 압박한다고 하면 바로 순종적으로 변할 겁니다. 공주님의 여성 직업부 의장직부터 의회 안건에 올리면 녀석이 어떻게 반응할 것 같습니까?"

"…비열하시군요, 후작님!"

"비열한 건 제가 아니라 공주님이죠, 제 아들 청춘을 다 잡아먹고 책임지지 않는 그 행태는 정당합니까?"

그 말엔 레타도 할 말이 없었다. 자신이 발더의 청춘을 다 잡아먹은 것만은 부정할 수 없는 사실이었다. 발더의 열망을 알면서 외면한 것도 사실이었다.

그러나 발더는 두 번의 결혼과 두 번의 약혼에 실패한 여자가 아니라, 더 곱고 흠 없는 여자와 만날 자격이 있는 남자였다. 지금이라도 보내주는 것이 사랑하는 이를 위한 최선의 선물일 것이다.

"죄송합니다. 당장 발더와……."

"결혼식은 닷새 후, 중앙청 회의실입니다. 준비는 제가 다 알아서 했으니 공주님은 당일 일찍 오시기만 하면 됩니다."

"그렇겐 못 해요! 아무리 그래도 어떻게 제게 발더의 결혼식에 가라는 거예요?"

레타가 절규하듯 외쳤다. 그러자 리만 후작은 그녀가 그런 말을 할 줄 알았다는 듯이 뚱하니 대꾸했다.

"아니, 신부가 없이 발더가 어떻게 결혼하라는 겁니까?"

"네? 그게 무슨 말씀이세요?"

리만 후작은 멍하니 되묻는 레타를 굳은 얼굴로 쳐다보기만 했다.

레타는 이 믿기지 않는 현실을 멍청하지만 제 입으로 확인해 봐야 했다.

"설마, 제가 발더의 신부라는……?"

"여태 무슨 말씀을 들은 겁니까, 방금 제 아들을 책임진다고 하지 않았습니까?"

"리만 후작님, 저는, 제게 무슨……."

"혹시 전 남편들이나 전 약혼자들 이야기라면 굳이 안 하셔도 됩니다. 제가 그놈들 조사도 안 해본 줄 아십니까? 하나는 죽을병을 숨기고 결혼했고, 하나는 성병에 걸려서 이혼했죠? 하나는 오랜 정부를 숨기고 있었고 하나는 남색가였던 걸로 압니다. 제대로 된 놈 하나 없던데 우리 발더는 좀 푼수 같아 보여도 그런 놈들에 비하면 제법 괜찮은 놈이라, 이 말입니다. 그놈이 좀 헤퍼 보여도 제 여자 외엔 절대 돌아보지 않을 겁니다. 제가 그렇게 키웠으니까요. 아니면 혹시 저나 제 집안이 마음에 들지 않아 그러신 겁니까? 만일 그렇다 해도 공주님이 같이 살 놈은 발더 아닙니까?"

"그, 그게 아니……."

레타는 리만 후작의 마지막 말에 황급히 변명하려다 입을 다물었다. 수사부의 매운 생강은 뒷말로 은근슬쩍 레타를 혼란에 빠뜨렸지만 정작 중요한 사실은 앞에 다 있었다. 레타는 혼란을 가라앉히며 후작을 망연히 바라보았다.

레타는 발더 이전에 연애라는 걸 해본 적이 없었다. 두 번의 결혼이나 두 번의 약혼 모두 황실에서 정한 상대였다.

아이러니하게도 레타가 발더와 오랜 시간 자유롭게 연애를 할 수 있었던 것도 모진 상대를 이어준 황실에서 다시는 그녀의 결혼에 대해 왈가왈부하지 않기로 했기 때문이었다.

물론 황실을 상대로 그런 사기를 벌인 집안은 몰락에 가까운 보복을 받긴 했지만 세상에 그 사연까지 밝혀질 리는 없었다. 리만 후작은 그 모든 사연을 직접 조사한 후 다 받아들이겠다고 말하는 것이다.

결혼식장을 중앙청 회의실로 정한 것도 레타를 배려한 것이었다. 레타가 이전에 했던 화려하고 호화스러웠던 결혼식보다 간소할 테지만, 중앙청 회의실이야말로 사람들의 이목을 충분히 가리면서 더욱 강한 결속을 자랑하는 완벽한 장소였다. 그 전에 타나릴이 결혼했던 장소이기도 해서 의미를 부여함에도 손색이 없었다.

"리, 리만 후작님……. 흐흐흑!"

결국 레타는 말을 더 잇지 못한 채 폭풍 같은 오열을 쏟아냈다. 그리고 바로 그 순간 문이 벌컥 열리며 발더가 뛰어 들어왔다.

"내 예쁜 애인한테 무슨 말씀 하신 거예요, 아버지!"

들어올 때의 분위기로는 거의 패륜 영화를 찍을 뻔했던 발더는 잠시 후 아버지 앞에 무릎 꿇고 싹싹 빌면서 헤죽헤죽 웃었다.

대륙력 2202년 2월 중순. 황제의 첫째 딸 레아라니타 공주와 리만 후작의 차남 발드르스가 결혼식을 올렸다.

훗날, 깨를 볶고 사는 두 커플의 결혼식 이후, 중앙청에서 결혼식을 올리고자 신청하는 귀족 자제들의 요청이 줄을 이었다고 한다.

리만 후작은 타나릴이 결혼한 순간부터 이 결혼을 계획하고 있었다. 타나릴의 예상보다는 많이 늦어진 것이었지만 가장 치명적인 순간 급소를 물어 단번에 사냥감을 무는 노련한 사냥꾼의 기질을 발휘한 리만 후작의 공략은 탁월했다.

덕분에 리만 후작은 단 닷새 만에 결혼 선언부터 결혼식까지 해치우는 기염을 토했다. 물론 황가와 인연을 맺는 일이라 물밑 작업이 더 길긴 했지만 그 정도야 아들의 결혼을 위해 못할 것이 없었다.

사실 리만 후작이 결혼을 서두른 건 속셈 하나가 더 있어서였다. 올해가 지나기 전 서둘러 발더를 결혼시켜서 아미베라와 동갑내기 후사를 보게 할 작정이었던 것이다. 그 후사가 운 좋게 아들이라면 타나릴과 사돈 관계가 되어도 좋을 것이었다.

피아드란이라는 막강 후보가 지키는 줄도 모르고 한 생각이었으나 발더가 그 생각에 쌍수를 들어 환영했음은 말할 것도 없었다.

그런데 타나릴이 그 말을 듣는 순간 발더는 아미에게 접근 금지를 당했다. 아니, 피아드란보다 더한 박대를 당했다.

발더는 20년 지기 우정을 이렇게 쉽게 저버리느냐 성토했지만 타나릴의 경계심은 더욱 굳건해졌다.

두 남자야 그러든 말든 두 여자의 우정은 더욱 굳어졌다. 레타가 정말 임신했기 때문이었다.

나중에 기함하긴 했지만, 레타는 결혼식 당시 임신 중이었다. 타나릴이 아이를 낳고 자랑하고 다니는 바람에 얼이 빠진 발더가 피임에 소홀한 결과였다. 물론 비슷하게 얼이 빠져 있었던 레타도 함께 피임에 소홀해서 생긴 결과라는 건 그리 비밀이 아니었다.

두 사람은 히그틀리의 절벽 집으로 신혼여행을 갔다. 리예의 결혼 선물이었다.

타나릴은 언제 어느 때고 반드시 그들의 신혼여행에 합류하려 했으나 발더와 레타에겐 다행스럽게도 아미가 그의 발목을 잡았다.

레타는 그해 겨울, 아미와 동갑인 딸 세라를 낳았다.

외전2

그녀는 사랑했다

쾅쾅, 문을 두드리는 소리가 들렸다. 안젤리에는 그 소리를 들으며 가만히 누워 있었다. 자신이 열든 안 열든 저 문은 열릴 것이었다.

"아가……."

새까만 머리카락의 아기가 안젤리에의 옆에 누워 있었다.

아기는 태어난 지 겨우 삼 개월, 아직 그녀의 팔 하나로 감싸도 될 정도로 작았다. 이렇게 작은 아기지만 이미 그녀의 삶을 다 차지하고 있었다. 그러나 그것도 오늘까지였다.

쾅!

문은 어렵지 않게 열렸다. 조금이라도 오래 아기와 함께 있고 싶어 찾기 어려운 곳으로 숨었었지만 저 무서운 남자는 기어이 이곳을 찾아왔다.

실은 그가 이렇게 찾아올 거라는 것도 알고 있었다. 몇 번을 점을 쳐도 그녀가 아이와 함께하는 미래는 없었다.

"겨우 여기였나."

척척, 문을 부순 남자가 작은 오두막 안으로 들어왔다. 훤칠한 남자의 실루엣이 문을 비집고 들어오는 햇살을 가렸다.

남자는 안젤리에의 옆에 누운 아기와 너무도 닮았다. 까만색 머리칼, 곧은 코, 고집스러운 턱, 심지어 날카로운 눈매와 눈동자 색까지.

남자는 아기의 아버지였다. 런벨 예그하라 공작. 아기의 생물학적인 아버지다.

하지만 안젤리에가 아기의 진짜 아버지로 여기는 이는 다른 남자, 바로 그녀의 남편이다.

그러나 그건 있을 수 없는 일이다. 안젤리에의 남편은 죽었다. 2년 전, 미개척지로 떠났던 남편은 시신조차 돌아오지 못했던 것이다.

평생을 함께 살 거라 약속한 남편의 죽음을 겪으며 안젤리에는 각성했다. 그때까지 그녀는 자신이 마녀인 줄도 모르고 살아왔다.

거의 서른이 다 되어 각성했지만 안젤리에는 매우 강력한 마력을 지녔다. 덕분에 갓 입문한 마녀와는 달리 어렵지 않게 주술을 쓸 수 있었다. 약물 제조나 추적술, 점을 치는 것까지, 그녀에겐 숨 쉬는 것처럼 자연스럽고 쉬웠다.

그런 안젤리에를 질시하는 마녀들도 생겨났지만 그녀는 아무래도 상관없었다. 마녀로서 잘나가든 잘나가지 못하든 아무 의미가 없었기 때문이다.

안젤리에는 사는 게 의미가 없었다. 그저 주변이 흐르는 대로 몸을 맡길 뿐이었다. 런벨 예그하라 공작을 만난 건 그때였다.

런벨 예그하라 공작이 어떤 사람인지는 익히 들어 알고 있었다. 대단한 마법사이자 공작이며 유명한 여성 편력 등등. 그러나 그가 남편과 닮은 것만은 몰랐다. 그를 본 순간 남편이 다시 살아 돌아온 줄로만 알았다.

안젤리에는 아름다웠다. 런벨 예그하라 공작은 아름다운 여자를 좋아했다. 그는 안젤리에를 유혹하는 데 아무 거리낌 없었다.

안젤리에는 그와 밤을 보내며 막연히 아기가 생길 것을 알았다. 아기는 남편의 아이가 될 것이다. 그렇게 남편의 거짓 귀환을 붙들었다.

그러나 그녀가 임신할 거란 걸 아는 것은 런벨 예그하라 공작도 마찬가지였다. 그는 여자가 많았지만 아무나 다 임신하지는 않았다. 그가 워낙 강한 마법사이기 때문이었다. 그는 여자와 밤을 보내고 철저히 임신 여부를 따졌다.

안젤리에는 그런 사실을 알고서 아닌 척 몸을 숨겼지만 그 때문에 오히려 더 빨리 들키고 말았다.

런벨 예그하라 공작의 핏줄에 대한 집착은 유명했다. 그 수많은 여성 편력도 핏줄 때문이 아니냐는 소문이 돌 정도였다. 더구나 아들이었다. 위로 세 명의 딸, 본처가 낳은 아들을 잃은 런벨 예그하라 공작은 절대 아들을 포기하지 않을 것이었다.

안젤리예가 점을 치는 솜씨는 마녀들 중에서도 소문날 만큼 뛰어났다. 덕분에 예그하라 공작을 피해 여기저기 숨어 다닐 수 있었다. 그러나 그보다 예그하라 공작의 권력이 더 컸다.

안젤리예가 타나릴을 낳고 키운 것은 삼 개월. 점을 치던 안젤리예는 두 가지 커다란 사실을 알게 되었다. 아들에게 닥치게 될 고난과 그것을 피할 수 없다는 사실을.

안젤리예는 더는 런벨 예그하라를 피해 달아나지 않았다. 이미 추격의 끝을 달리기도 했다.

런벨 예그하라 공작은 가차 없었다. 다른 정부들처럼 가끔 아이를 만나게 해주는 것조차 없이 아들을 영영 빼앗아 갔다. 애초에 그녀는 정부도 아니었다.

"제발, 이것 하나만 줄 수 있게 해주세요!"

마지막 순간 안젤리예는 아들의 목에 손수건을 걸어주었다. 그것이 공작 부인의 손에 버려지더라도 아들에게 그 하나만이라도 남겨주고 싶었다.

안젤리예는 그렇게 아들을 빼앗겼다. 그러나 그건 안젤리예에게 새로운 시작이었다. 그때부터 안젤리예는 아들의 고난을 피할 방법을 찾기 시작했다.

30년 뒤.

안젤리예는 아주 고운 분홍빛 술을 빚었다. 안젤리예는 직접 그 아이와 아들이 술을 같이 받는 것을 지켜보았다.

그 아이는 아들에게 첫눈에 반한 것처럼 보였다. 그러나 금세 다른 곳을 바라보았다. 그 아이의 사명은 너무나 커서 아들에게 오래 시선을 둘 수 없었다.

아들은 뚱하니 그 아이를 쏘아보았다. 하지만 아들의 시선은 떨어질 수 없었다. 이제 두 아이의 술래잡기가 시작될 것이었다.

끝내 서로 바라보기를…….

안젤리예는 두 아이를 향해 건배했다.

외전3

그리고 그들은 그렇게…….

"아빠!"

짜랑짜랑한 목소리에 뒤돌아보는 타나릴의 얼굴에 흐뭇한 미소가 걸렸다. 방금까지 서리가 내릴 듯 냉기가 뿜어져 나오던 사람이었으리라곤 믿을 수 없는 온화한 얼굴로 변신한 타나릴이 기운차게 달려오는 딸을 받아 안았다.

"무슨 일로 이렇게 기분이 좋을까, 우리 딸?"

"아빠, 프레디가 생일 파티에 초대했어요. 가도 돼요?"

"언젠데?"

"내일이요!"

바로 뒤에서 우그러진 에르모가 어이를 상실한 얼굴로 쳐다보고 있는 것도 모르고 타나릴은 딸아이와 대화를 나누느라 바빴다.

프레디는 최근 가족 모임에서 만난 미리플 백작가의 아이였다.

미리플 백작은 상공회를 주름잡는 노련한 상인으로 그의 손자인 프레디는 백작의 총애를 받는 아이였다.

필시 아이가 혼자 결정한 초대는 아닐 테지만, 어른들의 속사정이야 어떻든 타나릴은 딸아이의 눈에 가득한 기대를 저버릴 생각이 추호도 없었다.

"우리 아미, 생일 파티에 가고 싶니?"

"네!"

"그럼 가야지."

"와!"

쪽, 하는 소리와 함께 타나릴의 얼굴이 활짝 폈다. 기분이 좋아진 딸아이는 너그럽게도 최근 인색해진 뽀뽀를 양 볼에 세 번이나 해주었다. 하지만 이어지는 말에 타나릴은 금세 얼굴을 구기고 말았다.

"참, 프레디가 저한테 청혼했어요. 아빠, 프레디가 내일 생일 선물로 뽀뽀해 달라고 했는데 해줘도 돼요?"

"안……."

"안 돼!"

타나릴보다 먼저 소리치는 이가 있었다. 얼굴이 새빨개진 채 거의 씩씩거리는 소년을 향해 타나릴은 눈을 흘겼다. 그러나 피아드란은 타나릴의 엄한 기세에도 제법 버티고 서서 물러나지 않았다.

아미가 태어나던 순간부터, 아니 그 이전부터 막아서고 경계하던 타나릴을 뚫고 아미와 친해진 피아드란이다. 슬쩍슬쩍 타나릴의 눈치를 보면서도 피아드란은 할 말은 다 했다.

"정숙한 아가씨는 아무에게나 뽀뽀하는 거 아니야! 또 결혼 같은 중차대한 문제는 지금 결정할 수 있는 게 아니야."

'그래, 내심 동의하는 바다. 하지만 그 아무나에 피아드란, 네 녀석도 해당한단 말이다!'

그러나 타나릴의 외침은 아쉽게도 아미의 앞에서는 힘을 잃었다.

"아니야?"

아미가 고개를 갸웃거리며 물었다. 당연하지! 타나릴도 사납게 고개를 끄덕였다.

그런데 가만 보면 이 영악한 여아, 아빠의 반응을 알고서 한 말이었다. 그리고 뒤에서 피아드란이 듣고 있다는 것도, 또 피아드란이 이렇게 뛰어올 것도 알고 있었다. 아미가 입술을 쭉 내밀며 말했다.

"오빠는 아까 선물 안 보여줬잖아!"

"그건……."

피아드란의 얼굴에 당황이 어렸다. 하지만 피아드란은 입술을 오물거리기만 할 뿐 달리 대답을 내놓지 못했다.

아미라면 무조건 어화둥둥 하는 피아드란이다. 타나릴은 녀석이 왜 아미에게 '선물'을 보여줄 수 없었는지 알고 있었다.

오늘 오전, 저택에 피아드란의 형들이 다녀갔었다. 각각 영지에서 후계 수업을 받는 첫째와 마법 공학부의 신예로서 입지를 다지고 있는 두 형은 어린 시절부터 집에서 떨어져 사는 막냇동생을 무척이나 귀여워했다.

킬로이 영식들은 아버지, 킬로이 백작을 닮아 체구가 우람했다.

앗, 히그틀리 영주는 최근 백작이 되었다. 광산에서 내는 엄청난 세금은 물론, 미개척지로 향하는 관문인 히그틀리는 제국에서 최근 가장 발전을 이루고 있는 노른자 땅이었다.

그런 탐스러운 영지를 다스리는 데다 인구와 땅의 규모가 저절로 백작의 영지를 넘어선 이에게 남작이라는 지위는 가당치 않다는 여론에 승작한 것이었다.

반면 어머니 쪽을 닮아 조금 가는 뼈대를 지닌 피아드란은 겨우 열 살이지만 훤칠한 인물과 길쭉길쭉한 팔다리를 자랑했다. 때문에 세 형제가 모여 있으면 두 야수와 여린 공주를 연상케 했다.

오늘 저택을 방문한 킬로이 형제들은 피아드란을 공기 받듯 휘휘 저으며 놀아주었다. 그리고 가기 전 피아드란에게 선물 하나를 주고 갔다.

그런데 바로 그 선물이 문제였다. 뭐든 아미에게 가리는 게 없고 감추는 게 없는 피아드란이지만 그 선물만큼은 보여줄 수가 없었던 것이다.

"아미, 다른 사람의 소중한 걸 억지로 보자고 떼를 쓰는 건 안 돼. 엄마가 알면 어떠실까?"

"히익!"

아빠의 점잖은 타이름에 아미가 질린 얼굴을 하다가 팩 토라졌다. 아미는 실은 형들에게 안겨 놀던 피아드란을 질투했던 거였다. 게다가 마지막에 피아드란이 형들에게서 받은 선물까지 감추자 더욱 골이 난 거였다.

그깟 선물은 안 봐도 그만이지만 저만을 위하는 피아드란이 다른 사람과 그렇게나 즐겁게 웃을 수 있다는 사실이 이상하게도 소녀의 마음을 불안하게 했다. 서러운 마음에 아미는 기어코 울음을 터뜨리고 말았다.

"으아앙!"

"앗, 아미! 선물… 보여줄게."

피아드란이 주섬주섬 주머니에서 무언가를 꺼내려던 찰나였다. 그들의 뒤로 고운 목소리가 들려왔다.

"우리 아미, 왜 우니?"

히끅! 아미가 엄마를 보자마자 재빨리 울음을 그치려다가 딸꾹질을 하고 말았다. 저가 떼를 쓰던 걸 엄마에게 들킬까 두려웠기 때문이다.

세상에서 가장 다정한 사람이 아빠라면, 세상에서 가장 무서운 사람은 엄마였다. 엄마는 항상 천사 같지만 아미가 떼를 쓰고 억지를 부리는 건 봐주지 않았다.

울음보다 딸꾹질이 오히려 더 멈추기 어려웠다. 급기야 아미는 딸꾹질을 계속하며 울어버렸다. 지켜보던 타나릴이 딸아이를 도우려던 찰나, 이번에도 피아드란이 더 빨랐다.

쪽!

두 어른이 동시에 놀라 눈이 휘둥그레졌다. 피아드란이 아미를 품에 끌어안더니 입술을 쪽 하고 붙여온 것이다.

"가, 감히 내 앞에서 내 딸을……!"

순간, 정원에 칼바람이 몰아치는 듯했다. 타나릴의 솜씨는 귀신 같았다. 두 아이가 꼭 붙어 있었지만 그가 뿜어낸 냉기는 피아드란만 감싸게 되어 있었다.

그러나 신기하게도 피아드란의 등에서 일그러진 냉기는 다른 곳으로 흘러간 듯 묘하게 빗겨가 버렸다.

바로 뒤에서 타나릴이 노발대발한 채 버티고 서 있는 걸 모른다는 듯이 피아드란은 딸꾹질을 그친 아미를 달래며 속삭였다.

"내가 아까 그 선물 보여줄게. 실은 내가 부끄러워서 못 보여준 거야."

"안……."

아미가 뭐라 대답하기도 전에 파이드란이 주머니에서 불쑥 뭔가를 꺼냈다. 그건 주먹만 한 영상석이었다. 안 봐도 된다고 말하려 했었지만 실은 아미는 그게 너무 궁금했다.

아미가 능숙하게 마력을 불어넣자 영상석이 재생되었다. 곧 영상석 속에서 아미 또래의 어린 소녀가 생일 축하 노래를 부르며 재롱을 떨었다.

"예뻐……. 그런데 이 애 누구야?"

처음에 감탄하던 아미가 순간 피아드란에게 눈썹을 치켜세우며 물었다. 흡사 따지는 것 같은 모양새가 타나릴이 화를 낼 때의 모습을 빼다 박았다.

단 몇 마디로 정황을 추측한 리예는 입술을 가린 채 웃었다. 아미를 혼내는 것보다 숨 한 번에 얼음 성을 쌓을 것 같은 남편을 말리는 게 먼저였다. 물론 서늘한 여름 정원이 꽤 마음에 들긴 했지만 지금은 남편을 진정시켜 줘야 할 때였다. 리예가 남편의 손을 꼭 잡았다.

피아드란이 고개를 푹 숙인 채 속삭였다.

"나… 야."

"응?"

"그거, 나야."

아미가 영상석과 피아드란을 몇 번이나 번갈아 쳐다보았다. 그러고 보면 어깨를 덮는 구불거리는 짙은 남색 머리카락이 피아드란의 머리색과 같았다. 아미가 돌연 감탄사를 토해냈다.

"오빠, 오빠는 이때부터 예뻤구나……!"

"예… 뻐?"

피아드란이 얼굴을 붉게 물들이며 되물었다. 그러자 아미가 기운차게 고개를 끄덕이고, 피아드란이 생긋 웃으며 화답했다.

"예쁘긴 네가 더 예뻐."

"알아, 오빠."

"그러니 문제야. 생일 파티 같은 데 가서 아무에게나 뽀뽀하면 안 돼?"

"거기는 오빠가 같이 가면 되잖아. 나 지켜준다며?"

"그래, 내가 지켜줄게. 뽀뽀는 나한테만 하는 거야?"

"알았어, 오빠."

"누구 마음대로!"

리예가 아무리 타나릴의 옆구리를 찔러 진정시켜 보려 했지만 마지막 피아드란의 발언만큼은 참아줄 수 있는 경계를 넘고 말았다. 고함과 함께 생성된 얼음덩이가 피아드란을 덮쳤지만 또 묘하게 소년을 빗겨갔다.

피아드란은 아미의 손을 한 번 꼭 잡고는 정원 바깥으로 냅다 뛰었다.

"내일 생일 파티에 맞춰서 올게, 아미!"

"응, 오빠!"

아미가 달아나는 피아드란을 향해 살랑살랑 손을 저었다. 그리고 아빠 쪽을 돌아보고는 금세 상황이 끝났음을 알아챘다. 방금까지 얼음을 뿜어내던 아빠는 엄마의 배에 손을 얹고 황홀한 표정을 짓고 있었다.

아미가 엄마 아빠 사이에 슥, 끼어들었다. 아미가 엄마의 배에 손을 얹자 대답이라도 하는 양 배가 꿈틀댔다.

“내가 바라는 남동생은 아니지만 그래도 예뻐해 줄 거예요.”

새침하게 말하는 아미를 보며 부부는 눈을 마주치고 웃었다. 그때 멀리서 부부를 부르는 목소리가 들렸다.

“언니, 오라버니……! 레타 공주님이 도착하셨어요!”

남산만 한 배를 잡고 뒤뚱거리며 걸어오는 로레인의 뒤에서 ‘여보, 조심’을 외치는 사내를 보다가 에르모가 쓸쓸히 퇴장했다.

“왜 다들 여동생인데!”

아미가 못마땅한 표정으로 종알거렸다. 그럼 못 써, 엄마가 타이르는 소리에 아미가 고운 입술을 밀어 넣으며 샐쭉 웃었다. 그러다 막 들어서는 레타를 보며 아미가 외쳤다.

“와, 이쪽은 남동생이다!”

정원으로 향하던 레타가 돌연 날씬한 배를 잡고 눈을 휘둥그레 떴다. 어른들을 놀랜 아미는 레타의 손에 잡혀 있던 여아를 향해 달려가며 외쳤다.

“세라, 우린 썰매 타고 놀자!”

“응, 아미!”

곧 처음 만들어질 때보다 두 배는 높아진 썰매를 타고 노는 아이들의 웃음소리가 정원을 채웠다. 평화로운 예그하라 저택, 여름 정원의 오후였다.

열네 살 아미는 새침데기였다. 좋아도 안 좋은 척, 싫어도 안 싫은 척. 아니, 싫은 건 많이 싫은 티를 내는데 좋은 것만은 곧 죽어도 표시를 안 내려 했다. 그 대표적인 예가 바로 피아드란이다.

사춘기 소녀는 요즘 고민에 빠져 있었다. 최근 피아드란에 대한 단상이 하루에도 수십 번 오락가락 바뀌기 때문이었다.

피아드란은 잘생겼다. 멋있고 친절하고 다정했다. 기억하는 시절부터 항상 함께해 왔고, 막연하지만 제 짝이 될 거라는 생각도 했었다. 하지만 어느 순간 그것이 어린 시절부터 학습된 세뇌는 아니었을까 하는 생각을 하게 된 것이다.

그런데 아예 놓아주려면 그건 또 안 됐다. 이것이 가족 간의 사랑인지 정말 이성을 향한 사랑인지 아미는 헷갈리고 혼란스러웠다. 이건 요즘 세라를 보면서 알게 된 감정이었다.

세라는 최근 열혈 짝사랑 중이었다. 학교에서 특별 활동 때 만난 하리오라는 아이였는데, 나이가 한 살 적어서인지 키도 작고 얼굴도 하얗고 가냘픈 분위기의 소년이었다.

아미가 보기엔 전체적으로 말라서 툭 건드리면 쓰러질 것 같은 샌님 같았지만 세라의 열렬한 사랑을 받을 무언가가 있는 모양이었다.

레타 고모는 세라의 사랑에 대해 만나는 순간 자기만의 사람을 알아보는 특별한 감정이라고 했다. 불꽃이 일 듯 보는 순간 환하게 밝혀져 온다나?

그러나 아미는 피아드란에게 한 번도 그런 감정을 느껴본 적이 없었다. 피아드란은 항상 곁에 있었던 사람이라 너무 익숙해진 것 아닐까?

마음이 복잡해서인지 아미는 최근 피아드란을 볼 때마다 틱틱거리기 일쑤였다. 볼 때마다 왠지 화가 나서 쏘아붙이거나 얼굴도 제대로 안 마주치고 대꾸도 잘 안 했다. 그렇지만 피아드란은 아미가 무슨 짓을 해도 다 받아주고 웃어주기만 했다.

그런데 그게 왠지 더 화가 났다. 마치 저를 까마득한 어린애로 보고 귀엽게만 봐주는 듯하다는 생각도 들었다.

"와악!"

"언니, 왜 그래!"

막 문을 열고 들어오던 아리안이 제 머리를 마구 헝클리는 아미를 보고 놀라서 물었다.

"아무것도 아니야, 왜?"

"할아버지랑 할머니 오셨어."

"쳇."

아미는 거의 습관처럼 혀를 차고 말았다.

할아버지는 별로 반갑지 않았다. 불의 마법사인 아리안을 대놓고 더 예뻐하는 것은 참아줄 수 있지만 엄마한테 남동생 이야기를 자꾸 하는 것이 더 싫었다.

할아버지는 마녀와 마법사 다음으로 아빠의 이름을 이을 다음

대 대마법사의 탄생을 바라는 걸 숨기지 않았다.

아니, 아직 생기지도 않은 아이가 사내아이일지 여아일지도 어떻게 알 것이며, 마녀나 마법사, 마술사라는 건 누가 정한단 말인가.

어린 시절 멋도 모르고 배 속의 아리안이 남동생이 아니라서 불만이라 칭얼거렸던 걸 생각하면 몸이 부르르 떨릴 일이었다. 하지만 질색하는 아미에게 아리안은 야무지게 허리에 손을 대고 나무랐다.

"엄마한테 이른다!"

아미가 아빠를 닮았듯, 아리안은 엄마를 빼다 박듯 닮았다. 머리색이나 얼굴 형태, 성격까지 아리안은 엄마와 비슷했다. 조금 반항아 기질이 있는 아미와는 다르게 아리안은 얌전하고 여성스러웠다. 그래도 눈매는 아빠를 똑 닮아서 치켜뜨는 모양새는 아빠랑 똑같았는데 지금이 바로 그때였다. 이럴 때의 아리안은 누구도 말릴 수 없었다.

"알았어!"

누가 언니이고 동생인지……. 다섯 살이나 차이가 나는데도 아리안은 가끔 제가 언니처럼 굴었다.

아미는 아리안의 눈이 더 위로 치켜세워지기 전에 억지로 엉덩이를 떼고 일어났다. 가서 할아버지는 싫지만 할머니를 봐서 얼굴을 내밀었다는 내색을 팍팍 풍길 작정이었다.

할머니는 할아버지와는 다르게 공정하게 다정하고 자애로운 분이었다. 그게 아니라 해도 할머니는 마음이 쓰였다.

어린 시절, 언젠가 한 번 할머니의 마음을 훔쳐본 적이 있었다. 남의 마음을 훔쳐보는 건 금지된 사항이었지만, 할아버지에게 도전해 보고 싶은 마음에 시도했던 적이 있었다.

하지만 아미가 아무리 강하다 한들, 대마법사의 마음은 어린 마녀가 뚫을 정도로 호락호락하지 않았다. 할아버지를 노렸던 주술은 대신 그 옆에 있던 할머니의 마음을 거의 꿰뚫듯 관통했다.

마음을 본다는 건 생각을 읽는다는 게 아니라 감정을 느낀다고 보면 옳았다. 그래서 어떤 구체적인 내용은 아니지만 더욱 적나라하게 느껴진다고도 할 수 있다.

할머니의 마음은… 많이 공허했다. 여기저기 구멍이 숭숭 난 상태인데 그중 아주 커다란 구멍이 있었다. 그것은 마치 타고 남은 자국 같은 것으로 이미 폭발한 듯 뻥 뚫려 사라진 흔적만 남아 있었다. 아미로선 상상도 할 수 없는 격렬하고 깊고 음습한 분노의 흔적이었다.

그래서 그런지 할머니의 공간은 외려 평온하고 온화했다. 아미는 그런 할머니가 슬퍼 보였다.

주변에서 엄마와 아빠, 레타 고모와 발더 아저씨, 로레인 고모와 베인크리스 아저씨와 같은 부부만 보다가 접하게 된 할아버지와 할머니의 관계는 너무도 이상했다. 엄마와 아빠는 세상 사람들은 다 각기 다른 방식의 관계를 맺고 사는 거라고 설명해 줬는데 지금도 이해할 수가 없었다.

아미가 피아드란을 두고 고민하는 이유는 세상의 그 다양한 형태의 관계에서 저는 어떤 것에 해당할지 알 수 없었기 때문이었다. 솔직히 할머니를 보면 좀 두렵기도 했다.

아미는 문득 아리안을 지나치다 말고 물었다.

"너는 세드릭을 어떻게 생각해?"

세드릭은 세라의 동생이다. 아미가 아직 임신 징후가 나지도 않은 레타가 품은 아이를 알아보고 남동생이라며 반겼던 그 아이가 세드릭이었다.

"세드릭? 세드릭을 어떻게 생각해야 하는 거야?"

아리안이 갸웃거리며 물었다. 아리안이 아무리 어른스러워도 겨우 아홉 살인데, 너무 앞선 질문이었나? 아미는 다시 차근차근 풀어서 말했다.

"네 눈엔 세드릭이 어떻게 보이느냐고? 잘생기고 귀엽고 그래? 세드릭만 생각하면 기분이 좋아져?"

"언니, 설마……."

아리안의 얼굴이 쓴 약을 먹었을 때보다 더 이상한 표정으로 일그러졌다. 부르르 떨던 아리안이 뜨악한 표정으로 쳐다보며 말했다.

"언니, 세드릭은 동생이잖아! 설마 내가 걜 이성으로 좋아하는 거냐 묻는 거야? 걘 가족이라고!"

아미는 8촌은 간신히 결혼은 가능한 관계라는 걸 말해주려다가 말았다. 아니, 여기서 결혼 이야기까지 한다면 아리안은 더 희한한 얼굴을 할 게 틀림없었다.

가족이라, 그럼 피아드란도 가족일까? 같은 집에서 같이 살면 가족은 맞는 것 같은데……. 아니지, 세드릭과 피아드란은 다른데? 최소한 혈육과는 거리가 멀다.

아, 복잡하다! 생각은 다시 원점으로 돌아갔다.

그러고 보면 요즘 피아드란은 자주 볼 수도 없었다. 작년에 마법 사관학교에 간 피아드란은 한 달에 한 번 집에 올까 말까 했다. 수도에서 먼 히그틀리에는 달에 한 번은 꼬박꼬박 가면서 코앞인 이곳엔 그보다 적게 오다니, 거리감이 느껴졌다. 피아드란과 거리감이라니, 갑자기 몰려든 상실감이 가슴을 찔러댔다.

아리안이 다시 재촉했다.

"빨리 와, 언니!"

"간다고……."

아미는 무거운 발걸음을 억지로 옮겼다.

올해 열아홉 살인 피아드란은 마법 사관학교 2년 차 아이돌이었다.

준수한 외모에 빼어난 마법 실력, 가문까지 받쳐주는 피아드란은 같은 학생들 사이에서도 질시와 경원이 오가는 우상이었다. 게다가 피아드란은 최근 마법 공학부와 주술학부에서 서로 러브콜을 부르는 마술사이기도 했다.

십여 년 전까지만 해도 경시되고 배척되었던 마술사는 예그하라 후작이 세기의 대마법사로 이름을 떨친 이후 촉망받는 인재로 떠오르고 있었다. 본래 마법사로만 이름이 드높았던 예그하라 후작이 실은 마술사였다는 건 제국을 넘어 이웃 나라들도 깜짝 놀라게 한 일이었다.

지금도 수도 광장에는 타나릴이 세운 얼음 기둥이 여름이나 겨울에도 크기가 늘거나 줄지 않은 채 꼿꼿이 서 있었다. 그것은 마술사를 재조명하게 한 일대 혁명이었다. 또한 주술석이 세상에 드러나며 그 가치 또한 크게 증폭한 산 증명이었다.

이후로 마술사에 대한 편견이 서서히 사라지기 시작했다. 겨우 십여 년 새, 마술사는 인재로서의 가치가 급부상하고 있었다.

외모와 가문, 재능까지 어느 것 하나 빠질 게 없는 최고의 인재인 피아드란이 사관학교의 자랑임은 당연한 일일 것이다. 피아드란을 탐내는 건 두 주력 부서만이 아니었다. 피아드란은 인재로서만이 아니라 신랑감으로서도 빠지지 않는 1순위였다.

피아드란을 보기 위해 영애들이 마법 사관학교 앞을 어슬렁거리기 시작한 지도 벌써 몇 달째였다. 처음엔 가장 적극적인 한 영애가 시작한 일이었다. 그런 영애를 부끄럽다고 손가락질하던 것도 잠시, 이제는 사관학교 학생들의 외출 날마다 정문 앞은 영애들로 문전성시를 이루는 진풍경이 벌어졌다.

"어이, 피아! 네 추종자들께서 또 모이셨다."

로비가 정문을 가리키며 말했다.

소위 '추종자'들을 향하는 피아드란의 눈은 서늘했다. 피아드란은 짓궂게 어깨에 팔을 얹는 로비의 손을 가볍게 쳐내고는 정문 쪽에서 슬쩍 방향을 틀었다.

사관학교에서 담을 넘는 건 엄중히 처벌받는 일이지만 이 모범생 친구가 오늘도 담을 넘을 모양이었다.

"피아!"

다른 방향에서 피아드란을 부르는 또 다른 친구가 있었다. 피아드란보다 거의 머리 반은 더 큰 패일이 성큼성큼 다가오더니 낮게 속삭였다.

"저쪽 담 아래에도 영애들이 모여 있다더라. 오늘은 작정하고 모인 모양인데?"

로비는 상인의 아들로 진한 갈색 머리에 유들유들하고 유쾌한 성격을 지녔다. 패일은 무장의 아들로 덩치는 건장하지만 체구에 반해 매우 순박한 성격이었다. 두 사람 다 가업과는 다르게 마법사의 자질을 보여 사관학교에 온 이였다.

피아드란은 이 둘과 가장 친했다. 아니, 본인은 그리 인정하지 않지만 곁을 두는 이가 이 둘이었다.

피아드란이 밖을 둘러보곤 걸음을 멈췄다.

"잠시만 앞을 막아줘."

그거야 항상 해오던 일이다. 하지만 이 정도로 해결될 일이 아닐 텐데. 오늘은 절대 물러서지 않을 기세였다. 영애들의 집착은 무서웠다.

두 친구가 속으로 중얼거리고 있을 때 피아드란도 입속으로 뭔가 중얼거렸다. 순간 피아드란의 주위로 공기가 일렁이는 듯했다. 그리고 거짓말처럼 그의 모습이 흐릿해지더니 종내 보이지 않았다.

보면서도 믿기지 않을 신기한 광경이었다. 로비와 패일은 거의 동시에 피아드란이 있던 자리로 손을 쭉 뻗었다. 그러자 피아드란의 목소리가 그들을 막았다.

"손대지 마. 아직 미완성이라 손대면 깨져 버려."

"너… 거기 있는 거야?"

"투명 인간이 된 거야?"

둘이 동시에 기함하며 물었다. 이렇게 엄청난 일이 벌어졌는데 신기하게도 이쪽을 돌아보는 이가 아무도 없었다.

"어떻게 한 거야!"

"일단 나가서 얘기해."

일렁이는 공기가 점점 멀어지는 듯했다. 당황하는 두 친구에게 피아드란의 목소리가 들렸다.

"이거 아직 많이 불안정해. 그러니 너희가 앞장서 줘."

로비와 패일은 어리둥절한 표정으로 얼떨결에 걸음을 옮겼다.

정문을 빠져나올 때 학생들 사이를 유심히 살피는 영애들의 눈이 매와 같이 빛났다. 다른 때 같았으면 그녀들의 시선을 반쯤은 즐겼을 두 청년은 오늘만큼은 긴장을 풀지 못했다.

로비와 패일이 정문에서 한참 멀어졌을 때였다. 계속 더 가야 하나 싶을 즈음, 피아드란의 목소리가 들렸다.

"여기까지."

다시 돌아보자 이제야 피아드란이 보였다.

"피아드란!"

"피아드란!"

눈이 왕방울만 해진 두 친구가 동시에 그의 이름을 부르며 어떻게 한 건지 속사포로 물어댔다. 피아드란은 시큰둥하고 간단한 한 마디로 그 모든 설명을 일축해 버렸다.

"마술사의 영역이야."

"마술사만 총애하는 더러운 재능 같으니라고!"

"야, 솔직히 더럽진 않지……."

이 놀라운 일에도 로비와 패일의 만담은 여전했다. 괜찮은 친구들이었다. 하지만 두 친구에게 시간을 쏟을 새는 없었다.

아미를 보러 가는 날이었다. 피아드란은 이대로 두 친구에게 짧게 작별 인사를 하려 했다. 하지만 로비가 먼저 그를 잡아챘다. 로비의 만면에 장난기 가득한 미소가 퍼졌다.

"너, 네가 이런 얼음 왕자라는 거 네 공주님은 아직도 모르고 있지? 너, 그 공주님과 함께 있을 때는 솜사탕인 줄 알았다? 내가 그때 눈을 다 비볐잖아?"

"로비……."

피아드란의 눈이 가늘어졌다. 점점 가라앉는 눈빛 안이 좀 위험하게 출렁거렸다. 하지만 로비는 모르는 건지 모르는 척하는 건지 입을 쉬지 않았다.

"패일, 패일! 글쎄, 얘보고 순둥순둥하다고 하더라? 와, 나 얘한테 그런 표현도 어울린다는 거 얘네 집 가서 내 눈으로 보고서야 알았잖아? 아니, 얘네 집은 아니었지? 아무튼. 반쯤 나사가 풀려서 이래도 흥, 저래도 흥, 웃기만 하더라니까?"

"로비?"

이번엔 패일이 필사적으로 눈치를 줬지만 발랄한 로비의 만담은 끊어질 기색이 보이지 않았다.

"하긴, 그 공주님을 보니 얘가 그렇게 풀어지게도 생겼더라. 청초하면서도 요염함이 어우러졌다는 건 바로 그런 영애를 두고 하는 말……. 우와악!"

"내가 저럴 줄 알았……. 엇?"

저만치 학교 지붕 위로 날아가 버린 로비를 바라보며 고개를 주억거리던 패일이 무언가를 깨닫고는 눈을 휘둥그레 떴다. 감각이 좋은 패일은 방금 피아드란이 뭘 한 건지 알아챘다. 방금 투명인간이 되었던 피아드란을 본 터라 더 빨리 알아챈 건지도 몰랐다.

"너, 설마 로비를 저기로 이동시킨 거야? 공간을 접어서?"

"쉿!"

"너, 너……!"

이건 어디서 어디로 이동한 게 아니었다. 말 그대로 공간을 접어서, 공간을 뛰어넘은 거였다. 타인을 공간 이동시킨 건 이미 본인은 그 영역이 가능하다는 이야기였다.

"맙소사, 너!"

너무 놀란 나머지 패일이 계속 어버버하는 새 이목을 끌고 말았다. 한 무리의 영애가 그새 눈치채고 두 사람을 에워쌌다.

"킬로이 공자, 만나고 싶었어요."

"킬로이 공자, 저, 기억하시나요? 지난번 학회에서 만나셨지요?"

개미 떼처럼 모인 영애들을 보며 다른 영애 무리도 모여들었다. 두 남자는 순식간에 두터운 여자들 벽 사이에 갇혔다.

개미 떼에는 여왕개미도 있게 마련이다. 인간 벽에 길이 생기면서 한 영애가 고고히 걸어왔다.

"안녕하세요, 킬로이 공자. 시에크리티 루 미바루나입니다."

"네, 그렇군요. 안녕히 가세요."

명백한 무시였다. 어쩔 수 없이 길을 내준 영애들은 자신들과 같은 대접을 받는 시에크리티를 보며 통쾌함을 숨기지 않았다.

시에크리티는 모멸감에 치솟는 분노를 누르며 다시 피아드란을 불러 세웠다.

"잠깐만요, 공자!"

"길거리에서 이런 인사를 나누어야 할 이유를 모르겠습니다."

"미바루나라는 이름을 아시리라 생각합니다. 잠시만 이야기를 들어줄 만하지 않으신가요?"

가장 최근 만났던 아버지의 눈 밑이 까맸던 걸 생각한 피아드란은 한숨을 쉬었다.

미바루나는 철도 산업을 잡고 있는 가문이었다. 최근 히그틀리로 향하는 철로가 증설되는 걸로 여러 논의가 있었다.

이런 식의 일방적인 접촉은 무시해도 큰 탈은 없다. 그러나 순간이 여왕개미를 물리치고 나면 조금은 편해질지도 모른다는 계산이 섰다.

"가시지요."

피아드란이 앞장섰다. 영애들의 얼굴을 훑는 시에크리티의 얼굴에 승리의 미소가 맺혔다.

두 사람이 가까운 찻집에 들어가는 모습을 패일이 멍하니 지켜보기만 했다. 그새 지붕 위에서 내려온 로비가 달려와 묻는 말에 패일이 설명해 주었다. 그런데 대답은 뒤에서 들렸다.

"흐응… 그랬어요?"

돌아본 두 사람의 눈이 휘둥그레졌다. 자신들의 목 아래로 오는 키의 어린 소녀가 씩씩거리고 있었다. 그 소녀가 너무 아름다워서 놀라기도 했지만 로비는 그녀가 누군지 알아서 더 놀랐다.

두 사람이 더 뭐라 할 새도 없이 소녀는 쌩 하니 그들을 지나쳤다.

영애들은 멀리서 찻집 안에 앉은 두 사람을 지켜보고 있었다. 찻집은 그 유명한 트레니알라 예그하라 후작이 개발한 특수 얼음 유리로 전면이 장식되어 있어서 안이 투명하게 보였다.

무슨 특별한 진전은 없어도 그 모습을 보이는 것이 오늘 시에크리티의 목적이었다. 그것으로 과시하고 내 남자라고 점찍어두려는 속셈이었다.

찻집의 문이 조금은 거세게 열렸다. 그때까지만 해도 시에크리티의 관심은 쓸데없는 말로 피아드란을 잡아두는 것에만 집중되어 있었다. 하지만 그것도 바로 그들의 자리에 난입한 사람의 등장에 그만둘 수밖에 없었다.

두 사람이 앉은 곳에 의자는 단둘뿐이었다. 그러나 난입한 이도 앉을 수 있었다. 바로 피아드란의 무릎 위에.

피아드란이 누군가. 교수들도 한 수 내어주는 천재 마법사였다. 누가 작정한다고 무릎 위를 점령하도록 그냥 둘 리가 없었다. 그런데 천연덕스럽게 그의 무릎을 차지한 이는 그의 목을 끌어안기까지 했다.

“피아, 여기서 뭐 해?”

구경꾼들의 눈이 동그래졌다. 유난히 투명한 찻집의 창은 흥미진진한 광경을 여과 없이 보여주었다.

"여긴 어떻게 왔어, 아미?"

"응, 엄마 심부름."

실은 심부름 같은 건 없었다. 그냥 제 고민의 답을 얻기 위해 아미가 일부러 찾아온 것이다.

"하하, 하. 도, 동생이신가 봐요……."

시에크리티가 애써 우아한 척 말을 걸었지만 아미가 휙 돌아보며 말했다.

"동생 아니에요. 피아는 집안의 막내거든요."

"그, 그럼 누구인데 이렇게 무례하게 끼어든 건가요?"

"내가 누구인지 궁금해요?"

아미가 씩 웃었다. 그리고 피아드란의 목을 다시 꽉 끌어안더니 별안간 입을 맞췄다.

세상이 고요해진 듯했다. 구경꾼들도, 시에크리티도 로비와 패일도, 그리고 피아드란도.

입을 뗀 아미가 소리쳤다.

"이제 답을 얻었어, 피아!"

"그래?"

"응, 말만 듣다가 직접 피아한테 꼬리 치는 여자 보니 알겠더라. 난 동생 아니야. 피아는 오빠 아니야. 피아는 내 남자야."

"응, 난 전부터 네 남자였어."

"헤헤."

아미가 배시시 웃었다.

"이제 쑥스러워?"

"아니. 아빠가 조금 화를 내겠다 싶어서."

"헉!"

피아드란의 얼굴이 창백해졌다. 자신들만의 세계에 빠져 이미 잊힌 시에크리티는 얼굴만 붉히다가 후다닥 찻집을 뛰어나가 버렸다. 그러든 말든 아미는 다시 한번 피아드란에게 키스할까 궁리하고 있었다.

피아드란이 그녀를 얼른 비워진 의자에 앉히고는 고개를 저었다.

"더는 안 돼, 아미."

"응? 아빠한테 혼날까 봐?"

"아니. …내가 어디까지 참을 수 있을지 몰라서. 나는 혈기 왕성한 십 대 끝자락의 청년이거든."

아미가 얼굴을 확 붉혔다. 아직은 잘 모르지만 피아드란의 말뜻을 조금은 이해했기 때문이다.

"6년, 아니 5년만 기다려 줄게."

피아드란이 난생처음 얼굴만 붉히고 수줍어하고 있는 아미를 끌어안고 이마에 입을 맞췄다. 아직은 여기까지였다. 하지만 태어나기 전부터 제 마음을 사로잡은 꼬마의 마음을 확인한 것만큼은 행복했다.

그러나 소문이 타나릴에게 전해진 건 그날이 되기도 전이었다. 피아드란은 그날 저택에 발을 딛지도 못하고 쫓겨났다. 식객으로 머물던 자격의 퇴출도 함께 통보되었다.

하지만 쫓겨나는 피아드란의 얼굴엔 미소가 걸려 있었다.

"5년……?"

그의 기다림은 이제부터 시작이었다.

5년 하고 몇 달 후, 2221년 1월 1일.

납치 사건이 벌어졌다. 납치된 이를 보자면 나라가 발칵 뒤집힐 대사건이었다. 공간을 다뤄 혁명적인 신기술 물품을 만들어내기 시작한 신진 마술사가 '납치'된 것이다.

그는 타나릴의 이름을 잇는 동시에 다음 세대 마법 공학부를 이을 유력한 인물이기도 했다. 그러나 정작 타나릴이 분노를 터뜨리는 대상은 바로 그 납치된 당사자였다.

"피아드란, 네 이놈!"

평소에도 타나릴은 피아드란을 자주 마땅치 않아 하긴 했으나 이번엔 심상치 않았다. 아마도 눈에 띄면 1년은 얼음 관에 묻어둘지도 모를 정도였다. 그러나 당장에라도 누구든 얼릴 기세는 리예가 다가가자 흠칫흠칫 물러났다.

리예는 남편이 떨군 무언가를 집어 들고 실소를 뱉고 말았다.

"앗, 이런……."

이번엔 타나릴이 이토록 분노할 만했다. 하지만 상대가 틀렸다.

타나릴이 던질 듯 떨군 것은 한 장의 마법 전달문이었다. 내용은 납치범이 제 범죄를 자백하는 계획서였다.

"여보, 피아드란이 아니라 우리 아미가 피아드란을 납치한 거라잖아요."

"납치? 그걸 보라고! 거기에 순순히 끌려간 그놈이 납치!"

일명, 일리온 제국의 마술사 납치 계획. 또한, 대마법사 납치 계획치고 내용은 참으로 허술했다.

1. 피아드란 구속.

2. 납치.

3. 미개척지로 입장.

4. 추격 불가이나 추격하지 말 것을 요청. 약혼 여행을 마치고 돌아올 것임.

그렇다. 타나릴을 이을 마법 공학부 차기 수장은 자의로 납치되었다. 아마도 아미가 손가락 하나 튕기거나 말 한마디로 피아드란을 '구속'했음이 불 보듯 뻔했다.

그 전에 그들에겐 딸이 성년이 되고서도 눈에 불을 켜고 지킨 아버지가 있었다. 1년의 유예기간의 끝에 그들은 어제 간신히 약혼했다. 바야흐로 연인의 공개적인 시작이지만 불, 아니 얼음을 쏟아낼 아버지 앞에는 무슨 말도 통하지 않을 것이었다.

리예가 다시 계획서를 보며 혀를 찼다.

"어쩜, 이런 건 말해준 적도 없는데……."

리예의 말에 타나릴은 '계획서'를 보자마자 든 기시감의 정체를 깨달았다. 그건 누군가가 처음 남편을 구한다는 공고문을 올렸을 때와 좀 닮았다.

동시에 알 수 있었다. 처음의 것은 자신이 가로챌 수 있었지만 이건 이대로 실행될 거라는 것.

"피아드란, 네 이놈……!"

약혼 여행이 1년이나 이어지리라는 것은 이때는 아무도 몰랐다.

외전4

그들의 약혼 여행

아미는 눈을 떴다. 고개를 돌리자 피아드란은 아직 잠들어 있었다. 여기로 온 이후 그녀가 피아드란보다 먼저 눈을 뜬 건 드문 일이었다.

조명 창을 좀 덜 닫은 탓에 삐죽 새어나온 햇살이 침대 위를 침범하기 직전이었다. 아미는 마력으로 커튼을 닫아 햇살의 침입을 막았다.

그들이 머무는 곳은 동굴이어도 세간살이는 제법 갖춰져 있었다. 두 사람이 직접 돌과 나무를 깎아 만든 침대와 의자, 식탁, 털가죽 침구, 커튼 등은 투박하지만 멋스러운 정취가 있었다. 동굴 입구에서 들어오는 빛으로도 충분히 밝지만 천장을 뚫어 조명과 환기를 조절하는 구조는 히그틀리의 별장과 비슷했다.

아미는 천사같이 잠든 남자의 눈썹을 살며시 어루만졌다.

이 천사 같은 얼굴 아래 그런 야수가 숨어 있다는 걸 어떻게 감쪽같이 숨겨왔던 걸까. 그러면서 대낮엔 평소의 그 순하고 예쁜 피아로 변신한다.

아니, 종종 대낮에도 야수로 변신하곤 했던가? 아무렴 어때.

깜찍한 제 남자가 순둥이로 깨어날지 야수로 깨어날지 궁금해하며 기다리던 아미가 살짝 눈을 찌푸렸다.

"피아, 일어나 봐."

아미가 피아드란을 살살 흔들어 깨웠다.

멀리서 울부짖는 짐승의 울음소리나 새들의 지저귐 등이 평소보다 좀 더 소란스러웠다. 누군가 침입한 것이다.

감히 그들의 영역에 침입자라니, 두 사람의 그림자만 봐도 꽁지가 빠져라 도망치는 인근의 포식자들은 아니다. 어느 무리나 있는 영역에서 쫓겨난 포식자가 무덤인 줄 모르고 발을 디뎠을 가능성이 컸다.

뭐가 됐든, 소란은 귀찮음을 동반했다.

"무슨 일……."

눈을 뜨면서 거의 본능적으로 아미를 끌어안으려던 피아드란은 금세 소란을 알아차리고는 눈을 반짝 떴다.

순간 눈이 마주친 둘은 동시에 씩 웃었다. 꽤 오랜만에 영역을 침범한 소란에 두 사람의 눈엔 똑같은 흥미가 새겨져 있었다.

아미가 아버지, 타나릴의 뒷목을 잡게 한 전달문을 남기고 미개척지에 들어온 지도 어언 1년이 되어간다. 딱 보름 정도는 혹여나 있을 아버지의 추적을 걱정하느라 긴장했었지만 지금 둘은 아예 보금자리를 틀고 한 영역을 차지한 포식자로 변모해 있었다.

20년 전, 마도 문명 제2의 위대한 발견이라는 주술석의 등장 이후 미개척지 탐험에 엄청난 탄력이 붙었다. 주술석이 미개척지 탐험에서 가장 위험한 정신 오염을 방비해 준 덕분이다.

그러나 미개척지의 정체불명의 동식물과 하루아침에 바뀌는 지형지물들, 심지어 무생물로 위장한 포식자의 위험성은 여전했다. 때문에 미개척지 탐험은 여전히 강한 무력을 지닌 마법사와 마녀가 주축이 되어야 했다.

그중에서도 아미와 피아드란이 있는 곳은 히그틀리 북동쪽으로 한 달은 가야 하는 곳이었다. 험한 지형일수록 광산이 있을 가능성이 높다는 소문에 여러 탐험대가 도전했지만 모두 실패하면서 이제 어느 탐사대도 도전을 꺼리게 된 곳이기도 했다.

두 사람이 차지한 영역은 지형지물이 바뀌는 곳이었다. 전날 잠든 곳이 갑자기 땅속으로 꺼지기도 했고, 아름드리나무 숲이 돌산으로 바뀐다든가 개울이 호수로, 그 반대로 변해 사람의 혼을 쏙 빼놓는 곳이었다.

영역을 정복하려면 매개체를 없애거나 굴복시켜야 한다. 두 사람은 이곳 주위를 한 달을 돌아다니다가 그것을 찾아 없앨 수 있었다.

이곳의 매개체는 영역 북쪽에 있는 절벽 아래 교묘하게 숨어 있었다. 둥지 안에 낳은 알처럼 보이는 것이었지만 결코 알 같은 것은 아니었다. 그것을 벽에 던져 깨뜨린 순간 생긴 것은 아직도 그들의 숙제였다.

아무튼, 두 사람이 영역을 차지하고 주위를 안정시켰지만 미개척지에서 안심이란 함부로 속단할 수 있는 게 아니었다. 아미와 피아드란은 거의 동시에 일어나 동굴 입구로 갔다.

두 사람의 보금자리는 야트막한 산 중간에 난 천연 동굴을 더 깊이 파고 만든 집이자 천혜의 요새였다. 입구를 막은 투명한 창 너머로는 우거진 밀림의 풍광이 내다보였지만 밖에선 안이 들여다보이지 않게 되어 있어 알지 않고선 동굴이 있는 줄도 모를 곳이었다.

"좀 센 놈이 나타난 건가? 아니면 여럿인가?"

아미가 먼 데서 울리는 소리를 들으며 갸웃했다. 피아드란도 잠시 집중하고는 대답했다.

"여럿인 것 같아. 누가 쫓기고 쫓아오는 것 같은데?"

"…그러네. 여기까지 올 것 같지?"

"응, 소리가 가까워지고 있어."

"쫓기는 거라면 더더욱 여기로 올 테지."

이 동굴을 중심으로 반경 10킬로미터 정도의 주변은 두 사람의 영역이었다. 이 영역 주위로는 다른 커다란 포식자들이 함부로 활개를 칠 수 없었다. 그러니 쫓기고 있다면 어떤 무리든 자연스럽게 이쪽으로 향하게 되어 있었다. 더 큰 포식자가 기다리고 있는 줄도 모르고.

그러나 소리가 점점 가까워질수록 아미를 사로잡았던 흥분은 사라지기 시작했다.

"이거 아무래도……."

피아드란이 고개를 끄덕이며 말했다.

"그래, 사람인 것 같다."

사실 미개척지에서 가장 위험한 존재는 바로 사람이었다. 탐욕이라는 괴물에 잡힌 사람이 어떻게 돌변하는지는 마법공학부 차기 수장이 될 피아드란이나 수장인 아버지를 둔 아미나 모를 수가 없었다.

그래도 정말 피난자라면 두 사람의 눈에 띈 이상 살아날 기회를 얻은 것이다.

둘은 가볍게 한숨을 쉬고는 동굴 밖으로 나왔다. 단순한 가죽 각반에 각자 대검 하나만 손에 쥔 간단한 무장을 한 모습은 일견 너무 허술해 보였지만 동굴 밖은 난리가 났다.

숲의 악몽이라 불리는 맹수 플리거가 멀리서 두 사람을 보고 미친 듯이 뛰어 도망쳤고, 침입자를 쫓던 암석괴인도 바로 제 영역으로 발길을 돌렸다.

얼마 지나지 않아 침입자, 아니 암석괴인을 피해 죽어라 도망치던 무리가 모습을 드러냈다. 아미와 피아드란의 영역 깊숙이 들어온 덕분에 포식자의 추격을 피하는 행운을 얻은 이들의 모습은 그야말로 혼비백산 그 자체였다.

"사, 사람이다!"

"살려주세요!"

"피하세요, 커다란 괴물이 쫓아옵니다!"

제각각 소리치며 달려오는 여섯의 남녀 앞을 피아드란이 막아서며 말했다.

"이제 괜찮습니다. 암석괴인은 제 영역으로 돌아갔습니다."

"그게 암석괴인이라고요?"

"아니, 그쪽은 괴물이 쫓아오지 않는다는 걸 어찌 안답니까?"

못 믿겠다는 듯 소리치던 이들은 피아드란의 뒤에 있는 아미를 보고 점점 진정하기 시작했다. 괴물이 쫓는다는 말에도 전혀 긴장하지 않는 태연한 모습에 뒤를 돌아본 후에야 그 말이 사실이라는 걸 깨달은 것이다.

정말 괴물의 추격에서 벗어났다는 걸 알게 된 이들은 숨을 고르고는 바로 두 사람에게 관심을 보였다.

"두 분도 탐사대입니까?"

일행 중 가장 나이가 많아 보이는 남자가 피아드란에게 물었다.

"그런 셈이지요."

"그런데 어떻게 기본적인 갑옷도 입지 않고……."

말을 꺼내던 남자의 목소리가 점점 흐려졌다.

그들 여섯 명 모두 비슷한 모양의 옷을 입고 있었다. 주술 기기국에서 만든 정신 방어 특화 갑옷이다. 그 갑옷은 최근 탐험대에 거의 필수적인 복장이었다.

그런데 그런 옷을 입지 않아도 되는 이들이 있다. 애초에 주술석이 발견되기 전에도 미개척지를 탐험하는 이들이 있었다. 정신 방어력이 높은 마법사나 마녀들이었다. 남자는 말을 하다 말고 그 사실을 깨달은 것이다.

혹은 더 나쁜 경우일 수도 있다. 마법사나 마녀가 아닌… 사람 모습을 흉내 낸 괴물을 만나는 경우다.

피아드란은 슬금슬금 뒷걸음질 치는 남자에게 그리 크게 신경 쓰지 않았다. 미개척지에서 살아남는 기본은 바로 의심이었으니까.

그런데 멀어지려는 남자의 의심은 바로 그들 일행 중 한 사람이 깨버렸다.

"아미베라, 너 아미베라 맞지!"

두 여자 중 한 사람이 경악한 얼굴로 아미를 가리키며 소리쳤다.

침입자는 이제 불청객의 이름을 달게 되었다. 아미는 그 날카로운 목소리를 듣고서야 그녀가 누구인지 알았다.

"로완나."

아미의 이마가 저절로 구겨졌다.

로완나 레 브리튼. 앨리스 브리튼의 둘째 딸이다. 아미와 혈연으로 치자면 사촌이지만 평생 모르고 살고 싶은 존재였다.

사치와 허영으로 학교를 휘감고 다니던 로완나다. 제 꾸미기로만 한 해에 저택 하나를 해치운다는 로완나가 저런 꾀죄죄한 갑옷을 걸친 모습으로 미개척지에 오다니, 이게 무슨 이변인가 싶었다.

"아미베라, 정말 너 맞구나! 어? 약혼 여행을 떠났다고 들었는데… 꺅!"

로완나가 말하다 말고 돌연 비명을 지르더니 아미의 곁을 지키고 서 있는 피아드란을 돌아보며 눈을 빛냈다.

"아가씨, 큰 소리를 내시면 안 됩니다."

앞의 남자가 사색이 된 얼굴로 낮게 속삭였다.

이곳이 아미와 피아드란의 영역이 아니었다면 이처럼 비명을 지르는 건 포식자를 부르는 행위였다. 겉모습은 탐험대 복장을 갖췄으나 탐험대의 기본조차 지킬 줄 모르는 것이 로완나와 어쩐지 딱 어울렸다.

로완나는 주의를 준 남자에게 오히려 눈에 쌍심지를 켜고 화를 냈다.

"이분이 누군지 몰라서 그래요? 이분은 바로 제국에서 최연소로 대마법사의 경지를 이루신 킬로이 마술사님이시라고요!"

얼씨구.

"앗, 킬로이 마술사님이세요?"

절씨구.

아미의 이마가 부들부들 춤을 췄다.

남의 약혼자가 저와 무슨 특별한 사이인 것처럼 날뛰는 하나도 모자라, 갑자기 눈에 별빛이 흐르는 저 여우는 또 누구람.

"아미?"

피아드란이 아미의 손을 잡으며 고개를 갸웃거렸다. 왜 화가 난 얼굴이냐 묻는 표정에 아미의 이마에 힘이 빠지고 말았다. 이 순한 얼굴을 보며 화를 내기란 불가능에 가깝다.

그렇다고 이 불청객들을 모시고 영접할 생각은 눈곱만치도 없었다.

"여기는 우리 영역이야. 위기도 모면한 것 같으니 이제 알아서들 가."

"그게 무슨 소리야! 우리더러 저 괴물 숲으로 나가란 말이야?"

"미개척지가 어떤 곳인지 모르고 왔어? 왔으니 나갈 수도 있겠지. 가!"

아미는 로완나와 말을 섞는 것 자체가 싫었다. 몇 달 차이로 동갑내기인 로완나가 같은 고등 과정 학교에 왔을 때부터 악연이 시작되었다.

로완나는 오로지 저가 최고여야 하는 제멋대로 귀족 영애의 전형이었다. 그러나 학교의 아이돌이자 최고 우상은 아미였고 미모, 가문, 성적, 성격과 교우 관계 등 그 어떤 것도 따라갈 수가 없었다.

로완나는 전형적인 귀족 악녀답게 전형적인 절차를 밟았다. 제

위에 사람이 없는 로완나는 아미를 깎아내려야 했다. 작은 사실을 부풀려 퍼뜨리는 걸 시작으로 점점 큰 협잡질로 아미를 비방해 대기 시작했다.

마녀인 아미가 자기네 집안을 저주했다는 소문은 가벼운 축이었고, 피와 탯줄로 실험을 하는 걸 봤다는 둥, 난잡한 남자관계로 아기를 세 번은 떼었다는 둥, 말로 옮기는 자체가 더러운 망발을 서슴지 않았다.

그러든 말든 아미는 꿈쩍도 않았다. 그것이 로완나를 더 불타게 했다. 로완나는 기어이 선을 넘었다. 로완나가 어머니 리예까지 비방하고 다니는 순간 아미는 강력한 응징으로 답했다.

로완나는 학교에서 쫓겨났다. 제 잘난 맛에 사느라 평소 남을 괴롭히는 데 한 치의 망설임도 없었던 터라 퇴학할 요소는 넘쳐났다.

'망신'이라는 두 글자를 달고 쫓겨난 로완나는 그렇게 완전히 퇴치된 것인가 싶었지만 끈질기게도 다음 해 인근 다른 학교로 진학해 다시 수도로 진입했다.

그것으로 조용히 지냈으면 아미도 더는 돌아보지 않았을 것이다. 그러나 사교계와 온갖 모임에 얼굴을 들이밀던 로완나의 목표가 피아드란이 된 것이 문제였다.

"내가 널 다시 한번 만나면 어쩌겠다고 했지?"

낮게 싸늘해진 음성에 로완나가 흠칫 한 발 물러났다. 로완나는 순간 아미의 기세에 눌려 제가 물러났다는 것에 자존심이 상했는지 다시 발끈하려 했지만, 그녀를 뒤로 물리며 나서는 이가 있었다.

"죄송합니다. 로완나 대신 사과드리겠습니다. 저희 탐험대는 본래 스무 명이었는데 어제 암석괴인의 둥지를 모르고 들어갔습니다. 암석괴인에게 두 명의 길잡이가 잡히는 걸 보고 사방으로 흩어졌는데 우리 여섯 명은 다행히 이곳으로 피하게 된 것입니다. 부디 강한 두 분께서 선처하셔서 저희를 받아주시면 안될까요?"

절씨구의 주인공이었다. 조곤조곤 공손히 부탁하는 것 같았지만 실상은 너희가 누군지 알아봤으니 이제 우리를 책임져라, 였다. 로완나가 아니라 해도 이런 막무가내를 받아들일 이유는 없었다.

"당신이 누구인데 저 거짓말쟁이 협잡꾼을 대신해 사과한다는 거죠?"

로완나가 다시 소리치려 했지만 여자가 더 빨랐다.

"아, 경황이 없어서……. 다시 사과드립니다. 저는 프레이야 히라 데이곤이라고 합니다. 데이곤 백작께서 제 아버지이십니다."

"데이곤 영애."

"네, 예그하라 영애."

역시나 그들은 이미 아미의 정체를 알고 있었다. 로완나가 아미를 알아보고 피아드란을 향해 킬로이 마술사라 소리치는 순간 이곳에 있는 이들 모두 두 사람의 정체를 알게 되었을 것이다.

"다시 한번 말하지만, 여기는 우리 영역이에요. 미개척지에서 영역의 의미를 모르나요? 그런 입에 발린 말 한마디로 영역을 내어달라, 지금 그 말인가요?"

아미의 서슬에 프레이야는 당혹한 얼굴로 입술을 깨물었다.

겉으로 보기엔 저도 모르게 한 실례에 정말 당황한 것처럼 보일 것이다. 그러나 아미는 속지 않았다. 어물쩍 비비고 들어와 두 사람의 영역을 살펴볼 욕심인 게 훤히 들여다보였다.

아미는 태아 시절부터 힘을 쓸 수 있었던 마녀였다. 남의 본심을 꿰뚫는 정도는 식은 죽 먹기였다.

미개척지의 영역이란 목숨을 뺏고 빼앗을 수도 있는 중대하고 민감한 사항이다. 불식 중 침범했다면 응당 사과하고 나가야 하며, 이들처럼 위험한 상황에서 잠시 피신할 곳을 원한다면 허가받은 곳 외의 영역을 침범하지 않을 것부터 맹세해야 한다.

이런 절차를 생략할 수 있는 예외라면 부상자가 있을 경우인데 이들은 지쳤을지언정 모두 무사했다.

물론 프레이야도 이미 아는 바였다. 그러나 귀족들의 예의상 적당히 받아줄 줄 알았던 아미가 철저히 탐험대의 논리로 대응하자 모욕감을 감추려 표정을 꾸민 것이다. 생각 같은 것 없이 사는 로완나보다 프레이야가 더 음흉한 모사꾼이란 방증이었다.

"아미……."

피아드란이 달래듯 아미의 어깨를 감쌌다.

"흥!"

아미는 꼴 보기 싫은 이들에게서 고개를 돌렸다.

그러나 불청객들을 당장 쫓아내지는 못했다. 무례를 저지른 건 어쭙잖은 허영으로 개척지에 들어온 두 귀족 영애였지, 그들을 수발하는 호위들은 정말 간절했다.

피아드란은 일행에게 처음 두 사람이 지었던 오두막을 내어주었다. 물론 불청객으로서 기본적인 맹세를 하게 한 후였다. 이는 작은 화상구에 저장되어 피아드란의 품속에 들어갔다.

안 보는 척, 그 모습을 유심히 살피는 프레이야의 눈이 샐쭉하니 가늘어졌다.

오두막을 보자마자 로완나는 불만을 터뜨렸다.

“여섯 명이 이 좁은 곳에서 어떻게 머물라는 거야!”

“여기가 싫으면 당장 나가.”

“아닙니다, 머물 곳을 내어주시니 정말 감사합니다.”

또 다시 프레이야가 로완나를 말리며 나서서 대신 사과했다. 아미는 그런 프레이야를 무시한 채 말했다.

“이 오두막을 기준으로 동쪽 구역에서 채집하도록 해. 허락하지 않은 구역은 다니지 마. 사흘 내로 나가. 내가 허락한 건 여기까지야.”

“사흘이라니, 너무하잖아! 우리 다들 급하게 도망치느라 식량을 가진 사람들과 떨어졌단 말이야. 먹을 건 좀 내주면 안 돼?”

“내가 너에게 먹을 걸 줘야 할 의무가 있어?”

“아미, 겨우 먹을 거로 계속 이렇게 야박하게…….”

"로완나!"

프레이야가 그 입을 막았다. 미개척지에서 '겨우 먹을 것'이라니, 과연 생각 없는 로완나다웠다. 물론 아미와 피아드란에게 먹을 것이야 넘쳐나지만 로완나에게 줄 것은 없었다.

그렇다고 굶으라는 팽개친 것도 아니다. 영역 안에서 채집을 허용한 것만으로도 얼마나 큰 호의인지 네 명의 호위는 이미 아는 눈치였다.

어차피 베푼 관용이다. 호위들의 소리 없는 열렬한 감사 인사를 뒤로한 채 아미는 오두막을 나섰다.

동굴로 돌아온 아미는 분통을 터뜨렸다.

"저것들 쫓아내면 저곳, 부술 거야!"

오두막은 처음 시작도 시작이지만, 가끔 비를 피하거나 낮의 야수가 되곤 하던 피아드란에게 이끌려 사랑을 나누곤 하던 장소라 매우 애틋한 곳이었다. 그런 곳이 불청객의 침입에 더러워진다는 느낌이 들어 아미는 분을 삭이지 못했다.

피아드란이 아미를 무릎에 앉히며 토닥였다.

"아미, 진정해. 우리 추억이 저들이 머문 시간보다 더 크지 않아? 응?"

"그렇지… 오두막이 무슨 죄가 있다고."

"대신 내가 깨끗이 청소할게."

"…응. 나도 같이 청소해."

이미 저들을 쫓아낸 후를 준비하는 피아드란에게 아미는 흐물흐물해지고 말았다. 싱긋 웃는 피아드란에게 입술을 쪽 맞춘 아미는 다음 순간 파고드는 혀에 정신이 쏙 나가 버렸다.

짙은 키스 후 아미는 피아드란의 어깨를 툭 건드리며 민망함을 표했다.

약혼 후 어른답게 굴기로 맹세했더랬다. 피아드란에게 이제 더는 칭얼거리지 않고 조르지도 않고 동등한 반려가 되겠다던 맹세가 로완나와 마주친 순간 깨진 것이다.

애초에 로완나를 싫어하기도 했지만 언감생심 피아드란을 넘보는 것이 더 싫은 거였다.

뭘 더 숨길까, 아미는 피아드란을 넘보는 여자들을 세상에서 가장 싫어하고 경계했다. 그러니 한마디로 이건 질투 때문이었다.

"사흘 동안 우리 거기로 가 있을까, 아미?"

피아드란은 역시 그녀의 속을 다 아는 것 같았다. 숙제도 마저 할 겸, 아미는 그러자, 고개를 끄덕이려다 곧 단호히 고개를 저었다.

"아니, 주인이 왜 불청객을 피해 도망가?"

"그래, 알았어."

순하게 답하는 피아드란에게 기대어 피식 웃던 아미는 돌연 도끼눈을 했다.

"가까이 가지 마. 어떤 도움도 주지 마!"

"응, 아미가 싫어하는 건 안 해."

아미는 또 순하게 웃는 피아드란의 양 볼을 잡아당겨 키스했다. 길고 깊은 키스 후 입술을 떼자 신호가 왔다. 피아드란의 눈이 번득이고 있었다.

"내 아미……. 내 신부."

너무 간단해서 탐험대들이 놀라던 옷가지가 훌렁훌렁 벗겨졌다.

동굴 안으로 들어온 햇살이 알몸이 된 두 사람의 모습을 여과 없이 비추고 있었다. 우윳빛 살결을 매만지며 목덜미에서 가슴으로 배와 배꼽, 그 아래를 애무하는 손길은 부드러우면서도 거침없었다.

"피아……!"

서로의 몸을 속속들이 아는 만큼 서로 어디를 만져주는 걸 좋아하는지 너무도 잘 알았다.

"아미, 아미……."

귓불을 잘근거리며 속삭이는 목소리가 손길 이상으로 감미로웠다. 거의 1년간 성애에 길들여진 몸은 빠르게 반응하기 시작했다.

지난 1년은 약혼 여행이라는 이름을 빌린 신혼이었다. 오랜 시간을 알아왔지만 두 사람이 첫날밤을 맞은 건 놀랍게도 미개척지에 들어온 후였다. 아미가 오두막을 애틋해하는 건 두 사람이 같이 지은 것도 있지만 그곳이 처음 신혼을 시작한 장소이기 때문이었다.

"피아……."

속삭이는 음성에 흥분이 일렁였다. 그것은 야수로 변신한 남자에게 충분한 자극제였다.

"아흑!"

덥석 물린 유두가 빠르게 흥분하며 빳빳하게 솟았다. 반사적으로 비트는 허리는 단단하게 붙잡은 남자의 손에 결속되고 말았다.

여전히 부드럽긴 하나 소유욕 가득한 정복자의 손길엔 자비가 없었다.

단 한 순간도 놓칠 수 없다. 언제나 자신이 더 칭얼댄다고 부끄러워하는 작은 신부는 무저갱과 같은 어둡고 갈급한 욕망을 몰라야 했다.

누군가에게는 이미 예전에 들킨 것 같지만.

서슬 퍼런 장인을 떠올리는 동시에 잠시 개이던 머리는 분신을 스치는 아미의 손짓 한 번에 곧바로 다시 열정의 열기로 탁해졌다.

"아아, 피아, 피아!"

아미의 흥분이 점점 최고조로 달리기 시작했다. 아미가 어찌할 바를 모르는 표정으로 제 머리를 헝클리고 있었다.

"쉬……."

진한 만족감에 젖은 야수가 몸을 일으키고는 아미의 발을 자신의 양 어깨에 걸치게 했다. 아미에게 지배력을 주면서 느껴지는 깊고 강렬한 삽입감에 피아드란도 즐기는 자세였다.

"피아……."

아미의 떨리는 목소리를 들으며 피아드란은 이미 젖을 대로 젖은 보물 습지에 분신을 살짝 밀어 넣었다. 그는 자세 때문에 좁아진 질구를 천천히 몇 번이나 왕복하며 두드렸다.

"부디, 아미……."

피아드란이 천천히 피스톤 운동을 하며 아미의 발끝을 심장 위에 놓았다. 박동하는 그의 심장의 리듬을 발끝으로 느끼며 아미의 몸이 점점 열리기 시작했다.

"응, 아미, 그렇게, 아미……!"

조금씩 파고들던 피아드란이 안으로 깊게 쑥 들어왔다. 좁아진 길 안으로 분신과 질이 빈틈없이 결합했다. 그 상태로 피아드란이 안을 크게 휘저었다.

"아학!"

아미가 쾌감의 신음을 마음껏 토해냈다.

아미는 이제 익숙한 쾌락을 조절할 줄도 알았다. 아미가 다리를 움직여 분신을 조이며 옆으로 틀자 피아드란이 곧장 억눌린 신음을 뱉고야 말았다.

"흐읏, 제발!"

아미의 눈에 정복자의 만족감이 둥둥 떠다녔다.

그것은 도전이었다. 피아드란은 도전을 받았다. 그는 아미의 다리를 어깨 뒤로 넘기고는 그대로 허리를 꾹 눌렀다.

흐읏, 다시 신음이 새어 나왔다. 그리고 또, 또, 또 다시.

"넌 내 거야, 아미!"

"흑! 피아도 내 거야!"

"응, 난 네 거였어. 이미 오래 전부터……."

피아드란이 다시 가슴을 문 탓에 아미는 몸을 활처럼 휘었다. 그러느라 어둡게 번득이는 피아드란의 표정을 볼 수 없었다.

아미의 안으로 깊게 파고들면서도 피아드란은 만족할 수 없었다. 아니, 지금 이 순간은 만족한다. 그러나 아미와 떨어진 순간부터 불안하고 초조해졌다.

아미가 사춘기 시절 했던 고민은 피아드란에게 일생일대의 난관이었다. 그는 절대 아미에게 오빠일 수 없었다. 그건 앙켈루아에게 마력을 빼앗기고 미래가 불확실해졌을 때보다 더욱 불안하고 아득한 시간이었다.

만일 아미가 그와 다른 결론을 내렸다면, 그가 미래라는 걸 꿈꿀 수 있었을까? 불안한 어린 시절로 돌아가 부유하는 삶이 미래라면 미래였을 것이다.

아미는 닻이다. 다섯 살 어린 시절 만났을 때부터 지금까지, 그를 지탱하고 붙잡아주는 유일한 존재였다.

아미가 미래를 허락한 후에도 그는 음습한 집착을 온전히 숨겨왔다. 이 또한 장인은 이미 아는 것 같지만… 아미에겐 절대 들키지 않을 것이다.

"아앗, 흐응, 피아, 피아, 피아……!"

아미의 교성이 높아졌다. 거친 숨소리와 쾌락으로 흐려진 저 눈동자가 얼마나 아름다운지 아미는 모를 것이다. 가슴을 채우는 짙은 소유욕에 피아드란은 또 한 번 허리를 거세게 움직였다.

"으흐, 아아……!"

아미가 절정을 맞으며 다리가 간헐적으로 떨렸다. 숨을 헐떡이는 아미의 안으로 피아드란은 몇 번 더 거칠게 허리를 흔들면서 뜨겁게 정을 토해냈다.

"좋아, 너무 좋아, 사랑해, 피아."

"…나도 사랑해, 아미."

사랑해.

피아드란은 아미의 이마에 입을 맞추며 젖은 머리카락을 치워주었다. 잘게 이어지는 키스는 땀이 식을 때까지 계속되었다.

그가 아미에게서 입술을 뗀 건 그녀의 배 속에서 꼬르륵 하는 소리를 들었기 때문이었다.

"뭘 만들어줄까, 아미?"

"오늘은 내가 만들 차례잖아."

"별로 안 좋은 인연을 만나서 기분이 별로잖아. 어머니를 모욕한 여자 아냐? 나도 당장 쫓아내고 싶은 걸 참고 있는데 아미는 오죽하겠어. 그러니 오늘은 내가 모실게. 맛있는 것 먹고 기운 내. 프란 잎에 싼 화조 구이는 어때?"

"좋아!"

아미가 침을 꼴깍 삼키며 열렬히 대답했다.

일반 닭의 반 정도 크기인 화조는 붉은 볏에 소화기에서 달군 돌을 뱉어 공격하는 새로, 닭보다 쫄깃한 맛이 일품인 이곳만의 별미였다.

바깥에서 귀하디귀한 향신료 잎인 프란이 이곳에선 지천이라 그걸로 고기를 전체적으로 싸서 굽는 것이다. 아미가 정말 좋아하는 특식이었다.

피아드란이 능숙하게 불을 붙이며 미리 잡아둔 화조 세 마리를 프란에 감싸 화덕에 넣었다.

아미는 저가 정말 기분 나빴던 이유가 엄마보다는 피아드란 때문이었다는 말은 꾹 삼킨 채 샐쭉 웃었다.

그가 저를 위해 음식을 만드는 모습을 지켜보는 것만으로도 황홀했다. 방금까지 오싹할 정도로 옭죄어 오던 것이 거짓말처럼 다정한 뒷모습에 마음이 헤실헤실 풀어졌다.

"피아, 자기는 우리 엄마가 말하는 1등 신랑감이야."

"응?"

"엄마가 그러시는데 아내에게 밥을 지어줄 줄 아는 남자가 최고래. 아내에게 일상처럼 음식을 해줄 수 있는 남자라면 덮어놓고 평생 믿고 살아도 된대."

"난 아미가 원하면 언제든 해줄 수 있어."

"응!"

호호호, 그러곤 아미가 입을 가리고 웃었다.

"왜?"

"그 말을 아빠가 듣고 두 분이 부부 싸움을 하셨거든."

"뭐?"

피아드란의 눈이 동그래졌다. 타나릴과 리예가 부부 싸움이라니, 금시초문이었다.

"왜 당신껜 한 번도 밥을 해달라고 하지 않았느냐고. 왜 그런 요구를 하지 않았느냐고 그러시더라고. 엄마는 그저 일상적인 이야길 하신 거거든. 고용인이 없는 평범한 가정 이야기? 그래도 아빤 정말 서운하셨나 봐. 난 아빠가 그렇게 삐치신 모습 처음 봤거든?"

"……."

"엄마가 며칠이나 아빠를 달랬는지 몰라. 그러고 한 보름쯤 뒤였나? 우리 집 부엌이 난장판이 된 적이 있어. 아빠가 정말 음식에 도전했던 거지."

"아… 하하하."

"꽤 맛있었다? 근데 아리안과 난 입만 대고 쫓겨났어. 당신이 만드신 건 다 엄마 몫이라고."

하하, 안 봐도 상황이 보이는 듯했다. 피아드란은 그러고도 남을 장인을 떠올렸다.

"아무튼 그 후로 1년에 몇 번, 아빠가 음식을 하는 날이 생겼어."

"아아……."

피아드란은 탄식했다. 그때가 언제인지 알 것 같았다.

한 삼 년 전이었나? 어느 날 갑자기 너는 할 줄 아는 음식이 뭐냐며 무섭게 묻던 타나릴의 얼굴이 떠올랐다.

저가 무어라 대답했는지는 가물가물했지만 사내가 되어서 아내에게 해줄 수 있는 음식이 최소 스무 가지는 되어야 한다는 말은 기억한다. 아미를 만나는 시간을 칼같이 재며 단속하던 때이기도 했다.

남들은 잘나디 잘난 공작과 결혼한 리예가 노심초사하며 남편을 붙잡기 위해 애쓸 거라 생각하는 것 같지만 피아드란이 본 두 사람은 그 반대였다. 가끔 무심한 듯 홀로 사색을 즐기는 리예에게 안달복달하는 건 언제나 타나릴이었다.

그건 아마도 자신의 미래일 수도 있었다. 지금 그는 대화 중에도 정성 들여 화조를 싸매고 있었다.

아미가 돌연 소리쳤다.

"사랑해, 피아."

아아… 그런 미래야말로 바라마지 않는다. 피아드란이 돌아보며 외쳤다.

"나도 사랑해, 아미."

늦은 아침 겸 점심, 두 사람은 포식한 후 느긋하게 산책을 나섰다.

'그곳'에 가보는 게 요즘 그들의 일과였다. 집에 돌아가기 전, 그곳의 방비를 마쳐야 했다.

귀환할 때가 다가왔다.

프레이야는 로완나의 학교 1년 선배로, 로완나가 아미의 학교에서 쫓겨난 후 옮긴 학교에서 만났다. 두 사람은 금세 절친한 사이가 되었고 지금까지 연이 이어지고 있었다.

비슷한 가문이 아니면 무조건 깔아뭉개는 로완나가 별 볼 일 없는 가문의 프레이야와 친해진 건 신기한 일이었지만, 현재 로완나는 제 친언니보다 프레이야를 좋아하고 가까이하고 있었다. 그러나 실질적인 두 사람의 절친한 내막은 겉보기와는 좀 달랐다.

프레이야 데이곤은 꽤 똑똑했고 또한 마녀였다. 하지만 프레이야가 마녀라는 사실은 그녀의 어머니와 스승 말고는 아무도 몰랐다.

프레이야는 환술과 환각, 최면에 강한 능력을 지녔다. 그것도 스무 살이 되기 전에 스승을 뛰어넘을 만큼 뛰어난 자질을 지녔다. 특히 손에 꼽을 만큼 주술석과 동조율이 높아 그녀의 스승은 프레이야가 대마녀가 될 가능성을 높게 점치고 기대했다.

그러나 앞서도 말했듯 프레이야는 남들에겐 자신이 마녀임을 숨겼다. 마녀에 대한 인식은 옛날과는 상당히 바뀌었지만 아직까지 귀족가의 신붓감으로는 저어하는 경향이 있기 때문이다.

프레이야의 최대 목표는 높은 신분의 남자를 만나 결혼하는 것이었다. 결혼으로 몰락한 신분의 벽을 탈출하고 싶었던 것이다.

프레이야에게 로완나는 좋은 먹잇감이었다. 처음 만난 순간부터 그녀는 로완나의 비위를 맞춰가며 서서히 지배해 가기 시작했다.

로완나는 예그하라 가문에선 끈 떨어진 신세였지만 아직 그 이름값만큼은 무시하지 못한다. 겨우 작위만 유지하는 이름만 백작인 가문과는 비교할 수도 없는 수준이었다.

프레이야는 오래 공을 들여 로완나를 지배하고 조종해 왔다. 덕분에 현재의 로완나는 그녀가 무슨 말을 하든 맹목적으로 따르는 수준에 이를 수 있었다. 명령을 해도 겉으로 보기엔 모두 청유형이거나 권고 수준이라 실제로 한쪽의 일방적인 사역 관계라는 걸 주변 사람들조차 몰랐다.

이 탐험대를 지원하고 대표하는 건 로완나지만 실질적으로 조종하는 건 프레이야였다.

꽤 강한 마법사 자질을 지녔으면서도 오로지 허영심만 충족하길 원하는 로완나에게 미개척지는 그리 매력적인 도전이 아니었다. 그러나 프레이야가 '가자'라는 말 한마디에 이 원정을 하게 된 것이었다.

이번 탐험은 프레이야에게 이름값을 높일 좋은 기회였다.

미개척지를 탐험하는 건 가문과 개인의 이력을 높이는 트로피나 같은 것이었다. 특히나 요즘 젊은 귀족들 사이에 열풍이 불고 있기에 도전해 볼 가치가 있었다. 하지만 탐험대 성공은 극히 일부였다.

어차피 실패할 것, 누구도 성공하지 못한 난코스를 잡은 것이었다.

그러나 미개척지는 말로 듣던 것보다 더 위험하고 더 괴란한 곳이었다. 무력만으로 치면 작은 도시 하나쯤은 찜 쪄 먹을 호위단을 구성해 들어왔건만 탐험은 고사하고 버티는 것만도 버거웠다.

거기에 로완나의 허영심을 허투루 본 게 문제였다. 로완나는 장대하게도 특이 광물이나 귀한 약초, 특히나 마력석이나 주술석 광산은 당연히 발굴한다는 야심찬 목표를 가지고 있었다. 로완나의 그 원대한 목표는 애초에 프레이야가 부추긴 것이나 마찬가지라 도중에 깰 수도 없었다.

결국 로완나가 사달을 내고 말았다. 암석괴인의 둥지를 침범하고 그 머리 위에서 불을 지핀 것도 로완나의 고집 때문이었다.

암석괴인이 지척까지 쫓아왔을 때 프레이야는 로완나를 버리고 도망치고 싶었다. 그러나 호위를 다 떨친 후 혼자 미개척지를 탈출할 방도가 없었다. 호위들은 모두 로완나 가문에서 고용한 것이기에 로완나 위주로 돌아갔다.

정신 방어 특화인 탐험대 갑옷은 탐험에는 필수지만 프레이야가 사람을 현혹하는 데도 방해되는 것이었다. 그렇기에 할 수 없이 로완나 곁에 붙어 있을 수밖에 없었다.

그런데 그렇게 도움이 안 되는 로완나가 친 사고 덕분에 새로운 기회가 생겼다. 그 위험천만한 위기에서 탈출한 것도 모자라 진짜 대박을 칠 기회가 온 것이다.

피아드란과 아미를 만난 순간 프레이야는 자신의 목적을 급히 선회했다.

두 사람을 미개척지에서 만난 건 놀랍지만 영역을 차지한 건 그리 놀랍지 않다. 이 두 사람이 영역을 잡고 지키고 있다는 말은 이곳에 광산이 있을 확률이 매우 높다는 뜻이었다.

프레이야의 과녁이 그 광산으로 쏠렸다. 아니, 그 광산을 발견한 남자에게.

프레이야는 자신의 장점을 아주 잘 알고 있었다. 그녀의 가장 큰 무기는 마녀로서의 능력이 아니라 바로 타고난 외모였다. 여신의 이름을 딴 이름만큼이나 화려하고 아름다운 자태가 프레이야와 가문의 자랑이었다.

지금 그 두 가지 다 쓸모가 있었다.

예그하라 가문의 장녀 아미베라가 마녀라는 건 유명한 사실이다. 저는 혼처를 생각해 드러내지 못하는데도 아미베라는 마녀에 관한 모든 제약이나 경시에서 예외적인 존재라는 것도 프레이야에겐 짜증 나는 일이었다.

그러나 마녀로서의 능력 자체로는 프레이야 스스로 아미보다 훨씬 낫다고 생각하고 있었다.

아미를 꺾고 피아드란을 홀릴 수만 있다면 광산도 남자도 제 것이 되는 것이다. 피아드란만 유혹하면 무조건 성공이었다.

두 사람이 오두막을 내주고 나갔을 때 프레이야는 몰래 그들을 뒤따라갔다. 그런데 언덕 위를 올라가는 것까지 봤는데 둘은 순식간에 사라지고 말았다.

프레이야는 즉각 주술에 의한 환각을 의심했다. '고작' 아미의 능력이라면 깰 자신도 있었다. 처음엔 조심스럽게, 나중엔 노골적으로 대놓고 주변을 샅샅이 살펴도 그 흔적조차 찾을 수 없었다.

그녀가 몰래 따라온다는 걸 피아드란도 아미도 알아채고 곧바로 동굴을 지키는 결계를 활성화시켰음은 알아채지도, 상상도 못했다.

"프레이야, 뭐 해? 호위들이 먹을 걸 찾아 왔어."

뒤늦게 찾으러 온 로완나 때문에 프레이야는 일단 후퇴했다. 그리고 호위들이 차려준 식사로 배를 채운 후 다시 두 사람을 놓친 부근에서 기다렸다. 우거진 나무와 풀숲 덕분에 들킬 염려는 없었다.

몇 시간이나 지났을까, 두 사람이 다시 나타났다.

프레이야는 입술을 깨물었다. 누가 봐도 다정한 모습은 둘째 치고 분위기로 봐서 사랑을 나눈 게 분명했다.

일순 화가 치밀었다. 저가 점찍은 순간부터 피아드란은 제 것이었다. 여태 그 어떤 남자의 열렬한 구애에도 꿈쩍도 하지 않던 마음이 이토록 타오르게 된 건 모두 그를 만나기 위한 신의 안배였던 것이다. 그런데 다른 여자와 몸을 섞다니, 일순 배신감까지 들었다.

지금은 참아야 했다. 아직까진 아미베라가 약혼녀라는 이름을 갖고 있으니까. 그러나 그도 얼마 남지 않았다. 프레이야는 스스로 달래고는 그들의 뒤를 다시 쫓기 시작했다.

"피아, 저녁은 뭐 해줄까?"

"아니야, 오늘은 내가 모신다니까?"

"그럼 같이해. 뭘 할 건데? 가는 길에 같이 사냥해서 갈까? 화조구이도 맛있었지만 더 맛있는 거 해 먹자."

"뭐로 할까……."

둘이 도란도란 이야기를 나누는 뒤에서 프레이야는 코웃음을 쳤다. 영역 안이라 해도 너무 무방비한 모습이었다. 자신의 미행을 전혀 눈치채지 못하고 있는 걸 보면 습격 한 번에 무너질 수도 있었다.

그리고 그 순간 프레이야는 바로 그 습격이란 걸 당하고 말았다. 난데없이 나타난 거대한 새까만 몸체가 그녀를 깔고 뭉갠 것이다.

커허훙!

거기에 '사냥감'을 잡은 기쁨을 마음껏 뽐내며 외치는 울음에 프레이야는 혼절하지도 못한 채 오줌만 지리고 말았다.

공포에 질린 프레이야는 소리조차 지르지 못했다. 표범을 약 세 배로 늘려놓은 짐승이 그녀의 얼굴만 한 발로 그녀를 툭툭 건드리는 모습은 잡아먹기 직전 가지고 노는 듯 보였다.

죽는다. 이대로 죽게 되다니 이토록 허무할 수가 없었다. 기어이 짐승의 혀가 그녀의 얼굴을 길게 핥는 느낌에 프레이야는 정신이

뚝 끊기고 말았다.

비명을 지른 것도 같다. 눈물마저 짐승의 침 범벅으로 뒤덮였다. 그런데 갑자기 사람의 목소리가 들려왔다.

"어머… 고양아, 왔니?"

"사, 사, 살… 살려주세요."

"어머나, 데이곤 영애?"

"제, 제발……."

"세상에나, 많이 놀라셨나 봐요. 얘는 제 애완동물이에요. 앗, 어서 비켜! 영애가 많이 놀라셨잖니! 못 써, 고양아!"

끄으응. 숲의 악몽이라 불리는 플리거가 아미의 호통에 납작 엎드려 눈치를 봤다. 주인이 시켜놓고 왜 그러느냐는 눈빛이었지만 공포로 정신이 나간 프레이야의 눈에 그런 게 보일 리 만무했다.

"그런데 데이곤 영애가 여기까지 무슨 일인가요? 내가 허락한 구역은 오두막 동쪽이었을 텐데요? 고양이에겐 당분간 그 구역에 돌아다니지 않도록 했었는데요?"

"기, 길을… 길을 잘못 든 거예요. 돌아가겠습니다!"

프레이야는 그 길로 도망치려 했지만 다리가 떨어지지 않았다. 설상가상, 몸을 꼼지락거리는 사이로 지린내가 풍겨왔다. 공포심 사이로 부끄러움이 몰려왔다.

그때 플리거의 울음소리에 놀란 호위들과 로완나가 혼비백산해서 뛰어왔다. 그들 모두 프레이야가 오줌을 지린 채 네 발로 기는 듯 엎드린 모습을 보게 되었다. 그리고 호위대장은 엎드린 채 가만히 있어서 그늘처럼 보이던 고양이를 뒤늦게 보고 소리쳤다.

"프, 플리거!"

"걱정하지 않아도 돼요. 얘는 내 애완동물이에요. 고양아, 저리 가서 놀아!"

아미가 간단하게 플리거를 쫓아 보내자 일행의 눈에 공포와 경외심이 서렸다. 탐험 도중 플리거 한 마리를 만나 거의 수십 명의 호위가 며칠 밤잠을 설치고 경계하며 간신히 쫓을 수만 있었던 걸 생각하면 당연했다.

더구나 '고양이'라는 당치도 않은 이름을 가진 수컷 플리거가 달려간 방향에 비슷한 플리거 한 마리가 더 나타난 걸 보고는 기겁했다. 플리거 한 마리도 아닌 두 마리라니, 이들 일행만으로는 그야말로 한입거리였다.

"나비가 서방을 찾으러 왔나 보네. 저 녀석이 질투가 심하거든. 제 수컷이 다른 암컷에게 붙어 있는 꼴을 못 보더라고. 전에 한 번 봤는데 나비가 그 길로 앙……!"

히이익! 로완나가 사색이 된 얼굴로 비명을 질렀다. 프레이야는 비명조차 지르지 못한 채 거의 숨을 멈추고 있었지만 아미는 모르는 척했다.

"경고야. 허가받은 곳 말고는 다니지 마. 다음엔 내가 때맞춰 고양이를 막을 수 없을지도 몰라. 나비가 입맛을 다시는 것 같기도 하네.”

“여, 여기로 올 생각 같은 거 없었어!”

“사흘이야.”

“아, 알아.”

로완나는 서둘러 프레이야를 데리고 도망쳤다. 처음엔 프레이야를 직접 일으켜 주려던 로완나는 지린내에 움찔하고는 두 호위에게 부축하도록 했다.

그 순간 로완나는 처음으로 프레이야가 추하다는 생각이 들었다. 동시에 갑자기 왜 처음 만난 순간부터 프레이야에게 무작정 호감이 갔었는지 의문도 들었다. 아직은 의문일 뿐이지만 의혹의 씨앗은 차츰 커져서 결국엔 맹목적인 복종 상태가 벗겨질 것이다.

아미는 프레이야를 본 순간부터 주술의 향기를 맡았다. 프레이야와 로완나의 끈을 느낄 수 있었던 것이다.

조금 전 아미는 프레이야와 로완나의 종속의 반쯤 끊어냈다. ‘고양이’에게 눌려 있던 프레이야는 그 순간을 인지하지 못했다.

자신의 주술을 끊어내는지 모를 만큼 아미와 저 사이에 커다란 수준 차이가 있다는 걸 안다면 프레이야는 절망할 테지만, 그런 걸 알게 될 날이 올지는 모를 일이다.

아미가 종속의 끈을 끊은 건 로완나를 위해서는 절대 아니다. 감히 피아드란에게 눈을 희번덕이는 것도 모자라 더러운 주술의 향기를 흘리다니, 겨우 이 정도로 그친 걸 프레이야는 다행으로 알아야 했다.

로완나도 마찬가지다. 주제도 모르고 피아드란을 또 흘긋거리기라도 한다면 앨리스에 이어 수도에 발도 들이지 못하는 꼴이 될 것이다.

일행이 멀어지자 아미가 수풀 한쪽을 향해 손가락을 까닥거렸다.

"이리와!"

그러자 멀리 사라진 줄 알았던 두 마리 플리거가 조심스럽게 기어오더니 앞발 사이에 고개를 파묻었다.

"칭찬해 주려고 부른 거야. 잘했어, 고양아!"

아미가 기분 좋게 웃으며 고양이의 머리를 토닥였다. 나비가 그 옆에서 귀를 쫑긋하고는 주인의 손길이 닿기를 기다렸다. 힘의 논리에 굴복한 짐승들은 처음 듣는 칭찬에 가만히 주인의 손길 아래 떨었다.

피아드란이 그 모습에 피식 웃었다.

"지킴이 노릇은 걱정하지 않아도 되겠네."

"응, 못하면 무슨 수든 더 쓰려 했더니."

아미가 하는 말이 무슨 뜻인지도 모르면서 두 마리 플리거는 오싹함에 더욱 납작 엎드렸다.

"여기 또 오는지 잘 지켜."

아미의 명령에 고양이와 나비가 끙, 하는 소리로 대답을 대신

했다.

두 사람은 목적지로 향했다. 그곳은 프레이야가 의심하던 광산이 아니었다. 절벽 아래 바위와 돌무지만 가득한 곳에는 마력석이나 주술석을 채취하기 위한 흔적 같은 건 전혀 없었다.

"생각해 보니까 여긴 올 때마다 느낌이 달랐던 것 같아."

"느낌들이 어땠는데, 아미?"

"처음엔 좀 많이 으스스했어. 그다음은 유혹하는 느낌? 우리가 안 간다는 걸 알고부터는 팔짱을 끼고 '요거 봐라' 하고 약 올리는 것 같기도 해. 흥, 가나 봐라!"

"응, 가긴 어딜 가."

"칫, 피아는 나만 아니었음 저기로 몸을 던졌을 거야."

아미가 말한 전제가 아니라면 피아드란도 부인하지는 못했을 것이다. 그러나 아미의 말대로 그녀가 여기 있다. 정말, 가긴 어딜 갈까.

"저기는 모험심 강한 다른 이를 위해 남겨둬야지. 내 보금자리는 여기 있는걸."

피아드란이 아미의 볼을 살며시 쓰다듬었다. 사랑스러운 느낌에 아미는 그의 손끝을 잡고 살짝 입을 맞췄다.

"아미……."

"지금은 안 돼! 이따 밤에."

1년이란 시간은 순간적으로 열기가 일렁이는 남자를 진정시킬 정도가 되게 해주었다. 아미는 시무룩해지는 남자의 엉덩이를 톡 톡 두드리고는 자루에서 살아 있는 화조를 꺼냈다.

화조는 날쌔고 영악하지만 아미가 만든 덫만큼은 피하지 못해 두 사람의 양식이자 좋은 실험체 역할까지 해주었다. 둘은 각자 화조의 눈을 가리고 다리에 줄을 맨 후 동시에 벽으로 던졌다.

푸드득, 화조가 두 사람 앞에 있는 벽에 부딪칠 듯 날아갔다. 하지만 화조는 벽에 닿는 순간 그곳을 통과해 모습을 숨겼다. 벽은 벽이 아니라 어디론가 이어지는 문이었던 것이다.

조금 뒤, 끈을 당겨본 아미가 쯧쯧 혀를 찼다.

"화조만 백 마리쯤 먹어치우고 답은 주지 않네."

끈은 당겨져 왔지만 중간에서 끊겨져 있었다.

당기는 느낌은 들었다. 마지막 문 앞까지 당긴 적도 있었지만 한 번도 화조가 돌아온 적은 없었다. 매번 달라지는 끈의 길이를 보면 마치 낚시하는 기분이 들게도 했다. 그래서 아미가 약을 올린다고 한 것이다.

"쳇."

"실망하지 마, 아미."

"아니, 이젠 실망하지도 않아. 이번이 마지막이니 화조 깃털 하나라도 올까 싶었지."

"여기는 다른 탐험대에 맡겨두자. 혹은 우리 후대거나 더 후대로."

“그럼 이제 갈까?”

“응!”

둘은 입구를 막고 마지막으로 아미가 환각을 더했다. 이제 멋모르는 짐승들도 이곳으론 접근하지 못하게 될 것이다.

두 사람이 가버린 후였다. 문이라고 부르는 그곳이 한순간 환하게 빛나더니 뭔가 팔랑거리며 튀어나와 떨어졌다. 화조 깃털이었다.

빛은 금세 사라지고 절벽은 누구도 모르게 잠들었다. 깃털은 바람에 휙 날아가 버렸다.

사흘 후, 약속한 대로 아미는 일행을 단호히 내쫓았다. 로완나가 네가 데려다주면 안되겠느냐는 말도 안 될 소리를 주절댔지만 험악해지는 아미의 표정에 호위대장이 재빨리 나섰다.

“영역에 머물게 해주신 호의는 절대 잊지 않겠습니다. 정말 감사합니다!”

호위들이야 무슨 죄가 있을까. 아미는 로완나와 프레이야를 무시한 채 호위들에게 말했다.

“여기서 나가는 길은 안내해 줄게요. 암석괴인 둥지 근처까지는 데려다줄 거예요.”

“정말입니까? 감사합니다, 감사합니다! 흩어진 탐험대가 지금쯤 저희를 찾고 있을 겁니다. 거기까지만 가면 길을 찾을 수 있을 겁니다. 정말 감사합니다!"

호위는 그 말을 아미가 직접 안내해 준다고 알아들었을 것이다. 하지만 다음 순간 아미의 휘파람과 함께 나타난 짐승을 보고 사색이 되었다.

"고양아, 이 사람들 암석괴인 둥지 앞까지 모셔다드려."

만일 그 순간 차분할 수만 있었다면 '고양이'가 일순 한숨을 쉬는 것 같은 모습이 보였을 것이다.

크릉, 커다란 플리거가 일행을 재촉하듯 힐끗 보고는 어슬렁어슬렁 앞장섰다. 몇 발자국 걷다 말고 따라오지 않느냐 돌아보는 모습에 얼어붙어 있던 호위들이 채집한 식량을 챙겨서 움직이기 시작했다.

프레이야는 이 기회가 이렇게 허무하게 가버리는 걸 용납할 수 없었다. 그러나 마지막에 은밀히 피아드란에게 눈길을 보내다가 기절할 뻔했다.

'한 번만 더 내 여자의 눈에 거슬리면… 죽는다!'

뇌리를 진동하는 경고의 목소리는 심장이 멎는 듯한 공포감을 주었다.

아미의 애완동물에 깔렸던 순간보다 그 눈길이 더 무서웠다. 프레이야는 덜덜 떨며 호위의 등에 따라붙었다.

가면서 허리를 숙여 인사하는 건 호위들뿐이었다. 로완나는 끝까지 아미를 노려보기만 하다가 돌아섰다.

일행이 가는 모습을 지켜보며 아미가 발을 굴렀다.

"내가 정말 피아 때문에 너무 관대해지는 것 같아. 고양이는 여길 지키는 짐승이지, 저것들 길잡이가 아니라고!"

"아미……."

"아휴, 우리 순한 피아. 알았어, 내가 참을게."

아미가 피아드란의 팔짱을 끼며 씩 웃었다. 그 모습에 피아드란은 정말 순하기 그지없는 미소로 화답했다.

그러나 이곳을 떠나야 하는 건 불청객뿐이 아니었다.

"피아, 우리도 이제 때가 된 거지?"

"아쉬워?"

"응… 아쉬워. 하지만 이 아쉬움 또한 추억인 거잖아?"

피아드란은 말없이 웃었다. 생각이 이만큼이나 자랐다고 칭찬하는 말이 목 끝까지 올라왔지만 그 말을 했다간 아이 취급하느냐며 삐칠 게 뻔했다.

아이라니, 생각만 해도 으스스했다. 정말 아미가 아이였다면 그는 지난 1년 사이 얼음 창에 꿰여 절벽 아래 묻혔을 것이다.

관이 아니다. 창이다. 물론 장인의 당연한 권리였다.

"다음에 또 오자, 아미."

그 다음이 언제 올지 기약은 없지만 다시 올 거란 믿음은 있었다. 아미는 힘주어 답했다.

"응, 꼭 오자!"

피아드란과 아미가 떠나는 경로는 방금 떠난 일행과는 달랐다. 그 준비를 하는 데 약 이틀이 걸렸다.

이곳엔 프레이야가 의심하던 주술석과 마력석 광산이 동굴을 중심으로 좌우로 잠자고 있었다. 지형지물이 마구 바뀌던 것은 아마도 마력의 충돌 영향이 포함된 게 아닌가 싶었다.

그런데 그런 교란을 가장 활발하게 하는 매개가 겨우 새알 크기만 한 거였다. 그 매개가 깨지며 만들어낸 미지의 문은 또 어떤 비밀을 숨기고 있을지 흥미진진하면서도 함부로 다가설 수 없는 위험이 느껴졌다.

하지만 두 사람은 의논한 대로 그 문은 다른 탐험대나 후대에게 맡겨둘 것이다. 그 위험천만한 흥미보다 지금 이 자리의 행복이 더 컸다.

이제 떠날 시간이 되었다. 피아드란은 오두막 근처의 어느 바위 하나를 두드렸다. 그러자 바위 위 공간에 두 사람이 지나갈 수 있을 것 같은 문이 생겼다.

마치 절벽에 생긴 것과 비슷하게 보였지만 이건 피아드란이 직접 만든 공간과 공간을 잇는 문이었다. 아직은 자신과 아미 한 사람만 더 옮길 수 있는 문이긴 하지만 세계를 깜짝 놀라게 할 엄청난 능력이자 발명이었다.

문은 미개척지 입구로 이어져 있었다. 두 사람은 한 걸음 걷는 것으로 순식간에 미개척지를 빠져나왔다.

두 사람의 보금자리에서 떠나는 전날 아침, 아미가 잠에서 깨어나며 탄성을 질렀다.

"아미, 무슨 일이야?"

먼저 깨어난 피아드란이 졸린 눈을 깜빡이는 아미에게 물었다.

"꿈에 날개 달린 하얀 플리거가 날아서 품에 막 안기는데 정말 작고 귀여웠어……."

말을 하다 말고 아미는 갸웃하며 말했다.

"이런 건 태몽이라고 하던데……."

그럴 리가 없다. 그들은 거의 확실한 피임 마법 처치를 하고 있기 때문이다. 그러나 '거의'란 완벽한 100%가 아니란 뜻도 되었다. 아미가 중얼거리는 말에 피아드란의 얼굴이 흑빛이 되었다.

"왜, 겁나?"

아미가 눈을 가늘게 뜨고 물었다.

"당연하지, 아버님께서 날 얼음 관에 10년은 파묻으려고 하실 거야……."

그러면서도 그의 입술은 왜 자꾸 옆으로 벌어지는 건지 묻고 싶었지만 아미는 눈만 흘기고 말았다.

그런데 걱정스럽긴 하다. 엄마한테 절대 결혼 전에 임신하진 않겠다고 맹세했었는데…….

아미는 저는 상관없었으나 엄마의 전철을 밟는다는 식의 엄마

욕으로 흘러갈 것이 걱정이었다.

그리고 다음 날, 아미는 피아드란에게 고개를 저었다.

"임신 아니야."

아미는 그날부터 생리를 시작했다. 혹여 착상혈일까, 잠시 의심했지만 제 몸의 상태를 진단한 아미는 피아드란의 눈에 들어 있던 일말의 기대를 단호하게 꺾어버렸다.

"약속대로 2년은 우리만의 신혼을 즐기면 되지!"

"…그 2년 안에 결혼이라도 하면 다행이지."

피아드란이 풀이 죽어 속삭였다.

"얼음 관에 파묻히진 않아도 되잖아? 그러니 힘내!"

"아니, 아버님께선 무조건 파묻으려 하실 거야."

약혼여행이란 명목으로 애지중지하는 딸을 데리고 1년이나 도망쳤으니 그 값을 치를 때였다. 후회하는 건 아니지만 장인의 분노는 걱정할 만했다.

"내가 막아줄게! 내 신랑 내가 못 지킬까?"

무사태평, 아미는 히죽 웃었다.

정원이 여기저기 얼음 바다가 되고 피아드란이 좀 뛰어다녀야 할 테지만 그거야 같이 뛰면 될 일이다. 그보다 먼저 귀한 아들을 납치해 도망친 괘씸한 예비 며느리부터 용서를 받아야 하지 않을까?

아미는 저 멀리 보이는 히그틀리 영주성을 보며 예비 시부모님께 어떻게 아양을 떨지 궁리했다.

좀 의미가 있는 듯했던 꿈은 그렇게 잊혔다. 하지만 그건 태몽이 맞았다.

"어… 이번엔 남동생이네?"

엄마를 만난 아미는 인사 대신 얼이 빠진 얼굴로 말했다.

리예는 민망한 얼굴로 딸의 눈을 피했다. 마지막 출산이 십오 년 전이다. 그동안 일부러 피한 것도 아닌 아이가 갑자기 들어선 것이다.

"역시 바로 알아보는구나."

아미는 민망한 얼굴로 슬쩍 눈을 피하는 리예를 바로 끌어안으며 외쳤다.

"엄마, 축하해요!"

"고맙다. 잘 다녀왔니, 우리 아미?"

리예가 아미의 등을 두드리며 기뻐했다. 그 뒤로는 얼굴이 핼쑥해진 타나릴이 순서를 기다리고 있었다.

"아빠, 축하해요!"

"고맙다. 그런데 아들… 이라고?"

"네, 그것도 아빠 닮은 마법사네요. 성향은 아직 모르겠고. 와, 우리 할아버지 이제부터 나랑 후계 경쟁 시키시겠네."

"어림없다!"

타나릴의 얼굴이 단번에 굳어졌다.

타나릴은 아미가 태어난 순간부터 자신의 후계는 무조건 아미가 될 거라 천명했다. 똑같이 사랑하는 둘째 딸이 서운해할까 전전긍긍하긴 했으나 후계에 관한 사항만큼은 첫째 딸에게 절대적인 지지를 약속했었다.

"걱정하지 마세요, 아빠. 내가 스스로 싫어지면 모를까, 다음 공작은 제가 될 테니 염려 마세요."

"내 후계는 절대적으로 너다. 내 자랑스러운 첫째 딸."

"아빠, 동생 생긴 것 축하부터 해요. 기쁘시죠?"

"기쁘지. 기쁘고말고. 그런데……."

타나릴이 슬쩍 리예의 눈치를 보며 말했다.

"네 엄마, 임신한 걸 알게 된 날부터 통 먹지를 못한다. 저러다 몸이 축나면 어떡하니……."

아, 아빠가 핼쑥해진 이유를 알 수 있었다. 좋으면서도 그저 좋아하지 못하는 건 후계 같은 걱정이 아니라 오로지 엄마 때문이었다. 얼굴만 보면 엄마가 아니라 아빠가 임신한 사람처럼 보였다.

"그래도 기쁜 건 기쁜 거죠. 축하해요, 아빠."

"고맙다."

딸과의 인사가 끝난 타나릴이 예비 사위의 인사를 받을 차례였다. 눈을 돌리는 순간, 자상하고 꿀이 떨어지던 아빠의 눈에서 화염이 솟구치는 장인의 눈으로 변했다.

아미가 먼저 소리쳤다.

"히그틀리에서는 나 안 혼났어요!"

킬로이 백작과 레베카 부인은 그곳이 거치는 길임에도 아미와 피아드란이 자신들의 집부터 들른 것만으로 황송해했다. 게다가 스스로 아들을 납치해 갔으니 잘못했다며 용서해 달라 아양 떠는 예비 며느리를 무슨 말로 야단을 칠까.

결사적인 딸의 모습에 타나릴의 어깨는 허무할 정도로 힘이 툭 빠졌다. 그저 딸이 귀하고 예쁘기만 한 타나릴이나 킬로이 백작 부처야 당연히 이렇게 무사통과였다. 하지만 아직 한 사람이 남았다.

"그럼 나한테 혼날 차례네?"

아, 엄마……! 아미의 얼굴이 흐려졌다.

"자, 그럼 이제 엄마 아빠를 걱정시킨 벌을 좀 받아볼까?"

"어, 엄마? 저, 이렇게 건강하고 무사하고 아무 탈 없이 돌아왔는데……."

"그게 혼나지 않아야 할 이유는 아니지?"

"엄마……!"

결국 아미는 무릎 꿇고 손을 든 채 한 시간이나 벌서야 했다. 딸이 벌서는 것에 애가 탄 타나릴이 피아드란을 잡고자 했지만 그 또한 리예의 한마디에 평정됐다.

"우리 사위, 그동안 고생했지? 그래도 한 번만 더 그러면 나도 용서 안 해."

"잘못했습니다, 어머니. 다시는 안 그러겠습니다."

그렇지만 피아드란도 자의와 눈총에 겹쳐 아미의 옆에서 같이 벌받는 것으로 마무리됐다. 나중에 따로 정원에 얼음 꽃이 여러 개 피긴 했지만 그것만은 리예도 모르는 척해주었다.

행복한 귀환이었다.

리예의 임신 소식은 아미가 귀환하고 나서 알려졌다. 태중의 아이가 아들이며, 마법사라는 것 또한 타나릴의 아버지, 전 예그하라 공작에게도 전해졌다.

애초에 전 공작은 아미가 마녀라는 사실을 이유로 아리안이 후계가 되기를 강력히 주장했었다. 하지만 일단 아리안이 원하지 않았다. 게다가 워낙 강성해진 아들의 권력 때문에 일족들까지 한목소리가 되지 않아 진행할 수가 없었다.

그런데 이제라도 바라마지 않던 후계가 생긴다는 말에 전 공작은 다시 일족을 들쑤시기 시작했다.

일족들은 태어날 아이가 타나릴의 뒤를 이을 마술사일 수도 있다는 가능성에 혹했다.

대마법사를 뛰어넘는 대마법사. 그것이 가능한 이가 바로 마술사라는 건 이제 역사적인 고증에 이어 타나릴이 산 증인으로서 밝혀진 사실이다. 일족은 당연히 가문의 영광을 길이 빛낼 가주를 모시길 원했다. 아직 태어나지도 않은 태아를 두고 전 공작은 기어이 사달을 냈다.

"아미베라에게 예그하라 후작의 위를 줄 수 없다. 저 아이가 결혼해서 킬로이가 될 수도 있는 것 아니냐!"

괜한 트집이다. 킬로이 백작에겐 좀 아쉬운 일이긴 하나 피아드란은 결혼하면 예그하라가 된다. 이미 약혼하는 때 공식 석상에서도 밝힌 일이다.

예그하라 후계의 징표인 예그하라 후작 작위는 현재 비워진 상태였다. 아미가 성인이 된 후 작위를 물려주려 했었지만 약혼 후로 미룬 것이었다. 그리고 둘이 약혼식 날 도망친 터라 아직까지 비워져 있었다. 공식적으로 후계를 선포하지 않은 그 틈을 찌른 것이다.

이미 결정된 후라면 모를까, 전 공작은 제대로 기회를 잡았다. 또한 이번엔 동조하는 일족이 거의 대다수라 타나릴도 무단으로 작위를 주기 어려웠다. 아니, 밀고 나갈 수도 있었으나 아미가 반대했다.

"그럼 동생이 성년이 될 때까지 후작 위는 비워두죠, 뭐."

일족들이 가문의 영광과 후광을 바라는 거야 당연한 일일 테고, 아미는 차후 그들이 매달리게 될 사람이 누구일지 확신할 수 있었다.

타나릴은 펄펄 뛰며 거부했지만 아미는 스스로 점점 더 빛날 거라 자신했다. 그리고 그녀가 빛나게 해줄 이가 바로 곁에 있었다.

아미는 이제 와서 딴소리를 하는 일족들 앞에서 공식적으로도 동생과 후계 위를 경쟁할 것을 선언했다. 선언 직후, 간신히 둘만이 있는 장소에서 피아드란이 물었다.

"아미, 공작이 되고 싶어?"

"응, 나는 예그하라 공작이 될 거야. 나 이상으로 어울리는 사람은 없을걸? 다음 대 주술학부 수장으로서 내 아래 예그하라는 더욱 강성해질거야."

"아미, 내 미래의 공작님……."

피아드란이 아미의 손등에 경건하게 입을 맞추었다. 순종과 충성, 애정과 성애와 소유가 담긴 키스였다.

아미는 너무 익숙해서 잘 느끼지 못했지만 마지막의 소유욕은 너무도 짙었다. 아마 누군가 지켜봤다면 프레이야가 느꼈던 한기 이상을 경험했을 것이다.

아미가 원한다면 그것이 공작의 길이든 평범한 마녀의 길이든 갈 것이다. 그것이 그의 임무였다. 피아드란은 아미의 입술에 다시 짙은 키스로 맹세의 도장을 찍었다.

그러나 아미가 실제로 동생이 성년이 될 때까지 후계 위를 기다릴 필요는 없었다.

늦둥이 동생 노덴스가 태어나고, 누나라면 하늘처럼 우러르는 동생이 할아버지의 수염을 태워 버린 사건이 발생한 건 그 후로 몇 년이 지나지 않아서였다.

또 두 사람의 첫째 딸이 마술사라는 사실에 일족 모두가 입을 모아 후계 위를 비울 수 없다 주장하게 된 것도 바로 그다음 해의 일이었다.

〈끝〉

작가 후기

작년 한해, 봄에 시작해 더위와 싸우며 끝냈던 작품이 여러분의 응원과 조언을 힘입어 새롭게 옷을 갈아입고 지면으로 뵙게 되었습니다.

모두 독자님들의 응원 덕입니다. 감사합니다.

작품을 좋게 봐주시고 함께 신경 써주신 편집팀 여러분께도 감사드립니다.

나름 고수위를 꿈꾸며 도전했었지만 어정쩡하게 십구 금이 된 작품이라 많이 부끄럽습니다.

이런 저런 책들을 참고해서 보기도 했는데 역시 표현은 작가의 필력으로 좌우되나 봅니다.

그래도 한 가지 참고한 걸 말하자면 피아드란과 아미의 장면은 모던 카마수트라에서 언급한 '대나무 쪼개기'라고 합니다. 둘의 사랑이 예뻤기를… 감히 바라봅니다.

저도 연작 같은 걸 써보고 싶은데 아직은 계속 세계를 창조하게 되네요. 다음엔 더 완벽한 세상을 만들어서, 그리고 다음에 그들이 어땠을지 궁금한 이야기를 만들어 여러분께 내보일 수 있도록 노력하겠습니다.

실은 다음 작품에선 이쪽 세계 언급은 합니다만 또 다른 세계를 창조하고 있습니다. 언젠가는 세계를 통일(?)해 보겠습니다.

이 뜨거운 여름, 리예와 타나릴의 얼음 궁전처럼 시원한 곳에서 보내셨는지요?

얼음 궁전의 정원으로 떠올리는 청량한 작품으로 기억되었으면 좋겠습니다. 다음에 나올 웹툰도 사랑해 주세요.

감사합니다.

2019년 여름을 보내며. 전은정.

당신의 마법사입니다 2

초판 1쇄 인쇄 2019년 9월 20일 초판 1쇄 발행 2019년 9월 27일

지은이 전은정
펴낸이 연준혁

웹소설분사 이사 이진영
기획 조윤희
책임편집 김슬기
디자인 강경신

펴낸곳 (주)위즈덤하우스미디어그룹 출판등록 2000년 5월 23일 제13-1071호
주소 경기도 고양시 일산동구 정발산로 43-20 센트럴프라자 6층
전화 031-936-4000 팩스 031-903-3893
홈페이지 www.wisdomhouse.co.kr

값 14,000원
ISBN 979-11-90182-89-8 04810
979-11-90182-87-4 (세트)

* 이 도서의 국립중앙도서관 출판예정도서목록(CIP)은 서지정보유통지원시스템 홈페이지(http://seoji.nl.go.kr)와 국가자료종합목록 구축시스템(http://kolis-net.nl.go.kr)에서 이용하실 수 있습니다. (CIP제어번호 : CIP2019029334)